S. FISCHER

Thomas von Steinaecker

DIE PRIVILE-GIERTEN

Roman

S. FISCHER

Aus Verantwortung für die Umwelt hat sich der S. Fischer Verlag zu einer nachhaltigen Buchproduktion verpflichtet. Der bewusste Umgang mit unseren Ressourcen, der Schutz unseres Klimas und der Natur gehören zu unseren obersten Unternehmenszielen.

Gemeinsam mit unseren Partnern und Lieferanten setzen wir uns für eine klimaneutrale Buchproduktion ein, die den Erwerb von Klimazertifikaten zur Kompensation des CO_2-Ausstoßes einschließt.

Weitere Informationen finden Sie unter:
www.klimaneutralerverlag.de

MIX
Papier | Fördert gute Waldnutzung
FSC® C014496
FSC www.fsc.org

2. Auflage

Erschienen bei S. FISCHER

Typografie und Satz:
Farnschläder & Mahlstedt GmbH, Hamburg
Druck und Bindung: GGP Media GmbH, Pößneck
Printed in Germany
ISBN 978-3-10-397517-8

Für A. und K.
und E. und J.

»Tiger meint es bestimmt nicht böse«, sagte Ferkel langsam.
»Natürlich nicht«, bestätigte Christoph Robin.
»Alle meinen es eigentlich nicht böse; das finde ich wenigstens«, bemerkte Pu.
»Doch wahrscheinlich irre ich mich.«
»Nein, du hast schon recht«, antwortete Christoph Robin.

A. A. Milne: Pu baut ein Haus

Donnerstag

Temperatursturz. Gestern noch 23° C. In der Hütte heute Morgen 9° C. Später Maximum 12° C. Draußen auf der gesamten Lichtung Frost. Nebeldecke. Beim Aufstehen starke Gelenkschmerzen. Schwindel. 2 × 400 g Ibu. Überprüfung des Vorrats. 57 Tabletten übrig. Die braune Wolfskin und Extradecken aus Keller geholt. Brauche noch Balaclava. Nicht gefunden. Transformator läuft weiter problemlos. Überprüfung der Hühner: 34. 6 Eier. Im Wald. Holz schlagen. Im Schuppen geschichtet. Überprüfung der Folientunnel. Rüben unbeschadet. Ausbesserung der Risse. Huhn geschlachtet. Beim Zerlegen am Zeigefinger mit Messer geschnitten. Tiefer Schnitt, aber schwache Blutung. Taubheit = Tabletten? Entscheidung gegen Verband. Kaum noch Vorrat. Nachmittags Nebel weg, Wärme. Teil der Blumen am Rand der Lichtung erfroren. Wann war der letzte Winter laut den Berichten? Auf jeden Fall vor meiner Ankunft. Werde es nehmen, wie es kommt. Eventuell nur meteorologische Ausnahme und kühler als die letzten Jahre, aber ohne Schnee. Was jetzt zählt, ist positiver Frame of Mind. Fokus. Mache Hütte und die beiden Ställe trotzdem winterfest. Heute Unterbrechung der Katalogisierung und keine Exkursion.

Im Wald schreien den ganzen Tag die Flughunde.

Freitag

Temperatur fällt weiter. Morgens in Hütte 6° C, tagsüber nur noch 10° C. Frost bleibt bis weit in den Tag liegen. Nebel löst sich nicht auf. Starke Gelenkschmerzen. 1 × 400 g. Kaum Wirkung. Ab jetzt rationieren. Mit optimaler Rübenernte, Hühnern, Eiern bei geschlossener Schneedecke maximal 2 Monate überlebensfähig. Eventuell 2 ½. Transformator läuft. 33 Hühner. 7 Eier. Weiter im Wald für Holz. Schuppen gefüllt. Balaclava immer noch nicht gefunden. Abmessen der Bäume um Lichtung. Wenn wirklich Winter kommt und Eisbruch wie in den Berichten von den Wintern vor meiner Zeit hier, erreichen die umgestürzten Wipfel nicht meine Hütte. Test: Jeep springt noch an. Batterie aufgeladen, obwohl seit Jahren nicht benutzt. Aber: Straße zur Wetterstation sichtlich kaum passierbar. Sehr wahrscheinlich tiefer im Wald komplett unpassierbar. Unsicher, wann zum letzten Mal Kontakt mit Janne und den anderen von der Station. Zwei Jahre her? Drei Jahre? Entscheidung gegen Kontaktaufnahme. Ich bleibe hier. Ich fliehe nicht noch mal. Egal was. Was zählt, ist weiterzumachen. Positiver Frame of Mind. Weitere Risse in Folientunnel entdeckt. Aber Rübenernte ungefährdet und damit auch Betrieb von Transformator und Ernährung. Fingerkuppe lila verfärbt und taub. Keine Katalogisierung. Keine Exkursionen.

Nachts wach. Intensive Erinnerungen. Nach weiß nicht wie langer Zeit wieder. Plötzlich Brigitte vor Augen. In Jung. Das Gefühl ihres warmen Körpers. Masturbation. Zweimal hintereinander. Später von Samy geträumt. Schrien uns an. Danach lange wach und die alten Argumente im Kopf. Dann auf einmal Einfall, wie man ihn davon überzeugen kann, dass er sich geirrt hat. Erleichtert. Lächerlich. Konnte nicht aufhören damit. Verliere Frame of Mind. Warum auf einmal das alles JETZT? Muss aufhören zu schwelgen. Habe dieses Wort ewig nicht mehr verwendet. Andere Zeit und Welt. Am Morgen wie erschlagen. Unfähig. Schwach. Muss aufhören.

schwelgen
Steuererklärung
Spaghetti

Sonntag
Tage geraten durcheinander. Nicht zulassen. Gerade jetzt. Alles, was ich mir hier in vier Jahren geschaffen habe, aufs Spiel setzen. Für was? Sentimentalitäten. Lächerlich. Alter Depp. Habe früher einen Weg gefunden, dass es aufhört, werde auch jetzt einen Weg finden. Fokus. Positiver Frame of Mind. Muss mich auf meine Arbeit konzentrieren. Keine Tabletten nehmen. Schmerz lenkt ab.

Balaclava gefunden. Im selben Karton auch alter Pullover. Hätte ihn überhaupt nicht hierher nach Bindal mitnehmen dürfen. Fehler. Wie kam er in den Karton mit den Thermosachen im Keller? Vorsatz gebrochen: keine Dinge aus der Vergangenheit mit nach Norwegen. Warum sollte ich ausgerechnet den Abitur-Pullover mitnehmen? Warum überhaupt aufgehoben? Logo der Schule + mein Name vorne = Auslöser der Erinnerungen jetzt. Schwachsinn.

Montag
Raureif unter Mikroskop. Dendritenstruktur. Sechs Arme in exakt 60° zueinander. Symmetrie. »Blätter« an Armen von unterschiedli-

cher Größe. Generell nach außen hin schrumpfend, aber nicht Gesetz. Alle Arme mit zapfenartiger Spitze als Abschluss. Arme und »Blätter« mit Eishaaren. Parallelität zu Gefäßsporengewächsen wie Farnen. Nahezu perfekte Form. Unerklärlich. Chemische Kenntnisse unzureichend. Untersuchung mehrfach wiederholt. Immer nur sehr kurz Zeit, da in 5–6 Sekunden Verfall und geschmolzen.

Fokus. Holz schlagen. Transformator läuft. 33 Hühner. 4 Eier. Nachts 4°C.

Dienstag
Was zählt, ist, sich trocken zu halten. Stiefel, Thermohose und Wolfskin immer, nach Rückkehr von draußen, gleich an Kamin. Holzvorrat auch jetzt direkt im und am Haus. Kurze Wege, falls Schnee.

Im Wald.

Was zählt

Warum schreibe ich das hier?

Etwas ist geschehen. Ich muss nachdenken. Ich muss darüber nachdenken, was geschehen ist. Ich muss mir darüber klarwerden, was die neuen Entwicklungen für mich bedeuten.

Vor drei Tagen ist die Katze hier aufgetaucht.

Hier ist, was geschehen ist:

Vor drei Tagen wollte ich nach dem Aufstehen den Computer wieder wie bisher auch für die Katalogisierung und Beschreibung der Flora und Fauna nutzen. Der Holzvorrat war aufgefüllt. Draußen lag weiterhin nur Frost, kein Schnee. Ich hielt es für möglich, dass es dabei blieb. Kein Winter, nur ein harter Herbst. Meine Gelenke schmerzten weiter. Die Flughunde klangen an diesem Morgen wütender denn je. Ihre Kolonie, die sich ursprünglich tiefer im Wald befunden hatte, musste näher an die Lichtung herangerückt sein.

Ich frühstückte, nahm 2 Ibus und machte den täglichen Kontrollgang in den Maschinenraum, zu den Folientunneln und dem Stall. Danach entschied ich, in den Wald zu gehen. Die klimatische Veränderung hatte vielleicht nicht nur negative Auswirkungen auf die Flora. Und was die Fauna betraf, so redete ich mir ein, dass es meine Pflicht wäre, gerade jetzt das Verhalten der Lemmingkolonien und der Rentierherde, die ich all die Jahre begleitet hatte, genau zu studieren und zu protokollieren.

Wie in den letzten Tagen kamen die Erinnerungen an früher. Die Zeile eines blödsinnigen Songs tauchte in meinem Kopf auf, ich kriegte sie einfach nicht mehr raus: *And after all, you're my wonderwall.* Es quoll wie aus einem winzigen Loch, das plötzlich größer wurde. Ein Leck. *Today is gonna be the day.* Und als ich in der Strophe nicht und nicht weiterwusste, ärgerte mich das über die Maßen. *By now I gonna somehow, gonna somehow, gonna … somehow …?* Das einzige Mittel dagegen war, mich selbst zu erschöpfen, wie damals in den ersten Monaten hier. Zum ersten Mal, seit ich hier lebe, dachte ich auf dem Weg in den Wald wieder an das Wort *Schonung.* Und es zog alles mit sich nach, was damit zusammenhing, sprich: *Die 1990er.*

Oberviechtach. Das Leuchtenberg-Gymnasium. Ilie. Madita. Opa. Die Zecke. Sentimentalitäten.

Auf den schwankenden Ästen der Baumreihe an der Grenze zur Lichtung hockten die Rohrweihen. Obwohl die meisten von ihnen noch nie einen richtigen Winter miterlebt haben konnten, musste ihr Instinkt ihnen gesagt haben, dass die Gräser bald von den kleinen Nagern zittern würden, die sich noch vor dem ersten Schnee in den nächsten Stunden Vorräte und einen Platz zum Überwintern suchen würden.

Ich hatte meinen Big Boy unter dem Bett vergessen. Ich war überzeugt, an diesem Tag sicher zu sein. Keine Situation, die mehr als ein Messer erfordern würde. Ich musste mich nur von den Flughunden fernhalten. Dennoch nahm ich mir vor, von nun an die Hütte nicht mehr ohne Gewehr zu verlassen. Unter dem Blick der Habichtverwandten trat ich in den kalten Schatten des Waldes. Nach ein paar Metern drehte ich mich um. Hinter mir war die Wiese zu einer grellen Masse zerflossen, in deren Licht nichts mehr zu erkennen war.

Nach wenigen Schritten wurde ich fündig. Im Dickicht leuchtete es. Ich bog den Farn zur Seite. Zwischen Moospolstern stand eine etwa fünf Zentimeter hohe Blume, die, soweit ich mich erinnerte, noch in keinem meiner Verzeichnisse auftauchte. Es konnte sich um eine neue Art handeln, vielleicht aber auch bloß um eine Mutation. Die Pflanze, möglicherweise zur Familie der *Ericales* gehörig, besaß genau fünfzehn offen-glockige gelbe Blütenblätter mit rosafarbenen Staubblättern und einem Griffel, der von einer dunkelvioletten Narbe gekrönt wurde.

Behutsam drehte ich einen der robusten Stängel aus dem lockeren Erdreich. Der winzige Samen, der durch meine Lupe am Ende der haarfeinen Wurzel zu erkennen war, hatte den Jahreszeitenwechsel offenbar sofort registriert. Er hatte getrieben. Der süße, schokoladige Duft, den die Blütenblätter verströmten, besaß eine starke Wirkung, die aus der Not geboren war: Wo anderen Blumen Wochen blieben, um bestäubt zu werden, hatten sie wohl nur Tage. Mit Erfolg. Im Gegenlicht, das zwischen den Stämmen in Streifen einfiel, glitzerten Insektenwolken. Jetzt bereute ich es, nicht meinen Kescher mitgenommen zu haben. Aber natürlich wäre ich völlig außerstande gewesen, auf Jagd zu gehen. Diese Zeiten waren vorbei.

Ich habe mich oft gefragt, was in den Pflanzen in dem Moment, da ich sie abbreche, vorgehen mag. Ich bin immer zum selben Schluss gelangt. Für sie ist die Welt in zwei Felder geteilt. Lebewesen existieren für sie nicht, keine Tiere, keine Menschen, auch keine anderen Pflanzen, kein Hass, keine Liebe. Nur dies: Licht und Nicht-Licht. Ich war das Nicht-Licht.

Allein diese kleine Aktion, die früher nur eine Winzigkeit in meinem Tagesablauf gebildet hätte, hatte mich merklich angestrengt. Trotz der Ibus hatten sich die Schmerzen in meinen Gliedern verstärkt, sie brannten. Ein paar Meter entfernt von meiner Fundstelle befand sich der kleine Teich, der im Lauf der Jahre immer weiter ausgetrocknet und inzwischen nicht viel mehr als ein Tümpel war. Das knöchelseichte Wasser am Ufer schwappte auf und ab. Perlen aus Luft stiegen zur Oberfläche. Am trüben Grund wurde gewühlt. Die Amphibien gruben sich in den Schlamm, auf der Suche nach einem sicheren Platz für ihre Erstarrung. Ich hoffte, wenn ich mein Gesicht wusch, würde es mir besser gehen, was nicht der Fall war.

In der Vergangenheit war ich öfter ins Visier eines Raubtieres geraten, so dass ich auch jetzt merkte, dass mich etwas aus dem Unterholz fixierte. Ich weiß nicht, wie lange ich reglos verharrte, wie oft ich mir in diesen Momenten Vorwürfe machte, viel zu leichtsinnig gewesen zu sein und nicht das verdammte Gewehr mitgenommen zu haben. Irgendwann, so langsam wie bei meinen kaputten

Gelenken und den Schmerzen möglich, ging ich in die Hocke und griff nach dem Ast zu meinen Füßen. Er war weder besonders dick noch spitz. Doch vielleicht konnte er als Abschreckung dienen. Ein paar Meter vor mir, hinter einer aus dem Boden gewachsenen Wurzel, knackste es. Ich glaubte, kurz einen hellen Fellrücken ausgemacht zu haben.

Nun war ich im Vorteil. Ich wusste, wo sich das Tier versteckt hielt, das wahrscheinlich darauf lauerte, dass ich unvorsichtig wurde. So kraftvoll wie möglich schleuderte ich den Prügel. Weil Stille eintrat, machte ich einen Schritt auf die Wurzel zu. Hinter ihr tauchten ein Paar Ohren auf, eines hing herab. Eine graue Katze schlüpfte hervor. Sie hatte einen auffallend weißen Hals, als trüge sie ein Band. Das Laufen bereitete ihr Probleme. Ihre Hinterbeine lahmten. Sie hoppelte. Ein paar Meter vor mir setzte sie sich auf die Hinterbeine und rückte sich immer wieder mit den Vorderpfoten zurecht, wie um die Balance zu halten. Ich war zu erstaunt, um etwas zu unternehmen. Aus dem verdreckten Fell standen die Rippen hervor. Ihre Augen schimmerten milchig. Sie besaß keine Pupillen. Die Katze war nicht nur alt, sie war auch blind.

Was machte eine Hauskatze hier, mitten in der Wildnis? Wie hatte sie überhaupt von dem einzigen zivilisierten Ort weit und breit, der Wetterstation, bis zu dieser Stelle des Waldes gelangen können, noch dazu in ihrem Zustand? Seit ich hier lebte, war mir nie ein entlaufenes Haustier begegnet. Ich konnte mich auch nicht erinnern, bei meinen früheren Besuchen bei der Station eine Katze gesehen zu haben. Die Natur in dieser Gegend duldete nichts Zahmes. Möglicherweise war das allerdings die logische Erklärung für ihre Erscheinung: Die Katze spürte, dass es zu Ende ging mit ihr; sie hatte sich hierher begeben, um zu sterben.

Vielleicht, weil ich mich vergewissern wollte, nicht zu träumen, streckte ich die Hand aus. Aber dann war ich von mir selbst schockiert. Ich brach meine eigenen Grundsätze. Was, wenn das Tier krank war? Rasch trat ich den Rückweg an. Bald würde das Brennen in meinen Gliedern unerträglich werden. Zu Hause nahm ich sofort eine Schmerztablette, was meinen ganzen Rationierungsplan durcheinanderbrachte. Ein zu hoher Preis für einen sinnlosen Ausflug.

In dieser Nacht konnte ich nicht schlafen. Nicht wegen Gedankenmonologen, nicht wegen der Flughunde. Ich holte den Big Boy unter dem Bett hervor und platzierte ihn vor mir auf der karierten Decke.

Erschießen. Das wäre für die Katze das Beste. Sie war blind. Entweder würde sie demnächst verhungern. Oder erfrieren. Oder von einem Baum erschlagen werden. Sie konnte inzwischen unmöglich weit gekommen sein. Vielleicht hatte sie sich wieder in ihren Unterschlupf hinter der Wurzel verkrochen. Wer weiß, wie lange sie schon dort hockte und darauf wartete zu sterben. Sie war völlig abgemagert gewesen.

Ich schaltete das Licht an.

Es gab noch eine weitere Möglichkeit, warum die Katze hier war. Sie hatte sich verirrt. Sie hatte auf einer ihrer Jagden nicht mehr zurückgefunden und sich immer tiefer in der Wildnis verlaufen. Oder ihr Besitzer hatte keine Lust mehr gehabt, sich um sie zu kümmern, und sie ausgesetzt. Trotzdem war sie herausgeschlichen, als sie mich witterte. Aus Gewohnheit. Weil sie darauf vertraute, dass Menschen Hilfe bedeuteten.

Ich zog den Abitur-Pullover und die Wolfskin über den Overall. Vor der Tür kehrte ich noch einmal um und holte das Gewehr. Es war zwei Uhr. Die Schmerztablette wirkte noch. Ich schwor mir, die Katze nicht länger als eine Stunde zu suchen.

Wegen des dichten Nebels, der nicht mehr als Decke über der Lichtung hing, sondern bis zum Boden gesickert war, warf meine Taschenlampe keinen geraden Strahl und ließ die Schwaden um mich herum zu engen hellen Wänden werden. Die Pfützen hatten sich in glatte Flächen aus Eis verwandelt. Endlich traf der Kegel der Taschenlampe aufs Unterholz. Unter meinen Stiefeln knackten Zweige. Ich stand zwischen Bäumen. Noch letztes Jahr, vor meiner kurzen Krankheit, war ich regelmäßig um diese Zeit unterwegs gewesen, um mich auf die Suche nach jenen blassen Kräutern und Blumen zu machen, die nur nachts wuchsen und tagsüber verschwanden wie Sterne. Heute verlor ich im Wald, in *meinem* Wald, die Orientierung. Mehrmals krachte es irgendwo in der Tiefe vor mir. Ich stolperte, suchte mit ausgestreckten Armen mein Gleichgewicht, sank bis zu den Knöcheln ein, Nässe zog durch meine Stiefel und die Hose den Overall hoch. Ich war über den Rand des Tümpels getreten. Das bedeutete aber auch: Die Stelle von heute Nachmittag konnte nicht mehr weit sein.

Als ich zum ersten Mal seit sehr langer Zeit wieder den Klang meiner eigenen Stimme hörte, kratzte jedes Wort in meiner Kehle: »Hallo? Hierher«, raunte ich, als ob die Katze auf mich hörte – und wusste im selben Moment, dass ich einen Fehler gemacht hatte. Über meinem Kopf splitterte Holz. In Erwartung der Flughunde, die gleich auf mich einstürzen würden, tanzte der Strahl meiner Taschenlampe die Stämme entlang und durch das Geäst. Etwas streifte mich, ich riss das Gewehr hoch. Dann plötzlich ein Laut, schräg vor mir, ein paar Meter entfernt, schwach, kläglich. Noch einmal. Miauen. Es war die Katze.

Was auch immer über mir war, es war ebenfalls durch meine Stimme angelockt worden. Wieder Flattern. Splittern. Kreischen. Ich stolperte vorwärts, auf jenen Fleck in der Finsternis zu, wo ich den Ursprung des Miauens vermutete. Auf einmal, direkt mir gegenüber, das Funkeln zweier Punkte, die mein Licht zurückwarfen, der Katzenkopf mit dem eingerissenen rechten Ohr. Irgendetwas über mir sammelte sich. Ich konnte es hören.

Ich ging in die Hocke, streckte meine Arme aus. Als hätte sie tatsächlich auf mich gewartet, hoppelte sie auf mich zu. Ich packte den dürren Körper unter den knöchernen Achseln. Begleitet von den schrillen, immer aufgeregteren Schreien über mir, humpelte ich davon.

In dieser Nacht tat ich kaum ein Auge zu. Die Katze lag eingerollt auf meiner Bettdecke. An meinem Bauch konnte ich ihren kleinen Körper spüren, der sich rasch hob und senkte, unterbrochen von schnarchenden Seufzern. Ich hielt es für unwahrscheinlich, dass sie bis zum Morgen durchhielt. Als ich mit ihr in der Hütte angelangt war, hatte ich ihr eine Schüssel mit Hühnchenfleischresten hingestellt. Sie hatte zwar ihre Nase gehoben, geschnuppert, sich aber nicht von der Stelle gerührt. Schließlich hatte ich ihr das Essen Löffel für Löffel eingeflößt, was sie widerstandlos geschehen ließ. Aber während ich vorsichtig ihr verklebtes Fell mit einem Lappen wusch, hatte sie plötzlich zu niesen begonnen und sich erbrochen. Ich versuchte es mit einer halben Schmerztablette, die ich in Rübensaft auflöste. Es war das erste Mal, seit ich hier wohnte, dass ich nicht allein in meiner Hütte war.

Ich hatte einen Alptraum. Ich befand mich im Kälteschlaf in einem Shuttle auf dem Weg zu einem fremden Planeten, auf dem Bedingungen herrschten wie hier, in meiner Zuflucht in Norwegen. Ich war froh, dass ich es geschafft hatte, mit dem letzten Raumschiff die kaputte Erde zu verlassen. Zumindest redete ich mir das ein. Mit dieser Zufriedenheit war ich eingefroren worden. Doch als wir in die Atmosphäre des neuen Planeten gelangten, den wir uns als neue

Heimat ausgesucht hatten, erwachte ich nicht wie die anderen, obwohl ich weiter bei vollem Bewusstsein war. Die Mannschaft stand um meinen reglosen Körper, sah auf mich herab, beriet sich, unternahm Anstrengungen, mich zurück in die Wirklichkeit zu holen. Man hoffte, doch noch eine Lösung zu finden. Manchmal strich mir einer meiner früheren Kameraden über die Wange, sprach mit mir. In den tagelangen Pausen wurde meine Sehnsucht nach Berührung unerträglich. Es juckte mich. Ich versuchte, mit reiner Willenskraft das Jucken auszuschalten. Ohne Erfolg. Die Maschinen behaupteten, mein Herz schlage nicht mehr. Das stimmte nicht. Der Bildschirm zeigte falsche Daten. Meine Mannschaft weinte, auch die Mitglieder, die mir nicht nahegestanden hatten. Ich wollte rufen. Ohne Erfolg. Mein Körper war mein Gefängnis. Ich sollte bestattet werden. In ein Leintuch gewickelt, schoss man mich aus dem Shuttle. Für einen Moment, von dem ich wusste, dass es mein letzter war, spürte ich die tödliche Kälte des Alls, die sich durch mein Fleisch bis auf meine Knochen fraß, und hörte meinen Schrei. Und während ich starb, war ich glücklich über den kleinen, nichtigen Triumph, am Ende doch noch bewiesen zu haben, am Leben gewesen zu sein.

Ich fuhr auf. Meine Glieder schmerzten schlimmer als am Morgen zuvor. Licht sickerte durch die Fenster. Von den Flughunden aus dem Wald war nichts mehr zu hören. Der Transformator brummte. Ich tastete nach den Tabletten. Das Feuer im Kamin war heruntergebrannt, die Asche glühte noch. Als mein Blick auf die Bettdecke fiel, lag die Katze nicht mehr dort. Noch während ich gegen das plötzliche schwarze Loch in mir, die Enttäuschung, die wuchs und wuchs, anredete, es sei doch letztlich gut, dass ich meinen nächtlichen Ausflug nur geträumt habe, klapperte es aus der Richtung des Herds. Auf dem Boden lag die umgeworfene Schüssel. Die Katze war damit beschäftigt, den ausgeschütteten Saft aufzuschlecken.

Alles an mir war so steif, dass ich kaum manövrieren konnte. Ich stieß gegen den Tisch und die Stühle, Gegenstände fielen herunter. Die Katze nahm Anlauf, sprang auf die Spüle, buckelte, gab ein drohendes Fauchen von sich, glotzte mit stumpfem Blick in meine Richtung, bleckte ihre spitzen Zähne. In der nächsten Sekunde würde sie mich anspringen. Wie naiv ich gewesen war, ein krankes Tier hier hereinzulassen. Ich nahm einen Löffel, die Katze fauchte, ich warf ihn nach ihr, verfehlte sie, mit einem erstaunlich leichtfüßigen Satz war sie hinter dem Holzhaufen beim Ofen, Kabel raschelten. Ich wartete eine Weile, dachte an das Gewehr. Die Katze konnte Tollwut haben oder eine andere der vielen Seuchen, die bei meinem Wegzug in Europa grassierten. Ich hatte nichts gelernt. Ein alter Depp. Lächerlich.

Sie verbarg sich, hatte den Braten gerochen.

Ich musste schnell nach draußen, um die Rüben und die Hühner zu kontrollieren, auch um zu überlegen, was nun zu tun sei. Der Frost war strenger als die Tage zuvor. Immer noch hüllte der Nebel die Lichtung ein. Ich konnte nur Konturen erkennen. Das Gras war wie dünnes Glas. Es war so hart gefroren, dass es brach, als ich darauf trat. Zwar hatte es immer noch nicht geschneit, doch das Thermometer musste sich im freien Fall befinden. Schon nach wenigen Metern spürte ich die Kälte in meinem Kiefer.

Ich stand vor den Tunneln. Nach kurzem Zögern öffnete ich sie. Wärme strömte heraus. Die Heizung funktionierte weiterhin. Ich überprüfte die Pflanzen, grub probehalber eine Rübe aus. Die tödliche Kälte, von der sie lediglich eine dünne Schicht aus Kunststoff trennte, hatte ihnen bislang nichts anhaben können. Einer baldigen Ernte stand nichts im Weg. Auch im Stall war alles in Ordnung. Dreiunddreißig Tiere, acht Eier. Dreiunddreißig, acht. Mehr noch als sonst gaben mir die Zahlen Halt.

Es fauchte. Ich fuhr herum. Einer der beiden Hähne. Er witterte Gefahr. Aber vielleicht, kam mir da der Gedanke, während ich zurückwich, war ja gar nicht ich die Gefahr. Er hob den Kopf, als wolle er hinter mich deuten, in Richtung Hütte.

Ich stolperte, eilte über die Wiese.

Sie lag seitlich in ihrem Erbrochenen hinter der Tür. Ich versuchte, in die Knie zu gehen. Erst nach mehreren Anläufen gelang es mir. Ich achtete nicht auf den Schmerz, der sofort meinen Rücken durchfuhr wie ein Blitz. Ihr Maul war einen Spaltbreit geöffnet. Die Zähne waren zu sehen, dazwischen die Zunge. Ihre Augen waren geschlossen. Ich berührte ihren Bauch. Er war hart. Sie atmete noch. Ich zögerte. War sie tollwütig, genügte schon ein kleiner Kratzer, und ich wäre infiziert. Gegen eine Erkrankung sprach, dass sie nicht aggressiv gewesen war. Wäre hier ein Jeep von der Station aufgekreuzt, hätte ich wahrscheinlich auch erst einmal den Big Boy in Anschlag gebracht. Wieder schüttelte es ihren Körper krampfhaft. Aus ihrem Maul rann weißer Schleim. Sie nieste. Vielleicht war das der Auslöser, vielleicht war es auch nur ein Reflex. So oder so hielt ich sie im nächsten Augenblick im Arm, ihr weicher Körper an meinem Gesicht. Mühsam und nach mehreren Versuchen erhob ich mich. Mein letztes medizinisches Training bei Werner lag zu lange zurück. Ich kannte mich mit Pflanzen aus, mit Hühnern, natürlich mit Maschinen, eventuell auch mit Menschen, aber bestimmt nicht mit Katzen. Schlaff hing ihr Schwanz herab. Als ich den Wasserhahn anstellte, wäre sie mir fast heruntergefallen. Ich näherte ihr Maul dem Strahl. Mit der einen Hand benetzte ich ihr Gesicht.

»Trink«, befahl ich. »Na los!«

Es war ungewohnt, so laut zu werden.

Da streckte sich kurz zwischen dem Gebiss, als führe sie ein Eigenleben unabhängig vom restlichen Körper, die winzige Zungenspitze der Katze heraus und leckte. Ihre Schwanzspitze streichelte sanft über einen Löffel und eine Tasse auf der Ablage, ohne sie herunterzuwerfen.

Am Nachmittag ließ das Sonnenlicht den dichten Nebel wie aus dem Inneren heraus pulsieren, als atmete darin die Lunge eines großen fremden Wesens. Später schaute ich noch einmal aus dem Fenster und meinte, er sei nun völlig undurchdringlich geworden, bis ich begriff, dass das, was da an der Scheibe klebte, hart war. Schnee. Es schneite. Wind kam auf. Die Bretter der Wände dehnten sich knackend.

Ich blieb ganz ruhig. Die Katze, die auf meinem Schoß lag, machte mich ruhig. Ich hielt es für möglich, dass ich sie durchbrachte. Nein. Ich *würde* sie durchbringen. Ich beschloss, dass ich es nicht zulassen würde, dass sie stürbe, auch wenn ich weder die Kenntnisse noch die Medikamente besaß, sie zu heilen. Ich wusste ja nicht einmal, was genau ihr fehlte.

»Ich …« Schnurren. »Ich erforsche diese Gegend hier. Das ist, was ich mache. So was wie …«, ich überlegte, wie man es nennen sollte; es war, als spitze ich selbst innerlich die Ohren, *Selbstbeschäftigung?, Mission?, Ablenkung?,* »… eine Aufgabe.« Das Wort fühlte sich richtig an. »Die Bücher dort drüben …«, ich deutete auf die Regale mit meinen dicken schwarzen Folianten, deren Taschen sich in den letzten Jahren mit den unterschiedlichsten getrockneten Blüten, Blättern und Wurzeln gefüllt hatten.

Bis ich Halsweh hatte, erzählte ich an diesem Nachmittag der Katze von der Natur hier, in der ich immer ein Fremder sein würde und doch seit vier Jahren zu Hause war. Von ihrer Raffinesse, Mittel und Wege der Fortpflanzung selbst in den lebensfeindlichsten Umgebungen zu finden. Von meinen ersten Expeditionen, von meinen Anfängerfehlern, Tollpatschigkeiten. Von meinen durchwachten

Nächten am Mikroskop und an meinem Computer vor Stammbäumen, dessen Zweige sich nach und nach vervielfachten und verlängerten. Von schwierigen Momenten, den Waldbränden, Verletzungen, Krankheiten. Sentimentalitäten. Von der Sehnsucht nach Samy. Meinem Sohn.

Wie sehr sehnte ich mich nach ihm.

Ich konnte nicht weitersprechen.

Wie immer in solchen Situationen machte ich das, was getan werden musste: Ich kochte. Die Katze umschlich meine Beine, beinahe stolperte ich über sie. Ich beugte mich zu ihr hinab und scheuchte sie fort. Sie biss mich. Vielleicht nur ein Reflex, anschließend war sie wieder zahm; doch in meinem Handrücken zeichnete sich die Doppelspur ihrer Zähne ab.

Abends hörte ich es zum ersten Mal aus dem Wald krachen. Ich hatte nicht gedacht, dass es mit dem Eisbruch so schnell gehen würde. Als ich die Tür öffnete, wirbelten dicke Flocken in die Hütte. Durch den Schleier des Sturms schimmerte die Lichtung im Halbdunkel weiß. In der Ferne, beim Waldrand, meinte ich, die große Birke liegen zu sehen, die schon lange morsch gewesen war und nun wohl unter der Last des Neuschnees zusammengebrochen war. Was war mit den Tunneln? Mit den Hühnern? Draußen war der Tod. Ich war dabei, alles zu verlieren.

Ich schloss die Tür wieder. Die Katze saß vor mir und schaute mich mit ihren blinden Augen erwartungsvoll an.

Was hätte ich gemacht, wäre die Katze nicht da gewesen? Zu meiner Überraschung spürte ich, dass sich durch die Stunden mit ihr auf einmal etwas verändert hatte, von dem ich angenommen hatte, es sei unumstößlich. Mein Frame of Mind hatte sich komplett verändert. Erst jetzt, da ich diese Zeilen schreibe, wird mir bewusst, dass ich all die Jahre insgeheim eine tiefe Sehnsucht nach genau diesem

Moment gehabt hatte. Wäre ich allein gewesen, wäre ich nach draußen getreten, erst zögerlich, dann bestimmter, und hätte mich am Rand der Lichtung in den Schnee gesetzt. Das Ende meiner Aufgabe.

Was ich später vom Fenster aus durch das kleine Loch, das ich in den Schnee gewischt hatte, jenseits der Lichtung in der Finsternis ausmachte, ließ mir den Atem stocken. Das Auf und Ab der Schatten. Die Bäume, die im Schneesturm wankten, manche stürzten brausend nieder, rissen Büsche mit, die noch einmal sirrend hochschnellten, bevor sie zusammen mit dem nächsten Stamm endgültig mit zu Boden gingen. Jedes Mal klirrte das Geschirr und das Bettgestell. Ich stellte der Katze die Schüssel hin und setzte mich an den Tisch. Sie kratzte an meinem Stuhl, schaffte es nicht hochzuspringen, bis ich sie schließlich unter ihrem weichen, warmen Bauch fasste und auf meinen Schoß nahm. Sie zitterte. Der Transformator brummte. Er arbeitete. Irgendwann ging ich zum Medikamentenschrank. Ich zerbrach die Schlaftablette, schluckte sie und hielt der Katze die restlichen Krümel hin. Sie leckte sie mir aus der Hand. Von ihrer rauen Zunge bekam ich Gänsehaut.

So verschliefen wir die Nacht des Todes.

Kopfweh und das Kratzen in meinem Hals weckten mich. Die Hütte durchflutete helles Tageslicht. Es war noch kälter als in den vergangenen Tagen. Der obere Ausschnitt der Fenster, den ich von meinem Bett aus sehen konnte, zeigte einen hellblauen, wolkenlosen Himmel.

Ich nahm all meine Kraft zusammen und stellte mich auf die Beine. Sie trugen mich. Ich schluckte ein Ibu und tappste zur Tür. Von den Erschütterungen der Nacht war sie einen Spalt weit aufgesprungen. Die Folianten waren aus den Regalen gerutscht, aus ihren Enden guckten die getrockneten Blumen und Karteikarten. Ich schloss die Augen, versuchte, nicht auf mein rasendes Herz zu achten – und zog die Tür auf. Das Licht war ein Schmerz, der sofort bis ins Innerste meines Kopfes schoss. Eine glatte Fläche aus grellem Weiß erstreckte sich vor meiner Hütte. Es war die Lichtung. Sie war verschont geblieben. In den Wald ringsum hatte der Eisbruch jedoch eine beträchtliche Anzahl von Schneisen gehauen. *Unüberwindlich.* Der Schnee, das Eis, die umgestürzten Bäume – all das war *unüberwindlich.* Jetzt hatte ich also gar keine Wahl mehr. Ich würde hierbleiben müssen. Seltsamerweise wurde diese Einsicht begleitet von einem überraschend positiven Gefühl: Es war noch nicht vorbei. Deutlich lag vor mir, was zu tun war. Ich würde meine Studien und Aufzeichnungen einfach weiterführen. Die Katze pflegen. Fast freute ich mich bei dem Gedanken an die nächsten Tage mit ihr. Nicht mehr allein zu sein. Lächerlich. Aber als Erstes galt es, mir ein Bild von der neuen Situation zu machen. Ich würde mich noch mehr einschränken müssen, wenn ich nun auch sie ernähren musste. Auf der Veranda war es schneidend kalt. Ich würde die Heizung in den Tunneln und dem Stall höher aufdrehen müssen. Ein frischer Duft aus Harz und Blättern hing in der eisigen Luft, der Leichengeruch des Waldes. Vor dem tiefblauen Himmel flatterte nervös ein schwarzer Fleck auf und ab, ein in der gleißenden Helligkeit verirrter Flughund. Die langgezogenen jämmerlichen Laute seines dünnen Gebells, das zu mir herüberwehte, wie eine Klage.

Dass die Katze verschwunden war, bemerkte ich erst, als ich die Frühstücksration zubereiten wollte. Ich hatte ihr Rübensaft hingestellt und nach ihr gerufen. Als sie nicht erschien, nahm ich zusätzliche Ibus, wartete, bis ich keine Schmerzen mehr hatte, und schaute unter dem Bett nach, unter dem Tisch, unter der Spüle. Sofort spürte ich *Beklemmung.* Ich war *beklommen* aus Sorge um sie. Wie hatte ich dieses Gefühl gehasst. Ich hasste es auch jetzt wieder *inbrünstig*. Sich Sorgen machen um etwas oder jemanden. Benommen sein, beklommen sein. Nicht mehr man selbst.

Wahrscheinlich hat sie sich auf eine Erkundungstour ihres neuen Zuhauses gemacht, beruhigte ich mich. Ein Zeichen dafür, dass es ihr besserging. Ich verbrachte den Nachmittag damit, den Keller zu durchsuchen, den Maschinenraum, schraubte am Transformator und an dem Rübenkompressor herum. Vielleicht war sie ja hierhergeschlichen, um in meiner Nähe zu sein, während ich gearbeitet hatte. War es möglich, dass sie sich verirrt hatte, in einen der Kartons gerutscht war und nun nicht mehr herausfand? Ich rief nach ihr, wieder und wieder, hielt den Atem an, hörte das Winseln des Windes draußen, der an der Tür und den Fenstern der Hütte rüttelte und nach einem Schlupfloch suchte.

Die innere Stimme, die einwendete, sich nachmittags unter diesen Umständen in Richtung Wald zu begeben, sei Selbstmord, übertönte ich, indem ich mir einredete, ich dürfe keine Zeit verlieren. Noch könne ich die Katze retten. Sie musste, noch bevor ich aufgewacht war, durch den Spalt der vom Sturm geöffneten Tür hinausgeschlichen sein. Ihre Spur führte von meiner Hütte geradewegs über die Lichtung. Das Einzige, was zählte, war, dass ich sie zurückholen würde, bevor sie erfror. In einer, maximal zwei Stunden würde sich der Nebel übers Land senken. Von der Veranda setzte ich meinen ersten Schritt in den harten Schnee. Ich sank nur bis zum Knöchel ein. Auch die Katze war von seiner harten Decke getragen worden. Die Fährte ihrer Pfoten war deutlich, aber nicht tief. Unter größten Anstrengungen stapfte ich weiter. Die Wirkung der Tabletten ließ nach. Ich spürte, wie sich langsam in meinen Gliedern das Brennen der Schmerzen ausbreitete. Umso eiliger kroch ich über Stellen, die mir eisig schienen, auf allen vieren.

Ich schrie: »Hier! Ich bin hier!« Lächerlich.

Dann, vielleicht 50, 60 Meter von der Hütte entfernt, machte ich etwas im Schnee aus. Eine dunkle Erhebung.

Mein Herz raste. So schnell ich konnte, hastete ich darauf zu. Mit jedem Schritt bekam ich ein klareres Bild davon, was geschehen war. Die Rohrweihe musste den fetten Braten, der noch dazu eine unverhofft leichte Beute bedeutete, sofort erkannt haben. Aus dem blutigen Schädel der Katze waren die Augen herausgepickt. Zwischen den abstehenden Fellfetzen schimmerte der Knochen schmutzig grau. Die Katze hatte sich gewehrt. Hier und da lagen braun-weiß gescheckte Federn. Aber irgendwann musste der Raubvogel zum entscheidenden Hieb angesetzt und ab da leichtes Spiel mit dem entkräfteten blinden Tier gehabt haben. Das Fell der Katze war am Bauch, wo ich sie gehalten hatte, völlig zerhackt, darunter, in dem roten Gemisch, kaum mehr Fleisch auszumachen. Mit dem Stiefel drehte ich den Schädel zur Seite. Ihr Mund stand weit offen, als hätte sie geschrien. Die Rohrweihe hatte ihr die Zunge herausgerissen. Danach hatten sich die Flughunde das genommen, was übrig geblieben war.

Ich ging in die Knie, rieb mein Gesicht mit Schnee ein.

Ich erbrach mich.

Da meinte ich, aus dem Augenwinkel an der Spitze des kegelförmigen Feldes aus toten Stämmen und dreckigem Schnee für den Bruchteil einer Sekunde die langen dünnen Beine eines Insekts zu erhaschen, einen winzigen Kopf mit Fühlern auf einem kugelförmigen Körper, hundegroß, Beine, die eilig knisternd davonkrabbelten. Und wieder ein altes Wort im Kopf: *Monsterzecke*. Direkt danach: *Die 1990er. Oberviechtach. Ilie, Madita, ich und die Monsterzecke*. Die alte Angst. Kinderangst. Den Kotzegestank an meinem Pullover und in meinem Mund, saß ich da und starrte ins Zwielicht und in alles, was gewesen war und was ich geglaubt hatte, hier, in dieser Einöde, hinter mir gelassen zu haben.

Dann war die Schneise wieder eine Schneise und um mich der norwegische Winter.

Donnerstag

Es ist jetzt endlich Morgen geworden. Draußen, vor dem Fenster, liegt die dicke Decke des Schnees im Licht der Sonne. Unter dem Harsch geht in diesem Moment das große Sterben vor sich, das Gras verfärbt sich, die Kadaver der Tiere erstarren in jener Position, in der sie erschlagen oder erfroren sind. Irgendwo liegt auch der Rest der Katze. Nur hier, in meinen Folientunneln, in meinem Stall, in meiner Hütte, ist noch Wärme, wachsen die Pflanzen, gurren die Hühner, sitze ich.

Ich war die ganze letzte Nacht wach. Erst nach einiger Zeit merkte ich, dass ich mit der Katze sprach. Ich schrie sie an, ihren Schädel ohne Augen und Zunge, warum sie mich verlassen habe, *wie blöd muss man sein*, das habe sie nun davon, jetzt sei sie tot, geschehe ihr recht, ich schrie Brigitte an, ich schrie Samy an. Sie standen stumm nebeneinander in der Küche und schauten mir beim Schreien zu.

Ich habe noch nichts von dem Wolfsrudel mitbekommen, das im Norden wohnt. Ich schätze, es ist ungefähr fünf Tage entfernt. Demnächst werden die Tiere nichts mehr zu jagen haben und Hunger kriegen. Ziemlich logisch, dass sie dann hier vorbeischauen werden. Da wird mein Big Boy auch nicht viel ausrichten können. Und wenn ich nicht draufgehe, dann meine Hühner. Und damit auch ich. Allerdings wird der Schnee das Rudel daran hindern hierherzukommen. Ausgeschlossen, dass die Tiere es schaffen, tagelang durch diesen tiefen Schnee zu laufen. Ausgeschlossen. Gefährlich wird es, wenn der Schnee schmilzt und die Wege wieder passierbar werden. Vielleicht ist nicht der Winter die eigentliche Gefahr. Sondern der Frühling.

Ich habe den Computer wieder eingeschaltet. Ich dachte, es könne mir vielleicht helfen, aufzuschreiben, was passiert ist. Aber jetzt, da ich am Ende der Geschichte angelangt bin, weiß ich, dass das nicht stimmt. Ich komme nicht zur Ruhe. Im Gegenteil. All die alten Wörter, der alte Pullover, den ich auch jetzt trage, und vor allem die Katze haben etwas in mir ausgelöst, das, wenn ich mich nicht fokussiere und all meine restliche Kraft zusammennehme, um wieder meinen Frame of Mind herzustellen, wie eine Lawine über mich einzustürzen und mich unter seinen Trümmern zu begraben droht. Lächerlich. Nur: Ich habe die Kraft nicht. Ich habe sie nicht mehr. Ich werde die Kraft in den nächsten Wochen dieses Winters nicht haben.

Die einzige Möglichkeit, jetzt nicht verrückt zu werden, ist, meine Vergangenheit zu sortieren.

Warum ich hier bin.

Wie ich lernte, die Menschen zu hassen.

DAS ICH UND SEINE FREUNDE

Die Ironie des Schicksals

Das, was ich hier aufschreibe, kann nur eine Annäherung an die Wirklichkeit sein. Ein Programmierer in meiner Firma formulierte das einmal folgendermaßen: »Die Zahlen Zwei und Drei liegen auf den ersten Blick sehr nahe beisammen. Man könnte fast meinen, sie seien dasselbe. In Wahrheit sind es natürlich dennoch zwei völlig unterschiedliche Zahlen, die auch nicht mehr miteinander zu tun haben als eins und neunundneunzig.«

Eine Sache weiß ich allerdings ganz sicher: Zum ersten Mal bin ich der Monsterzecke am 23. August 1986 begegnet. Damals war ich vier Jahre alt. Meine Eltern wollten Quality-Time haben und sich einen Nachmittag zu zweit machen. Um auf mich aufzupassen, waren meine Großeltern an diesem Samstag extra aus Regensburg in unseren Bungalow nach Oberviechtach gekommen. Mit den Jahren hat sich in meinem Kopf folgende Erinnerung verfestigt, wobei ich davon ausgehe, dass es sich bei dem allermeisten um nachträgliche Erzählungen handelt. Was ich trotzdem noch klar vor mir zu haben meine, ist, wie ich mit meinem Großvater und meiner Großmutter in unserem Garten stehe und wir uns gegenseitig einen Ball zuwerfen. Ich sehe meinen Großvater in jenem beigen Leinenjackett, das er auch später noch regelmäßig trug. Der Rasensprenger lässt das Wasser in einem kleinen perfekten Bogen, der in der Sonne glitzert, aufs Gras fallen – was unmöglich stimmen kann, da damals Rasensprenger in der Oberpfalz kaum verbreitet waren. Der Ball war rot und hatte weiße Punkte und sprang sehr hoch, wenn er mit einem keuchenden Geräusch, als huste er, vom Boden prallte. Es war ein guter Ball. Die Sonne stach. Berührte man den Ball, tat das heiße Plastik an den Händen weh. Meine Großeltern zog es bald in den moosigen Schatten der Bäume am Rand des Grundstücks, wo wir Limonade tranken. Berührte mich meine leicht übergewichtige Oma, die im Jahr darauf an einem Herzinfarkt sterben sollte – und sie umarmte und streichelte mich ständig, was ich sehr gern hatte –, waren ihre starken Oberarme eiskalt, ihr Gesicht schweißnass. Sie zwinkerte ständig mit ihren vom Heuschnupfen geröteten Augen, als stimme etwas nicht, obwohl eigentlich alles in schönster Ordnung war. Nachträglich kommt mir das alles – wir in den fast undurchdringlich schwarzen Schatten der Bäume, mein Großvater, der immer unter dem Lärm in seiner Wohnung in Regensburg litt und nun begeistert flüsterte, wie »absolut idyllisch« und »totenstill« es hier sei, meine zwinkernde Großmutter, die nickend in seine Begeisterung mit einstimmte, obwohl sie die große Altbauwohnung in Regensburg liebte – nachträglich kommt mir das alles wie ein Zeichen vor, mit einer Bedeutung aufgeladen, die diese Szene natürlich in Wahrheit nie besaß.

Die Schatten wuchsen über den Rasen, es roch nach Abend. Meine Großmutter und mein Großvater gingen mit mir ins Haus. Am Wohnzimmertisch spielten wir ein Brettspiel aus ihrer Sammlung, sie hatten es eigens mitgebracht. Dann durfte ich fernsehen. Meine Großmutter schleppte den schuhschachtelgroßen tragbaren Schwarzweißfernseher herbei. Meistens holte meine Mutter beim Bügeln oder Abwaschen den Apparat aus dem Abstellraum, wo normalerweise sein Platz war. Ich meine mich zu erinnern, dass ich zunächst voller Unglauben und auch Sorge meinen Großvater beobachtete in Erwartung, dass er gleich entrüstet protestieren würde.

Von meinen Eltern wusste ich, dass für meinen Großvater Fernsehen den Inbegriff der Totalverblödung darstellte. In der Wohnung in Regensburg gab es keinen Fernseher. War ich dort zu Besuch, bläuten mir meine Eltern immer vorher ein, auf gar keinen Fall zu erzählen, dass ich eine bestimmte Sendung zu Hause gesehen habe. Für meinen Großvater war nicht nur die Mehrheit der Sendungen Kondensate der Dummheit; sie *ver*dummten auch denjenigen, der sie ansah. Zudem schädigten sie die Augen. Nun aber stellte meine Großmutter schnaufend den grauen Apparat mitten auf den Perserteppich im Wohnzimmer einfach so vor mich hin. Lange drehte sie an dem Rad und schwenkte die Antenne, bis sich das Schneegestöber in eine Vorabendserie verwandelte. Das machte diesen Tag nicht nur sensationell, sondern zum ultimativen Wunder. Ich dachte gar nicht weiter über den Grund für diese rätselhafte Großzügigkeit und Verleugnung der ansonsten so festen Prinzipien nach. Stattdessen glotzte ich einfach, unendlich dankbar und wunschlos glücklich.

Als das Telefon klingelte, muss ich derart von der Sendung gefangen genommen gewesen sein, dass ich den Anruf gar nicht mitbekam. Was ich mit Sicherheit weiß und sich auch zeitlich zweifelsfrei rekonstruieren lässt, ist, dass gerade die *Tagesschau* lief. Ich hatte bis dahin noch nie Nachrichten geguckt. Eigentlich durften das nur Erwachsene. Es war wie eine Initiation, ein einzigartiger Blick in die wirkliche Welt der Erwachsenen und das wirkliche Leben. Ich gehe fest davon aus, dass ich rein gar nichts von dem begriff, was dort gezeigt wurde, konnte aber dennoch meine Augen nicht abwenden, weil ich jede Sekunde damit rechnete, dass es sich meine Großeltern anders überlegen und den Apparat ausschalten würden.

Irgendwann erwachte ich kurz aus meiner Fernsehhypnose, als sich meine Großmutter neben mich niederließ. Aus irgendeinem Grund war mein Großvater verschwunden. Auch meine Eltern waren noch nicht zurückgekehrt. Also verbrachte ich die nächsten zwei, vielleicht drei Stunden neben meiner Großmutter vor dem Fernseher. Ohne meinen Großvater, der häufig den Standpunkt vertrat, dass »die Omi« mich zu sehr verwöhnte, schien sie es voll zu genießen, mich für sich allein zu haben. Sie knuddelte und streichelte und küsste mich mit ihrem kalten Gesicht, als gebe es kein Morgen. Blickte ich bei spannenden oder lustigen Stellen im Fernsehen zu ihr hoch, damit sie bestätigte, dass die Stellen gerade wirklich spannend oder lustig gewesen waren, lächelte sie zurück. Kurz weinte sie. Den Blick nicht vom Fernseher wendend, ergriff ich ihre feuchte Hand. Jetzt waren es zwei Dinge, die nicht enden sollten und weswegen weder mein Großvater noch meine Eltern wiederkehren sollten: das Fernsehen und die Zeit mit meiner Omi.

Erst als die Stelle am Ohr, an der ich mich bis dahin wieder und wieder unbewusst gekratzt hatte, schmerzte, unterbrach ich die Sendung.

Was habe ich da, werde ich meine Großmutter gefragt haben. Lass mal sehen, mein Schatz, wird sie geantwortet haben. Ohne etwas zu sagen, lief sie ins Badezimmer. Omi?, werde ich gefragt haben. Bin gleich wieder da, mein Schatz, wird sie geantwortet haben. Es ist alles in Ordnung, mein Liebling. Da ist nichts. Sie kehrte mit derselben goldenen Pinzette zurück, mit der mir mein Vater und später mein Großvater Späne aus dem Fuß oder der Hand herauszogen und deren Anblick in mir sofort größtmögliche Panik auslöste. Trotz ihrer massigen Statur agierte meine Großmutter flink. Mit wenigen Handgriffen hatte sie die Pinzette an mein Ohr geführt und – da zeigte sie mir schon das Ding, das sich dort festgebissen hatte. Was zwischen den geschlossenen Metallarmen klebte, war nicht viel mehr als ein schwarzer Punkt. Meine Großmutter hatte einen merkwürdigen und unpassend schönen Namen für das gefährliche Tier.

Vielleicht um der Episode einen spielerischen, märchenhaften Charakter zu verleihen, vermied sie das Wort »Zecke«. Stattdessen nannte sie das Ding »Nymphe«, was, wie ich später erfuhr, tatsächlich der reguläre Begriff für eine nicht ausgewachsene Zecke war. Der Kopf dieser Kinder-Zecke steckte allerdings weiter in mir. Es war das einzige Mal, da bin ich mir ganz sicher, dass ich am vielleicht schrecklichsten Tag meines Lebens weinte. Und meine Großmutter weinte erneut, was mir mit einem Mal seltsam vorkam. Es schüttelte sie. Sie konnte gar nicht mehr aufhören. Wir sahen fern und heulten und hielten einander die Hand. Irgendwann muss ich im Glauben, am nächsten Morgen wie selbstverständlich in meiner alten Welt aufzuwachen, eingeschlafen sein.

Am nächsten Tag erfuhr ich dann, was am Nachmittag zuvor gegen 16:12 Uhr geschehen war. Meine Eltern hatten auf dem Weg in die nächste größere Stadt, Weiden, unter nie geklärten Umständen ein Signal übersehen, waren in ihrem Auto, von der Bahnschranke eingesperrt, von einem Zug erfasst und über 300 Meter weit mitgeschleift worden. Angesichts des Fotos des völlig zerquetschten Wagens, das ich sehr viel später in dem Artikel aus der Regionalzeitung mit dem seltsamen Titel *Der Neue Tag* sah, nehme ich an und hoffe, dass beide auf der Stelle tot waren.

Ich glaube, meine Großeltern handelten absolut richtig, dass sie mir nicht sofort die Wahrheit sagten, als der Anruf aus dem Krankenhaus kam und mein Großvater aufbrach, weil man ihn über den Zustand meiner Eltern im Unklaren gelassen hatte. Trotzdem vergrößerte im Nachhinein ihr geradezu perfektes Schauspiel meinen Schock. Sie, erwachsene Menschen, noch dazu diejenigen, die mich am meisten liebten, hatten mich belogen. Sie hatten mich an der Nase herumgeführt. Sie hatten mich auf den Arm genommen. Sie hatten mich getäuscht. Und, was für mich im Lauf der Jahre immer schwerer wog, ohne dass ich wusste, warum: Sie hatten mich dazu verleitet, unbeschwert zu sein, obwohl ich bereits allen Grund zur Trauer gehabt hätte. Ja, das Unglück meiner Eltern und mein Verhalten verbanden sich in meinem Kopf auf geheimnisvolle Weise. Ich hatte mich falsch verhalten und trug daher Mitschuld am Tod meiner Eltern.

Es war damals, Mitte der 1980er, unüblich, ein Kind zum Psychiater zu schicken, selbst in einem solchen Fall. Hätte man es doch getan, hätte man wahrscheinlich schnell eine Erklärung dafür gefunden, warum ich mir derartige Vorwürfe machte und mehr noch: warum ich mir von da an einbildete, der rumpflose Kopf der herausgerissenen Nymphe flüsterte in mein Ohr. Er besaß die Stimme des Sprechers der *Tagesschau*, den ich an jenem Ausnahmeabend gesehen hatte und bei dem es sich, wie mir viele Jahre später auffiel, wohl um Werner Veigel handelte, der dann auch die Sendung am Tag nach dem Fall der Mauer sprach. Ich bildete mir ein, die Nymphe mit dem Bass Werner Veigels mache mir all jene Vorwürfe am Tod meiner Eltern, die mir unformuliert in meinem kleinen Kopf herumspukten, vorzugsweise nachts, wenn ich nicht einschlafen konnte. Ich kann ihre Sätze nicht im Wortlaut wiedergeben. Vielleicht waren es auch eher Stimmungen. Wie undurchdringliche Schatten unter reglosen Buchen an einem idyllischen Sommertag. Eine Einschränkung: Wenn ich sage »ich bildete mir ein«, trifft das nicht zu. Für mich war die Stimme der Zecke und ihre Gegenwart real. So real wie die Gesten und Mimik der Liebe meiner Großmutter, die sie trotz des Abgrunds aus Verzweiflung und Trauer in sich, während wir fernsahen, zur Schau gestellt hatte.

Herkunft

Meine Großeltern, die als einzige noch lebende direkte Verwandte das alleinige Sorgerecht hatten, waren sich anscheinend einig, dass es mich in dieser fürchterlichen Situation noch mehr belastet hätte, aus meinem gewohnten Umfeld gerissen zu werden. Ich kann mir vorstellen, dass es vor allem meine Großmutter war, die die Entscheidung propagierte und sich ausnahmsweise gegenüber meinem Großvater durchsetzte. Ob es nicht besser für alle Beteiligten gewesen wäre, hätten mich meine Großeltern zu sich genommen, sei dahingestellt. Unser aller und mein Leben wäre auf jeden Fall vollkommen anders verlaufen. So aber zogen meine Großeltern unmittelbar nach dem Unglück aus ihrer Altbauwohnung in Regensburg, wo mein Großvater Professor für Neuere Deutsche Literatur war, nach Oberviechtach, in den Bungalow meiner Eltern. Es war ohne jeden Zweifel ein gewaltiges Opfer für beide, die die Donau-Stadt mit ihren vielen alten Kirchen und engen mittelalterlichen Gassen sehr liebten. Ich erinnere mich an den Spruch meines Großvaters, eine Stadt ohne Oper, Theater und Orchester sei keine richtige Stadt und eigentlich sei es überhaupt vollkommen undenkbar, in einem Ort, der nicht diese Mindestanforderungen an kulturellem Angebot erfüllt, zu wohnen. Ich habe allerdings den Verdacht, dass sich meine Großmutter bei aller Trauer insgeheim auch darauf freute, noch einmal die Mutterrolle zu übernehmen und ganz für mich da zu sein.

Oberviechtach war ein Dorf in der Oberpfalz mit etwa 5000 Einwohnern und lag ungefähr 20 Kilometer von der damaligen tschechoslowakischen Grenze entfernt. In den Straßen hing im Sommer oft der Geruch von Jauche aus den Kuh- und Schweineställen, die sich teilweise mitten im Ort befanden. Wahrscheinlich hätten die meisten, die sich ab und zu dorthin verirrten, um Urlaub zu machen, seine Lage zwischen dichten Fichtenwäldern und sanften Hügeln, auf deren Gipfeln Burgruinen hervorschauten, als *idyllisch*, vielleicht sogar *verwunschen* bezeichnet. Und obwohl er sich vor dem Unglück bei seinen wenigen Besuchen – meistens war nur meine Großmutter gekommen – erfreut über die Ruhe und die unberührte Natur gezeigt hatte, war Oberviechtach für meinen Großvater doch in Wahrheit einfach nur das: ein *Kaff*, ein Ausdruck, den er mit der für ihn typischen genussvollen Abschätzung auszusprechen pflegte, um gleich im Anschluss wie über einen nicht ganz geglückten Witz zu lachen, so dass ich mir nie ganz sicher war, ob er das Dorf wirklich so sehr hasste, wie er stets behauptete. Der Tod meiner Eltern und damit seiner einzigen Tochter ereignete sich während der Semesterferien. Seine Kurse im Wintersemester waren bereits angekündigt, aber es schien kein größeres Problem darzustellen, unter diesen Umständen kurzfristig die Unterrichtsstundenzahl auf ein Minimum zu reduzieren. Dreimal die Woche fuhr er nun die etwa eineinhalbstündige Strecke zu seinen Vorlesungen, Seminaren und Besprechungen. Obwohl mir mein Großvater damals, 1986, bereits mit seiner großen, hageren Gestalt, der Glatze und seinem angegrauten Bart wie ein uralter Mann erschien, war er erst 57 Jahre alt. Ich denke, er war auch deshalb nach Oberviechtach gezogen, weil meine Großmutter erklärt hatte, sie werde ihm »das Kind«, sprich mich, vollkommen abnehmen und ihm noch mehr als früher den Rücken freihalten, damit er neben seiner Arbeit auch weiterhin seine Kulturaktivitäten in München wahrnehmen konnte. So lautete wahrscheinlich der Deal zwischen den beiden. Der dann vollkommen hinfällig war, als meine Oma eines Sommermorgens 1987, fast genau ein Jahr nach dem Tod ihrer Tochter, tot im Bett lag und mein Großvater auf einmal ausgerechnet in jenem »Kaff« gefangen war, das er nicht ausstehen konnte, mit einem Kind, bei dem er letztlich absolut keine Ahnung hatte, wie er mit ihm umgehen sollte.

Unser Bungalow befand sich in einer Neubausiedlung an einem der sandigen Hänge, die sich in alle Himmelsrichtungen sanft um die Mulde erhoben, in der Oberviechtach lag. Nur eine einzige Straße, die in weiten Serpentinen zwischen Kartoffeläckern und Maisfeldern und an der einsam und wie verbannt dastehenden winzigen evangelischen Kirche vorbeiführte, verband sie mit dem Ortskern. Es war die Siedlung meiner Eltern – und zwar buchstäblich. Meine Eltern, deren Büro unter *Klecka Architekten* firmierte, hatten sie entworfen und ihre Entstehung bis zu ihrem Tod begleitet. Vielleicht an die zweihundert Menschen lebten dort, ich kann mich irren. Die Siedlung strukturierte sich in Rondells mit sternförmig drum herum angeordneten Häusern. Als Namen für die einzelnen Rondells hatte man bedeutsame Persönlichkeiten der deutschen Geschichte gewählt. Wir wohnten im Albert-Einstein-Rondell, auch *Das Einstein* genannt, das an *Das Geschwister Scholl* und *Das Goethe* angrenzte. Als meine Eltern verunglückten, war weiter oben, auf dem Rücken des Hangs, bereits ein weiteres Rondell im Entstehen begriffen. Jede Nacht brannten dort die Straßenlaternen am Rand der fertig geteerten Straße. Was fehlte, waren die Häuser, was mir die Gegend unheimlich machte, so dass ich sie bei Einbruch der Dunkelheit mied. Ein Eindruck, der sicherlich auch daher rührte, dass der Baustopp mit dem Tod meiner Eltern zusammenfiel. Beides, ihre Abwesenheit und das Brachland mit den aus der Erde und ins Nirgendwo ragenden, nackten Kabelenden und kleinen Transformatorenstationen, in denen es summte, waren für mich untrennbar miteinander verbunden. Dieses untote Rondell wurde bis Ende des Jahrzehnts *Das Steffi Graf* genannt.

Das Wissen darum, dass es meine Eltern gewesen waren, die die Siedlung geplant hatten, gab mir damals als Kind ein besonderes Gefühl, eine Art Auserwähltsein. Erst als Jugendlicher erfuhr ich, dass sie wegen zahlreicher Baumängel kurz vor der Insolvenz gestanden hatten, weswegen auch der Ausbau der Siedlung gestoppt worden war.

Vielleicht, weil er eine Art Neustart wollte, oder weil er es tatsächlich in gewisser Weise genoss, endlich ganz nach seinen eigenen Vorstellungen wohnen zu können, veränderte mein Großvater die ursprüngliche Funktion der Zimmer, so dass ich bereits als kleines Kind das gesamte mit Fenstern zum Garten hin ausgestattete Untergeschoss des Bungalows für mich allein hatte, oder, wie mein Großvater sagte: »das Souterrain«. Früher war darin das Büro untergebracht gewesen. An meiner Zimmertür hing noch immer das goldene Schild: *Büro Klecka*. Nun schlief ich an jener Stelle, wo die Schreibtische meiner Eltern gestanden und sie ihre Häuser und am Ende nie gebauten Gebäude erdacht und gezeichnet hatten.

Ohne Frage war meine Mutter eine auffallende Gestalt: groß, über 1,80 m, schlank, mit blondem Bubikopf, etwas zu langen Armen und einer auffallend asymmetrischen Gesichtsform, die ihre fast schon klassische Schönheit einerseits brach und sie andererseits genau dadurch, durch das Nicht-Perfekte, irgendwie geheimnisvoll und noch attraktiver machte. Dass sie von Anfang an etwas ganz Besonderes sein sollte, machte schon allein der Name deutlich, den meine Großeltern und hier wohl maßgeblich mein Großvater mit seinem Klassik-Fimmel für sie ausgesucht hatten: Leonore. Obwohl ich ihr Haar und ihre Gesichtsform geerbt habe, hatte ich vor allem in meiner Pubertät nicht nur Sorge, sondern geradezu Panik, mich in jenen Mann zu verwandeln, der neben ihr, die immer strahlte, irgendwie fehl am Platz wirkte und das nicht nur wegen seines geradezu auffallend durchschnittlichen Namens: Helmut, mein Vater, ein Kopf kleiner als sie, leicht untersetzt, bärtig, mit ungepflegt wirkendem schulterlangem Haar. Nichtsdestotrotz fühlte ich mich damals als Kind Helmut näher als Leonore. Laut meinem Großvater sei es die Idee seines Schwiegersohns gewesen, mir einen Vor- und Mittelnamen zu geben, den sonst keiner hatte. *Bastian Balthasar.* Angeblich deshalb, weil die kindliche Hauptfigur seines Lieblingsbuches zur Zeit meiner Geburt, Michael Endes *Die Unendliche Geschichte*, ebenso hieß. Obwohl das Exemplar des Romans meine gesamte Kindheit über in meinem Regal stand, scheute ich mich davor, es zu lesen. Die paar Male, die ich es aufblätterte und dann sofort meinen Namen erblickte, wurde es mir kalt vor Peinlichkeit, vor Angst, vor Wut, ich weiß nicht was. Nichtsdestotrotz trug mein Name, zusammen mit dem Status als Waisenkind, dazu bei, dass ich mir schon früh irgendwie fiktiv vorkam. Meine wahren Verwandten waren große Waisen wie Momo, David Copperfield, Tom Sawyer und Mowgli.

Die Plattensammlung meines Großvaters, die im Wohnzimmer acht Regalreihen umfasste, bestand ausschließlich aus Klassik. Eine große Ausnahme bildeten drei Platten mit »Tanzmusik«, wie mein Großvater das nannte: zum einen *A Hard Days' Night* und *Let it be* von den Beatles. Zum anderen eine Platte, die angeblich die Lieblings-LP meiner Mutter gewesen war. Wenn ich, während mein Großvater an seinem Schreibtisch arbeitete, auf dem Perserteppich vor ihm lag und mich über Kopfhörer durch seine Sammlung hörte, betrachtete ich manchmal heimlich das Cover, das auf mich eine starke Anziehungskraft ausübte: Es zeigte die Band *ABBA*, zwei Männer und zwei Frauen, die gedrängt im zu kleinen Cockpit eines durchsichtigen Hubschraubers saßen. Aus irgendeinem Grund, wohl auch, weil eine gewisse Ähnlichkeit nicht von der Hand zu weisen war, stellte ich mir vor, die blonde Frau in der Mitte sei meine Mutter und der Mann mit Bart mein Vater, kurz vor dem Start in weit entfernte Länder, vielleicht sogar zu anderen Sternen oder zu jenem Ort, an dem sie sich nun befanden. Die LP hieß *Arrival*.

Ich konnte mich an meine Eltern nur durch Fotos und Home-Videos erinnern. Ab und zu, am Geburtstag seiner Tochter oder am Jahrestag ihres Todes, entrollte mein Großvater im Wohnzimmer am Bücherregal die klebrige Leinwand und stellte den Filmprojektor davor. Ein leicht kokeliger Geruch breitete sich im Zimmer aus, als gehörte beides, Vergangenheit und Rauch, untrennbar zusammen. Manchmal fingen die Polster der Couch, auf der wir saßen, plötzlich zu zittern an, wie von einer leichten Erschütterung. Ich traute mich dann nie, zu meinem Großvater rüberzusehen, weil ich genau wusste, dass er sein Weinen unterdrückte.

Durch die Videos eignete ich mir einige Gesten meiner Eltern an, weil ich sie cool fand oder einfach, weil sie mir so häufig vorgeführt wurden. Möglich auch, dass dies nur der Ausgleich dafür war, dass ich es zwar irgendwie vermisste, eine Mutter und einen Vater zu haben; dass ich aber meine Eltern nicht liebte. Ich wollte meine Eltern lieben. Ich wollte mich anstrengen, meine Eltern zu lieben. Man liebte seine Eltern. Alle liebten ihre Eltern. Wie allerdings konnte ich Menschen lieben, die ich fast ausschließlich von Fotos oder Filmen kannte? Ich erzählte niemandem davon. Die Einzige, die davon wusste, war die Nymphe mit der Stimme Werner Veigels. Sie war wie Gott. Aber anders als er hatte sie ihre Freude an meinen Unzulänglichkeiten. Sie war auch nicht der Teufel. Sie musste gar nichts machen. Sie musste sich nicht in irgendeiner Weise in mein Leben einmischen. Sie schaute mir bloß zu, genau so wie ich nachmittags Zeichentrickfilme ansah und mich darüber kaputtlachte, wenn Tom von Jerry überlistet, gefoltert und hingerichtet wurde – und wieder auferstand. In meinem Kopf war sie zur Monsterzecke geworden, die in meinem Gehörgang hauste, schleimig, nackt und böse. Hätte mich ein Arzt untersucht, wäre er auf sie gestoßen, davon war ich überzeugt. Ich musste ihr Opfer darbringen, sonst würde etwas Schlimmes geschehen, zum Beispiel mit meinem Großvater. Wir konnten auf den Fahrten ins Museum oder ins Konzert mit dem Auto verunglücken. Ich konnte die Kontrolle über mein Fahrrad verlieren. Die Kindergärtnerin, Schwester Reglinde, eine Nonne, konnte sich plötzlich von mir, ihrem Liebling, abwenden und jemand anderen bevorzugen. Ich würde nicht mehr auf ihrem Schoß sitzen dürfen. Die Zecke sorgte dafür, dass dies nicht geschah. Doch damit sie dafür sorgte, musste ich manchmal das Geschirr und Besteck, das ich als eine meiner Aufgaben im Haushalt abwusch, nach dem Ausräumen aus der Spülmaschine auf der Arbeitsfläche genau parallel anordnen. Tat ich es nicht, war ich und war die Welt verloren. Ich musste mich dreimal am Ohr kratzen. Ich musste im Garten alle Gänseblümchen in einem bestimmten Quadrat pflücken, die Blütenblätter abreißen und den Fruchtknoten zerdrücken. Ich musste vor dem Einschlafen fünfzehn Mal das Wort »Zecke« sagen. Ich tat alles. Doch irgendwann, ich glaube, ungefähr als ich in die Schule kam und jeden Tag mit den anderen Kindern aus der Siedlung in den Grundschulkomplex am Fuß des Hanges ging, wurde die Stimme der Zecke von anderen und zunehmend wichtigeren Dingen übertönt. Meinem besten Freund Heime, Hausaufgaben, Hobbys, Hubba Bubba. Eines Tages hatte ich sie endlich vergessen, und sie blieb verschwunden, wie ein Spielzeug, das man in einen Karton packt und in den Keller trägt, in den man dann vermeidet herunterzusteigen, weil man sich vor der Dunkelheit fürchtet.

Der Sommer des Fernsehens

Im Jahr 1992 kehrte die Monsterzecke zurück. Im September, um genau zu sein. Am letzten Abend der großen Ferien. Am nächsten Tag würde ich aufs Gymnasium kommen. Es hieß *das Leuchtenberg*, auch *Die Leuchte* genannt, und lag etwa eine halbe Stunde von Oberviechtach entfernt. Während also die meisten anderen aus meiner ehemaligen Klasse den Weg wie bisher in den Komplex am Fuß des Hangs mit der *Doktor Eisenbarth*-Haupt- und Realschule gingen, benannt nach dem sagenhaften Augenarzt, der hier geboren worden war und Erblindete wieder sehend gemacht haben soll, schärfer als je zuvor, würde ich zu meinem Großvater ins Auto steigen, weil er darauf bestand, mich zumindest anfangs selbst zu bringen und abzuholen, damit ich nicht »mit den anderen« den alten, dröhnenden Bus nehmen musste, der noch vor Sonnenaufgang die Dörfer und Höfe der Umgebung abklapperte.

Den gesamten Sommer über hatte ich mich in einer mir bislang unbekannten Stimmung befunden. Normalerweise freute ich mich auf die Ferien, auf die endlosen Nachmittage zusammen mit den anderen Kindern, besonders auf Heime, wenn wir das *Steffi Graf* in unser großes Spielfeld verwandelten, den Asphalt bemalten, um die Wette Fahrrad fuhren oder uns in den vom Löwenzahn überwachsenen Gruben und Hügeln des Brachlands versteckten, wo die Straßen wie abgeschnitten endeten. In der Ferne, am Rand des Feldes, erstreckte sich ein Wäldchen, die sogenannte Schonung. Sie durfte nicht betreten werden. Allerdings wäre der Zaun, der die Bäume umschloss, gar nicht nötig gewesen. Keiner von uns traute sich dorthin. Wenn versehentlich ein Ball in seine Nähe geworfen wurde, drückte nicht nur ich mich davor, ihn zu holen. Hinter dem Zaun wuchsen die Fichten zwischen Heidelbeersträuchern in geraden Reihen. Vielleicht spielte auch eine Rolle, dass mein Großvater mich immer davor warnte, dass besonders Waldfrüchte von Tschernobyl verstrahlt seien und ich sie auf keinen Fall essen durfte, wenn ich nicht Krebs kriegen wollte; vielleicht schreckte mich auch der Gedanke an die sogenannte *Grenzland*-Kaserne ab, die am anderen Ende des Wäldchens lag. Zwei-, dreimal im Jahr führte das Panzerbataillon dort Truppenübungen durch. Stundenlang waren dann bis in die Nacht dumpfe Schüsse und das Rattern von Ketten zu hören, und wer konnte schon sicher sein, dass nicht auch sonst dort geschossen wurde. Wie auch immer: Die Schonung war tabu.

Nachdem feststand, wer aus den vierten Klassen das Gymnasium besuchen durfte und wer nicht, gab es in diesem Sommer beim Spielen im *Steffi Graf* auf einmal ein unsichtbares Band, das die künftigen Haupt- und Realschüler von den Gymnasiasten trennte. Kreuzte ich, der einzige Gymnasiast in der Gruppe, mit dem Fahrrad auf, schien auf den ersten Blick alles so wie immer; trotzdem spürte ich, dass ich nicht mehr dazugehörte. Bei Völkerball wurde ich nicht mehr in Mannschaften gewählt; hinter meinem Rücken wurde getuschelt, und man schaute mir nach.

Noch schlimmer wog, dass auch die Freundschaft mit Heime in die Brüche ging. Ich meine mich zu erinnern, dass wir bereits ab der ersten Klasse beste Freunde waren. Heime wohnte im *Goethe*, dem Nachbar-Rondell. Er stammte von einer Nordseeinsel. Zusammen mit seinem ausgefallenen Namen und dem leicht friesischen Akzent reichte das aus, um ihn in Oberviechtach zum absoluten Außenseiter zu machen. Vielleicht war es dieser Status, der uns zusammenführte, schließlich schwang er auch bei mir stets mit, ob ich wollte oder nicht: Ich war »die Waise« und »der Sohn vom Professor«, der zwar aus dem Ort stammte, aber Hochdeutsch sprach und sich für ein Kind viel zu gewählt ausdrückte. Eigentlich waren wir ein überaus ungleiches Paar. Außer dass wir uns ein bisschen ähnlich sahen und beide Einzelkinder waren, war Heime in allem gut, in dem ich schlecht war – und umgekehrt. In der Grundschule war Heime immer der Beste im Sport, rannte Zeiten wie ein Teenager und vollführte Übungen am Reck, die unseren Sportlehrer in Staunen versetzte. Heime überredete mich, mit ihm an einem Akrobatikkurs in Weiden teilzunehmen, den mein Großvater wahlweise als »Turnen« oder »Leibesübung« bezeichnete. Tatsächlich erinnere ich mich daran, wie ich Heime beim Flickflack oder Salto half; wie ich ihn auffing, wenn er fiel, was ein wunderbares Gefühl war: gemeinsam an etwas zu arbeiten und dabei einander so nahe zu sein, auch wenn ich selbst es nie zu jenen Kunststücken brachte. Er trug dabei ein rotes Stirnband, auf das ich immer neidisch war. Abgesehen davon war ich mit meiner Rolle als Assistent mehr als zufrieden, weil sich unser Verhältnis zu Hause wieder umkehrte. Bei schönem Wetter zogen wir den ganzen Tag über die Wiesen hinter der Siedlung, bauten uns Unterstände. Dann lagen wir dicht nebeneinander oder den Kopf auf dem Bauch des anderen und erzählten uns Geschichten, die im Wesentlichen aus Nacherzählungen von Fernsehsendungen oder Hörspielen bestanden, wobei ich derjenige war, der die Storys fortspann und irgendwann damit anfing, von Ereignissen aus meinem Leben zu berichten, die nicht stimmten, ja, die so offensichtlich erlogen waren, dass mich später wunderte, dass Heime darauf hereinfiel. Ich behauptete zum Beispiel, in der Schonung hause ein wildes Pferd, das auch noch zu allem Überfluss *Fury* hieß. Als Beweis trampelte ich vor einem Treffen mit Heime das Gras auf der Wiese nieder, als sei ein schweres Tier darüber galoppiert. Wenn Heime pinkeln ging, wieherte ich in unserem Unterschlupf leise und fragte danach, ob er *Fury* gehört habe. Wir träumten davon, dass uns Heimes Eltern und mein Großvater endlich unseren größten Wunsch erfüllten: einen Hund. Wir würden uns abwechselnd um ihn kümmern und die große Verantwortung teilen, die mein Großvater immer als Gegenargument ins Felde führte, wenn ich ihn wieder einmal bekniete. Wir nahmen uns vor, mit unserem Vorschlag auf den perfekten Moment zu warten.

Aber 1992 wurde Heimes Vater, der als Soldat in der *Grenzland*-Kaserne diente, versetzt. Die ganze Familie würde im Sommer aus Oberviechtach wegziehen. Ich erinnere mich, dass wir beide heulend vor Heimes Mutter standen und sie anflehten, ihn bei mir in Oberviechtach zurückzulassen. In meinem Haus sei genug Platz, mein Großvater, der natürlich in Wahrheit nichts davon wusste, habe nichts dagegen, Heime könnte in meinem Zimmer schlafen. Aus all diesen Plänen wurde nichts. Ich schenkte Heime als eine Art Andenken ein Buch, ich glaube, es handelte sich um Gedichte Rilkes oder Hesses, die mir wahrscheinlich mein Großvater einmal vorgelesen hatte und mit denen ich angeben wollte. Bei einem unserer letzten gemeinsamen Nachmittage fragte ich Heime, was er von den Gedichten halte, er erwiderte, er habe nichts davon verstanden, er fände sie irgendwie doof, weil total geschwollen, so rede doch keiner, was mich zu irgendeiner arroganten Bemerkung veranlasste. Es kam noch schlimmer. Als Revanche schenkte er mir eines seiner Lieblingsbücher, ich glaube, einen Fantasy-Roman, den ich sofort abschätzig als Schund bezeichnete, so wie mein Großvater es getan hätte, was schließlich zu einem Streit mit Anschreien und Weinen führte, an weitere Details erinnere ich mich nicht. Jedenfalls stand ich dann am Anfang der Ferien vor Heimes Haus und klingelte, bis ich realisierte, dass die Rollläden heruntergelassen waren und die Einfahrt leergeräumt war. Heime war umgezogen, ohne sich von mir zu verabschieden. Er sollte sich nie wieder melden. In diesem Sommer war ich so einsam wie nie zuvor in meinem Leben.

Hinzu kam, dass mein Großvater und ich zum ersten Mal, seit ich denken konnte, keinen gemeinsamen Urlaub unternahmen. Bisher waren wir immer gleich in den ersten Ferientagen für einige Wochen in Richtung Italien aufgebrochen. Ich liebte diese langen Autofahrten, weil mein Großvater es mir überließ, zur Unterhaltung »ein buntes Programm«, wie er das nannte, zusammenzustellen, das hieß, ich packte meine Lieblingsfolgen von Hörspielreihen wie *Wir entdecken Komponisten* oder *Karlheinz Böhm erzählt Klassik für Kinder* zusammen und wählte aus der Bibliothek meines Großvaters Bücher aus, die ich auf der Fahrt vorlesen würde. Ich hatte dort eine eigene Kinderecke, in die mein Großvater jene Werke stellte, von denen er der Meinung war, dass sie mir nicht nur gefallen könnten, sondern dass ich von ihnen geistig profitieren würde. Das reichte von jenen klassischen Kinderbüchern, die er mir, als ich noch klein war, vorgelesen hatte, vor allem Erich Kästner, *Pu, der Bär,* aber auch Karl May, bis hin zu Balladen von Eugen Roth, Fontane oder Schiller, jene Texte also, die mein Großvater halb im Spaß, halb im Ernst mit seinem Standardspruch belegte: »Jeder gebildete Mensch muss das kennen«, wobei er genauso gut hätte sagen können: »Jeder, der ein Mensch sein will, muss das kennen.« In der Nähe von Verona, Venedig oder Florenz würden wir dann »einen Urlaub mit perfekter Mischung« verbringen, also abwechselnd Kirchen und Museen besichtigen, eine Opernaufführung besuchen und an einem jener Strände liegen, die mein Großvater so liebte und »menschenleer« sein mussten, in seinen Augen eines der größten Qualitätsmerkmale, weil er dann nackt am Strand Gymnastik machen konnte, Hampelmann und Kniebeugen und Derartiges, was, wie er erklärte, überhaupt »das Allergesündeste und Beste« für den Körper sei.

Doch in diesem Sommer 1992 verreisten wir nicht.

Schon vor dem Beginn der Ferien waren die konzentrischen Kreise aus Papierstapel um seinen Schreibtisch im Wohnzimmer, das er als Arbeitszimmer benutzte, von Woche zu Woche angewachsen. Als Rechtfertigung für die immer neuen Bücher, die er zusätzlich aus Regensburg mitbrachte oder in Paketen per Sonderversand angeliefert wurden, erklärte er, dass er den neunten und damit vorletzten Band der Tagebücher Thomas Manns mitherausgeben würde. Er müsse mir deshalb gleich vorab »ein Geständnis machen«. Der Sommer würde sich dieses Jahr anders gestalten als sonst. Es tue ihm sehr leid und er werde es wiedergutmachen, was ich als versteckten Hinweis darauf verstand, dass ich womöglich doch demnächst, eventuell bereits zu Weihnachten, einen Hund geschenkt bekäme. Aber, so argumentierte mein Großvater weiter, den neunten Mann'schen Tagebuch-Band mit herauszugeben sei eine ungeheure Ehre und zugleich ungeheuerlich viel Arbeit, wobei diese, daran bestand kein Zweifel, jede von gewöhnlichen Menschen, besonders von jenen in Oberviechtach, verrichtete Arbeit an Wichtigkeit und Sinnhaftigkeit überstieg. Es handelte sich sozusagen um eine Aufgabe zum Wohle der Menschheit, die nun hier, in unserem Wohnzimmer, von meinem Großvater erfüllt wurde, so ähnlich wie bei Onkel Quentins nie näher verifizierten Erfindungen in meinen *Fünf Freunde*-Hörspielen.

Mein Großvater war eine Mann-Koryphäe, muss ich ergänzen. Ein »Mann-Mann« oder »ein Mann-Unternehmen«, wie er manchmal scherzhaft gegenüber Bekannten sagte. Er hatte über die Ironie bei Mann promoviert und damit das damals wohl maßgebliche

Werk über dieses Thema geschrieben – damals, das heißt in den 1960ern. Ich glaube, er war letztlich ein ab einem gewissen Punkt ziemlich altmodischer Germanist, der nicht mehr mit der Zeit Schritt hielt und von Germanisten anderer Unis zunehmend belächelt wurde. Ich erinnere mich, wie er sich über einen jungen Professor in Regensburg echauffierte, der alle Werke, die meinem Großvater heilig waren, mit der Brille des Poststrukturalismus las. »Es gibt kein Original!«, höre ich meinen Großvater die anscheinend unnatürlich hohe Stimme des neuen Kollegen nachahmen, »Der Text schreibt den Autor! Der Autor ist tot!« Mit der Geste eines Heiligen auf einem der Gemälde in der Alten Pinakothek, die wir regelmäßig am eintrittsfreien Sonntag besuchten, hielt er sich die Hände vors Gesicht. Bestätigend fiel ich in sein Lachen ein, verstand aber natürlich rein gar nichts.

Ziemlich früh hatte er mich in die Geheimnisse des »uneigentlichen Sprechens« eingeführt, und meine liebsten Erinnerungen an diese Jahre sind es, wenn mein Großvater abends endlich Zeit hatte und wir in den ironischen Modus wechselten. Die Stimmung wurde ausgelassen, jeder Satz, jede Geste uneigentlich, und mein Großvater immer amüsierter von mir, was zugleich bedeutete, dass er mich anerkannte und selbst jene Steifheit ablegte, die sonst sein Verhalten weitestgehend bestimmte. Das Uneigentliche wurde zur hemmungslosen Blödelei – bis wir uns beide vor Lachen kringelten. Es war dann, als würde plötzlich alles, was sonst von großem Gewicht niedergedrückt war, schwerelos. Regelmäßig erkannte ihn bei unseren monatlichen Opern- oder Konzertbesuchen in München irgendein Mann-Forscher oder Mannianer oder Manniac und sprach ihn an, was ihm einerseits peinlich und lästig zu sein schien, weil er dann so schnell, wie es die Höflichkeit gebot, das Weite suchte, danach aber merklich hochgestimmt war und sich zuweilen an der

Bar ein Glas Sekt gönnte, was sonst nie geschah. Die Tagebuch-Edition stellte für meinen Großvater damals, mit 61 Jahren, den Höhepunkt seiner Laufbahn dar. Vielleicht beanspruchte ihn das Projekt deshalb derart und ließ ihn auf unseren Urlaub verzichten, der ihm ansonsten heilig war.

Was mich aber am meisten schmerzte, war, dass wir uns nicht einmal mehr freitagabends wie sonst auf das Sofa setzten, mein Großvater das Licht ausschaltete und eine Platte auflegte. Am liebsten hatte ich seine »Tests«. Er spielte ein Stück an, und ich versuchte, innerhalb weniger Sekunden zu erraten, um was und um welche Epoche es sich handelte. Beethoven!, rief ich, wie aus der Pistole geschossen. Mozart! Bach! Wagner! Bruckner! Mendelssohn! Hindemith! Tschaikowsky! Sinfonie 1, 2, 3, 4, 5, 6, 7! Suite! Menuett! Scherzo! Klassik! Moderne! Barock! Und mit jedem Namen, mit jedem Begriff lobte mich mein Großvater mehr. Saß er dann neben mir, waren wir uns so nah wie nie. Das war mir eigentlich noch wichtiger als die Musik. Trotzdem war dieses Wissen unglaublich wichtig. Es machte mich zu einem gebildeten, das heißt richtigen Menschen, so wie gutes Benehmen bei Tisch. Ich konnte Rilkes *Panther* auswendig.

Im Nachhinein verstehe ich, dass mein Großvater mehr als überfordert war, von heute auf morgen alleiniger Erziehungsberechtigter eines kleinen Jungen zu sein, und – vielleicht weil er ähnlich erzogen worden war, vielleicht weil er einer Männergeneration angehörte, in der das einfach unüblich war – ungern mit mir kuschelte. Hier, auf dem Sofa, Freitagabend, konnte ich ihn riechen. Unter seinem Jackett, das er selten ablegte, auch nicht zu Hause, duftete er immer ein bisschen nach Nivea-Creme, die tagsüber, fiel die Sonne darauf, zu glänzen begann wie eine Schutzschicht gegen alles. Ich kannte die Stellen bei den Stücken, die ihn besonders ergriffen. Er schluckte dann schnell oder hustete krampfhaft unterdrückt, weil er sich seine Gefühle nicht anmerken lassen wollte. Hatte ich einen dieser »Tests« besonders gut bestanden oder war er noch ganz bewegt von einem seiner Lieblingswerke, drückte er mich dann doch in der rauschenden Stille des Tonarms, der ans Ende der Platte angelangt war, und noch bevor er das Licht wieder anschaltete, kurz fest an sich. Hin und wieder gab er mir einen Kuss in mein Haar. Er liebte mich sehr. Ich war sein Ein und Alles. Ich war gut. Das wusste ich dann wieder.

In diesem Sommer gab es keine einzige Sofa-Session. Ein sicheres Mittel, meinem Großvater eine Freude zu machen und ihn zum Reden zu bringen, war, ihn nach seiner Arbeit zu fragen. Aber auch das zeigte keine Wirkung. Er fertigte mich nur mit Kurzantworten ab. Ich versuchte es mit uneigentlicher Rede. Er ging nicht darauf ein. Ich zeigte ihm die neueste Geschichte, die ich geschrieben hatte. Mit acht oder neun Jahren hatte ich zum ersten Mal einen Text geschrieben, den er als »ganz bemerkenswert« gelobt hatte. Dass es sich im Wesentlichen um Nacherzählungen von Fernsehsendungen handelte, die ich heimlich nachmittags geguckt hatte, verschwieg ich natürlich. Ich schrieb nur selten, obwohl ich wusste, dass es meinem Großvater größte Freude bereitet hätte, wäre ich eine Art kleines Wunderkind oder jedenfalls Künstler gewesen, wozu mir aber neben dem Talent die Ausdauer fehlte. Damals im Sommer versuchte ich es erneut. Ihm zuliebe. Vergeblich. *Ja, sehr schön,* wird er gesagt haben.

So wurde der Sommer 1992 für mich zum Sommer des Fernsehens. Die allermeisten Kinder waren mit ihren Eltern in den Urlaub gefahren. Heime war fort. Die Siedlung war wie ausgestorben. Noch dazu herrschte in meiner Erinnerung eine nahezu unerträgliche Hitze. Der flimmernde Asphalt verbrannte die nackten Füße. Das Gras im *Steffi Graf* verfärbte sich braun. Die Erde wurde brüchig.

Umso angenehmer war es im Haus, noch dazu in meinem Souterrain. Nur unerträglich langweilig. Mein Großvater hatte den tragbaren grauen Schwarzweißfernseher meiner Eltern behalten. Es hatte sogar Abende gegeben, an denen wir gemeinsam fernsahen, was mich in eine Art weihnachtliche Hochstimmung versetzte, so selten und besonders erschien es mir. In diesem Sommer wäre es absolut undenkbar gewesen, gemeinsam fernzusehen. Gleich nach dem Frühstück setzte sich mein Großvater an den Schreibtisch im Wohnzimmer und überließ mich mehr oder weniger meinem Schicksal. Irgendwann hielt ich dann die Ereignislosigkeit nicht mehr aus. Weil mein Großvater ohnehin kaum auf seine Umgebung zu achten schien, schlich ich in den Abstellraum und trug leise im bislang schlimmsten Verstoß gegen eines der ungeschriebenen Gesetze meines Großvaters den Fernseher in mein Zimmer im Untergeschoss. Für den Fall, dass er herunterkam, ohne dass ich ihn hörte, warf ich schnell eine Decke über das Gerät und schlug als Alibi auf meinem Bett ein Buch auf, es wird etwas von Karl May oder Jules Verne gewesen sein, als wäre ich gerade mitten in der Lektüre. Damit er sich nicht wunderte, wie still es war, gewöhnte ich mir an, in unregelmäßigen Abständen laut zu lachen, als hätte ich etwas Lustiges gelesen, oder dreimal im Zimmer im Kreis zu laufen, als würde ich etwas aus meinen Regalen holen. In Wahrheit guckte ich *Alf* und *Die Simpsons. Trio mit vier Fäusten* und *Das A-Team. Ein Colt für alle Fälle* und *Ein Engel auf Erden. Die Wicherts von nebenan* und *Ich heirate eine Familie. Captain Future* und *Star Trek – Die nächste Generation*. Bis auf die olympischen Sommerspiele in Barcelona, deren sich in Ganztönen ebenso unwiderstehlich effektvoll wie unheimlich banal steigernde Freddy Mercury-Hymne ich pausenlos im Ohr hatte, handelte es sich fast ausschließlich um Serien. Ich entdeckte die Freuden des episodenhaften Erzählens. Es endete nie. Ich glaube, das war das Wichtigste. Hier war das Versprechen: Es wird immer weitergehen. Es gibt keinen Tod. Wie aber geht es weiter? Rate mal. Warte mal. Verstärkt wurde dieses Hochgefühl dadurch, dass damals, in der Epoche des linearen Fernsehens, bis zur Fortsetzung mindestens eine Woche verstrich. In der Zwischenzeit malte ich mir meine eigene Version der nächsten Folge aus. In meiner Erinnerung liefen, was eigentlich nicht der Wahrheit entsprechen kann, alle Serien, die meine frühe Kindheit geprägt hatten, in diesem Sommer des Jahres 1992. Ich lebte in Filmszenarien. In Raumschiffen wie in den Sperrholzkulissen US-amerikanischer Sitcoms. Ich begann mit den Stimmen der Figuren aus den Filmen zu sprechen, sagte mittags oder abends beim Essen, wenn ich mich mit meinem Großvater unterhielt, einen Satz, wie ihn Alf oder Bart Simpson gesagt hätten, ohne dass mein Großvater es bemerkte, weil er, der sonst zu sagen pflegte, das A und O der sorgfältigen philologischen Arbeit sei das Quellenstudium, ausnahmsweise die Quellen nicht kannte. Ich war nicht mehr nur David Copperfield oder Tom Sawyer, ich war das coolste Waisenkind aller Zeiten, ich war Alf, ich war Data. Ich fühlte mich als Außerirdischer, ich fühlte mich als Roboter, ich liebte es. Manchmal war ich gar nicht mehr ich, sondern schlief als fiktive Figur ein. In mir schlug ein Herz aus Metall oder Zeichentrick. Dieser Sommer war der Triumph der uneigentlichen Rede und des uneigentlichen Lebens. Gleichzeitig war es ein meinen Großvater, hätte er davon erfahren, schockierender Grad der Totalverblödung.

Einmal stand unvermittelt unsere Zugehfrau, Frau Nowak, in meinem Zimmer, um bei mir sauberzumachen, verriet mich aber offensichtlich nicht. Einmal klopfte tatsächlich mein Großvater an die Tür. Das war, wie ich später rekonstruierte, Mitte August. Ich konnte gerade noch meinen Platz am Schreibtisch einnehmen, als er eintrat. Er wollte etwas sagen, er schien bewegt. Entweder war er wütend, weil er die Wahrheit herausgefunden hatte, oder er war wegen eines Kunstwerks oder einer Entdeckung in den Unterlagen Thomas Manns ergriffen. Aber dann setzte er nur wieder und wieder an, hustete, putzte sich die Nase, und stand eine Weile da, ohne ein Wort herauszubringen. Das Herz schlug mir bis zum Hals. Er wusste es. Er wusste es nicht. Ich hatte ihn für immer enttäuscht. Ich hatte ihn getäuscht. Dann trat er zu mir, ich nahm an, er würde gleich den Finger auf das Bild legen und fragen, was ich denn noch malen wolle, es sei doch längst fertig. Aber er streichelte mir bloß über den Kopf und roch an meinem Haar, was, glaube ich, noch nie geschehen war. Ein anderes Mal ging ich am Nachmittag an seinem Badezimmer vorbei, das nur von ihm genutzt wurde, da ich ja mein eigenes im Erdgeschoss hatte. Drinnen hörte ich Stimmen. Nein, eine Stimme. Es war die meines Großvaters. Ich erstarrte. Horchte. Er sprach leise mit sich selbst. Er schien erregt. Manche Wörter verschluckte er. Es klang, als rechtfertige er sich vor jemandem. Ich meinte mich zu erinnern, dass er manchmal auf diese Weise in Momenten, in denen sie sich unbeobachtet glaubten, mit meiner Großmutter gesprochen hatte, bis sie meine Gegenwart bemerkten und mein Großvater auf ein Zeichen meiner Großmutter verstummte. »Dein Opa braucht immer den Hörsaal«, das war so ein Satz, den meine Großmutter manchmal lächelnd sagte. Aber als mein Großvater dann das Bad verließ und ich einen Blick hineinwarf, war da niemand, nur meine Reflektion in den Spiegeln. Für kurze Zeit hielt ich es für möglich, dass mein Großvater, so wie es in einer der Science-Fiction-Serien geschah, von einem fremdartigen Virus befallen war und wahnsinnig wurde oder dass es in unserem Haus spukte, er es bemerkt hatte, mich aber nicht beunruhigen wollte, bis ich realisierte, was für einen unheilvollen Einfluss die Serien auf mich ausübten, die ich mittlerweile täglich viele Stunden sah. Es gelang mir zwar nicht, meinen Konsum einzuschränken. Aber es stand außer Frage, dass mein Großvater höchstens nervlich von seiner Mann'schen Aufgabe über die Maßen beansprucht war, ansonsten jedoch bis auf seine augenscheinliche Erschöpfung ganz der alte war, sprich: der vernünftigste und zuverlässigste mir bekannte Mensch.

So vergingen die Augustwochen. Irgendwann Anfang September parkten die Autos wieder in den Einfahrten, gossen Erwachsene ihre vertrockneten Gärten und flitzten braungebrannte Kinder auf den Fahrrädern durch die Straßen, um nachzusehen, ob noch alles beim Alten war. Ich werde, weil ich das damals abends immer tat, am letzten Feriennachmittag vor meinem Bett die Kleidung ausgebreitet haben, die ich am nächsten Tag anziehen wollte. Sorgfältig untereinandergelegt sah das immer aus, als wäre kurz zuvor eine gigantische Dampfwalze aufgekreuzt, hätte mich wie in einem dieser alten sadistischen amerikanischen Zeichentrickfilme überrollt und nur mehr meine glatt gebügelte Kleidung zurückgelassen. Ich selbst aber war zerplatzt und ohne jede Spur verschwunden. Ich weiß, dass ich wahnsinnig aufgeregt war und dass mir solche Rituale umso mehr bedeuteten, je nervöser ich war. Ich hatte mir von meinem Großvater ein rotes Stirnband gewünscht, weil ich dachte, es würde mich ähnlich unverwundbar und stark machen wie Heime. Natürlich hatte mein Großvater das Stirnband als »übertrieben« abgelehnt. Es war an der Zeit fürs Abendessen, das Punkt 18 Uhr eingenommen werden würde, »so wie beim Zauberer«, ein Zusatz, den mein Großvater manchmal halb im Scherz, halb im Ernst machte. Sehr früh besaß ich eine »richtige« Armbanduhr, das heißt keine Spaßuhr mit Zeichentrickfiguren oder Ähnlichem, sondern aus »richtigem« Metall, weil die Zeit und Termine im Unterschied zu den anderen Kindern für mich eine »richtige« Bedeutung besaßen.

Schon im Treppenhaus auf dem Weg nach oben hörte ich die Musik. Sofort überdeckte Freude meine Unruhe. Zur Feier des neuen Lebensabschnittes morgen würde mein Großvater mich mit einer Sofa-Session überraschen. Ich setzte ein Gesicht auf, das meine Gefühle nicht verriet. Ich war schon groß. Hinter der Fensterfront mit den zur Seite schiebbaren Glastüren im Wohnzimmer war es vom Sommerabend noch hell, drinnen aber hatten sich die Möbel in Schatten verwandelt. Es herrschte ein seltsames Ungleichgewicht des Lichts. Nur die zahlreichen Papierstapel auf dem Perserteppich und dem Schreibtisch schimmerten weiß wie etwas Heiliges. Erst auf den zweiten Blick entdeckte ich meinen Großvater auf dem Sofa. Wie immer, wenn er Musik hörte, hatte er die Arme in größter Anspannung verschränkt und den Kopf gesenkt.

»Brahms, 4. Sinfonie, zweiter Satz, Carlos Kleiber«, sagte ich so leise, dass es die feierliche Stimmung der Musik nicht zerstörte, und doch so bestimmt, dass es mein Großvater gut würde verstehen können. Ich konnte so etwas. Mein Großvater hielt Carlos Kleiber für den größten Dirigenten aller Zeiten. Größer als Furtwängler, größer als Karajan und viel größer als der amerikanische Showman Bernstein. Sie alle waren Genies (bis auf Bernstein). Doch nur Kleiber drang zum innersten Kern eines Stücks vor. »Der Glutkern«, wie mein Großvater das nannte.

Ich war sehr glücklich, dass ich in diesem Moment die Musik innerhalb des Bruchteils einer Sekunde bestimmen konnte. Allerdings nahm ich mit Erstaunen eine Veränderung wahr. Früher hatte die Musik und zwar genau diese Sinfonie von Brahms die erhabensten Bilder in mir hervorgerufen. Gar nichts Konkretes. Eher Farben, Gestalten aus Licht und Schatten, Abstraktes. Nicht so an diesem Abend. Zu meiner Überraschung, die sich sofort in panisches Entsetzen verwandelte und mich peinliche berührte, sah ich nun

Raumschiffe, Laserschlachten zwischen Außerirdischen und Postkartenlandschaften vor mir. Es waren die Bilder aus den Serien des Sommers. Ich versuchte, wieder zu den alten Bildern und Stimmungen zurückzukehren. Vergebens. Kein Weg führte zurück. Mein Kopf war gefüllt mit den, wie ich sofort wusste, billigsten und blödesten Szenarien, die von nun an den Zugang zu jeder echten Kunsterfahrung versperren würden.

»Bastian-Liebling, komm doch mal her.« Mein Großvater oder besser der Schatten, der er war, schaute zu mir.

Ich setzte mich neben ihn, in einem Abstand, der gerade so groß war, dass mein Körper ihn nicht berührte, damit er sich zu nichts gedrängt fühlte, obwohl ich mich unermesslich danach sehnte, dass er mich in den Arm nahm oder mit mir kuschelte an diesem Abend, nach dem nichts mehr so sein würde wie zuvor, weil ich ab morgen Gymnasiast sein würde.

Nivea-Creme. Brahms. Carlos Kleiber. Husten.

»Ich brauche eine OP. Eine Operation«, sagte mein Großvater in das Andante moderato. »Der Termin ist übernächste Woche. Donnerstag.«

Noch während ich die Worte zu begreifen versuchte und sich meine Brust verkrampfte, fuhr mein Großvater mit ruhiger Stimme und bedächtig fort, als würde er auswendig gelernte Gedichtverse deklinieren: »Ein Schrittmacher. Fürs Herz. Keine große Sache. Reine Routine. Eine Vorsichtsmaßnahme. Das können sogar die Viechdoktoren hier in Oberviechtach. Für so etwas muss man nicht nach Großhadern. Ein Schnitt, zu, fertig, der Nächste bitte.«

Mein Großvater würde sterben. Ich konnte nicht mehr atmen. Nein, »reine Routine«, hatte er gesagt. Das bedeutete: Er starb nicht. Aber er konnte sterben. Entweder bei der Operation. Es gab immer Komplikationen. Oder schon am nächsten Tag. Bis dahin hatte ich nie daran gedacht, dass mein Großvater nicht unsterblich war. Ich war fest davon überzeugt gewesen, dass jedes Mal, wenn ich von der Schule nach Hause zurückkehrte, mein Großvater dort auf mich warten würde. Heime war mir genommen worden, meine Eltern sowieso, aber die Anwesenheit meines Großvaters schien mir ein Gesetz des Weltalls zu sein, so wie die Tatsache, dass man dort schwerelos wurde oder dass auf der Erde auf den Winter der Frühling folgte. Vielleicht waren genau diese Unwissenheit und mein Urvertrauen in seine Gesundheit zwei der größten Erziehungsleistungen meines Großvaters bis dahin. Nur: Damit war es jetzt vorbei.

»Und … was«, stotterte ich. *Was, wenn du tot bist? Was mache ich dann? Wer kümmert sich dann um mich?* Es verschlug mir die Stimme.

Was dann folgte, hatte ich nicht erwartet. Denn mein allwissender Großvater, der mir ebenso liebevoll wie witzig die Gemälde Tizians, Sinfonien Beethovens oder Dramen Shakespeares erklärte und bei unseren Wanderungen durch den Oberpfälzer Wald fast alle Pflanzen mit deutschem und manchmal auch lateinischem Namen kannte, Gewöhnlicher Hirtentäschel, Kriechender Günsel, schwieg. Wo sich sein Gesicht befand, breitete sich im Zwielicht des Zimmers ein unförmiger schwarzer Fleck aus, als sei das immer schon sein wahres Aussehen gewesen.

Er redete sonst über alles mit mir, über Thomas Mann, seine inkompetenten Kollegen, aktuelle Ausstellungen, den Quatsch mit der neu eingeführten Mülltrennung, unseren Speiseplan, aber diese Neuigkeit, die er sicherlich schon länger mit sich herumtrug, ließ er wie eine Bombe platzen, die er zufällig in seiner Tasche gefunden hatte. Doch anstatt dass ich sauer auf ihn wurde, breitete sich in mir lähmende Angst aus und ein Gefühl, das ich schon sehr lange nicht mehr verspürt hatte, stellte sich nun umso heftiger ein:

Es gab einen geheimen Zusammenhang zwischen meiner sommerlichen Fernsehsucht und seiner Erkrankung. Ich war mir sicher.

In diesem Augenblick begann der heiter-stürmische Auftakt des dritten Satzes der Brahms-Sinfonie, Allegro giocoso. Reflexhaft guckte ich zum Lautsprecher am anderen Ende des Zimmers. Meine Augen hatten sich an die Dunkelheit gewöhnt. Ich sah durch sie hindurch.

Und da erblickte ich *sie*.

Wie ein Mensch kauerte sie in der Ecke neben dem rechten Lautsprecher. Als hätte sie uns schon lange oder sogar immer beobachtet, bei jeder unserer Sofa-Sessions. Mit ihren dünnen Beinen ruderte sie langsam in der Luft. Sie war zurückgekehrt. Es war die Zecke, *meine* Zecke. Die Nymphe war erwachsen und zu einem Monster geworden. Ihr Rüssel, mit dem sie ihren Opfern das Blut aussaugte, zitterte vor Erregung. Mein Herz raste.

Mein Großvater griff neben sich, klickte die Stehlampe an, und die Zecke neben dem Lautsprecher hatte sich in den Ficus verwandelt, der aus einem mir unbekannten Grund auf einmal dort statt wie sonst neben dem Sofa stand.

»Machst du dir jetzt Sorgen? Ach …«, mein Großvater stotterte, gleich verlor er die Fassung, er räusperte sich, »das … wollte ich nicht … das tut mir leid, Bastian-Liebling.« Er hielt weiter die Arme verschränkt, was nicht zu seinen Worten passte. »Hätte ich besser gar nichts sagen sollen. Wahrscheinlich.«

Unter seinem hellen Sommerjackett wirkte er noch knöcherner als sonst. Seine Brille schien auf einmal viel zu groß für ihn. Auf seinen Händen breiteten sich Altersflecken aus. Und während ich fieberhaft überlegte, was ich tun könnte, um meinen Großvater zu trösten und zugleich die Angst in meinen Gliedern zu überwinden, rasten Sätze durch meinen Kopf: *Hat dort gerade wirklich die Monster-*

zecke gesessen? Soll ich meinem Großvater ein Gedicht aufsagen? Ich muss mich getäuscht und sie mit dem Ficus verwechselt haben, es kann gar nicht anders sein. Soll ich »Ach, was, nein, das ist ja wirklich nur ein Routineeingriff« sagen? Ich mochte diesen dritten Satz der Brahms-Sinfonie mit seiner kecken Triangel wirklich überhaupt nicht. Er rief mir Schlümpfe vor Augen. Ich schämte mich deshalb. Mein Großvater bezeichnete klassische Musik immer als unerschöpflichen Quell des Trostes, der großen Anteil daran hatte, dass er »geistig unversehrt« durch den Zweiten Weltkrieg gekommen war. Warum war die Monsterzecke zurückgekehrt? Sie war zurückgekehrt. Ich wusste, dass ich den Gedanken an sie für längere Zeit nicht mehr abschütteln können würde. Sie würde mich von nun an verfolgen. Sie hatte gewartet. Sie wartete. Wie all die Jahre zuvor auch. Sie hatte bereits meine Eltern geholt. Und nun *saugte* sie an dem Menschen neben mir. Am Ende würde sie mir auch ihn wegnehmen. Letztlich war alles so einfach wie eine Denkaufgabe für Grundschüler: Hätte mein Großvater Herzprobleme bekommen, wenn er einfach nur seinen Lebensabend hätte genießen können, so wie es ein 63-Jähriger eigentlich tun sollte, anstatt sich täglich um ein Kind zu sorgen, das nicht einmal sein eigenes war?

Mit einem Ruck stand mein Großvater auf. Auf einmal schien er wieder mit Energie erfüllt. Im Eilschritt ging er zur Küche. Ihm war eine Lösung eingefallen. In der Küche hörte ich ihn im Tiefkühlfach kramen. Die Schiebetür zum Wohnzimmer stand offen. Mein Blick wanderte immer wieder zu jener Stelle, wo vorhin die Zecke gesessen hatte.

»Ausnahmsweise. Das haben wir uns verdient.« Mein Großvater hielt mir zwei Packungen jenes Eises hin, das damals den Status des absolut Außergewöhnlichen hatte. Ein Schokoladen-Magnum. Kein Stiel-Eis für Kinder wie Capri-Sonne, das wir im Schwimmbad schnell wegschleckten, sondern eines, an dem, wie es hieß, alles »echt« war, echte Schokolade, echte Milch, echte Vanille und so weiter. Das hatte seinen Preis. Ich weiß zwar nicht mehr, wie viel es kostete, aber es war so teuer, dass kein Kind in der Siedlung es je von seinem Taschengeld kaufte. Der vierte Satz der Sinfonie begann, der mich bis dahin immer mitgerissen hatte, so leidenschaftlich und verzweifelt klang er, besonders bei Carlos Kleiber. Mein Großvater lächelte. Er sah ein wenig aus wie die Opas aus der Werbung, wenn sie ihren Enkeln Süßigkeiten schenkten und dabei gutmütig lächelten. Wie ein Muster-Opa. Normalerweise hätte er, wie immer, wenn er nervös wurde, über irgendein Thema referiert, die Darstellung von Kindern als echte Kinder und nicht als kleine Erwachsene auf den Gemälden des Barocks zum Beispiel. Seine eigenen Ausführungen darüber versetzten ihn dann schnell in eine bessere Stimmung. Er hatte noch nie etwas auf Werbung oder aktuelle Trends gegeben. Dass ich nun ausgerechnet während einer Brahms-Sinfonie ein Magnum-Eis zusammen mit ihm aß, hätte noch vor ein paar Stunden so unwahrscheinlich geklungen wie die Vorstellung, dass er sich in meinem Zimmer neben mich setzte und mit mir *Ein Colt für alle Fälle* ansah und dann auch noch behauptete, es hätte ihm gefallen. Er tat es mir zuliebe. Er verstellte sich. Er biss in sein Eis.

Verstohlen blickte ich auf sein beiges Leinenjackett, auf jene Stelle, wo sich sein Herz befand. »Richtig lecker.« Natürlich war dort nichts zu sehen. Es war ja auch nichts.

Woher weißt du das? Ich hörte die Stimme klar und deutlich. Ein Schauer durchfuhr mich, der von der Kälte des Eises noch verstärkt wurde. Es war die Stimme der Zecke gewesen.

Ich wollte meinem Großvater die Freude über seine Überraschung nicht verderben. Die harte Schokoladenhülle zerbrach knackend zwischen meinen Zähnen. Ich versuchte, die echte, wertvolle

Schokolade zu schmecken, und hatte doch nur ihren nicht sonderlich leckeren, weil bitteren Geschmack im Mund. Ich lächelte und hoffte, dass es wie ein echtes Lächeln aussah.

»Ja!«

Abends ließ ich das Licht in meinem Zimmer an. Es war das einzige Mittel, um die Zecke zu vertreiben. Als ich die Rollläden herunterließ, sah ich in den Wohnzimmern der Nachbarhäuser die blauen Lichter. Sie flackerten im selben Rhythmus. Die Fernsehapparate. Die unaufhaltsame Totalverblödung. Ich wollte meinen Großvater stolz machen. Der Fernseh-Sommer war ein Ausrutscher gewesen. Einen »Fauxpas« hätte mein Großvater das genannt. Von nun an würde ich mir noch mehr Mühe geben. Ich wollte ein guter Mensch werden. Ich war es ihm schuldig. Ich wusste, dass aus irgendeinem Grund der erfolgreiche Ausgang des Routineeingriffs davon abhing.

Früh am Morgen des ersten Tages meines neuen Lebens wartete in der Küche mein Pausenbrot mit der Salami auf mich, die ich so gern aß.

Mein Großvater hatte es, wie es seine Gewohnheit war, mehrfach in Cellophan eingeschlagen, damit keine Keime hineingelangten, und zusammen mit einer Sunkist-Packung in eine durchsichtige Plastiktüte gesteckt. Er liebte seinen einzigen Enkel. Er wollte nicht, dass ihm etwas passierte.

Neue Zeiten

Hinter dem Berg, an dessen Fuß das Leuchtenberg-Gymnasium lag, ging die Sonne auf. Mit sich über den gesamten Himmel erstreckenden, wie mit dem Lineal gezogenen Strahlen. So sah das schwarzgelbe Schild aus, das an der Abzweigung an der schnurgeraden Zufahrtsstraße vor dem Dorf Leuchtenberg den Weg zum Schulzentrum wies. Anders als auf dem Logo dargestellt, befand sich das Gymnasium jedoch nicht an einem Berghang, sondern unterhalb eines Hügels. Zwischen den dichten Fichten auf seinem Gipfel existierten noch Erhebungen, bei denen es sich angeblich um die moosbewachsenen Ruinen der alten Raubritterburg handelte. Aber einzig der schon von weitem sichtbare löchrige Turm, der zwischen den Bäumen hervorschaute, war von ihr noch übrig, ein Nachbau, der nach dem Einsturz des Originals im 19. Jahrhundert errichtet worden war, da er das Wahrzeichen des Ortes darstellte. Der inoffizielle Name des Gymnasiums lautete *die Leuchte*. Ursprünglich, erfuhr ich irgendwann einmal, hatte es nach dem hingerichteten Oberpfälzer NS-Widerstandskämpfer Maximilian Roth benannt werden sollen, was jedoch am Widerstand einiger CSU-Politiker gescheitert war.

Der dreistöckige Flachbau der Schule befand sich auf halber Höhe des Hügels, zu dem man über die durch Stufen miteinander verbundenen Terrassen gelangte. In den Betonwannen an den Rändern hingen zwischen den Sträuchern die sogenannten Kreativprojekte der Abschlussklassen: Skulpturen und Gemälde. Der Wind, der dort stets wehte, entlockte ihnen leise pfeifende und knarzende Geräusche, die nie verstummende Geräuschkulisse des Lernens. Für die damalige Zeit war der Komplex höchst modern; ja, aus der Retrospektive wirkt er auf mich unglaubwürdig futuristisch. Einen kleinen Teil des Daches bedeckten Solarzellen. In einem Anbau existierte ein Wintergarten mit bedrohten Pflanzen, eines der vielen Projekte, anhand deren die Schüler verantwortungsvolles Verhalten gegenüber der Umwelt lernen sollten. Es war »ein idealer Ort zum …«. Ich hörte diesen Satz im Laufe meines Schuljahres häufig: »Ein idealer Ort zum Lernen / zum Spielen / Freundschaften schließen« und so weiter.

Die Verabschiedung von meinem Großvater vor der Schule fiel mir unerträglich schwer. In unserem grünen Volvo mit der Innenausstattung im künstlichen Holzlook, die mich lange Zeit denken ließ, unser Auto sei wirklich aus Holz, hatte mich abgründige Traurigkeit erfasst. Ich war den Tränen nahe, was ich meinen Großvater auf keinen Fall merken lassen wollte, da ich wusste, dass ihn das beunruhigen und dadurch die Zecke stärken würde. Diese Fahrt, die mich näher an jenen Ort brachte, wo ich, daran bestand kein Zweifel, mich beweisen würde müssen, kam mir fast wie ein Sinnbild vor, auch wenn ich das eher spürte als ahnte: Etwas Unaufhaltsames, Unumkehrbares ereignete sich. Gleichzeitig hatte ich mich schon lange nicht mehr so klein und kindlich gefühlt. Wir hörten Mozart.

Sobald wir dann jedoch auf einem der Parkplätze vor dem Terrassenaufgang hielten und ich die zahllosen anderen Autos erblickte, in jedem eine Mutter mit ihrem Kind, das gleich aussteigen und sich mit mir vergleichen würde, vollzog sich eine Veränderung. Es war, als würde ich ab sofort von einer höheren Instanz beobachtet, die mich und mein Verhalten bewertete. Kein Gott, keine Engel. Eher wie in manchen US-Krimi-Serien, wo es beim Verhör im fensterlosen Raum eine Spiegelwand gab, hinter der die Fahnder saßen und jede Geste und jeden Satz des Verdächtigen analysierten. Schuldig, nicht schuldig. Gut, böse. Ich hatte damals immer das Gefühl gehabt, alles, was mit Kindheit zu tun hatte, sei »noch nicht das Richtige« oder »Wirkliche« oder »Wichtige«. Das Richtige, Wirkliche, Wichtige folgte, wenn man erwachsen war. Alles davor war eine Probe. Der Moment jedoch, als ich das Angebot meines Großvaters ablehnte, mich bis nach oben zu begleiten, und anschließend die Volvo-Tür, die nur schwer schloss, mit aller Kraft zuwarf, katapultierte mich mit dem Knall, der den Mozart hinter mir verstummen ließ, näher an die wahre Wirklichkeit. Ich schritt die Treppe empor und sah gleichzeitig die höhere Instanz vor mir, die mich die Treppe hinaufschreiten sah.

Die *Leuchte* besaß einen quadratischen Grundriss. Das Zentrum bildete ein Lichthof. An seiner hellen Fensterfront entlang und immer rundum führten die Korridore, an denen die Klassenzimmer lagen. Ich habe bis heute nicht begriffen, warum diese Mitte des Gebäudes, der Hof, nie betreten wurde. Es führte keine Tür dorthin. Dass dies Teil eines architektonischen Planes war, darauf deutete die betonierte Leere des Bodens hin. Obwohl das Schulzentrum damals, 1992, vielleicht erst zehn Jahre alt war, zeigte die Steinschicht Risse, aus denen Grasbüschel und dürre Stämme wuchsen. Der Wind hatte die Samen der Fichten und Pappeln vom Hügel aus dem Wald herübergetragen. Es gab eine bei meinem Abitur immer noch nicht abgeschlossene Diskussion, was mit den im Lauf der Jahre immer höher und die Korridore verschattenden und irgendwann sicherlich das Gebäude gefährdenden Bäume geschehen solle. In meinen ersten Jahren an der *Leuchte* und damit auch an meinem ersten Schultag lagen auf den sich krümmenden Betonfalten kleine tote Meisen und Spatzen, die trotz der riesigen schwarzen Raubvogel-

Aufkleber gegen die Fenster geflogen waren. An den Außenscheiben zitterten ihre kleinen Federn, ihr sanfter Flaum im Wind, der hinter dem Glas pfiff und heulte und rüttelte, als hause dort etwas oder jemand oder ein Geist.

Gegenüber den Panoramafenstern zierte die Wand des Korridors ein Wandbild. Es stach mir bereits an diesem ersten Tag sofort ins Auge, vielleicht weil ich von Haus aus für jede Art von Kunst übersensibilisiert worden war und mich dadurch nun ein wenig heimischer fühlte. Irgendetwas daran zog mich jedenfalls in seinen Bann. Ich erinnere mich, dass ich dann tatsächlich zwischen den um mich herum hin und her eilenden fremden Kindern zu einem deutlich älteren und größeren Jungen trat, der eine Brille wie mein Großvater trug, was ihn vielleicht deshalb zu einem geheimen Verbündeten für mich machte. Ich glaube, ich malte mir in diesem Moment aus, dass ich in dem Jungen einen neuen Freund gefunden haben könnte.

»Das ist ja ein tolles Fresko!«, sagte ich und war stolz, dass ich den Fachbegriff für diese Art der Malerei wusste.

Der Junge mit der Brille guckte mich amüsiert an.

»Das Fries, meinst du?«, sagte er.

Der Junge fragte, ob er mir mein Klassenzimmer zeigen solle, und ich fühlte mich unbeschreiblich dumm und fehl am Platz. Es war vielleicht freundlich und hilfsbereit gemeint, klang aber extrem herablassend. Hastig lehnte ich ab. Im Weitergehen betrachtete ich das Bild. Es handelte sich, wie die Abkürzung am unteren Rand zu erkennen gab, um ein Kreativprojekt des Abiturjahrgangs 1991. Jahrelang würde ich an diesem knallbunten Fries vorbeigehen, wobei sich mir seine vielen Details quasi beiläufig einprägten, ich sehe sie nach all den Jahrzehnten immer noch deutlich vor mir. Irgendwie kommt mir das Bild symptomatisch für diese seltsame Zwischenzeit vor, in der wir damals lebten: zwischen der Wiedervereinigung, als man dachte, das Gute habe für immer gewonnen und von nun an brächen utopische Zeiten an, und den späten Neunzigern, die diese Hoffnung allmählich und leise in Luft auflösten.

Die Gemeinschaftsarbeit der Kollegstufler zeigte eine Straße zwischen Blumenwiesen, über denen sich am wolkenlosen Himmel ein Regenbogen erstreckte. Ein großer Mercedes startete gerade, Kinder aus unterschiedlichen Ländern winkten aus seinen Fenstern, schwarze, die staunend und ein wenig ängstlich unter ihrem wilden gekrausten Haar hervorschauten, asiatische, die mit lustigen Kegelhütchen aus Stroh um die Wette grinsten, und weiße, die als einzige den Arm um die anderen, fremden gelegt hatten. Natürlich war es kein Mercedes, sondern der »Peacewagen«, wie ich später erfuhr. Wenn man genau hinschaute, war sein Stern auf der Kühlerhaube umgedreht. In der Ferne picknickten weitere Kinder auf der Wiese, auf ihren Decken lagen Gummibärchen und Pommes Frites in gelbrot gestreiften Mc-Donald's-Tüten. Darüber flatterte zwischen Luftballons eine Taube. Es herrschte Frieden auf Erden. Dann endete die Wand, und es kam die Tür eines Klassenzimmers. Doch gleich darauf folgte ein weiteres Bild, das, wie ich dann schnell verstand, die Vorgeschichte des eben gesehenen darstellte.

An seinem Rand war eine Mauer gemalt, unschwer als die Berliner Mauer zu erkennen. Ein Pulk stürmte sie gerade. Polizisten oder Soldaten waren nicht zu sehen, sie schienen längst die Flucht ergriffen zu haben. Teile der Platten waren bereits umgestürzt. Löcher waren in sie hineingeschlagen, aus denen es grell-weiß strahlte, als befände sich direkt dahinter der Warpkern des Raumschiffs Enterprise. Ich kannte damals noch nicht alle Namen der Figuren, die sich vor der Mauer versammelt hatten, aber den Anführer hatte ich schon einmal auf dem Umschlag einer der »Tanzmusik«-Platten meines Großvaters gesehen: In der ersten Reihe schwenkte John

Lennon mit seinen runden Brillengläsern eine weiße Fahne, auf der in großen roten Buchstaben *Imagine* geschrieben stand. Er hatte den Arm um einen schlanken, älteren schwarzen Mann mit kurzem weißem Haar gelegt, Nelson Mandela, der sogar mir damals ein Begriff war, weil seine Freilassung kurz zuvor für viel Aufsehen in den Medien gesorgt hatte. Neben ihnen protestierten Rockstars: Jimi Hendrix, Jim Morrison, Janis Joplin und Nena, die auf die Luftballons im unerreichbar fernen Himmel an der vorherigen Wand deutete. Unter diese Gestalten des wirklichen Lebens hatten sich Fantasie-Helden der damaligen Kinder und Jugendlichen gemischt, Yoda hatte gerade mit seinem Lichtschwert ein Rechteck aus der Mauer geschweißt, Mr. Spock und Data hielten ein Plakat in die Höhe, auf dem »Frieden ist logisch« stand, Bart Simpson schrie mit kleinen geballten gelben Fäusten stumm Parolen, wie auch Captain Future, Batman, Asterix und Obelix – und dazwischen, ein wenig als wisse er nicht, wie ihm geschehe, ganz so wie bei seinem Siegtor bei der Weltmeisterschaft, guckte Andreas Brehme zwischen den Köpfen hervor. Sie alle waren da und demonstrierten. Es bestand keine Grenze mehr zwischen Realität und Fiktion. Das, worum es hier ging, wobei mir noch nicht klar war, was das war, erforderte vereinte Kräfte.

Einer der Demonstranten stach aus der Menge heraus. Einige Zeit lang dachte ich, es handele sich um eine Art Gespenst aus einem Zeichentrickfilm, den ich einfach nicht kannte: Es waren nur die Umrisse zu sehen, die die Figur als Mensch zu erkennen gab. Das Innere aber war vollkommen weiß, als sei es von Licht oder totaler Leere erfüllt; dort, wo die Brust war, stand »DU«. Die Licht-Leere-Gestalt war der Platzhalter für die Schüler der *Leuchte*. Ich weiß noch, wie mir der Anblick dieses gleißenden »DU«s einen Stich ins Herz versetzte und ich mir einbildete, wie all das Wasser in meinem Körper, aus dem er ja hauptsächlich bestand, gegen die Zellenwände drückte. Besonders, wenn meine Noten nicht ganz so optimal waren, wie ich das gerne gehabt hätte, fühlte ich mich *in der Schuld*, genauso licht oder leer oder einfach nur revolutionär und Teil einer Armee der Guten zu werden wie der/die/das »DU«.

Der Weg zu meinem Klassenzimmer verlief in umgekehrter Leserichtung des Frieses, so dass ich beim eigentlich als Schlusstafel gedachten letzten Teil startete und am Ende beim ersten Bild und damit dem Anfang dieser Geschichte der Eroberung des Paradieses anlangte. Ein von schweren Regenwolken verdunkelter Himmel. Ein Wald ohne Blätter. Dazwischen, verirrt, Panzer, wie jene aus der Oberviechtacher *Grenzland*-Kaserne. Soldaten in olivfarbenen Uniformen mit Gewehren im Anschlag standen sich gegenüber, gleich würden sie aufeinander feuern. Vorne krabbelten an den kahlen Stämmen gewaltige, monsterzeckenhafte Käfer entlang, auf der Suche nach Futter. In der Ferne die hohen schwarz rauchenden Schlöte, die beiden weißen Eier eines Atomkraftwerks darunter wie Raumschiffe von einem bösen Planeten, die eben gelandet waren und nun ihr Vernichtungswerk begannen.

Das Wandgemälde trug den an den Rand gepinselten Titel *Unser Weg*. Irgendwann im Lauf meiner Zeit an der *Leuchte* kam es einmal zu einem Moment, da ich wie so oft zum Klassenzimmer an dem mittlerweile kaum noch beachteten Abiturienten-Projekt vorbeieilte und ich plötzlich überrascht zusammenzuckte, weil mir einfiel, dass das Bild ja auch andersherum lesbar wäre und die Vergangenheit mit den toten Wäldern und Kriegen genauso gut die Zukunft eines einst paradiesischen Zustands darstellen könnte. So oder so befanden wir uns aber im Jahr 1992 und somit auf der mittleren Tafel, damals, am ersten Schultag im Gymnasium, während ich mich von einer übergeordneten Instanz beobachtet fühlte, die hinter einer unsichtbaren Wand und damit, schlüsselt man die Perspektive auf, irgendwo im leeren, unzugänglichen Lichthof hätte sitzen müssen.

Mein Großvater liebte das Konzept der Goethe'schen *Wahlverwandtschaften*, das er mir immer wieder mit kaum unterdrückter Ergriffenheit erklärte. Es gebe Menschen, die wie füreinander bestimmt seien, weil sie sich guttäten, so wie chemische Stoffe, während bei anderen genau das Gegenteil der Fall sei. Eine seiner Lieblingsanekdoten handelte von jenem Moment, da meine Großmutter und er sich endgültig ineinander verliebten und ohne den, wie er betonte, ich nicht vor ihm sitzen würde. Als sie sich frisch kennengelernt hatten, unternahmen sie eine gemeinsame Wanderung. Meine Großmutter, die ebenfalls Germanistik studierte, begann unvermittelt, den Anfang eines Gedichts des heute völlig vergessenen Josef Weinhebers zu rezitieren, von dem mein Großvater gedacht hatte, nur er allein kenne es. Mein Großvater stimmte mit ein, gemeinsam sprachen sie das Gedicht zu Ende, wenig später heirateten sie. »Die Poesie hat uns zusammengebracht«, pflegte er zu sagen. Wenn ich mir überlege, welcher Moment es war, in dem Ilie und ich zum ersten Mal so eine Wahlverwandtschaft spürten, war das wohl, als unsere Lehrerin die Namen aller Kinder und ihrer Eltern, ihren Beruf und die Nationalität vorlas und wir die Richtigkeit der Angaben und damit unsere unzweifelhafte Identität bestätigen mussten.

Ilie und ich saßen durch einen Zufall nebeneinander. Als die Lehrerin bei mir mit monotoner Stimme verkündete: »Eltern: verstorben«, »Vormund: Großvater«, »Beruf: Universitätsprofessor«, und die anderen miteinander tuschelten und mich anstarrten, wollte ich in meinem Sitz versinken. Unmittelbar danach lachten alle auf. Die Lehrerin hatte sich bei Ilies Nachnamen »Popescu« verhaspelt und stattdessen irgendwas gesagt, das wie Popo klang. Schnell hatte sie noch als Geburtsort »Bukarest« und als Nationalität »staatenlos« nachgeschoben. Ich schielte zu meinem Banknachbarn, der, vollkommen anders als ich erwartet hatte, begeistert mit der Klasse und damit über sich selbst lachte und dann etwas sagte, das mich in seiner Logik und Kühnheit sofort beeindruckte: »Wie Alf halt. Staatenlos halt!« Dabei öffnete er in der typischen Mimik des Außerirdischen den Mund, zog die Stirn in Falten und hob die umgedrehte Hand auf Brusthöhe, als präsentiere er sich selbst und erwarte nun dafür Applaus. Einerseits war ich von ihm fasziniert, andererseits hatte ich umgehend das gute Gefühl, dass ich ihm überlegen war. Ich wusste, dass man sich nicht über andere Menschen stellen sollte. Mein Großvater hatte es immer wieder als eine der wichtigsten Charaktereigenschaften hervorgehoben: Unvoreingenommenheit. Bescheidenheit. Toleranz. Alle Menschen werden Brüder. Beethoven. Schiller. Mein Großvater verehrte einen rumänischen Pianisten, Radu Lupu. Trotzdem war die Tatsache nicht zu leugnen, dass er selbst, bevor unsere polnische Zugehfrau Frau Nowak klingelte, alle Wertsachen wegschloss und mich, wenn uns ein Bettler in München mit fremdländischem Akzent ansprach, mit festem Griff und erstarrter Miene, die ebenso Furcht wie Empörung spiegelte, mit sich wegzog. In manchen meiner *Fünf Freunde*- und *Die drei ???*-Hörspielen und den Kinderserien, die ich angeschaut hatte, tauchten Rumänen auf, stets waren sie kriminell. Es gab zwar in Oberviechtach ein Asylantenheim, wie das damals hieß. Aber in meine Grundschulklasse war kein einziger türkischer oder polnischer Schüler gegangen; auch am Sandradl wohnten keine Ausländer. Neben Heime war ich dort das einzige Kind gewesen, das keinen Dialekt sprach. Auch Ilie sprach, wie ich, Hochdeutsch, anders als die anderen in der Klasse. Er war das erste ausländische Kind, dem ich außerhalb meines Italienkultururlaubs begegnete. Noch dazu wohnte er in einem der sogenannten drei »Hochhäuser«, die einzigen Wohngebäude der Stadt, die vier Stockwerke besaßen und sich am Hang an der genau gegenüberliegenden Seite vom Sandradl befanden. Aus irgendeinem Grund wird Ilie oder die Lehrerin es damals erwähnt haben. Ich kannte niemanden, der dort lebte. Allein das Wort »Hochhaus« übte eine ebenso unheimliche wie anziehende Wirkung auf mich aus. Wie auch immer: Nach dieser Vorstellungsrunde waren Ilie und ich irgendwie miteinander verbunden. Wir waren die Einzigen in der Klasse, mit denen etwas besonders war.

Insgesamt lag über diesen ersten Tag eine paradoxe Erhabenheit. Paradox, weil klar war, dass hier und heute ein neuer Lebensabschnitt begann, aber alle Kinder sich größte Mühe gaben, sich ihre Aufregung nicht anmerken zu lassen und so zu tun, als handele es sich um etwas ganz Alltägliches. Der Höhepunkt der feierlichen Stimmung an diesem Vormittag war in meiner Erinnerung bei der Ausgabe der Schulbücher erreicht. Die meisten waren neu überarbeitete Auflagen. Wir waren die ersten, die ihren Namen in die eingestempelte Tabelle vorne reinschreiben durften. Es gab diesen seltsamen Moment, in dem ich das Geschichtsbuch aufschlug und zwar zufällig genau an jener Stelle, an der wohl ein neues Kapitel hinzugefügt worden war. Die Seiten waren heller als jene davor. Es handelte von der Wiedervereinigung. Das begleitende Farbfoto zeigte Menschen, die nachts auf der Mauer standen und Deutschlandfahnen schwenkten. Vielleicht weil das Kapitel so eilig zusammengestellt worden war oder wegen eines Druckfehlers folgten auf die letzten Zeilen des Kapitels und das Foto von Gorbatschow und Kohl auf Holzstammsesseln einige leere, weiße Seiten wie in Kalendern beim »Raum für Notizen«. Und mit einem ebenso schrecklich bedrückenden wie großartigem Gefühl musste ich daran denken, dass alles, was von nun an geschah, eines Tages hier, auf diesen Seiten, zu lesen sein würde.

Kamerakinder

Es kann sein, dass bereits auf der Rückfahrt von meinem ersten Schultag mein Großvater auf einmal die unverhoffte Lösung für ein Problem vor sich sah, das ihn intensiv beschäftigte und beunruhigte, wahrscheinlich noch mehr als seine OP. Er würde zur Beobachtung eine Nacht im Krankenhaus verbringen müssen. Zwar wusste ich, dass er mir einiges zutraute; doch mich 24 Stunden allein zu Hause lassen wollte und wagte er nicht. Im Auto erzählte ich meinem Großvater vom Gebäude, seiner architektonischen Besonderheit und meinen Lehrern. Erst als er mehrmals nachfragte, ob ich denn schon Freunde gefunden hätte, erwähnte ich wie beiläufig meinen Sitznachbarn und achtete dabei genau auf die Reaktion meines Großvaters, von der ich hoffte, dass sie mir anzeigen würde, was ich von Ilie halten sollte. Die Wörter »staatenlos« und »Rumäne«, die ich mir für den Schluss meines Berichts aufgespart hatte, lösten bei meinem Großvater sofort die Assoziation »Ah, wie Radu Lupu!« aus. Zunächst war er spürbar wenig angetan von meiner neuen Bekanntschaft, was sicherlich auch daran lag, dass Ilies Vater laut der Liste der Lehrerin anscheinend auf irgendeiner Deponie arbeitete, seine Mutter als Sekretärin und ihr Sohn damit kein guter Umgang für mich bedeutete – unter normalen Umständen. Allerdings wurde das Problem der Übernachtung während des Krankenhausaufenthalts meines Großvaters so drängend, dass er mir schon nach ein paar Tagen einen Vorschlag machte, der für seine Verhältnisse so schockierend exzentrisch war, dass ich glaubte, er spreche in uneigentlicher Rede. Er fragte mich, ob ich am Samstag »meinen neuen Freund« Ilie am Nachmittag besuchen wolle, um ihn besser kennenzulernen. Im Nachhinein denke ich, dass ihn dieser Schritt ungeheure Überwindung gekostet haben muss, da er zwar ein gutes Herz hatte und »die Errungenschaften der Aufklärung«, wie er sagte, über alles stellte, aber vielleicht durch Prägung in seiner Kindheit und Jugend, vielleicht aus tatsächlicher Überzeugung und im Nachhinein sowieso überaus rassistisch war, was auch in dem Spitznamen zum Ausdruck kam, mit dem er Ilie bald belegte: »der wendige Rumäne«. Dabei verkrampften sich seine Gesichtszüge, wie wenn er sich sehr beherrschen müsse, nicht laut loszulachen. »Der wendige Rumäne« wurde von da an eine Art geflügeltes Wort bei uns. Ich glaube, der Begriff entstammte einem Theaterstück oder einer Oper, die mein Großvater schätzte.

So kam mein Großvater Ilie und mir durch eine Entscheidung, die aus der Not geboren war, zuvor. Vielleicht hätte ansonsten mein erster Besuch in der Hochhaussiedlung viel später oder möglicherweise sogar niemals stattgefunden. An Ilies Reaktion auf meine Frage, ob wir uns am Samstag – bereits zwei, drei Tage also nachdem wir uns überhaupt erst kennengelernt hatten – bei ihm treffen könnten, kann ich mich nicht erinnern, doch sie muss positiv gewesen sein. Mein Großvater trug seinen »legere Freizeitanzug«, der im Eingangsbereich des kühlen Steintreppenhauses des Hochhauses A mit den Mülltüten und der vertrocknenden Yucca-Palme umso unpassender wirkte – noch unpassender als bei den Schulveranstaltungen, wo die anderen Eltern, mit denen sich mein Großvater nur widerwillig unterhielt, ihn fast schamhaft und auf Hochdeutsch mit »Herr Doktor« anredeten.

Als uns Ilie öffnete, hatte er zu meinem Erstaunen nicht die geringsten Hemmungen, sich mit einem fremden Erwachsenen, der noch dazu Professor war, zu unterhalten, ja, er schien es sogar zu genießen, sein bestes Benehmen an den Tag zu legen und im schönsten Hochdeutsch einige Höflichkeitsfloskeln auszuprobieren. Nur so ist es zu erklären, dass mein Großvater darauf verzichtete, noch, wie eigentlich beabsichtigt, mit Herrn Popescu ein Wort zu reden, nachdem Ilie ihm erklärte, sein Vater befinde sich unglücklicherweise gerade im Bad und seine Mutter arbeite noch. Es war eine Szene, wie sie in vielen Filmen, meistens Komödien, vorkam und mit der ich damals gut vertraut war: auf der einen Seite der altkluge Junge, der noch dazu für sein Alter überdurchschnittlich groß war; auf der anderen Seite der etwas tüddelige Opa, der sich problemlos aufs Glatteis führen ließ. In einer Serie wäre während der Szene vom Band abgespieltes Zuschauerlachen erklungen. Das eigentlich Erstaunliche war jedoch, dass sich mein Großvater, dem diese Filme natürlich unbekannt waren, trotzdem fast genauso verhielt, wie es die Rolle vorsah.

Ich weiß noch, dass mich in dem Augenblick, da sich die Tür hinter mir schloss und die sich entfernenden Schritte meines Großvaters aus dem Treppenhaus ertönten, ein ungutes Gefühl packte. Die Wohnung war in einem Maße klein und eng, wie ich es nicht gewohnt war. Es gab kein Vestibül wie bei uns; die Garderobe war das Vestibül. Ein Gang, vielleicht ein Drittel so lang wie jener in meinem Souterrain, schloss sich an. Als wir in das Zimmer am Ende traten, das im Wesentlichen aus einem nackten PVC-Boden, einem halbleeren Bücherregal, einem riesigen schwarzen Ledersofa und einem ebenfalls riesigen Fernseher bestand, in dem gerade eine Sendung lief, machte ich Ilie ein Kompliment im Sinne von, dass er ja ein cooles Kinderzimmer habe. »Ist unser Wohnzimmer«, korrigierte er mich. Sein eigenes Zimmer mit einer Amerikaflagge an jener Stelle über dem Bett, an der bei mir ein Kunstdruck von Michelangelos *Die Erschaffung Adams* hing, entsprach in etwa unserer Abstellkammer.

Ich wartete darauf, dass jeden Moment Herr Popescu aus dem Bad treten würde, und war dann umso schockierter, als Ilie in einem Nebensatz erwähnte, sein Vater sei noch bei der Arbeit, er habe es meinem Großvater nicht sagen wollen, weil ich dann vielleicht nicht hätte bleiben dürfen, und er, Ilie, habe sich doch so darauf gefreut, mit seinen Eltern sei das übrigens abgesprochen und vollkommen in Ordnung, sie, seine Eltern, würden ihm voll vertrauen, was solle auch schon passieren, wir, also Ilie und ich, seien doch keine kleinen Kinder mehr. Ich hatte die Stimmen aus dem Fernseher für Herrn Popescus Geräusche aus dem Bad gehalten. Es war das erste Mal, dass ich erlebte, wie jemand meinen Großvater anlog und dann auch noch nicht einmal Gewissensbisse deswegen hatte. Zugleich war es aber unmöglich, auf Ilie böse zu sein. Er redete einfach unaufhörlich weiter. Oft mit verstellter Stimme und dem Zitat einer Geste. Er war Alf und Willie Tanner, er war Bart und Homer Simpson, er war Wicki, er war Eichhorn Puschel, er war Bill Cosby und Theo Huxtable, er war Knight Rider, er war Colt Seavers, er war der Junge im Rollstuhl aus *Anna*, er war Captain Picard und Worf, er war Frank Elstner und Thomas Gottschalk und Hans Rosenthal und sicher noch eine ganze Reihe weiterer Charaktere, die ich nicht erkannte, weil unser Schwarzweißfernseher lediglich die drei öffentlich-rechtlichen Programme empfing. In der winzigen Dreizimmerwohnung im vierten Stock des Hochhauses A in Oberviechtach, das in Wahrheit gar kein Hochhaus war, kam ich mir in diesem Moment vor wie in einer Show. Ich versuchte, sie nicht zu mögen, weil sie eigentlich allem widersprach, für was mein Großvater mit seinem Höhenkammkulturanspruch stand, so wie die Zimmer letztlich zwar sauber, aber, wenn ich mir vorstellte, was mein Großvater dazu sagen würde, »absolut geschmacklos« eingerichtet waren, ohne jede Kunst oder überhaupt irgendetwas an den Wänden, stattdessen ein paar kleine gerahmte Fotos, die vor allem Ilie zeigten. Auf einigen trug er ein Tennisoutfit, so wie die Frau und der Mann, bei denen es sich wahrscheinlich um seine Eltern handelte. Sie hielten einen Pokal in die Kamera. Irgendwann vor Ilies Geburt hatten sie einmal im Doppel ein Turnier in Bukarest gewonnen. Ob sie wirklich »Rumäniens große Tennis-Hoffnung« gewesen waren und ob er selbst, Ilie, tatsächlich auch eine Tenniskarriere anstrebte, ob er deshalb nach Ilie Nastase, dem »größten rumänischen Tennisspieler aller Zeiten«, benannt war oder ob es sich um eine gewollte oder unbeabsichtigte Übertreibung handelte, all das war für mich auf die Schnelle nicht durchschaubar. Ich hatte zusehends Mühe, den Höflichen zu spielen, weil meine Phrasen à la »Ach so?«, »Echt?«, »Interessant« und »Cool« Ilie nur weiter anstachelten, so dass er gar nicht mehr auf mich zu achten schien, ich mich aber trotzdem nicht traute, einfach ich selbst zu sein, und ohnehin nicht wusste, ob ich lachen durfte oder ob ich ihn dadurch verletzen und er mich dann blöd finden würde, was ich auf gar keinen Fall wollte.

Irgendwann setzten wir uns auf das schwarze Ledersofa und schauten den Film an, der schon die ganze Zeit lief, oder besser: das Video. Dass Ilie absichtlich genau dieses Video hatte laufen lassen, weil er mit meinem Besuch gerechnet hatte, halte ich für durchaus möglich. Neben dem Fernseher stapelten sich zahlreiche Videokassetten, alle von der gleichen Sendung, einer Game-Show, *Riskant!*. Von dem damals neuen Format hatte ich schon gehört ebenso natürlich auch von Videorecordern, beides schien aber aus der Perspektive unseres Bungalows am Sandradl mit seinem über 100 Jahre alten Steinway-Flügel mit echten Elfenbeintasten und der über 3000 Bände umfassenden Bibliothek meines Großvaters einer Parallelwelt zu entstammen, die es unbedingt zu meiden galt. Dessen ungeachtet erzählte mir Ilie von seinem Vorhaben: Er trainiere. Dutzende *Riskant!*-Sendungen habe er aufgenommen, kenne mittlerweile fast alle Antworten, er wolle sich bewerben, er wolle ins Fernsehen, in diese Sendung, er wolle einer von denen sein, er deutete auf den großen schwarzen Kasten vor uns, die Kandidaten hinter ihren Pulten. Ich wartete darauf, dass er wieder seine Stirn in Falten legte, was, wie ich inzwischen gemerkt hatte, ein Zeichen dafür war, dass er uneigentliche Rede benutzte. Aber er tat es nicht. Aus Höflichkeit fragte ich irgendetwas zu dem Prinzip der Sendung, die ich eigentlich, ohne sie zu kennen, untolerierbar banal fand, mich aber zugleich sofort in ihren Bann zog. Ich glaube, der Grund dafür war, dass es sich um das Abrufen von Wissen handelte. Vor mir selbst war das die Rechtfertigung dafür, dass ich mir die Erlaubnis erteilte, die an sich verdummende Sendung trotzdem schauen zu dürfen. Zudem geschah etwas Unerwartetes: Ilie trainierte zwar nach eigenen Angaben schon lange, wusste aber meistens die Antworten dennoch nicht, die ich wiederum in vielen Fällen parat hatte. »Dem Österreichischen Kipferl wurde als Reaktion auf den gewonnenen Krieg über sie am Ende des 17. Jahrhunderts von Wiener Feinbäckern die Halbmondform gegeben.« »Wer sind die Türken?« Und Ähnliches. Ilie warf mir einen bewundernden Blick zu. Ich glaube, ich war selten davor so glücklich. Es war ein Glück, das ich nicht gekannt hatte. Ich war ein Gewinner. Ich wusste was. Und mein Wissen war zum ersten Mal etwas wert, auch wenn es sich lediglich um imaginäre Punkte handelte.

Wir starrten auf den flimmernden Bildschirm. Fuhren wir mit unseren Fingern darüber, knisterte es. Unsere Oberviechtacher und die andere Wirklichkeit trennte allein eine dünne Glasscheibe. Ich wollte hinter sie gelangen. Auch ich wollte Kandidat sein. Ich wollte getestet werden. So sollte das Leben sein. Das spürte ich. Es war die perfekte Metapher für unsere Existenz, ohne dass ich das damals so hätte formulieren können. Ich guckte eine Metapher und verliebte mich in sie. Ilie machte mir neidlose Komplimente und verfiel dann auf eine Idee, die uns beide sofort elektrisierte. Wir würden ab jetzt regelmäßig trainieren beziehungsweise ich würde trainieren und Ilie würde mich coachen. Ich würde mich vom Fernseher wegdrehen, Ilie den Ton ausstellen und die eingeblendeten Fragen vorlesen. Wenn alles glatt lief, würde ich mich noch in diesem Jahr, so wie das laut Ilie üblich war, mit einem Vorstellungsvideo bei RTL bewerben. Wir lachten beide Tränen vor Begeisterung, so unglaublich und realistisch klang das.

Mir hat sich dieser Samstagnachmittag und die Popescu'sche Wohnung auch deshalb derart eingeprägt, weil sich hier etwas ereignete, das, ohne dass es mir damals in seinem vollen Umfang bewusst gewesen wäre, mein Leben verändern sollte. Ich sah zum ersten Mal *Star Wars – Eine neue Hoffnung* beziehungsweise *Krieg der Sterne*, wie der Film damals noch auf Deutsch hieß. Ich hatte schon viel von ihm gehört, aber da er nur auf einem der privaten Sender lief, war es vollkommen aussichtslos, dass es mir jemals vergönnt gewesen wäre, ihn zu gucken. Als Ilie durch eine zufällige Bemerkung von meiner Wissenslücke erfuhr – vielleicht wurde in *Riskant!* danach gefragt –, entschied er sofort, sie zu füllen. Er besaß eine vom Original aus der Videothek kopierte Kassette. Bis mich mein Großvater abholen würde, blieb genügend Zeit. War es, weil alle Kinder, die ich kannte, von dem Film redeten, er somit meine Eintrittskarte in ihre Welt war und mich dazugehören ließ? War es dieser so traurige und doch so tröstliche Moment, der mich nachhaltig verstörte, als Obi-Wan Kenobi bei seinem aussichtslosen Kampf gegen Darth Vader, auf einmal Luke und doch in Wahrheit den Zuschauer und damit mich wissend anlächelnd, sein Laserschwert vors Gesicht hält und sich, noch während sein Gegner zum tödlichen Hieb ausholt und die leere Kutte des Jedi-Ritters zu Boden fällt, in Luft auflöst, der Triumph über den Tod? War es das unlösbare Rätsel, dass der Film den Beginn einer Trilogie bildete, obwohl am Anfang die Schriftzeile »Kapitel IV« eingeblendet wurde, so als existierten bereits drei weitere Filme, welche die eigentliche Geschichte enthielten und man deshalb damals – wie wir – stets vergeblich nach Hinweisen auf die Handlung dieser Prequels suchen würde, so sehr man sich auch anstrengte? War es die Schlussszene, als Luke, Han und Chewie in einer Zeremonie für ihre Heldentaten geehrt werden und die Hauptfiguren sich wie nach einem Theaterstück vor einem Vorhang verbeugen und damit den Zuschauer genau wie die in Reih und Glied vor ihnen versammelten Soldaten unterschwellig zum Applaus animieren, eine Szene, die, wie ich erst Jahre später erkannte, fast exakt eine Einstellung aus Leni Riefenstahls *Triumph des Willens* nachstellte, wo allerdings die Nazis die Position und Rolle der Jedi-Ritter eingenommen hatten? Oder war es doch der Soundtrack, bei dem ich sofort die Wagner-Anklänge erkannte, ohne dass mich das gestört hätte, ja, in gewisser Weise erschien mir die Musik sogar wie der wahrere Wagner, jener Wagner, nach dem ich mich immer gesehnt hatte, wenn ich mit meinem Großvater die für mich zu langen und langweiligen Opern anhörte? Oder waren es Ilies Kommentare, der den Film schon Hunderte Male gesehen hatte und mich flüsternd auf Details aufmerksam machte, die nicht vom Regisseur beabsichtigt gewesen waren, kleine Unfälle, Fehler, die mich aber an jenem Tag zur plötzlichen Erkenntnis brachten, dass alles in einem Film, egal ob auf Zelluloid oder digital, ob Fiktion oder Dokumentation, von Bedeutung war und deshalb mit Sinn erfüllt, selbst das scheinbar Sinnlose und Unsinnige, wie jene zum Kult gewordene Szene, bei der ein Stormtrooper beim Marsch durch ein Raumschiff mit dem Helm gegen eine sich zu spät nach oben öffnende Tür schlägt und sich vor Schmerz an den Kopf fasst? Ilie und ich vergaßen für die nächsten zwei Stunden alles um uns herum. Manchmal merkte ich, dass Ilie im selben Augenblick vor Spannung die Luft anhielt oder befreit aufatmete wie ich. Wir waren nicht nur all die Charaktere im Film, die Guten wie Bösen, wir waren DER ZUSCHAUER. Wenn mein Großvater und meine Großmutter durch »die Poesie« endgültig zum Paar wurden, wurden Ilie und ich an diesem Nachmittag durch *Krieg der Sterne* endgültig zu Freunden.

Gegen Ende des Films standen auf einmal Frau und Herr Popescu im Zimmer. Ich war so gefangen genommen vom Angriff auf den Todesstern, dass ich alle Höflichkeit oder Nervosität gegenüber den beiden fremden Erwachsenen vergaß. Ilies Eltern waren überdurchschnittlich groß, und sein Vater war im Vergleich zu den Fotos im Flur deutlich stämmiger. Anstatt zu schimpfen, wie ich es für eine Sekunde eigentlich erwartet hatte, oder gleich wieder zu gehen, setzte sich Herr Popescu neben mich und flüsterte irgendeine Begrüßung, um uns nicht zu stören. Frau Popescu stellte uns leise und unaufgefordert einen Teller mit Süßigkeiten hin. Sie gab Ilie einen Kuss auf die Stirn und streichelte ihm übers Haar, was in mir mit plötzlicher Vehemenz eine Sehnsucht auslöste nach etwas, das ich all die Jahre gesucht hatte und mir verwehrt geblieben war. Als der Todesstern explodierte und Ilie und ich Laute der Erleichterung von uns gaben, ballte Herr Popescu die Faust, packte und rüttelte mich kurz vor Freude, die, als ich erschrocken in sein Gesicht sah, nicht gespielt war. Seine kräftigen Hände waren auf der Außenseite dicht behaart. Er ließ mich nicht los, betastete meine Rippen und fuhr lachend an ihnen entlang, während er etwas auf Rumänisch sagte. Seine Frau ermahnte ihn sofort, und Ilie übersetzte auf eine selbstverständliche

Art, die anzeigte, dass er das wohl ständig für seinen Vater machte: Ich sei so dünn, dass man auf meinen Rippen wie auf den Saiten einer Gitarre spielen könne, ich solle noch zum Abendessen bleiben.

Es war diese Szene, die ich beim Einschlafen in meinem Kopf mit genau der Technik, die ich an diesem Nachmittag zum ersten Mal bei Ilies Videorecorder gesehen hatte, vor- und zurückspulte. Wieder und wieder schüttelte ich mich vor Freude. Sie ließ mich die Gedanken an die Zecke vergessen, die mich seit neuestem besonders in diesen Momenten des Zu-Bett-Gehens heimsuchten. Ich spürte die Macht. Ich wusste, dass es sich um eine Fiktion handelte, und doch spürte ich sie. Die wenigen Male, die ich mit meinem Großvater in Regensburg (und nicht in Oberviechtach) einen »musikalischen Festgottesdienst« besucht hatte, hatte ich für Sekunden gemeint, sehr schwach Gott zwischen meinen Schulterblättern zu fühlen. Ich hatte sogar seine sanfte Stimme gehört, die mich direkt mit Namen ansprach, bis mir im nächsten Moment zu meiner Enttäuschung und Scham einfiel, dass es sich ja um jene aus *Don Camillo und Peppone* handelte, wo aus dem Off die Stimme eines mittelalten Mannes als Christus mit dem italienischen Pfarrer sprach. Die Macht aus dem *Krieg der Sterne*-Kosmos umgab mich jedoch mit unleugbarer Präsenz. Sie war stärker als Gott. Sie war fast so stark wie die Zecke.

Obwohl ich mir in den folgenden Tagen unzählige Male jenen Donnerstagvormittag, an dem mein Großvater im Oberviechtacher Krankenhaus einen Herzschrittmacher eingesetzt bekommen würde, vorstellte – als es so weit war, war ich nicht darauf vorbereitet und fühlte mich von allen außer- oder überirdischen Mächten verlassen. Ich befand mich in einer alptraumartigen Trance. Mein Körper war vorhanden, saß im Klassenzimmer, folgte dem Unterricht, schrieb, redete mit Ilie, ging durchs Schulgebäude. Aber ich selbst guckte mir dabei aus einiger Entfernung zu und hatte währenddessen sehr deutlich eine Stimme im Ohr. Es war, als schaue ich mein eigenes Biopic. Ich würde erst wieder frei sein, wenn ich erführe, dass mein Großvater die OP überlebt hätte. Ansonsten würde ich den Rest meines Lebens als Zuschauer von mir selbst verbringen, daran gab es nicht den geringsten Zweifel. Ich weigerte mich, die Stimme als jene der Zecke anzuerkennen, und wusste es doch im Innersten besser. *Bastian, der gerade pflichtbewusst seine Multiplikationsaufgabe löste, ahnte nicht, dass genau in diesem Moment, da er mit seinem Füller das Malzeichen in Form eines Kreuzes setzte, das Herz seines Großvaters für immer zu schlagen aufhörte.* Oder *Als Bastian gerade von seinem Pausenbrot abbiss und ihm der Brocken durch die Kehle in seinen Magen rutschte, weswegen er kurz hustete, atmete sein Großvater zum letzten Mal ein – und nie wieder aus.* Die klugscheißerischen Sätze des allwissenden ERZÄHLERS wollten nicht verstummen.

Die Durchsage, dass ich mich umgehend ins Sekretariat wegen eines Notfalls begeben sollte, wo mir der Tod meines Großvaters verkündet wurde, erfolgte nicht. Nach der sechsten Stunde stieg ich zusammen mit Ilie die Stufen der Terrassen vor der Schule herab, wo, wie es mein Großvater mit Frau Popescu bei einem Telefonat vereinbart hatte, bei dem er sich unentwegt schnäuzen musste, Herr Popescu vor seinem Opel stand und uns abholte. Er trug den Blaumann von der Arbeit und grinste uns an. Sein Deutsch war zwar in keiner Weise mit jenem von Frau Popescu vergleichbar, aber ich verstand sofort den Inhalt seiner Sätze. Mein Großvater lebte noch. Es ging ihm sogar hervorragend. Die Operation war optimal verlaufen. Ich solle ihn, sobald wir bei Popescus waren, im Krankenhaus anrufen. Herr Popescu spielte wieder auf meinen Rippen Gitarre und hielt mich dann laut lachend umarmt, als ich zu weinen begann. Er sagte irgendetwas sehr Zärtliches auf Rumänisch. Ich schämte mich, dass Ilie mich so sah. Herr Popescu stank. Er hatte sich extra von seiner Arbeit freigenommen und es eilig, Ilie und mich zum Hochhaus zu bringen. Er wählte eine andere Route als mein Großvater und fuhr nicht quer durch Oberviechtach, sondern nahm die Ostmarkstraße, die Bundesstraße, die am Stadtrand vorbeiführte. Wir warteten an der Ampel. Gegenüber von uns lag ein heruntergekommenes dreistöckiges Haus, auf dessen Balkonen Wäscheleinen gespannt waren. Ein hoher Zaun umgab es. Auf dem Schild über dem Tor, das zu seinem Eingang führte, stand, eingerahmt von zwei aufgemalten Bierkrügen, ein verblichener Schriftzug, von dem nur das Wort »Rhein« übriggeblieben war. Ich kannte das Gebäude vom Hörensagen. Früher war es ein Wirtshaus gewesen, danach etwas Unanständiges, jetzt war es das Oberviechtacher Asylantenheim, im Volksmund ausschließlich bei seinem alten Namen, *Das Rheingold*, genannt. Obwohl ich ohnehin selten im Dorf unterwegs war, hatte mich mein Großvater mehrmals davor gewarnt, mich dorthin zu verirren. Auf einem der Balkone des Asylantenheims war eine Frau mit tief brauner Gesichtsfarbe und buntem Kopftuch getreten, um nach der Wäsche zu schauen. Ich erinnere mich daran, wie überrascht ich war, als Herr Popescu, der sonst immer gut gelaunt und zu einem Spaß aufgelegt war, plötzlich einen schwer deutbaren Blick bekam und in Richtung des Asylantenheims ein paar rassistische Flüche auf Deutsch ausstieß, darunter, soweit ich mich erinnere, »Zigeuner, faul wie Ziegen«.

Die Ampel schaltete auf Grün. Herr Popescu gab Gas. Ich dachte, vielleicht hätte ich mich verhört. Mich hatte eher der abschätzige Unterton seiner Stimme erschrocken als die Ausdrücke selbst, die ich ja bereits aus meinen Kinderhörspielen und von meinem Großvater kannte, der sonst eigentlich ein Freund der elegant-positiven Umschreibung war. Wenn jemand übergewichtig war, war sie oder er bei meinem Großvater »stark«; war jemand betrunken, war sie oder er für meinen Großvater »angeheitert«. Verwendete er Begriffe, die auch damals schon klar rassistisch waren, etwa, wenn er mir etwas über »primitive Kunst« oder die Inspiration für musikalische Motive bei slawischen Komponisten erklärte, bekam er diesen verkrampften Gesichtsausdruck und sein starres Lächeln. Es war seine uneigentliche Rede-Miene, das Signal, dass ihm durchaus bewusst war, dass man eigentlich solche Begriffe längst nicht mehr benutzte, obwohl er selbst kein Problem damit hatte, da sie für ihn selbst, wie er stets betonte, »nichts Böses« bedeuteten. Ich wiederum wusste, wie wichtig ihm Werte wie Gleichheit und Vernunft waren.

»Da ist, wo mein Dad arbeitet.« Ilie wiederholte den Satz auf Rumänisch und fügte eine Frage hinzu, während er auf das Asylantenheim zeigte, das an uns vorbeizog. Herr Popescu verneinte und gestikulierte in Richtung des Grundstücks daneben. Seltsamerweise schien sich Ilie nicht ganz sicher zu sein, wo genau sein Vater arbeitete. Erst später sollte sich herausstellen, dass er seinen Vater tatsächlich noch nie bei der Arbeit besucht hatte. Hinter einer mit Schlaglöchern übersäten Kiesfläche erhoben sich mehrere barackenartige Flachbauten, aus denen dünne Schornsteine ragten. Ihr weißer Rauch pulverte in kräftigen Stößen in die Luft und wurde vom Wind Richtung Ostmarkstraße getrieben. Die Abfallbeseitigungsanlage. Auf einer der fensterlosen Wände stand braun *EDEN*.

»Günther Eden«, bestätigte Herr Popescu.

»Mein Dad ist ein Engel, er arbeitet im Himmel!« Ilie klopfte seinem Vater von hinten auf die Schulter. Herr Popescu ergriff die kleine Hand und küsste sie.

Wie das Telefonat mit meinem Großvater verlief, weiß ich nicht mehr. Auch daran, wie wir diesen Nachmittag in der Wohnung im Hochhaus verbrachten, kann ich mich nicht erinnern. Wahrscheinlich stellten wir, nachdem wir unsere Hausaufgaben erledigt hatten, mit Playmobil Schlachten aus dem alten Ägypten oder Rom nach. Der Fernseher lief dabei, weil der Fernseher bei Popescus immer lief. Es war mehr als ein Hintergrundgeräusch; es ging auch nicht so sehr um eine konkrete Sendung. Es war wie eine Lupe, die etwas sichtbar machte, was so offensichtlich war, dass man es sonst nicht wahrnahm: dass permanent etwas geschah, auch wenn in Oberviechtach davon nichts zu merken war; dass die Welt außerhalb unserer vier Wände tatsächlich existierte. Irgendwann wird Herr Popescu, der, nachdem er uns abgeliefert hatte, wieder zur Arbeit gefahren war, nach Hause gekommen sein und die Wohnung mit seiner lauten Stimme und seinem pausenlosen Kichern und Lachen gefüllt haben. Je ausgelassener Herr Popescu war, desto ruhiger und irgendwie erwachsener wird Ilie geworden sein, als stünden sie in direktem chemischen Kontakt und proportionalem Verhältnis zueinander. Manchmal wird er ihn sogar mit »Dad!« ermahnt haben. Später wird dann die stets stille und sich im Hintergrund haltende Frau Popescu eingetroffen sein, die manchmal, was mir freilich erst viele Jahre später auffiel, in all dem Trubel, den ihr Mann verbreitete, einen geduldigen Blick aufsetzte, so wie eine Mutter bei ihrem hyperaktiven Kind, das man trotzdem oder gerade deshalb über alles liebt.

Was dann wieder sehr klar in meinem Kopf ist, wie Ilie und ich abends im Badezimmer Zähne putzten. Ich musste irgendeine Bemerkung gemacht haben, in der Art, dass ich mir wünschte, wie Ilie zu sein und seine Eltern zu haben. Ich sehe zwei Jungen in Schlafanzügen vor mir, die so ähnlich aussehen, wie wir damals ausgesehen haben müssen, und beim Herumalbern immer noch erstaunt darüber sind, dass ihre Spiegelbilder all ihren Bewegungen gehorchen. Ilie guckt nur mein Spiegelbild und nicht mich an. Er grinst über beide Ohren. Seine Mimik passt überhaupt nicht zu seiner Erzählung, aber das merke ich erst allmählich. Zunächst denke ich, er erzählt einen Witz, und lache nach jedem Satz, weil ich die Pointe nicht verpassen will. Er sagt, dass seine Mutter vor sieben Jahren aus Bukarest geflohen sei und seinen Vater und ihn allein zurückgelassen habe. Es habe irgendeine Regelung gegeben, die es ermöglichte, Familienangehörige, insbesondere das eigene Kind, nachzuholen, falls man ein festes Arbeitsverhältnis in Deutschland vorweisen könne. Seine Mutter habe dann ein Jahr lang im *Rheingold* gewohnt. An dieser Stelle bekommt Ilie selbst einen Lachkrampf. Es habe dort Asylanten gegeben, die dachten, die Herdplatten seien Pfannen. Sie haben Eier darauf aufgeschlagen. Ich lache mit. Für seine Mutter sei das schrecklich gewesen. Er kann nicht aufhören zu lachen. Sie sei eigentlich Anwältin. Sie habe studiert. Auch sein Vater sei Anwalt. Sie hätten ein Haus in Bukarest besessen. Jetzt kann ich nicht aufhören zu kichern. Mir tut schon der Bauch weh. Mein Gesicht ist wie erstarrt und fühlt sich fremd an, obwohl es im Spiegel aussieht wie immer. Ilies Mutter habe dann in Oberviechtach einen Job als Sekretärin gefunden, und nach zwei Jahren haben Ilies Vater und er ausreisen dürfen. Sie haben, es schüttelt ihn wieder vor Lachen, all das nur gemacht wegen ihm, Ilie. Damit er Möglichkeiten habe. Sein Asylverfahren und das seiner Eltern laufe immer noch. Er warte auf die deutsche Staatsbürgerschaft. Damit er Möglichkeiten habe. Solange sei er staatenlos. Er krümmt sich. Ich wische mir die Tränen ab, die mir beim Lachen gekommen sind. Er habe unglaubliche Angst, dass er das Gymnasium nicht schaffe. Wenn er es nicht schaffe, wisse er nicht, was er tun solle, er würde sich höchstwahrscheinlich umbringen, vom Dach des Hochhauses stürzen oder so. Dann sagt Ilie nichts mehr. Wir beide versuchen, noch zu lachen, so wie man versucht, den Motor eines Autos zu starten, aber es gelingt uns nicht mehr.

Ich überlegte noch, ob Ilie mit seiner Geschichte auf einen Film anspielte, den ich nicht kannte, und was das, wenn es so wäre, am Gesagten ändern würde, als Ilie sich dann endlich zu mir drehte und wir zum Schlafen in sein Zimmer gingen. Wir wechselten sofort das Thema. Ja, es war, als hätte diese Szene eben gar nicht stattgefunden oder als hätte Ilie das alles nur unseren Spiegelbildern erzählen können. Der Zecke die nötigen Opfer zu bringen, zumindest in minimaler Form, stellte eine gewisse Herausforderung für mich dar. Eigentlich begann, wie mir siedend heiß auf der Matratze auf dem Boden einfiel, jetzt erst die gefährliche Zeit für meinen Großvater. Ein Herzschrittmacher konnte jeden Augenblick ausfallen. Ich glaube, Ilie und ich beteten an diesem Abend gemeinsam zum ersten Mal zur Macht.

Unser Kunstlehrer trug den Spitznamen »der Pablo«, weil er angeblich als Student einmal mit Picasso in Paris Kaffee getrunken hatte, was er jedes Jahr aufs Neue in immer anderen Variationen erzählte. Sein gesamter Nimbus an der Schule speiste sich aus dieser einzigen kurzen Anekdote, die niemand jemals nachprüfen konnte und die stets damit endete, dass beide ihr Portemonnaie vergessen hatten, woraufhin Picasso der Kellnerin auf einer Serviette ein Autogramm überreichte mit den Worten, den Rest könne sie behalten. Der Pablo kleidete sich bis zur Parodie wie ein Künstler von Montmartre. Wahrscheinlich waren wir Unterstufler die Einzigen, die ihn uneingeschränkt großartig fanden und noch nicht das Verzweifelte an seiner Erscheinung wahrnahmen, wenn er mit seiner Baskenmütze auf dem Fahrrad durch Oberviechtach fuhr. Im Gegenzug war er uns Fünftklässlern besonders zugetan. Und als er merkte, wie bewandert ich in der Kunstgeschichte war, wurde ich sein Liebling.

Nur vor diesem Hintergrund ist es für mich zu verstehen, dass der Pablo Ilie und mir, als wir ihm von einem nicht näher ausgeführten privaten Kreativprojekt berichteten, auf kurzem Weg eine Videokamera mit eingebautem Mikrofon aus dem Technikraum lieh.

Von diesem Herbst 1992 sind mir vor allem die Blätter in Erinnerung, die ich vom Fenster des Klassenzimmers beobachtete, wie sie mit jedem Windstoß, der den Lichthof aufheulen ließ, rot, braun, gelb, in Gestöbern von den Laubbäumen zwischen den Fichten in Zeitlupe Richtung Schule schwebten und dann, wie ein Pfeil oder ein Geschoss, mit einem leisen, aber deutlich vernehmbaren klackenden Geräusch gegen die Fenster schlugen. Ihre bunten Teppiche waren mir nie zuvor aufgefallen, überall lagen sie ausgebreitet, über parkenden Autos, auf der Straße, auf Dächern, abstrakte Muster, die etwas bedeuteten und die ich besonders gut aus Ilies Wohnung im Hochhaus erkennen konnte. Ich war jetzt regelmäßig dort, durfte sogar den langen Weg vom Sandradl aus ans andere Ende des Dorfes zu Fuß gehen oder mit dem Fahrrad fahren. Für meinen Großvater lief sein vorletztes Semester, wahrscheinlich stand wieder eine Mann-Tagung an, wo er über die Arbeit an den Tagebüchern sprach, und er war nicht unglücklich, dass ich meine Freizeit mit dem »wendigen Rumänen« verbrachte. Mit der Videokamera probten Ilie und ich meine Bewerbung für *Risikant!*. Es war ein entsetzlicher Moment und verursachte einen langanhaltenden Schock, als ich mich zum ersten Mal auf Video sah. Ich ertrug nicht den Anblick des viel zu schmächtigen Jungen, der seine Aufregung vergeblich durch Gekicher und dasselbe Gehüstel zu verbergen suchte, das mich bei meinem Großvater so störte. Ich sah mein hässliches asymmetrisches Gesicht. Ich sah meinen unruhig-ängstlichen Blick, der sich nicht traute, dem Gegenüber in die Augen zu blicken. Meine unendliche Angst, obwohl ich mich doch eigentlich bei Ilie immer wohl fühlte. Ich sah einen Menschen in seiner ganzen Lächerlichkeit. Wir probten unermüdlich. Ich glaube, wenn nicht Ilie derart besessen von der Idee gewesen wäre, ins Fernsehen zu kommen und *Riskant!* zu gewinnen, hätte ich schnell die Lust verloren. Irgendwoher hatte Ilie erfahren, dass man im Video in maximal drei Minuten über sich und seine Motivation, an der Show teilzunehmen, berichten sollte. Zusammen feilten wir am perfekten Text. Wieder und wieder schrieben wir ihn um, weil er entweder nicht überzeugend oder übertrieben klang. Immer fehlte etwas. Dann verfiel Ilie auf die Idee, ich solle sagen, dass ich Waise sei. Zunächst wehrte ich mich dagegen, obwohl mein Großvater und zuletzt die Klassenlehrerin es ja längst öffentlich erzählt hatten, ohne dass es mir allzu viel ausgemacht hätte. Aber die Vorstellung, es vor der Kamera zu sagen, kam mir vor, als würde ich einen meiner größten Schätze missbrauchen oder gegen ein geheimes Gesetz verstoßen. Schließlich ließ ich mich von Ilie breitschlagen. Wir wussten beide schnell, dass ich damit eine reale Chance hatte, in die Sendung zu kommen. Ich lernte den Text auswendig, es klang nicht glaubwürdig. Ich lernte, ihn auswendig so aufzusagen, dass er nicht so klang, als ob ich ihn auswendig aufsagte. Es war das erste Mal, dass ich, ohne es formulieren zu können, das vage Gefühl hatte, problemlos in ein Kostüm schlüpfen zu können, das mir perfekt passte, ein Kostüm mit meinem Gesicht und meinem Körper und meiner Geschichte. Eine Art Schutz – wie die Nivea-Creme meines Großvaters.

Wir nahmen das Video auf und schickten es an RTL in Köln.

Aus mir unerfindlichen Gründen durften Ilie und ich die Kamera wochenlang behalten. Der Kunstunterricht muss in einer der letzten Stunden gewesen sein, so dass ich sie am Tag, als wir sie dem Pablo wiederbrachten, noch in eine Pause mitnehmen konnte – wahrscheinlich um anzugeben. Alle Jungs aus unserer fünften Klasse trafen sich in der Pause an einem festen Platz, im Halbdunkel unter der Treppe, wo selten eine Aufsicht aufkreuzte. Jedes Mal wurde Catchen veranstaltet, dessen Shows wir damals mit größter Faszination im Fernsehen bei Ilie verfolgten, was an den absurden Outfits lag, an dem undurchschaubaren Netz aus quasi familiären Beziehungen und Fantasie-Stammbäumen, den geheimen Fehden und unwahrscheinlichen Allianzen, aber vor allem an den Gesten der Wrestler während des Kampfes, die sogar auf uns unglaubwürdig übertrieben wirkten, so dass wir unentwegt darüber diskutierten, ob es sich um eine einzige große Show handelte oder ob das alles echt *echt* war. Einige der Jungs aus unserer Klasse gaben sich Namen, die ähnlich wie der damals populäre Undertaker oder Neckbreaker klangen. Der Unterschied zum Vorbild bestand darin, dass sie zwar einige der Griffe und Würfe nachahmen konnten, jedoch alle Schläge und Stürze wirklich geschahen.

An diesem Vormittag filmte ich ihre Kämpfe, obwohl mir diese Art von Übermut eigentlich überhaupt nicht ähnlich sah. Es war auch völlig undenkbar, dass ich mit meiner Statur Teil des Wettkampfes war, nicht einmal Ilie gehörte dazu. Wir waren die klassischen Zuschauer. Trotzdem änderte sich etwas, als mich die anderen mit der Kamera sahen. Sie nahmen mich während des Catchens überhaupt zum ersten Mal wahr. Von der Kamera ging eine ungeheure Kraft aus. Das kleine rote Lämpchen, das leuchtete und alles aufzeichnete. Alles war dadurch für immer. Alles galt. Durch mich. Ich umtänzelte die Kämpfenden. Wenn ich sie aufforderte, eine Geste zu wiederholen, taten sie es ohne Widerspruch. Einer der Jungen war regelmäßig das Opfer der Hobby-Catcher, ich habe seinen Namen vergessen, er hieß ohnehin nur »der Stasi«, weil er aus der ehemaligen DDR stammte. Eigentlich war er viel zu schwach, um mitzumachen. Aber er dachte wohl, dass seine Chancen stiegen, anerkannt zu werden, wenn er es doch tat, und dann den Clown gab. Meine Kamera spornte die anderen an diesem Vormittag an, »den Stasi« noch härter ranzunehmen als sonst. Ich filmte sein schmerzverzerrtes Gesicht, wie er am Boden lag. Wie die Fäuste auf ihn einschlugen, wieder und wieder. Er blutete aus der Nase. Er hatte noch nie bei einem Kampf geblutet. Es war gut für die Kamera. Vor der nächsten Stunde wischte er sich im Klo das Gesicht sauber. Ich weiß, dass er am nächsten Tag fehlte und ich deswegen sehr kurz ein schlechtes Gewissen hatte, was sich aber sofort in Luft auflöste, als ich wieder in der Pause unter der Treppe auftauchte, und einer der Jungen mich begrüßte mit: »He, Kamerakind!« Das Seltsame war, dass es keinen wirklichen Unterschied machte, dass ich gar keine Kamera dabeihatte. Reflexhaft hob ich die Arme, in den Händen einen unsichtbaren Apparat, gab Anweisungen, »noch mal«, »fester«, »und Action«, sprang im Kreis los, die Kinderkörper schlugen sich und fielen auf den Boden. Von da an war ich immer mit dabei.

Eigentlich hätte ich in diesem Herbst des Jahres 1992 so glücklich wie nie sein können. In der Schule gehörte ich zu den Besten. Ich hatte einen richtigen Freund. Ich wurde von den anderen akzeptiert. Vielleicht würde ich bald im Fernsehen auftreten. Mit meinen Opfern hielt ich die Zecke in Schach. Herr und Frau Popescu umarmten mich, wenn ich Ilie besuchte. Mein Großvater schien keine Probleme mit seinem Herzschrittmacher zu haben; im Gegenteil, er war voller neuer Energie und plante bereits für die Zeit nach seiner Emeritierung neue Projekte und Ämter in Gremien und Gesellschaften, zudem unternahm er einen weiteren Anlauf, für sich selbst und mich Karten für Bayreuth zu bestellen, so dass die Chancen gut standen, dass wir, rechnete man damit, dass wir, wie üblich, sieben Jahre lang leer ausgehen würden, 1999 auf dem Grünen Hügel Zeuge des gesamten »Rings« werden würden. Wenn Ilie und ich am Sandradl jenen Kindern begegneten, die nachmittags vom Oberviechtacher Schulkomplex und damit aus der Volks-, Haupt- oder Realschule zurückkehrten, sprachen wir von ihnen pauschal als »die Behinderten«. Wir jedoch wurden täglich klüger, stärker, cooler, überlegener. Es war, als würden auf den noch leeren letzten Seiten der neuen Geschichtsschulbücher bereits die ersten Wörter erscheinen, der Beginn einer neuen Geschichte. Darin waren wir die Guten. Wir würden Führungspositionen übernehmen. Wir waren die Zukunft.

Trotz alldem stellte sich bei mir nie ein vorbehaltloses Glücksgefühl ein. Ich bin mir mehr als unsicher, ob die folgende Szene sich wirklich in diesem Herbst ereignete; aber für mich fasst sie wie nur wenige andere den Zustand der permanenten Angst und Bedrohung zusammen, in der ich damals in Oberviechtach, ja, vielleicht wir alle, ohne es zu wissen, lebten. Es war ein warmer Herbsttag. Man konnte den Kopf auf den Asphalt legen und in die Erde hineinhorchen. Tiere wühlten im Laub, bevor sie sich für Monate schlafen legen würden. Die Luft war vom süßen Duft der letzten Maisernte erfüllt. Keine Wolke stand am Himmel. Vögel sangen. Die Farben leuchteten von der tiefstehenden Sonne. Es begann mit einem Grollen, bei dem man meinen konnte, es stamme von einem Traktor. Das Grollen schwoll an. Die ersten Kinder, die auf den Straßen spielten, verstummten und standen still. Der Boden begann zu beben und mit dem Boden unsere Füße, unsere Körper, unsere Fingerspitzen. In den Häusern klapperten Gläser. Auch die Erwachsenen erstarrten in ihrer Bewegung. Das Geräusch schluckte jetzt jeden Laut. Es war allumfassend: ein tiefes Brummen und zugleich hohes Rasseln. Die Panzer rollten auf ihren Ketten durchs Dorf, von der *Grenzland*-Kaserne zu einem Manöver im Wäldchen hinterm Sandradl. Ich sehe die Kinder aus der Siedlung vor mir, ihre Gesichter, manche lachen stumm, manche schreien lautlos, einige heulen vor Angst. Ton und Bild passen nicht zusammen. Auch ich bin gelähmt von einem Entsetzen, das all meine Glieder wie bei einer Ohnmacht erfasst hat. Das Geräusch, das das gewaltige Gewicht spürbar macht, die fensterlosen Fahrzeuge, die wie von Geisterhand ohne Menschen hintereinander durch die Straßen steuern, die langen Kanonenrohre, die jederzeit feuern könnten, die Ungewissheit, ob das alles nicht vielleicht doch ernst und keine Übung war, ob nicht vielleicht doch irgendwo ein Krieg ausgebrochen ist. Dann verschwindet die Kolonne, das Rattern wird zum Brummen, das noch eine Weile weiter aus der Schonung dröhnt, die Stimmen der Vögel und Menschen und die Welt kehren wieder zurück, das leise Rauschen des Windes, ein Kind brüllt, es hat schon die ganze Zeit über geschrien. Mein Großvater, der sich wohl an irgendetwas erinnert, steht immer noch mit vor Schreck aufgerissenen Augen neben mir, hält sich mit beiden Händen fest die Ohren zu und wischt sich deswegen den Rotz und die Tränen, die ihm zusammen mit der Nivea-Crème übers Gesicht laufen, nicht ab.

Das Mädchen

Unser Nachbarhaus im *Einstein*-Rondell stand schon seit einigen Jahren leer. Bis ich sechs oder sieben war, hatte dort kurzzeitig ein kinderloses Paar mit einem Dackel gewohnt. Ich erinnere mich, dass mein Großvater und ich bei den beiden zu Gast waren und wir gemeinsam im Garten saßen. Irgendetwas musste damals vorgefallen sein – ich nehme an, es lag vor allem an dem Hund. Während des Besuchs hatte ich mit dem Dackel gespielt. Nur unter Tränen hatte ich mich von ihm trennen können, bloß um danach zu Hause den ganzen Abend so zu tun, als sei ich selbst ein Hund, der hechelnd unter dem Tisch hockte und bellte und jaulte, während mich mein zunehmend enervierter Großvater ermahnte, endlich wieder Bastian zu sein. Mein Großvater hasste Hunde, vor allem weil sie kläfften und stanken oder, wie er, der sonst nie Kraftausdrücke verwendete, sagte: »die ganze Zeit scheißen«. Das Paar errichtete bald darauf eine ungefähr zwei Meter hohe Bastmatte entlang der Grenze zu unserem Grundstück. Dahinter hörte man den Dackel in regelmäßigen Abständen bellen, woraufhin mein Großvater nur noch mit Ohropax arbeitete. Nicht allein deshalb firmierten unsere Nachbarn bei ihm unter dem Begriff »unmögliche Menschen«. Angeblich diente die Matte als Sichtschutz, weil sich das Paar im Sommer gern nackt im Garten sonnte. Schon wenige Jahre später zog das Paar mit dem Dackel wieder aus. Ich meine mich zu erinnern, dass es hieß, nach dem Fall des Eisernen Vorhangs habe eine Familie aus der Tschechoslowakei Interesse an dem Haus gezeigt, was jedoch der Nachbarschaftsbund verhinderte. Der Sichtschutz blieb stehen, hier und da wurde er löchrig. Dahinter begann der Garten zu verwildern. Das Haus, in dessen leere Zimmer ich bald wegen der dicken Schmutzschicht auf den Fenstern nicht mehr sehen konnte, erlangte für mich denselben Unheimlichkeitsgrad wie die Schonung. Es verschwand im Grün und war trotzdem als ständige lauernde Gegenwart spürbar. Flog ein Frisbee oder Ball auf das »fremde Grundstück«, ließ ich ihn dort liegen. Als die Idee der Zecke wieder Gestalt in mir annahm, stand das Haus in einer unterirdischen Verbindung mit ihr.

An einem Sonntag im späten Herbst 1992 parkte, ohne dass zuvor etwas darauf hingedeutet hätte, neben unserem Bungalow ein Umzugswagen, aus dem Möbel getragen wurden. Normalerweise hätten schnell die Nachbarn einen Vorwand gefunden, um »nach dem Rechten zu sehen«, und auch ich hätte irgendwann neugierig vor die Tür geschaut; aber der Nebel hing so dicht, dass es kaum Tag wurde und die Lichtkegel aus den Fenstern ringsum wie kleine Aushöhlungen in einer schweren grauen Masse wirkten. Der Hang mit den Hochhäusern auf der gegenüberliegenden Seite der Mulde war verschwunden. Es war, als sei nur mehr das Sandradl von der Welt übrig; als gebe es nur noch die Siedlung, aus der kein Weg hinausführte. Viele Jahrzehnte später fand ich durch Zufall genau dieses Wetter als Modus im klimatischen Katalog von *Alife*. Als ich ihn in der Virtual Reality anwählte, wurde ich für einen kurzen Moment in die Herbsttage von damals zurückversetzt. Ich glaube, der Modus hieß »Foggy Day 3«.

Trotz meines gelungenen Starts ins Gymnasium ging es mir damals auf einmal von Woche zu Woche schlechter. Es machte mir zu schaffen, dass ich nicht mehr der Beste war. Ich gehörte noch zum oberen Drittel, aber ich hatte nicht mehr in allen Fächern eine

Eins. Ich lernte so viel wie bisher, aber plötzlich hatten mich andere »überholt«, wie das die Lehrer ausdrückten. Für meinen Großvater spielten meine nachgelassenen Leistungen scheinbar keine große Rolle; er tröstete mich sogar, riet mir, ich solle das alles nicht so ernst nehmen. Insgeheim war mir klar, dass er log. Meine Noten und die Beurteilungen der Lehrer waren das einzige Indiz dafür, was für ein Mensch ich war. Ich wurde schlechter wegen der Zecke. Um die Funktionsfähigkeit des Herzschrittmachers und meine guten Noten in der Schule zu garantieren, verlangte sie mehr und mehr und immer kompliziertere Opfer, wie zum Beispiel das mehrmalige Aufsagen gewisser Worte, »Erbarmen« oder »Gnade«, im Abstand von zehn Sekunden. Wenn ich die präzise Zeitdauer um eine Sekunde verfehlte, gab es drei Strafrunden um den Perserteppich im Wohnzimmer herum, wobei ich mit den Füßen innerhalb der Linien des äußersten Musters bleiben musste. Und so weiter. Ich schlief immer weniger. Die Lampe neben meinem Bett musste die gesamte Nacht über brennen. Zur Ablenkung las ich Karl May und Jules Verne, bis mir die Augen zufielen. Die Kassetten der *Wir entdecken Komponisten*-Hörspiele begannen zu leiern, manchmal verhedderte sich das Band im Kassettenrecorder, in panischer Hast fädelte ich sie dann sofort mit dem Finger wieder ein, weil ich wusste, dass ich nur sicher vor den Gedanken an die Zecke war, solange die Kassetten angeschaltet waren. War eine Seite zu Ende und sprang der Play-Knopf klackend in die Höhe, schreckte ich auf und drehte die Seite blitzschnell um. Einmal trug ich heimlich den Fernseher in mein Zimmer und schaltete ihn irgendwann nach Mitternacht an. Es war entsetzlich. Ich hatte gehofft, dass die Stimmen irgendeines Films mich vielleicht als Hörspiel-Ersatz beruhigen und müde machen würden. Stattdessen erklang ein unangenehmer hoher Ton. Dazu erschien ein seltsames Bild, ein Raster in Grauabstufungen, ein parabelförmiger Kreis wie eine ausgehöhlte Weltkugel in der Mitte. Minuten vergingen. Das Bild blieb. Die Vorstellung, dass nachts im Fernsehen nicht nur nichts kam, sondern dieser Testton und dieses Testbild, pausenlos, stundenlang, machte mich noch unruhiger. Ich hatte den Ton weiter im Ohr, obwohl ich den Fernseher ausgestellt hatte.

So empfand ich es als eine Art Teil-Erlösung, dass zumindest das »Haus der unmöglichen Menschen« nun wieder bewohnt werden sollte. Meinem Großvater gegenüber, der ja ohnehin nichts von der Zecke ahnte, hätte ich das allerdings nie zugegeben. Für ihn waren »diese neuen Leute« eine Katastrophe, weil sie Lärm bedeuteten und man ja auch nie mit Sicherheit wusste, »was das für Menschen waren«. Zumindest, soviel schien sicher, besaßen sie keinen Hund. Überhaupt hörte und sah man von den neuen Mietern oder Besitzern an diesem Sonntag noch nichts. Erst am späten Nachmittag des Einzugs erblickte ich in unserem Rondell den fremden schmalen Jungen. Vielleicht ein, zwei Jahre jünger als ich, mit kurzen blonden Locken. Auffallend war seine Kleidung: Trotz der Kälte trug er lediglich Sandalen, viel zu weite Karottenhosen und einen aus bunten Flicken zusammengenähten Wollpulli. Niemand lief so in der Siedlung herum, weil man in der Siedlung so nicht herumlief.

Tatsächlich saß der Junge in exakt demselben Outfit mit seinen nackten Füßen in Birkenstocks am nächsten Morgen in meiner Klasse auf dem einzigen freien Platz neben Ilie und mir. Er war in Wirklichkeit ein Mädchen und hieß Madita Beckmann. Die anderen hatten sofort einen Spitznamen für sie: »die Öko«. Über den Grund, warum sie mitten im Schuljahr aus Hannover zu uns stieß, wurden keine Angaben gemacht. Weil sie Hochdeutsch sprach und auch sonst intelligent wirkte, war sie mir als Konkurrentin im unausgesprochenen Wettbewerb, der oder die Beste zu sein, umgehend unsympathisch. Endgültig gegen sie eingenommen war aber nicht nur ich, sondern die gesamten Klasse, als sie bereits in der ersten Pause unter der Treppe bei unserem Catchen auftauchte. Wir verprügelten gerade »den Stasi«, ich »filmte«, Ilie moderierte die Schläge und Schmerzensschreie. Ich erinnere mich, dass wir unserem Opfer dabei einen Namen gegeben hatten, der aus sämtlichen für uns negativ konnotierten Begriffen zusammengesetzt war. »Schwuler Ossi-Spast« oder etwas in der Art. Sprach ich den Namen aus, fühlte ich mich erwachsen und schmutzig zugleich, weil ich wusste, dass er so viel Verbotenes, Schlechtes enthielt. Jedes Mal kicherten wir uns dann an. Das Kichern war wie ein Sicherheitsnetz, das verhinderte, dass wir uns in Grund und Boden schämten, und, uns abfedernd, zurück in Hochstimmung versetzte. Irgendwann stand Madita plötzlich neben mir. Sie hätte sich auch einen der Protagonisten auf der Kampffläche aussuchen können oder Ilie, stattdessen kam sie ausgerechnet zu mir, als bestünde eine geheime Verbindung zwischen uns oder als würden wir uns bereits kennen. Sie fragte, warum ich da mitmache. Und warum ich so etwas Schlimmes sage. Sie sagte nicht: Warum sagt *ihr* das, sondern warum sagst *du* das. Mir ist in Erinnerung geblieben, wie ernst oder besser: ernsthaft sie damals war. Die Hände in den Taschen der weiten Hose und die gekräuselte Stirn signalisierten, dass sie *wirklich* meinte, was sie sagte. Auf der Stelle fühlte ich mich ertappt. Erst stotterte ich irgendeine Ausrede, bevor ich halbherzig irgendetwas murmelte von wegen, dass sie ja echt keinen Spaß verstünde. Nachdem sie sich verzogen hatte, machte ich einfach weiter, als sei nichts geschehen. Aber es gelang mir nicht mehr, ins Spiel zurückzufinden. Ich hatte einen Kloß im Hals. Madita hatte mich durchschaut. Ich gehörte nicht zu der Gruppe und würde nie dazugehören. Ich konnte mir noch so sehr Mühe geben. Ich hatte immer geahnt, dass das, was ich da tat und sagte, falsch und übel war. Ich hasste »die Öko«.

An einem der Wochenenden in diesem Oktober oder November 1992 übernachtete Ilie zum ersten Mal bei mir. Er hatte es sich schon länger gewünscht. Ich hatte meinen Großvater bekniet, der sich erst heftig dagegen sträubte, weil er sich, wie ich wusste, von dem etwas altklugen Kind in seiner Privatsphäre gestört fühlte und außerdem Sorge hatte, dass Ilie die Ordnung im Haus durcheinanderbrachte oder mit schmutzigen Schuhen durch das Haus und über die Perserteppiche rannte. Schließlich hatte er sich breitschlagen lassen, vielleicht sagte es ihm sein gesunder Menschenverstand, dass sein Enkel irgendwann auch Freunde zu sich nach Hause einladen musste, wenn er nicht zum totalen Außenseiter werden sollte, oder es stand in einem seiner Erziehungsratgeber, die ich zu meiner Überraschung nach seinem Tod beim Ausräumen fand, *Kinder fordern uns heraus: Wie erziehen wir sie zeitgemäß?* und *Der gute Vater.*

Eigentlich war ja dann auch ich derjenige, der die größten Probleme mit Ilies Anwesenheit in meinem Zimmer nachts hatte. Als ich damals bei ihm im Hochhaus übernachtet hatte, verspürte ich in der fremden Umgebung einen wesentlich geringeren Drang, meinen Zwangshandlungen nachzugehen, als zu Hause. Nun aber musste ich ohne Wenn und Aber der Zecke opfern, ohne dass es Ilies merkte. Das ging in meiner Erinnerung an dem Abend damals so lange gut, bis es Zeit war, das Licht zu löschen und in Ilies Gegenwart, der auf der Matratze auf dem Boden neben meinem Bett lag, einzuschlafen. Vielleicht hatte Ilie in diesem Moment selbst Angst und wollte irgendetwas dagegen unternehmen; vielleicht hatte er einfach Spaß daran, die Szene eines Films aus der Videothek nachzuspielen, den ich nicht kannte und wegen seiner FSK-Freigabe auch für die nächsten Jahre nicht sehen würde. Jedenfalls schreckte er plötzlich raschelnd auf. Ich sehe die ganze Episode in diesem Augenblick selbst wie die Szene aus einem nie gedrehten

Film à la *Stand by me*, in dem Ilie und ich die Hauptrollen haben. Redeten wir damals wirklich so wie Kinder in Filmen reden, oder spielt mir meine Erinnerung das vor? Rief Ilie damals wirklich: »Was war das?«, so wie zahllose Kinder, die sich im Dunkeln fürchten, in zahllosen Kinderfilmen, -hörspielen und -büchern? Und antwortete ich wirklich mit der einfallslosesten aller Antworten darauf, »Was denn?«, wobei ich genau jene Angst-Geste machte, die alle Kinder dann machen: Mund halb geöffnet, Oberkörper zur Seite gedreht und mit Ellenbogen abgestützt, Kopf ruckartig gehoben? Waren wir wirklich derart unauthentisch? Oder anders: Konnten wir zu unserer eigenen Authentizität nur über das Unauthentische finden? *Das Herz schlug mir bis zum Hals*, würde an dieser Stelle im entsprechenden Kinderbuch stehen.

»Da hinten!«, flüsterte Ilie aufgeregt. Hastig schaltete ich die Nachttischlampe an. Ilie deutete ans andere Ende des Zimmers, wo die Umrisse der Möbel mit der dunklen Wand verschmolzen. In diesem Moment schien sie durchlässig zu sein und sich zu einem saalartigen schwarzen Raum zu weiten.

Ich wusste zwar schon die Antwort auf meine Frage, dennoch presste ich hervor: »Was ist da?«

Ilie wollte rufen, hielt sich aber zurück und wisperte nur, um nicht meinen Großvater über uns aufzuwecken: »Hast du das auch gerade gehört?« Pause. »So ein Rascheln, oder?«

Er stand auf. Mir den Rücken zuwendend, verwandelte er sich in eine Silhouette. Für einen kurzen Moment meinte ich, dort, wo sich das Zimmer in Finsternis auflöste, Fühler und Beine wahrzunehmen. Ein hohes Sirren erfüllte mein Ohr, ein Testton, der jedes Nachdenken unmöglich machte und mich vollkommen lähmte. »Das ist sie!«

Erstaunt drehte sich Ilie zu mir um.

»Was? Wer ist *sie?*«

Die Erscheinung der Zecke war bisher gemäß den Regeln einer paradoxen, aber letztlich konsequenten Kinderlogik gefolgt: Obwohl ich fast elf Jahre alt war, war mir sehr wohl bewusst, dass die Zecke eigentlich einzig in meinem Kopf existierte; trotzdem konnte ich sie jetzt, so wie damals im Wohnzimmer mit meinem Großvater, sehen. Sie befand sich nur ein paar Meter von Ilie und mir entfernt. Allerdings – und das war das Unglaubliche in diesem Augenblick – wusste ich auch, dass sie eigentlich für andere unsichtbar sein musste.

Hastig fasste ich für Ilie die wichtigsten Informationen zur Monsterzecke zusammen. Wäre dies ein typischer Coming-of-Age-Film, sähen wir nun in einer schnell geschnittenen Zeitraffermontage und eventuell monochrom gelblich eingefärbt und damit meine Erinnerung markierend die im ersten Kapitel beschriebene Sommerszene mit meinen Großeltern, den schwarzen Punkt der Nymphe auf der golden glitzernden Pinzette, das Monster, das zum Soundtrack von Brahms vierter Sinfonie in der Wohnzimmerecke seine Fühler nach meinem Großvater ausstreckt, mich selbst, der Abend für Abend in immer denselben Szenen an die immer gleichen Stellen in seinem Zimmer eilt, um die immer gleichen Opfer-Rituale vor dem Schlafengehen zu vollführen. Wir sehen mich an Spätsommertagen in der Schule oder mit dem Fahrrad fahren und auf Flecken zwischen Bäumen und am Ende von Korridoren starren, im schwärzesten Schwarz.

Ich saß regungslos auf dem Bett und sprach abgehackt. Ilie hatte neben mir Platz genommen. Beim hastigen Atemholen warf ich furchtsame Blicke über Ilies Schulter in den Raum dahinter. Ich versuchte, an Ilies Gesicht abzulesen, ob er mir glaubte. Meine Angst, für einen Schisser gehalten zu werden, war beinahe genauso groß wie die Angst vor dem Ungeheuer. Ilie kommentierte meine Geschichte immer wieder mit »Echt?« und »Was?«. Jetzt waren wir beide stumm. Ilie wirkte unsicher. Er begann einen Satz und verschluckte ihn. In der Stille gluckerte es aus der Richtung der Heizung. Ich zuckte zusammen, meine Unterlippe zitterte, gleich würde ich heulen müssen. Ich durfte nicht heulen. Ilie hatte mich kurz beobachtet, dann stand er entschlossen auf. Noch während ich ihn ungläubig ansah, machte er vorsichtige Schritte in die Tiefe des Zimmers. Schon stand er neben dem Schreibtisch. Ich versuchte, ihn zu warnen, brachte aber keinen Laut heraus. Was dann geschah, konnte ich nicht genau erkennen, sein Rücken versperrte mir die Sicht. Nur so viel: Es gluckerte erneut, Ilie kippte nach hinten wie ein gefällter Baum, irgendetwas hatte ihn zu Boden geworfen. Mit ausladenden Gesten griff er, Halt suchend, nach dem Schreibtisch. Klirren. Rascheln. Tanzende Schatten an der Zimmerwand. Besinnungslos vor Angst sah ich zwei schwarze dünne Zeckenbeine, die sich nach Ilie ausstreckten. Er schlug auf das Ding vor seinen Füßen ein, robbte zurück zum Bett. Atemlos blickte ich abwechselnd zu ihm und auf das Ende des Raums, wo sich nun nichts mehr rührte. Ilie hockte auf der Matratze, wimmerte und betrachtete seine Handinnenfläche. Er fauchte etwas auf Rumänisch, dann leise: »Die Zecke hat mich gebissen!« Er streckte die Hand aus, so dass ich sie sehen konnte. Sie glitzerte rot vor Blut.

»Mann, brennt das!«, wimmerte er. In der Heizung zischelte es: Die Zecke zwängte sich durch die engen Windungen der Röhren. Ich stotterte, ob ich Ilie etwas aus dem Klo holen solle, ein Pflaster, ob er einen Arzt brauche. Ilies rumänische Worte, bei denen es sich nur um Flüche handeln konnte, beruhigten mich. »Passt schon«, wiegelte er ab. Dann hatte er auf einmal einen Gesichtsausdruck, den Kinder, die ein Geheimnis gelöst haben, in Filmen immer bekommen. Bedeutungsvoll raunte er: »Du hast doch gesagt, dass das *Steffi Graf* und das Feld dahinter bebaut worden wären, wenn deine Eltern, also, wenn die nicht …«

Ich nickte zaghaft.

»Und irgendwann auch der Wald da«, fuhr Ilie fort. »Der dahinter ist.«

»Die Schonung.«

»Genau.«

»Also, meinst du … kann es sein«, kombinierte Ilie zu Ende, »dass die Zecke da her ist? Und dass die nicht will, dass wer …«

Ich sah seinen Auslassungszeichen nach.

»… und dass die dann deshalb hierher … ich meine … vielleicht glaubt sie, dass du das Viertel hier mal weiterbauen wirst … weil, du bist doch der Sohn und …«

Ich begann zu begreifen.

»Heilige Scheiße.«

»Ja.«

»Was ist mit deiner Hand?«

Ilie zog sie weg.

»Geht schon wieder.«

Und in dem Film, den es nicht gibt, würde das Schlussbild der Szene die beiden Kinder auf dem Bett zeigen, denen auf einmal etwas klargeworden ist. Dazwischen geschnitten sind sehr kurze Aufnahmen in Fischoptik: der Blick der röchelnden und hastig durchs Gras krabbelnden Zecke. Die Kinder, die sich zunicken, als hätten sie einen Entschluss gefasst, die Zecke, die sich durch ein Loch im Zaun zwängt, schmatzend den Kopf hebt, und über ihr die schwarzen Wipfel der Schonung, wie ins Erdreich gesteckte Speere.

Am nächsten Morgen war Ilie vor mir wach. Er kam gerade aus dem Bad im Souterrain, als ich aufstand. Den Biss der Monsterzecke hatte er mit einem Pflaster überklebt. In der Ecke neben meinem Schreibtisch war alles so wie immer. Verhielt man sich ganz still, war lediglich das hohe Sirren zu hören, das die Heizung tagsüber von sich gab, seit die Tage kälter geworden waren. Ich schämte mich ein wenig für das, was letzte Nacht geschehen war. Trotz Ilies Wunde wirkte alles jetzt wie ein schlechter Traum, der überraschend schnell verblasste, je höher die Sonne draußen am klaren Herbsthimmel stieg.

Als dann jedoch mein Großvater nicht wie sonst sonntags morgens am Esszimmertisch saß und seine Spiegeleier mit gebratenen Tomaten aß, packte mich sofort dieselbe Panik, die ich ein paar Stunden zuvor gespürt hatte. Mein Großvater war nirgendwo zu sehen oder zu hören. Die Zecke … sie hatte ihn … Da tippte mich Ilie an. Hinter den Vorhängen der Panoramafenster zeichnete sich auf der Terrasse eine Gestalt in seltsamer Körperhaltung ab: leicht gebückt, als lauere sie. Mein Großvater. In der Hand hielt er einen Stock, einen Knüppel. Es schien unmittelbare Gefahr zu bestehen.

»Was macht er da?«

»Weiß nicht.«

Ilie schob das Fenster auf. Kälte strömte ins Zimmer. Obwohl meine Beine wie Blei waren, zwang ich mich nach draußen. Ohne sich zu uns umzudrehen, streckte mein Großvater warnend seinen Arm mit dem Knüppel aus. Er schien ungewöhnlich aufgeregt, vielleicht sogar ängstlich.

»Bleibt da!«

Mitten im Garten saß eine schneeweiße Katze und starrte uns an.

»Habt ihr eine …?«, flüsterte mir Ilie zu. Ich schüttelte den Kopf.

Es war die hässlichste Katze, die ich jemals gesehen hatte. Und die ungepflegteste. An manchen abgescheuerten Stellen schaute wie entzündet rötliche Haut hervor, unter der sich spitz die Rippen abzeichneten. Das war aber nicht das Ekligste. Eines ihrer Augen, ich weiß nicht mehr, welches, war eitrig verklebt. Ein Ohr hing schlaff herab.

»Hab schon versucht, sie zu verscheuchen.« Mein Großvater atmete schnell. Auch wenn er nichts sagte, standen kleine Wölkchen vor seinem Mund. »Reagiert aber nicht. Scheint krank zu sein. Vielleicht Tollwut. Auf jeden Fall ein Streuner. Vom Feld drüben.« Bei den Worten zuckte ich zusammen.

Die Katze stieß einen entsetzlichen, leisen, langgezogenen, jammernden Laut aus, der wie das Klagen eines Babys klang. Noch einmal. Jetzt schlich sie auf uns zu. Setzte sich wieder hin. Da geschah etwas Seltsames. Ich nahm mich für den Bruchteil einer Sekunde mit den Augen oder besser: *dem* Auge der Katze wahr. Wie ich da unschlüssig und instinktiv Schutz suchend hinter meinem Großvater stand, ängstlich, obwohl die Katze, also in diesem Moment ich, der ich in ihren Körper und ihre Perspektive gerutscht war, lediglich Hunger hatte. Sie maunzte wieder.

»Ich hole mal bisschen Milch«, sagte ich.

»Keiner bringt dem Tier irgendetwas oder nähert sich dem!« Mein Großvater klang so ungewohnt streng, dass ich sofort innehielt. Er hustete. »Die ist krank. Vielleicht ansteckend. Wenn ihr der jetzt was gebt oder sie streichelt, dann kommt die wieder hierher. Damit soll die mal gar nicht anfangen.« Mit einer Leichtigkeit, die ich noch nie an ihm gesehen hatte, aus dem Handgelenk heraus, so wie beim Steineflippen, schleuderte er den Knüppel in Richtung Katze. Er setzte dabei einen äußerst konzentrierten Gesichtsausdruck auf. Er wollte die Katze nicht nur vertreiben, sondern treffen, vielleicht sogar töten.

Sie schoss mit erhobenem Schwanz bis an den Rand des Grundstücks. Dann setzte sie sich wieder unvermittelt hin und wartete.

Ilie klatschte laut in die Hände und rief etwas auf Rumänisch. Überrascht schaute ich zu ihm. Er hatte sich von meinem Großvater anstecken lassen.

»Können wir denn nicht einfach …« In ein paar Sekunden würde ich weinen müssen. Die Katze, die mich unendlich traurig und enttäuscht anstarrte, als könnte sie nicht glauben, dass ausgerechnet ich ihr nichts gebe, obwohl ich sie doch verstand, machte mir Schuldgefühle.

»Vielleicht«, half mir Ilie, »können wir sie ja zu einem Arzt bringen, der sie untersucht?«

»Na, ihr seid Genies: Und wer fängt die ein, hm?« Mein Großvater blickte sich nach einem weiteren Stock am Rand der Terrasse um. »Und weißt du überhaupt, mein Lieber, was so was kostet? Tierfänger engagieren, dann klappt das nicht gleich, dann muss der wieder kommen …« Auch diesen Stock warf er erstaunlich schwungvoll und zielsicher. Er verfehlte die Katze nur knapp, die jetzt panisch einen Haken schlug und im Gebüsch verschwand. Ein paar Sekunden später trottete sie über das Feld in Richtung Schonung.

Unsere neuen Nachbarn, die Beckmanns, hatten in den vergangenen Tagen die Bastmatte entfernt. Dahinter war der verwilderte Garten zum Vorschein gekommen, der den dazugehörigen Bungalow fast vollständig verbarg. Dennoch hatte ich während der gesamten Szene das ungute Gefühl gehabt, erneut, wie neulich unter der Treppe, von Madita beobachtet und beurteilt zu werden.

Der Klub der Katze

Ich erinnere mich, dass Madita in dieser Zeit zwei Dinge tat, die sie, die zickige »Öko«, in Ilies und meinen Augen auf einmal in einem neuen Licht zeigte. Am Ende einer Stunde kündigte der Lehrer an, Madita habe uns etwas zu sagen, woraufhin sie, ohne zu zögern, vor die gesamte Klasse trat. Als sie dann mit der Selbstsicherheit einer Erwachsenen ein von ihrer Mutter mit ins Leben gerufenes Projekt vorstellte, bei dem deutsche Schüler die Patenschaft für gleichaltrige Schüler in einem Dorf in Afrika übernahmen, das heißt mit einem geringen DM-Betrag ihre Ausbildung mit finanzierten und sich als »pen pals« mit ihnen Briefe schrieben, *wer von euch macht mit?*, ärgerte ich mich, dass ich es nicht über mich brachte, mich wie eine Handvoll andere in der Klasse zu melden, weil mein Großvater mich immer davor gewarnt hatte, ja nicht bei Preisausschreiben oder Umfragen teilzunehmen, ohne ihn vorher um Erlaubnis zu fragen. Das soziale Engagement meines Großvaters beschränkte sich darauf, zu Weihnachten der Spendenaktion der *Süddeutschen Zeitung*, die er vor allem für ihre Feuilletonbeitrage von Joachim Kaiser abonniert hatte, ihn ansonsten aber wegen ihrer »beinahe kommunistischen Stimmungsmache« in Rage zu bringen vermochte, einen niedrigen dreistelligen Betrag zu überweisen. So blieb meine Hand unten, auch wenn ich Madita um ihren Auftritt und dafür, dass sie für so wichtige, erwachsene Projekte eintrat, während wir Babys unter der Treppe so taten, als würden wir catchen, beneidete.

Kurze Zeit später sagte sie im Kunstunterricht etwas, das noch für eine ganze Weile danach bei uns allen für Gesprächsstoff sorgte. Für eines der Projekte des Pablos, für die er, soweit ich das mitbekam, von seinen Kollegen belächelt wurde, bildeten wir einen Stuhlkreis. Wir sollten unser »kreatives Zentrum« finden. Dieser Begriff wurde bei uns Schülern wie bei jeder Jahrgangsstufe, die den Pablo als Lehrer gehabt hatte, zum geflügelten Wort, und hätte man damals die Stunde gefilmt und sich Jahre später angeschaut, wie wir da mit dem Pablo im Kreis saßen und versuchten, die Quelle unserer Kreativität aufzuspüren, hätte man das Ganze sicher für eine Parodie gehalten. Für uns selbst war dieser Moment aber geradezu unerträglich ernst. Ja, er überforderte uns in seiner Schwere. Ich nehme an, als eine Art Lockerungsübung, sollte jeder von uns damals sagen, was er »so richtig doll« liebe und hasse. Ich weiß nicht mehr, was ich antwortete, wahrscheinlich etwas Unverfängliches, Unverbindliches wie die anderen; aber ich erinnere mich, dass Madita, als die Reihe an sie kam, nach einer längeren Pause, während der wir alle sofort spürten, dass sie *wirklich* nachdachte, sagte, sie hasse ihren Vater. Alle erstarrten in diesem Moment. Auch der Pablo. Madita besaß für Sekunden eine Macht, wie ich sie noch nie bei einem gleichaltrigen Kind erlebt hatte.

Dadurch, dass ich am Sandradl neben ihr wohnte und mein Großvater beiläufig ein paar wenige Dinge über die Beckmanns erwähnt hatte, war ich es, der nach der Stunde auf einmal im Mittelpunkt stand. Während ich mein schlechtes Gewissen, zu viel und zu Privates auszuplaudern, mit der Freude darüber zum Schweigen brachte, dass die anderen an meinen Lippen hingen, verkündete ich, dass die Beckmanns frisch geschieden waren, die Mutter ursprünglich aus Oberviechtach stamme und allein mit ihrer Tochter aus Hannover, das in Norddeutschland liege, hierhergezogen sei.

All diese Dinge mussten sich bereits ereignet haben, als unsere Lehrerin aus Ilie, mir und Madita ein Team für den nächsten Deutschaufsatz bildete, denn ich erinnere mich gut an das panische Gefühl, als ich mir vorstellte, nicht nur mit »der Öko« länger reden, sondern auch mit ihr zusammen einen Text schreiben zu müssen, der benotet werden würde. Der Aufsatz sollte eine sogenannte »freie Erzählung« sein. Unserer Fantasie war lediglich durch das vorgegebene Thema Grenzen gesetzt: »Eine unvergessliche Nacht«. Bisher hatte ich alle meine Texte in der personalen Perspektive geschrieben, zum einen, weil jene Bücher, die ich am liebsten mochte, die Romane Jules Vernes, so erzählt waren, zum anderen, weil ich eine unüberwindliche Scheu davor hatte, in einem Text »ich« zu sagen, weil ich, selbst wenn alles erfunden war, dann das Gefühl hatte, etwas von mir, das geheim und eventuell peinlich war, preiszugeben. Der Gedanke, dass jemand anderes in dieses »Ich«, das ich war, schlüpfte und dann in gewisser Weise für die Zeit der Lektüre mein Inneres bewohnte, war mir unheimlich. Die Lehrerin hatte einen Begriff an die Tafel geschrieben, der mich länger beschäftigte: *Empathie*. Sie sei der Schlüssel für jede Erzählung, ja überhaupt dafür, »dass wir Menschen gut miteinander auskommen«. Wer empathisch war, war gut. Und je empathischer, desto besser. Ich weiß noch, wie ich im Pulk der anderen nach der sechsten Stunde aus der Klasse ging, viele sich darüber unterhielten, wie schwierig es ihnen fiel, nicht nur so zu tun, sondern zu fühlen, als sei man wer oder sogar was anderes, und ich auf einmal feststellte, dass ich diese Kunst beherrschte, ohne mich anstrengen zu müssen: Ich sah mich mit den Augen der anderen Schüler, sah mich aus der Perspektive der Deckenlampen, der vor Kälte aufgeplusterten Vögel in den Zweigen der Büsche zwischen den Kreativprojekten draußen, der Wolken und so weiter. Ich war heilig. Ich schämte mich, so etwas zu denken, weil absolut ausgeschlossen war, dass ich es war. Ich wurde fast verrückt vor Angst und Glück.

Weder Ilie noch ich wollten Madita bei einem von uns zu Hause haben. Zugleich waren wir beide und besonders ich extrem neugierig, wie es im Inneren des Bungalows, der als Leerstand so lange meine Fantasie beschäftigt hatte, aussah und wie die Beckmanns lebten. Madita hatte nichts dagegen, dass wir uns bei ihr trafen, um gemeinsam am Aufsatz zu arbeiten. Was ich von Maditas Mutter noch in Erinnerung habe, ist, wie großgewachsen sie war und dass sie fast ununterbrochen rauchte. Vom Grundriss her glich der Bungalow dem unseren aufs Haar, dennoch wirkte er viel größer. Das mochte daran liegen, dass er immer noch nicht vollständig eingerichtet schien. Überall lagerten halb ausgepackte Umzugskartons. Wo es nicht nach Rauch stank, roch es nach Klebstoff und Holz. Nachdem wir uns vorgestellt hatten, führte uns Frau Beckmann ins Wohnzimmer beziehungsweise in jenen Raum, der bei meinem Großvater und mir das Wohnzimmer war. Dort herrschte eine heillose Unordnung. Anstelle der Möbel oder Bücherschränke wie bei uns standen hier kickertischgroße weiß lackierte Kästen und Einmachgläser herum, die aber nicht etwa mit Lebensmitteln, sondern mit Steinen gefüllt waren. Frau Beckmann sagte, sie brauche unseren Rat. Ilie und ich warfen uns aus dem Augenwinkel beunruhigte Blicke zu. Von Madita fehlte immer noch jede Spur. Frau Beckmann lotste uns zu einem der Kästen.

»Was denkt ihr?«

Es sei noch nicht ganz fertig, aber wir sollten ihr einfach sagen, wie *es* auf uns wirke. In dem Kasten waren unterschiedlich große Linsen und Gläser übereinander montiert, sodass die Gegenstände dazwischen – Steine, getrocknete Blätter, auf Papier gemalte Buchstaben – sich mit jeder Bewegung des Betrachters in die Länge zogen oder zusammenschrumpften. Das Bild heiße *Perhaps*. Ilie sagte sofort etwas wie »cool« und beschrieb, was er sah, was Frau Beckmann spürbar gefiel. Währenddessen begriff ich, dass Frau Beckmann wohl eine Art Künstlerin und das Wohnzimmer ihr Atelier sei. Ich war noch nie einem lebenden Künstler, geschweige denn einer Künstlerin begegnet. Fieberhaft, bevor ich an die Reihe kam, stellte ich mir vor, wie statt mir in diesem Moment mein Großvater stehen würde; was er wohl sagen würde; was man sagte; was das Richtige war. Einer der Lieblingsausdrücke meines Großvaters war »eine tiefe Kunsterfahrung«. Eine solche machte man vor allem bei der Rezeption »echter Kunst«, also der Werke der vermeintlich Größten, Tizian, Goethe, Beethoven, Thomas Mann und so weiter. Manchmal meinte ich, ebenfalls »eine tiefe Kunsterfahrung« gemacht zu haben und die »unbeschreibliche Tiefe« oder »den Glutkern« eines Gemäldes oder eines Musikstücks erfahren zu haben, war dabei allerdings unsicher, ob es sich nun wirklich um »eine tiefe« oder in Wahrheit oberflächliche Kunsterfahrung handelte oder aber lediglich Einbildung. Frau Beckmanns »Linsenkästen«, wie sie sie nannte, hatten eine ähnliche Wirkung auf mich wie manche Gemälde zweifelsfreier »Höhenkammkunst«, die ich mit meinem Großvater in den Pinakotheken oder im Lenbachhaus gesehen hatte. Das Licht brach sich in den Gläsern und wölbte sich zu winzigen Regenbögen. Ich kannte nichts Vergleichbares. Ich hätte gern mein Wissen zur Schau gestellt und Dinge gesagt wie: »Das erinnert mich an Dürer/Rubens/Tintoretto.« Aber das tat es nicht. Ich weiß noch, dass ich rot anlief und stotterte, was der Kasten in mir auslöste, *Fantasielandschaften, die vielleicht von Einhörnern bevölkert werden, ich würde gern dort hineinschlüpfen und spazierengehen* oder dergleichen. Ich war mir selbst in jenem Moment wahnsinnig peinlich. In Erinnerung geblieben ist mir Frau Beckmanns Reaktion. Sie nickte langsam und dachte sichtlich über meine Antwort nach, so wie Madita im Kunstunterricht bei der Frage Pablos nachgedacht hatte. Irgendwann sagte sie: »Ja, da hast du absolut recht, so habe ich das noch gar nicht gesehen«, und ich war auf einmal unbeschreiblich glücklich, weil ich wider Erwarten etwas Originelles, Tiefsinniges gesagt zu haben schien, obwohl ich doch nur über meinen eigenen Eindruck geredet hatte. Im Nachhinein war ich mir sicher, anhand von Frau Beckmanns Linsenkasten, der, wie ich viele Jahre später durch Zufall feststellte, das Konzept einer Kölner Fluxus-Künstlerin wenn nicht kopierte, so doch höchstens marginal weiterentwickelte, »eine tiefe Kunsterfahrung« gemacht zu haben.

An der Tür von Maditas Zimmer, das sich dort befand, wo in unserem Bungalow mein Großvater sein Schlafzimmer hatte, ein Umstand, der mir wie eine Verschiebung der Realität erschien, klebten die Aufkleber von Bands und Logos, die weder Ilie noch ich damals kannten und die wir nur spöttisch mit gerunzelter Stirn zur Kenntnis nahmen, mir aber in Wahrheit wie Zeichen der »wirklichen« Welt vorkamen. *Die Ärzte, Die Toten Hosen, Atomkraft? – Nein Danke.* Lediglich das Peace-Zeichen und John Lennons Counterfeit mit der Rundbrille erkannte ich wieder.

In der Mitte des Zimmers lag zu unserer Überraschung eine weiße Katze. Es war dieselbe einäugige Katze, die mein Großvater aus unserem Garten gejagt hatte. Madita kniete gerade bei ihr und wusch ihr Fell mit einem Schwamm. Ich glaube, was mich meinen ersten Ekel und die Warnung meines Großvaters, dass die Katze krank sein könne, schnell vergessen ließ, waren die Selbstverständlichkeit und Entschiedenheit, mit der Madita dann erklärte, die Katze habe Hunger, einer von uns beiden solle aus der Küche Milch für sie holen. Gesäubert sah die Katze gar nicht mehr so horrorfilmartig hässlich wie an jenem Morgen aus. Ohne dass wir darüber redeten, waren wir drei uns einig, dass in diesem Moment oberste Priorität hatte, sie zu pflegen und zu streicheln und ihr Aufmerksamkeit zu schenken, was sie schnurrend mit sich geschehen ließ. Alle Gedanken an Tollwut oder ähnliche den sicheren Tod bedeutende Infektionen schwanden mit jeder Sekunde mehr, in der ich neben Madita und Ilie durch das flauschige Fell strich und das Glück spürte, das mich die seltenen Male durchströmt hatte, wenn ich ein Tier oder sogar einen Hund streicheln durfte und merkte, wie der kleine Körper unter mir unmittelbar und beinahe automatisch darauf reagierte. Ich denke, Madita und ich werden letztlich darüber ins Gespräch gekommen sein, so dass sie Ilie und mir erzählte, sie habe auch einen Hund besessen, früher, nun befinde er sich aber bei ihrer großen Schwester und sie vermisse ihn. Ilie und ich werden nachgefragt haben; Madita wird, weil sie bereits als Elfjährige sehr geradeaus war, uns umstandslos von ihrem Vater erzählt haben, der irgendeinen Beruf ausübte, bei dem er viel unterwegs war, und jahrelang parallel in einer anderen Stadt eine zweite Familie mit Kindern gehabt hatte, bis alles im Sommer herausgekommen sei, ihre Schwester, die sich nicht mit ihrer Mutter verstehe, beschlossen habe, mit ihrem Vater und dem Hund zu der Parallel-Familie zu ziehen, ihre Mutter aber hierher, in die Nähe von Maditas Oma, die im Nachbarort, in Teunz, wohne. Ich sah Maditas bisherige Geschichte die ganze Zeit über vor mir wie einen Film, konnte mich einfühlen, wie sie ihren Hund und, das spürte ich, auch ihren Vater und ihre Schwester vermisste, und dann erzählte ich selbst, vielleicht, weil ich sie trösten wollte, vielleicht, weil ich zum ersten Mal jemand getroffen hatte, dem es ähnlich ging wie mir, von meinen Eltern und ihrem Unfall und dass es schön bei meinem Großvater sei, er wisse alles, er könne alles, aber dass er nie erlauben würde, dass ich einen Hund hätte, obwohl ich ihn mir so sehr wünsche, mehr als alles andere. Dann war Ilie an der Reihe und während er von der temporären Trennung seiner Eltern berichtete, sein Vater und er in Bukarest, seine Mutter in Deutschland, schaute er, das weiß ich noch, die ganze Zeit mich und nicht Madita an, als wäre ich sein Souffleur, was mir peinlich war, weil es ihm peinlich war und er stotterte, obwohl er sonst nie stotterte.

An diesem Nachmittag schrieben wir auch unseren Aufsatz. Wenn ich mich nicht täusche, war ich es, dem damals die Ausgangsidee für eine Geschichte über drei Kinder einfiel, die eines Abends eine halbblinde Katze mit magischen Kräften finden und, als sie alle drei gleichzeitig ihr Fell berühren, von ihr in eine Parallelwelt transportiert werden, in der sie so etwas wie Könige sind und Abenteuer gegen eine fremde Macht bestehen müssen. Es war eine krude Mischung aus den unterschiedlichsten Vorlagen, weder besonders originell noch gut geklaut – Jahre später fand ich sie zufällig beim Ausmisten und schämte und amüsierte mich zugleich wegen ihres hoffnungslos pathetischen Tons und den offensichtlich irgendwo aufgeschnappten Phrasen. Trotzdem weiß ich noch, wie begeistert damals Madita und Ilie mich anschauten, wie aufgeregt wir abwechselnd am Plot feilten, *könnte man nicht auch, und wie wäre es, wenn*, und mich das alles in einer mir unbekannten Weise euphorisierte. Sicher spielte auch eine Rolle, dass Madita ein Mädchen war und, obwohl bei mir die Pubertät erst sehr viel später einsetzen sollte, es in meinem Kopf gespeichert war, dass Anerkennung von Mädchen etwas Besonderes bedeutete, Alf war in Lynn verliebt gewesen. Die Katze in unserer Erzählung hieß wegen ihres blinden Auges, das jedes Mal, wenn die Kinder die Welt wechselten, zu funkeln anfängt, Funkel, und es schien uns dreien vollkommen logisch, die bislang namenlose weiße Katze ebenfalls so zu taufen.

Unser Aufsatz wurde schlecht bewertet; ich glaube, mit einer

Vier. Es war ein schrecklicher Moment, als unsere Lehrerin, deren Meinung mir sehr wichtig war, weil mein Großvater immer sagte, ich hätte eine besondere Begabung zum Schreiben, bei der Herausgabe der Arbeiten vor Madita, Ilie und mir stehenblieb und sich sichtlich darüber echauffierte, dass wir eindeutig zu viel fernsahen und in Zukunft »bitte auf dem Teppich« bleiben sollten, während sie uns den vor roten Anstreichungen schimmernden Papierbogen überreichte. Wir fühlten uns auf empörende Weise ungerecht behandelt. Zum ersten Mal war ich sicher, dass einer der Lehrer, die sonst immer recht gehabt hatten, falsch lag. Ich erinnere mich noch an das ohnmächtige Gefühl, genau zu wissen, dass wir drei etwas Außergewöhnliches geschaffen hatten, das viel besser war als all die anderen langweiligen Geschichten unserer Mitschüler, und gleichzeitig nach Regeln, die ich nicht verstand und verstehen wollte, unverhältnismäßig hart kritisiert wurden. Es spielte keine Rolle, dass ich gegenüber meiner Lehrerin einwendete, ein »richtiger« Autor wie H. G. Wells würde doch auch so ähnlich schreiben. Ja, eben, genau: »ein richtiger Autor!« Meine Lehrerin schüttelte den Kopf. Und ich sehe noch Madita mit rotem Kopf nach der Stunde mit der Lehrerin diskutieren, die immer erregter wurde, bis sogar das Wort »Verweis« fiel – und Madita vor Wut oder Enttäuschung wortlos und mit Tränen in den Augen an uns vorbeistürmte.

Die Niederlage schweißte uns drei zusammen. Von da an trafen wir uns regelmäßig bei mir oder Madita und spielten mit Funkel. Meine Fenster im Souterrain ließen sich blitzschnell öffnen, so dass man die Katze hinauslassen konnte, wenn mein Großvater, der auf keinen Fall davon erfahren durfte, die Treppe herunterkam. Ich ging zwar immer noch täglich meinen Opferpflichten nach, doch das Thema Zecke rückte durch Funkel in den Hintergrund. Auch als Ilie schließlich einen Brief von RTL erhielt, in dem sich eine Mitarbeiterin tatsächlich die Zeit genommen hatte, einen einfühlsamen Brief zu schreiben, in dem sie uns erklärte, wie »toll« und »berührend« sie unser Video fand, dass Kinder in einer Show für Erwachsene jedoch nicht zugelassen seien, war die Enttäuschung darüber nicht so bodenlos, wie sie es noch ein paar Wochen zuvor gewesen wäre. Irgendwann brachte Ilie eine Wurst mit, die schmeckte wie nichts, was ich kannte, und von der er stolz berichtete, es handele sich um die traditionelle rumänische Weihnachtswurst, die er jedes Jahr zusammen mit seinem Vater zu Hause herstelle, es sei so ein Vater-Sohn-Dings. Ich sehe uns, wie wir im Schneidersitz in meinem Zimmer auf dem Teppich saßen und diese ein wenig harte, aber köstlichste Wurst der Welt aßen, auch Funkel kaute daran herum, und weiß noch, wie sehr ich mir wünschte, dass diese Momente nie vergingen. Trotz der Kälte trieben wir uns mit Funkel auf dem Feld hinter dem *Steffi Graf* herum, spannen die Geschichte aus unserem Aufsatz weiter und taten so, als seien wir die drei Kinder aus dem Text und das Brachland die Parallelwelt. Wir nannten uns *Der Klub der Katze*. Aus unserem täglichen Leben sickerten Menschen und Orte in unsere Fantasien. Dass wir zu dritt waren, noch dazu zwei Jungs und ein Mädchen, gab uns das seltsame Gefühl einer Art Vorhersehung; in allen Filmen, Hörspielen und Büchern, die wir mochten, waren es sehr oft drei Kinder, die Abenteuer erlebten – so wie nun wir. Pur waren wir, wie die Schokolade eines Magnum-Eises. Es ging zum ersten Mal in meinem Leben nicht mehr darum, was mein Großvater gut fand oder mit welcher Note meine Leistungen in der Schule bewertet wurden. Endlich befand ich mich in einer Geschichte. Es war nicht die unendliche Geschichte. Es war meine Geschichte.

Das Ende der Geschichte

Ich glaubte damals schon lange nicht mehr ans Christkind. Zugleich war Weihnachten für mich als Zehnjähriger das schönste Fest des Jahres. All seine Attribute, die mich später, bis ich selbst eine Familie hatte, erst mit Widerwillen, dann mit Langeweile und schließlich mit Sarkasmus erfüllen sollten, bedeuteten mir damals tatsächlich viel, so dass ich mich schon die Tage zuvor feierlich und besonders fühlte. Stück für Stück wurden über Wochen vor meinen Augen die Kulissen für den vermeintlich Heiligen Abend aufgestellt, angefangen bei den in die Jahre gekommenen, vom Schneeregen verschmutzten elektrifizierten Weihnachtsgirlanden, die über die engen Straßen im Dorfkern aufgehängt wurden. Wenn ich aus dem Fenster im Klassenzimmer blickte, lag trotz des grauen Himmels, der sich nur selten aufhellte, so etwas wie Verheißung über dem Hügel mit der Ruine. Das hatte auch zu einem gewissen Teil mit dem Geschenk zu tun, an dem ich in meiner freien Zeit für meinen Großvater arbeitete, eine längere Geschichte über die Abenteuer des *Klubs der Katze*. Zum ersten Mal war mir mein eigenes Geschenk wichtiger als die Geschenke, die ich bekommen würde. Selbst wenn ich riskierte, dass mein Großvater sich über die popkulturellen Verweise mokierte, hatte ich die Hoffnung, dass er durch mein Werk die Welten, auf die sie sich bezogen, vielleicht nicht mehr ganz so verdammenswert finden würde.

Umso schockierter war ich, als kurz vor den Weihnachtsferien

Madita und Ilie bei uns läuteten und mit verzweifeltem Gesicht fragten, ob ich Funkel irgendwo gesehen hätte. Unser letztes Dreiertreffen musste da schon einige Tage zurückliegen, denn Madita berichtete atemlos, dass Funkel, die sonst täglich vor der Terrassentür darauf wartete, ihre Schale Milch zu erhalten und in Maditas Zimmer zu spielen, nicht aufgetaucht sei und auch sonst jede Spur von ihr fehle. Madita hielt einen Steckbrief in der Hand mit einer Zeichnung Funkels und ihrer Telefonnummer, den sie bei uns fotokopieren wollte. Mein Großvater war wahrscheinlich der Einzige in der gesamten Siedlung, der bei sich zu Hause ein Fotokopiergerät stehen hatte. Die Zeichnung stammte von Maditas Mutter und traf Funkel genau. Mein Großvater war nicht zu Hause. Es gab eigentlich das unausgesprochene Verbot, die Kammer »mit dem teuren Gerät« nicht zu betreten, ohne ihn vorher zu fragen. Und: Wenn man etwas kopierte, musste es etwas Sinnvolles sein. Aber zu meiner eigenen Überraschung war mir das jetzt egal. Ich achtete lediglich darauf, dass die Anzahl der Blätter im Papierfach dieselbe war wie zuvor, damit meine Tat nicht auffiel. Im gesamten Sandradl hingen wir unseren Steckbrief auf. Jedes Mal, bevor wir in ein anderes Rondell einbogen, krampfte sich mein Herz zusammen in Erwartung, gleich irgendwo am Straßenrand einen kleinen Haufen Fell liegen zu sehen, so wie in jenen entsetzlichen Augenblicken, wenn mein Großvater und ich aus München von einer Kulturveranstaltung nach Hause fuhren und er auf der Landstraße mit »Igitt« oder »Pfui Teufel« ruckartig auszuweichen versuchte, was ihm oft nicht gelang, und ich mir bei dem kurzen dumpfen Geräusch der Räder, die über den Kadaver rollten, automatisch vorstellte, wie es sein musste, überfahren und flach zu werden, ich konnte es in meinen Armen und Beinen spüren. Mehrmals erspähte ich am Eingang eines Rondells schon die Linie aus Blut, die zu einem Klumpen am Straßenrand führte, was sich dann aber stets nur als Dreck und schwarzer Schneerest herausstellte. Später suchten Madita, Ilie und ich das Brachland hinter dem *Steffi Graf* ab. Natürlich konnte Funkel theoretisch auch in einem ganz anderen Bereich des Ortes angefahren worden sein; oder Kinder konnten sie aufgenommen haben, bei denen sie in diesem Moment schnurrend auf dem Schoß lag; oder sie konnte einfach nur weitergezogen sein, ebenso plötzlich wie sie aufgetaucht war. Doch wir waren zu sehr in die Idee eines *Klubs der Katze* und die vermeintliche Schicksalshaftigkeit unseres Trios mit Tier verliebt, als dass wir die unbeschreibliche Kränkung hätten akzeptieren können, dass »unsere« Funkel den Besitzer gewechselt hatte.

Es war Ilie, der dann meinte, als letztes bliebe nur noch die Schonung übrig. Ich bin mir sicher, dass er schon länger einen geheimen Plan verfolgte, den er nun unverhoffterweise endlich in die Tat umsetzen konnte. Zudem begeisterte ihn bestimmt die Aussicht, eine Szene zu erleben beziehungsweise *zu reenacten,* wie sie in jedem zweiten Abenteuerfilm für Kinder vorkam: der nächtliche Ausbruch ins Ungewisse. Er schlug dafür vor, bei mir zu übernachten, dann müsste er nicht heimlich nachts durch das ganze Dorf fahren. Madita wusste zu diesem Zeitpunkt noch nichts von der Monsterzecke, und obwohl wir mittlerweile befreundet waren, wäre es mir peinlich gewesen. Also werde ich versucht haben, Ilie böse Blicke zuzuwerfen, nur um am Ende doch nicht offen zu widersprechen, als Madita, die alles für Funkel getan hätte, einverstanden war und wir den nächsten Abend und damit den letzten Schultag des Jahres als Termin für unser Abenteuer festlegten.

Am nächsten Vormittag hatte uns alle in der *Leuchte* eine seltsame Stimmung erfasst. Statt regulären Unterricht gab es Gottesdienst und danach in jeder Stunde eine kleine Weihnachtsfeier, soweit ich mich erinnere. Jedenfalls waren alle inklusive der Lehrer überaus ausgelassen, so dass es mich nicht überraschte, als Ilie, der von nichts anderem mehr redete als unserem Ausflug, mich am Beginn der Pause auf einmal mit sich zum Klassenzimmer des Pablos zerrte. Ilie wollte ihn dazu bewegen, uns über die Ferien eine Kamera aus dem Technikraum auszuleihen, damit wir unsere Aktion am Abend filmen konnten. Unter anderen Umständen und bei einem anderen Lehrer hätte Ilie sich das nie getraut. Nachdem der Pablo überraschend schnell zugestimmt hatte, auf dem Weg zum Technikraum sogar so tat, als wären wir auf geheimer Mission und sich wie ein Einbrecher um die Ecke drückte, weswegen Ilie und ich kicherten, weil das irgendwie so überraschend, lustig und peinlich war, schloss der Pablo nach einigen vergeblichen Versuchen die Tür in einem ruhigen Seitenkorridor auf. Erst als wir ihm im kalten Licht der mit Geräten zugestellten Kammer gegenüberstanden, den Schweiß auf seiner Stirn schimmern sahen, seinen Atem rochen und er, während er sich an einem Medienwagen festhielt wie auf einem schwankenden Schiff, einen unzusammenhängenden Monolog über das Wunder der kindlichen Kreativität hielt, merkten wir, wie betrunken er war. Hilflos nickten wir zu den sinnlosen Sätzen unseres einstigen Idols. Wieder in der Aula, die große schwarze Tasche auf dem Arm, hatte sich unsere Wahrnehmung durch die Begegnung im Technikraum auf eine Art verändert, wie ich es bis dahin selten oder vielleicht noch nie erlebt hatte. *Es fiel ihnen wie Schuppen von den Augen*. Nicht nur der Pablo schwankte, hatte unnatürlich gerötete Wangen und wirkte »angeheitert«, sondern auch die Aufsicht und die anderen Lehrer, die sich in der Pausenhalle aufhielten. Ich sehe noch das Bild vor mir, wie einer der Lehrer mit Schülern aus einem höheren Jahrgang Fußball spielte, wieder und wieder den Ball verfehlte und von zwei anderen Lehrern aus der Entfernung johlend angefeuert wurde. Erst als ich viele Jahre später eine ehemalige Mitschülerin traf, die mittlerweile an der *Leuchte* unterrichtete, erfuhr ich von ihr, dass es einen »Klub« in der Schule gab, dem auch der damalige Direktor angehörte. Der »Klub« traf sich vor dem Unterricht im Direktorat. Es gab einen Wettbewerb. Wer am meisten vertrage, ohne dass die Schüler es bemerkten. Der Pablo gewann oft.

Der Nachmittag des letzten Schultags war, soweit ich mich erinnere, entsetzlich. Meine Angst davor, der Zecke in der Schonung zu begegnen, wuchs minütlich. Meinem Großvater gegenüber, der wie immer zur Weihnachtszeit, sprich zu Ferienbeginn, gute Laune gehabt haben wird, hatte ich ein schlechtes Gewissen. Unser Ausbruchsplan fühlte sich wie Betrug an. In meinem Zimmer stand die schwarze Tasche mit der Kamera bereit. Und dann war da auch noch Ilie, der mich zu all dem angestiftet hatte und nun bei mir zu Hause mit nur mühsam gezähmter Aufregung die Minuten zählte, bis es endlich Nacht wurde. Nachdem wir uns von meinem Großvater nach dem Abendbrot verabschiedet hatten, saßen wir stumm auf dem Boden. Ich wurde immer wütender auf Ilie, der sich die Zeit damit vertrieb, wieder und wieder die Kamera zu überprüfen, die dann jedes Mal einen nervtötenden Piepston von sich gab. War er sich wirklich darüber im Klaren, was wir hier vorhatten? Er war doch der Zecke schon selbst begegnet und wusste, zu was sie fähig war. Irgendwann schraken wir beide zusammen, als es tatsächlich ans unverdunkelte Fenster klopfte, in dem wir uns spiegelten. Als wir es kippten, wartete Madita dahinter. Ilie bestand darauf, einen »richtigen« Film zu drehen, was bedeutete, dass wir für die Kamera genau dieselbe Szene noch einmal wiederholen mussten, der ahnungslose Ilie und Bastian, die genau wie ein paar Sekunden zuvor zusammenzucken, die ungeduldige Madita draußen. Dann liefen wir auch schon los, durch unseren Garten, die Dunkelheit, das Feld, auf die Schonung zu. Es lag kein Schnee. Unsere Taschenlampen schalteten wir erst ein, als wir sicher waren, dass man uns von den letzten Häusern der Siedlung nicht mehr erkennen konnte. Ich habe den Film in all den Jahrzehnten so oft gesehen, dass er meine Erinnerungen an jene Nacht vollkommen überdeckt hat. Als wäre die Welt damals wirklich erfüllt gewesen von Bildrauschen, jenen wabernden grauen Flecken, die wegen der schlechten Beleuchtung und Qualität des Bandes überall auf uns lauerten wie eine Gefahr, die wir nicht wahrnahmen und sich erst im Nachhinein offenbarte. Ich weiß noch, dass sich meine Stimmung auf dem Feld überraschend aufhellte. Die Kamera, die Madita und Ilie die meiste Zeit mir überließen, gab mir wie beim Catchen in der Schule Sicherheit. Solange ich filmte, konnte mir nichts passieren. Dieses Mal taten wir nicht nur so, als spielten wir eine Episode aus einem Film nach, wir drehten sie tatsächlich, mit einer echten Kamera, einen echten Film, und jede Bewegung und jeder Satz fühlten sich so wirklich an wie selten zuvor. An was ich mich außerdem erinnere, ist, wie ich die schwarze feuchte Wand der Fichten in der Schonung riechen konnte. Wir hatten den Zaun erreicht. Im Film versucht Ilie immer wieder, in die Rolle des Anführers zu schlüpfen, wie wir sie aus den Serien und Hörspielen kannten. Es ist wie eine einige Nummern zu große Jacke, in die er nicht passen will und die in den Momenten, in denen er, die Fußspitzen in den Maschen, den Zaun hochklettert und mit seinen unsicheren Blicken seine Aufregung nicht verbergen kann, zu Boden rutscht. Ich sehe mich selbst am Zaun hängen, Madita macht lockende Geräusche und ruft: »Funkel! Funkel!« Ilie führt die Kamera. Nur so ist es zu erklären, dass er im Film vor Schreck direkt ins Mikro brüllt, als irgendwo aus der Höhe Grummeln und Röhren ertönen. Reißschwenk, Ransprung: Die Finsternis, in der sich die Baumkrone gegenüber von uns verbirgt, der Strahl einer Taschenlampe, der sich den Baum hochtastet, Äste, Zweige, die sich tatsächlich als dürre Insektenbeine und Fühler entpuppen, Ilie, der »Die Zecke! Oh mein Gott!« schreit. Damals schien, soviel weiß ich noch, auf einmal alles möglich, als sei die Wirklichkeit aus den Angeln gehoben. Scheppern, die Kamera dreht sich nach mir um, Reißschwenk: Ich bin gegen den Zaun gelaufen, auf der Flucht. Dann kann man auf dem Video kaum mehr etwas erkennen, nimmt nur schnelle Bewegungen und abgehacktes Rauschen wahr, unser Stimmendurcheinander, Ilie, der irgendetwas aus seinem Rucksack holt, ich nehme an, es war eine Spielzeugpistole mit Softballgeschossen oder Ähnliches, er schießt, etwas Sackartiges plumpst aus großer Höhe in den Wald, Ilie, der ruft: »Ich hab sie! Ich hab sie!«, und dann, plötzlich überhaupt nicht mehr triumphierend, »Nein, mach das nicht«, ein Umriss, Madita, die im Lichtkegel vor ihm auf das Ding zugeht, das da auf dem Boden liegt. »Stopp, Madita!« Der Film ist aus.

Ich erinnere mich, dass ich dann ein paar Sekunden später neben Madita kniete und mit meiner Hand über das strich, was ich bei der allerersten Berührung für den Panzer der Zecke gehalten hatte, sich aber im nächsten Augenblick als ein Tuch herausstellte. Daneben lag ein kaputtes Plastikding, ein Kassettenrecorder. Die Panik, die mir eben noch den Atem geraubt hatte, verwandelte sich in Erleichterung und dann, als Madita wieder und wieder fragte, was das alles zu bedeuten habe, sie kapiere überhaupt nichts mehr, wer sich so etwas Beknacktes einfielen ließe und warum, und Ilie dazutrat und herumdruckste und mehr und mehr klarwurde, dass er es war, der hinter all dem steckte, in Wut. Am Nachmittag hatte Ilie seine Zecken-Show vorbereitet, seine Stoffattrappe zusammen mit dem Kassettenrecorder, dessen Fernsteuerung er in der Tasche stecken hatte, in die Fichte gehievt. Nachdem er damals, als er bei mir übernachtete, zum ersten Mal von der Zecke erfuhr und spontan ihre Attacke mit Hilfe des roten Filzstifts auf meinem Schreibtisch vortäuschte, wollte er, wie er schließlich unter Tränen beteuerte, dass ich keine Angst mehr zu haben brauchte.

Ich hatte auch zu heulen begonnen, vor allem weil ich mich vor Madita schämte, aber auch weil mich mein bester Freund reingelegt hatte. Mit einer Bewegung, die ich so oft in der Pause beim Catchen gesehen hatte, boxte ich Ilie gegen den Bauch und rannte, Ilies Röcheln im Ohr, so schnell ich konnte, über das Feld. Während ich lief, kam ich mir doof und klein und böse vor, als seien auf einen Schlag unsere Spiele der letzten Wochen und der *Klub der Katze* als unfassbar lächerlicher und kindischer Einfall entlarvt worden. Wir waren kleine Kinder, die uns Geschichten ausdachten und so taten, als seien sie wahr. Nichts anderes.

Ich erinnere mich an eine Episode aus meiner Kindheit, die für mich auf einmal seltsamerweise in unmittelbarem Zusammenhang mit der Zecken-Nacht steht. Es muss Ende der 1980er gewesen sein. Ich war vielleicht sechs oder sieben Jahre alt. In Oberviechtach gab es damals zwei Supermärkte. Aber mein Großvater fuhr Samstagvormittag zum Einkaufen immer nach Weiden, entweder weil er niemandem im Dorf bei einer Tätigkeit begegnen wollte, die ihn stets in gleichem Maß sichtlich nervte und überforderte, oder weil ihm wirklich, wie er behauptete, die »Produktpalette nicht zufriedenstellte«. In Weiden eröffnete damals im Industriegebiet ein ganz neuer, riesiger Supermarkt, ich glaube *Tengelmann*. Jedenfalls erinnere ich mich an den in meinen Kinderaugen gigantischen Parkplatz, auf dem wir dann unseren Wagen abstellten. Sogar meinem Großvater war eine gewisse Aufregung und sogar Freude anzumerken. Ich weiß noch, dass er lächelte, als wir unseren Einkaufswagen auf die monumentale flache Halle zuschoben, obwohl er sonst eigentlich alles, was mit offensichtlichem Konsum zu tun hatte, geringschätzte. Ich war noch so klein, dass es mir Freude bereitete, im Einkaufswagen zu sitzen. Von dort aus, begleitet vom metallenen Rattern der kleinen Räder, wirkte der Eintritt durch die Türen, die sich vor uns automatisch zur Seite schoben, überwältigend. Angenehme Kühle umfing uns, Helligkeit, Musik. Endlose Regalreihen erstreckten sich vor uns. Wie immer arbeitete mein Großvater seinen Einkaufszettel ab, was allerdings länger dauerte als sonst, da er sich zunächst einmal in der riesigen Halle orientieren musste. Hinzu kam, dass es, anders als in bisherigen Supermärkten, von jedem Produkt nicht nur ein, zwei, sondern vier, fünf, sechs Sorten gab. Jede Soße, jedes Klopapier, jede Teigware. Alles existierte hier nicht mehr bloß in der Mehrzahl, sondern als buntes, in Plastik eingeschlossenes Symbol einer Epoche des Überflusses in einer Art Plural-Plural.

Mein Großvater hatte mir versprochen, dass ich mir etwas aussuchen dürfe. Dieser Begriff besaß einen Zauber: »sich etwas aussuchen dürfen«. Er versprach große Macht, unendliche Ressourcen und kapitalistische Befriedigung. Ich durfte mir bei jedem samstagvormittäglichen Einkaufen etwas aussuchen, aber an diesem Tag war das etwas Besonderes, da hier Dinge und vor allem Süßigkeiten angeboten wurden, die ich noch nie gesehen hatte. Ich kletterte aus dem Einkaufswagen. Mein Großvater suchte die Listen mit Zutaten nach krebserregenden Stoffen ab. Ich meinte, im Vorbeifahren bereits die Regale mit Süßigkeiten in den typisch grellen Farben ausgemacht zu haben, und lief zwei Reihen weiter. Zu meiner Enttäuschung handelte es sich jedoch bloß um Reinigungsmittel. Also kehrte ich um und zu meinem Großvater zurück. Der sich allerdings nicht mehr dort befand, wo ich ihn zurückgelassen hatte. Ich lief den für einen Sechs- oder Siebenjährigen langen Weg zum Ende des Korridors entlang, da ich annahm, dass mein Großvater einfach geradeaus weitergeschlurft war. An der Kreuzung angelangt, guckte ich die Regalalleen nach links und rechts hinab, die irgendwo in der Ferne in Sackgassen endeten. Einkaufswagen fuhren mich an, weil ich so klein war und man mich nicht bemerkte. Ich wurde panisch, aber weinte nicht, weil ich wusste, dass mich alle Erwachsenen beobachteten und ich nicht »das Kind, das seine Mama verloren hat« sein wollte. Ich marschierte die breite Allee entlang. Es handelte sich um eine Art Hauptstraße. Eigentlich musste man von ihr aus Einblick in alle abzweigenden Reihen haben. Die Kassen befanden sich am Eingang. Dass ich einfach dort wartete, fiel mir nicht ein. Also begab ich mich tiefer ins Innere des Supermarktes, der mir zunehmend wie ein Labyrinth erschien. Wäre er leergeräumt, wäre er eine überschaubare Halle gewesen. Aber vollgestopft mit Plural-Plural-Produkten wuchs er sich zu einem Universum aus. Und er würde immer weiterwachsen. Selbst da, wo weit in der Ferne, hinter den hohen Regalen, die dunkle Begrenzung der Wände erahnbar war. Es war ein entsetzlicher Moment der Erleuchtung. Ich nahm am Ende eines Ganges meinen Großvater wahr, der nach mir Ausschau hielt und sich, als ich ihm, vor unbeschreiblicher Erleichterung bereits ein bisschen weinend, entgegeneilte, als alte Frau herausstellte. Ich lief eine Reihe entlang und wieder zurück. Hatte ich bis dahin den Ansatz eines Plans gehabt, war ich jetzt kopflos. Ich weinte immer noch nicht laut. Aus irgendeinem Grund verbot es sich, in dieser Umgebung laut zu werden oder loszuweinen, weil dann alles zerstört würde. Aber ich würde vor Verzweiflung in die Hose machen. Ich wusste es. Ich hatte schon die ganze Zeit über gemusst. Das Gefühl des Verlorenseins und der Einsamkeit inmitten einer Atmosphäre des absoluten Glücks vergrößerte mein Unglück. Ich erkannte, dass mich der Zufall genau dorthin geführt hatte, wo ich ursprünglich hingewollt hatte. Die Süßigkeitenabteilung. Ich war am Ziel. Umgeben von Plural-Plural-Schokoladen, Plural-Plural-Kaugummi, Plural-Plural-Gummibärchen. Ich hörte die Stimme meines Großvaters. Er sagte laut meinen Namen. Nun drehte ich vollends durch. Weil ich nicht losbrüllen wollte und doch meinen Großvater auf der anderen Seite des Regals hörte, drückte ich mich in die Plural-Plural-Chips vor mir und krabbelte hindurch, wie durch eine Höhle, eine Finsternis aus knirschendem und knackendem rotsilbernem Glitzerpapier mit hartem und doch zerbrechlichem Inhalt, den man essen konnte und von dem man doch nie genug bekam, ich war wie der Mann in der zuckerwatteartigen Masse auf dem Gemälde *Das Schlaraffenland*, das mir damals bei unseren Besuchen in der Alten Pinakothek immer so gefallen hatte. Ich brach zur anderen Seite durch, wo mich mein Großvater schockiert anstarrte, ehe er mich in die Arme schloss. Direkt im Anschluss versuchte er pflichtschuldig, das Loch, das ich durch meine Flucht durch die Plural-Plural-Chipspackungen hindurch verursacht hatte, zu stopfen. Es gelang ihm nicht. Er ordnete die Packungen falsch herum ein. Es sah schrecklich und irrsinnig aus, obwohl es dieselben Packungen waren. Nach dem erwartbaren Wortwechsel, *warum bist du einfach abgehauen, aber du warst doch plötzlich nicht mehr da*, setzte die Erleichterung ein. Mein Großvater hob mich in den Einkaufswagen und arbeitete den Rest seiner Liste ab. Alles schien wieder gut. Doch an seinem Gesicht, aus dem die Röte nicht weichen wollte, las ich ab, dass dem nicht so war. Der Schweiß in meinem Anorak begann, kalt zu werden. Auch der Witz des Kassierers, der zum Spaß den Scanner an unsere Einkäufe und dann mit den Worten »Tausend Mark, bitte« an meinen Arm führte, half nicht. Nie wieder fuhren wir in den neuen Supermarkt. Irgendetwas Schlimmes, nie wieder Gutzumachendes war an diesem Samstagvormittag passiert.

Am Morgen nach der Zecken-Nacht klingelten Madita und Ilie an meiner Haustür. Beide waren bleich und sahen traurig aus. Ilie hielt sich den Bauch und wich sofort meinem Blick aus. Ich merkte, wie verführerisch ich es fände, würde es zu einer Versöhnungsszene zwischen uns kommen. Wie unglaublich wichtig es mir war, Freunde zu haben. Freundschaft machte einen stark, stärker, als man es allein je sein konnte. Besaß man Freunde, wusste man, dass es andere gab, die das Gleiche fühlten und dachten.

»Ich muss wieder rein.« Auf meinen nackten Zehen suchte ich nach dem Satz, den ich sagen musste, damit sich die Situation in eine Filmszene verwandelte und die Zeit weiterlief.

»Ilie hat bei mir geschlafen.« Als ich aufsah, schaute auch Madita auf meine Zehen. »Meine Mutter ist deswegen sauer. Aber wir haben ja gestern halt nicht gewusst, ob … ob du halt schon schläfst.«

»Ja, weiß ich.«

Auch Ilie guckte aus der Entfernung auf meine Zehen.

»Ich … ich muss wieder rein.« Ich hoffte, dass einem von ihnen noch etwas einfiel.

»Ja«, sagte Madita.

Als ich die Tür hinter mir schloss, fühlte ich mich noch elender als vorher. Beim Frühstück, zu dem mein Großvater und ich höchstwahrscheinlich Bachs *Weihnachtsoratorium* in der Aufnahme von Karl Richter hörten, die einzigen Aufnahme, die mein Großvater gelten ließ, begann ich beim Anblick des Frühstückstischs, den mein Großvater mit irgendetwas Weihnachtlichem dekoriert hatte, wieder zu weinen. Mein Großvater, der glücklicherweise offensichtlich keine Ahnung hatte, was in der Nacht passiert war, dachte, Ilie, den er draußen bei Madita gesehen hatte, und ich hätten uns gestritten, womit er ja auch nicht vollständig falschlag. Er sprach sehr sanft und einfühlsam und versuchte, mich, wie oft bei solchen Situationen, mit Geschichten aus seiner eigenen Schulzeit in Hamburg, in der seltsamerweise das Dritte Reich und der Krieg nie eine Rolle spielten, zu trösten. Ich musste noch heftiger weinen, weil ich meinen Großvater derart belogen hatte und er sich nun, wie so oft, so viel Mühe gab.

Nach dem Frühstück holte ich das Fahrrad aus der Garage und fuhr los. Einige der Pfützen neben den Gullis waren vereist. Ich steuerte darüber, damit es knackte und etwas zerstört wurde. Als ich mich umdrehte, weil ich dicht hinter mir Sirren hörte, war es Madita, die mir folgte. Neben ihr fuhr Ilie, oder besser: Er stand auf den Pedalen des viel zu großen Rades von Maditas Mutter. Ohne Ziel, stumm, lenkten wir durch die Siedlung. Irgendwann begann einer von uns unvermittelt loszusprinten, die anderen versuchten ihn einzuholen, in eines der Viertel hinein, einmal im Kreis um das Rondell herum, und wieder hinaus, mit immer mehr Schwung und immer weiter, aus der Siedlung heraus, an der Haltestelle vorbei, wo der Bus zur *Leuchte* hielt, den Hang hinab. In der Kälte gerieten wir schnell außer Puste, die Luft brannte in den Lungen. Dort, wo sich sonst in der Ferne die Hügel mit den Fichtenwäldern befanden, hingen dicke Schwaden. Es lag kein Schnee. Es war Weihnachten.

Wir hatten nicht darauf geachtet, wohin uns unser Wettrennen führte, bei dem mal der eine, mal der andere vorne lag. Ich bretterte den schlecht asphaltierten sogenannten »Geheimweg« zwischen unbebauten Grundstücken ins Dorf hinunter, der so schmal war, dass man hintereinander fahren musste, die anderen jagten mir nach. Unten an der Ausfahrtsstraße zur Ostmarkstraße angelangt, war in der Ferne das Ortsschild zu sehen mit dem Zusatz auf einem Holzbrett »Griaß Gott!«. Es hatte uns in ein Gebiet verschlagen, das wir sonst mieden. Gleich gegenüber von uns befand sich das *Rheingold*. Auf einem Balkon blinkte eine elektrische Weihnachtsgirlande. Vor der hässlichen Mauer brannte auf dem Gehsteig ein Licht, das ich erst bei näherem Hinsehen als rote Kerze erkannte, wie sie auf Gräber gestellt wird. Obwohl weit und breit kein Zebrastreifen zu sehen war, als sei es unerwünscht, dass hier jemand von der einen auf die andere Seite wechsele, schob ich das Rad über die Straße. Hinter die Kerze war ein Foto von zwei fremdländischen Mädchen geklemmt, ich erinnerte mich wieder, ich hatte ihre Gesichter in den Nachrichten gesehen. Dass es sich dabei um ein Gedenken an die beiden damals gerade bei einem Brandanschlag in Norddeutschland getöteten Kinder handelte, war mir aber nicht bewusst. Der Ausdruck *Lichterkette* aus jenem Herbst 1992 ist mir in Erinnerung geblieben. Ich glaube, Madita hatte sogar zusammen mit ihrer Mutter an einer dieser Aktionen in München teilgenommen.

Ilie schlug vor, wir könnten seinem Dad einen Überraschungsbesuch abstatten, er müsse sogar heute, an Weihnachten, noch bis zum Mittag arbeiten. Madita fragte, ob er im Asylantenheim beschäftigt sei, was für sie wahrscheinlich etwas Positives gewesen wäre, doch Ilie guckte angewidert, als handele es sich um die schlimmstmögliche Beleidigung. Er deutete auf das schmiedeeiserne Tor vor dem freien Gelände nebenan. Wir schlenderten an dem winzigen Häuschen mit der seltsamen Aufschrift »Freibank« vorbei, ein Widerspruch, der mich lange beschäftigte. Als ich Ilie einmal gefragt hatte, was sein Vater denn nun eigentlich genau arbeite, hatte er mir keine befriedigende Antwort geben können. Stattdessen hatte er herumgedruckst, »beim *Eden* halt«, »Abfall und so«. Und so unwahrscheinlich es klang, wurde mir da klar, dass Ilie tatsächlich nicht genau wusste, was sein Vater hier eigentlich tat.

Die Rollläden des Flachbaus aus zusammengesetzten Platten waren heruntergelassen. Als ich mich zum Asylantenheim umwandte, erblickte ich drei Kinder, die uns neugierig vom Balkon mit der Weihnachtsgirlande aus beobachteten, als erwarteten sie, dass gleich etwas geschehen würde, von dem sie, aber wir nicht wussten.

Wir lehnten die Räder an den hohen Maschendrahtzaun, schlossen sie ab, wobei wir darauf achteten, dass die Kinder auf dem Balkon nicht unsere Kombinationen sahen, und traten durch das Tor auf das Gelände, das wohl ein Park- oder Anlieferungsplatz war. Aus dem dünnen Kiesbelag, der in den matschigen Boden gesickert war, schauten lange Büschel von totem Gras. Breite Reifen hatten Spuren hinterlassen. In ein paar Meter Entfernung standen die flachen Betonbaracken ohne Fenster, aber mit jenen dünnen, hohen Schornsteinen, die mir schon damals aufgefallen waren, als wir hier mit Herrn Popescu am Tag der Operation meines Großvaters gehalten hatten. Je mehr wir uns der Durchfahrt zwischen den Baracken näherten, desto mehr verwandelte sich der ungewohnt süßliche Geruch, der über dem Platz gelegen hatte, in beißenden Gestank. Schließlich, als wir die Gebäude erreicht hatten, wurde er so unerträglich, eine Mischung aus Kotze und Kot, dass wir die Krägen unserer Anoraks über unsere Münder zogen, und sich Madita weigerte, mitzugehen. Wahrscheinlich wäre sie umgekehrt, hätten wir nicht ein Schnauben gehört. Im Innenhof, den die Baracken im Quadrat umstanden, wartete bewegungslos neben einem Auto mit Anhänger ein altes Pferd mit gesenktem Kopf und Scheuklappen. Es war an einer Vorrichtung an der Mauer angebunden. Ein Schrottplatz, wie ich immer gedacht hatte, war das hier ganz offensichtlich nicht. Was aber dann? Auf der kahlen Fläche standen ungeordnet rostige Container herum. Kein Mensch, nirgendwo.

Zaghaft rief Ilie in die Richtung einer geöffneten Tür etwas auf Rumänisch.

Es war ihm anzusehen, wie ratlos er war. Während er in die Richtung der Baracke schlich, näherte ich mich vorsichtig dem Pferd.

Eines seiner Hinterbeine war rötlich von getrocknetem Blut. Vielleicht war es gebrochen. Als es mich witterte, machte es mühsam einen Schritt weg, und knickte dabei ein bisschen ein. Da hallte ein spitzer Schrei über den Hof. Das Pferd verdrehte die Ohren und schnaubte, ohne den Kopf zu heben, als niese es. Während ich Ilie herbeieilen hörte, drehte ich mich nach Madita um. Ich glaube, Ilie und ich begannen gleichzeitig zu brüllen. Madita stand in der Lücke zwischen zwei Containern bei einer Betoneinfassung, wie sie auf den Bauernhöfen im Dorf für Misthaufen benutzt wurden. Nur dass hier kein Dung lagerte, sondern vielleicht ein halbes Dutzend Kadaver von Tieren. Meine Beine wollten unter mir nachgeben. Mit der Hand vor dem Mund deutete Madita auf eine der Leichen zwischen den Hundeköpfen, Hasenfellen und Meerschweinchen. Ich erkannte sie am blinden Auge. Das andere, heile starrte ins Nichts wie eines meiner Stofftiere. Auf den ersten Blick schien sie unversehrt. Ihr Körper kam mir jedoch aus irgendeinem Grund unnatürlich vor. Bis ich realisierte, dass sie gar keinen Körper mehr besaß. Das hier war lediglich Funkels Fell.

In Ilies Rücken war aus einer Baracke Herr Popescu aufgetaucht. Er trug über seine Haare eine durchsichtige Haube, so wie sie in den Badezimmern der italienischen Hotels auslagen, in denen mein Großvater und ich auf unseren Kulturreisen logierten. Außerdem kniehohe grüne Stiefel. Über seinen Bauch spannte sich eine weiße Schürze, auf der sich dunkle Flecken abzeichneten. Aus der Tasche vorne hingen Plastikhandschuhe. Er, der es sich angewöhnt hatte, mir zur Begrüßung lachend an meinen Rippen entlangzustreichen und dabei seinen Gitarren-Spruch aufzusagen, guckte jetzt sehr ernst. Zum ersten Mal, seit ich ihn kannte, klang er streng, als er Ilie etwas auf Rumänisch fragte.

Madita hatte sich hingehockt. Das Gesicht in ihren Händen vergraben, wimmerte sie. Ich war zu geschockt, als dass ich mich hätte rühren können. Müde scharrte das Pferd mit den Hufen. Schnaubte. Stockend sprach Ilie auf seinen Vater ein, der mit viel Schulterzucken und Kopfschütteln antwortete. Statt sich wie sonst nach kürzester Zeit an ihn zu schmiegen, machte Ilie einen Schritt zurück, nein, eigentlich stolperte er. Irgendwann übersetzte er: Vor ein oder zwei Tagen hatte ein Tierheim jene Kadaver, die in der Einfassung lagen, hier, in der *Abdeckerei & Tierkörperbeseitigungsanstalt Günther Eden*, zur Weiterverwertung abgeliefert. Die Tiere waren eingeschläfert worden. Ilies Mutter hatte vor einiger Zeit zufällig beim Einkaufen Maditas Mutter getroffen. Das Gespräch war auch auf die streunende Katze gekommen und die Gefahr der Übertragung von Krankheiten. Dabei stellte sich heraus, dass mein Großvater tatsächlich bereits gegenüber Maditas Mutter, mit der er sonst nie sprach, darauf gedrungen habe, die Katze einzufangen und im Tierheim im Nachbarort abzuliefern. Maditas Mutter sei unschlüssig gewesen, da sie selbst das ungepflegte Tier nicht gern in ihrem Haus hatte. Sie hatten die ganze Zeit von unserem Klub gewusst. Ilies Mutter war gegen den Plan meines Großvaters gewesen, da sie die Sorge der anderen bezüglich der Katze nicht teilte und nicht wollte, dass wir traurig waren. Ilies Vater selbst hatte von all dem erst erfahren, als es schon zu spät gewesen war. Letztendlich hatten die Popescus auch nicht meinen Großvater anrufen und intervenieren wollen, schließlich, so Herr Popescu zu Ilie, sei der ja Professor und wisse am besten, was zu tun sei.

Wir lauschten Ilie mit Entsetzen. Wahrscheinlich schauten wir alle derart besorgniserregend aus, dass sich die Züge von Herrn Popescu nun doch erweichten. Er beugte sich zu Madita hinab, die ihr Gesicht in den Armen vergraben hielt. Ihr Rücken schüttelte sich vom Heulen. Er radebrechte irgendetwas davon, dass er den Arzt, der »so etwas« mache, kenne und dass die Tiere nicht litten. Madita sprang mit einem Satz auf und lief mit gesenktem Kopf, ohne Ilie oder mich anzusehen, davon, in Richtung Straße. Als wäre das ein Signal gewesen, begann sich auch mein Körper aufzurichten. Ich rannte Madita hinterher. Aber sie befand sich schon in uneinholbarer Ferne. Ich konnte sie gerade noch auf dem schmalen »Geheimweg« ausmachen. Aufrecht stand sie auf ihrem Fahrrad und trat wie wild in die Pedale. Mir war kotzübel. Ich fühlte mich viel zu wackelig für einen Sprint. Als ich mich umdrehte, führte Ilie seinen Vater über den Innenhof. Es sah aus, als suche er etwas, die Augen auf den Boden gerichtet, während er zwischen den Containern umherirrte und sein Vater ihm folgte. Nein: Er lief vor seinem Vater davon, der ihn zu trösten und umarmen versuchte. Kurz überlegte ich mir, ob ich Ilie nachrufen solle. Aber dann erblickte ich die drei Kinder auf dem Balkon des Asylantenheims, die mich die ganze Zeit aufmerksam beobachteten. Ich wollte ihren Blicken so schnell wie möglich entfliehen, wünschte mir so sehr, dass dies ein Video war, das man einfach vorspulen konnte. Wie in Zeitlupe jedoch musste ich mit meinem Fahrrad an dem kleinen Haus der »Freibank« vorbeischleichen, woher, wie mir Ilie später erzählte, sein Vater öfter Fleisch mit nach Hause brachte, auch für ihre traditionellen rumänischen Weihnachtswürste. Vielleicht aus Wut, vielleicht, weil die drei Kinder weiterstarrten und uns peinlich weinen und ungeschützt gesehen hatten, holte ich tief Luft und blies im Vorbeigehen das Grablicht aus.

Beim Weihnachtsfest mit meinem Großvater gab ich mir die größte Mühe, mir nichts anmerken zu lassen. Als er die Lieder auf dem Flügel aus dem Notenbuch spielte, aus dem er schon als Jugendlicher gespielt hatte, sang ich mit, ohne dass meine Stimme zitterte. Ich packte meine Geschenke aus, und es gelang mir, glaubhaft so zu tun, als würde ich mich freuen. Ich erinnere mich, dass mir mein Großvater überraschend viel schenkte, mehr als sonst jedenfalls, es werden hauptsächlich wie jedes Jahr Bücher und Schallplatten gewesen sein, darunter, glaube ich, auch mein erster Roman von Thomas Mann, *Herr und Hund*. Von allen Titeln auf den Buchrücken der leinengebundenen Gesamtausgabe Manns hatte mir jener und *Der Erwählte* immer am besten gefallen, weil ich selbst so sein wollte, *erwählt*. An den Blicken, die mein Großvater mir aus den Augenwinkeln zuwarf, konnte ich ablesen, dass auch er sich anstrengte, damit ich keinen Verdacht schöpfte, was für ein schlechtes Gewissen er hatte. Als ich ihm meine Geschichte überreichte, umarmte er mich lange, und ich spürte, dass sein knöcherner Brustkorb dabei bebte. Das erste Mal, seit ich denken konnte, wollte ich nicht von ihm angefasst werden. Dann aßen wir, er fragte mich viel darüber, wie ich beim Schreiben vorgegangen war, und erzählte von den unterschiedlichen Methoden bekannter Schriftsteller, wir lachten sogar zusammen, es gab Kinderpunsch, wir hörten Musik. Meine Arme waren nicht meine Arme. Meine Beine waren nicht meine Beine. Mein Kopf war nicht mein Kopf. Ich trug nur den Namen Bastian Klecka, war es aber nicht. Ich spielte mich selbst. Ich sah das Stück Fell vor mir. Das Fell, das wir so oft gestreichelt hatten und das sich unter Funkels Atmen gehoben und gesenkt hatte. Das dunkle Loch, wo einmal das Auge gewesen war. Ich spürte den Kotzekloß in meinem Hals. Schluckte ihn. Schluckte ihn den ganzen Abend über herunter.

Vor dem Zubettgehen brachte ich noch den Müllsack mit den Verpackungen heraus. Ich erinnere mich, dass damals gerade die gelbe Tonne eingeführt worden war und ich mich nie an die unterschiedlichen Tonnen hielt, weil ich nicht verstand, was wo hinein musste, und mein Großvater sowieso sagte, dass das alles der typische Quatsch der Grünen sei und bald wieder abgeschafft werde. Ich hörte die Totenstille des Viertels und ertrug sie nicht. Bei Madita waren alle Fenster schwarz. Wahrscheinlich feierte sie bei ihrer Großmutter in Teunz. Man konnte über die Mulde bis zum Hang gegenüber sehen, in der Tiefe darunter die von der Weihnachtsdeko erleuchteten Straßen des Dorfs, die sich wie die Adern eines großen Tiers zwischen den Häusern dahinschlängelten. In diesem Augenblick wusste ich: Das hier war die wahre Monsterzecke, ich würde ihr nie entfliehen. Und in der Eiseskälte des Heiligen Abends spürte ich auf einmal die Große Geschichte, die noch viel größer war als die Geschichte in unseren Schulbüchern. Auch ich hatte einen Platz darin, weil alle und alles darin vorkamen. Ich spürte die Zeit wie einen Strom, der uns alle mit sich riss, an den Zweigen der Bäume, den Tieren im Wald, den Menschen und mir zerrte, an meinen Zehen, an meiner Nase, meinen Ohren, meinen Haaren, alles veränderte sich, nichts blieb gleich, nichts blieb, nichts, ich wuchs, auch in diesem Moment, wuchs und wuchs, mit einer Spezialkamera würde man es sehen können, wurde älter, unaufhaltsam, ob ich wollte oder nicht, nichts konnte ich dagegen tun, ich würde größer werden und zu einem der erwachsenen Körper, die mich umgaben. Ich wollte es nicht.

Ich wollte es besser machen.

KURZE ZEITRAFFER-MOMENTE IM GEGENLICHT ZU ANGENEH-MER MUSIK

Vergegenwärtige ich mir, was alles in den folgenden Jahren geschah, bis die Monsterzecke wieder mehr war als nur ein Schreckgespenst und unerwartet eine entscheidende Bedeutung für mein Leben erlangte, erscheinen mir die Szenen, die sich vor meinem inneren Augen abspielen, wie jene vier, fünf Minuten in entsprechenden Coming-of-Age-Filmen, in denen die Hauptfiguren, die in einem für den Zuschauer irritierenden Augenblick nicht mehr von Kindern, sondern von Erwachsenen verkörpert werden, jene Momente zu einem juvenile Aufbruchsstimmung suggerierenden Singer-Songwriter-Song erleben, von denen man selbst immer denkt, sie seien absolut individuell und ganz einzigartig, die sich aber in Wahrheit alle bis zum Verwechseln ähneln, nicht zuletzt deshalb, weil man selbst, als vom Fernsehen sozialisierter Heranwachsender, unbedingt will, dass sich genau jene vier, fünf Filmminuten im eigenen Alltag ereignen, da sonst, so meint man, die Jugend keine richtige Jugend und das Leben kein richtiges gewesen sei. Oder kurz: Unsere Erlebnisse und Gefühle in jenen Jahren glichen oft exakt den Zutaten bekannter Coming-of-Age-Geschichten, obwohl wir damals der tiefempfundenen Überzeugung waren, außerordentlich originell zu sein. Vielleicht liegt diese Sichtweise auch lediglich wie so vieles andere daran, dass ich zu lange in der Filmbranche tätig war.
Ich sah die Zecke zunächst nicht wieder. Irgendwann später in den ersten Monaten des neuen Jahres 1993 geschah es, dass Ilie während einer Schulstunde neben mir auf einmal lautlos Augen und Mund

aufriss und mein Blick automatisch von der Tafel auf jene Stelle fiel, auf die er starrte, den großen roten Fleck in der Mitte seines Handtellers: natürlich kein Blut, sondern die Tinte seines Füllers oder seines Filzstifts, der ausgelaufen war. In diesem Moment dachten wir beide an dasselbe: an jenen Abend bei mir zu Hause, als Ilie mich verarscht hatte. Im Nachhinein entschied sich, glaube ich, in diesen paar Sekunden, in denen Ilies Gesichtszüge eingefroren waren und er darauf wartete, von meiner Reaktion erlöst zu werden, unsere Freundschaft. Bis zu diesem Zeitpunkt hatten Ilie, Madita und ich zwar wieder in der Schule zusammengesessen und in den Pausen beisammengestanden; aber wegen des starken Schneefalls, der die Reifen der Autos auf den Oberviechtacher Hängen durchdrehen ließ und die gegenseitigen Besuche unmöglich machte, und vor allem ohne Funkel hatte es keine Fortsetzung unserer Treffen und des *Klub der Katze* gegeben. Wir hatten gespürt, dass es nicht mehr so war wie früher, ohne einen Weg zurückzufinden. Der Moment mit der ausgelaufenen Tinte an jenem Morgen war der ultimative Test. Entweder war unser gemeinsamer Herbst nur eine vorübergehende Episode gewesen und bald wieder vergessen, oder wir waren richtige Freunde. Dass ich dann dasselbe Angst-Gesicht wie Ilie aufsetzte und stimmlos »Die Zecke!« schrie, passierte irgendwie automatisch. Ilie rieb noch panisch über den Fleck, ich guckte gespielt paranoid in die Ecken des Schulzimmers, bis der Lehrer schimpfte, was denn heute wieder für eine Unruhe in der Klasse herrsche, und wir sofort die Pose mustergültiger Schüler einnahmen. Wir blinzelten uns kurz zu und mussten beide, unendlich erleichtert, grinsen, ja, wir konnten gar nicht mehr damit aufhören. Es würde weitergehen. Mit uns. Ja mehr noch: Die Zecke und alles, was mit ihr zusammenhing, war Geschichte. Wir lachten über sie.

»Zecke« wurde in den folgenden Jahren für Madita, Ilie und mich zu einem feststehenden Ausdruck, der etwas bezeichnete, das aus den unterschiedlichsten Gründen Autorität ausstrahlte und man doch verachtete. Unser Chemielehrer Gollas war eine Zecke. Die Klassenrowdys Manfred und Tierling waren Zecken. Helmut Kohl war eine Zecke. Exen und Schulaufgaben waren Zecken. Wenn wir zu dritt für sie lernten, meistens bei Madita, verabredeten wir uns nur mehr zum *Klub* (ohne *Katze*). Als es dann einem von uns am Ende der fünften oder vielleicht bereits in der sechsten Klasse doch mal herausrutschte, »Heute Nachmittag *Klub der Katze* bei dir?«, spürten wir zu unserer Überraschung keinen Stich in der Herzgegend, wie wir das vielleicht erwartet hatten. Ja, ich denke, Ilie fragte sogar echt oder gespielt, aber auf jeden Fall glaubhaft spontan: »Was für 'ne Katze?«

Dass die Zecke für mich ihren Schrecken verloren hatte, lag sicherlich auch daran, dass es meinem Großvater in diesen Jahren sichtlich gut ging. Er nahm zu und war meistens bester Laune. Der eigentliche Grund dafür hieß Frau Bach, eine um wenige Jahre jüngere, schon länger verwitwete, kinderlose Kollegin aus der Münchner Germanistik, unter anderem mit dem Schwerpunkt »Literatur der Dekadenz« (natürlich merkte ich mir dieses Wort), wobei wenig an Frau Bach dekadent war, außer vielleicht ihr Kurzhaarschnitt und die feinen Nebelschleier, die sie als Kettenraucherin meist umgaben. Meistens, glaube ich, verband mein Großvater seine nun deutlich häufigeren Fahrten nach München mit einem Besuch bei ihr. Hin und wieder verbrachte sie auch einen Nachmittag bei uns. Mein Großvater und sie gingen dann im Oberpfälzer Wald wandern, wozu ich damals schon keine Lust mehr hatte. Wie selbstverständlich verwendete sie auch mir gegenüber Fremdwörter aus dem akademischen Kontext, die denselben Effekt auf mich hatten wie der Rauch aus ihrem Mund, der mir in die Augen kniff: Ich suchte schnell das Weite, weil ich mir dadurch meiner Kleinheit und Doofheit nur umso bewusster wurde.

Die alte Heizung wurde aus- und eine neue eingebaut. Nichts gluckerte mehr. Und wenn doch, so sah ich vor meinem inneren Auge klar das Wasser, das sich aufgrund des Überdrucks in den Ventilen der Rohre löste, so wie wir das in Chemie lernten. Wir wurden vernünftig. Meine größte Angst war nicht mehr, dass mich in der Nacht eine Monsterzecke holen könnte, sondern in der Schule zu versagen. Irgendwann ging es nicht mehr darum, ein guter Mensch zu sein. Es ging darum, ein guter Schüler zu sein.

Dort, wo das *Steffi-Graf*-Rondell entstehen sollte, tauchten eines Tages im Sommer 1996 oder 1997 Bagger und Laster auf. In kürzester Zeit verwandelten sie die Kuhlen und Hügel in Baugruben, und bald standen auf dem Brachland, wo wir immer gespielt hatten, moderne Doppelhaushälften, die, wie mein Großvater nicht ohne triumphierende Säuernis in der Stimme zu sagen pflegte, »keinerlei Charme« besaßen. Das Viertel trug seltsamerweise nicht den lang geplanten Namen *Steffi Graf*, stattdessen wurde das bereits vorhandene Schild durch eines mit der Aufschrift *Zur schönen Aussicht* ausgetauscht. Das Wäldchen hieß jetzt offiziell *Eisenbarth-Wald* nach dem Oberviechtacher Augenarzt, der mit einem eigenen Museum zur Attraktion für jene Touristen ausgebaut werden sollte, mit denen man nach dem Fall des Eisernen Vorhangs auf der Durchfahrt nach Tschechien rechnete. Der *Eisenbarth-Wald*, das war jetzt ein sogenanntes Naherholungsgebiet mit breiten Schotterwegen. Und so wie damit das Monster, das dort einst gehaust hatte, ein für alle Mal vertrieben schien, hatte auch das Wort, das mir früher eine Heidenangst eingejagt hatte, seinen Schrecken verloren.

Das erste Mal, dass ich merkte, dass ich wirklich kein Kind mehr war, war bei einer Klassenfeier in der siebten oder achten Klasse, als

Patrick, der Neue, der damals wegen seines Vaters, eines Obergefreiten oder so ähnlich, gerade frisch aus Hessen hergezogen war, fragte, warum Madita, Ilie und ich immer »zusammenklebten«. Es war das erste Mal, dass wir Bier tranken. Bier zu trinken hieß erwachsen zu sein. Eigentlich hatten wir gar kein Bedürfnis danach, aber da alle anderen es damals auch tranken und es sich spannend anfühlte, etwas zu tun, worüber unsere Erziehungsberechtigten sicher entsetzt gewesen wären, waren wir zu diesem Zeitpunkt schon mindestens angeheitert. Irgendwann gelangten wir bei unserer Erzählung, bei der wir uns vor Begeisterung gegenseitig ins Wort fielen, bei jenem Abend an, an dem wir uns in die Schonung geschlichen hatten. Bis zu diesem Tag hatten wir nie jemanden in unsere Geschichte eingeweiht. Aber nun, vor Patrick, der immer ungläubiger und schließlich amüsierter guckte, merkten wir selbst, wie lächerlich und irgendwie zugleich rührend die Aktion damals in der Schonung mit Ilies Zecken-Exorzismus qua Kamera gewesen war. Durch den Biernebel hindurch sah ich auf einmal ein kleines Kind vor mir, das ich gewesen war. Ich hatte nichts mehr mit ihm gemein, so dass ich ein wenig Mitleid mit ihm haben konnte. Madita kicherte, Ilie kicherte, ich kicherte. Irgendwann lagen wir uns prustend in den Armen und konnten nur mehr japsend »Schonung«, »Kamera«, »Kassettenrecorder«, »Zaun« und dergleichen wiederholen. Die Sache mit der Zecke, das war nicht nur längst Geschichte, das war der Witz des Jahrhunderts. Ich glaube, wir mussten alle später auf der Feier kotzen, wie wir noch nie in unserem Leben gekotzt hatten.

Damals, mit dreizehn, vierzehn Jahren, interessierten wir uns kaum für Politik. Und doch kann ich mich erinnern, wie greifbar die Erleichterung nicht nur bei uns Schülern, sondern sogar bei meinem Großvater und Frau Bach war, als 1996 die »Zecke« Kohl endlich abgewählt wurde und Rot-Grün an die Macht gelangte. Ohne mich näher damit zu beschäftigen, war es mir, allein vermittelt durch die Berichte, die im Fernsehen zu sehen und in *Der Neue Tag* oder der *Süddeutschen Zeitung* zu lesen waren, als handele es sich um das letzte Puzzlestück, das bislang gefehlt hatte, damit sich jener Epochenumbruch, den der Fall der Mauer bedeutet hatte, auch ganz vollziehen konnte. Nein, das, was hier sein Finale erfuhr, reichte sogar noch weiter zurück, bis in die 68er, die in den Erzählungen meines Großvaters stets als bedeutsamer Wendepunkt auftauchten, wobei für mich nicht ganz klar war, ob er ihn guthieß oder eher kritisch sah. So oder so: Derjenige, der damals gegen die verkrusteten Strukturen gekämpft hatte, Joschka Fischer, saß nun im Kanzleramt in Berlin. In dem noch zu schreibenden Kapitel meines Geschichtsschulbuches würde dieser Regierungswechsel und Deutschland eine zentrale Stellung einnehmen. Dieses Mal ausnahmsweise eine gute. Deutschland, das war das beste und glücklichste Land des späten 20. Jahrhunderts. In der Schule wurde als Wahlfach Tschechisch angeboten, damit man sich in Zukunft bei Besuchen ein paar Kilometer weiter besser verständigen konnte – und aufgrund mangelnder Nachfrage im Jahr darauf wieder abgeschafft. Mein Großvater fuhr wie viele andere im Dorf ein paar Mal rüber zum Tanken, weil dort das Benzin billiger war. Dafür reichte Deutsch. Ausgedehntere »Einkaufs-Feldzüge«, wie mein Großvater das nannte, lohnten sich nicht, da die kleinen Grenzorte auch nicht andere Produkte im Angebot hatten als der neue *Tengelmann* in Oberviechtach. Das Asylantenheim wurde geschlossen. Das *Rheingold* hieß jetzt *Grenzverkehr* und war wieder ein Bordell, vor allem mit tschechischen Prostituierten.

Der Klub und damit unsere Freundschaft zerbrach, als wir uns zum ersten Mal verliebten. Es begann damit, dass eines Tages auf einer Party bei einem unserer Mitschüler in Oberviechtach ein Mädchen mit zu roten Lippenstiftlippen in bauchfreiem Top und enger Jeans auftauchte, das Ilie und ich erst nach ein paar Sekunden als Madita erkannten. Ich weiß noch, dass alle anderen Jungs sie aus dem Augenwinkel anstarrten, obwohl sie die Einzige in der Klasse war, die bis zum Abitur fast völlig flach blieb und mit ihrem knöchernen Körper und ungelenken Gang regelmäßig für einen Jungen gehalten wurde. Ilie und ich taten erst einmal so, als sei alles wie immer. Wir hockten zu dritt am Rand der Tanzfläche, wo Techno gespielt wurde, und machten uns mit unseren geheimen Codes über die anderen lustig. Aber dann sprang Madita plötzlich auf, tanzte und bewegte sich dabei ausgerechnet auf Tierling zu, jenen Jungen, der früher beim Catchen ganz vorne mit dabei gewesen war und über dessen Machoattitüde wir uns aufgeregt hatten, auch weil Ilie und ich neidisch auf ihn waren, da er eine Anziehungskraft auf Mädchen ausübte, die wir nie besitzen würden. Es war offensichtlich, dass Madita etwas von ihm wollte, genauso wie es klar war, dass er an einer wie ihr nie Interesse haben würde. Später stellten Ilie und ich sie zur Rede. Vielleicht wollten wir tatsächlich nicht, dass sie sich blamierte. Wahrscheinlicher aber ist, dass wir einfach nicht wahrhaben wollten, dass sie sich verändert hatte. Wir standen draußen, in der Einfahrt des Hauses. Es muss Herbst gewesen sein. Es war nasskalt und viel zu still. Die Bässe wummerten uns noch in den Ohren. Aus unseren Mündern stiegen Wörter als Wölkchen, die sich in der Dunkelheit verloren. Wir stritten uns. Als ich Madita fragte, ob sie zuviel *Pretty Woman* geguckt habe, was die »Verkleidung« solle, ob sie damit auf den Strich wolle, oder was?, gab sie mir eine Ohrfeige und lief davon. Wir redeten nicht mehr miteinander. Ein paar Monate später zogen auch Ilie und ich uns anders an, Holzfällerhemden, Jeans mit Löchern, weil wir auf zwei Mädchen aus der Klasse unter uns standen, von denen wir glaubten, dass sie das gut fanden (was sie auch taten, aber nicht an uns).

Ilie schlug mehrmals vor, dass wir drei uns versöhnen sollten. Aber als er mich so weit hatte und wir in der Aula auf Madita zugingen, kräuselte sie schon von weitem bei unserem Anblick verächtlich die Nase und machte das Gesicht, das sie sonst aufsetzte, wenn sie über moralisch verwerfliche Gestalten in der Politik sprach. Ich glaube, Ilie trauerte unserem Klub länger hinterher als ich. Doch irgendwann hörte auch er auf, bei den Besuchen bei mir verstohlen aus dem Fenster zum Nachbarhaus zu schielen. Madita lehnte in der Pause meistens allein an einer Säule oder stand, sobald sie es durfte, abseits der anderen in der Raucherecke. Sie war in den Jahren zuvor in die Höhe geschossen und nun beinahe genauso groß wie Ilie, was sie mit ihrem Stoppelhaarschnitt, den Latzhosen oder Öko-Klamotten, die sie nun wieder trug, und trotz ihres auffallend schönen gleichmäßigen Gesichts für die Jungs in der Schule fast schon spektakulär unattraktiv erscheinen ließ. Irgendwer hatte ihr den Spitznamen »Giraffe« verpasst, obwohl sie in Sport alle ausstach und eine Zeitlang die 100 Meter schneller lief als der Schnellste unter den Jungs. Natürlich kam sie nie mit Tierling zusammen. Sie kam mit überhaupt niemandem zusammen. Zusätzlich zu »Giraffe« wurde sie regelmäßig mit unterschiedlichen abwertenden Spitznamen versehen, »Die Öko« oder »Die AG«, ausgesprochen wie ein abfälliges »Ah, geh« oder »Na, geh«, weil sie ständig irgendwelche Gruppen zu gründen schien, wahlweise um den Wald neben der Schule von Abfall zu befreien, eine vegetarische Alternative in der Kantine durchzusetzen oder eine Fahrt auf eine Demo nach Weiden, Regensburg oder München gegen die Republikaner zu organisieren. Es war nicht so, dass uns nicht bewusst war, dass Madita für lauter Dinge eintrat, die zwar in keinem Schulfach gelehrt wurden, aber nach nicht bloß erwachsenen, sondern globalen Maßstäben richtig und gut waren. Sie erzeugte bei uns Unwohlsein, weil sie die Einzige von uns war, die immer recht hatte. Sie befand sich immer auf der richtigen Seite. Der Verdacht lag nahe, dass es sich dabei lediglich um eine Pose handelte, die sie nur allzu gerne einnahm, weil sie dadurch besonders und uns überlegen wirkte. In ihrer Gegenwart fühlte man sich stets auf dem Prüfstand, und zwar nicht nur wir Jugendliche. Doch im Unterschied zu den Lehrern, die dann entweder großmütig schmunzelten Marke »wie niedlich und engagiert« oder tatsächlich nervös zu ihr schielten wie ertappt, mied ich sie schließlich, da ich das Gefühl hatte, dass sie sowieso nicht allein an mir, sondern an allem etwas auszusetzen hatte, da im Madita-Universum ausschließlich Madita alle Regeln befolgte. Das einzig Coole an ihr war das Nasen-Piercing, das sie sich irgendwann stechen ließ. Obwohl sie ein-, zweimal zur Schülersprecherin gewählt wurde, schien sie nie mit jemandem richtig befreundet zu sein, vielleicht nicht einmal mit sich selbst.

Aber auch Ilie und ich gingen getrennte Wege. Ilie hing in der Schule mit Kindern ab, von denen ich mich immer fernhielt. Auch zwei Mädchen gehörten dazu, die stets nur gemeinsam in Erscheinung traten und sich sehr ähnlich kleideten. Ich glaube, sie spielten beide Handball und waren sehr sportlich. Mit ihnen verstand sich Ilie offenbar besonders gut, was ich nicht nachvollziehen konnte, da sie mir aus heute nicht mehr zu rekonstruierenden Gründen zutiefst unsympathisch waren. Einmal hörte ich, wie die drei lachten und irgendetwas in der Art von »Spacko« sagten. Als ich mich umdrehte, merkte ich, dass sie mich meinten. Ich sah Ilie lange ins Gesicht. Er zog eine Grimasse. Danach sprachen wir länger nicht mehr miteinander. Ich war damals viel allein und fühlte, dass auch ich mich langsam und kaum merklich in einer Weise veränderte, die mich zu jemandem machen würde, den ich nicht mochte. Es gab ein Mädchen, ein, zwei Klassen unter mir, in das ich meinte, verliebt zu sein. Warum, weiß ich nicht mehr, eventuell weil es im Chor sang und wie die Schauspielerin aus *My Girl* aussah. Ich kannte es kaum, schrieb ihr aber Briefe, in denen ich ihr meine Gefühle gestand. Als wir endlich in einer Pause kurz miteinander sprachen – auch sie trat nur im Doppelpack mit ihrer Freundin auf, die uns stumm zuhörte –, war schnell klar, dass wir keinerlei Gemeinsamkeiten besaßen. Ilie und ich trafen uns dann zufällig in dem Film *Blair Witch Project*, der es mit vielen Wochen Verspätung bis in das winzige Oberviechtacher Kino geschafft hatte. Wir waren tatsächlich die einzigen in dem kühlen Raum. Vielleicht war es, weil wir nach der Vorstellung beide so viel Schiss hatten, dass wir die ganze Nacht aufblieben, Computer spielten, über Filme, Lehrer und Mädchen redeten und ich spürte, dass ich, Stück um Stück, wieder normal wurde beziehungsweise ich selbst beziehungsweise eine bessere Version meiner selbst. Ilie ging es offensichtlich ähnlich.

Erst in der Kollegstufe um die Jahrtausendwende herum kam es zu einer ungeplanten Neuauflage unseres Klubs. Ilie wählte Wirtschaft und Mathematik als Leistungsfach, ich Biologie und Deutsch, genau wie Madita. Ich setzte mich neben sie, weil es der einzige Platz war, der noch frei war. Richtige Freunde wurden wir aber erst wieder nach einer Party im *Eisenbarth-Wald*. Warum wir ausgerechnet mitten im Wald an einer Trimmdichpfad-Station mit einem einsam zwischen den Bäumen dastehenden Reck feierten, weiß ich nicht mehr. Irgendwer war auf die Idee gekommen, dass wir uns als »Leuchten« Stirnlampen aufsetzten, so dass die übergrellen Lichter, wenn sie einem ins Auge blitzten, schmerzten. Ich stand eher zufällig bei Madita, ohne mich mit ihr über den üblichen Smalltalk hinaus zu unterhalten, da legte uns beiden Ilie, der schon spürbar angetrunken und bester Laune war, die Arme um die Schultern. Madita hatte sich irgendwann in den Monaten zuvor von ihrer Rolle als Weltverbesserin verabschiedet, oder besser: von ihrer Rolle als Missionarin. Stattdessen war klar, dass sie zwar nach ihren eigenen Grundsätzen lebte, andere jedoch damit in Ruhe ließ. Endlich hatte sie die weiten Shirts, Pullis und Hosen gegen Baggy Pants mit Top eingetauscht, was jetzt eher nach trendigem Hip-Hop als nach angestaubtem Öko aussah. Als ich deshalb wohl etwas zu lange und zu erstaunt ihren Körper gemustert hatte, hatte sie grinsen müssen. Ich glaube, in dieser Nacht trug sie sogar ein Cap, das ausnahmsweise einfach nur irgendein Werbe- und kein Weltrettungsspruch zierte. Irgendwie war alles wieder ein wenig wie früher. Weil aber keiner von uns etwas zu sagen wusste, schob uns Ilie einfach weg von der Party ins Unterholz. Wir pinkelten. Und fanden uns auf einmal an jener Stelle wieder, wo wir uns viele Jahre zuvor gestritten hatten.

»Die Zecke … Scheiße … mach schon! Jetzt!«, rief Ilie plötzlich, duckte sich und zeigte in die Höhe, in die Nacht. Er sprach mit verstellter Stimme. Er war elf.

Wir verstanden sofort und spielten mit. In jener Nacht reenacteten wir uns selbst.

Danach saßen wir noch lange zu dritt in der ehemaligen Schonung, erinnerten uns an die gemeinsamen Jahre in der Unterstufe und kehrten dabei immer wieder zu jenen Tagen zurück, als wir uns kennengelernt hatten. Ich glaube, es war das erste Mal, dass wir richtig nostalgisch wurden und wir uns in der nächtlichen Kälte, die uns durch die Pullis kroch, danach sehnten, lediglich vor einer ausgedachten Zecke Angst zu haben und noch einmal etwas ähnlich Aufregendes und zugleich Harmloses wie in jener Nacht zu erleben. Wir würden nie wieder Kinder sein. Wir hatten keine Angst mehr vor Monstern. Wir hatten keine Angst, schlechte Menschen zu sein. Ich hatte Angst davor, wie mein Vater auf den Fotos auszusehen und eine Glatze zu bekommen. Ich hatte Angst vor dem, was nach der Schule kam. Es ging nicht mehr darum, gut zu sein, sondern nichts falsch zu machen. Wir hatten Angst davor, nicht das richtige Studium zu finden, das uns entsprach, und danach nicht den richtigen Job, der zu uns passte, und nicht den richtigen Partner, der uns ideal ergänzte. Wir hatten Angst, kein normales Leben zu haben. Als der Morgen suppig-silbern durch die Blätter sickerte und wir vom vielen Rauchen und Reden Halsweh hatten, legte Ilie seine Jeansjacke um Madita, weil sie fror, und irgendwann nahm ich sie in den Arm und stellte mir kurz vor, dass wir zusammen wären, was sich so seltsam anfühlte, dass ich den Gedanken daran sofort verscheuchte. Dann streckte Ilie seine Hand aus und forderte uns auf, es ihm gleich zu tun. Damals lief gerade eine Reihe mit Stephen King-Verfilmungen bei den Privaten, darunter der TV-Zweiteiler *Es*. Wir wussten alle sofort, auf welche Szene er anspielte. So müde und melancholisch wir in den Minuten zuvor gewesen waren, machte uns das Gefühl, jetzt eine Szene zu erleben, die etwas fast schon Heiliges hatte, wieder hellwach. Madita setzte ihr Na-gut-weil-ihr-es-seid-Gesicht auf und legte ihre Hand auf meine und die Ilies. Ilie sagte: »Wenn die Zecke wiederkommt, werden wir uns treffen und sie ein für alle Mal töten.« Oder etwas in der Art. Er war ganz ergriffen von sich selbst. Und obwohl wir, während wir es schworen, in Lachen ausbrachen, wünschten wir uns insgeheim, dass dieser Moment eine ebenso tiefe Bedeutung haben würde wie in den Büchern Stephen Kings und ihren Verfilmungen. Aber noch etwas anderes spielte dabei eine Rolle, etwas, das mir erst in den folgenden Jahren nach und nach bewusst wurde, ich aber damals schon spürte: Wir taten uns gut. Es gab Konstellationen von Menschen, die das Schlechte in jedem hervorkehrte. In unserem Klub jedoch rissen Ilie und ich uns in Maditas Gegenwart zusammen, sie selbst wurde lockerer und wich sogar ein paar Zentimeter von ihren ansonsten felsenfesten Prinzipien ab. Wir brachten in uns das Gute zum Vorschein. Es war chemisch.

Wäre dies ein Film, würden an prägnanten Punkten, kurz und sehr bewusst gesetzt, dennoch wie beiläufig, in einem im Hintergrund laufenden Radio, Fernseher oder in einer aufgeschlagenen Zeitung, historische Originaldokumente eingeflochten werden. Auf der ersten Seite der *Süddeutschen Zeitung*, in die mein Großvater beim Frühstück vertieft ist, sieht man das Foto des Schafes Dolly, des ersten geklonten Säugetiers und, eine Sekunde beziehungsweise ein paar Jahre später, in derselben Einstellung, das Bild eines bombardierten Hochhauses in Belgrad während des Kosovokrieges, und wieder, in der gleichen Machart, der siegessicher grinsende und unwirklich, aber vielleicht tatsächlich von Natur aus so braune Jörg Haider, jemand schlägt die Zeitung zu, der Jemand bin ich, fast Abiturient, in der Schule, der ebenfalls älter gewordene Ilie haut mir auf die Schulter, verzieht das Gesicht zu einer Grimasse und keucht: »BSE … ich sterbe … werde … wahnsinnig … ICH. HABE. DIE SEUCHE!« Das Älterwerden des Helden und der Welt, das Ende des Jahrzehnts sowie – aus heutiger Sicht – einer historisch einzigartigen Epoche des Glücks. Was würde diese Sequenz, die sich sicher gut machen würde, aussagen? Vielleicht würde der Regisseur hoffen, dass sich der Zuschauer in diesen Momenten an genau diese Ereignisse von damals erinnert, die Stimmung, die sie bei ihm auslösten, und er sich dadurch mit dem Helden besser identifizieren kann. Vielleicht – und das ist meiner Erfahrung nach am häufigsten der Fall – würde er hoffen, dass dadurch etwas ganz Entscheidendes erklärt wird, bei dem er selbst keine so rechte Vorstellung hat, was das eigentlich sein soll, wodurch jedoch seltsamerweise häufig tatsächlich die Sehnsucht nach dem Vergangenen, egal, wie schlecht und furchtbar man die Zeit damals auch gefunden haben mag, getriggert wird; dieses Gefühl, das plötzlich allem, selbst dem Nebensächlichsten, wider Erwarten Sinn gibt und der oberflächlichsten, oberpeinlichsten Banalität Tiefe; ein Gefühl, von dem kein Zuschauer je genug bekommen kann, weil er dann spürt, dass er Teil von etwas Größerem, einer Geschichte und damit unleugbar am Leben gewesen war. Nostalgie.

Jenes historische Ereignis aber, das mich und uns drei damals für immer prägte und wir in seinen ganzen Dimensionen als Wendepunkt auch sofort erkannten, war der Elfte September. Es war der Herbst nach unserem Abitur. Mir hatte ein Arzt, der mit meinem Großvater befreundet war, bescheinigt, körperlich für den Dienst an der Waffe untauglich zu sein, ich war ausgemustert worden und bereitete mich auf mein erstes Semester in München vor, das aber erst ein paar Wochen später begann. Ilie würde währenddessen Zivildienst in einem Altenheim leisten. Was Madita machte, erinnere ich nicht. Jedenfalls befanden wir drei uns an diesem Tag in Oberviechtach, obwohl wir im Kopf schon mit unserem neuen Leben beschäftigt waren. Fester Bestandteil der Erinnerung an diesen Tag ist, dass mein Großvater nicht zu Hause war. Das Telefon klingelte. Ich ging ran. Es war Ilie. Atemlos sagte er, er sei gleich da, er müsse zu mir, jetzt, sofort, er sei gleich vor der Tür. Er war der erste meiner Bekannten, der ein Handy besaß. Ich gehe mit dem schnurlosen Telefon zur Tür, und im selben Augenblick steht er wirklich davor und sagt in den Hörer und zu mir: »Ich stehe jetzt vor deiner Tür«, eine paradoxe Dopplung der Situation, die ich nicht vergessen habe, und er sagt diesen Satz, weiter zu mir und in sein Handy, bei dem ich zunächst meine, Ilie wolle mich veräppeln: »Wir müssen jetzt sofort fernsehen!« Ich besaß damals längst einen eigenen neuen Farbfernseher in meinem Zimmer. Ilie berichtete in größter Aufregung irgendwas von einem Flugzeugunglück in New York, wir stiegen die Treppen herunter ins Untergeschoss, und noch während er erzählte, was geschehen war beziehungsweise was ihm sein Vater auf dem Handy erzählt hatte, schaltete ich den Fernseher ein, und es geschah genau das, was Ilie eben gesagt hatte: Live und doch wie in Zeitlupe, als verlangsame sich die Geschichte für Sekunden, flog das zweite Flugzeug in den zweiten Tower.

»Ist es das?«

»Nein, das ist jetzt was anderes … Mann, ne … passiert gerade noch mal!«

»*Was* passiert denn? Was ist da denn los?«

Es war eine Erfahrung, die ich sonst nur von Weltmeisterschaftsfußballspielen oder *Wetten dass …?* kannte und die doch ganz anders beschaffen war, weil sich etwas in jenem Bereich der Wirklichkeit, der wirklich wichtig war, für immer zu verändern schien: So wie Ilie und mir auf einmal bewusst wurde, dass das, was in diesem Moment in New York und in unserem Fernseher live geschah, so waren wir in meinem Kinderzimmer *live*. Die Wirklichkeit war auf einmal in einem Maße *live*, wie sie es noch nie gewesen war. So entsetzlich das war – ich begann sofort unkontrollierbar zu zittern –, so wundervoll war dieser Moment auch. Ilie und ich umarmten uns, Madita, die immer noch keinen Fernseher hatte, saß auf einmal neben uns, wir umarmten uns drei und weinten, Bekannte riefen an, die sonst nie anriefen, mein Großvater rief von einer Telefonzelle aus an, wir kommentierten am Telefon live die in Endlosschleife wiederholten Bilder, wir versicherten uns live unserer Freundschaft. Es waren große Live-Augenblicke der Liebe und des Gutseins. Wir waren ganz wir selbst und bei uns. Und das alles zusammen, dieses merkwürdige und bislang nie gefühlte Live-Feeling der Wirklichkeit und das Hervorkehren dessen, von dem man immer wusste, dass es eigentlich das sei, was zählte, für das jedoch im Alltag normalerweise keine Zeit war, ließen mich auf der Stelle ahnen, dass ich von nun an süchtig nach solchen Augenblicken sein würde. Nach schrecklichen weltbewegenden und live im Fernsehen übertragenen Katastrophen. Erst sie verliehen unseren Leben die nötige Schwere und eine Art Gütesiegel. Wir lebten in wichtigen Zeiten. Wir waren wichtig. Was wir nun tun würden, zählte.

Im Nachhinein glaube ich, dass es an unserer Reunion in der Schonung und in nicht geringem Maße an dem gemeinsamen Fernsehnachmittag am Elften September lag, dass wir uns seitdem enger als je zuvor verbunden fühlten und mehr oder weniger regelmäßigen Kontakt hielten, obwohl Ilie Wirtschaft in London, Madita Medizin in Hamburg und ich in München studierte. Wie Madita hatte ich ein Einser-Abitur, was meinem Großvater und mir ungeheuer bedeutend vorkam, am Ende jedoch für mein weiteres Leben nicht die geringste Rolle spielte. Alle meine Wünsche hatten sich erfüllt: Ich war einer der Besten; ich hatte die idealen Voraussetzungen für mehr; alles war möglich. Doch während Maditas und Ilies Entscheidung völlig logisch war, war ich ratlos, was ich werden oder besser: was aus mir werden sollte. Die Angst, die mich schon in den letzten Jahren in der Schule befallen hatte, begann mich zu lähmen, bis ich mich schließlich im letzten Augenblick für jene Fächerkombination einschrieb, von der ich wusste, dass sie kein Problem für mich darstellen und vor allem mein Großvater sie gutheißen würde: Lehramt Gymnasium Deutsch, Geschichte.

Im ersten Semester begrüßte uns einer der Privatdozenten, die die Einführungskurse hielten, mit den Worten »Morituri salutant« sowie der Frage, ob denen unter uns, die sich für den Magister-Studiengang entschieden hatten, bewusst sei, was sie da eigentlich studierten; dass sie als Geisteswissenschaftler mit größter Wahrscheinlichkeit arbeitslos werden würden, keiner warte auf sie, noch sei es nicht zu spät, »etwas Richtiges« zu studieren. Wobei: Ein Leben lang, ein kleines Rädchen im irrwitzigen deutschen Schulsystem zu sein und als Höchstes der Gefühle Abiturienten unterrichten zu dürfen, die stolz darauf sind, den Unterschied zwischen Trochäus und Jambus zu kennen – ob das so viel besser sei? Er schmunzelte in sich hinein über unsere Ratlosigkeit. Diese Spielart der Ironie namens Zynismus war mir neu gewesen. Mein Großvater, der ansonsten begierig auf meine Berichte aus der Germanistikfakultät war, schnitt, als ich ihm davon erzählte, eine Grimasse, öffnete den Mund, ich konnte schon seine kluge Erwiderung hören – dann schloss er ihn jedoch wieder und atmete hörbar aus der Nase aus, was eventuell verächtlich gemeint war, in diesem Moment allerdings nur wie Luft klang, die mit leichtem Druck den Nasenlöchern entwich. Als ich mein erstes Praktikum an einem Gymnasium in München absolvierte, hatte ich mir als Thema für meinen ersten Unterrichtsversuch Thomas Mann ausgesucht. Ich erzählte den Schülerinnen und Schülern von Manns Romanen, sprach über bevorzugte Stilmittel und sein Leben. Teilweise bediente ich mich derselben Formulierungen, Intonationen, ja derselben Gestik wie mein Großvater. Es geschah automatisch. Diese Stunden mit ihm gehörten zu meinen intensivsten und, selbst wenn ich früher die Augen dabei verdreht hatte, insgeheim auch zu meinen schönsten Erinnerungen, so dass ich nun gar nicht viel tun musste. Thomas Mann hieß, auf Nummer sicher zu gehen. Während ich in die erst gelangweilten, dann befremdeten, dann spöttischen Gesichter der Schülerinnen und Schüler sah beziehungsweise mich selbst aus ihren Augen, fühlte ich, dass ich mich nahezu vollkommen in meinen Großvater verwandelt hatte. Ich war er. Und zum ersten Mal in meinem Leben wusste ich, dass er für alle außer für mich (und Frau Bach) immer schon ein bisschen lächerlich und nicht ganz von dieser Welt gewesen war. Ich aber – und das war das Positive an dieser schmerzhaften Erkenntnis – wollte nie wieder so sein.

Der Klub hielt seinen Schwur, falls das nicht zu pathetisch klingt. In jenen Situationen, in denen eigentlich die Zecke ihr schreckliches Gesicht hätte zeigen müssen, es aber nicht tat, waren Madita, Ilie und ich füreinander da. Als 2008 Herr Popescu einen leichten Schlaganfall erlitt und Madita und ich Ilie ins Oberviechtacher Krankenhaus begleiteten und ihn abzulenken versuchten, bis sein Vater wieder entlassen wurde. Als 2009 Frau Bach mich, ich glaube, zum ersten Mal überhaupt, auf meinem damals neuen Handy anrief, vollkommen ruhig wie immer, als halte sie eine Vorlesung über Kafka, mir mitteilte, mein Großvater habe beim gemeinsamen Urlaub in Florenz einen Herzinfarkt erlitten, die Hitze, er sei tot, und ich auf dem Friedhof in Oberviechtach zwischen Ilie und Madita stand und der Sarg in das Grab meiner Eltern herabgelassen wurde. Das eigentlich Überraschende für mich in diesem Moment war, wie wenig mich sein Tod traf. Erst als ich beim Aufräumen seiner Sachen einen mit »Bastian« beschrifteten Ordner fand, in dem er all meine schriftstellerischen Versuche aufbewahrt und auf einem angehefteten mit Schreibmaschine beschriebenen Extrablatt vermerkt hatte: »Bastian (10) / 1992 / sehr bemerkenswert«, »sehr bemerkenswert« handschriftlich unterstrichen, weinte ich kurz.

Ich hatte mich gefunden. Ich wusste, was ich wollte und wer ich war. Ich war gerüstet. Ich hatte es geschafft. Ich sah nicht wie mein Vater aus. Ich hatte keine Glatze. Ich kam nach meiner Mutter. Im Studium hatte ich Brigitte kennengelernt, und wir waren schnell ein Paar geworden. Wir hatten im Seminar zufällig nebeneinandergesessen. Der Professor hatte aus mir unerfindlichen Gründen ausgerechnet ihr Referat ausgewählt, um uns allen aufzuzeigen, was die gängigsten – ich glaube, er sagte tatsächlich »dümmsten« – Fehler und wie vermeidbar sie doch seien. Während er penibel das an die Wand projizierte Paper von Brigitte durchging, hatte sie vollkommen lautlos geweint. Eine seltsame Kombination aus absoluter Selbstbeherrschung und emotionalem Kontrollverlust, eine Fähigkeit, die ich seitdem nur bei ihr gesehen habe. Ich hatte ihr eine lachende Sonne gezeichnet und rübergeschoben. Sie hatte mich verheult und dankbar angeschaut, wie mich noch nie jemand angeschaut hatte. Danach waren wir noch sitzen geblieben. Wir waren ins Gespräch gekommen, und irgendwann hatte sie unvermittelt gesagt, ich sei der Einzige hier, der Gefühle habe und kein Roboter, sondern normal sei, ob ich das wisse, worauf ich vor Bestürzung nicht mehr weitersprechen konnte, weil es wie die Bestätigung für etwas klang, was ich mir, das spürte ich auf einmal, tief im Inneren bereits sehr lange gewünscht hatte. Wahrscheinlich dadurch, dass ich durch die beinahe schon mythische Geschichte des Kennenlernens meines Großvaters und meiner Großmutter für genau solche Momente sensibilisiert war, hatte ich, soweit ich mich erinnere, noch abends im Bett gedacht, dass diese Episode womöglich einen dieser einzigartigen *Wahlverwandtschaften*-Momente darstellte. Bei dem Gedanken daran hatte ich Herzrasen. Vielleicht hätte ich ohne das von meinem Großvater vermittelte Wissen von der Bedeutung dieser Momente auch nicht den Mut gehabt, auf Brigittes sichtliches Interesse an mir einzugehen, das seitdem bestand. Am Telefon erzählte ich Ilie von ihr und schickte ihm per Mail ein Foto, das hochzuladen ewig dauerte. Ich erinnere mich noch an meine Ungeduld währenddessen. Ich bin mir nicht sicher, ob ich mich erst in Brigitte verliebte, nachdem Ilie gesagt hatte, dass wir beide ja sehr gut zusammenpassen würden und Brigitte ja zudem recht gutaussehend sei, obwohl sie überhaupt nicht sein Typ sei. Bis ich Brigitte kennenlernte, meinte ich, nicht gewusst zu haben, was Liebe war. 2010 machte ich bei einem großen Münchener TV-Sender ein Volontariat, für das auf dem schwarzen Brett im Institut ein Aushang klebte, schmiss mein Studium und arbeitete Vollzeit in Ismaning, wo zufällig in der Redaktion des Wissensmagazins *Voyager* eine Stelle frei geworden war. Wörter und Wissen, das war meines. Bis dahin meinte ich, nicht gewusst zu haben, zu was ich gut war. Jetzt wusste ich noch mehr: Es gab etwas, in dem ich richtig gut war, viel besser als die meisten anderen. Im Unterschied zu mir schloss Brigitte ihr Studium ab, ihr Beruf als Deutsch-Geschichte-Gymnasiallehrerin lag ihr. Ilie, der inzwischen in einer Private Equity-Firma in Zürich angefangen hatte, war unser Trauzeuge. Brigitte und ich zogen in eine Wohnung in München-Neuhausen. 2013 wurde Samuel geboren. Als er auf die Welt kam, wusste ich plötzlich, was Liebe wirklich bedeutete. Er war zu 100 Prozent abhängig von mir. Mein Leben besaß von einem Tag auf den anderen eine Notwendigkeit, die es davor nicht besessen hatte. Der Gedanke an Samys Abhängigkeit von mir erfüllte mich mit Euphorie. Ich wollte, dass er keinen Namen hatte, der bereits in einem berühmten Buch, Film oder Hörspiel auftauchte. Er sollte einzigartig sein. Gleichzeitig sollte er normal sein, aber trotzdem besonders. Madita, die inzwischen in einer Kinderpsychiatrie in Hamburg arbeitete, wurde seine Taufpatin.

Im Nachhinein waren das die glücklichsten Jahre meines Lebens, obwohl Brigitte und ich selten richtig glücklich waren. Wir alle waren uns bewusst, in was für schwierigen Zeiten wir lebten. Erst die Finanzkrise, dann der Islamische Staat, dann die Flüchtlingskrise. In diesen letzten Tagen des linearen Fernsehens schauten wir nach der Arbeit noch einmal regelmäßig und viel, vor allem

Nachrichten. Doch je mehr Bilder der Katastrophen wir sahen, desto unglaublicher wurde es, dass in unserem Alltag kaum etwas davon zu bemerken war. Wir unterhielten uns über Krisenherde, wir hätten uns über Game-Shows unterhalten können.

Ich kann mich an den Moment erinnern, 2016 oder 2017, als ich plötzlich das Gefühl hatte, die Realität sei irreal geworden. Als hätte die Zeit irgendwann nach 2001 auf dem Pfad mit seinen vielen Möglichkeiten eine falsche Abzweigung genommen und als befänden wir uns nun aufgrund dieses Versehens oder Unfalls oder was auch immer in einer falschen Version der Welt. Wir redeten uns wieder und wieder ein, wie gut es uns ging. Wir spendeten per automatischem Dauerauftrag 50 Euro Jahresbeitrag an *Amnesty International.* Wir waren eine junge Familie, man wusste nicht, was kommen würde, es konnte nicht immer so weitergehen, man konnte nicht immer verschont bleiben. Das war Statistik. Wir hatten ein bisschen ein schlechtes Gewissen. Als wir uns dessen bewusst wurden, ging es uns wieder ein wenig besser, da das bedeutete, dass wir nicht völlig blind durchs Leben liefen. Madita schickte in unserer WhatsApp-Gruppe *Klub der Katze* Fotos aus dem Kinderheim, in dem sie ehrenamtlich arbeitete. Irgendwann wusste ich nicht mehr, mit welchem Emoticon der Trauer oder der Empörung ich darauf reagieren sollte, da alle vorhandenen Trauer- und Empörungs-Emoticons abgenutzt waren und ich originell sein wollte. Ich reagierte gar nicht mehr. Ilie schickte Kurzvideos von C-Celebrities oder Menschen aus der Unterschicht, manchmal auch mit Migrationshintergrund, in peinlichen Situationen, über die ich immer unwillkürlich laut lachen musste, obwohl ich wusste, dass sie politisch unkorrekt waren. Wir fuhren zum Bahnhof, um die Flüchtlinge mit eigenen Augen zu sehen. Trotzdem änderte sich in mir auch angesichts des Tracks aus müden Menschen, den Frauen mit den prall gefüllten Plastiktüten, den Vätern mit den angesichts der Kälte zu leicht angezogenen Kindern auf den Schultern, nichts. Ich hätte auch kostümierten Schauspielern zusehen können. Es war in keiner Weise so wie mit Madita und Ilie am Elften September. Ich setzte einige Themen zu Flüchtlingen bei *Voyager* durch. Einen Kitaplatz zu bekommen, sich weiter in München die Wohnung leisten zu können, ab und zu auch noch Urlaub zu machen, ein Paar zu bleiben und nicht nur Mama und Papa, rechtzeitig aus Ismaning zu Hause zu sein, um noch mit Samy zu spielen, für die Instandsetzung des Spielplatzes am Ende der Straße zu kämpfen, im Lauf der Jahre, in denen sich die Themen bei *Voyager* zu wiederholen begannen, weiter »hungrig« zu bleiben, »es« nicht zu verlieren, den Hunger, das Feuer, das Brennen, was auch immer, das waren die wahren Probleme. Und wir schafften das. Wir waren keine schlechten Menschen. Es ging. So ging es weiter.

Als klar war, dass wir keine weiteren Kinder wollten, weil wir uns dann die Wohnung in Neuhausen nicht weiter hätten leisten können, wo aber das Umfeld stimmte, alle tickten hier so wie wir, es gab einen Montessori-Kindergarten mit Schule, bei dem wir durch viel Antichambrieren einen Platz erhalten hatten, erfüllte ich Samy endlich einen seiner größten Wünsche. Auf seiner Liste zu Weihnachten hatte immer ganz oben »1 Einhorn« gestanden. Nachdem Brigitte und ich ihm erklärt hatten, dass Einhörner ausgestorben seien, entschied er sich für »1 Katze«. Er war nicht davon abzubringen, das winzige, atmende Bündel aus Fell und Fleisch, das er zum fünften Geburtstag bekam, Snoopy zu nennen. Ohne dass ich es geplant hätte, begann ich eines Abends, Samy, der darauf bestand, dass Snoopy bei ihm im Bett schlief, Gute-Nacht-Geschichten mit Abenteuern der Katze in einem Fantasiereich zu erzählen, die, so entschied ich spontan, dort ebenfalls Snoopy hieß. Ich ließ auch ein fettes grünes Monster auftreten, »die Zecke«, die regelmäßig aufgrund ihrer Tollpatschigkeit und Fresssucht am Ende der Geschichten mit einem markerschütternden Furzgeräusch zerplatzte, eine Stelle, die Samy besonders liebte. Ich hatte das Gefühl, dass an jenen Abenden im Spätsommer 2019 die Idee der Zecke, die bis dahin immer noch irgendwie in meiner Vorstellung herumgegeistert war, endgültig ihre Macht verlor. Sie hatte sich in das verwandelt, was sie ja eigentlich schon immer gewesen war: ein Märchen.

Doch ich irrte mich. Eines Nachts wachten Brigitte und ich von schrillen Schreien auf. Wir stürzten in Samys Kinderzimmer. Mit angewinkelten Beinen hockte er in einer Ecke seines Bettes. Wieder und wieder deutete er auf das verdunkelte Fenster über der Heizung.

»Da!«, rief er. »Da!«

Panisch stotterte er, er habe etwas gesehen. Die Zecke. Wir leuchteten mit einer Lampe die Stelle des Raumes aus, so dass Samy sich überzeugen konnte, dass sich dort nichts befand. Es half nichts. Es war, als würde er uns nicht mehr wahrnehmen und als hätten all jene Wörter, die sonst seine kindlichen Fantasiewelten sofort zum Verblassen und ihn zur Vernunft brachten, ihre Zauberkraft verloren. Zitternd und wimmernd bestand er darauf, dass, immer wenn wir nicht hinsahen, die Zecke aus der Wand hinter der Heizung ein Bein streckte und nur darauf wartete, ihn zu holen. Am Ende ließ er sich allein dadurch beruhigen, dass er von da an bei uns im Zimmer schlief. Und obwohl wir die wahren Gründe für Samys Panik nie erfuhren, hängt das, was sich dann in den folgenden Wochen ereignete, für mich im Nachhinein untrennbar mit dieser unerwarteten Rückkehr der Monsterzecke zusammen.

DOING GOOD AND DOING WELL

Q and A's

»Bastian, bitte«, sagte Frank Elstner.

Ich schaute auf die blau flackernde Wand aus Monitoren vor mir.

Elstner lächelte mir erwartungsvoll zu.

»Zauberhaft 500«, sagte ich.

Elstner sagte: »Aha, da will es einer wissen.«

Ich weiß noch, dass ich mir vorgenommen hatte, bei diesem letzten Probedurchlauf vor der Präsentation so zu tun, als erlebte ich unsere VR-Retro-Version von *Jeopardy* zum ersten Mal und würde sie mit den Augen und Ohren eines anderen sehen und hören. In Wirklichkeit hatte ich natürlich schon seit Februar 2018 unzählige Stunden mit dem Spiel zugebracht. Ich war dann, soweit ich mich erinnere, sehr schnell beruhigt, so wie überhaupt mein gesamtes Team in den Wochen zuvor von extremem Optimismus beflügelt worden war, als absehbar war, dass uns der Durchbruch gelungen war. Elstner klang einfach wie Elstner. Er hatte wirklich diesen typischen und von keinem anderen Moderator nach ihm wieder erreichten Touch aus glaubwürdig zugewandt und wohlmeinend, ohne dabei übertrieben zu wirken. Von Anfang an hatten wir auf die Gleichung gesetzt: Gute Hauptfigur = gutes Spiel. Trotz der etwas zu großen Brille, dem ein wenig zu weiten Anzug mit Schulterpolstern, der Krawatte mit einer geschmacklosen Farbkombination, was natürlich alles zum Retro-Feeling gehörte, hatte der Frank Elstner vor mir nichts Verkleidetes oder gar Lachhaftes. Er wollte, dass ich gewann, so wie er wollte, dass auch Moritz und Kevin rechts und links von mir gewannen, weil er vollkommen fair war. Elstner war unser Meisterstück.

Ein genauso großes Plus war Seners Grafik. Im Unterschied zu den allermeisten anderen VR-Spielen, die es zu dieser Zeit schon gab, sahen bei unserem VR-Retro-*Jeopardy* Bewegungen flüssig aus. Hatte man sich einmal die Brille und Kopfhörer aufgesetzt, wähnte man sich tatsächlich in der Realität eines Fernsehstudios der 1990er.

Auf der blauen Wand aus Monitoren erschien der Satz: »›Scheinbar schwerelos hängt dieses unbefleckte Mädchen in der Luft.‹«

Ich drückte auf den Knopf im Handschuh.

»Bastian?«

Elstner blinzelte im Scheinwerferlicht. Im Fernsehen tat er das nie. Es machte ihn aber lebendiger. Ich starrte auf seinen Anzug. Auf seinem rechten Schulterpolster entdeckte ich einen Fussel. Jedes Mal, wenn Elstner sich bewegte, schimmerte er im Scheinwerferlicht. Wir hatten viel Mühe darauf verwandt, solche kleinen Irritationen einzubauen: ein rätselhaftes Kabel im Zwielicht hinter der Monitorwand, der verblasste Abdruck einer Schuhsohle auf dem ansonst blitzblank geputzten Boden vor den Stehpulten. Studien hatten bewiesen, dass solche vermeintlichen Fehler den Spieler noch stärker in die VR-Wirklichkeit zogen.

In meinem Ohr hörte ich Sener atmen, bereit einzugreifen. Ich brauchte seine Hilfe nicht, auch wenn ich mir innerlich eine Memo schrieb, dass wir noch einmal checken sollten, ob manche der Antworten und Fragen von gewissen Zielgruppen nicht als beleidigend empfunden werden konnten oder aber, wie Moritz immer argumentierte, dass dies im Gegenteil genau der Sinn eines 90er-Jahre-Retro-Spiels war: sich ausnahmsweise einmal nicht um politische Korrektheit zu kümmern und sein inneres Ich frei ausleben zu dürfen.

»Wer ist die Schwebende Jungfrau?«, sagte ich.

»Und das ist richtig!«, rief Elstner sofort im Anschluss. Er freute sich hörbar mit.

Das Publikum in meinem Rücken applaudierte. Ich drehte mich um, überflog die vier gestaffelten Zuschauerreihen und blieb dann am Gesicht des jungen Mannes mit Pickeln und der zu großen Brille in der ersten Reihe hängen, der zwischen der übergewichtigen älteren und der dünnen jungen Frau saß. Der junge Mann sah gespannt durch mich hindurch. Er lächelte, zwinkerte, tuschelte mit der jungen Frau, woraufhin sie ganz kurz ein Kichern unterdrückte. Vor Monaten, als wir die Aufnahmen mit den Statisten vor dem Green Screen machten, hatte ich die beiden gebeten, sich vorzustellen, sich trotz der artifiziellen Situation in einer echten Spielshow zu befinden, und mich seitdem gefragt, was wohl der junge Mann seiner Nachbarin damals zugeflüstert hatte. Moritz hatte wiederholt moniert, dass in den »richtigen« *Jeopardy*-Folgen mit Frank Elstner das Publikum zwar zu hören, jedoch nie zu sehen gewesen sei, weil das Studio, laut seinen Recherchen, bis auf die drei Kandidaten und den Moderator leer gewesen sei. Wir würden das Spiel echter machen, als es in Wahrheit gewesen sei, und dadurch eben auch unkorrekt. Moritz kam immer mit solchen Anmerkungen, die er mit »Also, ich will ja jetzt nichts sagen, aber ich habe echt wirklich alles über das Thema gelesen und …« einleitete, weswegen ihn im Team *Retro-Room* bald alle *Jeopardy*-Nazi nannten.

Während der ersten Phase des Projekts, im Sommer 2018, war Frank Elstner für einen Tag nach Ismaning für Aufnahmen vor dem Green Screen gekommen. Bei der Begrüßung hatte ich zu meinem Erstaunen gemerkt, wie ehrfürchtig Moritz zunächst geguckt hatte, wie er schluckte, bevor er etwas sagte, er, der sonst keine Hemmungen hatte, mit den Stars und Sternchen à la *Die Fantastischen Vier* oder Ingo Appelt bei uns in der Kantine zu plaudern. Doch zum Glück war damals bei den Aufnahmen für Nostalgie keine Zeit. Es war auch sehr schnell klar, dass Elstner Geschichten, die mit »Sie sind das Gesicht meiner Kindheit« begannen, schon zigmal gehört hatte. Wie viele andere Moderatoren, die ich auf dem Studiogelände kennengelernt hatte, war der Vor-der-Kamera-Elstner-Mensch identisch mit dem Hinter-der-Kamera-Elstner-Mensch. Das machte einen guten Teil des Geheimnisses seines Erfolges aus. Es gab nicht den anderen Elstner, von dem man negativ überrascht sein konnte. Auf Moritz' Bemerkung, wie schön diese Abende mit ihm und *Wetten dass …?* gewesen seien, bedankte er sich herzlich und gewährte hinter seinem sympathischen Lächeln keinen Einblick in sein Inneres. Sener hatte für jede Eventualität einen Satz und eine Geste Elstners benötigt, um den Avatar zu programmieren. Es wurde ein voller Tag. Kevin nutzte die Gelegenheit, um noch die Liste mit offenen Fragen seines Rechercheteams bezüglich Kleidung und Studiodesign abzuarbeiten. Meistens antwortete Elstner jedoch nur: »Ach, Kinder, so etwas weiß ich doch nicht mehr. Solche Sachen dürft ihr mich nicht fragen.« An einem Punkt hatte Moritz während des Drehs sogar eingewandt, Frank Elstner bewege sich nicht wie der Frank Elstner von damals, worauf Frank Elstner wie immer in solchen ein wenig peinlichen Situationen sein charmantes Frank Elstner-Lachen lachte und ich Moritz beiseitenahm und ihm zu verstehen gab, dass er jetzt mal die Kirche im Dorf lassen solle.

Eigentlich wollte ich zehn Sekunden warten, bis sich die Sequenz mit dem jungen Mann und seiner Nachbarin wiederholte, aber ich hatte nicht den Nerv dafür. Mein Blick streifte Moritz, der in seinen Avatar mit Schnauzbart und Batik-T-Shirt geschlüpft war. Kevin lugte zu mir herüber und guckte ernst. Im Ausschnitt seines zu großen blauen Sakkos blinkte die durchsichtige Schnullerkette im Scheinwerferlicht, bei der wir uns nicht sicher gewesen waren, ob sie nicht zu viel des Guten war.

»Bastian?«, wiederholte Frank Elstner.

Ich fragte mich, ob ich noch einmal testen sollte, wie das Spiel darauf reagieren würde, wenn man sich nicht an die Regeln hielt, oder ob ich mich an einem Tag wie diesem besser nicht verrückt machen sollte. Ich spürte, wie mir jetzt schon der Schweiß die Achseln herunterrann, auch meine Haare fühlten sich nass an, so dass ich mich dagegen entschied.

»Bastian? Was wählen Sie?«

Frank Elstner hob einladend die Arme und lächelte noch immer herzlich.

»Okay, ich glaube, wir müssen uns keine Sorgen machen«, gab ich Sener das Signal dafür, den Probedurchlauf abzubrechen.

»Aber natürlich müssen Sie das nicht«, Elstner setzte eine Miene auf, die hinter der Gutmütigkeit nur notdürftig seine Irritation verbarg. »Ich kann Ihnen versichern, Bastian, dass das ganz normal ist, dass man hier aufgeregt …«

In der Schwärze, die mich auf einmal umhüllte, stand noch das Nachbild Frank Elstners vor mir, der, wie mir schien, im letzten Moment beschwörend die Hände ausgestreckt und den Mund zu einem »Halt!« geformt hatte wie ein Hologramm in einer dieser Science-Fiction-Serien, die plötzlich ein Eigenleben entwickelten. Ich war froh, wenn dieser 16. September 2019 endlich vorbei war. Ich merkte, dass ich langsam nicht mehr richtig funktionierte. Ich streifte mir das Headset ab. Reflexhaft fiel mein Blick auf meinen Fitness-Tracker am Handgelenk, dessen Display sich umgehend einschaltete.

»Zu hoch dein Blutdruck ist«, erschien in einer blinkenden Sprechblase neben einem Yoda mit Stirnband. Tadelnd hatte er den Zeigefinger erhoben. Moritz, der im Sender nicht nur *Jeopardy*-, sondern auch *Star Wars*-Nazi hieß, hatte mir die App geschenkt, als ich im Januar Kreislaufprobleme gehabt hatte. Moritz war einer der wenigen Menschen in Deutschland, der sich fließend auf der Star Wars-Sprache Huttisch unterhalten konnte. Er hatte dazu extra einen Sommerkurs in San Diego belegt.

Meine Augen mussten sich erst wieder an das Zwielicht des Raumes gewöhnen. Mein Orientierungssinn brauchte auch nach ich weiß nicht wie vielen Stunden VR in den vergangenen Monaten fünf, sechs Sekunden, um sich darauf einzustellen, dass wir uns nicht mehr in einem Fernsehstudio mit Kulissen aus Monitoren, sondern in dem weniger als halb so großen, kühlen, vollkommen leeren Raum mit Betonwänden befanden. Sener half Moritz, die Ausrüstung abzuschnallen. Er schwitzte stark. Auf seinem weißen Hemd, unter dem sich sein Bauch spannte, hatte sich ein dunkler Fleck gebildet. Kevin guckte schon wieder auf sein Handy und fuhr sich über seine kurzrasierten Afro-Stoppel, obwohl sie durch den Helm in keiner Weise durcheinandergeraten waren.

»Noch nichts Neues. Sind noch nicht gelandet«, verkündete er.

Es gelang ihm nicht, seine Aufregung zu verbergen, obwohl er sich alle Mühe gab, sie mit lässigen Gesten zu überspielen. Almut hatte mir gegenüber von Kevin immer als »dem Buben« gesprochen, was unfair war, gemessen an seinem Job als Junior Information Manager.

Ich weiß noch, wie ungewohnt an diesem Tag der Anblick des Kern-Teams des *Retro-Room* war, mit dem ich mehr oder weniger ein Jahr lang auf engstem Raum zusammen verbracht hatte, ohne dass wir auf unser Äußeres übermäßig geachtet hätten. Heute trugen wir

Anzug. Ich versuchte, uns mit den Augen der chinesischen Delegation zu sehen. Ich versuchte, uns mit den Augen Zhangs zu sehen, dem aktuell sechzehntreichsten Mann Chinas. Vier mittelalte mitteleuropäische Männer. Wodurch würden wir Sympathiepunkte sammeln und damit optimale Rahmenbedingungen für die Präsentation schaffen? Indem wir unsere deutschen Alleinstellungsmerkmale, die da wären Pünktlichkeit, Zuverlässigkeit, Humorlosigkeit, Steifheit, gepaart mit Bier-Fachwissen unaufdringlich, aber subtil deutlich herausstellten oder im Gegenteil allen Erwartungen zuwiderliefen? In der Vorbesprechung wurde für den Fall, dass wir angeredet würden, die Weisung ausgegeben, wir sollten uns als Mitglieder der großen Sender-Familie so benehmen wie immer, nämlich natürlich.

Ich war der Team-Leader. Moritz, Sener und Kevin guckten mich erwartungsvoll an. »Also, ich glaube, Leute, da gibt es absolut nichts, weswegen wir uns Sorgen machen müssen«, sagte ich laut. Ich wusste, was für einen potenziellen Hit wir hier entwickelt hatten. Der Sender würde damit endgültig auf dem VR-Markt Fuß fassen. Relaunches anderer alter Formate würden darauf aufbauen, vielleicht sogar *Wetten dass ...?*, der nächste logische Schritt wäre die Reaktivierung alter Serien, *Schwarzwaldklinik*, *Gute Zeiten, schlechte Zeiten*, am Ende die Krönung: *Tatort* und der Export ins Ausland. Die nächsten Jahre würden busy werden. Mit Sicherheit würde ich im neuen Bereich VR eine leitende Position einnehmen. Ich hatte alle im Sender Lügen gestraft, die nicht an meine Führungsqualitäten geglaubt hatten, weil ich angeblich zu sensibel und intellektuell und als Redakteur viel besser aufgehoben sei. Ich war hier, das war mein Moment, und es fühlte sich mehr als gut an.

Mit dem Geld, das die Chinesen in uns, also den Sender, pumpen würden, stände die Finalisierung des *Retro-Rooms* mit dem Ziel einer

Markteinführung innerhalb des Folgejahres ganz oben auf der Liste jener Projekte, mit denen die Leitung uns, also die Aktie des Senders, aus der permanenten Baisse holen wollte, so hatte es in der großen Versammlung im Sommer 2018 geheißen. Zu lange waren wir Trends hinterhergelaufen. Nun setzten wir sie selbst. Interaktives VR-Game-Fernsehen. Nicht Fernsehen, sondern Fernsehen-Fernsehen. Wir waren die Zukunft. Und so weiter.

»Na los«, ich klatschte in die Hände, »jetzt erst mal tanken, und dann liefern wir denen eine Show, die sie nicht vergessen werden.«

Sener öffnete die Tür. Sofort drang der pulsierende Baustellenlärm vom neuen Campus des Senders zu uns. Wir blinzelten in das neblige Morgenlicht, das trotzdem so grell war, dass meine Finger unwillkürlich nach dem Joystick zuckten, um es zu dimmen.

Auf Moritz' Schulter klebte ein Fussel.

Die Wege zwischen den provisorischen Baracken, den Studios und dem letzten achtstöckigen Gebäude unseres ehemaligen Komplexes, das noch nicht abgerissen war, waren mit roten Teppichen ausgelegt. Die Route, die die Delegation nehmen sollte und bis zur Baustelle des neuen Campus führte, markierten Palmen in Töpfen. Zwei hatte der starke Wind umgeweht.

Auf dem Weg zum Kantinencontainer checkte ich, was es Neues gab. Mein Handy zeigte eine zweistellige Anzahl neuer Nachrichten an. In der WhatsApp-Gruppe *Voyager* hatte die Erinnerung von Volker, dem Redaktionsleiter, sich die bereitgestellten Plastiksäcke über die Schuhe zu ziehen, damit alles »für die Chinesen« sauber bliebe und einen optimalen Eindruck mache, sehr unterschiedliche Kommentare nach sich gezogen, darunter einige Links zu Videos von Situationen, in denen Asiaten erschreckt wurden, wobei sie quiekend schrien, Grimassen schnitten und in Ohnmacht fielen. In der WhatsApp-Gruppe *Mafo-Superheros* diskutierten meine besten Freunde aus dem Sender über das Gerücht, Zhang-Media habe in Wahrheit sowieso kein Interesse daran, sich im Sender einzukaufen; alles sei ein abgekartetes Spiel, um den Aktienwert beider Unternehmen zu steigern. Einige von ihnen wünschten mir Glück bei der Präsentation. Die *Jill & Joe*-App erinnerte mich daran, dass es Zeit sei, sich bei Brigitte zu melden. Damit wir als Paar die schwierige Phase während der Entwicklung des *Retro-Rooms* besser meisterten, hatte mir Brigitte die *Jill & Joe*-App aufs Handy geladen, die nach dem sogar mir sympathischen Innendesigner-, Lifestyle- und nun auch Beziehungsratgeber-Paar mit fünf Kindern aus Texas benannt war und bei mehreren Testberichten die höchste Bewertung erreicht hatte. Nachdem wir beide unsere Termine in das Programm eingetragen, unser User-Profil erstellt und die Prioritäten in unserer Beziehung bewertet hatten, hatte *Jill & Joe* ermittelt, wann und wie oft es für den Erhalt unserer Beziehung förderlich wäre, bei räumlichen Trennungen miteinander zu telefonieren. Es gab Millionen von Paaren, denen es so ging wie uns und denen *Jill & Joe* half, sich nicht aus den Augen zu verlieren. Die Vorstellung, so wie ein Vogel in einem Schwarm, der die schönsten Gestalten am Himmel annahm, ohne dass er es selbst wusste, Teil dieser algorithmischen Menschenmasse zu sein, tat gut. Brigitte und ich liebten uns.

Brigitte hatte neben das Emoticon von drei gedrückten Daumen »Küsse, wie geht es dir?« geschrieben. Ich schrieb »Geht schon« und löschte es. Ich schrieb »Super« und löschte es. Ich schrieb »Sterbe gleich« und löschte es. Ich suchte ein Emoticon, das meinen Gefühlszustand ausdrückte und fand keines.

Ich sehnte mich eine Sekunde lang wahnsinnig nach Samy, nach dem Duft seines Haars, wenn ich ihm abends noch einen Gutenachtkuss auf die Stirn gab und er sich im Schlaf auf die andere

Seite drehte. Ich spürte, wie meine Augen Wasser bildeten und ich unregelmäßig atmete.

»Hey, wo willst'n du hin? Machst du auf Wir-sind-zum-ersten-Mal-auf-Endor-wo-geht's-hier-aus-dem-Wald-bitte, oder was?«, hörte ich Moritz' Stimme aus der Ferne. Ich schaute auf. Ich war vom roten Teppich abgekommen und stand mitten auf dem großen kahlen Platz zwischen den Redaktionsbaracken und Studios. In einigen Fenstern des Hauptgebäudes erschienen Mitarbeiter, warfen einen Blick auf die Hauptpforte in der Medienallee und verschwanden dann wieder, als folgten sie einer einstudierten Choreographie. Der hämmernde Rhythmus der Baustelle vom neuen Campus setzte aus und wieder ein. Meine schwarzen Schuhe waren staubig.

In der Kantine war mehr los als sonst um diese Uhrzeit. Offenbar hatten auch die anderen Redaktionen ihre letzten Vorbereitungen für ihre Präsentationen abgeschlossen und vertrieben sich nun hier die Zeit mit Kaffeetrinken. Allen war anzumerken, dass sie sich nichts anmerken lassen wollten. Alle schielten in regelmäßigen Abständen durch die Glasfront und die Lücke zwischen den Baracken, durch die man auf die Hauptzufahrt in der Medienallee schauen konnte. Alle bewegten sich vorsichtiger als sonst, als würden ihre Körper nicht richtig funktionieren, weil sie keine Kaffeeflecken auf ihre Kleidung machen wollten. Kevin konnte nicht aufhören, mit seinem Bein zu zappeln. Moritz räusperte sich wieder und wieder. Sener starrte müde mit weit aufgerissenen Augen vor sich hin. Das Armband meines Trackers zog sich zusammen. Das Display blinkte rot. »Langsamer und gleichmäßiger atmen du sollst«, erschien als Sprechblase neben einem Yoda mit Stirnband, der wieder tadelnd den Zeigefinger hob.

Trotzdem gestattete ich mir, für die nächsten Sekunden meinen Gedanken nachzugeben. Moritz war ich dankbar; doch ich hatte ja schon vorher gewusst, dass ich mich auf ihn verlassen konnte. Begann er sich einmal, in ein Thema reinzufuchsen, hatte nur mehr die Arbeit Priorität, und er stellte alles andere hintan. Von Sener, bei dem ich zunächst geglaubt hatte, für ihn sei der *Retro-Room* nicht mehr als lediglich ein weiterer Job, war ich beeindruckt. Wieder und wieder hatte er zusammen mit seinen Programmierern in seinem Stuttgarter Büro an Details der Avatare gefeilt, die mir gar nicht aufgefallen wären. Aber auf Kevin, den Youngster, der sonst für das *In World*-Magazin des Senders den neuesten Trends nachspürte, war ich fast väterlich stolz. Mir war wichtig gewesen, jemanden im Team zu haben, der, obwohl wir uns natürlich an Konsumenten wandten, die damals *Jeopardy* mit Elstner geschaut hatten, für die werberelevante Zielgruppe 14–29 stand. Anfangs hatte er sich noch schwer getan, die Ergebnisse der Mafo auszuwerten und auf unseren Prototypen anzuwenden; aber spätestens als uns Sener in seiner Firma in Stuttgart die erste Probeversion mit Dummys durchspielen ließ, begann Kevin mehr Zeit zu investieren als vertraglich vorgesehen. Er hatte Feuer gefangen. Er hatte Hunger. Der *Retro-Room*, in dem 1990er-Shows für das Publikum von einst wirklicher als je zuvor wiedererstehen sollten, war nicht mehr nur eine dieser Ideen zwischen weird und wow, die sich der Programmchef ausgedacht und für die der Vorstand ein überraschend hohes Development-Budget bereitgestellt hatte. Das Projekt begann, real zu werden.

Damals, in der Stunde vor der Ankunft der chinesischen Delegation, gingen mir all diese Sätze im Kopf herum, mit denen hausintern für unser Topsecret-Projekt als Teil des großen »Zukunftspakets« geworben worden war. Und obwohl wir uns über die Phrasen, die wir ja als langjährige Mitarbeiter nur zu gut kannten, regelmäßig lustig machten, merkte ich in diesem Moment, als ich auf die roten Teppiche vor den Fenstern und die im Wind zitternden Palmen in den Töpfen blickte, dass ich begonnen hatte, an sie glauben zu wollen. In den schwierigen Phasen des Projekts, in denen es allzu oft den Anschein gehabt hatte, als würden wir die Deadline niemals einhalten können, und ich den kleinen Samy nur mehr abends sah, wenn er schon schlief, hatten nicht zuletzt sie dazu beigetragen, dass ich nicht den Mut verlor. Doch jetzt war es geschafft.

Der Besuch der chinesischen Delegation war, so besagte es zumindest die knappe Mehrheit der *Mafo-Superheroes*, mehr oder weniger Formsache und der Einstieg beim Sender bereits beschlossen. Danach würde die Redaktion *Retro-Room* verstärkt werden, keine Frage. Wir wären nicht mehr nur drei feste und acht Teilzeitkräfte; ich würde bei Almut eine Aufstockung um das Doppelte durchsetzen, was auch bedeutete, dass Moritz und Kevin nicht mehr allein für Recherche und Content verantwortlich wären.

Ich brauchte gar nicht auf meine Uhr zu schauen, deren Armband sich wieder und wieder zusammenzog. Meine Haut darunter musste schon ganz rot gescheuert sein. Von den Überstunden der vergangenen Wochen war ich zwar so müde wie vielleicht nie zuvor in meinem Leben, aber die Anspannung ließ meinen Puls rasen. Was wären die richtigen Worte für eine Ansprache? *SEK*: Sexy, emotional, knackig, die schwachsinnigen Begriffe, die in jeder Redaktionssitzung genervtes Stöhnen garantierten, kamen mir in den Sinn. Würde ich versuchen, das, was in mir vorging, in Worte zu fassen, »ich bin euch von Herzen dankbar« und dergleichen, würden Moritz, Kevin und Sener es wahrscheinlich für Ironie halten.

Damit das Herzstechen aufhörte, klopfte ich mir sachte auf den Brustkorb. Kevin zappelte nicht mehr. Er guckte mir aufmerksam zu. Auch Moritz und Sener schauten auf. Ich klopfte weiter, jetzt wäre der richtige Moment, etwas zu sagen. Moritz war dann der erste, der sich ebenfalls affenartig auf die Brust klopfte, in einem langsamen, gleichmäßigen Rhythmus. Auf einmal hob Kevin an, eine trotzig-triumphale Melodie zu summen. Ich realisierte sofort, dass er Matthew McConaughey nachmachte, in seiner Rolle als ahnungslose Kunden abzockenden und täglich vor Dauergeilheit mehrmals masturbierenden Börsenmakler in *The Wolf of Wall Street*. Nach ein paar Sekunden fiel Sener mit ein. Am anderen Ende des langen Tischs sah man zu uns herüber, einige grinsten erfreut und machten mit, auch an den anderen Tischen, egal ob Frauen oder Männer.

Ich erinnere mich, wie dann wie auf Kommando plötzlich die unterschiedlichen simultan durch die Kantine hallenden Klingeltöne einen durchdringenden elektronischen Mischklang ergaben und uns alle schlagartig in unserer Bewegung erstarren ließen. Die Chinesen waren am Franz-Josef-Strauß-Airport gelandet, die Delegation befand sich auf dem Weg hierher. Von da an meldeten sich die Handys in kurzen regelmäßigen Abständen. Die Hostessen nahmen auf der Route neben den Palmen Spalierstellung ein. Der Baulärm verstummte. Moritz, Kevin, Sener und ich warteten vor dem *Retro-Room*. Der Wind wehte eine Palme um, ein Personenschützer mit Knopf im Ohr stellte sie schnell wieder auf. Als er weg war, fiel sie wieder um. Ein Kamerateam zog zur Hauptpforte. Im Eingangsbereich des Hauptgebäudes kam Unruhe auf. Das Begrüßungskomitee setzte sich in Bewegung. Aus der Entfernung erkannte ich einige Gesichter des Vorstands und des Executive Boards wieder, auch die Leiterin unserer Redaktion *Factual Entertainment*, Almut, stöckelte in einem lila Kostüm mit ihnen mit. Die meisten von ihnen hatte ich noch nie persönlich getroffen.

Ich erinnerte mich wieder an jene meditationsartigen Übungen, die uns der Pablo irgendwann in der Mittelstufe hatte machen lassen, um uns in den anderen einzufühlen. Er sagte damals, es handele sich um den sogenannten ethischen Schlüssel. Wer weiß, wie der andere fühle, werde nichts Böses tun. Das sei keine Frage der Religion, sondern der Logik. Was du nicht willst, dass man dir tut und so weiter. Ich meine mich zu erinnern, dass die Stunde in allgemeinem Gekicher endete, als Tierling fragte, ob er aufs Klo dürfe, er sei jetzt für eine Minute »der Stasi« gewesen und ihm sei kotzübel. Erst im Sender verstand ich die volle Macht der Empathie, deren Begriff bis dahin durch Erlebnisse wie jene in der Schule in meinem Kopf mehr oder weniger unkonkret herumgewabert war. Bei einer Fortbildung war es darum gegangen, als Redakteur in die Haut des sagenumwobenen imaginären Zuschauers zu schlüpfen. Ja, wer war er überhaupt, dieser Zuschauer? Knackte man ihn, hatte man es. Kannte man seine Wünsche, konnte man sie ihm erfüllen. Die Fortbildung bestand aus simplen Übungseinheiten. Einfühlung in den Sitznachbarn, Einfühlung in das andere Geschlecht, Einfühlung in ein Kind. Jedes Mal erhielt ich die volle Punktzahl, was anerkennende Reaktionen nach sich zog und sich tatsächlich bis in Almuts Büro herumsprach. Mein Einfühlungsvermögen mochte auch ein Grund dafür sein, dass ich nun da war, wo ich war.

In diesem Moment, da Moritz neben mir ebenso herablassend wie ehrfürchtig die Namen des Boards vor sich hin murmelte, »Schau sie dir an, die Nasen, alle sind sie da, alle«, und mein Kopf die Großaufnahmen ihrer lächelnden Gesichter, die ich von Fotos und Videos kannte, mit den kleinen Gestalten auf der anderen Seite des Platzes abglich, die sich gegen den Wind stemmten, glückte mir ein Moment der perfekten Einfühlung, um den mich jeder Redakteur beneidet hätte. Ich sah mit den Augen eines sehr reichen, chinesischen Mannes. Ich sah weiße Menschen mittleren Alters, für die ich kein Mensch aus Fleisch und Blut war, sondern lediglich *der Chinese*. Sie kannten US-Amerikaner und konnten sie lesen, sie kannten Russen und konnten sie lesen, sie kannten Japaner und konnten sie lesen. Chinesen konnten sie nicht lesen. Die weißen Menschen mittleren Alters waren übertrieben freundlich und zuvorkommend zu mir, weil sie Angst hatten, dass ich ihnen kein Geld geben würde. Sie hatten ihr ganzes Leben lang Chinesenwitze gehört und darüber herzhaft gelacht. Eigentlich waren es auch Japanerwitze, aber für die weißen Menschen mittleren Alters waren alle negativ konnotierten Asiaten in der überwältigenden Mehrheit der Fälle Chinesen. In jedem ihrer Filme war ich entweder der Dumme oder der Böse und wurde am Ende bestraft, oft getötet, oft grausam. Ich war Mao, ich war der Henker des im Fußballstadion per Genickschuss Hingerichteten sowie der Soldat im Panzer, der droht, den einsam vor mir stehenden Studenten auf dem Platz des Himmlischen Friedens zu überrollen, ich war der Umweltsünder, der Staudämme baut und einzigartige Biotope flutet, ich war der neureiche Turbokapitalist, der in einem der superhohen Hochhäuser in einer dieser neuen Retortenstädte auf dem Land, die größer sind als eure Hauptstädte, Karaoke-Partys mit Huren, Seegurken und Kaviar feiert. Ich war der, der auf den Gehsteig spuckt und rülpst, weil es ihm geschmeckt hat. Sie würden nie wissen, was ich wirklich dachte oder was für Assoziationen das chinesische Wort für »Baum« in mir auslöst.

Moritz summte das Darth Vader-Motiv. Er hatte die Hände vor der Hosennaht gefaltet.

»Da sind sie!«, sagte Kevin zu laut.

»Cool bleiben. Alles gut«, motivierte ich die anderen.

»Okay, es geht los.« Sener zog sein Sakko gerade und betastete seine perfekt aufgetürmte Tolle.

Durch die Lücke der Baracken gegenüber war eine Menschenwolke an der Hauptpforte auszumachen, in der es blitzte. Eine dünne Männerstimme war zu hören, gefolgt von Klatschen. Der Wind erfasste es und fegte es ans andere Ende des Platzes, wo ein Personenschützer neben einer Palme stand, was wirkte, als seien der Wirklichkeit Ton- und Bildspur durcheinandergeraten. Langsam schob sich die Traube den roten Teppich Richtung Hauptgebäude entlang. Über ihr schwebte eine Tonangel.

»Kommen die jetzt gleich oder erst nachher?«, flüsterte Kevin. Seine Stimme gickste. Er nahm das Handy in die Hand, guckte so kurz darauf, dass er unmöglich etwas erkannt haben konnte, und steckte es wieder in die Sakkoinnentasche.

Auf halber Strecke zum Hauptgebäude hielt die Gruppe an. Ich sah einen der drei Vorstände und Almut, die am Rand standen und sich auf Zehenspitzen stellten, um in die Mitte der Menschentraube zu sehen. Auch der Personenschützer neben ihnen, der sie um zwei Köpfe überragte, reckte den Hals, um einen Blick hineinzuwerfen, was ihm aber offensichtlich nicht gelang. Ich entdeckte Zhang, er war bleich und viel jünger, als ich gedacht hatte, und strahlte eine natürliche Autorität aus, die ich zu ergründen suchte, ehe ich erkannte, dass es sich, als er die Arme ausbreitete und einen der wesentlich größeren deutschen Personenschützer zur Seite drängte, um einen Personenschützer der chinesischen Delegation mit Knopf im Ohr handelte.

Es war hoffnungslos, von unserem Standpunkt aus etwas zu erkennen.

»Die kommen schon, keine Sorge«, flüsterte ich.

Ich spürte den starken Drang, über den Platz zu laufen, um jenem Menschen gegenüberzustehen, der mehr Macht hatte, als jeder andere der hier Anwesenden. Je länger ich mich beherrschen musste, desto mehr erschien mir die vielleicht hundert Meter von mir entfernte Szene wie etwas, das sich, würde ich es berühren, als die kalte Wand eines VR-Rooms entpuppen könnte. Ich musste Zhang sehen. Er würde mich erlösen. Ich wusste nur nicht, von was. Die

Gruppe war im Hauptgebäude verschwunden. Auf dem roten Teppich standen noch immer die Personenschützer und lauschten den körperlosen Stimmen in ihren Earplugs, die sie darüber informierten, dass wir keine Gefahr darstellten.

Bald war klar, dass das Treffen im Hauptgebäude länger dauern würde. Wir blieben vor dem *Retro-Room* stehen, weil wir drinnen keinen Handyempfang hatten. Ich checkte, was es Neues gab. Auf *Spiegel Online, Süddeutsche Online, FAZ Online, Washington Post Online* und *New York Times Online* las ich die neuesten Nachrichten über Donald Trump. Soweit ich mich erinnere, tat ich das damals seit seiner Wahl 2016 mehrmals täglich. Ich hatte schon in den Jahren davor regelmäßig die Nachrichten überflogen, weniger aus wirklichem Interesse als aus Gewohnheit und Pflichtgefühl, da man nie wusste, ob sich nicht das eine oder andere Thema für *Voyager* verwenden ließ. Aber seit Trumps Wahl hatten sich die Dinge verändert. Es war, wie wenn ich ein spannendes Buch las oder eine Serie guckte, und tatsächlich las ich seitdem kaum noch ein Buch und guckte kaum Serien. Dadurch, dass all dies wirklich geschah, war es besser als jedes Buch und jede Serie. Es war nicht bloß irgendeine Geschichte, es war Weltgeschichte. Trotzdem gab es Gute und Böse darin, sogar in einer Deutlichkeit, wie sie sich kein Drehbuchautor zu erfinden getraut hätte. Ich hielt immer zu den Demokraten, den Schwarzen, Homosexuellen und anderen benachteiligten Minderheiten. Ich konnte mich mit ihnen identifizieren. Ich war zwar weiß, deutsch, wohlhabend, männlich, mittelalt. Doch am Ende des Tages gehörte ich zu den Guten. Das konnte man drehen und wenden, wie man wollte.

Aus Gewohnheit überprüfte ich noch schnell auf meinem Zalando-Wunschzettel, ob einer jener mit einem Herz markierten Wunschzettel-Artikel inzwischen signifikant reduziert war. Ich hatte mir vorgenommen, erst ab einem Rabatt von 30% zu bestellen. In den allerseltensten Fällen behielt ich die Ware. Das gönnte ich mir, ich hatte es mir verdient, da ich sonst wegen des Jobs fast nie rauskam. Ich hatte festgestellt, dass der befriedigendste Teil bei der Bestellung jener war, das Paket abends, wenn Samy schlief, auszupacken und die Sachen einmal vor dem Spiegel anzuprobieren. Meistens sagte Brigitte dann »Das bist nicht du« oder »Wie verkleidet« und guckte mich dabei trotzdem mit einem interessierten Blick an, den sie bei mir sonst längst nicht mehr aufsetzte. Auch für sich selbst verfuhr sie ähnlich. Nur für Samy machten wir richtige Bestellungen. In unserem Eingangsbereich stapelten sich oft die Pakete, und es stresste in unbeschreiblicher Weise, sie zwischen Schule und Arbeit gerade noch auf den letzten Drücker innerhalb der Rückgabefrist zur Post zu bringen, so dass Brigitte und ich uns jedes Mal schworen, es nie wieder zu tun, da wir ohnehin wussten, dass das, was wir da taten, moralischer und ökologischer Wahnsinn war.

Irgendwann am frühen Nachmittag schob sich dann die Menschentraube des Vormittags zurück über den roten Teppich in Richtung Hauptpforte.

»Es geht los!«, zischte ich den anderen zu, die sich die Snackkrümel vom Mund wischten und sich gerade richteten.

Doch keine zwei, drei Minuten später schlenderten der Vorstand und das Executive Board wieder ins Hauptgebäude zurück. Ganz offenkundig hatte sich die Delegation verabschiedet, ohne den *Retro-Room* zu testen. Nicht einmal die Baustelle oder die Studiogebäude, die die Größe unseres Unternehmens sofort augenscheinlich gemacht hätten, hatten sie besucht.

Kevin guckte mich fassungslos an.

»Das muss nichts bedeuten. Das bedeutet nichts«, beruhigte ich die anderen und versuchte dabei, überzeugend zu klingen. Moritz warf mir hinter seinem Vollbart einen fragenden Blick zu, was mich irritierte, weil er sonst immer auf alles einen ironischen Kommentar parat hatte. Ich hatte mir in den vergangenen Tagen viele Szenarien ausgemalt. Dieses war nicht darunter gewesen. Almut hatte immer kommuniziert, dass es sich beim *Retro-Room* um eines der Leuchtturmprojekte handelte, das eine entscheidende Rolle dabei spielen sollte, die Chinesen davon zu überzeugen, dass wir hier an der Zukunft arbeiteten.

Als ich mir das kolumbianische Youtube-Video eines kleinen schwarzen Hundes anschaute, der unter Entsetzensschreien der unsichtbaren Zuschauer in einen reißenden Kanal fiel, um dann Sekunden später unter Jubel am Ufer an Land zu springen und sich trocken zu schütteln, gab mir das meine innere Balance zurück.

Unsere Handys vibrierten. Es waren die Mitglieder diverser WhatsApp-Gruppen des Senders, die alle aufgeregt dieselbe Frage stellten: Was um alles in der Welt hatte dieser verfrühte Aufbruch der Chinesen zu bedeuten?

Almut rief mich an.

»Hey, Bastian. Schaust du mal schnell rüber in mein Büro, okay?«

Sie klang genau so wie immer und so wie alle beim Sender klangen. Denn wenn nicht unbedingt mit dem Programm und den Quoten, dann waren es zumindest der Ton und das Arbeitsklima der kumpeligen Professionalität oder professionellen Kumpelhaftigkeit, mit dem wir alle letzten Endes gut leben konnten. Das hieß aber auch, dass man selten wusste, was in seinem Gegenüber tatsächlich vorging.

Die *Factual Entertainment*-Redaktion befand sich im sechsten Stock des Hauptgebäudes. Almuts Büro besaß Wände aus Glas. Sie war, soviel ich weiß, die Einzige im ganzen Hauptgebäude, deren Büro so aussah. Unter einem früheren Vorstandsvorsitzenden, noch vor meiner Zeit beim Sender, war es allen Führungskräften und Redaktionen freigestellt, ihre Räume nach ihren Vorlieben zu gestalten, was Ausdruck des kreativen individuellen Images der Firma sein sollte. Tatsächlich hatten sich 99 % aller Führungskräfte und Mitarbeiter für ein gewöhnliches Großraumbüro mit Spanplattenverkleidung entschieden, so erzählte es zumindest Moritz, der damals schon beim Sender war.

»Nĭ-hăo!«, sagte ich lächelnd.

Almut stand schmunzelnd hinter ihrem Schreibtisch, warf einen Blick zum Himmel, »Hör bloß damit auf«, und bat mich dann entspannt, die Tür hinter mir zu schließen, was sofort den Kloß in meinem Hals zurückkehren ließ.

»Okay, lass mich raten«, kam ich Almut zuvor. »Wil haben kein Intelesse, auf Wiedelsehen.«

Almut guckte mich auf einmal für den Bruchteil einer Sekunde ernst an, warf einen nervösen Blick durch die Glaswand ihres Büros und schmunzelte dann wieder. Aus der Nähe konnte ich sehen, wie viel Anstrengung sie das kostete. Ich hielt die Luft an. Das Armband meines Trackers zog sich warnend zusammen.

»Das ist jetzt sehr verkürzt, aber im Prinzip enthält es die wichtigste Aussage, ja.«

Das Gesicht passte nicht zum Satz.

Ich wusste nicht, was ich sagen sollte. Ich drehte mich um. Für eine Sekunde war ich der junge Mitarbeiter, der mich von seinem Schreibtisch aus durch die Glaswand anstarrte und schnell wieder wegschaute.

»Kannst du dir bitte nichts anmerken lassen«, grinste mich Almut an und breitete die Arme aus, als verkünde sie gerade einen Deal. »Das ist«, stieß sie zwischen den Zähnen aus, »alles noch topsecret. Wir haben eine Schonfrist von zehn Tagen mit den Chinesen vereinbart, damit wir Zeit für eine Exit-Strategie haben. Zumindest das.« Sie setzte sich an den Rand des Tisches wie bei einer lockeren Plauderei.

»Aber«, ich realisierte nur langsam, was diese neue Faktenlage für das Projekt *Retro-Room* bedeutete, »was sollte dann … was sollte der ganze Scheiß dann? Warum kommen die dann extra …«

»Es geht jetzt vor allem um Folgendes«, ignorierte Almut meine Frage. Ich ertappte mich bei dem Gedanken, dass sie eventuell gleich aus der Rolle fallen und in Lachen ausbrechen könnte. Wir spielten die Szene eines Films nach, dessen Titel mir nicht einfallen wollte. Sie schaute mir in die Augen. Es war klar, dass sie nicht log. »Keine weiteren Investitionen. Inoffiziell die Info für dein Team: Es gibt ein Angebot, und wir prüfen das jetzt. Bitte auch zu Hause nix. Du weißt, wie das ist. Einer sagt was im Vertrauen, dass man nichts sagen soll, und dann sagt der es ganz im Vertrauen einem anderen und der wieder wem und so weiter. Und dann sitzen wir noch tiefer in der Scheiße als eh schon, gell?«

Mein Blick fiel auf das gerahmte Foto neben dem Bildschirm auf Almuts Schreibtisch. Wie stets war es ein wenig eingedreht, so dass es auch der Besucher vom Stuhl aus sehen konnte. Es zeigte Almut, wie sie Johnny, ihren Sohn mit Down-Syndrom, umarmte, der glücklich lächelte und inzwischen den inklusiven Kindergarten *Telezwerge*, ein paar hundert Meter entfernt, besuchte. Ich war immer ratlos gewesen, warum sie etwas derart Privates derart offen präsentierte, auch wenn es Stimmen gab, die behaupteten, dass sie das Foto erst nach dem Seminar *Realoes* aufgestellt hatte, ein Wortspiel aus »real« und »heroes«. Ich war damals auch Teilnehmer gewesen. Der Coach hatte von der Wichtigkeit gesprochen, dass wir für die Figuren in unseren Beiträgen Alleinstellungsmerkmale fänden. Auch Produkte hätten schließlich einen unique selling point, andernfalls seien sie uninteressant. Ein Mensch werde durch Benachteiligung interessant. Jeder fühle sich immer benachteiligt und daher als unschuldiges Opfer. Jeder wolle mehr noch als ein Held ein Opfer sein. Oder anders: Opfer seien die wahren Helden. Opfern, nicht Siegern, gelte unsere uneingeschränkte Sympathie. Wir alle wollen unschuldige Opfer sein, nicht zu verwechseln mit Jammerlappen, die niemand leiden kann. Unaufdringlich still und ergreifend stark sollten unsere Figuren gegen ihr Schicksal kämpfen. Ein *Realoe*, Englisch ausgesprochen. Gelinge so eine Figur, komme es, das garantiere er, der Coach, zur idealen Identifikation durch den Zuschauer. Um dies zu veranschaulichen, führte er sehr langsam mit einem leise patschenden Geräusch seine Hände zusammen, bis sie, gefaltet, ineinander ruhten, als bete er.

Auf einmal hatte ich das Gefühl, dass das Kind auf dem Foto das einzig Reale in diesem Raum war.

Almut öffnete die Tür. Sie strahlte. Wie sie das machte, war mir rätselhaft. Auch ich bemühte mich um ein Lächeln, während sich in meinem Kopf immer mehr Fragen bildeten.

»Zàijiàn«, sagte ich für die anderen Mitarbeiter im Großraumbüro gut hörbar. Es war, als hätte mein Körper auf ein Programm geschaltet, von dem ich nichts geahnt hatte, das aber genau für solche Fälle vorgesehen war.

Moritz, Kevin und Sener saßen in der Kantine. Sie hatten sich die oberen Knöpfe ihrer Hemden geöffnet und tranken Red Bull. Als sie mich bemerkten, sah ich an ihren Blicken sofort, dass ich nicht als Bastian zu ihnen treten würde, sondern als Team-Leader. Ich spürte, wie ich in ihn schlüpfte, wer auch immer das war.

»Also«, begann ich, wobei ich das »A« in die Länge zog und mich konspirativ zu ihnen nach vorne beugte. Ihre angespannten Gesichter. »Alles gut.«

Kevin würde wieder in die Redaktion des Trendmagazins mit den schwächelnden Quoten um 15 Uhr versetzt werden, sofern sein Platz dort nicht in der Zwischenzeit von jemand anderem eingenommen worden war. Es bestand die Möglichkeit, dass er eingespart werden würde. Moritz würde wieder Mädchen für alles spielen und immer nur quartalsweise wissen, wo genau er eingesetzt werden würde. Für Sener würde es noch am besten laufen. Er würde heute Abend wie so oft zurück nach Stuttgart fahren. Er würde das Projekt *Retro-Room* abhaken, seine Firma würde sich neuen Auftraggebern zuwenden, schlimmstenfalls würden ein paar der Programmierer, die er als Freie dazugeholt hatte, nicht weiter beschäftigt werden.

»Almut wollte sich noch nicht definitiv äußern. Aber …«, ich zog wieder das »A« in die Länge, es ging ganz von selbst, und suchte fieberhaft nach Formulierungen, die mich möglichst unbeschadet dastehen ließen, wenn übernächste Woche die offizielle PM rauskam.

»Aber?« Moritz runzelte die Stirn und strich sich den Bart.

»Aber … sie hat signalisiert, dass es gut aussieht.«

Kevin ballte eine Becker-Faust. Moritz guckte dankbar zum Himmel und schloss die Augen. Sener räusperte sich, musterte mich mit zusammengekniffenen Augen und entschied sich dann, statt etwas zu sagen, noch einen Schluck aus der Dose zu trinken. Ich glaube, er ahnte damals, was wirklich geschehen war. Von uns allen hatte er als Einziger solche Situationen öfter erlebt. Kurz darauf verabschiedeten wir uns voneinander.

In den Fenstern der Kantine lösten sich die Umrisse der Container draußen im Grau auf. Das Innere des Raumes lag als zarte Spiegelung darüber wie bei einer superlangsamen Überblendung zweier Szenen in einem Arthouse-Film, bei dem man instinktiv die Vorspultaste betätigt. Ich blieb noch am Tisch sitzen. Es war kaum mehr etwas los. Am Ende des Saales unterhielten sich einige Mitarbeiter, die ich nicht kannte. Sie kicherten unbeschwert. Ich war einer der wenigen auf dem Gelände, die die Wahrheit wussten. Der provisorische Bau, in dem wir jeden Tag *Jeopardy* hatten entstehen lassen, würde geräumt werden. Das, wofür wir über ein Jahr lang gearbeitet hatten, würde im besten Fall ins Archiv wandern, im schlechtesten verschrottet werden. Es würde Einschnitte geben. Es würde Strategiesitzungen geben. Es gab Gerüchte, dass der Campus, der ein paar Meter von uns entfernt entstand, über deutlich weniger Büros und Arbeitsplätze verfügte und bis dahin eine Entlassungswelle über die Container spülen würde. Musste ich Angst haben? Mein Vertrag lief noch über drei weitere Jahre. Ich musste keine Angst haben. Ich war in der *Voyager*-Redaktion einer der wichtigsten Mitarbeiter gewesen. Meine Beiträge hatten immer das gewisse Etwas gehabt, auf das sie alle im Sender geil gewesen waren. Meine Filme waren emotional, ohne billig zu sein. Sie hatten auf unmerkliche Weise berührt. Ich wusste, welche Knöpfe ich drücken musste, damit im Zuschauer und noch wichtiger in der Zuschauerin etwas ausgelöst wurde. Damit sie oder er lachten oder weinten. Kurz: Ich hatte wertvolle Arbeit geleistet. Ich würde mir meine Position in der *Voyager*-Redaktion neu erkämpfen müssen. Ich würde sie mir zurückerobern. Ich hatte keinen Kontakt gehalten, weil ich mich voll auf das Projekt *Retro-Room* konzentriert hatte. Ich hatte einen Fehler gemacht.

Auf dem Weg zum *Retro-Room* checkte ich, was es Neues gab. Ich bemühte mich, mir nichts anmerken zu lassen, wer auch immer mich von wo auch immer beobachtete, vielleicht sogar Almut von ihrem Büro aus. Die Kühle, die mir ins Gesicht schlug und mich in meinem zu dünnen Anzug frösteln ließ, half. Es konnte sein, dass ich noch einmal von Almut abhängig sein würde. Mir kam kurz der Gedanke, dass sie das Foto ihres Sohnes mit Down-Syndrom bewusst so eingedreht aufgestellt hatte, damit man wusste, dass sie selbst Opfer brachte und damit ein guter Mensch war. Ich schämte mich dafür, obwohl ich wusste, dass diese Möglichkeit bestand. Mein Handy klingelte. Es war Brigitte per Videoanruf. Wahrscheinlich war auch Samy dabei, bei dem gegen Abend bereits die Angst vor der Zecke begann und der beruhigt werden sollte, wollte, musste. Ich würde mich sehr zusammenreißen müssen, um Brigitte etwas vorzuspielen, ja, ich wusste nicht einmal, ob ich in den folgenden Tagen die Kraft dafür hätte. Ich drückte sie weg und schickte gleich darauf ein Emoticon, das eine als Comicfiguren stilisierte dreiköpfige, glückliche Familie zeigte, über der ein Herz schlug. Angesichts der Zeichnung bekam ich einen Kloß im Hals und eine unglaubliche Sehnsucht nach etwas, für das mir die Worte fehlten. Ich war kurz davor, Ilie anzurufen, als mir einfiel, dass er wahrscheinlich, wie bei den letzten Telefonaten im Sommer, sofort wieder nur von seinen Tinder-Problemen erzählen würde. Während ich dann Maditas WhatsApp-Profil-Foto betrachtete und mir dachte, dass sie eine der ganz wenigen User war, die kein Foto von sich selbst oder überhaupt einem Menschen, sondern von einer Pflanze benutzten, hatte ich schon gedanklich ihre Stimme im Ohr. Madita würde mir genau zuhören. Wahrscheinlich würde sie mir wieder zu spüren geben, wie wenig sie vom Privatfernsehen und seinen Machern hielt. Und doch wäre sie da für mich und ich müsste ihr nichts vormachen und sie würde mir auf ihre häufig anstrengende, manchmal wohltuende, aber immer unverwechselbare No-Bullshit-Art zu helfen versuchen, weil sie immer half. Sie ging nicht ran.

»Bastian, bitte?« Frank Elstner lächelte mir freundlich zu. Er wartete darauf, dass ich ein Thema wählte.

Ich war allein im *Retro-Room*. Die Pulte der anderen Kandidaten rechts und links von mir, an denen sonst immer Moritz' und Kevins Avatare gestanden hatten, waren leer, was den Moderator nicht zu stören schien. Bevor ich mir die VR-Brille aufgesetzt hatte, hatte ich die Publikumsfunktion ausgeschaltet. Als ich mich jetzt kurz umwandte, befanden sich hinter mir, anders als ich es erwartet hatte, keine verwaisten Sitzreihen. Stattdessen war da Schwärze, die das Licht schon nach wenigen Metern schluckte, als würde sich das Studio in einen unendlichen dunklen Raum dahinter verlängern. Wahrscheinlich hatten Seners Programmierer nicht damit gerechnet, dass jemals dieser Fall eintreten würde, und hatten sich gar nicht erst die Mühe gemacht, sich dafür etwas Besonderes einfallen zu lassen.

»Bastian? Haben Sie eine Wahl getroffen?« Elstner klang jetzt ein wenig ungeduldig. Er verfügte über ein Smalltalk-Programm, um die Pausen mit kleinen Plaudereien zu füllen und die Kandidaten sich vorstellen zu lassen. Ich hatte es jedoch noch nie darauf angelegt, tatsächlich ein richtiges Gespräch über ernste Themen mit ihm zu führen.

Ich wollte etwas sagen, war aber zu sehr in Gedanken an das, was heute geschehen war.

Elstner guckte mich hinter seiner zu großen Brille unschlüssig an. Ich hörte in meinem Inneren, wie die Algorithmen in seinem Programm ratterten, das in Seners Stuttgarter Firma mit Blick auf die Baustelle des Hauptbahnhofs geschrieben worden war. Natürlich »ratterten« Algorithmen nicht, nur in Filmen, wie ich mir sofort dachte, was aber das Geräusch in mir trotzdem nicht zum Schweigen brachte.

»Ist alles in Ordnung bei Ihnen, Bastian?« Elstner ließ die Arme sinken. Für einen Moment vergaß ich den unerträglichen Druck, der mich in den vergangenen Stunden immer schwerer hatte atmen lassen. Ich wollte nur noch sehen, wie Elstner auf mich reagierte; was er jetzt zu sagen hatte. Er war höchstens drei Meter von mir entfernt.

»Ist es die Anspannung hier? Sollen wir kurz Pause machen? Wollen Sie ein Glas Wasser, Bastian?«

Elstner hatte eine wahnsinnig sanfte Stimme, das fiel mir jetzt wieder auf. Dem echten Elstner war bei der Aufnahme im Jahr zuvor diese Art von Herzlichkeit nicht gelungen; er hatte sich auch gar nicht darum bemüht. Es hatte keinen Grund dafür gegeben.

»Sie arbeiten beim Fernsehen, haben Sie einmal gesagt. Wie ich.« Elstner grinste mich an.

»Ja.« Ich vergaß, mich über Seners Lernsoftware zu wundern, die den NPC sich an Details erinnern ließ, die in vorherigen Sessions gesagt worden waren.

»Ach, ich glaube …«, ich zögerte kurz. Wenn ich jetzt daran zurückdenke, sehe ich mich dort, am virtuellen Pult, als Zehnjährigen stehen. Vielleicht, weil ich mich in jenem Moment auch so fühlte. Ich stotterte: »… ich weiß, ehrlich gesagt, weiß ich nicht, was mit mir los ist. Eigentlich ist alles ja okay so weit.« Ich hob abwehrend die Hände, weil Frank noch einen weiteren Schritt auf mich zugemacht hatte. Er schien jetzt so hell, dass sein Licht in meinem Gehirn schmerzte.

»Wahrscheinlich ist es … vielleicht bin ich enttäuscht irgendwie«, schob ich leise hinterher.

Elstner legte die Brille ab. Er hatte noch nie die Brille abgelegt. Ich wusste gar nicht, wie er ohne aussah. Wahrscheinlich hatte Moritz das irgendwo recherchiert und es selbständig als ultimative »Ich bin bei Ihnen«-Geste eingebaut. In Elstners Gesicht war Mitgefühl abzulesen, was merkwürdigerweise auch an seinem starren rechten Auge lag, der Prothese, die er trug, seit er ein Jugendlicher war, und die ich nun zum ersten Mal richtig wahrnahm.

»Sie wissen vielleicht«, fuhr er auf einmal leiser als sonst fort, als spreche er nur zu mir und zu keinem anderen, »dass ich kein Abitur habe. Ich wollte aber Theaterwissenschaften studieren. Was macht da ein junger Mann wie ich damals Anfang der 60er Jahre? Ich kann es Ihnen verraten, Bastian: Ich war am Boden zerstört.« Elstner setzte die Brille wieder auf. »Im Nachhinein freilich war es mein Glück, das brauche ich Ihnen nicht zu sagen. Aber nicht, weil das geschah, was alle kennen, *Wetten dass …?* und so weiter.« Ich wurde zunehmend unruhig und wechselte hinter meinem Pult von einem Bein aufs andere. Ich konnte mich nicht erinnern, dass er diese Sätze während der Aufnahme 2018 vor dem Green Screen gesagt hatte. Sener musste sie in Absprache mit Moritz für einen Fall wie diesen zusammenmontiert haben. Ein Thema auf den blau flackernden Monitoren der Bildschirmwand lautete »Völkerverständigung«. Ich spürte, wie sich Wasser in meinen Augen bildete, und ärgerte mich darüber, weil es keinen Grund dafür gab. Instinktiv wollte ich auf meinem Handy checken, ob etwas Neues passiert war. Vielleicht war etwas geschehen. Vielleicht war etwas Wichtiges geschehen.

»Ich habe gelernt, auf meine innere Stimme zu horchen.« Frank Elstner sagte »horchen«. »Ich glaube, Sie sollten auch auf Ihre innere Stimme horchen, Bastian.« Er musterte mich und streckte auffordernd die Hand aus. Instinktiv griff ich nach ihr – und geräuschlos durch sie hindurch.

Zeit der Zärtlichkeit

Vorhin habe ich den Hühnerstall ausgemistet. In der Eiseskälte verlor die Grütze, die ich in den Schnee schaufelte, ihren Gestank, so dass ich mich fragte, ob es an meinen von den niedrigen Temperaturen betäubten Geruchsnerven oder aber am Kot selbst lag. Es war seltsamerweise wieder einer jener eigentlich äußerst selten gewordenen Momente, in denen sich mein Mund schon anschickt, ein »A…« für »Alexa« zu formen, bevor ich realisiere, dass mir außer dem Wind niemand antworten wird. Dass ich jetzt, nachdem ich begonnen habe, diesen Text zu schreiben, wieder in schlechte alte Gewohnheiten verfalle, beunruhigt mich. Bei meiner Ankunft habe ich mir wieder und wieder eingetrichtert, dass ich hier ganz auf mich allein gestellt bin und keine Hilfe zu erwarten habe. In keiner Angelegenheit. Genau das ist ja der Grund meines Aufenthalts in Norwegen. Irgendwann gelang es mir dann wie von selbst, mich völlig auf meine neue Aufgabe zu konzentrieren und alles andere auszublenden. Dennoch wirkt es auf mich jetzt so, als existiere nicht nur die unbeantwortete Frage, die mir vorhin auf den Lippen lag, weiter, sondern als wimmele die klare Luft über meiner Lichtung von all den zahllosen Fragen, die mir die Jahre zuvor im Kopf herumgegangen waren, in der Wintersonne aufglitzernde Insekten, die darauf warten, zur Ruhe zu kommen und eine Antwort zu erhalten.

Der Mond leuchtet in diesen Tagen noch bis in die Vormittagsstunden ungewöhnlich hell, sogar wenn bereits die Sonne am Himmel steht. Als habe sich die Erde in einen fremden Planeten mit einem Zwillingsgestirn verwandelt. Auch jetzt kann ich ihn von meinem Fenster aus sehen. Versuche ich an meinem Computer das, was geschehen ist, in eine Form zu bringen, muss ich an einen Vergleich denken, den ich einmal irgendwo gehört oder gelesen habe, vielleicht in den Büchern meines Großvaters, denn er klingt sehr nach jener Sorte von vermeintlich wertvoller Höhenkammliteratur, die er so schätzte. Im Lauf der Zeit entwickeln Erinnerungen eine Art Schwerkraft. Eigentlich weit voneinander entfernte Ereignisse, die ursprünglich keinerlei Verbindungen miteinander hatten, ziehen einander an und verschmelzen. Vermutungen erhärten sich. In unseren Köpfen entstehen Sterne. So ähnlich geht es mir auch mit folgender Episode. Es kann sein, dass sie gar nicht in jenem Herbst 2019, um den es nun gehen soll, stattfand, sondern ein Jahr zuvor oder vielleicht viel später. Sie passt jedoch perfekt, wenn ich zurückblicke, zu jener Stimmung der Verunsicherung, in der ich mich nach dem Scheitern des *Retro-Rooms* befand.

Es war an einem Abend, an dem ich noch im Bett mit Samy zum Einschlafen ein Buch las. Er hatte damals eine Vorliebe für das Römische Reich entwickelt. Das Buch enthielt eine Doppelseite mit Zeichnungen und Fotos zum Untergang Pompeijs.

Samy guckte sich lange und stumm die Seiten an, schaute nach links auf den Vulkan, dann wieder nach rechts, wo die Menschen schreiend flohen, und atmete erst dann aus.

»Warum sind die so klein?«, fragte er das Buch. »Warum sind die so klein?«, fragte er mich und deutete auf die Abbildung, die die berühmten versteinerten Bewohner zeigte, wie sie für immer zusammengekauert oder sich umarmend Schutz vor dem Lavahagel suchten.

Ich erklärte Samy, dass die Durchschnittsgröße des Menschen im Lauf der Jahrtausende stetig zugenommen habe. Das sei auf die bessere Ernährung zurückzuführen, aber auch darauf, dass es uns überhaupt insgesamt besser gehe.

Samy runzelte die Stirn. »Werden wir dann irgendwann mal Riesen?« Ungläubig hob er die Stimme wie eine seiner Lieblingszeichentrickfiguren im Fernsehen.

»Na ja, wahrscheinlich wären wir das schon heute für die Leute damals. Also Riesen und so«, sagte ich schnell.

Erst nachdem Samy mit Snoopy neben sich eingeschlafen war, dachte ich über meinen eigenen Satz nach. Für einen Moment fühlte ich mich unwirklich, als wäre die Gegenwart ein Märchen mit Zwergen, Königen und sprechenden Tieren. Dann überlegte ich, wie es wohl sein würde, wenn Menschen, die heute durch irgendeinen Umstand ähnlich konserviert wären wie die Toten von Pompeij, in zweitausend Jahren von unseren Nachkommen gefunden werden würden. Wie sie ihre baumhohen Köpfe zu uns hinabneigten und uns vorsichtig, damit wir nicht auseinanderbrächen, in das zukünftige Äquivalent gläserner Schaukästen betteten, um uns zu studieren und ihren Kindern vor Augen zu führen, von wem sie abstammten und wie bemerkenswert zivilisiert und dennoch völlig unterentwickelt man damals noch war.

Ich erinnere mich, dass ich am Tag nach dem *Retro-Room*-Desaster mit Monika Reusch, meiner ehemaligen Cutterin, telefonierte. Mit Monika hatte ich immer am liebsten geschnitten. Sie war jene Kollegin im Sender, die ich dort am längsten kannte. Tatsächlich war sie überhaupt die erste Cutterin gewesen, die ich bei meinem Volontariat getroffen hatte. Sie hätte meine Mutter sein können. Mindestens zwanzig Jahre älter als ich, hatte sie mich damals, als ich zwar zunehmend begeistert, aber noch völlig schüchtern bei Produktionen zusah, unter ihre Fittiche genommen, sich in der Kantine, wo ich einsam an meinem Essen kaute, zu mir gesetzt und mir zwischen ihren Terminen in einer Art Privat-Tutoring dramaturgische Basics erklärt und Insiderwissen über den Sender zugeflüstert. Monika war nicht die erste, die mein Talent als Redakteur erkannte, aber diejenige, die es anfangs auf eigene Initiative und gänzlich uneigennützig, nur weil sie mich mochte, am meisten förderte und mir das nötige Selbstbewusstsein gab, mein Lehramtsstudium abzubrechen und zum Fernsehen zu gehen. Dabei wusste sie genau, wie sie mich zu Höchstleistungen anstacheln konnte: Auf ihre unnachahmlich trocken-ehrliche Art konnte sie mir Mut zusprechen und gleich im Anschluss, wenn ich, zu übermütig geworden, zu viel in einen Beitrag hineinpacken wollte und dabei die eigentliche Message aus den Augen verlor, die Leviten lesen. »Was willst du eigentlich erzählen?«, war immer ihre Standardfrage, wobei sie das »du« betonte und mit ihrem Zeigefinger meinen Solarplexus berührte.

Monika war es gewesen, mit der ich in meinem ersten Jahr beim Sender an jenem Projekt gearbeitet hatte, das mich zum ersten Mal komplett euphorisiert und mich dann für höhere redaktionelle Aufgaben empfohlen hatte: der *ABBA*-Abend für den Freitag-Zwanziguhr-Sendeplatz, auf dem damals vierstündige Dokus liefen, eine Dauer wie sonst nirgendwo im deutschen Fernsehen. Mag sein, dass die Erinnerung an die *Arrival*-Platte in der Sammlung meines Großvaters bei meiner Begeisterung für das Thema eine Rolle spielte. Letztlich war es jedoch sehr simpel: Es bereitete mir einfach Spaß, mit Menschen für die Kamera Gespräche zu führen und dabei auf jene Momente hinzusteuern, wo sie nicht nur vom bloßen Antworten ins lebendige Erzählen kamen, sondern sie ihre professionelle Maske ablegten und sich so zeigten, wie sie vermeintlicherweise wirklich waren. Obwohl früher immer scheu, konnte ich zu meinem eigenen Erstaunen für die Kamera sofort eine Verbindung zu meinen Interviewpartnern aufbauen, vielleicht gerade weil ich irgendwie unprofessionell wirkte und damit den Eindruck erweckte, als säße ihnen ausnahmsweise kein Journalist, sondern irgendwie ein Mensch gegenüber. Im Sender hatte ich deshalb bald den Spitznamen »Empathicus« oder auch »Empasthian«. Manchmal weinte ich nach Interviews. Im Schnitt entdeckte ich dann, dass ich gar nicht lange im Material suchen musste, sondern sich mir die brauchbaren Passagen wie von selbst eingeprägt hatten, als befände sich in meinem Kopf eine eingebaute Schneidesoftware.

Ohne Monika hätte ich diese Doku nicht geschafft. Das *ABBA*-Projekt war mir damals nur zugefallen, weil ich für den ursprünglich dafür vorgesehenen Redakteur bereits vorab im Archiv recherchiert hatte, er dann krank wurde, kurzfristig keine Kapazitäten frei waren und man wohl insgeheim plante, mir sobald als möglich jemanden an die Seite zu stellen oder mich zu ersetzen. Ich war der Einspringer, *ABBA* meine Feuertaufe. Und Monika diejenige, die zusammen mit mir Überstunden schob, obwohl sie das gar nicht musste, und mit mir nächtelang im Schneideraum saß, bis eine Szene nicht bloß funktionierte, sondern ziemlich perfekt war. Unbeschreiblich das Glück und die Befriedigung, wenn die einzelnen Elemente sich tatsächlich zusammenfügten und »zu fließen« begannen, Monika und ich uns ansahen und, ohne etwas sagen zu müssen, wussten: Das war es jetzt. Das war wirklich ein Film. Und er besaß eine klare Handschrift. Meine. Diese Filme, das war ich. Ich begann, die Firma zu lieben. Sie machte Dinge möglich. Hier war mein Platz. Nichts übertraf das Gefühl, wenn bei einer Redaktionssitzung sämtliche Anwesenden meine Sendungen lobten. Das Geräusch von Fingerknochen, die auf Tischplatten klopften. Man lobte meine Filme, aber man meinte mich. Ich war gut. Und weil alle in der Firma, sogar die geschleckten Redakteure in den Boulevard-Abteilungen und die Nerds aus der IT, ihr Bestes gaben, wurde ich besser.

Monikas und meine Unterhaltungen drehten sich nur selten um Privates, obwohl wir die wichtigsten Fakten über den anderen kannten. So wusste ich, dass sie ihren Sohn allein großgezogen hatte, er Polizist geworden war und kaum Kontakt mit ihr hielt, was sie derart lakonisch erzählte, dass es für mich offensichtlich war, wie sehr sie darunter litt. Eigentlich schlug ihr Herz für die freie Szene und »kleine Kunstprojekte«, wie sie es nannte. Ihre Karriere begonnen hatte sie als Cutterin bei Christoph Schlingensief-artigen Aktionen, was es für mich umso unverständlicher machte, dass sie schließlich bei einer derartigen, eine Schnittmeisterin wie sie letztlich unterfordernden Arbeit gelandet war und sich nur aus ihren permanenten Geldsorgen als alleinerziehende Mutter erklären ließ. Literatur, Theater und bildende Kunst waren denn auch unsere häufigsten Gesprächsthemen während der Arbeit. Wir fanden es beide angenehm, in dem Sender, wo ansonsten Hochkultur als Kampfbegriff galt, jemanden gefunden zu haben, der ähnlich ausgefallene Interessen hatte. Die Freitagabenddokus aber, das war die perfekte Mission für uns, die uns beide zum richtigen Zeitpunkt zu einem Team zusammenschweißte. Abgesehen davon konnte man mit Monika fantastisch über Kolleginnen und Kollegen lästern, mit deren geheimsten Ticks und Angewohnheiten sie durch das stundenlange Beisitzen auf engstem Raum bestens vertraut war und die sie so treffend imitieren konnte, dass ich mich in kürzester Zeit in einen kichernden Jugendlichen mit Schluckauf verwandelte, der sie anflehte, aufzuhören.

Vielleicht war ihr ihre Scharfzüngigkeit gegenüber manchen Kollegen, der meist skeptisch-prüfende Blick hinter der dicken roten Brille, der ihre Meinung verriet, auch wenn sie nichts sagte, oder ihr Status, zwar quasi zum Inventar zu gehören, aber allein aufgrund ihres Alters nicht mehr zum »modernen« oder »freshen« Selbstbild des Senders zu passen, zum Verhängnis geworden. Ein Jahr vor Beginn des *Retro-Room*-Projekts, als der Sender verschlankt wurde und eine neue Schneidesoftware eingeführt wurde, bei der ich den Verdacht habe, dass Monika sich auf Monika-Art weigerte, damit zu arbeiten, war ihr gekündigt worden. Seitdem telefonierten wir selten, aber regelmäßig. Sie hatte mit Anfang 60 ein zweites Leben begonnen, wie sie es nannte, am Empfang eines Krankenhauses in München. Bei unseren Gesprächen versorgte ich sie mit Informationen und dem neuesten Klatsch und Tratsch aus dem Sender, von dem sie, das war spürbar, auch wenn sie es nie zugegeben hätte, nicht loslassen konnte. Ich wiederum genoss es, mein Herz bezüglich des *Retro-Rooms* auszuschütten und über Abläufe und Kollegen zu schimpfen, was jeden anderen in meinem Bekanntenkreis, inklusive Brigitte, Madita und Ilie, auf Dauer gelangweilt hätte. Wenn es also jemanden gab, der mir unmittelbar nach diesem Desaster einen Rat geben konnte, wie es nun, da ich nicht mehr wusste, wo mein Platz im Sender war, beruflich und damit auch mit meinem Leben weitergehen sollte, war das meine gute alte Freundin. Dabei war es mir völlig egal, dass mich Almut um Stillschweigen gebeten hatte. Soviel ich wusste, war ich Monikas einziger Kontakt zu ihrem ehemaligen Arbeitsgeber, und außerdem galt sicherlich auch weiterhin jener Satz, den sie früher regelmäßig als Anspielung auf *Hangover* gesagt hatte: »What happens in the editing room, stays in the editing room.«

»Tja, Bastian …«, meinte sie süffisant, nachdem ich ihr alles erzählt hatte. »Das hast du dir wohl auch anders vorgestellt, nicht?« Es knisterte am Hörer, sie zog den Rauch ihrer Zigarette ein. Ich hatte den Haselnuss-Duft ihres Tabaks in der Nase. Der Wind wehte. Sie war gerade auf dem Weg zur Nachtschicht im Krankenhaus.

»Ja, kann man wohl sagen. Ich fühle mich wie du damals, als du gefeuert wurdest … ich meine, du weißt schon …« Ich wollte schon das eben Gesagte zurücknehmen, da fiel mir ein, dass Monika kein Problem mit Offenheit hatte. Im Gegenteil. So etwas durfte man bei ihr sagen. Ja, unsere ganze Beziehung fußte darauf, vor dem anderen kein Blatt vor den Mund zu nehmen. Wir waren immer noch ein eingespieltes Duo von der Qualität Waldorf und Statlers, auch wenn ich merkte, dass ich mich plötzlich wie in jenen Momenten fühlte, wenn wir im Schnitt die erste Version einer Szene ansahen und ich nicht wusste, was daran nicht stimmte, nur, dass das alles katastrophal war, und Monika gleich einen Satz à la »Na, das war ja jetzt wohl nicht so prickelnd« sagen würde, um anschließend mit der eigentlichen Arbeit zu beginnen und Stück für Stück den Film durchzugehen und jede meiner Entscheidungen ebenso notwendig gründlich wie in ihrer Schonungslosigkeit unerträglich unangenehm zu hinterfragen. Ich bat sie in gewisser Weise, wie mir in diesem Augenblick einfiel, nicht um Rat wie ich einen Film, sondern wie ich mein Leben schneiden sollte.

Überraschenderweise schien sie denselben Gedanken zu haben. Nach einer Pause sagte sie ruhig, während im Hintergrund Stimmen murmelten: »Na ja, also, stellen wir uns doch mal vor, das alles wäre ein Film.« Sie sprach leiser, intimer, so dass ich mich unwillkürlich fragte, wo sie sich wohl gerade befand.

»Aha. Wie originell«, sagte ich und lachte, damit sie hörte, wie ich lachte. Sie stand in der Tram. In meinem Kopf wurde sie von den Bewegungen des Wagens, der auf den seit Jahrzehnten gleichen Gleisen durch die Straßen Münchens glitt, sanft hin und her geschaukelt.

»Das war ja jetzt wohl die letzten Monate von der Stimmung eher hektisch und Rambazamba und so. Stupide vielleicht. Aber Rambazamba. Man könnte auch sagen: Stress pur.« Sie stieg aus. Der Raum weitete sich. Die Geräusche der abendlichen Stadt sickerten durch den Hörer. Ich schloss die Augen. Ich war zusammen mit ihr im Schneideraum. Sie drehte sich zu mir und grinste mich herausfordernd und zugleich beruhigend durch die Brille an. »Diese ganzen Monate, die wir uns als eine Aneinanderreihung immer gleich ablaufender Szenen vorstellen könnten«, ergänzte sie schreiend, ein Rettungswagen näherte sich, es hatte etwas Rührendes, ihre immer noch vorhandene Begeisterung für mich und die Welt des Fernsehens zu spüren, »die spielten nur in einem einzigen Raum. Im Sender. Den kennen wir jetzt. Den kannten wir schon vorher. Aber jetzt kennen wir ihn wirklich. Mehr Sender wollen wir nicht. Ich als Zuschauerin, als völlig normale, durchschnittliche, einfach gestrickte Zuschauerin …«

»Schon klar …«, wiegelte ich ab. Ich verstand sie kaum noch. Die Leitung zerhackte ihre Stimme. Ich sah sie in einem dunklen Flur vor mir.

»… würde jetzt gern was anderes … ruhigere Szene … beauty shots, ne?«

Ich schluckte. »Aber was ist dann mit meinem Job dort und …«

»Das wirst du aushalten müssen, Bastian. Diese Ungewissheit«, unterbrach mich Monika hart, jetzt auf einmal völlig ernst. »Das wird man dann sehen. Eins nach d-e-m …«

Es hatte eine gewisse schicksalhafte Logik und erscheint mir dennoch irgendwie unheimlich, wenn ich daran denke, dass sich ausgerechnet an dieser Stelle ihre Stimme in Vokale und Konsonanten auflöste, die keinen Sinn mehr ergaben, bis schließlich die Leitung vollständig abriss.

Brigitte reagierte erst ungläubig und dann freudig, als ich ihr vorschlug, am Wochenende spontan nach Venedig zu fahren. Die Nachbarn würden die beiden Tage nach Snoopy schauen. Wir würden gleich nach Samys Schule am Freitag aufbrechen und wären Sonntagabend wieder zurück, ihren Unterricht für die folgende Woche könnte sie ja im Zug vorbereiten. Kein Flugzeug, kein Auto, der Umwelt zuliebe. Ich würde auf der Fahrt Samy bespaßen, so wie ich mich überhaupt das gesamte Wochenende um ihn kümmern wolle, sie hätte Brigitte-Zeit. Es war ihr ein gewisses Misstrauen anzumerken, dass ich noch in letzter Minute einen Rückzieher machen könnte oder in Wahrheit eine andere Strategie damit verfolgte unter dem Motto »Ich gebe dir Venedig, du gibst mir XY.« In ihrem übervorsichtigen Verhalten erblickte ich auf einmal wie ein Phantom die Umrisse jenes Menschen, in den ich mich in den vergangenen Monaten durch meine Arbeit am *Retro-Room* verwandelt hatte. Ein Egoist. Ein Unsympath. Brigitte hatte wieder und wieder zurückgesteckt. Obwohl sie ihren Job als Lehrerin liebte, hatte sie ihre Stundenanzahl reduziert, um sich um Samy und den Haushalt zu kümmern. Ich war zu jener Art Mann geworden, die ich nie hatte sein wollen. Wir waren zu jenem Paar geworden, das wir nie hatten sein wollen und über das wir uns stets mokiert hatten, wenn wir ihm begegneten.

Nach den Kulturreisen zusammen mit meinem Großvater, wo er mir, wie ich später realisierte, Einblicke in die Lagunenstadt gewährt hatte, die kein normaler Besucher jemals erhielt, war ich gegenüber Venedig im Lauf meines Lebens zunehmend indifferent geworden, da ich mittlerweile alles über die Stadt zu wissen glaubte und sich vor meinen unbefangenen Kinderblick zunehmend die abgeschmackten Klischeebilder geschoben hatten. Ich sah Venedig nicht mehr. Ich konnte buchstäblich Venedig nicht mehr sehen.

Die Kanäle, Gassen und Kirchen waren zu Tode abgebildet und von den Touristen, die schon mein Großvater gehasst hatte, »verdorben« worden, wie er es zu nennen pflegte. Mir selbst war es nie wieder gelungen, die Stadt mit demselben Staunen wahrzunehmen wie früher, als ich ausnahmsweise Eis essen durfte, an der Hand meines ehrfürchtig flüsternden Vaters in kühlen Kirchen vor Weltkulturerbegemälden stand und vom Vaporetto aus wohlig erschöpft aufs warm glitzernde Meer geguckt hatte. Ich wollte nach Venedig, weil es diejenige Stadt war, in der man ohne größeren Aufwand von München aus das verbringen konnte, was man unter einem aufregend-außergewöhnlichen Wochenende verstand. Vor allem aber wusste ich, dass Brigitte in diesem Jahr eigentlich nach Venedig hatte fahren wollen, ihren Plan jedoch wegen mir aufgegeben hatte. Brigitte liebte die Kunst-Biennale, was nicht zuletzt mit ihrem ursprünglichen Lebensplan und ihrer eigentlichen Leidenschaft zusammenhing.

Als Brigitte ungefähr in die zehnte Klasse ging, war es zu einer Explosion gekommen, die ihr bisheriges Leben grundlegend änderte. Brigitte saß im Kunstunterricht. Ihr Lehrer vermochte es, einerseits zu seinen Schülern problemlos ein Vertrauensverhältnis herzustellen und andererseits mit nur wenigen Strichen die schönsten Landschaften und treffendsten Porträts an die Tafel zu zeichnen, die er dann zum lautstarken Bedauern der Klasse innerhalb von Sekunden mit dem Schwamm einfach wegwischte. In der besagten Kunststunde in der Mittelstufe sollten die Schüler ohne Vorlage und lediglich mit Bleistift einen Baum malen. Es war Brigitte unerklärlich, wie es dazu kam, dass sie an diesem Tag, sozusagen von heute auf morgen, auf einmal das Zeichnen für sich entdeckte. Es herrschte Ruhe im Klassenzimmer. Keine Stille, sondern jene Ruhe wie bei Schulaufgaben, wenn das unterdrückte Räuspern und leise Scharren der Stifte die Konzentration im Raum spürbar werden lässt. Die Deckenlampen summten, irgendwo gluckerte es im Gebäude, die Fenster waren gekippt, draußen fuhr der Wind in die neu gepflanzten Büsche im Schulhof. Das waren eigentlich Nebensächlichkeiten, aber in Brigittes Erinnerung bildeten sie die Voraussetzung dafür, was dann geschah. Sie setzte die Bleistiftspitze an – und musste nicht wie die anderen um sie herum überlegen oder die Augen schließen, um sich etwas vorzustellen, was man dann abzumalen versuchte. Schon als sie den ersten Strich machte, wusste sie, wie das Bild am Ende aussehen würde. Was sie zeichnete, waren nicht wie sonst Linien oder Schraffuren, über deren richtige Proportionen sie sich den Kopf zerbrach, sondern einfach bloß: der Stamm, die Äste, die Blätter. Irgendwann sagte der Lehrer laut »Noch fünf Minuten« und Brigitte schaute erschrocken hoch, auf das gekippte Fenster, die rauschenden Büsche draußen, die anderen Schüler, die die gesamte Zeit da gewesen sein mussten, obwohl Brigitte sie nicht wahrgenommen hatte. Sie betrachtete wieder das Blatt vor ihr.

Sie hatte eine Pappel gezeichnet.

Es war eine *richtige* Pappel. Alles stimmte an ihr.

Und in Brigitte war dasselbe Gefühl, das sie manchmal bei langen Sprints beim Fußball oder bei den Touren mit ihrem Fitnessfanatischen Vater gehabt hatte, wenn sie meinte, sie sei eigentlich mit ihren Kräften am Ende, und ihr dann völlig unvermittelt aus dem Nirgendwo neue Energie zugeflogen und es doch weitergegangen war. Sie hatte gar nichts dafür tun müssen. Es war, als funktioniere ihr Körper von allein.

Noch etwas geschah. Es hing unmittelbar zusammen mit dem Erlebnis der *richtigen* Pappel. Durch Brigittes neue Stellung in ihrer Klasse baten andere Schüler sie im Kunstunterricht, ihr zu helfen. Während sie dann für sie zeichnete und erklärte, was sie tat, spürte sie plötzlich, wie die Wörter und Sätze aus ihrem Mund nicht nur Sinn ergaben, sondern dass ihr Gegenüber sie verstand, als sei eine gleichmäßig helle Farbe aus ihr heraus und in den anderen hinein geflossen. Es war ein Akt der echten Hilfe, der ehrliche Dankbarkeit zur Folge hatte. Es ging ihr jetzt auch in anderen Fächern so, in Geschichte und Englisch. In den mathematischen und naturwissenschaftlichen Fächern hingegen war sie eine ziemliche Null, zum Leidwesen ihres Vaters. Das war aber nebensächlich. Sie war nun diejenige, die man fragte. Zu der man kam. Die, die half, weil sie wusste. Sie konnte nicht genug helfen. Sie wurde süchtig nach den Blicken, die verstanden, wegen ihr; nach dem erleichterten »Ach so ist das«, dem »Danke, Mann«.

Sie nahm Snacks in die AGs mit, oft auch eine Packung *nimm 2*. Jedes Bonbon, jeder Snack war eine Belohnung. Der Geschmack nach Zitrone und Orange verband sich untrennbar mit der aufrichtigen Anerkennung der anderen. Längst schwamm sie nicht mehr oder spielte im Fußballverein. Sie nahm zu. Ihre Eltern, besonders ihr Vater, sprachen das Thema Gewicht an und wollten wissen, was sie bekümmere. »Früher«, sagte ihr Vater, »hast du so viel mit mir unternommen.« Oder: »Was ist das Problem?« Und: »Was ist dein Problem?« Doch es gab kein Problem. Half sie, aß sie. Es konnte nicht ernsthaft ein Problem sein, wenn man half, oder? Mit siebzehn lauteten ihre Spitznamen »die dicke Brigitte« und »Die Zwei«. Damals hatte sie auch ihr erstes Mal, von dem ihr vor allem noch in Erinnerung geblieben war, wie ihr Freund auf ihr lag und sich, während er sich auf und ab bewegte, an ihrem Speckgürtel festhielt wie »an einer schlecht aufgeblasenen Luftmatratze auf offenem Meer« (ihr eigener Vergleich). Danach hatte sie tagelang blaue Flecken von den Druckstellen seines Griffs. Beim Sex hatte sie nichts davon gespürt, auch später nicht – weder Schmerz noch Freude, geschweige denn jene Ekstase, die sich laut den landläufigen Berichten beim Geschlechtsverkehr einstellen sollte. Es war, als hätte ihr jemand nicht nur auf die Haut, sondern auch in ihr Inneres jenes unsichtbare Spray gesprüht, das die Kindergärtnerinnen ungeachtet der Entsetzensschreie der Kinder auftrugen, wenn sie sich das Knie oder den Arm aufgeschlagen hatten und bluteten. Danach tippte man sich verwundert an die entsprechende Stelle, so tief und immer fester, wie man es normalerweise nicht ausgehalten hätte.

Vielleicht war das damals der Moment, in dem sie beschloss, wieder dünner zu werden. Seit langem musste sie daran denken, was ihr Vater ihr früher über ihre Mutter – im Übrigen gertenschlank – und deren Familie anvertraut hatte: das Schreckbild der Indolenz. Er meinte, ihre Familie mütterlicherseits habe im Alter eine übersteigerte Form der stumpfen Gleichgültigkeit gegenüber allem und am Ende sich selbst ausgeprägt. Brigittes Großvater, den sie nie kennengelernt hatte, habe nach seiner Pensionierung die meiste Zeit nur dagesessen und aus dem Fenster geschaut. Er sei auch schon davor ein Mensch ohne jede Ambition gewesen. Brigittes Vater habe das nie verstehen können und es habe ihm im Herzen weh getan, wie man sein Leben so vergeuden könne. Abnehmen stellte sich allerdings als schwieriger heraus als Zunehmen. Das hing nicht so sehr damit zusammen, weniger zu essen oder mehr Sport zu treiben. Sobald sie weniger aß oder Sport trieb, dachte sie daran, dass es genau das war, was ihr Vater wollte, und dass es dem widersprach, wer sie eigentlich war; dass sie nun lediglich den Willen ihres Vaters ausführte und er daraus schließen könnte, er habe am Ende recht behalten. Alles, sprich: das Zeichnen, das Erklären, das Helfen, alles, was sie ausmachte, wäre ein Irrtum gewesen, genau wie er es immer geweissagt hatte. Sie studierte Lehramt. Sie wusste, dass ihr Vater bis zuletzt gehofft hatte, sie werde seine Arztpraxis übernehmen. Sie aß wieder mehr, dieses Mal aus Scham. Die Scham hatte das Helfen abgelöst. Sie schämte sich umso mehr, je mehr sie aß. Erst als sie beim Praktikum im Grundstudium eine Stunde hielt, die eigentlich perfekt war, und sie merkte, dass die Schüler hinter ihrem Rücken Witze über sie und ihr Gewicht rissen und dass sie sich noch so anstrengen würde können, die Schüler würden sie doch nie vollkommen ernst nehmen, dick war gleich dumm, bekam sie unter größten Entbehrungen wieder und dieses Mal endgültig ihre Figur von früher.

Als Brigitte mir am Anfang unserer Beziehung wie zum Test, was meine Zuneigung zu ihr aushalte, ein Foto gezeigt hatte, auf dem sie fünfzehn Kilo mehr wog, obwohl es nur ein Jahr zuvor aufgenommen worden war, sagte sie: »Und das war ich früher«, als handele es sich um einen fremden Menschen. Tatsächlich erschien es sowohl ihr als auch mir mit jedem Mal, da wir nach ein paar Jahren wieder die Fotos von einst hervorholten, unglaubwürdiger, dass sie jemals so ausgesehen hatte. Ich aber konnte mir nicht helfen, mir hin und wieder zu denken, in Wirklichkeit handele es sich um ein Foto ihrer Seele. Ich weiß, dass ich genau diesen Satz mit diesem speziellen Begriff im Kopf gehabt hatte.

Als Brigitte mit dem Studium fertig war, hatten wir es beide für möglich gehalten, dass sie nur vorübergehend unterrichtete und sich dann auf das konzentrierte, was ihr wirklich entsprach: das Malen. Wir unterhielten uns damals – es muss um das Jahr 2010 herum gewesen sein – länger darüber, eine Galerie für sie zu suchen, was Brigitte jedoch erst tun wollte, wenn sie einen ganzen Zyklus an Gemälden vorzuweisen hatte. Sie hatte zwar nie die Akademie besucht, aber es war offensichtlich, wie begabt sie war. Außerdem nutzte sie jede freie Minute, um an ihrer Staffelei zu sitzen. Für ihr Portfolio arbeitete sie vor allem an Porträts nach Fotos, die sie auf ihren Spaziergängen durch die Stadt schoss. Ich würde von mir behaupten, vor allem durch meinen Großvater ein gutes Auge und Verständnis für Kunst zu haben, so dass für mich kein Zweifel bestand, dass Brigitte zwar kein Genie, aber überdurchschnittlich begabt war, ja sehr wahrscheinlich über ein Talent verfügte, das, würde es zur vollen Entfaltung gelangen, für eine professionelle Karriere getaugt hätte. Sie vermochte es, Personen und Dinge auf das Allerwesentlichste zu reduzieren; als enthielten lediglich die wenigen Striche und Farbflächen, die am Ende von der Vorlage übrigblieben, den Kern des Porträtierten. Schon eine winzige Verschiebung der Linien würde einen völlig anderen Menschen zur Folge haben. In dieser frühen Zeit unserer Beziehung malte sie auch ein Doppelporträt von uns. Es trug den Titel *Zwei*. Seitdem hing es im Eingangsbereich unserer Wohnung. Es bestand auf den ersten Blick aus einer Ansammlung abstrakter Elemente, die sich aber bei näherem Hinsehen, so wie wir früher als Kinder erwartungsvoll auf 3-D-Bilder gestarrt hatten, als eine Frau und ein Mann herausstellten, die sich umarmend auf einem Sofa saßen und den Blick des Betrachters erwiderten. Etwas war an dem Bild, was unglaublich glücklich machte – zumindest mich. Es war aber auch mit dafür verantwortlich, dass Brigitte das Malen fast vollständig aufgab.

Nach einem Abendessen mit einem befreundeten Paar bei uns war der Partner der Frau beim Ankleiden vor dem Gemälde stehengeblieben und hatte bewundernd geguckt. Ich hatte mich für Brigitte gefreut, denn es war klar, dass er ihr gleich ein Kompliment machen würde. Die Sache mit der Galerie hatte sie zunehmend unter Druck gesetzt, und die Freude am Malen hatte sich für sie in etwas gewandelt, was ihr nicht guttat.

»Krass. Das ist mit diesem neuen Photoshop-Programm, oder? Eigentlich gar nicht so eine dumme Idee, das so groß auf Leinwand und so. Sieht ja dann fast profimäßig aus, beinah wie echt. Muss ich auch mal machen.«

Brigitte, die an diesem Abend länger im Bad blieb als sonst, gab sich alle Mühe, sich in den folgenden Tagen nichts anmerken zu lassen. Aber irgendwann stellte ich fest, dass sie nicht mehr an ihren Bildern weitergearbeitet hatte. Das Thema Galerie tauchte nicht mehr in unseren Gesprächen auf. Die Schule fraß ohnehin mehr Zeit als gedacht, weckte allerdings auch einen pädagogischen Ehrgeiz in ihr, der mich überraschte. Und dann war sie auch schon mit Samy schwanger. Ich weiß noch, wie sie mir Samys erste Zeichnungen zeigte und dabei stolz sagte: »Hat er ganz allein gemacht«, obwohl deutlich war, dass der größte Teil von ihr stammte.

In diesen Jahren war sie wieder fähig, in Museen zu gehen – was sie vorher vermieden und ihr, die seltenen Male, die ich sie bat, mich zu begleiten, sichtlich Unbehagen bereitet hatte. Besonders einem Ereignis galt ihre Leidenschaft: der Biennale in Venedig. Während mein Großvater mich nie dorthin mitgenommen hatte, weil er die allermeiste zeitgenössische Kunst höchstens »bemerkenswert« fand, aber selbstverständlich den alten Meistern unterlegen, hatte Brigitte dort während ihrer Studienzeit eines ihrer Erweckungserlebnisse als Künstlerin gehabt und erzählte mir immer noch mit glänzenden Augen, was es ihr für eine Kraft damals gegeben hatte, von Länderpavillon zu Länderpavillon zu promenieren, die neuesten Kunstströmungen aus aller Welt quasi in einem Spaziergang kennenzulernen und sich, natürlich komplett lächerlich und nur halb ernst gemeint, zu überlegen, wie sie selbst wohl den deutschen Pavillon gestalten würde. Allerdings hatten wir es, seit wir zusammen waren, kein einziges Mal geschafft, wieder im Jahr der Biennale nach Venedig zu fahren – bis zu diesem letzten Wochenende im September 2019.

Ich erinnere mich, dass Brigitte samstags gleich nach dem Frühstück in Richtung Giardini aufbrach und ich mit Samy, der zum ersten Mal in Venedig war und im Café vor Aufregung kaum sein Frühstückshörnchen hatte essen können, langsam Richtung Markusplatz schlenderte. Samy war zwar anfangs in Sorge um Snoopy, so dass ich kurz bei unseren Nachbarn anrufen musste, um sicherzustellen, dass es der Katze gutging; dann jedoch war er vollkommen gefangen genommen von dem Treiben um ihn, den Touristen, dem Wasser, den Gondeln. Erst nach einer Weile merkte ich, dass ich, ohne es vorher geplant zu haben, begonnen hatte, Samy ziemlich genau auf jener »Kulturroute« durch Venedig zu führen, auf der mir mein Großvater die Stadt gezeigt hatte, und dabei auf dieselben Details aufmerksam zu machen und dieselben Geschichten zu erzählen wie dieser damals, vor Jahrzehnten. Aber im Unterschied zu jenen Gelegenheiten in der Vergangenheit, da mir aufgefallen war, dass ich wieder einmal lediglich meinen Großvater nachmachte, was mir dann stets wie ein Mangel an Originalität erschienen war, musste ich nun über mich selbst schmunzeln. Ich kannte mich. Ich hatte mich kennengelernt. Ich wählte einen Weg, den mein Großvater mit seiner Vorliebe für geheime Schleichwege abseits der bekannten Pfade mit mir sicher nie eingeschlagen hatte: quer durch die Masse und über den Kanal zur Giudecca und in Palladios Il Redentore.

So begeistert mein Großvater von allem war, was mit Kultur zu tun hatte, so reichte sein Interesse für Architektur doch nie an das für Musik, Literatur oder Malerei heran. Kurz vor der Arbeit am *Retro-Room* hatte ich ein Buch in meinem Regal entdeckt, bei dem ich keine Ahnung hatte, wie es dorthin gelangt war. Es war ein Stadtführer aus den 1970er Jahren über die barocken Kirchen der Asam-Brüder, deren Namen ich bloß vom Hörensagen kannte. Als ich darin blätterte, stellte ich fest, dass es sich um einen stark abgenutzten Band handelte mit vielen Unterstreichungen und Anmerkungen. Vielleicht, so nahm ich an, stammte er aus Brigittes Schule, und sie hatte ihn versehentlich bei uns ins Regal gestellt. Erst als ich die erste Seite aufschlug und den in fein geschwungenen Kugelschreiberbuchstaben geschriebenen Namen las, wurde mir in einer Schrecksekunde bewusst, dass der ehemalige Besitzer, Helmut Klecka, mein Vater gewesen war. Eher aus Neugier als aus wirklichem Interesse heraus besuchte ich dann einmal nach der Arbeit die winzige Asamkirche in der Sendlinger Straße. Seitdem war ich vollkommen gefangen von dem, was in dem Führer als »Illusionsraum« bezeichnet worden war, ein Wort, das mein Vater doppelt unterstrichen hatte. Von den Felsen, die am Fuß der Fassade den Eindruck erweckten, als trete man in einen Berg und nicht in ein Gebäude, über die Verschmelzung von Gemälden und Stuck im schatullenhaft engen und dennoch sich hoch weitenden Innenraum, wo aus Bildern auf einmal Arme oder Girlanden wuchsen, so dass dem Betrachter die Dimensionen durcheinandergerieten, 2D, 3D, bis hin zum Deckengemälde, das sich in einen Himmel öffnete, wo keiner war, und zum grellen ovalen Fenster am Altar, wo das ewige Licht von draußen einfiel, obwohl sich dahinter doch eigentlich eine Wand und weitere Gebäude befinden mussten. Dieser abendliche Besuch war der Beginn meiner Begeisterung für Architektur gewesen. Nicht nur unternahmen wir dann am Wochenende Familienausflüge zu den wenigen anderen Kirchen der Asam-Brüder, die ausschließlich in Bayern gearbeitet hatten, sondern ich las auch regelmäßig in der dicken Architekturgeschichte, die ebenfalls aus dem Besitz meiner Eltern stammte und mich bis dahin wegen der schwarzweißen Abbildungen und den eng bedruckten Zeilen auf den grauen Seiten nie interessiert hatte.

Während ich dann durch Palladios Kirchenraum schritt und seine Proportionen auf mich auf unerklärliche Weise einwirkten, als weite ich mich selbst, drehte sich Samy langsam im Kreis, den Kopf im Nacken, und zählte die Platten des Bodens. Irgendwann tippte er mich an und flüsterte verschwörerisch-glücklich, als hätte er gerade das Geheimnis der Welt entschlüsselt: »Vierzehnundsieben!« In der Zeit vor dem *Retro-Room* hatte ich zu meiner eigenen Überraschung entdeckt, wie viel Spaß es mir bereitete, mit Samy zusammen Gebäude aus Lego zu bauen. Wir verbrachten in seinem Kinderzimmer Stunden damit, auf den breiten grünen Unterlagen Fundamente abzustecken und Wände von Hochhäusern und Villen in die Höhe zu ziehen, die Samy zuvor angestrengt, mit in den Mundwinkel gesteckter Zungenspitze auf Zeichnungen entworfen hatte. Ich war für diese Momente der Vater, der ich immer hatte sein wollen. An diesem Samstagnachmittag in Venedig geschah noch mehr. Ich erinnere mich, dass wir, während wir vor Il Redentore auf das Vaporetto warteten, Samy auf dem Vorplatz herumlief. Er jagte Tauben, etwas, was ich als Kind in Venedig immer hatte tun wollen, mein Großvater mir aber nicht erlaubte, weil es zu gefährlich sei, da ich möglicherweise nicht auf das Wasser achten und hineinfallen und ertrinken würde. In diesem Moment war ich Samy. Ich bin sechs Jahre alt. Ich will diese Taube einmal berühren. Nur ein einziges Mal. Ihr Gefieder. Es muss weich sein. Ich werde es nie schaffen, ich will es trotzdem versuchen. Ich bin außer Atem. Ich spüre die warme Meeresluft in meinen Lungen. Ich könnte noch stundenlang laufen. Ich befinde mich in einer Stadt auf dem Meer. Ich verstehe nicht, wie das sein kann, aber die Stadt schwimmt, obwohl sie aus Stein ist. Ich schwimme mit ihr. Mein Vater schwimmt. Alle Menschen schwimmen. Wir können nicht untergehen. Gleich fahren wir mit einem Schiff. Es wird am Markusplatz ankommen, mein Vater wird mich an der Hand nehmen und er wird mir ein Eis kaufen, weil er heute alle seine Versprechen hält. Später treffen wir Mama. Sie wird da sein und auf mich warten und sofort zu lächeln beginnen, wenn sie mich sieht, weil sie meine Mutter ist.

Ich glaube, es war Samys Blick, durch den es mir unvermittelt gelang, Venedig wieder auf eine Weise wahrzunehmen, wie ich es zuvor nicht in der Lage gewesen war. Für Momente lösten sich alle Klischeebilder auf, dahinter kam das wirkliche Venedig zum Vorschein. Das Meer war das Meer. Die Wellen die Wellen. Die Paläste die Paläste. Das Licht das Licht. Der Abend der Abend.

Ich machte so lange ein Selfie, bis ich aussah wie ich, schickte es Monika und schrieb darunter »Liebe Grüße Bastian«. Ich schickte das Selfie der Whatsapp-Gruppe *Klub der Katze* und schrieb darunter »Liebe Grüße Commissario Brunetti«.

Abends, nachdem Samy völlig erschöpft auf der Couch im Hotelzimmer eingeschlafen war und Brigitte und ich im Hotel im Bett lagen, steckte ich, ohne lange nachzudenken, den Kopf unter die Decke. Es dauerte keine fünf Sekunden, und Brigitte schlüpfte zu mir.

»Hallo«, flüsterte sie, ihr Gesicht nah an meinem. Ohne sie in der Düsternis, durch die schwach rötliches Licht sickerte, richtig zu erkennen, spürte ich sofort die Wärme ihres Atems und ihrer Wangen.

Plötzlich war alles wie verwandelt. Als wären die vergangenen Monate nur Sekunden gewesen und als würden wir eigentlich hierhergehören, in diese kleine Blase aus Stoff; als sei das unser angestammter Platz. Es gab einen Namen für das, was wir da gerade taten. Es hieß das »Sehen ohne Augen«-Spiel. In der Vergangenheit, besonders in der Anfangsphase unserer Beziehung, hatten wir es ein paar Mal gespielt, uns dann aber zu alt oder nicht mehr verliebt genug gefühlt. Brigitte hatte es von ihrer Mutter. Als Brigitte ein Kind gewesen war, hatten sie sich eine Decke über den Kopf gezogen, die Augen geschlossen und so getan, als sei ihr Bett eine Art Zeitmaschine, die sie in die Lage versetzte, zurück in die Vergangenheit ihres Lebens zu reisen. Ich glaube, es war bei diesen »Sehen ohne Augen«-Spielen, dass ich das Gefühl hatte, Brigitte richtig kennenzulernen, nicht nur weil wir uns dabei so nahe waren, sondern weil Brigitte sich in einer ungewohnten Weise öffnete und Einblicke in ihr Inneres gewährte, das sie sonst hinter einer Fassade aus Professionalität zu verbergen wusste. Jedenfalls wusste ich nach diesen Spielen, dass ich unbedingt mit dieser Frau zusammen sein wollte, weil ich sie und die Geschichte, die ihr Leben war, liebte. Bei den Spielen war sie mal ein kleines Mädchen im Liegestuhl am Strand, das, ein Handtuch über sich gebreitet, dem Rhythmus der Wellen lauschte und herauszuhören meinte, dass das Meer fröhlich sei, weil es in Wirklichkeit ein großes, altes Wesen mit Gefühlen und rauem Wasserfell war. Mal hörte sie in ihrem Bett im Ferienhaus in Südfrankreich, wie sich ihre Eltern unterhielten, die anders redeten als in ihrer Anwesenheit, als seien sie vollkommen andere Menschen und würden sich sonst vor ihr verstellen. Mal war sie zwölf oder dreizehn und stellte sich einen der Jungen aus einer der höheren Klassen vor, den sie hübsch fand.

»Schön, dass du wieder da bist«, flüsterte Brigitte mir zu. Ich hörte sie lächeln. In diesem Moment war der Satz mehr als nur eine Phrase. Ich glaube, uns beiden war auf einmal bewusst, dass ich in gewisser Weise wirklich während der *Retro-Room*-Phase verschwunden gewesen war und wir nun seit langer Zeit wieder ganz bei uns selbst waren. Brigitte war müde, aber sichtlich erfüllt von der Biennale zurückgekehrt. Sie hatte gestrahlt, so wie sie früher strahlte, wenn sie gemalt hatte.

»Ich weiß, dass das alles total blöd war. Also, die letzten Monate. Also, vor allem für dich.« Ich merkte, dass ich in dieser Decken-Höhlen-Situation völlig ehrlich sein und Sätze sagen konnte, die ich sonst, im Alltag und im Licht, nicht hätte formulieren können.

Brigitte kniff hörbar die Lippen zusammen. »Yep.«

»Danke«, sagte ich, tastete nach ihr, bis ich etwas Weiches berührte, und streichelte ihre Wange.

»Das tut gut.« Ich glaubte zu sehen, wie sie dabei die Augen schloss. Wie eine Katze.

»Ich werde auf vier Tage reduzieren.« Den Entschluss bekanntzugeben, der mir auf der Fahrt nach Venedig plötzlich als der einzig richtige erschienen war, fiel mir in der Situation überraschend leicht. »Ich nehme dann an einem Tag Samy, und du machst, was du machen willst. Können ja dann noch drüber reden, welcher Tag am besten für dich ist. Glaube, das ist jetzt nur fair. Nach all dem.«

Ich fühlte sofort, wie glücklich ich sie gemacht hatte. Anders als gedacht, diskutierte sie gar nicht oder versuchte, mich davon abzubringen, und sei es auch nur pro forma.

Fast lautlos sagte sie: »Danke.«

Jetzt suchte sie mich. Wir umarmten uns.

Bis dahin hatte ich es für kaum oder sogar für unmöglich gehalten, bei Liebesszenen nicht sofort an ein Klischee zu denken. Und zwar sowohl im Film als auch im wirklichen Leben. So wie ich als Kind bei romantischen Momenten in der Oper oder bei Spielfilmen, die ich zusammen mit meinem Opa sah, den Kopf vor Scham in die Armbeuge vergraben oder Kussgeräusche nachgeahmt hatte, um die geballte Macht der Gefühle vor mir ins Lächerliche zu ziehen und dadurch zu ertragen, so erinnere ich mich, selbst in den romantischsten Augenblicken meines Lebens, stets daran gedacht zu haben, dass das, was gerade geschah, doch eigentlich genau das war, was man erwartete, und daher nicht glaubwürdig, nicht authentisch. Aber, sofern mich mein Gedächtnis nicht täuscht, war dies an jenem Abend unter der Decke ausnahmsweise nicht der Fall. Ich umarmte Brigitte – es war eine wirkliche Umarmung. Ich küsste Brigitte – es war ein wirklicher Kuss.

The Luckiest Guy

Gleich am Montag nach meiner Rückkehr aus Venedig hatte ich Almut mitgeteilt, ich wolle nur noch vier Tage die Woche arbeiten.

Sie hatte mich erst besorgt, dann voller Mitgefühl gemustert. »Bist du krank?«, flüsterte sie.

Als ich ihr erklärte, dass nach der harten Zeit des *Retro-Rooms* meine Frau mehr Zeit für sich brauche, hatte Almut einen schwer zu deutenden Blick aufgesetzt. »Ah so«, machte sie und starrte mich weiter stumm an, als liege ihr etwas auf der Zunge, das auszusprechen sie sich verkniff.

Weil es für mich kein konkretes Projekt gab und sich der Sender nach dem geplatzten Deal mit China neu sortieren musste, fungierte ich zunächst als Springer, was bedeutete, dass ich mehr oder weniger wie Luft behandelt wurde. Ich war alles und nichts. Ich wurde der, der auch da war. Auf dem Schild auf dem Platz am Besprechungstisch war unter dem Vornamen stets die jeweilige Funktion vermerkt. Bei mir war das »Content« oder »Text« beziehungsweise »Bastian *Content*« oder »Bastian *Text*«. Weil man annahm, dass ich über ausgiebige zeitliche Ressourcen verfügte, war ich in dieser Phase auch für den Bürohund zuständig, den irgendein Scherzkeks Lippert getauft hatte. Aufgrund einer Studie, in der herausgefunden worden war, dass ein Hund beim Menschen das Bindungshormon Oxytocin freisetzte und damit zu einer positiveren, inspirierenderen, entspannteren Atmosphäre beitrug, hatte Almut einen Dalmatiner angeschafft, der abends beim Facility Manager schlief und tagsüber in den unterschiedlichen Kollektivsituationen, bei denen Stress vorprogrammiert war, als eine Art Mediator anwesend war. Tatsächlich habe ich erlebt, dass sich viele angesichts Lipperts leisem Hecheln und Schnüffeln unter dem Besprechungstisch sichtlich zusammenrissen oder sogar eine völlig andere Persönlichkeit an den Tag legten.

Für jede zu entwickelnde Idee wurde ein Meeting einberufen, um »noch effizienter« und »noch besser« zu werden. Es war offensichtlich für mich, dass das meiste auch in einem Bruchteil der Zeit durch Mails oder mit einer Konferenzschaltung hätte erledigt werden können. Doch als ich genau diesen Punkt im Anschluss an ein wieder einmal frustrierendes Meeting gegenüber einem Kollegen anmerkte, auf dessen Schild »Communication« stand, hatte er mich verständnislos angeschaut. Ich fragte ihn, worüber wir eigentlich in den vergangenen Stunden geredet hätten. Ich wisse natürlich, was wer gesagt habe, trotzdem sei mir nicht klargeworden, um was genau es eigentlich gegangen und was das Outcome sei. Er erwiderte, wir bekämen ja ein Protokoll, da könne man das Outcome dann nachlesen. Ich fragte, ob ihm das nicht alles ein bisschen absurd erscheine. Er sagte: ja, nein. Selbstverständlich gebe es jetzt nicht das eine vorzeigbare Outcome. Aber das sei doch logisch. Man dürfe eben die Kultur nicht unterschätzen, die dadurch gepflegt werde. So entstehe Kreativität. So passierten Sachen. Eben nicht dort, wo man es eigentlich vermute, sondern davor und danach, auf den Gängen, zwischen Tür und Angel. Zum Beispiel auf den Wegen zwischen den Containern. Jetzt gerade. In diesem Moment. Das sei das Geheimnis.

Nach solchen Erlebnissen begann ich, in mir nachzuspüren, ob ich nicht auch langfristig an meinem neuen Leben Gefallen finden könnte. Ich wusste nicht mehr, in welchem Narrativ ich mich befand. Bisher hatte das Narrativ zu meinem Leben gelautet: Bastian, verheiratet, 1 Sohn, erfolgreich im Beruf. Jetzt hätte es auch lauten können: Bastian, verheiratet mit Frau, die erfolgreicher ist als er, ist ein guter Vater. Je egaler mir der Job wurde, desto mehr genoss ich das Leben zu Hause, wo ich endlich ausreichend Zeit mit Samy verbrachte und wir in seinem Zimmer Lego-Metropolen entstehen ließen. Statt Alexa fragte er nun mich, wenn er mehr über ein Thema wissen wollte. Die Angst vor der Zecke spielte kaum noch eine Rolle. Und war es nicht ohnehin wichtiger, für meinen eigenen Sohn da zu sein, als für einen imaginären Zuschauer? Vielleicht hatte es ja diese Delle in meiner Karriere gebraucht, die, war ich ehrlich zu mir selbst, bis dahin ohnehin etwas zu problemlos und schnell verlaufen war. Das, was wirklich zählte, hatte ich vergessen. Erstmals fuhr ich mit dem Fahrrad und nicht mit dem Auto oder der S-Bahn zur Arbeit. Ich besorgte mir einen Helm, um bei einem Sturz zu überleben. Mit Samy ging ich am Wochenende beim Biomarkt einkaufen, reduzierte meinen Fleischkonsum und nahm mir vor, neue Rezepte zu lernen, damit wir alle umweltschonender lebten und alt wurden. Yoda lobte mich oft. Ich deinstallierte die *Jill & Joe*-App. Wenn Brigitte Freitagmittags aus der Schule kam, fragte sie mich inzwischen nicht mehr, ob es auch wirklich in Ordnung sei, dass sie mich nun mit Samy allein lasse und sich in der Stadt irgendeine Ausstellung ansehe oder auch einfach nur shoppe; stattdessen lächelte sie mich unbeschreiblich froh an, was mich selber unbeschreiblich froh machte.

Doch nach etwa einem Monat und bevor ich mir darüber klarwerden konnte, ob dies das Leben war, das ich für die nächsten Jahre wollte, bat mich Almut um ein One-on-One-Meeting in ihrem gläsernen Büro.

»Wir brauchen dich«, sagte sie ohne Umschweife.

Ich spürte auf einmal die ganze Enttäuschung in mir darüber, dass der Sender mir genau dieses Gefühl in den vergangenen Wochen nicht gegeben hatte. Ich spürte die Wut auf den Sender, ohne sagen zu können, auf wen genau sie sich bezog. Ich wollte auf den Tisch schlagen, erschrak vor mir selbst und verschränkte die Arme.

»Davon«, sagte ich, »habe ich, offen gestanden, nicht viel in letzter Zeit gemerkt.« Meine Stimme zitterte ein wenig. Es war mir egal. Es tat gut, dass mir das egal war.

Almut ging nicht darauf ein. Sie erzählte mir von einem Projekt, das noch vor Weihnachten produziert werden müsse, eine Kochsendung, aber, wie Almut sofort nachschob, als sie meinen zweifelnden Gesichtsausdruck bemerkte, eine Kochsendung völlig neuen Formats. *Unter der Haube* orientierte sich stark an dem Erfolgsmodell *Kitchen impossible*. Doch anders als bei dem Vorbild traten hier nicht zwei deutschsprachige Starköche in einen Wettstreit und reisten in ein anderes Land, wo sie ein Gericht nachkochen mussten, sondern umgekehrt: Zwei Köche aus einem mehr oder weniger exotischen Ausland besuchten zum ersten Mal in ihrem Leben Deutschland, Österreich oder die Schweiz, wo sie eine von ihnen selbst ausgewählte typische Speise in einem typischen Lokal den typischen Gästen servierten. Es gehe aber nicht nur darum. Es gehe um viel mehr. Es gehe um eine Art Kulturaustausch. Und zwar ausnahmsweise vollkommen fair. Nicht wir fahren ins Ausland und appropriieren. (Almut benutzte genau dieses Wort.) Sondern der vermeintlich Fremde kommt zu und blickt auf uns. Und zwar nicht inszeniert, zumindest nicht übermäßig, sondern ganz und gar authentisch. Sie, Almut, müsse nicht erwähnen, dass alle Zutaten bio seien und sich das Team bemühe, sich so nachhaltig wie möglich zu verhalten.

Almut wäre nicht so ungewohnt ins Grundsätzliche abgeschweift, wenn sie mich nicht wirklich für die Sendung gewinnen wollte. Mit keinem anderen im Sender hätte sie so gesprochen. Sie hielt viel von mir. Sie traute mir viel zu. Sie hielt mich für den intelligentesten ihrer Redakteure. Es war Schwachsinn, in solchen Maßstäben zu denken und sich dann auch noch davon gebauchpinselt zu fühlen, was mich nicht daran hinderte, es trotzdem zu einem gewissen Teil zu tun.

»Ist ein Experiment, logisch«, endete Almut. Sie stand hinter ihrem Schreibtisch. Ich saß. »Aber dahinter verbirgt sich was Größeres. Was Zukunftsweisendes. Eine Frage. Nämlich: Wie commercial ist die Generation woke eigentlich? Ist die Generation woke überhaupt commercial? Will die Generation woke commercial sein? Und wie woke wollen *wir* sein? Wenn das klappt, dann kann das ein richtig, richtig großes Ding werden. Das ist mein voller Ernst.« Sie guckte sehr ernst, eine auffallende Redundanz.

»Sorry«, sagte ich nach einer Pause, »das ist irgendwie zynisch. Zumindest ist die Gefahr sehr groß, dass die Sendung genau so wird. Zynisch, meine ich. Glaube ich.«

»Ironisch«, verbesserte mich Almut schnell. Sie ließ mich nicht aus dem Blick. Ich wusste nicht, ob sie das ernst meinte. »Und damit die Sendung das nicht wird, also zynisch, will ich dich«, fuhr sie fort. Ich merkte, dass ihr das Wort »Empasthian« auf der Zunge lag, aber sie entschied sich dagegen, es auszusprechen. Aus irgendeinem Grund wandte ich mich in diesem Moment im Stuhl um, um zu sehen, ob uns die Mitarbeiter Almuts hinter der Glaswand beobachtet hatten. Ein sehr junger Mann blickte von seinem Bildschirm zu mir und sah mich an, als schaue er weiter die Sendung, die er auf dem Monitor verfolgt hatte. Er wirkte interessiert und unterhalten.

Almut und ich wussten, dass das gerade stattfindende Gespräch und alles von ihr Gesagte eine Inszenierung war. Das heißt, ich war wie so oft nicht ganz sicher, ob mich mein Eindruck nicht trog, und ärgerte mich dann, wie so oft, dass ich an dem Offensichtlichen zweifelte. Vollkommen sicher war ich mir indes, dass auch Almut bewusst war, dass genau diese Szene und das Konzept der Sendung wie Realsatire wirkten. Es machte jedoch keinen Unterschied mehr. Das war das Bemerkenswerte. Hätte ich Almut darauf aufmerksam gemacht, hätte sie mit den Schultern gezuckt, mir zugestimmt und »Und?« gefragt.

Ich sagte, ich könne mir das nicht vorstellen. Meine Gesichtszüge verhärteten sich, ohne dass ich das wollte. Sie verhärteten sich, weil das die Situation erforderte. Zum ersten Mal wirkte Almut ein wenig aus der Fassung gebracht. Was ich damit sagen wolle, fragte sie. Ich sagte, sie wolle, dass ich bei einer zynischen Show mitmache, die womöglich auch noch latent rassistisch sei. Ich sprach sehr bestimmt. Was ich wolle, fragte Almut. Auf einmal schien es Verhandlungsspielraum zu geben, was mich zu meiner eigenen Überraschung freute. Ich wollte nicht so sein. Trotzdem freute es mich, dass ich den Spieß umgedreht und Almut in die Ecke getrieben hatte. Man brauche diese Sendung, sagte Almut. Man müsse den Dienstagabend mit irgendwas bespielen bis Weihnachten. Sie sage das nur mir. Eine andere Sendung sei weggebrochen. Die Kollegin, die *Unter der Haube* gepitcht habe, Nena, überfordere der Zeitdruck. Es gebe momentan keinen anderen Redakteur im Sender, der dafür Kapazitäten hätte. Ich mache doch so etwas mit links. Ich sei eines der besten Pferde im Stall. Sie machte eine kurze Pause. Ich wisse schon, wie sie das meine. Ich sagte ruhig, ich wolle wieder zurück zu den XXL-Dokus. Ich wolle keine Rohrkrepierer mehr wie das *Retro-Room*-Projekt und ich wolle keine zynischen Shows. Ich wolle kein Lückenbüßer sein. Ich wolle nicht verheizt werden. Ich hatte auf einmal die unbestimmte Vorstellung einer Lang-Doku über ein spannendes Thema im Kopf, wie ich die Sendung auf dem Papier entwarf, wie ich recherchierte und Archivmaterial sichtete, wie ich wieder ins Ausland reiste, wie sich im Schnitt das eine zum anderen fügte und ein Film daraus wurde, mein Film. Es war ein wunderbares Glücksgefühl. Almut sagte schnell, wenn ich die Show, die im Übrigen, das sei ihr wichtig, nicht zynisch sei, mache, gebe es für mich die Chance, Specials von *Voyageur* zu betreuen, 90 Minuten, lang genug? Ich sagte, ich würde es mir überlegen, obwohl ich wusste, dass es da nichts zu überlegen gab. Almut sagte, das bedeute aber, Vollgas bis Dezember, in einer Viertagewoche sei so etwas nicht zu schaffen. Ich antwortete sehr schnell »Na gut dann also« und wusste, dass ich etwas Falsches, Unverzeihliches getan hatte. Ich hatte mich *versündigt*. Exakt dieses Wort tauchte in meinem Kopf auf. Ich führe es auf meine katholisch geprägte Oberpfälzer Jugend zurück. Aber vielleicht stimmte es. Ich versündigte mich gegen meine Familie und mich selbst und wusste es und schaffte es trotzdem nicht, einen Rückzieher zu machen, während Almut mir stumm zunickte, als habe sie mich durchschaut.

Monika, der ich auf dem Fahrrad davon berichtete, ohne jedoch zu erwähnen, dass ich Brigitte gegenüber mein Versprechen gebrochen hatte, meinte lediglich, wenn sie das höre, sei sie froh, mit körperlich und nicht, wie ich offenbar im Sender, mit geistig Kranken zu arbeiten.

Samy sah sich auf Netflix besonders gern Zeichentrickserien über Umweltprobleme an und weigerte sich mittlerweile, Fleisch zu essen, obwohl wir ihm immer wieder erklärten, wie wichtig das für Kinder im Wachstum sei. Wir hatten sogar, als er uns nicht glaubte, Alexa als Kronzeugin herangezogen. Ich hätte vielleicht zumindest seinen Segen, auch wenn ich wieder länger von zu Hause weg sein würde. Tatsächlich akzeptierte er es ohne jeden Widerstand, als ich beim Abendessen an diesem Tag von meiner Entscheidung erzählte. Ich ertappte mich selbst dabei, wie ich die Situation so darzustellen begann, als hätte ich mehr oder weniger keine andere Wahl gehabt, da ich sonst rausgeflogen wäre. Außerdem fügte ich hinzu, würde ich ab Januar dann wieder auf vier Tage reduzieren. Es war eine Lüge. Es schockierte mich, dass ich mich nicht wirklich unwohl dabei fühlte.

»Okay«, sagte Brigitte nur. »Dann ist das eben so.«

»Aufgeschoben ist nicht aufgehoben.« Mir fiel tatsächlich nichts Besseres ein. Ich stand auf und trat zu ihr hin.

Nach kurzem Zögern, so als hätten wir plötzlich vergessen, wie das ginge, umarmten wir uns. Aus ihrer Berührung sprach ihre Enttäuschung, und ich spürte, dass sie in diesem Moment jemanden hielt, der ihr fremd und fern war. Es war, als schmölze meine Haut und ich zerrinne, so wie Tom, die Zeichentrickkatze, wenn sie über offenem Feuer von Jerry gefoltert wurde. Dann sahen wir uns an, ich hatte wieder meinen Menschenkörper, und sie sagte: »Du, passt schon.«

Mein Kandidat war Mitte 30, hieß Girisha und wohnte im westindischen Pune. Dort betrieb er eine kleine Konditorei, die sich seit Generationen großer Beliebtheit bei der unteren Mittelschicht erfreute, der er selbst entstammte. Zusammen mit seinen Eltern, seiner Frau und seinen drei Töchtern sowie seinem Bruder, der Miteigentümer war, und dessen fünfköpfiger Familie bewohnte er eine für indische Verhältnisse komfortable, für westliche Verhältnisse indiskutable Wohnung in einem Mehrfamilienhaus, das außerhalb des

Stadtkerns lag, so dass er täglich mehrere Stunden zur Arbeit unterwegs war. Durch einen Zufall war in einer angesagten US-amerikanischen Lifestyle-Zeitschrift ein Artikel über seinen Laden erschienen, der die Süßigkeiten dort als »India's secret sweetheart« lobte und zudem Girisha als geradezu exemplarisch guten Menschen porträtierte, der seit Jahren Tag und Nacht schuftete, damit seine Töchter ein besseres Leben, sprich Ausbildung und Beruf, hatten als er. In einem kurzen Absatz wurde zudem erwähnt, vor dem Schlafengehen studiere er leidenschaftlich Rezepte aus fremden Ländern und versuche in den Nachtstunden, wenn er allein in der Küche war, sie nachzukochen. Sein großer Traum sei es, einmal unter der Anleitung von Profis eine Sachertorte zu backen.

Durch besagten Artikel war Nena auf Girisha aufmerksam geworden. Als ich zu *Unter der Haube* stieß, war er bereits gecastet, Nena war schon mit ihrem Team in Pune gewesen und hatte dort das Intro für ihn gedreht. Während ich nach Wien flog, coverte sie die zweite Kandidatin der Sendung, von der ich kaum etwas wusste, Phuong, eine Köchin aus Vietnam, die sich zu Hause gegen Hundefleisch engagierte und nun in Berlin ein typisches Menü zubereitete. Beide, Girisha und Phuong, hatten noch nie ihr Land verlassen, was den Reiz des Formats ausmachte. Es war Jahre her, dass ich zuletzt on location gedreht hatte. Bei *Voyager*, wo mein Platz vor dem *Retro-Room* gewesen war, hatte meine Aufgabe vor allem in der Themenplanung und Betextung von Beiträgen bestanden. Ich erinnere mich, wie aufgedreht ich war, während ich mit meinem Team am Flughafen in Wien auf Girishas Flieger wartete. Für meine Stimmung war etwas verantwortlich, was ich insgeheim den »Kamera-Modus« nannte. Sobald die Kamera angeschaltet war, hörte ich mehr, sah ich mehr und roch ich mehr als normalerweise. Alle meine Sinne waren offen. Ich entdeckte Dinge, auf die ich sonst nie geachtet hätte, weil sie mir nicht interessant erschienen wären. Dadurch, dass es darum ging, die Wirklichkeit aufzunehmen, nahm ich sie wirklicher als sonst wahr. Ich hatte das, was der Philosoph Walter Benjamin eine gesteigerte Wahrnehmung genannt hat. Meine Reaktion war schneller. Ich fing Wasserflaschen, ehe sie zu Boden fielen. Ich spürte Reserven in mir, von denen ich nichts gewusst hatte. Ich musste nichts mehr essen. Ich lief, ich ging in die Hocke, ich hielt mir die Hände als Linse vors zusammengekniffene Auge. Ich suchte Bilder. Wenn ich eines gefunden hatte, hatte ich ein religiöses Gefühl.

Das Band meiner Armbanduhr zog. Mein Fitness-Yoda warnte mich, dass mein Herz zu schnell schlug.

Ich drehte mit kleinem Team. Ein Kamera- plus ein Tonmann. Ich erinnere mich lediglich noch an den Kameramann, obwohl ich nur dieses einzige Mal mit ihm zusammenarbeitete. Er hieß Irmin, war etwa zehn Jahre älter als ich, sehr schlank, aber drahtig und nicht sonderlich groß. Auf eine unheimliche Art war er mir sehr vertraut. Es gibt diese Menschen, bei denen man bereits bei der ersten Begegnung das Gefühl hat, man kenne sie schon lange. Bei der Vorbesprechung im Taxi zum Flughafen war klar, dass Irmin mich sofort verstand und es keine langen Diskussionen geben würde. Er hatte allerdings eine irritierende Angewohnheit. Wenn er mit etwas einverstanden war, sagte er am Ende des Satzes »okay, white man« oder »good, white man«. Mit diesem »white man« sollte er den Tonmann und mich die gesamten nächsten drei Tage anreden. Erst später fand ich heraus, dass er gerade erst von einem Dreh in Südafrika zurückgekehrt war, wo ihn der einheimische Scout immer so genannt hatte – und er irgendwann die Schwarzen zu ihrer Erheiterung ebenso.

Im Flughafengebäude zog der Tonmann mit seiner Angel allein

los, um noch vor der Ankunft des Fliegers Atmos zu ziehen. Irmin fing Bilder ein. Er grinste in sich hinein und sagte zu sich selbst, »And Action!«, als handele es sich bei der Welt um ein Filmset und bei den Passanten um Schauspieler und als sei dies keine Nullachtfünfzehn-Sendung fürs deutsche Fernsehen, sondern eine Hollywood-Produktion. Er zog sich die Kapuze seines Hoodies über den fast kahlen Kopf. Auf eine seltsame Art wirkte er jetzt plötzlich unsichtbar. Ohne die Augen vom Display zu nehmen, mischte er sich unter eine Reisegruppe, umtänzelte unbemerkt ein Paar, das voneinander Abschied nahm, und lächelte väterlich ein kleines Kind auf dem Arm seiner Mutter an, damit es in die Kamera zurücklächelte. Erst später fiel mir auf, dass er die Kamera, die er auch bei den Mahlzeiten oder Besprechungen stets bei sich trug, tatsächlich ununterbrochen laufen ließ, selbst wenn es nichts zu filmen gab.

Girisha wurde beim Flug von einem weiblichen Scout begleitet, die ihn dort auch heimlich mit dem Handy drehte, da wir keine Genehmigung im Flugzeug erhalten hatten. Bis dahin hatte ich nur einmal mit Girisha per Videocall gesprochen. Trotzdem verstand ich allein durch dieses eine Gespräch sofort, warum ihn Nena gecastet hatte. Er bot all das, was sich der deutsche Normalzuschauer von einem jungen Inder erwartete beziehungsweise wünschte: das irgendwie Weiche, irgendwie Witzige, irgendwie Weise, ohne dabei jedoch vollends jedes Klischee zu erfüllen. Dazu war er spürbar zu reflektiert und wusste sowohl über das Backen als auch die Welt des Fernsehens zu gut Bescheid. Er sah nach traditionellen Maßstäben gut aus. Er war männlich und trotzdem ein wenig kindlich. Er war lustig und hatte trotzdem ein bisschen etwas Trauriges. Er war klug und trotzdem naiv genug, hier überhaupt mitzumachen. Kurz: Er war gut genug, den Zuschauer über 120 Minuten mitzunehmen. Man würde sich freuen, wenn es ihm und seiner Familie zu Hause besserging. Man würde wollen, dass er gewinnt. Er war der ideale Held beziehungsweise Kandidat. Und das Wichtigste: Man würde sich mit ihm identifizieren, obwohl er kein Mitteleuropäer war. Er war braun, aber nicht schwarz. Es hatte damals Erhebungen dazu gegeben. Sehr dunkle Inder rangierten darin an unterster Stelle der Sympathieskala, da der Zuschauer sie weder Indien noch Afrika zuordnen konnte und dadurch verunsichert war. Die Statistik war top secret, da sich der Sender keinen Rassismusvorwürfen aussetzen wollte. Schon ein halbes Jahrzehnt später wurde für Castings das *Heroes*-Programm eingeführt, das die Informationen zum Äußeren und Inneren des Kandidaten auf seine Popularität beim Zuschauer überprüfte. *Heroes* war in der Lage, ungefähre voraussichtliche Einschaltquoten beziehungsweise Klickzahlen bei den unterschiedlichen Zuschauersegmenten für die jeweilige Person zu beziffern. Aus Spaß fütterte ich einmal zusammen mit anderen aus der Redaktion das Programm mit meinen eigenen individuellen Daten. Wir wieherten alle laut auf, als keiner von uns die erforderliche Punktzahl erhielt, um als potenzieller *Hero* eingestuft zu werden. »Oh Mann, und ich dachte, wir wären voll die Heroes hier!«, prustete einer von uns so übertrieben stolz, dass wir vor Vergnügen jaulten. »Aber so Scheiße sind wir doch auch wieder nicht, oder?«, kicherte ein anderer, wischte sich die Lachtränen aus den Augen, ohne dass ihm jemand antwortete, weil nicht klar war, ob der Satz eine echte oder rhetorische Frage war.

Girisha schüttelte mir die Hand. Er war einen Kopf kleiner als ich und trug, wie besprochen, über dem bunten Hemd den Secondhandpullunder, den wir ihm in München besorgt und per Express geschickt hatten, sowie eine Anzugshose, ebenfalls Secondhand, obwohl er zu Hause ausnahmslos neue Adidas-Trainingsanzüge mit Goldschrift bevorzugte, offensichtlich billige Imitate. Allerdings wäre es uns schwer gefallen, ihn in so einem Outfit als sozial schlecht gestellten Inder einzuführen. Das mochte der Wahrheit entsprechen, erzählte sich aber nicht in wenigen Bildern und Worten.

»I am very happy to meet you, sir.« Aus Girishas Strahlen sprach ehrliche Freude. Wir hatten zuvor sichergestellt, dass er gute Zähne besaß, sonst hätten wir ihm noch einen Expresstermin bei einem österreichischen Zahnarzt besorgt und seine Ankunft nachgedreht.

»Bastian«, korrigierte ich ihn schnell und bemühte mich, herzlich zu lächeln, weil er so etwas zutiefst Sympathisches an sich hatte und ich sofort ein schlechtes Gewissen bekam, dass so ein guter Mensch an einer Trash-Show wie dieser teilnahm und ich dafür verantwortlich war. Er hatte einen starken indischen Akzent, sprach aber besseres Englisch als ich selbst.

»Are you filming right now, sir … sorry, Bastian?« Er schielte zu Irmin, der sich sofort den Hoodie vom Kopf zog und ihm freundlich die Hand entgegenstreckte.

»Irmin.« Seine ohnehin kaum vorhandenen Lippen verschwanden bei der Formung eines Lächelns vollends. »I am the camera.«

»This, right? Is it a D5?« Girisha deutete auf Irmins Kamera.

»Hey«, Irmin klopfte ihm anerkennend auf die Schulter und freute sich sichtlich. »I love this guy. A real pro.«

Und das war er. Ein Profi. Obwohl er noch nie vor der Kamera gestanden hatte, ließ er sich vom Tonmann geduldig verkabeln und wusste, dass wir ihn in mehreren Takes aufnehmen würden und er deshalb jede Handlung so identisch wie möglich wiederholen musste. Also trat er nach Irmins »And Action!« mit seinem großen Koffer vor die Schiebetür des Gates, tat so, als sei er gerade gelandet und schaute sich gespannt in der völlig neuen Umgebung um, ohne stehenzubleiben, kehrte zurück auf seine Position vor die Schiebetür des Gates, tat so, als sei er gerade gelandet und ging, ohne sich umzuschauen, Richtung Wartehalle.

Zum ersten Mal in Europa. Und dann gleich in Wien. Der Stadt des Zuckergebäcks. Für Girisha wird in diesen Momenten ein Traum wahr. All die Müdigkeit nach dem langen Flug ist da vergessen.

Ich vernahm eine Off-Stimme in mir. Sie legte sich synchron über die Bilder. Sie war angenehm. Ich lauschte ihr gern. Ich hörte die optimale Begleitmusik, Streicherklänge, dazu ein Glockenspiel, der frühe Richard Strauss meets die frühen *Coldplay*, die Welt ist neu und so weiter, und wusste sofort die Nummer, unter der ich sie im Katalog der Musikdatenbank des Senders finden würde.

Als ich kurz mein Handy checkte, hatte ich einen verpassten Anruf von Ilie. Er hatte keine Nachricht hinterlassen. Wir hatten uns schon länger nicht mehr gesprochen. Wenn ich während der *Retro-Room*-Phase überhaupt den Nerv hatte, mit Nicht-Team-Mitgliedern in Kontakt zu treten, wollte ich eigentlich ausschließlich über das *Retro-Room*-Projekt reden. Als ehemalige Insiderin war Monika die Einzige, mit der so ein Gespräch möglich war. Ansonsten versuchte ich mit der verbliebenen Energie mit Brigitte die Termine des Alltags zu klären. Anders als früher, als wir nahezu monatlich bei Chips und einer Flasche Bier telefoniert hatten, hatte ich sämtliches Interesse an den Erzählungen Ilies, des ewigen Bachelors und Sonnyboys, über Tinder-Bekanntschaften oder Wochenendtrips in die Metropolen der Welt verloren. Ich merkte wohl, dass unsere Freundschaft zu bröckeln begann, so wie überhaupt der gesamte *Klub der Katze*. Unsere Kommunikation hatte in den letzten Jahren zum größten Teil daraus bestanden, Witze oder Artikel über

Trump oder Celebrities aus unserer Jugend in lustigen Situationen in unsere Whatsapp-Gruppe zu stellen und dann darauf mit den stets vier gleichen Emoticons zu reagieren. Es tat mir weh, wenn ich daran dachte.

»Hey, white man! Du wirst hier mal gebraucht!« Ich hörte Irmins Stimme, seltsamerweise sehr leise und entfernt, eben war er noch neben mir gewesen. Ich blickte auf und sah, dass ich, ohne zu wissen, wie ich dort hingekommen war, auf dem Vorplatz des Flughafens stand. Irmin winkte mit ausladenden Bewegungen von der gegenüberliegenden Straßenseite, vom Taxistand, ohne die Lippen zu bewegen. Bild und Stimme ergaben das, was man beim Film eine Schere nannte. Sie passten nicht zusammen.

Das Elektrotaxi wartete wie bestellt. Als ich es erblickte, sah ich innerlich vor mir, wie die Sendung einfror und eine Statistik eingeblendet wurde, die zeigte, wie wenig Energie wir im Vergleich zu herkömmlichen Autos verbrauchten. Girisha saß hinten neben Irmin, ich am Beifahrersitz. Unaufgefordert begann Girisha eine Art Monolog zu murmeln, während er aus dem Fenster schaute. Ich tippte Irmin an, der sofort draufhielt. Zuerst dachte ich, es stimme etwas nicht mit unserem Kandidaten. Der lange Flug und die vielen Eindrücke der für ihn fremden Welt seien zu viel für ihn. Dann realisierte ich, dass er genau wusste, dass es der Sendung guttäte, an dieser Stelle uns, nein, der Kamera, nein, dem deutschen Durchschnittszuschauer Einblicke in seine Gefühlswelt und sein innerstes Inneres zu gewähren. Eine Geschichte war im Entstehen begriffen. Ich hatte ein religiöses Gefühl. Ich hörte Klavierklänge, ich hörte einen unaufdringlichen elektronischen Beat, ich hörte an- und abschwellende Synthesizerklänge, ich hörte Erwartung, ich hörte Verheißung, Robert Schumann meets *Jackson 5*, und wusste die entsprechende Katalognummer. Als der Tonmann sagte, er habe wegen eines Geräuschs draußen eine bestimmte Passage nicht einwandfrei verstanden, wiederholte sie Girisha in exakt demselben Tonfall und mit derselben Gestik, so dass es keinerlei Probleme mit dem Anschluss geben würde.

In der Fußgängerzone gegenüber der Oper machten wir einen Emotion-Shot. Girishas Sympathiewerte beim Publikum würden noch steigen, wenn er mit seiner Familie und insbesondere mit seinen kleinen Töchtern interagierte. Innerlich sah ich an dieser Stelle der Sendung bereits einen Einschub vor mir, der das sozial äußerst relevante Thema der schwierigen Situation von Mädchen in Indien behandelte. Almut würde es lieben, das marktrelevante Zuschauersegment der Generation Greta würde es lieben. Wir mussten nur darauf achten, dass wir dabei nicht das Moderne aus den Augen verloren. Wir war ich. Mir gelang es, diese Sätze in genau dieser Formulierung sowohl ernst als auch ironisch zu denken.

»This is so very beautiful!« Girisha war stehengeblieben. Sein Blick heftete sich auf den typischen Tourismus-Kitsch, die Pferdekutschen vor der Oper und die als Mozart-Karikatur verkleideten Menschen, die für Sightseeing-Tours warben. Ich nehme an, er meinte diesen Satz aufrichtig. Ausnahmsweise achtete er nicht auf Irmin, der ihn mit der Kamera umkreiste. Doch erst nachdem ich ihn gebeten hatte, sich nur stumm und staunend sehr langsam um die eigene Achse zu drehen, damit Irmin sich nicht zu bewegen brauchte und somit keinen Schatten auf ihn warf, wirkte er glaubwürdig.

»Now look!«, rief er dann, als er mit seiner Familie whatsappte und mit seinem Handy die Umgebung abschwenkte, damit sie sie bewundern konnte. Er strahlte so stolz, dass ich ihn bitten musste, es nicht zu übertreiben, da man sonst die Szene für gestellt halten würde. Schemenhaft erkannte ich hinter seinem Rücken auf dem Display aus der Entfernung Köpfe, die sich dicht aneinanderdrängten. Eines der Mädchen filmte uns, Irmin filmte es, wie es uns filmte und es uns den Film zeigte, in dem wir es filmten.

»Die Handwerker sind heute wieder nicht gekommen. Ich kann nicht glauben, dass man erst drei Monate auf einen Termin warten muss, und dann taucht niemand auf. Und jetzt? Warten wir einfach noch mal ein Vierteljahr? Wir haben zwar ein zweites Bad, aber es ist nicht benutzbar. Das ist doch alles Irrsinn.«

Im Hotel lag ich zwischen dem Nachmittags- und dem Abenddreh angezogen auf der Bettdecke und stellte mir vor, was Brigitte jetzt gleich sagen würde, wenn ich sie anrief. Wir hatten diese Art von Gespräch während der *Retro-Room*-Zeit öfter geführt, wenn ich zwischendurch vom Sender aus angerufen hatte und sie nicht gerade im Begriff war, im Schlafzimmer Schrägstrich Büro zu Hause den Unterricht für ihre Klassen vorzubereiten oder Samy zu bespaßen. Es wäre ihre Antwort auf die Frage: Wie läuft's? Ich konnte auch fragen: Wie war's in der Schule? Oder: Wie geht's Samy? Ich kannte ihre Antworten. Brigitte und ich wussten, dass wir beide die Antworten kannten, und, ohne dass wir darüber geredet hätten, wussten wir, dass es uns beide in gleichem Maße nervte, dass wir immer dieselbe Art von Fragen stellten und der andere immer dieselbe Art von Antworten gab. Aber es war uns beiden auch klar, dass dies nur eine vorübergehende Phase in unserer an sich überdurchschnittlich soliden Beziehung war. Danach würden wir wieder die nötige Kraft und Lust haben, aus diesen Mustern auszubrechen. Ich hatte Studien gelesen, die bestätigten, dass solche Situationen normal waren.

Meine Sehnsucht nach Brigitte war in diesem Moment in einem Maß überwältigend, wie ich es schon sehr lange nicht mehr erlebt hatte. Hätte mich jemand in diesem Moment gefragt, hätte ich, ohne zu zögern, geantwortet, dass ich Brigitte selbstverständlich liebte. Doch die Wahrheit war, dass ich eine Version von Brigitte liebte, die diese, abgesehen von dem Intermezzo in Venedig, schon seit einiger Zeit nicht mehr war. Die Erklärung dafür schien ebenso einleuchtend wie mannigfach. Meine und ihre Arbeit, mein und ihr Stress, und eine Phase, die jedes Paar durchmachte, das schon so lange verheiratet war wie wir und ein kleines Kind hatte.

Endlich, zehn Minuten bevor ich mit dem Team in der Lobby verabredet war, rief ich zu Hause per Whatsapp-Videocall an, weil ich mich für einen bis dahin guten Drehtag belohnen wollte, indem ich Samy sah.

»Snoopy ist krank«, waren Brigittes erste Worte, als sie auf dem Display erschien. Sie schaute besorgt. »Richtig krank. Also krankkrank.« Ihr Gesicht und ihre Stimme waren nicht synchron.

»Wart ihr beim Arzt?«

»Der hat ihr eine Spritze gegeben. Aber er sagt, er kann nicht sagen, was sie hat. Kann sein, dass duweißtschonwas.« Sie verzog das Gesicht als Zeichen dafür, dass sie vor Samy nicht sagen wollte, dass Snoopy möglicherweise eingeschläfert werden musste.

»Aber Snoopy ist doch erst … wie alt ist er? Zwei? Drei?«

»Sie«, sagte Brigitte.

»Was? Was weiß Papa?«, kam Samys Stimme aus dem Hintergrund.

»Sprich doch mal bitte mit ihm.« Brigitte guckte flehentlich.

»Snoopy ist krank, Papa!«, schrie Samy verzweifelt ins Handy und hielt es so nah ans Gesicht, dass man nur seinen Mund sah.

»Ich weiß, mein Schatz.« Ich versuchte, so sanft zu klingen wie möglich. »Aber weißt du, die schläft jetzt, und dann geht's ihr wieder besser. Wart erst mal ab. Manchmal sind Katzen eben krank. So wie wir.«

»Aber«, Samy schluchzte, »ohne Snoopy kann ich nicht schlafen. Snoopy beschützt mich doch. Vor der Zecke. Wer beschützt mich dann, wenn Snoopy das nicht kann?«

»Dann bin eben ich dein Snoopy heute«, kam mir Brigitte zuvor. Ich bewunderte, wie spontan und souverän sie mit Samy in solchen Situationen umging. »Du schläfst einfach bei mir im Bett. Ja?«

Wir verabschiedeten uns schnell, weil ich nicht Brigittes vorwurfsvollen Blick ertragen wollte, der mir durch die Blume sagte, dass das wieder eine Nacht mit wenig Schlaf bedeuten würde, während ich es mir in Wien gutgehenließ. Ich versuchte, mir eine Grenze zu setzen, ab wann wir mit Samy wegen der Zecken-Geschichte einen Kinderpsychologen aufsuchen sollten. Während der Vier-Tage-Woche-Interims-Phase war es ein wenig besser geworden. Aber ich verdrängte den Gedanken, dass das Erscheinen der Zecke etwas mit meiner Abwesenheit zu tun haben könnte. Nun, da Samys Angst vor seinem imaginary enemy aber wieder gewachsen war, war ich mir nicht mehr sicher, ob er so, wie er sich benahm, seine Bewegungen, die Art, wie er sprach, sein Wortschatz, einem normalen, sprich gesunden sechsjährigen deutschem Kind entsprach. Als ich es gegenüber Brigitte erwähnte, hatte sie erwidert, dass ich mich und vor allem bitte sie nicht verrückt machen solle. Das Problem war: Gingen wir mit Samy deshalb zum Arzt, gab ihm, Samy, das vielleicht das Gefühl, nicht normal zu sein. Und obwohl er vielleicht vorher durchaus normal gewesen war, war er es dann durch unser übervorsichtiges Verhalten vielleicht nicht mehr, weil es ihm einen Knacks gab und alle Ticks zum Vorschein brachte, vor denen wir uns vorher gefürchtet hatten. Wir war ich.

Zur Beruhigung checkte ich die Artikel auf meiner Zalando-Wunschliste, von denen keiner über 30 % reduziert war. Anschließend guckte ich mir ein Youtube-Video an, in dem eine Herde Elefanten im Kreis um ein Wasserloch stand, in das eines ihrer Babys gefallen war. Trotz verzweifelter Versuche schaffte es es nicht mehr heraus, weil die Wände zu steil waren. Die Elefanten gingen in die Knie und reichten dem Baby ihre Rüssel. Nach einigen Minuten gelang es dem Baby, einen der Rüssel mit seinem eigenen Baby-Rüssel zu ergreifen und sich daran hochzuziehen. Als es oben angekommen war, schien es, als streichele einer der Elefanten, vielleicht war es die Mutter, dem Kind mit dem Rüssel liebevoll über den verschlammten Rücken. Das Video trug den Titel »(Elephant) Life is good«. Ich meine mich zu erinnern, dass die Anzahl seiner Klicks der Einwohnerzahl Deutschlands entsprach.

Als Ilie anrief, ging ich nicht ran.

Schon einmal hatte unsere Freundschaft am Scheideweg gestanden, und wir alle hatten gewusst, dass sie entweder mit der Unvermeidlichkeit eines in Zeitlupe explodierenden Hauses auseinanderflog, weil unsere Leben einfach zu verschieden geworden und unsere Wohnorte zu weit voneinander entfernt waren; oder es würde uns gelingen, noch einmal Zeit und Energie in sie zu investieren und ihr einen neuen Impuls, eine Art erwachsenes Update zu geben. Im Sommer 2018 hatten wir uns schließlich dazu aufgerafft, ein gemeinsames Wochenende auf Ibiza zu verbringen. Ilie hatte sich dort von den obszönen Summen, die er in Zürich verdiente, eine Ferien-Finca am Strand gekauft. Die Vorzeichen für die Rettung unserer Freundschaft hatten allerdings schlecht gestanden: Madita hatte sich zunächst geweigert, nach Ibiza mit dem Flugzeug zu reisen. Erst nach einer nächtlichen Konferenzschaltung, in deren Verlauf Ilie und ich ihr versprechen mussten, ein dreistelliges CO_2-Zertifikat zu kaufen, hatte sie sich breitschlagen lassen. Auf Ibiza wollte sich dann nicht so recht unser altes *Klub der Katzen*-Feeling einstellen, obwohl Ilie alte Fotos und Videos, die ich schon längst vergessen hatte, auf sein Blackberry-Handy überspielt hatte und uns ebenso stolz wie gerührt präsentierte. Nur mit Mühe konnte Madita verbergen, dass sie vor allem mit Ilies Lebensstil nicht einverstanden war: dass er ständig zwischen Zürich, Ibiza oder anderen Orten in der Welt pendelte, um Party zu machen, keinen Wert auf nachhaltige Kleidung legte, auf Tinder einer Frau nach der anderen das Herz brach und doch nur Sex wollte. Und vor allem dass er für einen Private Equity Fonds arbeitete. Gleichzeitig spürten Ilie und ich, wie sehr Madita der Job in der Kinderpsychiatrie belastete, obwohl wir sie dafür bewunderten. Während Ilie und ich schnell in unseren alten Spaß-Modus verfielen, in den wir am Ende immer doch fanden, auch wenn ich mir in den Tagen vor solchen Treffen nicht vorstellen konnte, mit Ende 30 wieder derart albern zu werden, sonderte sich Madita von uns ab, telefonierte viel mit der Klinik in Hamburg und wirkte abwesend. Erst als sich am Samstagabend jener Zwischenfall in der Strandbar ereignet hatte, war das Eis gebrochen. Zwei junge britische Touristen neben uns machten eine abfällige Bemerkung über Madita im Sinne von »not shaggable«. Ilie schoss sofort hoch und forderte die beiden auf, sie sollen sich entschuldigen, worauf sie weiter witzelten, sie hätten seinen »boy-friend« nicht belästigen wollen, außerdem hätten sie ja auch gar nichts gegen »faggots«, woraufhin Madita gehen wollte, Ilie, der bereits leicht alkoholisiert war, sie zurückhielt und auf die beiden Briten einbrüllte, niemand beleidige seine beste Freundin, die mehr Gutes in ihrem Leben getan habe als jeder andere, den er kenne, und die er liebe wie eine Schwester. Der Besitzer der Bar, den Ilie wiederum gut kannte, schaltete sich ein und erteilte den beiden Briten Hausverbot. Madita hatte Ilie lange umarmt, und wir lagen am Ende des Abends auf der Couch in Ilies Haus, um über den Unterschied von Männern und Frauen zu sprechen, wobei Ilie Madita, die nach einer Affäre mit einem Kollegen im Jahr davor behauptete, sie habe gar keine Zeit für eine Beziehung, halb im Spaß und halb im Ernst von den Vorzügen von Tinder zu überzeugen versuchte, was sie jedoch brüsk mit dem Argument ablehnte, dass sie ja dann theoretisch auf ihn stoßen könne, was ein ziemlicher Alptraum wäre und außerdem jammerschade, weil sie ihn niemals als Freund verlieren wolle, bei dem sie die Hoffnung nicht aufgegeben habe, ihn doch noch in einen annehmbaren Vertreter der menschlichen Spezies zu verwandeln. Madita hatte zu unserer Verblüffung eine Tüte Gras im Handgepäck mitgeschmuggelt. Die Selbstverständlichkeit, mit der sie sich nun einen Joint drehte, ließ erkennen, dass sie das öfter tat, obwohl sie sich sonst immer über Raucher empört hatte. Ilie versuchte anschließend, auf Tinder herauszufinden, was Maditas Typ sei. Es stellte sich heraus, dass Madita immer noch wie damals zu Schulzeiten auf 08/15-Beaux Marke Brad Pitt stand, was ihr anscheinend selbst peinlich war, da sie sich, sonst so selbstsicher, kichernd und mit rotem Kopf mehrmals dafür entschuldigte und schnell davon ablenkte, indem sie die Rollen umkehrte und Ilie dazu brachte, uns am Handy seine Likes zu zeigen, was Madita und mich aufjaulen ließ, da seine Matches derart dem Klischee des viel zu jungen und dennoch bereits mit Botox aufgespritzten Insta-Girls entsprach, dass wir uns gegenseitig festhalten mussten – Madita war erschreckend knöchern –, um nicht vor Lachen das Gleichgewicht zu verlieren, woraufhin Ilie, den unsere Reaktion sichtlich amüsierte, mit Ilie-Unschuldsmiene und in einem Deutsch, das sich in den vergangenen Jahren durch seinen Job zunehmend in die Parodie des Denglischen verwandelt hatte, erwiderte: »Hey, that's human, Mann, was kann ich dafür, also shut up.«

Am Ende suchten Madita und Ilie noch nach Matches für mich, wogegen auch nicht mein Hinweis half, ich sei bereits verheiratet, das sei nun wirklich nicht nötig. Nachdem Ilie mich bei jedem Profil mit der Gewissenhaftigkeit eines Pfarrers gemustert hatte, »Rechts oder links swipen?«, und ungeduldig geworden war, weil ich alle ablehnte, erschien das Foto einer Frau, die mich sofort ansprach. Sie sah Brigitte zum Verwechseln ähnlich.

»Oh Gott, what a tragedy. Der arme Junge.« Ilie grimassierte.

»Ist halt Liebe, lass ihn doch, ist doch schön«, wies ihn Madita zurecht.

Während wir damals auf Ibiza weiter gealbert hatten, fragte ich mich, ob es wirklich sein könne, dass auf der gesamten Welt Brigitte der einzige weibliche Mensch war, der zu mir passte, oder ob ich mir das bloß einbildete; ob es lediglich an so etwas wie der richtigen Begegnung zum richtigen Zeitpunkt am richtigen Ort gelegen habe und was geschehen wäre, wenn wir uns nicht getroffen hätten, es gebe keinen Samy, keine Wohnung in Neuhausen, ich hätte vielleicht eine andere Frau, mit der ich auch Kinder hätte, ich würde sie genau so lieben wie Brigitte und Samy, vielleicht wäre ich auch allein. Aber dann hatte mich Madita angestupst und aus dem Gedanken gerissen, und wir diskutierten sehr angeregt-produktiv über Trump und die sehr offensichtlich unvermeidbare rechte Apokalypse. Später, als wir auf den Sofas im Halbdunkel lagen und von uns dreien nur noch Ilie Energie zu haben schien, hielt er einen langen Monolog über seinen Job und seine Branche, wie »pervers« das Verhalten der Manager sei, deren Millionen-Boni in keinem Verhältnis mehr zu ihrer Leistung stünden.

»Wäre es dann nicht allerhöchste Zeit«, Madita war auf einmal hellwach, »mal über einen Berufswechsel nachzudenken, wenn dich dein Job so ankotzt?«

Ilie setzte sich auf. »Also, that's not quite what I said, oder?« Er räusperte sich: »Dieser Mini-Fonds, für den ich arbeite, …«

»Mini-Fonds. Haha«, machte ich laut. Ilie hantierte täglich mit Summen, mit denen man einen Hollywood-Superhelden-Blockbuster hätte produzieren können.

Ilie räusperte sich. »… das sind Peanuts im Vergleich zu den wirklichen big names, und das weißt sogar du. Also, wir halten uns zum Beispiel an die rules of the game. Ob die jetzt okay sind, I don't know. Aber schließlich haben wir die nicht geschrieben. Und der Punkt ist doch: Unsere clients wissen genau, worauf sie sich da einlassen. Sind doch alle erwachsen. Also, shut up.«

Madita rollte mit den Augen. »Aber du weißt schon, dass das, was du tust, in der richtigen Welt nicht völlig sauber ist? Und dass deine Branche Teil des ganzen Problems ist.«

»Also ich hatte kein Einser-Abi wie du, aber soweit ich weiß, gehören wir genauso zur real world wie du und das, was du machst.« Er war jetzt wieder jener Ilie, den der Direktor damals bei der Abifeier auf die Bühne gebeten hatte, um ihm dafür zu danken, dass er im Rahmen einer eigentlich bloß als Übung gedachten Aktien-Aktion im Wirtschaftsleistungskurs mehrere tausend Mark für den neuen Computerraum der Schule verdient hatte. Ilies Gesicht hatte eine gewisse echte oder gespielte Ungläubigkeit darüber verraten, dass ausgerechnet ihm, dem vermeintlich kleinen rumänischen Jungen, so ein Coup gelungen war. Gleichzeitig besaß er in diesem Moment mit seinem viel zu großen Anzug, der zu langen Krawatte und der Mischung aus Stolz und Schlitzohrigkeit etwas derart Charmantes, dass im Publikum spontan vor Vergnügen gelacht wurde, als handele es sich bei ihm um einen Comedian. Man konnte ihn nur lieben. Ich liebte ihn. So wie man nur einen Freund lieben kann.

Ich würde ihn zurückrufen. Sobald ich konnte.

Ich hatte vor der Produktion mehrfach Bedenken geäußert, dass die Credibility der Sendung, die wir alle anstrebten, nicht mit den sonst eingesetzten Laiendarstellern erreichbar sein würde, musste dann jedoch feststellen, dass sich in den zwei Jahren, in denen ich nicht mehr gedreht hatte, die gesamte Branche auf angenehme Weise professionalisiert hatte. Für die wichtigen Nebenrollen in derartigen Reality-Formaten boten mittlerweile Agenturen wie *ReelLife* authentische Menschen mit Kameraerfahrung an, die gewohnt waren, vor der Kamera sich selbst zu spielen, ohne gestellt oder unglaubwürdig zu wirken. Unsere ältere, stämmige Wiener Kassenfrau war letztlich genau so, wie man sie sich vorstellte und wünschte, ebenso unser Ober und unsere Biobäuerin. Beim Koch hingegen mussten wir auf den tatsächlichen damaligen Chefkoch des Sachers in Wien zurückgreifen, da wir andernfalls keine Drehgenehmigung dort erhalten hätten. Mir war von vornherein klar, dass es sich um ein Risiko handeln würde, das über das Gelingen der gesamten Produktion entscheiden konnte.

Der entscheidende Moment bei *Unter der Haube* war gekommen, als sich Günther, der Chefkoch des Sachers, groß, hager, schlecht rasiert, talgige Gesichtsfarbe, unter seiner steifen, rechteckigen Haube, die wie ein festgeklebter metallischer Magierhut unbeweglich auf seinem Kopf saß, weigerte, innerhalb der Drehs in seiner Küche den im Treatment vorgesehenen und unbedingt nötigen Läuterungsprozess von skeptisch zu begeistert durchzumachen.

»Ein Inder? Eine original Sachertorte? Ein Inder? Nie im Leben.«

Anfangs fand ich Günthers ruppige Statements durchaus in Ordnung, da sie die Fallhöhe vergrößern würden: Umso emotionaler würde der Twist ausfallen, in dem Günther Girishas Backkünste zu schätzen lernte. Die rassistische Kruste des alten Tortenmeisters würde Sprünge bekommen und schließlich mit einem leisen Knackgeräusch aufbrechen wie die hart gewordene Zuckerglasur eines Gebäcks, das zu lange in der Theke gelegen hatte. Auch als Günther Girishas ersten Versuch kostete und Irmin in der engen Küche vor mir in die Knie ging, um Günthers Reaktion, die sich in ihrer Einzigartigkeit ausnahmsweise nicht wiederholen lassen würde, auch ja nicht zu versäumen, und Günther das Gesicht verzog, den harten schwarzen Klumpen mit übertriebenen Würgegeräuschen ausspuckte und Girisha spürbar ängstlich einen Schritt zurückwich, hörte ich in meinem Kopf die beruhigende Stimme: *Es ist ein Schock. Girisha ist am Boden zerstört. Doch er gibt nicht auf.* Aber auch am nächsten Tag, an unserem vertraglich vereinbarten letzten Drehtag im Sacher, beim zweiten und dritten Versuch Girishas verhielt sich Günther ähnlich. Auch für mich stand außer Frage, dass Girishas Torte nicht an das Original heranreichte.

War alles umsonst?, hörte ich die Stimme. *Was soll Girisha nun seinen Töchtern erzählen? Doch da hat er eine Idee.*

Die Idee hatte dann tatsächlich mein innerer ERZÄHLER, er flüsterte sie mir ein. Ich überredete den stets missmutigen Günther, *gemeinsam* mit Girisha eine Torte zu backen. Österreich und Indien, Weiß und Schwarz, Alt und Jung, Vergangenheit und Zukunft, erste und dritte Welt. Irmin kniete auf den Fliesen, filmte den Backofen und Günther, der Girisha immer noch sehr von oben herab und ohne ihn wirklich anzusehen in gebrochenem Englisch Tipps gab. Das war egal, das konnten wir so schneiden und mit Sound unterlegen, dass es wirkte wie der finale Akt der Völkerverständigung. Irmin zwinkerte mir kurz erschöpft lächelnd zu und hob den Daumen, auch der Tonmann mit seinem krebsroten Kopf und seit

Stunden erhobenen Armen, mit denen er die Angel hielt, nickte zustimmend. Wir erlebten einen Aware-Moment.

Snoopy ging es immer schlechter. Durch das Handy konnte ich sie vor Schmerzen miauen hören, was klang, als sei sie ein winziges, befelltes Kind in Katzengestalt. Der Arzt wusste nicht, was ihr fehlte. Samy schluchzte, in der Nacht zuvor habe die Zecke in einer Ecke des dunklen Zimmers gehockt, und Brigitte gab mir zu spüren, dass sie mir die Schuld dafür gab, indem sie wiederholte: »Dazu sage ich jetzt nichts.« Nach meiner Rückkehr würde sich die Situation entspannen. Alles war letztlich nur vorübergehend, sagte ich mir. Alles ein Ende hat, würde Yoda sagen. Vor allem würden wir eine Lösung für Snoopy und die Zecke finden. So etwas passierte, weil Dinge passierten. Es war normal. Eventuell würden wir mit Samy doch einmal zum Arzt gehen, einfach um sicherzustellen, dass mit ihm auch wirklich alles in Ordnung war.

Ich denke, das alles war ein wichtiger Bestandteil, aber nicht der Auslöser dafür, dass in diesem Winter 2019 mein Leben durcheinandergewirbelt wurde. Im Nachhinein waren es wohl die unbeantworteten Anrufe Ilies, die das entscheidende Zünglein an der Waage bedeuteten. *Durcheinandergewirbelt* – ich merke beim Schreiben, wenn ich auf die weiße Fläche aus Schnee vor meinem Fenster blicke, dass dieser Begriff nicht wirklich das beschreibt, was passierte. So ähnlich vielleicht, wie wenn Brigitte und ich uns damals »Ich liebe dich« sagten und eigentlich etwas anderes meinten, ohne genau zu wissen, was eigentlich.

In der Nacht nach dem zweiten Drehtag klingelte mein Handy, kurz nachdem ich eingeschlafen war. Das Display zeigte ein Foto, das ich in meinem Zustand nicht sofort zuordnen konnte.

»Mhm«. Reflexhaft nahm ich ab, weil ich dachte, es sei Brigitte und Samy müsse beruhigt werden.

»Na endlich geht der Klecka mal ran. Und ich habe schon geglaubt, dass dir auch was passiert ist.« Es war Madita.

»Mh … Madita?« Wir hatten ewig nicht mehr miteinander geredet. »Was … warum … warum rufst du denn … ist gerade … ich bin gerade auf Dreh … o Mann … wie viel Uhr ist es denn?«

»Ilies Vater ist gestorben.«

Mit einem Ruck war ich hellwach.

»Was?«

»Er hat versucht, dich anzurufen. Da war sein Vater noch im Krankenhaus. In Oberviechtach. Schwerer Schlaganfall. Heute Nachmittag ist er gestorben. Also gestern.«

»Ich … bin gerade in Wien. Im Hotel. Ich konnte nicht ran, weil ich … Scheiße. Das ging ja dann total schnell, oder? Normalerweise dauert das doch länger, dachte ich, bis …« Ich spürte das schlechte Gewissen.

»Du, es ist, wie es ist. Jedenfalls: Ich fahre morgen früh mit dem Zug nach Ovi. Wann kannst du da sein?«

»Morgen? Auf keinen Fall. Ich bin gerade auf Dreh. Wie gesagt. Das hier ist superwichtig.« Auf einmal hörte ich in meinem Ohr: *So sehr er es sich auch in diesem Augenblick wünschte und es das Richtige gewesen wäre, es war unmöglich.* Eine Geschichte war im Entstehen begriffen. Aber dieses Mal nicht vor der Kamera, sondern im wirklichen Leben. Alles, was ich jetzt tat, hatte Einfluss auf ihre Fortsetzung. Ich war wie gelähmt und starrte auf meine Spiegelung im schwarzen Hotelfernseherbildschirm. Dann riss ich mich zusammen, verjagte die Off-Stimme und sagte: »Ich rufe ihn an. Ist er … wo ist er gerade? Wie geht es ihm eigentlich?«

»Na, du weißt ja.« Madita klang wie immer. Sie war ganz die Alte.

Praktisch, fokussiert, gleichzeitig mitfühlend. Wie sah sie aus? War sie noch im Krankenhaus in Hamburg? »Starke Vater-Sohn-Bindung. Ansonsten keine Familie. Wie ich halt. Aber halt ein Mann. Na ja, ein Mann-Mann. Zumindest wäre er gern einer. In Wirklichkeit ist er ein 16-Jähriger im Körper von duweißtschon.« Ich hörte, wie sie lächelte, so dass ich mitlächeln musste. »Jedenfalls: Der ist komplett im Arsch, Bastian. Ich mache mir echt Sorgen. Der braucht uns jetzt.«

»Ich …« Ich guckte auf den Kunstdruck neben dem Fernseher, »Ich kann nicht. Es … es geht einfach nicht. Ich muss hier arbeiten. Ich bin hier mit einem Team. Wir drehen eine neue Sendung. Ich meine … also ich rufe ihn an.« Ich sagte es zu mir, zu meiner Spiegelung im Bildschirm.

Madita seufzte. »Ilie klopft gerade bei mir an. Wir reden morgen. Okay? Wenn ich in Ovi bin.«

»Ich … okay, ich versuche es. Scheiße.«

Sie legte auf. Ich war geschockt, dass ich in keinerlei Hinsicht geschockt war. Schließlich hatte ich Herrn Popescu gut gekannt, und Ilie hatte mir immer wieder halb aus Spaß, halb aus Stolz Urlaubsfotos seines von Jahr zu Jahr dicker werdenden und zugleich immer noch zufriedener wirkenden Vaters geschickt. Ich schrieb: »Mein Freund! Tut mir so wahnsinnig leid. Madita hats mir gerade gesagt. Bin gerade in Wien auf Dreh und wahnsinnig im Stress. Rufe dich morgen an, ja? Ich umarme dich! LG«.

Was dann geschah, kann auch erst im Nachhinein meiner Erinnerung hinzugefügt worden sein, so wie ein Special Effect in der Postproduktion eines teuren Science-Fiction-Streifens: Ich schaute wieder zum toten Fernseher; für den Bruchteil einer Sekunde nahm ich eine Gestalt wahr, die ganz aus Licht bestand und an meiner Stelle im Bett saß. Ich wusste, dass ich selbst das war, aber in einer besseren Version. Die Gestalt war ich als guter Mensch, der in dieser Situation richtig handelte und so lange aufblieb, bis Ilie mit Madita fertig telefoniert hatte, um dann selbst mit ihm zu sprechen und ihn zu trösten wie ein wahrer Freund. Es war eine Möglichkeit, wie die Geschichte weitergehen konnte, mein Narrativ.

Ich schlief ein.

Es mag der Intensität dieser Tage in Wien geschuldet sein, dass sich, während wir dann am nächsten Morgen weiterdrehten und sich nie der richtige Moment fand, Ilie anzurufen, weit auseinanderliegende Ereignisse in meinem Kopf miteinander verbanden wie Punkte beim Malen nach Zahlen, die am Ende ein Bild ergeben, ein Bild in diesem speziellen Fall, das allerdings so abstrakt war, dass ich es nicht zu entschlüsseln vermochte. Ja, es schien auf einmal eine Art Kausalität zwischen der Rückkehr der Zecke zu bestehen, zwischen Snoopys Krankheit, dem Tod von Ilies Vater und dem Versprechen des *Klubs der Katze,* sich in der Not beizustehen. Für die restliche Drehzeit wurde ich das Gefühl nicht los, dass mich die Lichtgestalt jener Nacht verfolgte – und zwar leibhaftig. Sie hieß Girisha. Was er auch tat oder sagte, und das war weder sonderlich tiefsinnig noch außergewöhnlich, sondern eher selbstverständlich, ja banal – er kam trotz allem stets von Grund auf sympathisch und liebenswert rüber. Heimlich beobachtete ich ihn. Girisha war ein guter Mensch. Er war von Natur aus gut. Mit Verwunderung stellte ich fest, dass er mich von Stunde zu Stunde, in der ich Ilie nicht anrief, aggressiver machte.

Nachdem wir am letzten und dritten Tag seinen Abschied am Flughafen gefilmt hatten, kam er wie besprochen noch ein letztes Mal zu uns zurück.

»Bye, white man!« Irmin klopfte Girisha wie einem echten Kumpel auf die Schulter, der dabei lachte. Die beiden, so schien es mir, hatten, anders als Girisha und ich, in den paar Tagen tatsächlich eine Verbindung zueinander aufgebaut. Ich wünschte, ich hätte mich genauso, ungezwungen und herzlich, verabschieden können, und wusste im selben Moment, dass dies dadurch, dass ich daran gedacht hatte, nun unmöglich sein würde.

»You are a wonderful person, you know?«, sagte ich. »You return to this wonderful country to your wonderful family. I really envy you. Congratulations, my friend.«

Er strahlte über das ganze Gesicht und schüttelte gleichzeitig den Kopf. Ich dachte, er freue sich wegen des Kompliments. Bedächtig und dennoch schneidend klar antwortete er: »No, I envy *you* a lot, Bastian. Don't get me wrong. I love my country. I love my family, especially my daughters. But there's no future in India. It stinks. People hate each other. They are unhappy and die early. Why do you want to travel Economy when there is Business Class? There is a lot of future here in Europe, especially in Germany. The future happens here, not in India. You know what? I wish, I were exactly like you. I would love to do all the things you do. I would like to have a lot of money and I would love to spend it. I would not care about anything else. I would love to have a big car and a big house and excellent food. High-quality chicken-meat. And I would also love my wife and family having a big car and big house. One car and one house for each. Maybe some girlfriend aside. Because you know what? I want to live now. I want to have a good life. I think you are the luckiest guy on this planet, you know that?«

Glitches

Beunruhigenderweise meldete sich auf dem Heimflug weiter die ERZÄHLER-Stimme, obwohl wir längst nicht mehr filmten. Ich ertappte mich dabei, wie ich meine Umwelt weiter nach dem Ausschnitt und Winkel scannte, mittels derer man sie am besten in Szene setzen könnte. Irmin war neben mir mit der Kamera im Arm, deren Lämpchen weiter rot leuchtete, eingenickt. Wahrscheinlich konnte er auch nur so schlafen. Mein Tracker-Band zeigte an, dass meine Werte trotz der Anstrengungen der vergangenen Tage im unteren grünen Bereich waren. Mein Schritte-Konto war für den Rest der Woche gefüllt. Ich musste mir keine Sorgen machen. Ein nicht existierender mittelalter Mann flüsterte mir mit der künstlich-falschen Dringlichkeit eines Live-Reporters ins Ohr *Die Abschiedsworte seines indischen Freundes hatten ihn nachhaltig irritiert* und *Was würde er wohl seinem besten Freund in dieser schweren Stunde sagen?*

Ich erinnere mich deutlich an die Worte, die ich dann hörte, als ich endlich abends in Neuhausen die Tür unserer Wohnung aufschloss und aufpassen musste, nicht über die Zalando-Pakete zu stolpern, die sich im Eingangsbereich stapelten: *Dann die Überraschung: Bei seiner Rückkehr in sein altes Zuhause war alles anders.* Das Vorzimmer mit der Garderobe erschien mir wie die Kulisse für einen in Kürze stattfindenden Dreh. Die Jacken und Anoraks an den bunten Tierkopfhaken. Die Giraffe und der Elefant waren für das Kind, das Zebra für die Mutter, der Büffel für den Vater. Darunter die winzigen Stiefel neben den im Vergleich dazu unwirklich großen Schuhen der Erwachsenen. Eine fast schon klassische Einstellung, die dem Zuschauer Geborgenheit vermittelte. Was wären realistische und dennoch originelle Zeilen für den nun gleich stattfinden Dialog zwischen Mann und Frau?

Hinter der Milchglasscheibe der Küchentür rechts vom Flur bewegten sich im warmen Licht zwei Farbfelder, eine Frauenstimme erklärte »Jetzt ist der Papa da«, eine Kinderstimme rief aufgeregt »Papa!« Schritte klangen dumpf. In den Augenblicken, bevor sich die Felder in Menschen, die Frau in Brigitte und das Kind in Samy verwandelten, meinte ich gesehen zu haben, wie Brigitte, als trete sie wie jeden Morgen vor ihre Klasse, sich räusperte, ein anderes Gesicht aufsetzte, eine andere Haltung einnahm und in ihre Rolle »Brigitte, die Partnerin Bastians« schlüpfte.

Samy sprang mir auf den Arm und gab Affenlaute von sich, die vielleicht tatsächlich authentische Geräusche der Freude waren. Aus dem Augenwinkel registrierte ich, dass Brigitte, wie schon zu *Retro-Room*-Zeiten ihre nachvollziehbare und sicherlich ungespielte Totalerschöpfung ostentativ zur Schau stellend, uns beobachtete. Sie trug in dieser Zeit extrem dicke Pullover mit irgendwelchen aufgestickten Mustern, weil sie so fror. Zusammen mit ihrer neuen Rundbrille und dem Pferdeschwanz, zu dem sie damals ihr Haar zu binden pflegte, weil sie einfach nicht die richtige Frisur fand, die zu ihr passte, gab ihr dieses Outfit ein typisch lehrerinnenhaftes Aussehen, weswegen sie im Kolleg und bei ihren Schülern aufgezogen wurde. Sie hatte dann stets schlechte Laune, weil sie sich alt und spießig fühlte. Sie meinte, mit neununddreißig könne man nicht mehr so tun, als sei man ein Mädchen, das sei bloß noch peinlich, aber innerlich sei sie auch noch nicht bereit dafür, eine dicke Mami zu sein, sie befinde sich einfach in einem schrecklich undankbaren Alter.

»Vorsicht, wenn du ins Bad willst. Die Handwerker haben alles aufgerissen und sind dann abgehauen. Das Klo kann man immer noch nicht benutzen.«

Ich spürte die anderen Sätze, die gleichzeitig in diesen Sätzen steckten, meine Off-Stimme kannte sie alle. *Lange mache ich das nicht mehr mit, ich habe auch einen Job, wenn auch nur mit reduzierter Stundenzahl, und das alles wegen dir, Samy braucht seinen Vater mehr als nur beim Aufstehen und Einschlafen.* Ich streichelte Brigitte an der Schulter über den extrem dicken Pullover, unter dem der Körper nur ahnbar war. Einerseits wollte ich nicht auf Konfrontation gehen, andererseits war es wichtig, dass sie merkte, wie erschöpft auch ich war, da ich von einem Job zurückkehrte, der nicht unwesentlich dazu beitrug, dass wir uns die schizophren überteuerte Münchener Innenstadtmiete für die eigentlich zu kleine Wohnung leisten konnten, aus der vor allem sie nicht ausziehen wollte. Die 4-Tage-Woche-Interimszeit und vor allem das Wochenende in Venedig erschienen mir auf einmal fiktiv. Als hätte ich das alles nur irgendwo gelesen.

Brigitte würde erkennen, dass er ihren Unterton erkannt hatte. Sie konnte entweder ihre Vorwürfe vergessen oder den Konflikt suchen, was sie aber nicht tun würde, da sie am nächsten Tag unterrichten musste und dafür keine Kraft und Lust hatte. Er wusste das und benutzte dieses Wissen. Wenn, dann. Sie handelten und sprachen nach Regeln, die sie selbst geschaffen hatten. Sie sprachen und handelten im Bewusstsein, dass der eine den anderen beobachtete und bewertete. Es waren die »Brigitte und Bastian-Regeln«. Es gab zwischen ihnen keine Sätze und Handlungen jenseits der Regeln. Sie waren kommunizierende Regeln.

Ich setzte Samy auf den Boden und schnappte nach Luft.

»Ich muss kurz mit dir reden«, sagte ich und schaute Brigitte an.

»Snoopy ist ganz schlimm krank«, sagte Samy und schaute mich vorwurfsvoll an.

»Ist was passiert?« Brigitte erstarrte in ihrer abendlichen Brigitte-Begrüßungs-Geste, bei der sie am Türrahmen lehnte und die Hand in die Hüfte stemmte, weil sie Rückenschmerzen hatte. Überrascht runzelte sie die Stirn. Hinter ihrer Brille guckte sie anders als sonst. Sie war ernsthaft besorgt.

Normalerweise hätten wir jetzt in der Küche gemeinsam gegessen, uns gegenseitig noch durch die Blume, da in Gegenwart Samys, angeblafft, irgendwann hätte Brigitte müde etwas Semi-Ironisches gesagt und mir über den Kopf gestreichelt oder auf sonst eine Art mein Haar berührt. Das wäre das Signal gewesen, dass das Spiel »Bastian kommt nach Hause« beendet war und wir jetzt aufhören sollten, uns am anderen abzureagieren, und wir wieder normal sein konnten. Wir hätten dann noch eine halbe Stunde gemeinsam auf dem Sofa im Wohnzimmer eine Kindersendung angesehen und wären nett zueinander gewesen. Ich wäre unendlich erleichtert gewesen, wahrscheinlich wie Brigitte auch. Ich hätte mir gedacht, wie sehr ich das alles doch vermisst hatte, Brigitte, Samy, die Wohnung. Dass ich die Reisen und den Job in Ismaning nur machen konnte, weil ich wusste, dass diese Wohnung in Neuhausen existierte wie ein Leuchtturm, der mich wieder heil zurückbrachte. Der mich heil machte. Wie sehr ich sie beide brauchte. Dass ich nicht ohne sie leben könnte. Nie.

In der Küche setzte ich mich auf die Bank neben Snoopy. Sie lag zusammengerollt auf einem Kissen. Als ich sie streichelte, stellte sie nur die Ohren auf, ohne den Kopf zu heben. Sie roch nach Erbrochenem. Durch ihr Fell konnte ich ihre Knochen spüren.

»Sie muss sich viel ausruhen, dann geht es ihr wieder gut. Hat der Doktor gesagt«, erklärte mir Samy sachlich, kletterte unter dem Tisch durch, legte seinen Kopf neben den von Snoopy und guckte seine Katze zärtlich an.

»Ach Schatz, das ist aber nicht ganz das, was der Doktor heute gesagt hat«, seufzte Brigitte und setzte sich mir gegenüber.

»Aber Alexa hat das gesagt!«, kam Samys Stimme aus der Richtung Snoopys, als sei es die Katze, die nun spreche.

»Also?« Brigitte war die Anspannung anzusehen, die mein ungewohnter Blick bei ihr ausgelöst hatte. Ich hatte ihre volle Aufmerksamkeit. Sie war ganz bei mir. Ich merkte, wie gut mir das tat. Ich hätte die Situation gern noch ein wenig hinausgezögert. »Ilies Vater«, zischte ich, weil ich vor Samy nicht übers Sterben reden wollte. Ich schüttelte den Kopf und schloss die Augen als Zeichen für Trauer.

»Alexa?«, krächzte Samys Stimme. »Was essen Katzen am liebsten?«

Brigitte öffnete vor Schreck den Mund. »Tot?«, bewegten sich ihre Lippen stimmlos.

»In kleine Stückchen geschnittenes frisches rotes Fleisch in Mäusetemperatur.«

»Gibt es auch liebe Katzen?«

»Ich verstehe deine Frage nicht.«

»Gibt es auch Katzen, die kein Fleisch essen. Vegegagisch … vege …«

»Vegetarisch«, half Brigitte Samy und flüsterte mir bestürzt zu: »Der war doch noch gar nicht so alt.« Sie kämpfte mit den Tränen. Ihr Vater hatte in letzter Zeit immer wieder gesundheitliche Probleme gehabt.

»Es gibt keine vegetarischen Katzen.«

»Welche Musik mögen Katzen gerne?«

Ich reichte Brigitte über den Tisch die Hände. Sie ergriff sie dankbar. Wie unendlich gut das tat. Wir gehörten zusammen. Die schönen Momente überwogen die nicht schönen Momente um ein Vielfaches. Auch ich spürte, wie mir die Augen nass wurden. Ich nannte solche Situationen für mich »9/11-Momente«, weil Katastrophen uns bewusst machen, was wirklich zählt und wer wir sein wollen. Ich wusste, dass das moralisch fragwürdig war, dennoch hätte ich süchtig danach werden können.

»Und wie geht es ihm jetzt?«

Ich zuckte mit den Schultern. Brigitte zog ihre Hände weg und guckte noch fassungsloser als zuvor bei der Todesnachricht.

Alexa spielte den unbeschreiblich ergreifenden zweiten Satz aus Mozarts Klarinettenkonzert. Ich glaube, ich konnte sogar die genaue Aufnahme bestimmen. So etwas ging bei mir immer noch wie im Schlaf. Ich hatte das Stück und die Platte oft bei meinem Großvater gehört, der Mozart als besonders förderlich für die geistige Entwicklung von Kindern erachtete. Wahrscheinlich hatte es tatsächlich eine Studie gegeben, bei der an Messgeräte angeschlossenen Katzen unterschiedliche Stücke vorgespielt worden waren.

Während Brigitte Samy ins Bett brachte, blieb ich auf der Bank in der Küche sitzen und wählte Ilies Nummer. Er hob sofort ab, als habe er nur darauf gewartet.

»Hey, wie geht es dir denn?« Zu meinem Erstaunen fand ich sofort einen Ton, mit dem ich zufrieden war, obwohl er eigentlich nicht zu mir passte: kumpelhaft, männlich, großer Bruder-haft.

»Hey. Sitze gerade hier in der Wohnung in Ovi.« Ilies rauer Stimme war anzuhören, wie viel er die letzten Tage geweint hatte. Ich hatte gehofft, dass er auf meinen Kumpelton einsteigen würde. »Scheiße, Basti … ich …«

»Ist gerade echt alles ziemlich heftig für dich. Ging total schnell, oder? Ich meine, willst du überhaupt drüber reden?«

Durch den Hörer drang jetzt das, wovor ich mich gefürchtet hatte: Schluchzen.

»… weißt du, das ist wegen … ich konnte ihm nicht einmal das sagen, dass …«

Mir schnürte es sofort die Kehle zusammen. Ich hätte etwas sagen sollen, um Ilie emotional zu stützen, aber ich war absolut unfähig zu sprechen. Ich spürte auf einmal all den Schmerz Ilies in mir. Ich vermisse dich so, Tata. Du warst mein bester Freund. Du hast mich auf der Flucht nach Deutschland getragen, als ich zu müde zum Laufen war. Du hast geschuftet, damit ich ein besseres Leben habe als du. Du warst so stolz auf mich, als ich den Job in Zürich bekam. Du wirst mich nie wieder in die Arme schließen. Ich würde dich tragen. Überallhin. Du warst bis zuletzt so stark. Wie soll ich ohne dich leben?

»Ich konnte nicht zurückrufen. Ich war ständig am Drehen«, weinte ich. »Das tut mir so leid, Mann. Ich war nicht für dich da. Mann …« Jetzt heulten wir beide.

»Es tut so weh, Basti. Scheiße. Es tut so fucking weh.«

»Ich bin da für dich, Mann.« Ich fing mich wieder. Ich spürte die Lichtgestalt. Ich war die Lichtgestalt. Ihre Kraft strömte aus mir. »Ich bin da für dich. Egal, was jetzt passiert. Dass ich nicht zurückgerufen habe, war Scheiße. Aber jetzt bin ich da für dich.« So unendlich traurig die Situation war, so glücklich war ich plötzlich.

»Samstag ist die Beerdigung. Hier am Friedhof. In Ovi. Bukarest wäre zu krass gewesen.«

»Ich komme«, antwortete ich sofort.

»Mann, das … unsere Freundschaft … ich meine … zumindest das, oder?« Ich hörte Ilie unter seinen Tränen kurz lachen und spürte mein Herz.

»Ja, Ilie. Freundschaft!«

In der Sekunde nachdem wir aufgelegt hatten, wusste ich, dass ich Ilie »Ich liebe dich« hätte sagen können, vielleicht sollen. Der Satz hätte ihm Kraft gegeben. Ich hätte den Satz wahrscheinlich wie beim Stabhochsprung, wo man unter die Latte dicke Matten legt, durch ein »Mann« oder »Dicker« abgepolstert. Aber stimmte das? Liebte ich Ilie? Ich wusste, dass ich ihm den Satz höchstens in einem leicht ironischen Kontext hätte sagen können. Doch es stimmte. Ich liebte Ilie. Anders natürlich als Brigitte oder Samy. Als Freund. Der Moment würde kommen, wo ich es ihm würde sagen können.

Seit dem Tod meines Großvaters war ich nicht mehr in Oberviechtach gewesen. Am nächsten Tag begann die Sichtung des Materials von unserem Dreh. Am Donnerstag war bereits erster Schnitttag. Es wurde erwartet, dass ich auch am Wochenende in den Sender kommen würde. Der Zeitplan für die Pilotfolge war extrem knapp.

Als ich das Licht in der Küche löschte, sah ich, dass Alexas Schalter noch rot leuchtete. Es gab Studien, die zeigten, wie Smart Speaker durch die »Listen«-Funktion ihren Wortschatz erweiterten und ihre Dialogfähigkeiten optimierten. Ich war mir nicht sicher, ob wir diese Funktion aktiviert hatten. Ich warf einen Blick in Samys Zimmer. Sein Bett war leer. Der Boden des Zimmers war mit Lego-Straßenzügen bedeckt. Hochhäuser, denen Stockwerke fehlten, Gebäude ohne Mauern oder Dach. Die Ruinen unserer Vater-Sohn-Beziehung. Weder hatte Samy seit der Vier-Tage-Woche-Interimszeit weitergebaut noch die Lego-Stadt abgerissen. Während ich ins Schlafzimmer schlich, wo es hinter der Milchglasscheibe schon dunkel war, fragte ich mich, was Alexa anhand dieses Gesprächs wohl über mich und Ilie, ja, vielleicht sogar den Menschen an sich gelernt hatte. Brigitte war beim Vorlesen eingeschlafen. Samy lag in ihrem Arm, sein weißes Stoffeinhorn mit dem Regenbogenhorn fest an sich gedrückt. Er atmete unregelmäßig.

Das Schnittstudio war in einem der Container untergebracht, in dem sich zusätzlich noch zwei weitere Studios befanden. Die Wände waren so dünn, dass man permanent den Ton von nebenan hörte. Der kalte Novemberregen verwandelte den Weg über den brachliegenden Platz in ein Feld aus Matsch, der sich unaufhaltsam auf den Böden ausbreitete. Innen und außen wucherten ineinander.

»Willkommen an der Front«, begrüßte mich meine Cutterin. Sie hieß Tess. Ich hatte noch nie mit ihr gearbeitet und sie nur ab und zu in der Kantine gesehen, wo mir ihre für eine Frau muskulöse Gestalt mit den kurzen blauen Haaren, den schwarzen Lippen und den schwarz lackierten Fingernägeln aufgefallen war. Ich nannte das Gothic-Look für mich, weil das damals bei mir in der Schule so geheißen hatte, der neue Fachausdruck war ein anderer.

»Ich habe da schon mal was vorbereitet«, verkündete Tess, ohne mit der Wimper zu zucken. Sie musterte mich. Ich war mir nicht sicher, ob sie den Satz ernst meinte und ob ich darauf einsteigen sollte. Wäre der Spruch von Monika gekommen, hätte ich an dieser Stelle gesagt: »Na, dann zeigen Sie mal her, junge Dame.« Ich wollte kein Risiko eingehen und das Arbeitsklima verderben; zugleich ärgerte ich mich darüber. Meine Stärke im Sender war ja bisher gerade meine Ehrlichkeit und mein Einfühlungsvermögen gewesen. Beides schien mich seit dem *Retro-Room*-Projekt im Stich zu lassen.

Ich sagte: »Okay. Dann leg mal los.« Wie ich es auch drehte und wendete, ich klang nicht wie ich selbst, sondern eher wie einer dieser älteren Redakteure, an dessen Sätzen stets ein ungesagtes »Kleine« oder »Mädchen« dranhing, ein wenig von oben herab. Das war nicht ich.

Der Bildschirm zeigte eine Maske, die ich nicht kannte. »Wo sind hier die verschiedenen Spuren noch mal?«, fragte ich beiläufig und rutschte doch zugleich in die Rolle des leicht schrulligen Typen, der seinen Job schon zu lange macht.

»Ach so, du hast bisher auf *Avid* gearbeitet. Wir haben doch letztes Jahr alles auf *Premiere* umgestellt. Almut meinte, du hast dieses supergeheime 3D-Projekt geleitet. Wäre echt geil geworden, wenn das … also wenn das … na ja.«

Sie sagte das völlig ohne Hintersinn oder Spitze. Sie hätte sich wirklich über das Gelingen meines Projekts gefreut. Ich glaube, ich lief rot an.

Tess gab klappernd mit ihren schwarzen Fingernägeln über die Tastatur Befehle ein. »Ich erklär dir das mal kurz lieber jetzt, damit du dich auskennst. Erspart uns nachher Zeit. Müssen uns ja ziemlich ranhalten.«

Sie hatte bereits die ersten Minuten geschnitten. Almut, Nena und ich hatten vereinbart, uns an klare Plotpoints zu halten und den Film in übersichtliche Kapitelblöcke zu gliedern. Das würde es uns später erleichtern, meinen Teil mit jenem der vietnamesischen Protagonistin, an dem Nena parallel arbeitete, zu verschränken. Tess hatte hervorragende Arbeit geleistet, Monika hätte das nie so schnell hinbekommen.

Während Tess sich an die Fahrt Girishas nach Wien machte, schrieb ich die Texte für die Sequenz. Ich setzte mich mit meinem Laptop mit dem Rücken zu ihr an den Klapptisch am Fenster mit Blick auf die Baustelle des neuen Campus, zog mir Kopfhörer über und sah mir wieder und wieder die Bilder an. Mit beruhigender Zuverlässigkeit meldete sich die Off-Stimme, ich tippte ihre Worte ins

Treatment: »Nach elf Stunden Flug betritt Girisha endlich europäischen Boden. Noch ist alles für ihn wie im Traum.«

Der Cursor blinkte. Lautlos trieben draußen Maschinen, deren Namen ich nicht kannte, dicke Metallpflöcke ins Erdreich. Ich konnte die Erschütterung spüren. Tess schnitt. Bald wäre sie mit der nächsten Sequenz fertig und würde fragen, ob wir den Anfang zusammen mit meinem Text durchgehen wollten. Ich blickte auf meine Sätze. In diesem Moment passierte mir etwas, was ich nur von Volontären aus meiner ersten Zeit beim Sender kannte, die dann sehr bald realisierten, dass sie für den Job ungeeignet waren: Die Wörter passten nicht mehr. Die Dinge rebellierten und offenbarten jene Wahrheit, die schon immer galt und wir dennoch verdrängten, um leben zu können: Die Zeichen waren beliebig. Das Wort Tisch hätte auch einen Stuhl bezeichnen können. Himmel Erde. Feuer Wasser. Mädchen Junge. Böse gut.

Oder einfacher: Man hätte alles auch anders und präziser und vor allem spannender sagen können.

Warum »betrat« Girisha »europäischen Boden«?

Ich löschte den Satz und schrieb: »Girisha ist die Erleichterung nach elf Stunden Flug anzusehen«.

Ich löschte den Satz und schrieb: »Girisha kann es kaum erwarten: Nach elf Stunden Flug ist sein einziger Gedanke –«.

Ich löschte den Satz. Der Cursor blinkte.

Es war, als erlebte ich gerade ein Glitch: einen jener Filmfehler, die durch eine Falschausgabe von Mediendaten entstehen. Die glatten Wände bestanden aus Klötzchen, die Menschen waren Klumpen.

»Bin kurz raus«, lächelte ich Tess an.

»Hey, alles gut?« Sie guckte mich besorgt und irritiert an.

Ich stand vor dem Container, und es gelang mir, den Satz zu denken: »Ich stehe vor dem Container.« Ich machte das, was mich immer zuverlässig zur Ruhe brachte: Zunächst checkte ich meinen Fitness-Tracker, die Werte meines Körpers befanden sich im grünen Bereich, mein Herz schlug, meine Organe funktionierten, ich würde lediglich auf mein Schritte-Konto achten müssen, sonst würde am Ende des Tages wieder Yoda die langen Ohren hängen lassen. Eventuell würde ich, so wie manche andere beim Sender, am späteren Nachmittag auf dem Platz zwischen den Containern mehrmals schnell im Kreis gehen, um zumindest eine solide vierstellige Zahl zu erreichen, der große Kreis war knapp fünfhundert Schritte, der kleine knapp dreihundert. Ich checkte die Nachrichten meiner WhatsApp-Gruppen. Madita hatte in der des *Klubs der Katze* ein Foto hochgeladen, das sie zusammen mit Ilie und mir in jenem Herbst 1992 zeigte, als wir auszogen, um die Zecke zu bekämpfen. Das Foto musste Herr Popescu aufgenommen haben. Madita hatte ein Wort darunter geschrieben: »Wir«. Ilie hatte mit einem gelben Mondgesicht geantwortet, aus dessen gespitztem Mund ein Herz schwebte. Instinktiv suchte ich ebenfalls nach einem Emoticon und spürte währenddessen eine starke Emotion in mir entstehen, die ich nicht bezeichnen konnte, weil sie irgendetwas zwischen extrem traurig und extrem glücklich war. Vielleicht war ich nostalgisch. Schnell hintereinander checkte ich *Spiegel Online, Süddeutsche Online, New York Times Online* und *Washington Post Online,* um das Neueste über Trumps Amtsenthebungsverfahren zu erfahren. Unmittelbar im Anschluss hatte ich das Bedürfnis, die neuesten Nachrichten auf *Spiegel Online* zu checken, bis ich realisierte, dass ich das ja gerade getan hatte und es gar keine Neuigkeiten geben konnte, so schnell passierte nichts, die Neuigkeiten passierten jetzt gerade, in diesem Moment, sie waren unsichtbar, ich schaute vom Display auf die brache Matschfläche zwischen Containern und Hauptgebäude. Die helle Seite aus dem Internet, die ich gerade eben noch betrachtet hatte, legte sich in meinen Augen als Nachbild darüber, so dass es schien, als flögen Wörter und Fotos durch die Herbstluft.

Die frische Luft tat ihm gut. Er sah die Dinge wieder klarer. Er machte sich einfach immer zu viele Gedanken. Wie hatte ihn sein indischer Freund genannt? Luckiest guy. Wenn er ehrlich war, war er das. Und wenn er tief in sich hineinhorchte, fühlte er sich auch so.

Tatsächlich ging es mir besser. Vielleicht lag es an dem Gedanken an Girisha, der im Vergleich zu mir wirklich wesentlich schlechter gestellt war, vielleicht auch nur an der an diesem seltsamen Tag wahrscheinlich seltsamsten Assoziation, dass vielleicht früher Menschen eine solche Off-Stimme für jene Gottes oder eines Engels gehalten hätten und deshalb buchstäblich selig gewesen wären, weil sie dann das Gefühl hatten, jemand beobachte und bewerte sie und alles, was sie taten, sei wichtig.

Ich drehte mich um und trat für eine Sekunde durch die Tür des Geister-Gebäudes, das einmal an genau dieser Stelle hinter mir gestanden und in dem ich viele Jahre gearbeitet hatte und das jetzt ein Container war.

Tess und ich schnitten das übliche Tagespensum. Wir würden fristgerecht abliefern. Ich konnte ganz beruhigt sein. Irgendwo in meinem Kopf war jedoch die Möglichkeit des Lebens-Glitches an diesem Tag weiter vorhanden. Es war ein wenig so, wie wenn Brigitte sich verriss und nicht genau wusste, welche Bewegung der Auslöser dafür gewesen war und sie dann vorsichtig und wie in Zeitlupe durch die Wohnung schlich. Man musste auf der Hut sein. Jeder Moment konnte kippen.

Eigentlich hätte ich auf der Rückfahrt von der Arbeit Monika anrufen sollen. Ich hätte ihr eine große Freude gemacht, hätte ich ihr von der Kollegin berichtet und wie es war, nach all der Zeit wieder zu schneiden. Doch ich hätte Monika dann auch sagen müssen, wie gut die Kollegin war; ja, war ich ehrlich, war sie versierter als Monika.

Als ich die Wohnungstür aufsperrte, schlug mir beißender Gestank entgegen. Mit einem Tuch in der Hand lief Brigitte an mir vorbei und warf mir einen kurzen genervten Blick zu. »Samy ist versehentlich aufs kaputte Klo gegangen, groß natürlich, und als wir versucht haben, das Duweißtschonwas mit der Gießkanne wegzuspülen, hat Snoopy angefangen die Wohnung vollzukotzen, der Arzt hat gesagt, er kann nichts mehr machen, das Tier leidet nur noch, nächsten Dienstag um 16 Uhr ist der Termin zum Einschläfern, wir müssen nachher noch besprechen, wie wir das Samy schonend beibringen und ob wir es ihm überhaupt sagen sollen oder ob wir nicht besser was erfinden, weggelaufen, vom Auto überfahren oder so, ich hasse das so unfassbar, ich muss noch Unterricht für morgen vorbereiten, hatte einen S-C-H-Tag in der Schule und bin noch nicht zum Kochen gekommen, ich kippe gleich um, ich kann nicht mehr, Samy guckt gerade irgendwas auf dem Laptop im Wohnzimmer, obwohl er nicht soll, das geht so nicht mehr, wann kommst du wieder früher nach Hause, Fuck, bitte übernimm jetzt, sonst bring ich wen um.«

Ich nahm ihr das Tuch ab und sagte: »Oh Mann, Scheiße.« Ich hätte noch ein »Tut mir leid« oder »Danke für alles« anfügen müssen, da Brigitte allein, um mir meine Karriere zu ermöglichen, an der Grenze ihrer Belastbarkeit agierte und zwar nicht seit gestern, sondern seit Monaten. Ein »Tut mir leid« oder »Danke für alles« wäre das Eingeständnis gewesen, dass mir diese unhaltbare Situation und mein Egoismus wohl bewusst waren. Eventuell hätten die Sätze ironisch geklungen, weil die Ungerechtigkeit in unserer Beziehung so offensichtlich war. Mir wurde schlecht. Ich brachte es nicht über mich.

Ich trat ins Wohnzimmer. Samy saß mit Kopfhörern auf dem Sofa, den Laptop vor sich, auf dem eine Zeichentricksendung lief. Er guckte definitiv zu viel fern, aber anders hätten Brigitte und ich unsere Berufe nicht ausüben können, um uns die Wohnung in Neuhausen leisten und Samy ein optimales, anspruchsvolles Umfeld bieten zu können. Wie immer, wenn etwas spannend war, kräuselte er die Nase, was ihn mit seinen fast schulterlangen blonden Haaren noch niedlicher und noch mehr nach Kaninchen aussehen ließ. Ich nahm mir wieder mal vor, ihn öfter zu filmen. Wenn Brigitte mich vorwurfsvoll fragte, warum ich in der Arbeit, aber nie zu Hause filme, das hier sei doch viel wichtiger, das hier sei doch unser Leben, wusste ich, dass sie recht hatte. Gleichzeitig hatte ich das Gefühl, dass ich immer jene Momente um wenige Sekunden verpasste, in denen Samys Wesen eigentlich am besten zum Ausdruck kam. Ich kannte die Serie, die Samy guckte. Jede Folge beschäftigte sich mit einem anderen drängenden Problem der Erde. Oft ging es ums Klima, aber auch um die diversen Arten der Verschmutzung oder der Ernährung in Dritte-Welt-Ländern. Ich hatte Samy einmal auf DVD eine Jubilaumsbox mit der alten *Fünf Freunde*-Serie aus den 1970ern gekauft, die ich zusammen mit Ilie angesehen hatte. Samy und ich guckten immer mit Kopfhörer, er auf mir, ich sein Kissen, Brigitte konnte dann nebenher arbeiten. Ich hatte die Filme seit fast drei Jahrzehnten nicht mehr geguckt und fand sie für ihr Alter ziemlich gut, bis wir zu einer deutlich negativ konnotierten Stelle über »Zigeuner« kamen, die mir früher nie aufgefallen war und umgehend einen Schweißausbruch bei mir auslöste, glücklicherweise war Samy da bereits eingeschlafen. Er hatte sich selbst die Serie über Erdprobleme ausgesucht und liebte sie. Er sah eigentlich ausschließlich pädagogisch wertvolle Sendungen oder hörte Hörspiele mit gesellschaftspolitisch relevanten Themen. Draußen in der Einfahrt mit den anderen Kindern aus dem Haus oder gar auf der Straße spielte er nur selten und hatte auch sonst keinerlei Interesse an Fußball oder Pokémon, Themen, die das Leben aller anderen Kinder in seiner Schule 24/7 bestimmten. Mehrmals hatte er Brigitte und mich ermahnt, dass wir die Mülltrennung nicht strikt befolgten. Im Kindergarten war er für ein eigenes Beet verantwortlich, in dem er zusammen mit seinen »Veggies«, wie seine kleinen vegetarischen Kumpels dort hießen, Gemüse anbaute. Andere Kinder in seinem Alter träumten von einer Switch, Samys Hobby schien letztlich einfach darin zu bestehen, die Welt zu retten. Manchmal bedauerte ich es, Madita gebeten zu haben, seine Taufpatin zu sein. Sehr früh hatten in den mit recyceltem Altpapier eingewickelten Päckchen mit den Unicef-Postkarten, die sie ihm gewissenhaft zum Geburtstag und Weihnachten schickte, Bilderbücher zur Klimakrise und zur Flüchtlingssituation gelegen.

Als ich an diesem Abend wie immer, während er am Laptop eine Wissenssendung sah, mein Gesicht in sein dünnes, blondes Kaninchenfellhaar drückte, um seinen Duft einzuatmen, den er irgendwann, wenn sein Körper beschloss, dass es an der Zeit war, kein Kind mehr zu sein, für immer verlieren würde, und er, da er die Kopfhörer trug, zu laut »Nein, Papa, stopp mal, das ist gerade total wichtig« sagte und mich sanft, aber bestimmt wegdrückte, ohne den Blick vom Bildschirm zu wenden, musste ich kurz schlucken. Ich hatte meinen Großvater vor Augen. Wie nah wir uns bei unseren Sessions auf dem Sofa gewesen waren. Zum ersten Mal nach langer Zeit, vielleicht sogar seit jenen Jahren, sehnte ich mich nach seinen seltenen Berührungen. Warum nur hatte er es nie geschafft, seinen einzigen Enkel richtig in den Arm zu nehmen? Sein Kratze-Bart; die Sommernachmittage auf den Hügeln und in den Kuhlen des *Steffi-Graf*-Rondells; die Hitze des Asphalts, wenn ich mit den anderen Kindern aus der Siedlung mit nackten Füßen darüber lief; wie wir johlten, wenn irgendein Nachbar den Strahl des Gartenschlauchs über den Zaun auf uns lenkte: lauter Kitsch-Bilder. In diesen Sekunden konnte ich mich an ihnen nicht sattsehen. Vielleicht, so dachte ich, war diese Zeit als Kind die glücklichste meines Lebens gewesen, obwohl ich ja damals, 2019, in keiner Weise unglücklich und ich mir durchaus bewusst war, zu den 0,1 Prozent der Privilegierten der gesamten Weltbevölkerung zu gehören. Es war nur eine andere Art von Glück, so schien es. Möglicherweise rührte meine Nostalgie aber auch, so dachte ich weiter, von der damaligen Epoche, den frühen 1990ern. Wenn wir Bush Senior und später Bush Junior für die übelsten aller Bösewichte gehalten hatten, was hätten wir dann erst über Trump gedacht? Und wenn für uns die CSU fast schon rechtsradikal war und wir bei manchen Kommentaren Edmund Stoibers die Köpfe schüttelten, was hätten wir dann angesichts der AfD gesagt? Aus Lichterketten war Pegida geworden. Konnte es also tatsächlich sein, dass auch Samy, wenn er erwachsen und es ihm peinlich war, dass ich mein Gesicht an seine Haare drückte, im Nachhinein diese Jahre als die allerschönsten erschienen und sie sich, wie die im Vergleich zu 2019 tatsächlich idyllischen 1990er für mich und meine Generation, in zartbittere und wohlig melancholische Geschichten verwandelten, über die man sentimental lächelnd mit den einleitenden Worten sprach: »Weißt du noch …?«

Das gemeinsame Fernsehen zu zweit aber, das war die glücklichste Zeit. Es war ein idealer Zustand. Wir atmeten gleichmäßig im selben Rhythmus. Ruhig. Samys winzige zarte und dennoch vollkommen ausgebildete und vor allem vollkommene Hand, die die meine suchte und sich vertrauensvoll in sie legte, ohne dass wir den Blick von dem hellen Schein vor uns abwandten, der uns Neues lehrte und uns unterhielt. Wir lachten zugleich. Wir staunten zugleich.

Später blieb Snoopy, während ich in der Küche Katzenkotze aufwischte, in ihrer Lieblingsecke neben dem halb vertrockneten Gummibaum liegen, ohne sich zu rühren. Ich stellte mir vor, wie es wäre, wenn sie in den letzten Minuten hier gestorben wäre. Es wäre eine Erleichterung, wir müssten nicht zum Arzt fahren und Samy etwas erklären, was er nicht verstehen würde, ich hasste mich für den Gedanken. Dann seufzte Snoopy tief auf, ich wusch das Tuch aus, sagte »Ach, du Arme«, Snoopy stellte die Ohren auf und antwortete »Danke, doch es besteht kein Grund, mit mir Mitleid zu empfinden, ich bin kein Lebewesen.« Es war Alexa.

Durch die halboffene Küchentür konnte ich Brigitte am Schreibtisch in unserem Schlafzimmer sehen, das ihr tagsüber als Büro diente. Aus ihren Ohren schauten die gelben Ohrstöpsel, die sie immer bei der Arbeit zu Hause trug, um sich besser konzentrieren zu können. Sie hatte in diesem Schuljahr ungeplant zum ersten Mal eine Abiturklasse, weil eine Kollegin ausgefallen war, zusätzlich zu ihrem Unterstufenprojekt zu 30 Jahre Wiedervereinigung, das sie eigentlich nur ins Leben gerufen hatte, um endlich einmal eine Abiturklasse zu bekommen. Ich ertappte Brigitte öfter dabei, wie sie auf ihrem Handy WhatsApp checkte, was mich eifersüchtig machte, obwohl sich dann immer herausstellte, dass es sich um Leute von der Arbeit handelte. Als ich mir überlegte, tatsächlich die Dauer der Gespräche zu stoppen, die sie mit ihrem Vater einmal die Woche führte, und mit jener der unseren zu vergleichen, erschrak ich vor mir selbst. Nicht von der Hand zu weisen war allerdings, dass sie bei den Telefonaten mit ihm, der zum Glück, wie ich mir sagte, auf seinem Alterssitz in der Nähe von Marseille wohnte, so ausgelassen und irgendwie mädchenhaft war, wie ich sie kennengelernt hatte, nur um sich dann, sobald sie auflegte, in meine dauererschöpfte Partnerin zu verwandeln, deren größter Wunsch es war, wieder einmal Zeit für sich zu haben. Höchstwahrscheinlich ging es ihr mit mir ähnlich.

Nachdem Samy eingeschlafen war und wir ihn in sein Zimmer getragen hatten, war es für Brigitte und mich Zeit für unseren monatlichen Sex. Weil wir gemerkt hatten, dass etwas mit unserer Beziehung nicht stimmte, wir aber nicht zu einer Paartherapie gehen wollten, da dies das Eingeständnis dafür gewesen wäre, hatten wir halb im Spaß Studien über das Thema gelesen, nur um sie am Ende dann doch vollkommen ernst zu nehmen. Die Studien betonten, wie wichtig es für ein andauerndes Gefühl der Verbundenheit sowie für die Bildung von auch im Berufsalltag nützlichen Glückshormonen war, mindestens einmal im Monat miteinander zu schlafen. Dass Brigitte tatsächlich die Tage im Kalender markierte, nervte mich zwar ein wenig, doch andererseits war das auch ein Zeichen dafür, dass ihr weiterhin etwas an uns lag. Nach dem Sex guckten wir, wie meistens vor dem Einschlafen, noch im Bett auf dem Laptop Netflix. Weil mich schon länger keine Filme mehr interessierten und ich höchstens aus beruflichen Gründen noch einmal *Kitchen Impossible* im Schnellvorlauf hätte sehen wollen, überließ ich Brigitte die Auswahl. Also schauten wir eine weitere Folge einer postapokalyptischen Serie an. Ich glaube, sie handelte von einer kleinen Gruppe von Menschen aus unserer Gegenwart, die nach einem Autounfall auf unerklärliche Weise in einem seltsamen Dorf aufwachen, wo sich herausstellt, dass seine Bewohner die letzten Vertreter der Spezies Mensch sind.

»Was würdest du …« Brigitte wandte den Blick nicht vom Bildschirm, dessen Licht ihr Gesicht bleich und maskenhaft wirken ließ, »… machen, wenn du an so einen Ort kommen würdest?«

»Ohne euch?«

»Mhm.«

»Ich … also ich glaube, ich würde nicht mehr leben wollen.«

Ich überlegte, ohne es zu wollen, auf wen ich eher verzichten könnte, wenn ich, wie es in diesen Filmen ja manchmal in Showdowns passierte, die Wahl hätte: Brigitte oder Samy. *Natürlich*, meldete sich meine Off-Stimme, *auf Brigitte. Bastian wäre für Samy gestorben.*

»Und du?«

Brigitte zögerte kurz.

»Ich auch. Klar.«

Nach einer kurzen Pause murmelte sie: »Was machen wir denn mit nächster Woche? Mit Samy und der Duweißtschonwas.«

»Das wird ganz furchtbar.«

»Ja.«

»Ich glaube, ich sterbe, wenn er weint.«

»Ich auch.«

In einer Pause zwischen zwei Spannungsszenen, in der es um Liebe ging und ich die Sekunden mitzählte, weil ich wissen wollte, ob auch Netflix ähnliche Leitlinien für die Dauer von Plotpoints befolgte wie wir Privaten, fragte ich: »Warum schaust du dir eigentlich immer so was an?«

»Du meinst diese völlig hirnlosen, latent rassistischen, latent sexistischen US-amerikanischen Filme mit schönheitsoperierten Menschen?« Brigitte schmunzelte müde den Bildschirm an.

»Ja.«

»Du doch auch.«

»Mhm.«

»Und warum?«

»Na, weil du guckst.«

»Hä? Ich dachte, ich wäre mit einem Erwachsenen mit eigenem Willen verheiratet.«

»Sei mal still, ich höre gar nichts. Das ist so leise.«

»Ich kann ja Stopp machen.«

»Ja. Stopp.«

»Also?«

»Was?«

»Warum guckst du, obwohl du es scheiße findest?«

»Weil man …«

»Ja?«, fragte Brigitte. Das Gespräch schien ihre Restenergie zu aktivieren.

»Da denkt man halt mal nach, was eigentlich zählt im Leben. Wofür man kämpfen würde und Sachen verteidigen und so. Und du?«

Brigitte antwortete nicht, da eine Actionszene folgte, deren Ausgang wir beide abwarten wollten.

Danach schalteten wir aus, morgen war wieder ein Tag. Ich starrte noch eine ganze Weile in der Dunkelheit an die Decke und war mir nicht sicher, ob es Brigitte genauso ging, wollte sie aber nicht fragen, um sie nicht möglicherweise aufzuwecken. Mir fiel noch ein, dass ich ja nun seit diesem Jahr tatsächlich älter war als mein eigener Vater jemals geworden war. Ich dachte sehr selten an ihn, noch seltener als an meine Mutter. Ein seltsames Gefühl befiel mich, schmerzhaft und zugleich gut. Das ist der richtige Ausdruck, glaube ich. Es war, wie wenn sich durch einen Virus meine Haut und mein Fleisch veränderten. Ich hatte kein Haar mehr, mir wuchs ein Bart. Ich wurde zu einer 37 Jahre alten Version des Mannes auf dem Hochzeitsfoto meiner Eltern, das schon ewig in dem Silberrahmen auf der

Kommode im Wohnzimmer stand. Ich lebte das Leben, das er nie hatte. Ich war mein eigener Vater.

In der restlichen Woche versuchte ich, beim Schnitt mit Tess das ungute Gefühl, das sich sofort in mir ausbreitete, wenn ich die Schranke der Sendereinfahrt passierte, zu unterdrücken. Ich fokussierte darauf, was das Projekt von mir erforderte. Ich erinnere mich, dass ich an dem Tag, an dem ich Maditas Nachricht auf dem Handy hatte, kurz zuvor nach soundsoviel Stunden Arbeit zum ersten Mal aus dem Fenster geblickt und mich gefragt hatte, ob es davor überhaupt richtig hell geworden war. Madita hatte in der Klinik einen Notfall, sie schrieb, sie schaffe es deshalb am Wochenende nicht nach Oberviechtach. Sie habe schon mit Ilie gesprochen. Sie mache sich Sorgen um ihn. Am Ende schrieb sie: »Bitte fahr hin. Er braucht dich so«, worauf ich wieder jenen Stich in mir fühlte, wie von einer Wespe. Es mag sein, dass ich ohne Maditas Absage tatsächlich eine Ausrede gefunden hätte, weil ich so oder so überzeugt davon war, dass sie, die ausgebildete Psychiaterin, Ilie letztlich in dieser Situation eine bessere Stütze sein konnte als ich. Auch wenn sie sonst oft die Spaßbremse gegeben hatte und Ilie und ich uns ihr gegenüber zusammengerissen hatten, weil sie bei unseren ironisch gebrochenen, aber dennoch häufig sexistisch und rassistisch angehauchten Blödeleien mit den Augen rollte, war sie stets diejenige gewesen, die wir bei den Entscheidungen unseres Lebens um Rat fragten, weil wir ihr mehr Originalität, Vernunft und weibliche Intuition zugestanden als uns selbst, sei es damals, als ich ihr erzählte, dass ich Brigitte heiraten wollte, ich mich aber noch nicht dazu bereitfühlte (»Du kennst zwar meine Meinung zur Ehe, aber was hast du zu befürchten? Wenn du sie wirklich liebst oder das zumindest denkst, dann ist sie die Richtige! Dass das zwischen uns nie etwas wird, weißt du und deprimiert dich jetzt hoffentlich nicht zu sehr.«) oder Ilie sich nicht sicher war, ob er das Angebot des Private Equity Fonds in Zürich annehmen sollte, weil er auf einen noch besser bezahlten Job in Frankfurt spekulierte (»Du kennst meine Meinung zu euch Heuschrecken, trotzdem kann ich dir sagen: So eine Chance kriegst du nicht noch mal! Außerdem wollte ich schon immer mal in der Schweiz Urlaub machen!«). Ich würde ganz für ihn da sein müssen. Ich würde nicht nur wieder mal behaupten können, sein bester Freund zu sein, sondern dieses Mal auch wirklich wie einer handeln müssen. Ich wusste, gelänge es, wäre das einer dieser Momente, bei denen man bei Filmen weint. Gelänge es nicht, würde das unsere Freundschaft wahrscheinlich für immer beschädigen.

Ich weiß noch, dass Brigitte, als ich an diesem einen Abend nach Hause kam, wieder im Schlafzimmer am Schreibtisch mit Ohrstöpseln saß und Samy sich in der Küche mit Alexa unterhielt. Brigitte warf mir einen verzweifelten Blick zu. Während ich mir in der Garderobe die Schuhe auszog, hörte ich, wie Samy, der neben Snoopy am Boden lag und an einer Karotte knabberte, in die Deckenlampe starrend, die unsichtbare Stimme fragte: »Aber was passiert, wenn sie tot sind?«

»Darüber«, tönte es sanft aus den Lautsprechern, »gibt es unterschiedliche Theorien. Die meisten Religionen gehen jedoch nicht von einem Jenseits für Tiere aus.«

Ich wollte nicht, dass sich Samy mit sechs Jahren mit dem Tod auseinandersetzen musste. Es tat weh. Auch ich selbst war noch nicht bereit, Snoopy einschläfern zu lassen. Andererseits war klar, dass es Samy dämmerte, dass es mit seiner Katze zu Ende ging.

»Aber … also, wenn Snoopy keine Engel-Katze wird«, fuhr Samy erstaunlich gefasst fort und lutschte an der Karotte wie Sherlock Holmes an seiner Pfeife, »wie ist das mit dem, wie ich das machen kann, damit mich die Zecke nicht beißt?«

Für eine Sekunde erfasste mich jene Angst, die ich damals, als Zehn- und Elfjähriger, nachts allein in meinem Zimmer empfunden hatte.

»Anti-Brumm wird für Kinder unter sechs Jahren nicht empfohlen«, informierte Alexa.

Das Treppenhaus in unserem Bungalow in Oberviechtach, wo es nie, trotz eingeschaltetem Licht, vollkommen hell wurde. Wie die Schritte darin hallten, wenn ich so schnell wie möglich hochlief. Wie ich mein Tempo vor der Tür zum Wohn- und Arbeitszimmer verlangsamte, tief ein- und ausatmete, um ruhiger zu werden, und leise die Klinke herunterdrückte.

»Und das, was meine Eltern in dem Schrank da haben, da im Bad?«

Die Gestalt meines Großvaters, der zwischen seinen Büchern und Ordnern an seinem Schreibtisch saß. Er arbeitete. Sorgfältig und mühsam eignete er sich Wissen an, das er heute mit wenigen Klicks im Internet hätte googeln können. Manchmal sprach er dabei leise mit sich selbst, wiederholte einen wichtigen Ausdruck, um ihn nicht zu vergessen. Ich vertraute ihm vor allem wegen dieses Bildes. Wegen dieses Bildes konnte ich mich auf ihn verlassen.

»Ich kenne den Inhalt der Badezimmerschränke deiner Eltern nicht. Ich spioniere nicht, du Schelm«, funktionierte der Ironie-Modus Alexas.

Während ich mich bemerkbar machte und Samy schreckhaft den Kopf hob, weil er mich vielleicht für die Zecke hielt, sehnte ich mich wie bereits ein paar Tage zuvor nur noch heftiger nach meinem Großvater, nach dem süßen Geschmack von Radler, nach dem korrekten Frank Elstner und dem flippigen Thomas Gottschalk, nach der Erleichterung nach dem Golden Goal von Oliver Bierhoff bei der EM 1996, nach dem Stolz auf den ewigen Sieger Michael Schumacher, nach den Nächten, in denen ich zum ersten Mal *Harry Potter* gelesen hatte und mir wie erlöst vorkam, weil mir das Buch so viel besser gefiel als *Die unendliche Geschichte,* und ich mir dachte, ich sei eben in Wirklichkeit immer schon Harry gewesen und nicht Bastian Balthasar Bux, ich hatte auf einmal die Hits von damals im Ohr, zu denen wir auf den Partys mitgesungen hatten, die Hymnen unserer Kindheit, *Don't Speak, Engel, I believe I can fly, Wonderwall, … Baby one more time.*

Als ich abends neben Samy im Bett lag und mit ihm wieder eines seiner Kindersachbücher durchblätterte, in denen es darum ging, wie die Welt doch noch gerettet werden konnte, und er aufmerksam die Bilder der Wälder und Ozeane studierte, war ich erneut überwältigt davon, was für ein reines Herz er hatte. Auch bei jenen Geschichten, die ich ihm vorlas, identifizierte er sich immer nur mit Protagonisten, die so gutherzig waren, dass sie eigentlich vollkommen langweilig waren. Sobald eines der Kinder in den Büchern frech wurde oder den Erwachsenen einmal einen Streich spielte, wirkte er enttäuscht und ein wenig traurig. Während früherer Trotzphasen hatte er uns beide manchmal bis zur Weißglut reizen können. Aber die lagen nun schon länger zurück. Ich konnte mich nicht erinnern, wann er zum letzten Mal etwas angestellt hatte. Auch in der Schule waren seine Lehrer voll des Lobes für ihn. Manchmal hoffte ich tatsächlich, er würde ein bisschen lügen oder uns ärgern. Ich glaube, das lag vor allem daran, dass ich spürte, dass aufgrund meines schlechten Gewissens, die Vier-Tage-Woche gecancelt zu haben, meine Liebe für ihn noch größer wurde, als sie ohnehin bereits war, woran natürlich an sich überhaupt nichts Beunruhigendes war. Nur wusste ich, dass damit im gleichen Maße auch meine Angst, ihm könnte etwas zustoßen, ins Unermessliche wuchs. Ein in sein Handy vertiefter Autofahrer, der nicht auf das Kind auf dem Zebrastreifen achtete, ein beim Spielen um den Hals geschlungenes Seil, wacklige Stühle, nicht abgedeckte Steckdosen, zu große Apfelstücke, die im Hals stecken bleiben, ein unscheinbar-freundlicher Mann, der ihm Gummibärchen anbot, ins Auto zerrte, entführte und vergewaltigte, Samys Schreie um Hilfe, nach seinen Eltern, seinem Vater. Nicht nur konnte ich mich komplett in ihn, Samy, einfühlen, seine Panik, seine Enttäuschung darüber, dass die, die ihn doch beschützen sollten, seine Eltern, nicht da waren, sondern auch ausnahmsweise in mich selbst, das heißt jenen Parallelwelt-Bastian, der die Todesnachricht seines Sohnes erhalten würde, den brennend unerträglichen Schmerz in diesem Moment, bei dem ich wusste, dass ich ihn doch für den Rest meines Lebens ertragen würde müssen. Aber neben dieser Liebes-Angst, die, soweit ich gelesen hatte, selbstverständlich zum Elternsein dazugehörte, war da noch etwas, das dafür verantwortlich war, dass es mir manchmal so vorkam, als leuchte Samy, ja, als ginge von ihm ein Glänzen aus. Wenn er sich zusammen mit Brigitte und mir im selben Raum befand, rissen wir uns zusammen. Wir vermieden es nicht nur, vor ihm zu streiten, Alkohol zu trinken oder zu viel fernzusehen. Wir nahmen bei Gesprächen auch Haltungen ein, die wir früher nicht unbedingt vertreten hätten, von denen wir aber wussten, dass sie eigentlich die richtigen waren. Wir achteten auf die Umwelt. Wir wollten Klimaziele erreichen. Wir spendeten. Wir umarmten uns öfter. All das bloß, weil er uns zusah. Er war der Zeuge. Er war DER ZUSCHAUER.

An jenem Abend, als Samy beim Einschlafen in meinem Arm lag, spähte er im Sekundenabstand trotz seiner Müdigkeit im Zimmer umher. Er hielt Ausschau nach der Zecke. Und es machte mich unglaublich traurig, als sein Blick über unsere unfertige Lego-Metropole schweifte und ich realisierte, dass er in ihr nur mehr ein Versteck für seinen Insekt-gewordenen Alptraum erkannte.

In diesem Moment fiel mir die Lösung ein. Nicht nur für Samys Angst, sondern auch dafür, den Besuch in Oberviechtach ohne Madita zu überstehen. Wir waren der Zecke schon einmal begegnet. Ich wusste ja, wo sie sozusagen offiziell wohnte. Damals war ich wenig älter als Samy gewesen. Nichts sprach dagegen, dass sie immer noch dort ihr Nest hatte. Okay, es hatte sich um eine typische Aktion von Mr-Showman Popescu jr. gehandelt, die im Streit geendet war; dennoch war nicht von der Hand zu weisen, dass sie langfristig einen durchaus positiven Effekt auf meine kindlichen Horrorvorstellungen und Zwangshandlungen gehabt hatte. Wenn man es richtig anstellte, konnte man dieses Mal eine Exkursion in die Schonung zum durchschlagenden Erfolg führen. Das würde nicht zuletzt auch Ilie auf andere Gedanken bringen.

»Sag mal«, sagte ich leise in Samys Ohr, dessen Kinder-Wärme ich neben mir im Halbdunkel spüren konnte, »wie fändest du das, wenn wir am Samstag eine kleine Reise machen und gemeinsam mit Hilfe des weltbesten Zecken-Töters Onkel Ilie für immer und ewig dieses widerliche Ding, vor dem du so Angst hast, aus der Welt befördern?«

Die Rückkehr der Jedi-Ritter

Es ist früher Morgen, als wir aufbrechen. Unser Ziel: eine Ecke Deutschlands, in die es mit Sicherheit die wenigsten jemals freiwillig verschlagen wird und für die der Begriff »hinterwälderisch« erfunden zu sein scheint.

Ich erinnere mich, dass mich auch an jenem Samstag, als ich zusammen mit Samy nach Oberviechtach fuhr, die Off-Stimme begleitete. Mein schlechtes Gewissen wegen des Schnitts, den ich eigentlich in dieser Zeit hätte erledigen sollen, versuchte ich dadurch zu beruhigen, dass ich mir einredete, das Wochenende eventuell sogar als Recherche für einen späteren Beitrag bei *Voyager* über die unbekannten Flecken Deutschlands zu nutzen. Vielleicht konnte daraus sogar eine kleine Reihe entstehen. Erst nachdem ich auf diese Idee gekommen war, verbesserte sich meine Stimmung ein wenig. Samy und ich unternahmen, glaube ich, zum ersten Mal eine klassische Vater-Sohn-Reise.

Samy durfte im Auto neben mir sitzen. Zwar hatte er dagegen protestiert, dass wir nicht der Umwelt zuliebe mit dem Zug fuhren; doch nachdem ich ihm erklärt hatte, dass Oberviechtach keinen Bahnhof besaß, was er nicht ganz verstand, da seiner Meinung nach für die Sache des Klimaschutzes doch jeder Ort mit dem Streckennetz verbunden sein musste, gab er sich geschlagen, und ich spürte, wie winzig und aufgeregt und zugleich ängstlich er dann auf dem Beifahrersitz hockte. Den ganzen Freitagnachmittag und -abend hatte er damit zugebracht, zusammen mit Brigitte ein Kostüm zu basteln, eine Art grauen Ganzkörper-Judo-Anzug, dessen Vorbild ich erst erkannte, nachdem mir Brigitte »Luke Skywalker« zugeraunt hatte. Wie sich herausstellte, war Samy angesichts des bevorstehenden Kampfes mit der Monsterzecke zu der Überzeugung gelangt, dass ein bisschen übernatürlicher Beistand nicht schaden konnte. Als er dann unschlüssig und schrecklich dünn, aber sichtlich stolz in seinem neuen und viel zu großen Outfit vor uns gestanden hatte, tat er mir unendlich leid. Er schien solche Angst vor dem Geschöpf seiner Fantasie beziehungsweise der seines Vaters zu haben, dass er nun schon an Geschichten glaubte, für die er sonst nichts übrig hatte, ja, die er verachtete, weil sie so brutal waren.

»Ein richtiger kleiner Jedi-Ritter«, verkündete Brigitte stolz. »Na, was soll dir jetzt noch passieren?«

Wir machten ein Foto, legten einen Vintage-Filter darüber, so dass es aussah, als handele es sich um ein Standfoto von den Dreharbeiten zu dem Originalfilm aus den 1970ern. Ich schickte das Bild Ilie und gleich im Anschluss heimlich, weil ich nicht wusste, ob Brigitte das gut finden würde, an Moritz als eine Art Reanimationsangebot unserer Freundschaft, da wir seit dem *Retro-Room*-Projekt keinen Kontakt mehr gehabt hatten. Gleich darauf fühlte ich mich schlecht, derart Privates als Währung zu missbrauchen.

Brigitte war zwar nicht sonderlich begeistert von der Aussicht gewesen, dass Samy sich zusammen mit mir und »Onkel« Ilie, dessen herzliche Art sie einerseits mochte, den sie aber andererseits für nicht sonderlich zuverlässig und einen Macho hoch drei mit antiquierten Erziehungsvorstellungen hielt, auf Monsterzecken-Jagd begab. Letztlich war ihr jedoch mittlerweile genau wie mir fast jedes Mittel recht, Samy von seinen Angstzuständen zu befreien. Er trug seinen neuen Anzug unter der normalen Kleidung. Immer wenn er den Kopf reckte, um besser aus dem Beifahrerfenster hinauszusehen, rutschten die weißen Ärmel des Oberteils unter seinem Hemd hervor.

Brigitte hatte mich abends gerade noch rechtzeitig darauf hingewiesen, dass ich ja wohl kaum mit »dem Schild« in ein Oberpfälzer Bauernkaff und damit eine mutmaßliche CSU-, wenn nicht gar AfD-Hochburg fahren würde. Auch wenn ich mir nicht sicher war, wie die Leute in Oberviechtach gewählt hatten, ja, wie sie mittlerweile dachten, tat ich empört. Ich entgegnete, so solle sie bitte nicht über meine Heimat sprechen, obwohl ich kurz zuvor genau denselben Gedanken gehabt hatte. Ob das mein Ernst sei, Brigitte schien ehrlich entgeistert, ob ich ein Kaff wie Oberviechtach als Heimat bezeichne, Heimat, dass sie nicht lache, ich beherrsche ja nicht mal Bayrisch, geschweige denn Oberpfälzisch, immer wenn ich versuche, so zu sprechen, klänge ich, als sei ich ein schlechter Berliner Comedian, der noch nie in Bayern war und sich über die vermeintlich degenerierten Bauern dort unten lustig machen wolle. Außerdem hatte ich ihr doch immer erzählt, wie ich unter der Engstirnigkeit der Leute dort gelitten habe. Ilie, Achtung: Rumäne, und Madita, Achtung: aus Norddeutschland, seien meine Rettung gewesen. Zumindest hätte ich das immer behauptet.

Noch in derselben Nacht ging ich hinaus zum Auto, um »das Schild« vom Armaturenbrett zu entfernen, wo es seit Monaten zwischen Prospekten lag und ab und zu beim Fahren darunter hervorrutschte, so dass man es lesen konnte. Es stammte noch von einer Faschingsfeier von vor ein paar Jahren, wo es an der Tür der *Voyager*-Redaktion gehangen hatte: *Lügenfernsehen*. Wir alle hatten das an diesem Tag aus irgendeinem Grund witzig gefunden, wahrscheinlich, weil es einfach so vollkommen abwegig und absurd war, was da, Stichwort Pegida, wieder mal im Osten passierte und auf einmal pauschal unserem gesamten Berufsstand vorgeworfen wurde. Der Sender vertrat eine extrem liberale Gesinnung, genauso seine Mitarbeiter. Zudem wussten wir natürlich, dass es die einzig richtige war. Letzten Endes tickten wir alle gleich. Wir waren der Wahrheit verpflichtet. Wäre bekannt geworden, dass jemand aus den Redaktionen AfD wählt oder eine abweichende Gesinnung vertrat, wäre er früher oder später gegangen worden. So etwas wurde nicht toleriert. Dafür stand zu viel auf dem Spiel. Wir waren uns unserer Verantwortung bewusst. Irgendwann hatte das Schild von der Größe eines Autokennzeichens im Abfalleimer gelegen, und obwohl ich nicht wusste, ob ich weiter mit dem Wortspiel einverstanden war, fischte ich es heraus, weil es mir irgendetwas zu symbolisieren schien. Jedenfalls wollte ich es aufbewahren, und sei es auch bloß aus historischen Gründen, so dass ich es mit ins Auto nahm, wo ich es dann vergaß und nur wenn es aus dem Packen von Prospekten und Parkscheinen am Armaturenbrett herausschaute, durch Brigittes reflexhaft ausgefahrene Hand, die es wieder zwischen die Papiere schob, und ihre Bitte, »das megapeinliche Teil« jetzt doch mal endlich zu entsorgen, daran erinnert wurde.

Es war, soweit ich mich erinnere, ein wolkenloser, warmer Spätsommertag, was eigentlich nicht sein kann, da es schon November war. Den Himmel erfüllte ein durch die tiefstehende Sonne unwirklich wirkendes, wie falsch programmiertes schimmerndes Blau, das ich sonst nur aus Computerspielen der Jahrtausendwende kannte. Ich hatte Samy eine der frühen Hörspiel-Folgen von *Die drei ???* angemacht (ich glaube, *Die bedrohte Ranch*, weil es da um Weltrettung ging), um ihn auf den Geschmack für einen der prägendsten Einflüsse meiner Kindheit zu bringen, vielleicht lockerte ihn ja dieser Trip ein wenig auf und das schönste und beste Kind der Welt wurde ein bisschen mehr wie ein normaler Sechsjähriger.

Samy lauschte konzentriert und hielt bei spannenden Stellen den Atem an.

»Wir beide! Du und ich, Papa!«, sagte Samy während einer der Pausen und fasste meine Hand am Steuer. Das war ein Zitat aus *Michel aus Lönneberga*, den er nachmittags manchmal hörte. Der Moment machte mich so glücklich wie schon lange nicht mehr. Mit in den Nacken gelegtem Kopf, um an den Fensterrand zu reichen, musterte Samy die vorbeiziehenden Fichtenwälder und Felder. Hier und da der dunkelgraue Fleck eines von hohen Bäumen umstandenen Karpfenteichs.

»Ist das schön hier! So viel Natur!«

Auf einmal saß ich neben meinem Großvater. Ich war ein Kind. Wir fuhren nach München ins Museum. Es war Samstag. Auch er hatte mich oft auf den Beifahrersitz gesetzt, damals natürlich noch ohne Kindersitz und entsprechende Sicherung, schon bei einem kleinen Unfall wäre ich unter dem Gurt hindurchgerutscht und aus dem Auto geschleudert worden, wie ich nun dachte. Wir hörten die Beethoven-Folge von *Wir entdecken Komponisten*. Mein Großvater hatte mir eigentlich freie Wahl gelassen, was wir hörten. Ich hatte gerade meine *Fünf Freunde*-Phase, aber ich wusste, dass es ihn freuen würde, wenn ich mich für ein Hörspiel über klassische Komponisten entschied. Dann redete Justus Jonas weiter, und ich fuhr wieder im Winter des Jahres 2019 in der Gegenrichtung mit Samy nach Oberviechtach. Dieses ungute Gefühl aus meiner Kindheit blieb. Ich wusste damals, obwohl ich es noch nicht verbalisieren konnte, dass ich meinem Großvater Minute für Minute sein Leben wegnahm, das er allein für mich radikal umstellte, so dass es eigentlich ihm und seinen Bedürfnissen nicht mehr entsprach, obwohl ich doch nur sein Enkel und nicht sein richtiger Sohn war. Ich bemühte mich umso mehr, es ihm recht zu machen, und würde es ihm dennoch nie recht machen können. Warum hatten wir nie darüber gesprochen, auch später nicht, als ich erwachsen war?

Ich meine mich zu erinnern, dass es auf dieser Hinfahrt mit Samy war, dass mir auf einmal eine Episode aus der letzten Zeit mit meinem Großvater einfiel, die dieses Wochenende in Oberviechtach binnen Sekunden noch mehr zu einer klassischen Reise in die Vergangenheit inklusive Katharsis-Paket machte. Mein Großvater war etwa ein Jahr vor seinem Tod wegen eines Routinetermins in einem Krankenhaus in München. Er machte einen völlig gesunden Eindruck. Zwar war er inzwischen fast 80, aber er wirkte fit und fröhlich. Dennoch musste er über Nacht bleiben. In dieser Phase meines Studiums war ich zunehmend unglücklich, weil mir klar war, dass ich das Falsche studierte und eines ganz bestimmt nicht werden wollte, weil es mir einfach nicht entsprach: Deutsch- und Geschichtslehrer. Andererseits hatte ich bis dahin nicht den Mut aufgebracht, mit meinem Großvater darüber zu sprechen, geschweige denn, mich nach Alternativen umzusehen. Insgeheim machte ich ihm deshalb Vorwürfe und vermied mehr und mehr den Kontakt mit ihm. Im Krankenhaus hatte er als Privatpatient ein Einzelzimmer, während auf den Liegen im Gang Patienten warteten. Auf dem Tischchen neben seinem Bett lag ein Buch, aus dem er mich bat vorzulesen. Es war Thomas Manns *Doktor Faustus,* den er schon x-mal gelesen hatte. Ich ärgerte mich ein wenig, weil ich das Gefühl hatte, es gehe gar nicht darum, dass er zur Ablenkung ein paar Seiten aus seinem Lieblingsbuch hören wollte. Stattdessen wolle er, dass ich, von dem er wusste, dass ich mit Mann wenig anfangen konnte, doch noch auf den Geschmack komme. Ich gab mir Mühe, lebhaft vorzutragen und so zu tun, als fände ich Gefallen an dem in meinen Augen hoffnungslos überladenen und vor eitler Wissenshuberei strotzenden Text. Kurz bevor wir uns verabschiedeten sagte mein

Großvater, der wie der alte Mann am Schluss von *2001 – Odyssee im Weltraum* dalag und den Arm hob, einen Satz, auf den ich dann nicht weiter achtete, weil er mich wieder einmal unter Druck setzte, auch wenn er mich wohl in Wahrheit entspannen sollte.

»Ich bin wirklich stolz, wie du dich entwickelt hast und was du erreicht hast.«

Vielleicht hatte sich mein Großvater tatsächlich auf mein Studium bezogen und die Aussicht, dass ich demnächst Deutsch und Geschichte unterrichten würde. Aber während ich nun mit Samy von der Autobahn auf die Ostmarkstraße abbog und über die Hügel kurvte, über die mein Großvater mehrmals die Woche nach Regensburg in die Universität gefahren war, meinte ich zu wissen, dass sein Satz von damals nun auch für mein Leben im Jahr 2019 galt: Ich hatte einen Job, der mir entsprach, war seit fast zehn Jahren verheiratet und hatte vor allem ein wunderbares Kind. Ja. Mein Großvater wäre auch jetzt stolz auf mich. In diesem Moment durchströmte mich eine Art von Seligkeit, vergleichbar mit jener, die ich manchmal empfunden hatte, wenn sich nach einem langen Schnitttag die unterschiedlichen Elemente zu einem Film fügten. Meine Beziehung zu meinem Großvater war nicht mit seinem Tod zu Ende; sie ging weiter, sie besserte sich und hatte sich an diesem Novembervormittag in eine Geschichte verwandelt, von der ich selbst und noch mehr Brigitte, hätten wir sie auf Netflix gesehen, gerührt gewesen wären.

»Und du kannst Tante Madita nicht anrufen und sie fragen, ob sie doch kann?«, fragte Samy.

Ich hatte den Fehler gemacht und Samy erzählt, dass wir damals zu dritt die Zecke besiegt hatten. Der vollzählige *Klub der Katze* mit seinen vereinten Zauberkräften. Natürlich hatte ich Ilies Betrug ausgespart und zudem dem Ganzen ein für einen Sechsjährigen gerade noch glaubwürdiges Happy End verpasst, von wegen Vertreibung der Zecke in die Tiefen der Schonung, heute *Eisenbarth-Wald*, woher sie offenkundig seitdem nachts Ausflüge unternahm, um arme Kinder zu erschrecken, selbst im fernen München, was wahrscheinlich auf eine offene Rechnung mit Bastian Klecka zurückzuführen war, eine ziemliche Unverschämtheit, der aber an diesem Sonntagvormittag ein für alle Mal ein Ende gesetzt werden würde.

»Schatz, das habe ich doch schon. Aber sie kann nicht. Sie muss kranke Kinder wieder gesund machen. Aber«, ich versuchte, so zu klingen, wie gute Väter in solchen Situationen klangen, »aber wir sind ja trotzdem zu dritt. Du bist ja dabei! Tante Madita hat mir gesagt, dass sie dir heute Abend noch mal einen Tipp geben wird!« Das stimmte sogar. Madita hatte mein Plan im Unterschied zu Brigitte richtig gut gefallen. Justus Jonas, Peter Shaw und Bob Andrews machten sich wieder daran, den Fall im Hörspiel zu lösen, bei dem es, wie ich dann feststellte, gar nicht um die Rettung der Welt ging, sondern um einen Die-Hard-Querdenker-Prepper auf seiner völlig abgeschotteten und für die Apokalypse vorbereiteten Ranch, wie eine Vorausahnung der Zukunft, sprich unserer Gegenwart, und Samy schaute schweigend auf die sanften Hügel draußen, auf denen in meiner Erinnerung an diesem Tag das Gras saftig grün stand, was aber angesichts der Jahreszeit völlig unmöglich ist.

Ich begann, Madita zu vermissen, nicht nur, weil die folgenden Stunden zusammen mit ihr einfacher gewesen wären. Ohne sie wären wir zwei klassische Kumpel gewesen, in Ilies Jargon: zwei Bros, die sich in der Oberflächlichkeit ihrer Gespräche vielleicht irgendwann einmal am Ende doch angeödet hätten. Es brauchte jemanden wie Madita, der Ilie und mir regelmäßig die Leviten las. Nur das Trio, selbst wenn der oder die Dritte abwesend war, ermöglichte es uns, auch im Duo zu funktionieren.

»Sind wir da? Wir sind da, oder? Da war das gelbe Schild!« Samy hüpfte auf seinem Sitz aufgeregt auf und ab. Ich konzentrierte mich wieder auf die Umgebung und ärgerte mich, dass wir tatsächlich an der Abzweigung nach Leuchtenberg vorbeigefahren waren, ohne dass ich darauf geachtet hatte. Aber da war schon der alte Holzplatz, und jetzt warteten wir wirklich an der Ampel vor der Kreuzung gegenüber der Tierverwertungsanlage *EDEN* oder besser dem, was davon übrig war. An der Stelle der Baracken standen Mehrfamilienblocks, die mit ihrer Höhe die vermeintlichen Hochhäuser, in denen Ilie gewohnt hatte, um einige Stockwerke überragten. Auf den Kieswegen liefen dick vermummte Kinder und warfen in der kalten Vormittagssonne tanzende Schatten.

»Ja, komm, Foto für Mama.« Ich behielt ein Auge auf der roten Ampel, zückte das Handy und machte von Samy und mir ein Selfie. Dann legte ich einen Toaster-Filter darauf, der das Bild in ein Polaroid verwandelte, und schrieb darunter: »Greetings from the past.« Bevor das Licht auf Grün sprang, sah ich noch, dass Spiegel Online eine signalgelbe Eilmeldung brachte, ich glaube, etwas zu Greta Thunberg, und dass es auf einige Artikel auf meiner Zalando-Wunschliste über 30 % Rabatt gab.

Die anderen Häuser hatten sich nicht verändert, seit ich das letzte Mal vor zehn Jahren im Dorf gewesen war. *Die Zeit scheint in diesem Teil Deutschlands stehengeblieben,* meldete sich die Off-Stimme.

»Da bist du gewesen, als du so alt warst wie ich«, piepste Samy neben mir. Abgesehen von ein paar Ausflügen zu den Seen bei München und einem Wochenende auf einem Bio-Bauernhof war er zum ersten Mal auf dem Land. Ich versuchte, mich in ihn hineinzuversetzen. In diesem Augenblick kam es mir so vor, als beinhalteten die Fassaden, Straßen und Gärten eine Aussage über mich und verrieten, wer ich wirklich sei. Seltsamerweise wurde ich plötzlich nervös. So, als sei ich ein Vertreter des Dorfes und müsse dafür gerade stehen, falls Samy etwas Negatives auffiel – was aber dann, auf unserer Fahrt an der großen Kreuzung vorbei, von der die Straße zu meiner alten Siedlung und zur Grundschule abzweigte, nicht der Fall war. Wir überholten einen Traktor mit Odel-Anhänger. Es gab einen neuen Supermarkt.

Als ich mit Samy über den kleinen Parkplatz vor den sogenannten Hochhäusern spazierte, die sich kein bisschen verändert hatten, entzog er mir freundlich, aber bestimmt die Hand, nach der ich gegriffen hatte. Ich läutete nicht. Das Schloss der Haustür war defekt und ließ sich aufdrücken. Im Treppenhaus mit seinen hellgrauen Steintreppen trat ich in der Ecke, wo hinter den Glasfliesen noch immer die angetrocknete Yucca-Palme von vor zig Jahren stand, ins milchige Vormittagslicht und in eine Zeitblase: Die Jahre schienen sich dort tatsächlich gesammelt und schon länger nicht weitergelaufen zu sein. Für den Bruchteil einer Sekunde war ich wieder zehn Jahre alt und besuchte zum ersten Mal zusammen mit meinem nervösen Großvater die Popescus. Es hätte alles auch anders kommen können. Es wäre auch möglich gewesen, dass wir keine Freunde wurden. Ich wäre Einzelgänger geblieben, mein Interesse für Filme und das Fernsehen wäre rasch abgeflaut und ich hätte alle, die nicht den, wie mein Großvater sie so gern nannte, »schönen Künsten« zugeneigt waren, für Kretins gehalten, Madita wäre die alternative Zicke von nebenan geblieben, ich wäre – mit viel Bauchschmerzen – Deutsch- und Geschichtslehrer geworden, Brigitte und ich wären nie ein Paar geworden, sie wäre der Typ Kollegin gewesen, die ich heimlich im Lehrerzimmer bewunderte und mit ihrem Mann und Kind jenes Leben führte, das ich, der ewige Single, immer gern gehabt hätte.

»Wo wohnt Onkel Ilie, in welchem Stock?« Samy war vorausgelaufen und wartete schon am Absatz der dritten Etage auf mich.

Ich trat wieder aus der Milchlichtzeitstau-Ecke heraus und stieg die Stufen nach oben. Meine Beine erinnerten sich daran, wie rutschig der Stein war, und traten vorsichtiger auf. Ich hatte Samy eingeschärft, er solle die Themen Beerdigung und Tod vermeiden, wenn wir Ilie und seiner Mutter begegneten. Aber je näher der Moment kam, dass ich die Klingel am Schild *Popescu* drückte, desto weniger wusste ich, was ich selbst sagen sollte.

»Hey, wenn das nicht ein richtiger Jedi-Ritter ist! Woohoo! Der Hammer! Na, zeig mir mal gleich dein Kostüm, ja?« Ilie stand in der offenen Wohnungstür und breitete die Arme aus. Samy guckte mich, um Erlaubnis fragend, an, ich nickte ihm zu, und Samy umarmte Ilie, den er zuletzt vor zwei Jahren gesehen hatte. Samy hatte nie jene Probleme mit Berührungen, die ich als Kind gehabt hatte. Er wusste instinktiv, dass es die meisten Menschen glücklich und stolz machte, von Kindern umarmt zu werden, weil sie dann das Gefühl hatten, rein und gut zu sein.

»Hey, Mann.« *Wie geht es dir?*, wollte ich eigentlich noch sagen, aber stattdessen presste ich die Lippen zusammen, um nicht zu heulen. Meine Einfühlung in Ilies inneren Zustand übermannte mich. Ich war wie gelähmt.

Ilie klatschte seine Hand in meine und umarmte mich. »So gut, dass ihr da seid, Mann!« Ich glaubte, ihn schluchzen zu hören; doch als wir uns voneinander losmachten, summte er und griff nach meinen Rippen, als spiele er Saiten. »Ah, immer noch die Gitarre!« Er beugte sich zu Samy. »Hey, lass mal sehen, ob du nach deinem Dad kommst.« Er streichelte Samy über den Brustkorb. Samy ließ es zu und kicherte sogar. »Voll die Muskeln.« Ilie schaute mich mit gerunzelter Stirn an. »Nimm dir mal ein Beispiel an deinem Sohn.« Ich suchte in seiner Miene ein Zeichen dafür, wie es ihm wirklich ging. Überraschenderweise schien Ilie jedoch wie immer. Er war lediglich ein bisschen blass, hatte Ringe unter den Augen und war seit unserer letzten Reunion im Gesicht etwas speckig geworden, auch am Bauch spannte sein weißes Hemd. Aber keine Spur mehr von jenem Ilie, mit dem ich noch vor ein paar Tagen telefoniert hatte und der vor Trauer kaum sprechen konnte.

»Bastian! Schön, dass du gekommen bist!« Aus dem Flur trat Frau Popescu. Sie lächelte mich an und umarmte mich. Auch sie hatte zugenommen, seit ich sie zum letzten Mal vor einigen Jahren gesehen hatte, schien aber ansonsten unverändert. Sie war sogar braungebrannt, da ihr Mann und sie in Ilies Finca auf Ibiza wohnten, wenn sie nicht vermietet war.

Wir gingen in die Wohnung. »Willst du mal meine Superheldensammlung sehen?« Ilie beugte sich wieder zu Samy hinab, der gar nicht meine Reaktion abwartete, sondern sofort Ilies Hand ergriff, was mich ein wenig eifersüchtig machte.

»Du hast sicher Durst, Bastian«, fragte mich Frau Popescu, als sei ich wieder der Junge, der mit ihrem Sohn den ganzen Tag in der Hitze gespielt hatte. Es war genauso unwirklich wie schön.

Durch die offene Tür sah ich, wie Samy seine Ärmel und Hosenbeine hochkrempelte, um Ilie seinen Jedi-Anzug zu zeigen. Danach setzten sie sich gemeinsam auf Ilies altes Kinderbett, das seine Eltern seltsamerweise genauso unberührt gelassen hatten wie Ilies Jugendschreibtisch, das Regal mit seinen Tennistrophäen und die USA-Flagge über seinem Bett. Es war fast wie in einem Museum der Kindheit. Ilie kramte in einem offenbar vorbereiteten Karton mit Actionfiguren. Samy guckte beeindruckt und flüsterte ehrfürchtig die Namen nach, die Ilie ihm vorsagte, He-Man, Orko, Yoda. Ich hatte ihn noch nie so gesehen, ja, ich hatte immer gedacht, er mache sich nichts aus dem typischen Jungskram. Sekündlich taute Samy mehr auf, im nächsten Moment kämpfte er, das Pazifisten-

Kind, tatsächlich, Schlaggeräusche mit dem Mund imitierend, mit seiner Figur gegen jene Ilies. Das war Ilie, mein bester Freund. Deswegen liebten ihn alle: Er vermochte es buchstäblich spielend, Menschen um den Finger zu wickeln und ihnen das Gefühl zu geben, dass es vollkommen okay sei, sich ungezwungen zu benehmen und sie selbst zu sein. Samy gab Maschinengewehrgeräusche von sich. Er war so, wie ich mir manchmal wünschte, dass er wäre, und wie es für seine psychologische Entwicklung vielleicht sogar langfristig gesünder sein würde.

In der Küche reichte mir Frau Popescu ein Wasserglas. Die Wände hingen voller kleiner gerahmter Fotos. Seit Ilie so gut verdiente, waren seine Eltern in Frührente gegangen, und er hatte ihnen Reisen zu den exotischsten Orten der Welt spendiert. Die Motive der Bilder ähnelten sich. Stets lächelten Herr und Frau Popescu vor einem berühmten Wahrzeichen, dem Ayers Rock, der Chinesischen Mauer, den Felsköpfen auf den Osterinseln, dem Taj Mahal. Hätte mir Ilie erzählt, er hätte seine Eltern in ein vorhandenes Foto hineingephotoshopt, hätte ich ihm geglaubt. In einem Regal stand die legendäre Wurstmaschine, mit der Herr Popescu und Ilie in einem Vater-Sohn-Zeremoniell, um das ich sie stets beneidet hatte, jedes Jahr ihre rumänischen Weihnachtswürste hergestellt hatten. Frau Popescu wandte mir den Rücken zu und hantierte an einer mit Cellophan abgedeckten kalten Platte, wahrscheinlich für den Leichenschmaus nachher. Von der Seite meinte ich zu sehen, wie sie kurz lautlos aufschluchzte. Vielleicht hatte ich mich aber auch getäuscht, da sie, als sie sich umdrehte, wieder einen völlig gefassten, ja, geradezu fröhlichen Eindruck machte. Minuten später winkte sie Samy zu sich in die Küche, um ihm eine kleine Stärkung anzubieten. Für einen Moment war ich mit Ilie allein. Wir würden bald aufbrechen müssen. Die Beerdigung war für die Mittagszeit angesetzt. Durch die offenen Türen ließ er seine Mutter nicht aus den Augen.

»Wie lange bleibst'n da?« Ich guckte mich im Zimmer um.

»Ich …« Mit den Augen folgte er meinem Blick. Seine Stimme brach. Überrascht blickte ich auf. Er weinte, was seltsam aussah, da er die Hände locker in der Hosentasche hatte und auch sonst eine entspannte Haltung eingenommen hatte, wie wenn man bei einem Empfang Smalltalk führte. Er schielte über meine Schulter in die Küche.

Und da verstand ich: Ilie riss sich zusammen, damit sich seine Mutter keine Sorgen um ihn machte; seine Mutter riss sich zusammen, damit sich ihr Sohn keine Sorgen um sie machte. Mein Tracker zurrte sich fester. Wahrscheinlich ermahnte mich Yoda gerade, besser auf mein Herz zu achten.

Der Friedhof befand sich zwischen dem Schulkomplex und der an eine einsame Scheune erinnernden evangelischen Kirche, an der, wie ich dann im Vorbeigehen sah, ein Schild hing, dass sie ab Januar 2015 geschlossen sei und die Gottesdienste der evangelischen Gemeinde von nun an in einem Nachbarort abgehalten würden. Ilie und seine Mutter waren bereits vorausgefahren, um ihre Verwandten aus Rumänien zu begrüßen. Auf dem Parkplatz griff Samy nach meiner Hand. Jetzt wurde ihm wohl doch etwas mulmig. Brigitte hatte Bedenken gehabt, ihn einem solchen psychischen Stress auszusetzen. Sie hatte eine Studie darüber gelesen, was für ein Schock eine Beerdigung für Kinder bedeuten konnte. Die langfristigen Folgen konnten gravierend sein und eine Art Mini-Trauma triggern. Ich hatte erwidert, dass man gar nicht früh genug mit der Wirklichkeit konfrontiert werden konnte und wir ohnehin alle in unseren Komfort-Blasen lebten, worauf Brigitte erwidert hatte, ich solle für einen Moment mal nicht den Redakteur spielen, hier gehe es um unseren sechsjährigen Sohn. Am Ende hatte ich deswegen heimlich Madita geschrieben, die es ja als Kinderpsychologin wissen musste und mir postwendend antwortete, das ließe sich pauschal nicht klar sagen, da jedes Kind anders auf Tod und die Trauer anderer reagiere; generell halte sie es aber für unbedenklich, was ich dann auch gleich an Brigitte weitergab, woraufhin sie mehrmals aufgebracht wiederholte: »Madita hält es für unbedenklich. Ach so! Ja also, wenn Madita es für unbedenklich hält, dann ist das wohl auch so, nicht wahr?«

»Der Tod ist etwas ganz Natürliches, oder?«, kam Samys hohe Stimme von meiner Seite. »Die durchschnittliche Lebenserwartung des Menschen liegt bei ungefähr 70 Jahren, oder? Hat Alexa gesagt. Herr Popescu ist noch älter geworden, oder? Das ist doch dann gut, oder?« Samy streichelte über meine Hand, küsste sie, als wäre ich der Papst, und blinzelte zu mir hoch. Ich wusste nicht, wo er das gesehen hatte oder ob er das machte, um mich zu trösten.

Auf der Grünfläche vor der Kirche stand ein Denkmal, das ich noch nicht kannte und das wie abstrakte Kunst wirkte, eine Art Kreuz aus rostigen Stahlträgern. Die im Boden eingelassene Plakette klärte darüber auf, dass es sich um ein *9/11-Memorial* handele, aus echten Überresten des World Trade Centers, die der Stadt Oberviechtach von der Stadt New York als Zeichen der deutsch-amerikanischen Freundschaft geschenkt worden seien. Es hätte sich auch um eine Fälschung handeln können. Wer in New York war verrückt genug, Stahlträger in ein winziges Dorf in der Oberpfalz zu verschiffen, dessen Name kein Amerikaner aussprechen konnte? In Sekundenbruchteilen blitzten die Erinnerungen an jenen Nachmittag 2001 bei mir im Kinderzimmer auf. Reflexhaft griff ich nach meinem Handy, ich sehnte mich danach, die Nachrichten zu checken, vielleicht war eine Eilmeldung darunter. Samy zog mich weiter.

Ich wusste, dass Ilie genau wie seine Eltern Atheist war. Trotzdem hatte er in dem winzigen Kolumbarium des Oberviechtacher Friedhofs eine Feier organisiert, die so wirkte, als sei die Familie nie aus der griechisch-orthodoxen Kirche ausgetreten. Eine Art Zeremonienmeister war in eine schwarzweiße Kutte gehüllt. In dem kleinen, hohen Raum drängten sich etwa fünfzehn Personen, vor allem Rumänen im Alter der Popescus. In einer offenen Nische stand eine Urne mit einem Schwarzweißfoto davor, das Herrn Popescus Porträt zeigte. Ich stand mit Samy in der letzten Reihe. Wie schon bei der Beerdigung meines Großvaters ging mir der Gedanke wieder und wieder durch den Kopf, dass dies ein entscheidender Lebensmoment sei, in diesem Fall für Ilie und dadurch irgendwie auch für mich. Erneut spürte ich fast nichts oder zumindest nicht das, was man wahrscheinlich spüren sollte, Trauer, Ehrfurcht, einen Schauder oder dergleichen. Stattdessen achtete ich auf Nebensächlichkeiten. Der Zeremonienmeister hielt seine Rede auf Deutsch, was die allermeisten der Gäste aus dem Ausland offensichtlich nicht verstanden, obwohl sie nickten und sich schnäuzten. Die Kühle des Steinbodens kroch meine Beine hoch. Ich konnte es mir auf keinen Fall leisten, während des Schnitts krank zu werden.

Samy zog an meinem Ärmel. »Papi?«

»Mhm?«

»Ist der Vater von Ilie da drin?« Er deutete durch die Zwischenräume, die die Erwachsenenkörper vor ihm ließen, auf die Urne, die aussah wie einer der Tennispokale, die Ilie als Kind gewonnen hatte.

»Mhm.«

Samy sprach nicht weiter. Wahrscheinlich wollte er nicht fragen, wie es möglich war, dass ein Mensch in ein so kleines Behältnis passte. Ich wollte ihm schon leise erklären, dass Herr Popescu verbrannt worden sei und sich lediglich seine Asche in der Urne befände, aber dann entschied ich, dass das Bild eines in Flammen aufgehenden Menschen, frühzeitige Konfrontation mit der Wirklichkeit hin oder her, zu brutal für Samy wäre, eventuell würde er dann Alexa nach dem Stichwort »Krematorium« fragen und er würde beim Holocaust landen, außerdem stand uns ja noch die Einschläferung Snoopys bevor, ja, es war eigentlich doch nicht so eine gute Idee gewesen, ihn zum Friedhof mitzunehmen, Brigitte hatte recht gehabt, es ging hier nicht um eine Filterblase, die es zu zerplatzen galt, sondern um gesunden Menschenverstand.

Sanft zog ich Samy mit mir mit. Ilie, der vorne mit gefalteten Händen vor dem Zeremonienmeister stand, warf mir einen fragenden Blick zu, ich deutete auf Samy. Ich hatte mir eigentlich vorgenommen, Samy das Familiengrab nicht zu zeigen. Als ich mich dann doch dafür entschied, ärgerte ich mich umgehend, weil ich merkte, dass ich von ihm die Reaktion erwartete, die ich von mir selbst früher immer erwartet hatte und sich einfach nicht einstellen wollte.

»Das da sind deine Großeltern. Und dein Uropa.«

Schon von weitem hatte ich die Stelle ins Auge gefasst und uns auf den schmalen Wegen dorthin gelotst. Weil Frau Bach, von der ich nicht einmal wusste, ob sie noch lebte, klargemacht hatte, dass sie sicherlich nie zu einem Friedhofsbesuch eigens nach Oberviechtach fahren werde, bestand das Grab bloß aus einer Platte ohne Kreuz.

»Da?« Samy zeigte auf ein frisches, mit Kränzen und Blumen geschmücktes Grab.

»Nein, da.«

Samy stand vor der Steinkante. Er wirkte ratlos. Brigitte und ich hatten gemeinsam beschlossen, dass er, wie die meisten anderen in seiner Klasse in der Schule in Neuhausen, den Ethikunterricht besuchen sollte, da er nicht mit antiquierten und latent sexistischen Vorstellungen indoktriniert werden sollte und wir beide längst aus der Kirche ausgetreten waren. Die Kirchensteuer konnte man ohnehin sinnvoller verwenden, für NGO-Projekte in Afrika oder CO_2-Zertifikate zum Beispiel.

Ich wollte irgendetwas sagen. »Vielleicht magst du ihm einen schönen Gedanken schicken?« Das war eine Alternative zum Gebet gewesen, die in dem sehr witzig und ansprechend illustrierten Kinderbuch gestanden hatte, das wir aus der Philosophie-Abteilung in der Bücherei ausgeliehen hatten.

»Au ja!« Exakt wie die gezeichnete Kinderfigur in dem Buch schloss Samy jetzt die Augen und lächelte stumm, als genieße er Sonnenstrahlen, die auf seine Nase schienen. Ich beobachtete ihn. Das Bild machte mich irgendwie froh, auch wenn mir natürlich bewusst war, dass das Ganze pädagogisch überaus fragwürdig war.

Auf dem Weg zum Ausgang blieb mein Blick an dem Namen auf einem offensichtlich schon älteren Grab hängen. Mein Herz stach. Auf dem Stein stand »Tierling«. Es bestand kein Zweifel, dass es sich um meinen ehemaligen Klassenkameraden handelte. Als Todesort war Kundus angegeben. Das ovale Schwarzweißporträt zeigte einen glatzköpfigen Mann in Uniform, der deutlich die Züge des Jugendlichen trug, den ich in der Schule so sehr beneidet, gefürchtet und gehasst hatte. Er lächelte sein Tierling-Lächeln. Ich hatte bisher noch niemanden persönlich gekannt, der in Afghanistan gekämpft hatte, geschweige denn dort gefallen war. Im Sender machten wir um die Themen Polizei und Bundeswehr immer einen weiten Bogen, da keiner von uns Redakteuren und vor allem nicht unser Zielpublikum Interesse, geschweige denn Sympathien für diese Art von martialischen pseudofaschistischen Institutionen hegten. Das hatten von uns in Auftrag gegebene Studien ergeben.

Weil Samy Hunger hatte und der Leichenschmaus am Sandradl offiziell erst in einer Stunde begann, machten wir uns zu Fuß auf, den Hang hinunter zum Marktplatz, wo laut Ilie ein Bistro namens *Der Eisenbarth* neu aufgemacht hatte. Nach wie vor schien die Sonne, und die Temperaturen stiegen. Samy begann in seiner Winterjacke, seinem Anzug und dem Jedi-Kostüm darunter zu schwitzen. Aufmerksam studierte er im grellen Mittagslicht die Schaufenster der alten Geschäfte, in denen ich oft zusammen mit meinem Großvater gewesen war. Sehr kurz kam bei mir der intensive Wunsch auf, einfach einzutreten und die alten Gerüche einzuatmen. Es war in diesem Moment, als trennte mich, wie früher beim Fernsehen, nur eine dünne Scheibe aus Glas von einer anderen Welt und meiner eigenen Kindheit.

»Warst du fröhlich hier?«, riss mich Samy aus meinen Gedanken.

»Ich glaube schon«, stotterte ich und dachte nicht weiter darüber nach, wie unwahrscheinlich es war, dass ein Sechsjähriger so eine Frage stellte. »Ja. Unterm Strich war ich glücklich hier.« »Doch«, ließ ich nach einer kurzen Pause meine Zweifel verstummen und wusste, dass es am Ende keine Lüge war. Dann folgte ich Samys Blick und erkannte, warum er, seit wir die abschüssigen Straßen in Richtung Kirche entlanggingen, die Stirn runzelte. Die Fassaden der alten Häuser, von denen wie einst immer noch der Putz bröckelte, sahen zwar genauso aus wie in den frühen Zehnerjahren. Doch die Auslagen hinter den schmutzigen Fenstern waren leer, die Geschäfte aufgelassen. In ihren halbdunklen Räumen stand noch hier und da ein vergessenes Regal, lag auf dem staubigen Boden zwischen Fußspuren ein Gegenstand, der wohl beim Abtransport heruntergefallen und seitdem vergessen worden war. Das Zentrum des Dorfes war tot. An den Laternenpfählen entdeckte ich AfD-Plakate.

»Latürlich.« Hin und wieder sagte ich das in solchen Situationen der Ernüchterung oder Enttäuschung, eine Angewohnheit, die noch aus der Zeit stammte, als ich zusammen mit Ilie *Asterix & Obelix* las; in einem der Bände lernten die beiden Gallier die seltsamen Sitten der dümmlichen Normannen oder dümmlichen Indianer oder sonstiger dümmlicher Ausländer kennen und betranken sich versehentlich, worauf Obelix immer und immer wieder dieses eine Wort grölte: »Latürlich«.

»Was ist latürlich?«, fragte Samy.

»Na ja, Papa ist ein bisschen traurig, dass hier alles zugemacht hat«, erklärte ich ihm, während ich mich fragte, warum ich auf einmal in der dritten Person sprach, »und dass«, fuhr ich fort, »die AfD hier ist. Du weißt schon. Das ist diese Partei, wegen der Mama und Papa immer so wütend sind.«

Irgendwann in der Kollegstufe hatte ich einmal eine Diskussion mit meinem Großvater gehabt, bei der er mir erklärte, dass es sich bei Begriffen wie Heimat, Liebe, Ich und Wirklichkeit lediglich um Konstrukte handelte. Er war ganz in seinem Element gewesen. Er hatte dabei an seinem massiven Schreibtisch aus Nussholz gelehnt, über dessen runde Kanten ich manchmal heimlich strich, und aufgeregt gestikuliert, so dass mir von den Bewegungen Luft, vermengt mit seinem Nivea-Duft, ins Gesicht gewedelt wurde. Natürlich war mein Großvater sehr überzeugend gewesen. Ja, ich selbst war derart beeindruckt, um nicht zu sagen erschüttert von seinen Ausführungen, dass ich meine Mitschüler, allen voran Ilie, umgehend an meinen neuen Erkenntnissen teilhaben ließ, woraufhin Ilie auf die Platte des Tisches vor uns klopfte und sagte, aha, und das ist jetzt

Einbildung, dass das so hart ist, aha, dann gib mal deine Hand, dann schlage ich die auch mal drauf, dürfte dir ja dann nicht weh tun. Seitdem hatte sich trotzdem generell nichts daran geändert: Ich wusste um die Konzepthaftigkeit von scheinbar fest geprägten Begriffen. Dessen ungeachtet hinderte mich das nicht, in diesen Momenten auf der Straße daran zu denken, dass Oberviechtach eben meine Heimat war und immer bleiben würde und dass sich unter der aktuellen Oberfläche des Dorfes das eigentliche Oberviechtach verbarg, das Oberviechtach meiner Kindheit und Jugend. Meine wahre Heimat.

»Warum macht die euch denn wütend, die Partei? Parteien sind doch was Schönes.« Es konnte sein, dass Samy Partei und Party verwechselte.

»Also, Parteien, das sind ja die, die regieren. So wie der König früher. Und die Leute von der AfD, das sind einfach Leute, die nicht nett sind. Ah, schau«, lenkte ich ab, weil ich mir bewusst wurde, wie unbefriedigend meine Erklärungen waren, »jetzt sind wir gleich da, und dann können wir was essen.« Wir näherten uns dem Marktplatz, wo, wie ich beruhigt feststellte, das alte Heimatmuseum tatsächlich einen geschmackvollen taubengrauen Anstrich erhalten hatte und in ein gemütliches Bistro umgewandelt worden zu sein schien.

Drinnen liefen Songs der *Beatles*, daran erinnere ich mich noch. Und an die gemütliche Atmosphäre. Die Tische waren von Gästen aller Generationen besetzt, kein Motorrad- oder Jugendtreff, wie es ihn früher am Dorfrand gegeben hatte. Bei *Der Eisenbarth* hätte es sich auch um ein Lokal in Neuhausen handeln können. Ein Kellner, etwa in meinem Alter, aber kleiner und durchtrainiert, kam uns entgegen. Mit seinem schwarzen Slim-Fit-T-Shirt, dem graumelierten Haar und dem gerade gezogenen Seitenscheitel wirkte er sehr gepflegt, eher wie ein Bankangestellter. Als sein Ärmel ein wenig hochrutschte, sah ich, dass sein Oberarm mit einem jener japanischen Schriftzeichen tätowiert war, das »Friede« oder »Ruhe« oder »Kraft« bedeutete, jedenfalls etwas Positives, Weises. Neben dem Zeichen befand sich ein kleines Bild vom ikonischen Luke Skywalker, der das Lichtschwert hinter dem Kopf schwang. Der Kellner erinnerte mich an jemanden. Als er den Mund öffnete und uns fragte, wo wir sitzen wollten, wusste ich auch, an wen.

»Manfred?«

»Ha!«, machte er. »Der Klecka!« Obwohl ich ihn und seinen Freund Tierling in der Schule immer gemieden hatte, weil sie all das repräsentierten, was mein Großvater als »kein guter Umgang« bezeichnete, schien er sich, genau wie ich, aufrichtig zu freuen. Wir hatten uns seit dem Abitur nicht mehr gesehen. »Und gleich auch noch mit dem Sohnemann da, oder? Großartig. Wartet mal.« Er nahm das »Reserviert«-Zeichen von einem Tisch am Fenster und bot ihn uns an. »Nachher müssen wir mal unbedingt quatschen. Komm gleich wieder. Mensch, der Klecka!«

Ich las Samy die Karte vor. Manfred schien viele der Gäste persönlich zu kennen. Wahrscheinlich gehörte ihm sogar der Laden.

»Wo sind denn hier die Sachen für Vegetarier?«, fragte Samy enttäuscht.

Tatsächlich standen auf der Karte lediglich unter »Unsere Klassiker« Speisen wie »Toast Hawaii« und »Holzfällersteak«. Auch ein »Zigeunerschnitzel« entdeckte ich.

»Frag den Manfred. Wir waren früher in derselben Klasse. Er und ich. Der macht dir bestimmt was.«

»Ja, willst du nicht mal groß und stark werden, junger Mann?«, sagte Manfred dann, nachdem er Samy aufmerksam zugehört hatte. Manfred sprach dieses bayerische Hochdeutsch, das ich stets besonders beschränkt gefunden hatte, weil es so offensichtlich gestellt klang und dem Gegenüber signalisierte, dass man nicht dazugehörte und nie dazugehören würde, was aber, als wir einmal, soweit ich mich erinnere, über die Themen Dialekt und Heimat im Deutschunterricht diskutierten, gar nicht zutraf. Einige in der Klasse hatten damals behauptet, es verhalte sich genau umgekehrt. Sie würden in Situationen mit Fremden Hochdeutsch sprechen, um nicht als beschränkte bayerische Einheimische diskriminiert zu werden.

»Na, lass mal überlegen. Also eine Portion Pommes geht doch immer, oder?«

Erst als Samy sagte, er esse nur Sachen, die mit pflanzlichen Ölen zubereitet worden seien, guckte Manfred gequält. Vielleicht fühlte ich mich in diesem Moment unwillkürlich in Manfred ein, jedenfalls war mir Samy ein bisschen peinlich.

Später setzte sich Manfred noch zu uns. Wir unterhielten uns über Herrn Popescu, über Tierling, der mit seinem Bataillon aus der *Grenzland*-Kaserne in Afghanistan stationiert und bei einem Verkehrsunfall ums Leben gekommen war, über meine Arbeit beim Fernsehen in München, was, wie immer, wenn ich es erwähnte, eine gewisse bewundernde Reaktion auslöste, die ich nicht umhin konnte zu genießen, zumal das alles in Samys Gegenwart geschah. Als ich andeutete, an einer top-secret-Kochsendung zu arbeiten, erwiderte Manfred, ob ich's glaube oder nicht, er als »Chef von dem Ganzen hier«, er deutete um sich, gucke Kochsendungen total gern und diese da klinge genau nach seinem Geschmack, worauf ich im Spaß antwortete, dass ich ja dann wohl dafür sorgen müsse, dass er eines dieser Messgeräte für die Einschaltquote erhalte, denn er wiederum klinge genau nach unserer Zielgruppe. Weil die Unterhaltung eigentlich schon zuende war, Manfred aber immer noch nicht ging und er sich so offenkundig freute, uns hier zu sehen, kramte ich nach weiteren Smalltalk-Themen. Ich nickte seinem Tattoo zu.

»Und immer noch voll der *Star Wars*-Fan, oder? Schon den neuen gesehen?«

»Ich trage ein Jedi-Kostüm!«, platzte es aus Samy. Mit seinen unschuldigen blauen Knopfaugen guckte er Manfred erwartungsvoll an. Ich hatte ihn schon frühzeitig darauf aufmerksam gemacht, den Leuten, auch Fremden, immer direkt in die Augen zu schauen, damit er nicht so einen ungünstigen Eindruck machte wie ich früher.

Samy zog an seinem Kragen, um das Kostüm darunter zu zeigen.

»Na, Eins A! Luke Skywalker! Sind wir dann beide Ritter, hm? Eins A!« Manfred schlug sich mit einem patschenden Geräusch auf sein Ich-kämpfe-mit-meinem-Lichtschwert-gegen-das-Böse-Tattoo und fügte leiser und fast feierlich hinzu: »Also, das da ist so eine kleine Erinnerung, was das in Wahrheit bedeutet, ein Jedi zu sein, weißt schon. Dass man sich nicht das Maul verbieten lassen darf. Auch wenn die anderen in der Überzahl sind. Man darf nie aufhören zu kämpfen. Gell, kleiner Mann!« Er klopfte Samy auf die Schulter wie einem Erwachsenen, was ihn sichtlich stolz machte.

»Voll.« Samy sagte nie »voll«. Er saß kerzengerade.

Noch während ich Manfred aus Ratlosigkeit, was er eigentlich damit meinte, mit einem Nicken zustimmte, registrierte ich, dass er mich jetzt auffallend musterte, als sei er nicht sicher, ob er mir das Folgende anvertrauen könne. Im Nachhinein erschien er mir wie das Mitglied eines Geheimbundes, das es in einer feindlichen Welt riskiert, sich einem Fremden zu erkennen zu geben.

»Wie ist eigentlich bei euch in München die Lage?«

»Also bestimmt teurer als hier.« Ich dachte, er spiele auf die Mieten an. »Wegen dieser bescheuerten Gentrifizierung, die es jetzt überall gibt. Sagt dir ja wahrscheinlich was, auch wenn das hier sicher nicht so krass ist. Also, ich meine, wahrscheinlich eher umgekehrt, oder?« Ich lachte, um den Satz mit einer ironischen Klammer zu versehen. Manfred sollte nicht denken, dass ich mich als Städter dem Dorf und ihm als seinem Bewohner überlegen fühlte, obwohl ich das tat, wenn ich ehrlich war. Er ließ mich nicht aus den Augen.

»Ja, ganz schön Scheiße geworden hier. Und dann noch draußen, das *EDEN*. Hast gesehen, was da jetzt ist, oder, hast du? Haben uns einfach die Busse geschickt mit denen. ›Da. Jetzt kümmert's euch um die. In Ovi habt's doch eh Platz, gell. Will eh niemand mehr da wohnen. Da stören die niemand.‹ Na, gefragt hat uns wieder mal keiner. Unterstützung von einem von denen da oben gibt es gleich sowieso nicht. Aber das versteht eh niemand, der nicht hier lebt, wie das ist. Aber«, er sprach jetzt wieder sehr deutliches Hochdeutsch, »dir muss ich das da alles ja nicht erzählen, gell. Bist ja von hier.«

Samy durfte in Ilies Bett schlafen. Für mich hatte er eine Matratze daneben gelegt. Er selbst übernachtete bei seiner Mutter im Elternschlafzimmer. Samy war zwar die Aufregung darüber anzumerken, dass wir am nächsten Vormittag in den *Eisenbarth-Wald* auf Zeckenjagd gehen würden; aber sobald er in seinem Jedi-Kostüm, das er sich weigerte auszuziehen, ins Bett geschlüpft war, hatte er Mühe, die Augen offenzuhalten. Ich hielt ihm noch mein Handy hin, damit Brigitte ihm Gutenacht sagen konnte.

»Wo liegst du denn da? Das sieht ja supergemütlich aus«, kam ihre Stimme aus dem Lautsprecher.

»Im Bett vom Onkel Ilie«, piepste Samy.

»Alles gut«, sagte ich laut und hoffte insgeheim, sie würde nicht auch noch mit mir reden wollen.

In Samys Augen glitzerte es. Er nickte nur mehr, irgendwann

führte er das Display an die Lippen und küsste es beziehungsweise Brigitte.

»Na, wie schaut's aus«, mischte sich Ilie ein, der alles mitangesehen hatte, »wer will noch eine Gutenachtgeschichte vom Onkel hören?«

»Willst du?«, fragte ich Samy und wischte ihm über die Stirn, um seine bösen Gedanken an die Zecke zu verscheuchen. Wie über ein Display, dachte ich unfreiwillig.

Samy, plötzlich wieder wach, nickte heftig mit dem Kopf. Aus dem Wohnzimmer kamen die Stimmen von Frau Popescu und ihren rumänischen Bekannten. Ilie setzte sich an die Bettkante, nahm zwei der Actionfiguren vom Regal und ließ sie mit unterschiedlichen Stimmen reden. Ich hatte ihn seit der Beerdigung nicht allein gesehen. Es schien seine Rettung zu sein, ohne Pause zu sprechen und eine Rolle auszufüllen, die des Gastgebers, des Trostspendenden oder wie jetzt die des Märchenonkels. Es war, als springe er von Klippe zu Klippe, mit erhobenem Kopf, aber nicht, weil er so selbstsicher und überlegen war, sondern weil er nicht in den Abgrund unter sich schauen wollte. Du machst das so großartig, dachte ich und nahm mir vor, es ihm später zu sagen. Ich hatte Angst davor.

Auch als wir das Kinderzimmer, in dem Samy bei angeschaltetem Licht eingeschlafen war, in Richtung Küche verließen, redete Ilie immer noch im Showman-Stil. »Mrs. Doubtfire ist nichts gegen mich, ha! Ilie, der Yoda unter den Babysittern!«

Nur sein schwerfälliger Gang und die tiefen Schatten unter seinen Augen verrieten, wie es wirklich um ihn stand. Mit lautem Ächzen ließ er sich auf die Küchenbank gegenüber von mir plumpsen.

»Apropos Yoda«, begann ich, mein Blick schweifte über die Fotos der glücklichen Popescus an der Wand, die jetzt im spärlichen Licht der Ecklampe auf einmal mit breiten schwarzen trauerflorartigen Rändern versehen schienen, »hast du gewusst, dass unser guter Freund Manfred …«

»… Mampf-Fred? Der Fette mit den Wurstsemmeln?« Ilie hatte sein Handy hervorgeholt und vollführte jene Rechts-links-Wischbewegungen, die ich schon von ihm kannte.

»… Besitzer eines neuen gutgehenden Bistros im Herzen von Oberviechtach City ist?« Ich sprach mit Ilie immer noch wie mit einem Kollegen im Sender. Irgendetwas hinderte mich, ihm endlich jene Sätze zu sagen, die, wie ich plötzlich mit Sicherheit wusste, ihm und auch mir und unserer Freundschaft unendlich guttun würden. Aber es war, wie wenn ich auf einer Internetseite aufgefordert wurde, mein Passwort einzugeben, und sie sich nicht und nicht öffnete, weil ich vergessen hatte, welches Sonderzeichen ich benutzt hatte. »Und Anhänger rechter Verschwörungstheorien ist?«

Ich erzählte Ilie von Manfreds Skywalker-Tattoo und wie ekelhaft ich es fand, dass Leute wie er sich zu den Helden unserer heiligen Kindheitsfilme stilisierten, à la Nazi-Jedi-Ritter, wo doch selbst so verblendeten Typen wie einem Manfred, der schon in der Schule alle tyrannisiert hatte, nur um sich dann selbst als Opfer hinzustellen, klar sein müsse, dass all diese Figuren genau das Gegenteil von dem predigten, für was seinesgleichen stand.

»Man kann halt … nur mal schauen …«, begann Ilie. Er sprach jetzt sehr langsam. Sekündlich schien alles Leben aus ihm zu weichen, weil seine ganze Aufmerksamkeit seinem Handy galt. Er stockte und starrte auf ein Bild, so dass ich ebenfalls schnell auf meinem Handy checkte, was es Neues gab. Die Memo bezüglich der Rabatte auf die Artikel auf meiner Zalando-Wunschliste wartete noch immer auf mich. Mein Tracker zeigte an, dass ich heute meinen persönlichen Schrittzahl-Jahresbestwert erreicht hatte. Trump schwieg.

»Erde an Houston!«, riss ich mich zusammen, und endlich hatte ich den *Klub der Katze*-Ton getroffen.

»Was? Ach so.« Der untote Ilie wischte schnell über das Display und blickte mich an, als sei er aus einem Alptraum erwacht. »Ja, Manfred ist ja wohl ganz eindeutig ein völliger retard. Man kann halt nur schauen, dass man hier asap abhaut, hier kann man ja nur zum retard werden, also meine Mom hole ich hier jedenfalls so schnell wie möglich raus, das ist sowieso klar, die wohnt jetzt einfach fulltime auf Ibiza, das Loch hier war eh nur die Base für die Weltreisen von meinen Eltern, wir waren eh schon immer cosmopolites … Kosmo … Kos … wie heißt das auf Deutsch … gibt's da überhaupt ein Wort dafür auf Deutsch?« Er verzog den Mund zu einem Strich, ein Gesichtsausdruck, den ich bislang nicht von ihm kannte. Ich hatte das Gefühl, er spreche in diesem Moment mit mir wie in seinem Zürcher Büro mit einem Kollegen. Madita und ich hatten ihn oft genug wegen seines nervtötenden Denglisch aufgezogen, wegen dem man Ilie, wenn man ihn nicht so gut kannte wie wir, tatsächlich für einen Finanzhai halten konnte, was er aber natürlich nicht war. Er war unser Freund. Wir wussten, wie er wirklich war.

Weil ich mich bald zu Samy legen wollte, besprach ich mit Ilie, wie wir den finalen Showdown mit der Monsterzecke am nächsten Vormittag inszenieren sollten. Glücklicherweise war Samy erst sechs und nicht bereits, wie wir damals, über zehn Jahre alt, so dass er hoffentlich selbst bei Tageslicht von der finalen Vernichtung der Hauptfigur seines größten Alptraums zu überzeugen wäre. Ilie, der in einer erstaunlichen Geschwindigkeit, ohne hinzusehen, aus dem Regal eine Wodkaflasche nahm und sich einschenkte, trank, nachschenkte, schlug vor, sein Handy im Wald zu platzieren und Monstergeräusche von sich geben zu lassen, woraufhin Samy bei mir bleiben solle und er, Ilie, sich »in den Kampf« stürzen und nach einem hörbar dramatischen Hin und Her die Zecke besiegen würde. Ich wollte schon protestieren, schließlich sei ich Samys Vater und sollte daher wohl bei der Geschichte die Hauptrolle übernehmen; aber ich bemerkte, wie wichtig Ilie auf einmal diese Aktion war, wie sehr sie ihn ablenkte und wieder zu jener Person machte, die ich so vermisst hatte.

Ich nickte langsam. »Yup.«

Ilies Augen blitzten. Er werde seine Hände und Kleidung mit Insektenschleim, sprich Seife, und Blut, sprich roter Farbe, beschmieren, das könne er ja ziemlich glaubhaft, falls ich mich noch erinnere. Er kippte das Glas auf ex herunter.

Später schauten wir uns noch das Video von unserer Zeckenjagd anno Dezember 1992 an. Ilie hatte das gesamte *Klub der Katze*-Videokassettenarchiv digitalisiert und auf sein Handy überspielt. Aus den Monsterzeckenjagdszenen hatte er einen kleinen Film geschnitten, so wie er es wahrscheinlich schon als Kind vorgehabt hatte. Die Bilder hatte er mit der Musik von *Captain Future* unterlegt. Die Male, da wir uns zu dritt Aufnahmen von früher angesehen hatten, hatten stets zu den Höhepunkten unserer Reunions gehört. Jedes Mal war das zuverlässig darin gemündet, dass wir einzelne Sätze mitsprachen und, sogar nachdem die Clips vorbei waren, noch weiter so sprachen wie damals, »null problemo«, »ätzend«, »gediegen«, »verpeilt«, »echt« und so weiter.

Auch an diesem Samstagabend flüsterten wir nach ein paar Sekunden unsere Sätze mit. Die Kamera wackelte. Madita und der Junge, der einmal ich gewesen war, stöhnten unwillig und verharrten trotzdem in der Position, in der sie eben im Begriff gewesen waren, aus dem Fenster meines Kinderzimmers zu klettern. Ich hatte mich neben Ilie auf die Küchenbank gesetzt. Unsere Arme streiften sich, während er das kleine Display vor uns hielt. Ich konnte hören, wie er, während er gebannt auf die Bilder schaute, vor Erwartung und Vergnügen winselte. An der freien Hand biss er an seinen Nägeln, die zu meiner Überraschung ganz abgekaut waren. Ich hätte ihn gern in den Arm genommen. Dennoch stimmte dieses Mal nichts an der Situation, anders kann ich das nicht beschreiben. Diese Nostalgie-Show-Situation hatte zum ersten Mal, seit ich denken konnte, etwas Zwanghaftes für mich, allen voran Ilie, dessen teures Parfüm mittlerweile nicht mehr seine Fahne überdeckte und der doch eigentlich, wäre er allein, wegen seines Vaters geheult hätte.

So wie auf den Fotos an den Wänden um uns, von denen uns die Popescus beobachteten, schweifte mein Blick von dem Video wieder und wieder zu den undurchdringlich schwarzen Schatten an den Rändern des Monitors, dort, wo das Bildrauschen begann und sich alle Gegenstände auflösten. Ohne dass ich den Grund dafür hätte benennen können, stand das Bildrauschen in einem Zusammenhang mit der Begegnung mit dem unmöglichen Manfred am Nachmittag. Ich hatte auch nicht mehr in Erinnerung gehabt, dass Ilie damals, als wir über die Wiese Richtung Schonung liefen, gerufen hatte: »Seid ihr jetzt alle Neger geworden, oder was? Seh ja gar nix! Voll dunkel!«, und ich empört geantwortet hatte: »Fix, du Depp! Bin kein Neger!« Wir waren Kinder. Es waren die 1990er. Manfreds Bemerkung war wie ein giftgrüner Tropfen, der, obwohl winzig, einen Bottich mit Wasser, das bisher vollkommen klar gewesen war, komplett eingefärbt hatte.

Auch am nächsten Vormittag, als Ilie mit Samy und mir Richtung *Eisenbarth-Wald* fuhr, wurde ich dieses undefinierbare unbehagliche Gefühl nicht los. Ilie ließ es sich nicht nehmen, eine Runde im Kreisel des *Einstein*-Rondells zu drehen.

»Also«, riss ich mich zusammen und drehte mich zu Samy um, der in seinem Jedi-Anzug unter dem dicken Anorak vor Angst vor der bevorstehenden Jagd immer tiefer in den Rücksitz versank, »da drüben war mein Haus. Das hat deine Oma entworfen. Die war Architektin.«

»Er weiß doch gar nicht, was das heißt«, korrigierte mich Ilie. Er trug eine riesige Sonnenbrille, obwohl keine Sonne schien. »Das heißt«, erklärte er mit seiner Onkel-Ilie-Stimme, »sie hat sich Häuser im Kopf ausgedacht.«

Der Bungalow sah immer noch so aus wie früher, soweit man das beurteilen konnte. Die Hecken am Zaun standen mittlerweile höher, so dass sich die Fenster, in die man zu meiner Zeit noch hineinspähen konnte, den Blicken entzogen.

Samy achtete gar nicht auf das, was wir sagten. Er guckte durch das Fenster auf der anderen Seite. Hinter der Gartentür parkten zwei Kinderfahrräder. In dem Haus wohnte eine Familie. Ich wusste in diesem Moment, dass das irgendetwas bedeutete.

Der *Eisenbarth-Wald* hatte keinerlei Ähnlichkeit mehr mit der Schonung von damals, die auf einmal nie existiert zu haben schien, auch wenn es sich zweifellos um dieselben Bäume handelte, nur in groß. Nachdem wir das Auto abgestellt hatten, lief Ilie zur vermeintlichen Erkundung der Lage auf dem breiten Kiesweg voraus; in Wahrheit wollte er wie besprochen sein Handy verstecken. Wenig später kehrte er atemlos zurück.

»Da … hinten. Bei der alten Stelle! Oh Mann! Das Ding ist mit den Jahren echt noch fetter und größer und ekliger geworden!

Gibt's ja gar nicht!« Eindrucksvoll warf er uns panische Blicke zu. Samys Klammergriff um meine Hand wurde fester. Es war Ilies Idee gewesen, ich solle unsere Aktion mit dem Handy filmen. Als digital native würde Samy später dankbar dafür sein. Aus der Tiefe des Waldes hallten Grunzgeräusche, so durchdringend, dass sogar mir davon ein wenig schauderte.

»Okay, Samy.« Ilie warf meiner Kamera einen wissenden Blick zu, dann guckte er wieder mit einem Ausdruck zu Samy, der den Ernst der Lage verdeutlichte. »Showtime. Bleibst du hier, oder erledigen wir das Ding ein für alle mal zusammen?«

Samy vergrub sein Gesicht in meinem Anorak. Ich spürte seine Angst. Aber es war auch ein unglaublich wertvoller Moment, an den ich mich, das wusste ich, immer erinnern würde. Er suchte Schutz bei mir und fand ihn. Ich wusste, ich würde alles für dieses Kind tun, sterben, alles.

»Ist es okay, wenn Onkel Ilie die Zecke für dich tötet?« Ich streichelte sein Haar.

Samy nickte raschelnd, ohne aufzusehen. Ich richtete die Kamera auf mich und Ilie, damit Samy später, wenn er sich in zwei, drei Jahren das Video anschaute, unsere wahren Absichten erkannte und uns nicht böse sein würde. »Okay«, ich legte Ilie den Arm um die Schulter, der spürbar begierig darauf war, wieder bei einer ähnlichen Aktion wie damals gefilmt zu werden, »viel Glück!«

»Werde ich brauchen.« Er zwinkerte der Kamera und dem Samy der Zukunft zu.

Während er im Dickicht verschwand, Samy kurz hervorlugte, um sich dann wieder abzuwenden, fragte ich mich, ob es sein könne, dass es demjenigen, der sich den Clip in ein paar Jahren anschaute, dabei vielleicht ähnlich gehen würde wie mir selbst am Abend zuvor, als ich das Originalvideo geguckt hatte: dass er überall um uns herum die sich auflösenden Formen und Felder aus Nichts wahrnehmen würde, die in diesem Moment für uns unsichtbar waren, obwohl bereits vorhanden. Ich hörte Ilies Schmerzensschreie.

Auf der Rückfahrt nach München stank es nach Fisch. Als Ilie mit wirrem Haar und Dreck im Gesicht endlich aus dem Gestrüpp auf uns zuwankte, hatte er etwas in den rot beschmierten Händen gehalten, das Samy ebenso angeekelt wie fasziniert von hinter meinem Rücken betrachtete.

»Hier … eine Trophäe. Uff. Hab ich dem Biest abgeschnitten. Mensch, das war sauknapp, Mann.« Ilie hatte das harte, felsgroße Stück Samy hingehalten.

Ich nehme an, es war eine Krebsschale aus Ibiza. Nachdem Samy sie vorsichtig berührt hatte, hielt er sie an sich gedrückt, so wie jetzt, auf dem Beifahrersitz. Auch wenn er offenkundig Ilies Bericht geglaubt hatte, dass die Zecke besiegt sei, und er darauf bestanden hatte, seiner Mutter sofort davon per WhatsApp zu berichten, wo ihm die Erleichterung und der Stolz anzumerken waren – es war mir, als hätten wir Samy ein Unrecht zugefügt und die Schale wäre ein Symbol dafür. Ein Ding aus einer anderen, schlechteren Welt. Irgendetwas war an diesem Wochenende geschehen, so dass ich mich nicht wie sonst, wenn ich länger fort gewesen war, beim Anblick der sauberen Straßen Neuhausens über die liebevollen kleinen Boutiquen mit selbst hergestellten Süßigkeiten und Secondhand-Retromode freuen konnte, über die Biometzger und vor allem das schöne Café Ruffini, wo wie jeden Sonntagnachmittag Familien mit ihren Testsieger-Buggys und nachhaltig und geschmackvoll gekleideten Kindern saßen und Cappuccino mit Sojamilch tranken, Familien wie wir.

Die Wohnungstür ließ sich nur halb öffnen, da Brigitte nicht dazugekommen war, die Zalando-Rücksendungen zur Post zu bringen.

»Mein kleiner Jedi!« Sie schloss Samy in die Arme, der sofort ohne Punkt und Komma von seinen Abenteuern erzählte. Rasch küsste sie mich auf die Wange. Sie guckte ernst. »Alles okay?«, flüsterte ich, während Samy sehr laut und äußerst begeistert von Oberviechtach und den »bösen Partys« dort berichtete.

»Samy-Liebling«, unterbrach sie ihn. Samy schlüpfte aus seinem Anorak. Sie zog ihn zu sich auf den Schoß. »Samy-Schatz, Snoopy ist weggelaufen.« Sie schaute zu mir hoch. Sie hatte ihn einschläfern lassen. Hatte die Chance genutzt und alles so geräuschlos wie möglich über die Bühne gebracht. »Ich habe versehentlich die Tür offen gelassen, als ich den Müll rausgebracht habe, und als ich zurückgekommen bin, habe ich zu spät gemerkt, dass sie weg war. Ich habe schon echt überall geguckt jetzt und auch rumgefragt. Aber sie ist nirgends.«

Brigitte hatte Tränen in den Augen. Auch ich musste schlucken.

Samy hielt inne. »Ist sie … tot?«

»Ich …« Brigitte schaute ihn mit einem liebevollen Ausdruck an, für den ich sie bewunderte. »Sie ist einfach … ich kann sie nicht mehr finden.«

Samy überlegte. Dann umarmte er sie. »Sei nicht traurig, Mama«, tröstete er sie. Triumphierend hielt er die Schale hoch. »Die Zecke ist ja tot. Onkel Ilie hat sie umgebracht.« Er lächelte.

Ich denke, er glaubte Brigitte in diesem Augenblick tatsächlich. Noch ein, zwei Tage zuvor hätte er geweint und wäre am Boden zerstört gewesen. Wir erwarteten, dass er abends doch noch realisierte, was geschehen war, und vor Trauer zusammenbrechen würde.

Aber das geschah nicht. Stattdessen ließ er auch später in seinem Bett die Schale nicht los. Nachdem er eingeschlafen war, versuchten wir, sie ihm sanft aus der Hand zu nehmen. Vergebens. Hatten wir mühsam einen Finger gelöst, schloss sich sein Griff sofort wieder.

Ich befinde mich in einem Programm von *Alife*. Der Stuhl, auf dem ich sitze, besteht aus Zahlen, ebenso wie mein Schreibtisch, die Tastatur, auf der ich tippe, der Bildschirm, meine Hütte, die Lichtung, der schmelzende Schnee auf dem Dach, dessen Gluckern ich höre. Auf einmal ist dieser Gedanke in meinem Kopf aufgetaucht: Ich habe mein Büro in der Siedlung nie verlassen. Ich muss mir nur die VR-Brille herunterziehen, dann befinde ich mich wieder in der Wirklichkeit. Um meine Augen spannt es in diesem Moment wie von Gummischnallen. Es ist ein komplett unsinniger Gedanke, der der komplett unsinnigen Arbeit an diesem komplett unsinnigen Text geschuldet ist, die schon viel zu viel Zeit in Anspruch nimmt. Ich muss mir mit einem schnellen Ruck ans Gesicht langen, ohne nachzudenken, wie bei einem Sprung ins immer zu kalte und nach Chlor stinkende Schulhallenbad früher als Kind. Ich bin wie gelähmt. Ich stehe auf, der Stuhl knarzt, endlich reiße ich die Hände hoch und befühle meine Nase, mein Kinn, meine Lippen, spüre meinen Bart, die Haut, die meinen Körper zusammenhält, da ist keine Brille, ich klopfe mit den Knöcheln auf den Tisch, erst zaghaft, dann fester, ich hämmere darauf, er gibt nicht nach, macht ein dumpfes Geräusch, ich richte den Kopf sachte in die Höhe und sage heiser: »Aus«, lauter wie ein Befehl an mich selbst: »Aus jetzt«, es geschieht nichts, ich spüre den Druck vom Holz an meinen Fingern, das Blut darin. Ich bin hier. Das ist die Wirklichkeit. Der Tisch ist ein Tisch, die Hütte eine Hütte, der Schnee Schnee.

Es hat fast bis zum Abend gedauert, bis ich meine Sicherheit wieder zurückgewonnen habe und die Dinge um mich herum wieder das sind, was sie immer waren. Ich habe mich dabei ertappt, dass ich heimlich über Oberflächen streiche, über meine Arme, meine Wangen, und kurz vor der Berührung für den Bruchteil einer Sekunde eine Unsicherheit fühle, was wohl meine Finger erwarten wird. Es ist ein bisschen so, wie wenn man sich an einem Brösel verschluckt, nach Luft ringt und dann eine Weile nur mehr sehr vorsichtig einatmet, weil das, was sonst selbstverständlich und die Grundlage dafür ist, dass man überhaupt am Leben ist, plötzlich eine Gefahr darstellt.

Looking for Freedom

Es war am Tag der Nikolausfeier, an dem mir bewusst wurde, dass es so nicht mehr weiterging. Tess und ich schauten uns am Vormittag die Rohfassung an, an der wir in den Wochen zuvor geschnitten hatten. Nena war mit ihrem Teil, der die vietnamesische Köchin als Protagonistin hatte, in zeitlichen Rückstand geraten, so dass der Druck gewachsen war, dass wenigstens wir pünktlich lieferten. Nenas Versagen war auch meine Chance. Ich konnte mich in Position bringen. Almut hatte mir zwar XXL-Dokus in Aussicht gestellt; eine Garantie war das aber nicht. Und wer wusste schon, ob es Almut nächstes Jahr überhaupt noch geben würde? Nach dem Flop des *Retro-Rooms,* für den ich nicht verantwortlich war, der aber für immer mit meinem Namen in Verbindung gebracht werden würde, war ich belastet. Ich war der mit dem Elstner. Ich war der Gescheiterte. Ich war das Scheitern. Nena war unverbraucht. Sie war frisch. Sie war eine Frau. Mir wurde schlecht bei dem Gedanken, arbeitslos zu werden. Eine Vier-Tage-Woche war das eine, Hausmann zu werden das andere. Manchmal dachte ich mir, Almut hatte Nena und mich vielleicht sogar nicht aus der Not, sondern mit Absicht und dem Hintergedanken einer direkten Battle gegeneinander antreten lassen. Das war nicht bloß eine Koch-Show, sondern eine Meta-Show. Der Gewinn bestand nicht nur aus Geld für eine gute Sache, sondern darin, bei deinem Lieblingssender weiterbeschäftigt zu werden.

Während Tess den Block, auf dem sie, während wir die erste Fassung des Pilotfilms von *Unter der Haube* guckten, nahezu pausenlos Notizen gemacht hatte, zur Seite legte und auf Enter drückte, um den Film zu stoppen, wusste ich, dass ich eine kapitale Fehlentscheidung getroffen hatte. Wir hatten kapitelweise gearbeitet und uns stets am Ende des Tages lediglich kurze Strecken von ein paar Minuten angesehen, um möglichst rasch Fortschritte zu erzielen und uns nicht mit dem großen Ganzen aufzuhalten, für das ja immer noch später Zeit wäre, wie wir uns einredeten. In kleinen Häppchen schien die Sendung auch hervorragend zu funktionieren. Außerdem würde noch an vielen Stellen eine Infografik dazukommen, die Farbkorrektur würde die Bilder Irmins aufhübschen und hier und da würde eine andere Musik das Tempo anziehen lassen. Es waren die üblichen Baustellen. Hatten wir gedacht. Doch nun war Tess die Ratlosigkeit ins Gesicht geschrieben.

»Also, das ist«, begann sie langsam und überflog ihre Notizen, »das ist irgendwie … ich weiß auch nicht … irgendwie strange. Weil eigentlich war ja halt alles drin, was wir drin haben wollten. Aber irgendwie … irgendwie hat da … nichts zusammengepasst. Ich meine, wir können jetzt«, sie guckte wieder auf ihren Block, »das abarbeiten, was ich mir aufgeschrieben habe, aber … irgendwie …«

»Ja«, sagte ich.

An diesem Punkt hätte ich ein klares Kommando geben müssen. Wahrscheinlich hätte Monika einen Satz losgelassen wie »Tja, zumindest erfährt man, wie man eine Sachertorte bäckt« und wir hätten beide getan, als würden wir uns wie Statler und Waldorf totlachen, bevor wir uns schlagartig ernst angesehen und Verzweiflungs-Grimassen geschnitten hätten. In dieser sehr speziellen Fuck-it-Stimmung hätten wir nach Lösungen gesucht und sie auch gefunden. Doch Monika war nicht hier, und am Ende des Tages war das

Projekt meine Verantwortung, nicht die von Tess. Es war, als würde sich im Inneren des Containers, in dem wir saßen und die Lüftung des Computers erwartungsvoll rauschte, ein Scheinwerfer auf mich richten. Ich war der Leader. *Bastian war der Leader,* klang es in meinem Ohr. *Fieberhaft überlegte er.* Ich überlegte fieberhaft und störte mich an dem Ausdruck *fieberhaft.* Warum *fieberhaft*? Was an meinem Verhalten war *fieberhaft*? Warum verschwendete ich die kostbare Zeit, die uns noch bis zur Nikolausfeier um 17 Uhr und zum Wochenende blieb, mit solchen idiotischen Gedanken? *Bastian ärgerte sich über sich selbst und spürte Tess' Blick auf sich lasten.* Auf der digitalen Analoguhr am Computer tickten die Sekunden weiter. Am Montag um 10 Uhr würde Almut hier Platz nehmen, den Block auf die Knie legen, den Stift schreibbereit in der Hand, und mit einem erwartungsvollen Almut-Lächeln »Na, jetzt bin ich aber wirklich sehr gespannt, ihr Lieben!« sagen und »Wenn das nichts taugt, bist du am Arsch« meinen.

Unter anderen Umständen hätte ich Nena kontaktiert und wir hätten unsere Teile der Sendung verglichen und gemeinsam nach einer Lösung gesucht, auch auf die Gefahr hin, dass Nena Almut kontaktiert hätte und dann beide gemeinsam meinen Schnitt »zu retten« versucht hätten. An diesem Punkt an meinem Leben und im Sender hätte das allerdings ein Eingeständnis der eigenen Inkompetenz bedeutet und alle mir versprochenen Großprojekte in Frage gestellt, so dachte ich jedenfalls.

Den Rest des Tages dokterten Tess und ich am Schnitt herum. Bald verloren wir uns erneut im Kleinklein und taten so, als wäre damit irgendetwas gewonnen. Und obwohl wir uns gegenseitig mit den üblichen cool in das unentwegte, komplett wahnsinnig machende Computer-Lüftungsrauschen gesprochenen professionellen Sätzen zu beruhigen versuchten, »Ja, viel besser«, »Und so wird ein

Schuh daraus«, »Jetzt kriegt der Topf endlich seinen Deckel«, wussten wir beide doch, dass all unsere Bemühungen höchstens Kosmetik waren, aber keines der grundlegenden Probleme lösen würden. Wir drehten uns im Kreis. Als meine Augen schmerzten und ich reflexhaft die Lampe auf dem Schreibtisch einschaltete, schaute ich aus dem Fenster. Die Dunkelheit draußen ließ mich in die Umrisse eines schemenhaft schwarzen Gesichtes ohne Augen, Mund und Nase sehen, das mich dennoch mit seinem gespenstischen Blick fixierte.

Die Nikolausfeier stellte traditionell einen der internen Höhepunkte im Sender dar, bei dem man nicht fehlen durfte. Daran konnten auch die angespannte finanzielle Situation und die Baustelle nichts ändern. Schon in den ersten Dezembertagen waren die Weihnachtsgirlanden und die Beleuchtung aufgehängt worden, dieses Mal zwischen den Containern, was in mir ein seltsames Gefühl der Desorientierung erzeugte, da ich es gewohnt war, dass der Schmuck wie in den Jahren zuvor in den Fluren angebracht wurde, und deshalb in Sekunden, in denen ich unkonzentriert war, in der spätnachmittäglichen Finsternis die Sackgassen ins Nirgendwo zwischen den Baracken für die alten Gänge der nicht mehr vorhandenen Gebäude hielt, in die ich dann hin und wieder versehentlich automatisch einbog. Beim Eingang des Hauptgebäudes war neben der jährlichen Sender-Tanne mit den glitzernden Wörtern des aktuellen Sender-Claims als Anhänger (*This* und *is* und *us*) eine Holzkrippe aufgestellt, in dem die abstrakte Figur des Senderlogos wie das Jesuskind gebettet war. Natürlich nahm das keiner ernst, auch wenn jeder wusste, dass das alles irgendwie eine tiefere Wahrheit widerspiegelte.

Die Rolle des Nikolaus wurde jedes Jahr von einem anderen Mitglied des Executive Boards übernommen. Dieses Mal war Almut an der Reihe, was es für mich noch unmöglicher machte zu fehlen. Fast alle Plätze in der Kantine waren bereits besetzt, als Tess und ich eintraten. Es war laut und überhitzt. Punsch- und Schweißgeruch lag in der Luft. Ich sichtete Moritz am DJ-Pult. Er trug ein blinkendes Rentiergeweih und winkte mir freudig zu, was mich sofort aufmunterte. Die Tische waren im Halbkreis aufgestellt. Die jeweiligen Redaktionen saßen beisammen. Ich stellte mich mit Tess an die Wand. Jeder der Redaktionsleiter würde früher oder später zur Übergabe eines kleinen Geschenks nach vorne gerufen werden, das war Tradition. In der Vergangenheit hatte es zwei Arten von Auftritten gegeben: den des Pflichtprogramms und den des Over-Achievers, der danach nicht selten aufgrund seines Fremdschamfaktors für Gesprächsstoff sorgte. Der Chief Human Resources Officer war einmal zusammen mit einem eigens angeworbenen Knecht Ruprecht in einer Art Sado-Maso-Outfit angetanzt, mit dem er sich völlig unvermittelt und zu Rammstein-Musik einen Show-Kampf lieferte; einer der CEOs hatte selbst verfasste Reime auf die jeweiligen Redaktionen vorgelesen, die in ihrer biederen Liebenswürdigkeit so ernst gemeint klangen, dass sich keiner zu lachen traute. Kurz: Es war eine Lose-Lose-Situation. Noch nie in der Geschichte der Nikolausfeier hatte es einen gelungenen Nikolaus-Auftritt gegeben. Doch obwohl alle offiziell und sozusagen bei Tageslicht den Sender-Nikolaus für überflüssig und eine unnötige Erniedrigung hielten, hätte uns etwas gefehlt, wäre er abgeschafft worden. Er machte die gottähnlichen Mitglieder des Boards, die man während des Jahres nur selten zu Gesicht bekam und deren Entscheidungen für uns Unteren generell etwas Dubioses hatten, zu Menschen wie du und ich.

Auch ich merkte an diesem Spätnachmittag, dass ich neugierig darauf war, wie sich Almut schlagen würde, noch dazu als erste Frau in »der Rolle der Schokoladenverteilerin Nikola«. Als die Luft in der Kantine unerträglich stickig zu werden begann, brach die Musik abrupt ab.

»Liebe Kolleginnen und Kollegen«, kam Moritz' übersteuerte Stimme aus den Lautsprechern, »und wieder einmal stellt sich die Frage aller Fragen: Wart ihr alle brav? Bitte begrüßt mit mir die, die euch darauf eine Antwort geben wird, mit einem großen Applaus: Nikola! MAZ ab!«

Ein Spotlight ging an und richtete sich auf eine der Türen vorne, die sich öffnete. Einige im Saal hielten ihre Handys in die Höhe. Ich versuchte vergeblich, an den Tischen Mitglieder des Executive Boards auszumachen, weil es hieß, dass sie sich gern einfach dazusetzten, um Mitarbeiternähe zu signalisieren. Almut trug ein rotes Samtkostüm, das ihr bis knapp über den Po reichte, eine rote Zipfelmütze und hohe weiße Stiefel mit Absätzen. Auf ihrem Rücken schleppte sie einen großen Sack.

»Ach du Scheiße«, hörte ich Tess neben mir fassungslos in den einsetzenden Applaus sagen, erst vorsichtig, als sei man sich nicht sicher, ob man das dürfe, dann, als Almut ihr unverwechselbares Almut-Lächeln lächelte und mit der Hand eine anfeuernde Geste machte, lauter und johlend.

Sie stellte den Sack ab. »Ihr würdet es mir ja doch nicht glauben, wenn ich jetzt sagen würden, dass ich von weit herkomme«, sagte sie ruhig in ihr Headset, als sei dies eine ganz normale Versammlung und als trage sie nicht ein Outfit, in dem sie mit ihrer gertenschlanken Figur und den langen Beinen ohne Zweifel sexy aussah. Wie ihr das gelang, war schwer zu beschreiben: Einerseits war klar, dass dieses Kostüm in seinem unverhohlenen Sexismus an jemand zweifellos Emanzipierten wie Almut offenkundig ein Zitat oder eine Anspielung darstellte. Andererseits gab Almut in ihrer Gestik keinerlei Hinweis darauf, dass sie dieses Kostüm lachhaft oder fummelig fand. Ich bemerkte an mir selbst, wie mein Blick, ohne dass ich es steuern konnte, immer wieder in ihren zu tiefen Ausschnitt rutschte. Doch ehe ich mich darüber wundern konnte, was sie uns mit ihrem Auftritt sagen wollte, warum sie ihren Körper und ihre Weiblichkeit derart ausstellte, fuhr sie fort: »Trotzdem komme ich tatsächlich gerade von draußen her, wenn man so will. Viele von euch«, sie blickte herausfordernd, ein Bein hatte sie nach außen gedreht, wie ein Funkenmariechen bei der Parade, »wissen ja, dass ich einen kleinen Sohn mit Behinderung habe. Er geht hier«, sie deutete auf die Wand hinter sich, »in den Kindergarten, zu den Telezwergen. Ich habe ihn vorhin nach Hause gebracht. Er hat sich so darüber gefreut, weil ich sonst so wenig Zeit für ihn habe. Viel zu wenig Zeit. Wir alle haben ja … viel zu wenig Zeit für das, was eigentlich zählt, oder? Und das ist doch nicht das hier, wenn wir ehrlich sind. Aber das wissen wir ja. Muss ich ja nicht sagen.« Es war vollkommen ruhig im Saal geworden. Auch Tess neben mir guckte berührt. Ich hätte gern eine Drohne steigen lassen, um mich selbst von oben zu beobachten. Der Gedanke half mir, nicht dem plötzlich heftigen Drang nachzugeben, zu weinen. Ich ärgerte mich darüber, wie Almut uns manipulierte. »Und viel mehr«, fuhr Almut fort, »habe ich auch gar nicht zu sagen, ihr wisst ja eh, was für eine schlechte Rednerin ich bin. Aber kommen wir«, sie bückte sich zum Sack, wobei es ihr unmöglich nicht bewusst sein konnte, dass ihr zu knappes Kleid den Blick auf den unteren Teil ihres Pos freigab, sie trug allerdings eine ausgewaschene rosafarbene Unterhose, die dieser Theorie widersprach, »jetzt zum wichtigsten Teil des Abends.« Sie hielt schmunzelnd ein Bündel Karten in der Hand. »Bescherung!«

Moritz spielte eine Fanfare ein, die nach dem Gesagten in der Stille etwas Schicksalhaftes hatte. Alle atmeten aus. Almut begann, den Namen von Redaktionen auszurufen, damit ein Vertreter daraus nach vorne zu ihr trat, dem sie dann eine Karte aushändigte. An der Ratlosigkeit der Gesichter war zu sehen, dass es irgendeine seltsame Bewandtnis mit ihrer Beschriftung haben musste, doch der Grund dafür war von meiner Position aus nicht in Erfahrung zu bringen. Irgendwann rief Almut zu meiner Überraschung auch meinen Namen, ich trat nach vorne, und sie sagte leise, wobei sie das Mikrofon zuhielt: »Ich bin schon sehr gespannt auf Montag!«, und überreichte mir eine Karte, in deren Mitte ein einziges Wort stand: *Zeit*. Später sah ich die Begriffe auf den anderen Karten. *Großzügigkeit, Mitgefühl, Hilfsbereitschaft*. Nach Almuts Abtritt stellte sich in der Kantine eine ausgelassene Stimmung ein. Mich jedoch hatte Almuts Kommentar, in dem sie, wie ich mir sicher war, ihre wahre, verschlagene Seite gezeigt hatte, nachdenklich gemacht.

»Ganz schön perfide, oder?«, beugte ich mich an Tess' Ohr und versuchte, die Musik zu übertönen.

»Warum?« Tess legte Tabak auf Papier und rollte sich eine Zigarette.

»Madonna, die sich auf einer Charity-Mission von einem Kamerateam begleiten lässt, ist ja wohl nichts dagegen. Die heilige Almut. Also, je mehr ich darüber nachdenke … was für ein Bullshit.«

»Na ja, okay«, Tess leckte das Papier ab, »das Outfit war vielleicht bisschen random, okay. Aber die Idee mit den Karten ist nicht schlecht gewesen, oder?«

»Ah ja?« Es machte mich aggressiv, dass sogar Tess Almut auf den Leim ging. »Mein Kind ist behindert, und ich verschenke Gutmenschentum.« Ich verstellte meine Stimme Marke gebrechliche Mutter Teresa und merkte, wie mich Almut und das ganze Theater, das hier veranstaltet wurde, ankotzte, und es mich noch mehr ankotzte, dass mich all das tatsächlich ankotzte, obwohl ich doch eigentlich darüber stand, ich fand keinen Weg mehr aus meinen Meta-Schleifen. »Hier, ich schenke dir eine Extra-Portion Empathie. Ist das nicht toll und rührend von mir?« Ich hatte wieder meine eigene Stimme, die dadurch, dass ich sie verstellt hatte, kratzte. »Ich meine, wie dreist ist das denn?« Ich hustete.

Tess drückte den Filter in ihre Zigarette. Sie tat das ohne die Posenhaftigkeit, mit der man zu meinen Schulzeiten in der Raucherecke das Zusammenbauen der eigenen Zigarette zelebriert hatte. »Das hieße aber dann im Umkehrschluss, dass selbst wenn Almut das alles ernst gemeint hat – was ich übrigens tatsächlich glaube –, dass sie gerade dadurch, dass sie die Wahrheit sagt und uns in Erinnerung ruft, wie wichtig das ist, dass sie gerade dadurch in deinen Augen unglaubwürdig wirkt? Eigentlich kann sie also sagen, was sie will, du glaubst ihr eh nicht, ist doch so, oder? Einfach weil sie Almut ist. Und weil sie ein Kind mit Behinderung hat. Also, der Grund, warum sie eigentlich mehr Credibility hat als andere, ist für dich genau der Grund, ihr nicht zu glauben. Gäbe es überhaupt eine Situation, bei der du jemandem glauben würdest, dass er es gut meint? Oder steht bei dir alles immer unter Generalverdacht?«

Ich merkte, wie enttäuscht ich war, dass Tess so offenkundig enttäuscht von mir war und mich für einen Zyniker hielt.

»Sorry, ich glaube, mir steht einfach der Montag bevor«, lenkte ich ab.

»Mir auch. Aber dazu ist ja eine Abnahme da, oder? Damit wir zu dritt eine Lösung finden.«

Wahrscheinlich war Tess einfach wirklich noch nicht lange genug beim Sender, um zu wissen, was geschah, wenn eine Sendung, die Redakteure als ihr Baby ansahen, die Erwartungen nicht erfüllte. Tess blinzelte mir aus ihren schwarz geschminkten Augen zu. »Pass auf, ich komme einfach morgen noch mal rein und probier bisschen rum. Fällt mir was ein, ruf ich dich an, okay?«

»Es ist deine – *Zeit*«, sagte ich. Sie hatte offensichtlich keine Familie. Ich hielt Almuts Karte noch immer in der Hand. Eigentlich hatte ich sie reflexhaft zusammenfalten und in den Abfalleimer beim Ausgang werfen wollen, aber irgendetwas hielt mich davon ab. War es der Gedanke an Almuts behinderten Jungen, der dem Stück Pappe und dem Begriff darauf Glaubwürdigkeit verlieh und damit einen Wert gab, den sie doch eigentlich gar nicht besaßen?

Moritz hatte ein Lied von Helene Fischer aufgelegt. Viele guckten glaubhaft verzweifelt, als würden sie gleich gefoltert werden, und sangen dann laut den Text mit, den sie auswendig konnten.

Auf der Rückfahrt nach Neuhausen glitzerte in den elektrischen Lichtern der Autoscheinwerfer, Straßenlaternen und Ampeln lautloser Nieselregen, der aber nicht einmal ausreichte, den Sensor des Scheibenwischers auszulösen, und an einem trüben Tag wahrscheinlich unsichtbar geblieben wäre.

»Na, Bastian, wie geht's dir?« Die alte Vertrautheit tat sofort gut. Ich berichtete Monika knapp, was passiert war und wie frustriert, nein, verzweifelt ich war. Sie hörte aufmerksam zu, zog dabei hörbar an ihrer E-Zigarette und schmunzelte, wie mir schien. Ich schwelgte laut in Erinnerungen an unsere erfolgreiche Zusammenarbeit. Wahrscheinlich sagte ich auch, dass all das mit ihr, Monika, nicht passiert wäre.

Als ich in einer Mischung aus Selbstkasteiung, dass ich so blöd gewesen war, den Auftrag anzunehmen, und Bashing des Senders, der jetzt anscheinend im Begriff stand, völlig niveaulos zu werden, geendet hatte, sagte Monika nach einer Pause: »Soll ich mal vorbeischauen? Ich hab heute keine Schicht.«

Ich dachte, sie sorge sich um meine psychische Verfassung und wolle nach Neuhausen.

»Wahnsinnig lieb, Monika, aber ich bin so fertig von dem Tag … ich glaube, ich brauche jetzt einfach Ruhe …«

»Na, im Sender, meine ich«, unterbrach sie mich ungerührt.

»Oh, in den Sender, ach so.« Ich brauchte einen Moment, um zu begreifen, was Monika da eben vorgeschlagen hatte. »Puh, jetzt noch? Und was sollen wir da dann …«

»Wir gucken uns die Chose an, und ich geb meinen Senf dazu. So wie früher. Und vielleicht stellen wir auch bisschen was um, worauf die andere Madame nicht gekommen ist. Vielleicht bringt es was. Vielleicht auch nicht. Schaden wird es aber bestimmt nicht.« Monika klang verschwörerisch und zugleich sehr klar, als habe sie sich das schon länger überlegt.

Abgesehen davon, dass ich einfach zu erschöpft war, um die Nacht durchzumachen, begann ich zu überlegen, wie ich Monika absagen konnte, ohne sie zu enttäuschen, bis mir dann sofort einfiel, dass man bei Monika ja frei von der Leber weg reden konnte. Sie war ja selbst so. Das zeichnete unser Verhältnis aus. Als ich dankend ablehnte, klang sie nicht enttäuscht – sondern vor den Kopf gestoßen.

»Na gut. Scheint ja dann auch nicht so dramatisch zu sein. Gut, gut.«

Nach einem kurzen Hin und Her ironischer Bemerkungen, das so wenig funktionierte wie ein Tischtennisspiel mit eingedrücktem Ball, war ich wieder allein mit der Lüftung des Autos, die ich erst jetzt hörte, ohne dass ich mich daran erinnern konnte, sie eingeschaltet zu haben.

Am Montag würde ich kapitulieren. Streng genommen wäre es allerdings gar keine Kapitulation. Ich würde Almut vor der Abnahme die Wahrheit sagen und ihr anschließend zeigen, was wir hatten. Es brachte nichts, so zu tun, als sei ich ein anderer.

Der Bordcomputer piepste. Das Display wies darauf hin, es bestünde Glättegefahr, obwohl es fünf Grad über null hatte.

Wie konnte Monika, die seit Jahren nicht mehr geschnitten hatte, geschweige denn technisch auf dem neuesten Stand war, ernsthaft glauben, dass ich auf ihr Angebot einging? Weder kannte sie das Konzept der Sendung noch das Drehmaterial. Wie verletzt sie geklungen hatte. Auf einmal wurde mir brennend heiß. Konnte es sein, dass Monika vielleicht hoffte, durch mich wieder im Sender zu arbeiten, sie immer auf diese Chance gewartet und den Kontakt nur deshalb aufrechterhalten hatte? Es erschien mir plötzlich fraglich, wann wir wieder miteinander reden würden.

An meinem Arm drückte es. Das Tracker-Armband. Ich hatte mein Schrittkonto heute noch nicht in dem Maße aufgefüllt, dass mein Herz auch stark blieb und mein System funktionierte. Wenn ich in unserer Straße einen Parkplatz gefunden hatte, würde ich zweimal um den Block laufen, das machte zwischen 680 und 730 Schritte. Yoda sollte zufrieden sein.

Ich sehnte mich auf einmal danach, sofort mit Ilie zu sprechen, bis mir in derselben Sekunde einfiel, dass es jenen Ilie, mit dem ich immer ganz ehrlich sein konnte, momentan nicht gab. Ich wusste, was Madita sagen würde, wenn ich ihr von den Problemen mit der Sendung erzählte. Ich hätte mich geschämt zuzugeben, dass ich im Sender in der Hierarchie aufsteigen wollte, was bedeutet hätte, dass ich noch weniger Zeit zu Hause verbrachte, obwohl ich endlich wieder Formate bespielen konnte, die mir entsprachen. Ilie hingegen hätte mit all dem keinerlei Problem. Drei, vier Mal hatte ich

Ilie seit Oberviechtach aus dem Auto auf dem Weg von der Arbeit nach Hause per Videocall angerufen. Auch er war unterwegs gewesen. Ihm war anzusehen gewesen – Augenringe, Strubbelfrisur, aufgeschwemmtes Gesicht –, dass er wieder die Nacht durchgefeiert hatte. Fragte ich ihn einleitend, wie sein Tag gewesen sei, was eher als Floskel denn als echte Frage gemeint war, sagte er nun Sätze wie »Ah, gerade wieder XY mit einem totalen Loser-Fonds abgezockt, haha, na ja selber schuld, wenn man sich so ein Drecks-Portfolio andrehen lässt«, und er lachte ein Lachen, das mir tief in meinem eigenen Inneren weh tat. Wenn ich dann eine spaßig gemeinte Bemerkung machte im Sinne von »Und wieder auf der Pirsch?«, nickte er zustimmend und schwärmte mir von seinen Tinder-Affären vor, bei denen die Namen so schnell wechselten, dass ich sie mir nicht merken konnte. Im Unterschied zu früher wartete ich vergeblich darauf, dass er durch eine Geste oder ein Wort Anführungszeichen setzte. Bei den letzten WhatsApp-Gesprächen hatte sich da plötzlich ein Zwischenton in seine Berichte à la »Die hat echt gedacht, ich würde sie heiraten, wie bescheuert muss man sein?« oder »Trifft mich und will dann nicht ins Bett, ich meine, geht's noch?« eingeschlichen, bei dem ich immer darauf hoffte, dass er lediglich das Arschloch spielte. Wenn ich geglaubt hatte, dass die Dinge nach Oberviechtach endlich wieder so werden würden, wie sie einmal waren, hatte ich mich getäuscht. Auch am Abend dieses 6. Dezembers 2019, als ich im Auto Ilies Nummer wählte, merkte ich, dass meine Sehnsucht, mit dem Ilie von einst zu sprechen, mehr und mehr zum Phantomschmerz geworden war, weil der Mensch, den ich vermisste, zwar weiterhin wie eh und je auf einem 5-Zoll-Display erschien, in Wahrheit jedoch vorübergehend nicht erreichbar war.

»Hey! Unser Mann in München!« Rauschen drang durch den

Lautsprecher. Die verwackelten Umrisse Ilies erschienen. Er lief gerade durch das nächtliche Zürich. »Was geht? Du, bin gerade voll spät dran für ein Date. So ne Russin … Mannmannmann … äh, was Wichtiges?« Er drückte auf seinem Handy herum.

»Findest du nicht, dass du es ein bisschen übertreibst in letzter Zeit?« Es war ein Film-Satz. Ein *How I met your mother*-sagt-Ted-zu-Barney-Satz. Mir fiel kein anderer Satz ein. Es hätte andere Sätze gegeben, die vielleicht aus dieser Gesprächssackgasse, auf die wir zusteuerten, herausgeführt hätten.

»Hey, die wissen doch, auf was sie sich einlassen. Die hoffen halt, dass mal einer anbeißt und dann«, er sprach mit russischem Akzent, »Cheirat und doitsche Paass und Jackpoot, spasibo. Ist wie Roulette. Russisch Roulette, da?«

Ich hielt an der Ampel und schaute aus dem Fenster den Passanten auf dem Gehsteig zu, die, ihre weißen Bluetooth-Kopfhörer im Ohr, vor sich hin sprachen oder auf ihr Handy starrten, das ihre gespannten oder freudigen Gesichter erhellte wie eine winzige Weihnachtskrippe. »Du solltest echt mal runter nach Zürich cruisen, und wir machen eine Party zusammen.« Er verstellte wieder seine Stimme. »Mit eine paar russische Ladys, die mir gerne tun Gefallen.«

»Ist jetzt nicht dein Ernst, oder? Das ist sauwiderlich.« Ich bekam eine Erektion. Unwillkürlich musste ich daran denken, als ich einmal mit Madita und Ilie vor ein paar Jahren bei einer Reunion auf Ibiza über unsere Ziele im Leben gesprochen hatte und Ilie sofort »Mehr Geld und Sex« geantwortet hatte, woraufhin Madita verzweifelt den Kopf in ihren Händen vergraben und ich peinlich berührt gekichert hatte. Gleichzeitig hatte ich fieberhaft überlegt, was wohl meine eigene Antwort wäre, und je mehr ich darüber nachdachte, stellte ich zu meinem eigenen Entsetzen fest, dass ich Ilie zustimmen musste, und legte mir zurecht, »Ein guter Vater sein« zu antworten, falls die Reihe an mich kam, was dann zum Glück nicht geschah.

»Ah ja?« Ilie riss mich aus meiner Erinnerung.

»Du sprichst ja über die wie über … also, als ob das keine Menschen wären, sondern Objekte. Tiere.«

Ilie bog in eine helle Straße ein. Er schaute geradeaus und hielt das Handy mit dem Display von sich weggedreht auf Hüfthöhe, so als wäre es eine Art GoPro HERO-Kamera und ich sein subjektiver Blick. »Dann sag ich dir jetzt mal was.« Ilie klang richtig angepisst. Es gab mir ein Stich in mein Herz. Seit unserer Schulzeit hatten wir uns nie richtig gestritten. »Ich find's auch total arschig, gejudged zu werden. Dazu noch von dir. Du klingst wie dein eigener Opa. Der hat auch immer so Slogans losgelassen. Fuck, regt mich das auf.« Er blieb stehen und warf mir beziehungsweise der Kamera einen bösen Blick zu.

»Ach, komm. Ich …« Ich konnte nur von der Seite auf das Handy schauen, um keinen Unfall zu bauen. Ilie stieg nicht auf meinen ironischen Ton ein.

»Nein, no kidding. Ich habe echt die Schnauze voll. Madita und du. Ich meine, schau dich mal selber an. Als ob bei dir alles so super wäre.« Mir wurde wieder heiß.

»Okay, ich hab's kapiert. Lass uns …«

Ilie ereiferte sich immer mehr. »I'm being fucking serious. Das fuckt mich schon lange ab. Ihr seid so scheiß complacent.« Wenn ich jetzt auflegte, würde das alles noch schlimmer machen. Mein Herz raste. Ich gab Gas bis zur nächsten Ampel. »Schau mal, wo du in deinem tollen Sender bist und wie die letzten Jahre mit deiner tollen Brigitte waren. Glaubst du echt …«

Ich legte auf.

Eine halbe Stunde später fiel mir genau in dem Moment, da ich die Tür der Wohnung aufsperrte, wo Brigitte fertig angezogen mit ihrer Sporttasche stand, ein, dass ja schon lange ausgemacht gewesen war, dass das heute ihr Abend sei, damit sie endlich mal wieder zum Schwimmen gehen könne.

Samy spielte in seinem Zimmer wie neuerdings meistens seit unserem Ausflug nach Oberviechtach mit Lego Krieg. Unsere Ruinenstadt hatte sich in eine apokalyptische Landschaft verwandelt, in der sich Bataillons von Minisoldaten Häuserkämpfe lieferten. Samy erzeugte das Geräusch von Maschinengewehren, Pistolen, niedersausenden Äxten und abgehackten Gliedern und sprach mit den Stimmen sterbender, um Milde bettelnder Menschen sowie unbarmherziger Meuchler. Vor ein paar Tagen hatte er Brigitte die erste Fassung seines Weihnachtswunschzettels überreicht. Wir sollten ihn aber noch nicht an den Weihnachtsmann weiterreichen, da sich noch etwas ändern könne. Ich hatte erwartet, dass an erster Stelle so wie die letzten Jahre etwas Unrealistisches, Berührendes stand wie »1 Einhorn« oder »Wolken«. Dieses Mal war seine Nummer eins die Lego-Batman-Spezial-Edition, was mich aus irgendeinem Grund traurig machte.

Ich räumte die Küche auf, hörte die Top-Treffer aus Alexas *Klassik zum Entspannen*-Programm und versuchte, nicht an den Rohschnitt, Monika oder Ilie zu denken. Ich betrachtete Samy durch die offene Tür seines Kinderzimmers, wie er die Backen aufblies, während er mit einem Raumschiff Burgmauern einriss und Ritter ummähte. Für einen Moment hatte ich den Impuls, nostalgischen Smalltalk mit Alexa zu führen, im Sinne von ob sie sich noch an die Zeiten erinnere, als Samy mehr von ihr über die Welt und das Wesen der Katze erfahren wollte; aber dann ermahnte ich mich, dass es sich ja nur um eine Software handelte.

Nachdem ich an jenem Abend des 6. Dezember 2019 Samy ins Bett gebracht hatte, wartete ich noch in der Küche auf Brigitte und las, damit die Zeit verging, irgendetwas über Trump, die AfD oder Greta Thunberg. Für die Lektüre eines Buchs, was mir, wie ich wusste, gutgetan hätte, fehlte mir der Nerv, schließlich googelte ich Manfred, über den, wie sich herausstellte, kaum Einträge existierten, er war auch nicht, wie ich angenommen hatte, Mitglied bei der AfD oder einer sonstigen Partei, sondern lediglich bei der Freiwilligen Feuerwehr. Und selbst wenn er Stimmung gegen Migranten und Moslems machen sollte, durfte ich doch eigentlich nicht einfach so über ihn urteilen, dachte ich, ich lebte nicht in Oberviechtach, sondern in München-Neuhausen, lieber Bikinis statt Burkas, der Slogan war gut, und ich fand ihn, wenn ich ehrlich war, auch zutreffend, und schon war ich, wie ich mir sofort dachte, den Rechten wieder auf den Leim gegangen, warum beschäftigte ich mich überhaupt die ganze Zeit mit solchen bescheuerten Dingen, bei denen ich wusste, nein, erwartete, dass sie mich empörten und negative Energie freisetzten, Trump, die AfD, ich hielt kurz die Luft an, um zu hören, ob Samy noch schlief, sein gleichmäßiger Atem drang sehr leise aus dem Schlafzimmer, es gab kein schöneres Geräusch. Als vor einem Jahr die Frage aufgetaucht war, auf welche Schule Samy sollte, hatte Brigitte sich gegen die eigentlich näher gelegene Bertha von Suttner-Schule ausgesprochen, da sie bekanntermaßen einen hohen Anteil von Schülern mit Migrationshintergrund aufwies und viele Kinder schlechtes Deutsch sprachen, so dass der Unterricht auf einem unterdurchschnittlich niedrigen Niveau stattfand. Nachdem Brigitte dieses Argument ins Feld geführt hatte, hatte ich sie gespielt entrüstet angesehen, so wie sie mich bei so einem Satz angesehen hätte, eigentlich hätte ich diesen Satz sagen sollen, nicht sie, sie war die Korrekte in unserer Beziehung, das war ihr

Part, nicht meiner. Dann hatte Brigitte »Ja, so ist das halt« gesagt, ich hatte mit den Achseln gezuckt, glaube ich, und natürlich schickten wir dann Samy auf die Georg Elser-Schule jenseits der Landshuter Allee.

»Du bist ja noch auf.«

Brigitte stand in der Küchentür. Mit ihrer Mütze, unter der ihre dunkelblonden nassen Haare hervorschauten, die sie nicht wie sonst zum Pferdeschwanz gebunden trug, wirkte sie wie aus einer sentimentalen und trotzdem irgendwie rührenden Kaffeewerbung aus meiner Kindheit, wo Kaffee für Heimkehr und Zweisamkeit stand und Fair Trade und Gesundheit keine Rollen spielten. So entspannt und hübsch hatte sie schon lange nicht mehr ausgesehen.

»Was würdest du von einem zweiten Kind halten?« Die Idee war mir spontan gekommen, sie schien ganz plötzlich die Lösung für sämtliche Probleme in der Arbeit und zu Hause zu sein, für alles.

Brigitte war das Erstaunen, nein, der Schock ins Gesicht geschrieben. Ohne die Mütze abzunehmen, setzte sie sich zu mir und guckte wortlos auf die Tischplatte. Sie berührte mich nicht am Arm oder der Wange, wie ich gedacht hatte. Eigentlich war das Thema nach der letzten Diskussion abgehakt gewesen, als Brigitte nach der Elternzeit überlegt hatte, ob sie länger pausieren sollte, wogegen sie sich dann aus praktischen Überlegungen entschied, obwohl sie seitdem immer wieder sagte, es täte Samy gut, ein Geschwisterkind zu haben. »Wann?«, fragte sie schließlich.

»Na, also …«, ich starrte auf den Punkt auf dem Tisch, auf den sie starrte, den Salzstreuer, und versuchte aus dem Augenwinkel heraus zu erkennen, was in ihr vorging. »Nicht sofort. Aber halt … zeitnah.« Ich musste unvermittelt an Almuts Karte denken. Sie steckte noch immer in meiner Jacke. Sie strahlte Macht aus.

»Wenn es sofort klappt, wäre es September 2020 hier. Spätestens.

Also genau zum Schuljahr.« Ich kannte Brigitte. Und ich kannte ihren Katalog an Gesichtsausdrücken. Sie stellte sich gerade die Zukunft vor, ich sah das, was sie sah, uns zu viert, ein Baby, Samy mit Baby, die zu kleine Wohnung. Sie wog ab.

»Ja.« Ich wusste in diesem Moment, dass es eine schlechte Idee gewesen war, wir würden umziehen müssen, hätten noch weniger Zeit für uns beide, ich wollte nicht sofort wieder einen Rückzieher machen, »so ein guter Zeitpunkt kommt halt nicht mehr. Wenn, dann jetzt, denk ich mal.«

»Verstehe mich jetzt nicht falsch …«, Brigitte drehte sich zu mir und sah mich an, wie sie mich schon lange nicht mehr angesehen hatte, voller Mitgefühl, »… du weißt ja, dass ich auch immer gern noch eines wollte. Aber du weißt auch …« Sie deutete mit der Hand auf die Küche, die Wohnung, unser Leben. »Warum willst du jetzt doch eines? Weil wenn es dann da ist …«

»… ist es da. Ja«, ergänzte ich den Satz, den wir so oft gegen ein zweites Kind ins Feld geführt hatten.

Ich ging innerlich die Pro-Argumente durch, aber wusste, dass sie, wenn ich sie in diesem Moment vorbringen würde, nicht glaubhaft klingen würden. Brigitte kannte mich.

»Ich liebe Samy. Es ist so wunderbar mit ihm. Er ist wirklich das Beste, was mir je passiert ist.« Ich machte eine Pause und schob schnell nach: »Und das mit uns natürlich auch.«

»Yep«, sagte sie schnell.

»Und«, ich wusste, dass ich es früher oder später sagen musste, »natürlich wäre es ein guter Zeitpunkt. Ganz praktisch betrachtet. So was darf man ja nicht außer Acht lassen.« Ich versuchte, ironisch zu klingen, es gelang mir nicht. »Für dich das neue Schuljahr. Und wir könnten uns die Elternzeit teilen, eine Hälfte du, eine ich. Ich würde einfach eine Art … Sabbatical machen.«

Brigitte runzelte die Stirn. Sie zog ihre Jacke und ihren Pullover aus. Sie trug eines ihrer alten verwaschenen T-Shirts, das sie schon getragen hatte, als wir zusammengekommen waren, ich glaube, es stand »Schall & Wahn« darauf und stammte von einem Tocotronic-Konzert. »Hä? Ich dachte, das geht gar nicht. Du hast doch immer gesagt, du kannst es dir gar nicht leisten, länger draußen zu sein.«

»Du, es ist einfach so«, es waren Sätze, die ich mir auch schon zuvor innerlich vorgesagt hatte, ich sprach sehr klar, wie in einem Meeting, »dass ich momentan nicht sicher bin, wo da mein Platz im Sender ist. Das mit dem *Retro-Room* und jetzt mit dieser komischen Kochshow. Und ob ich dann wirklich wieder XXL-Dokus machen darf – hey, who knows?«

»Aber das sind jetzt schon die Sendungen, wegen denen wir all den Stress hatten im letzten Jahr. In den letzten zwei Jahren.« Brigitte rutschte von mir weg und sah mir aufgebracht in die Augen. »Schon, oder?«

Wir wussten beide, was jetzt folgen würde. Eigentlich wäre es am einfachsten gewesen, an dieser Stelle genau diesen Gedanken auszusprechen, *wir wissen ja, was jetzt kommt, also lass uns das skippen und ins Bett gehen.* Brigitte sagte, ich sei selbstsüchtig, ich wolle nur ein Kind, weil es bei mir in der Arbeit nicht gut laufe und ich ausspannen wolle, ich sagte, wenn das stimme, treffe das auch auf sie zu, da sie selbst mir damals bei Samy vorgerechnet habe, wie zeitlich günstig der Termin wäre, ich könne mich noch genau daran erinnern, sie sagte, vielleicht sei sie selbstsüchtig, weil sie in letzter Zeit keine Zeit mehr für sich selbst gehabt habe, ich sagte, sie male nicht mehr, warum sie nicht mehr male, ich liebte ihre Bilder, sie sagte, wann, ich sagte, wenn es ums Malen gehe, würde ich schon Zeit freischaufeln, sie sagte, also geht's nur ums Malen, nicht um mich,

ich sagte, das Malen bist doch du, Samy stand in der Tür mit seiner Fake-Zecken-Schuppe, die er an seine Brust drückte, Brigitte nahm ihn auf den Arm und sagte, »Mama und Papa haben sich nur mal unterhalten«, ich streichelte ihn und flüsterte, »alles gut«, und drückte mein Gesicht in seinen Haarschopf. Als Brigitte und ich ihn zudeckten, streiften sich unsere Arme, ohne dass einer von uns wegzuckte, wir standen noch eine Weile nebeneinander und warteten, wie Samys Züge sich entspannten und er innerlich wieder woanders war, und ich wusste, dass die Möglichkeit des zweiten Kindes, die gerade eben für ein paar Minuten in der Küche bestanden hatte, für immer gestorben war. Wortlos gingen wir ins Bad, ich putzte schnell Zähne, ich spürte die Stelle im hinteren Gebissbereich, die ich zu putzen vergessen hatte, sie schmeckte bitter, Brigitte zog sich aus, ich ging aufs Klo, Brigitte putzte sich Zähne, ich hasste, wie sie sich bewegte, wie sie die Lippen sorgfältig hochzog, damit auch ja keine Stelle ungeputzt blieb, ich zog mich aus, sie hasste meinen Anblick und die Tatsache, dass ich einen Bauch bekam und manchmal, wenn ich mich bückte, unwillkürlich ein grunzendes Geräusch von mir gab, als entweiche einem prall gefüllten Ballon Luft, ich legte mich ins Bett, ich hasste ihren Geruch, wie sie atmete, sie hasste, wie ich atmete, sie legte sich mit dem Rücken neben mich und schaltete die Lampe aus, sie hustete, ich dachte, sie sage gleich etwas, ich hoffte es, was hätte ich gegeben für ein Zeichen, dass sie mich liebte, ich hätte dann sofort gesagt, wie sehr auch ich sie doch liebe und dass das alles Quatsch sei, ich hielt den Atem an, sie sagte nichts, möglich, dass sie auf ein Zeichen von mir wartete, dass ich sie liebte, wir sagten nichts, all das war Teil eines Repertoires an Verhaltensweisen, insgesamt hatten wir vielleicht zehn oder sogar weniger Möglichkeiten, wie wir aufeinander reagierten, unser Handlungsspielraum war überschaubar, er würde unser Leben lang überschaubar bleiben, so wie das Inventar unserer Gesten und Mimik überschaubar war, nur zwei Jahrzehnte später wurde *ADAM*, mit der der Android-Branche dann der Durchbruch gelingen sollte, unter anderem mit dem Slogan »10+« beworben, er verfügte über zehn Gesichtsausdrücke mehr als der durchschnittliche Mensch; mit Brigitte und mir, dachte ich damals, in der Nacht dieses 6. Dezembers, ging es so nicht mehr weiter, obwohl sich doch eigentlich gar nichts Gravierendes in den vergangenen dreißig Minuten ereignet hatte.

Irgendwann ein paar Minuten oder Stunden später, ich schlief bereits, was mir aber erst bewusst wurde, als ich erwachte, vibrierte mein Telefon auf dem Boden neben dem Bett. Habe ich das Bild jetzt vor meinem inneren Auge, sehe ich seltsamerweise den Raum meiner Hütte, so wie ich ihn oft vor mir habe, wenn ich nachts aufschrecke und es immer noch, nach all den Jahren, einige Momente braucht, bis ich wieder weiß, dass ich mich nicht in Deutschland befinde und nicht in einer Epoche, in der ich noch jung und alles anders war, sondern hier, in der Wildnis und der damaligen Zukunft. Es war Ilie. Er hatte versucht, mich anzurufen, und mir eine Text-Nachricht hinterlassen.

»Sry.«

Bastian fasste einen folgenreichen Entschluss, meldete sich DER ERZÄHLER. In den Gefühlsmix aus Wut auf Brigitte, Scham über unseren Streit und Angst vor Montag mischte sich unerwartet eine weitere Emotion, vielleicht so etwas wie Hoffnung. Es war wie in einem dieser Filme oder Songs aus einer längst vergangenen Zeit, wo der Mann bloß mal Zigaretten kaufen geht und dann spontan abhaut, ein irgendwie jämmerliches Bild männlicher Freiheit, das aber wahrscheinlich aus Fantasielosigkeit so oft als Motiv wiederverwendet worden war, dass sich sogar bei jenen, die eigentlich ganz zufrieden und überhaupt nicht der Typ dafür waren, eine Sehnsucht danach einstellte, die erfundene Szene einmal selbst in die Tat umzusetzen.

Ich schrieb an Madita: »Pennywise.«

Schon ein paar Sekunden später vibrierte mein Handy. »AKLA?«

Ich tippte: »Kann gerade nicht reden. Reunion-Treffen morgen in Zürich.« Ich setzte an das Ende des Satzes kein Fragezeichen, sondern einen Punkt.

Wenn sie nicht mitkam, würde ich allein fahren. Brigitte würde das schon irgendwie akzeptieren. Schlimmer konnte es eh nicht mehr werden.

Auf meinem Handy erschien: »Geht's noch kurzfristiger? Andere Menschen müssen vielleicht samstags arbeiten?!«

Ich sah Madita vor mir, wie sie jetzt gerade vor Ärger den Mund verzog, und musste schmunzeln. Ich liebte sie. Ich tippte: »Ilie braucht unsere Hilfe. ERNSTHAFT.« Ich schickte die Nachricht. Ich tippte: »Du warst nicht bei der Beerdigung.« Ich schickte die Nachricht. Ich tippte: »BITTE« Ich schickte die Nachricht.

Ich schickte Ilie eine Nachricht: »Sag alle Dates morgen ab. *Klub der Katze* in Zürich. Widerstand zwecklos.«

Madita schrieb: »OK«

Ilie schrieb: »Wtf«

Heal the World

Blicke ich zurück auf diese Zeit und insbesondere auf das Wochenende Anfang Dezember 2019, sehe ich einen mittelalten Mann vor mir, der vor allem eines ist: selbstgerecht. Ich schäme mich. Es ist ein lähmendes Gefühl, eine Erstarrung, wie wenn man plötzlich nackt großer Kälte ausgesetzt ist. Ich denke, ich habe mich auch damals bereits geschämt, nur unterdrückte ich diese Scham, indem ich in Hektik verfiel und mich selbst nicht zur Ruhe kommen ließ. Ich frage mich, was wohl in mir vorgegangen wäre, hätte es damals schon die WVs gegeben, die *Wiser Versions*, die in den späten 2020ern kurzzeitig auf dem Markt waren, während des Booms der Holografie-Branche. Ein Programm errechnete, wie man der Wahrscheinlichkeit nach im Alter, also mit 70+, aussah, und ließ diese *Wiser Version* auf einem Goldsockel als etwa einen halben Meter hohes Hologramm entstehen, so dass man mit sich selbst Unterhaltungen führen konnte. Wie man sich hätte denken können, fanden die meisten den Anblick ihrer persönlichen Wiser Version nicht sonderlich angenehm, was die Firma zu einer radikalen Nachbesserung bezüglich der physischen Attraktivität veranlasste. Eine Zeitlang war es dann durchaus schick, sich Tipps von diesem Holo-Selbst zu holen, das etwas von Magier und Magierin hatte, eine Art Yoda für alle. Brigitte und ich besaßen nie einen solchen WV. Aber vielleicht hätte es mich damals, im Dezember 2019, zur Räson gebracht, mir selbst in mein altes Gesicht zu sehen und aus meinem eigenen

Mund eine jener Kalenderspruchweisheiten zu hören, die zwar lächerlich einfältig klingen, aber am Ende doch einen wahren Kern enthalten. Dass ich mit meinem bisherigen Leben mehr als zufrieden und stolz auf das Erreichte sein könne. Dass ich mir bewusst machen müsse, dass der Gegenstand meiner Unzufriedenheit doch eigentlich, aus der zeitlichen Distanz betrachtet, der eigentliche Grund meines Glücks darstelle. Dass ich glücklich sein könne, weil ich bislang Glück gehabt habe. Für Sekunden ist es mir, als sei ich selbst in diesem Augenblick, hier in der Hütte an meinem Schreibtisch, eine dieser W Vs und mein Körper aus Licht. Und während ich meinem jüngeren Ich aus Fleisch und Blut und seinen Klagen über seine kleinen Probleme zuhöre, nicke ich verständnisvoll, weil ich so programmiert bin; spende ich Trost, weil ich so programmiert bin, und bin freundlich, weil ich so programmiert bin und nicht anders kann. Mein Blick aber ist kalt.

Ich hatte Brigitte am Samstagmorgen eher mitgeteilt als gesagt, dass ich übers Wochenende nach Zürich zu Ilie führe. Mir war es gelungen, dabei so undurchdringlich und zugleich bestimmt zu klingen, wie ich es zuvor schon oft vergeblich versucht hatte. Ich denke, es half zu spüren, wie die Wut in mir wuchs, wenn ich daran dachte, dass Brigitte wieder einmal all die Opfer, die ich in der Vergangenheit erbracht hatte, nicht sehen wollte und so tat, als sei ich der Einzige in unserer Beziehung, der sich völlig verwirklichen könne. Wir würden uns wieder nicht trennen, auch nach diesem Gespräch nicht. Es wäre nicht mit unserer Wohn- und Arbeitssituation vereinbar gewesen, geschweige denn gut für Samy. Ich kannte die beiden Kerben, die unter ihren Augen wie stumme Emoticons standen, wenn sie schlecht geschlafen hatte, den harten Gesichtsausdruck am Frühstückstisch, der bedeutete, dass wir uns wieder einmal das gesamte Wochenende anschweigen und eine besonders anstrengende Erwachsenen-Version von »Wer als Erster blinzelt« spielen würden. Sehr knapp argumentierte ich, dass sie ja jenes Wochenende, das ich mit Samy in Oberviechtach verbracht hatte, für sich gehabt habe und mir nun ebenfalls ein Wochenende zustehe.

Sie hatte auf den Tisch gestarrt, auf dieselbe Stelle wie am Abend zuvor, und müde und resigniert genickt, was kurz die Angst in mir aufflackern ließ, ich könne mich irren, ich hätte Brigitte falsch eingeschätzt, ich würde sie eben doch nicht so gut kennen, dies sei jetzt der Ernstfall und nicht nur ein Ausprobieren, wie weit man gehen könne.

Ich hatte Ilie bisher erst zwei, drei Mal in Zürich besucht und mich dann stets bei dem Gefühl ertappt, mich gar nicht im Ausland zu befinden, sondern lediglich in einem anderen Teil Deutschlands: einer sehr reichen, sehr teuren, sehr sauberen, aber letztlich, nicht zuletzt wegen des lächerlichen Dialekts, provinziellen Region, deren Bewohner man, wie so oft, wenn ein Städter in die Provinz fährt, nicht ganz ernst nehmen kann, obwohl mir natürlich die Geschichte des Landes und seiner Leute sehr wohl bewusst und mir klar war, dass ich vollkommen falsch lag. Madita hatte Zürich stets als Parallelwelt oder Kuckucksuhr-Planet bezeichnet, in der sie um keinen Preis der Welt wohnen wollen würde, weil sie sich dann selbst irgendwann wie Fake und unfassbar konservativ fühlen würde. Doch wenn ich bei meinen wenigen Besuchen mit Ilie in eine »Badi« ging und wir dann auf einer der Wiesen am See inmitten von gut erzogenen, wohlhabenden, jungen Familien in der Sonne lagen, Bio-Bier tranken und entspannt quatschten, fühlte ich mich angekommen wie selten zuvor in meinem Leben. Hätte ich das nötige Geld gehabt, hätte ich mir durchaus vorstellen können, hierher zu ziehen.

All diese Gedanken waren mir im Kopf herumgegangen, als ich

am Nachmittag des 7. Dezembers in dem schmucken Jahrhundertwendegebäude in der Zürcher Innenstadt die Treppe zu den Büros des Private Equity-Unternehmens hochstieg, bei dem Ilie angestellt war. Die Stufen knarzten so deutlich, als sei das Geräusch extra hinzugefügt worden. Ilie hatte geschrieben, Madita und ich sollten ihn im Office abholen, weil er sich auf die Schnelle nicht frei nehmen konnte. Während der Bahnfahrt nach Zürich hatte sich in meinem Kopf der übliche Dialog aus Rede, Gegenrede, Wutrede und Rechtfertigungsrede entsponnen, der sich immer nach Streitereien mit Brigitte wie automatisch abspulte und dabei nervend vorhersehbar war wie eine Software, die sich nach einer Virusinfektion von selbst startete, um das System zu bereinigen, dabei jedoch auch alle laufenden Programme verlangsamte oder anhielt. Es war auf den knarzenden Holzstufen zu Ilies Büro, dass ich mir vornahm, mir vorzustellen – gesetzt den Fall, dass ich nach dem *Unter der Haube*-Desaster keine XXL-Dokus machte, sondern zu *Voyager* zurückkehrte –, wie es wohl wäre, einen Beitrag über dieses Unternehmen zu produzieren, einen Beitrag, den sich unsere Zuschauer und damit auch ich gern anschauen würden. Ich war im Recherche-Modus, wie man das bei uns nannte. Er war vergleichbar mit dem Kamera-Modus. Ich war zu hundert Prozent präsent. Mir fielen Dinge auf.

Vor der Bürotür musste man (natürlich) an einer goldenen Knopfklingel läuten. Der Eingangsbereich wurde von einer breiten Theke dominiert, hinter der eine junge, blonde Rezeptionistin stand oder auf einem Hocker saß. Sie hatte keinen Unterleib. Sie begrüßte mich lächelnd auf Englisch, sie musste schon gelächelt haben, bevor ich eintrat. Hinter ihr hing das metallene Logo des Unternehmens. Obwohl mir Ilie jedes Weihnachten das offizielle Geschenk der Firma für Kleinkunden schickte, meistens eine Schachtel mit Blattgold überzogener Schweizer Pralinen zusammen mit dem vorgedruckten Verbindlichkeit und Herzlichkeit suggerierenden Begleitschreiben auf hochwertigem Papier, war mir das Bild nie aufgefallen, obwohl ich es nun wiedererkannte. Es war eines der Lieblingsgemälde des Pablos gewesen und hatte, als er es im Unterricht einmal gezeigt hatte, auf mich eine unerklärliche Faszination ausgeübt. Caspar David Friedrichs *Der Wanderer über dem Nebelmeer.* Für die Verwendung als Logo war es stark reduziert, der Wanderer auf dem Felsen noch mehr zum Dreieck stilisiert worden. Von den bizarren Felsformationen und Gipfeln, die im Original aus dem Dunst ragten, waren nur zwei von den Seiten auf den Horizont zulaufende Striche übrig geblieben. Darunter stand in Schreibschrift:

It always seems impossible
until it's done.
Private Equity FOR HUMANS.

Noch während ich, weil ich mir keine Blöße geben wollte, der Rezeptionistin ebenfalls auf Englisch antwortete, dass ich einen Termin mit Ilie Popescu hätte und sie mich auf Englisch mit starkem Schweizer Akzent bat, im Wartezimmer Platz zu nehmen, erinnerte ich mich daran, wie mitreißend begeistert der Pablo Caspar David Friedrichs Bild erklärt hatte: wie geschickt der Trick, den Betrachter dadurch ins Geschehen zu ziehen, dass man eine durch die Rückenansicht kaum bestimmbare Person vor der Landschaft platziere, so dass man sich sofort mit ihr identifiziere, quasi ohne dass man etwas dagegen tun könne! Denn so sei der Mensch halt. Begegnen sich Hunde, beginnen sie sofort, sich zu beschnüffeln; der Mensch aber identifiziere sich mit allem und jedem. Pablos Ausführungen hatte mir auch mein Großvater nicht madig machen können, der, als ich ihm davon ergriffen wie von einem Geheimnis berichtete, meinte, ja, sicher, der Friedrich, ein schönes Bild voller Atmosphäre; aber dass ich mir mal den Gehrock des Wanderers ansehen solle. Das sei altdeutsche Tracht. Und was, wenn der Wanderer nun eine Wehrmachtsuniform tragen würde, die man erst auf den zweiten Blick erkenne? Für ihn, meinen Großvater, sei das alles wieder einmal eine Warnung, stets ganz genau hinzuschauen, mit wem man sich da eigentlich identifiziere. Doch das war andererseits auch wieder typisch mein Großvater, der es immer besser wusste und alles so lange analysierte, bis man sich dumm, klein und kindisch vorkam, weil man spontan seinem eigenen Instinkt und Gefühl vertraut hatte. Einwände hin oder her: Das glänzende Logo mit seiner klaren Komposition, seiner Rätselhaftigkeit und seinem Bildungsbezug, der Wertigkeit und Wichtigkeit signalisierte und wahrscheinlich sogar von vielen unserer Zuschauer erkannt worden wäre, wäre, wie ich mir dachte, die beste Eröffnung für einen Filmbeitrag über das Unternehmen gewesen.

Die Räume waren hoch und stammten sichtlich aus einem anderen Jahrhundert, aber nicht im Sinne von Arztpraxen, die in eigentlich nicht dafür vorgesehene Wohnungen gezwängt wurden; stattdessen fühlte ich mich wie in einem sehr besonderen Klub, der in diesem altehrwürdigen Gebäude voller Geschichte, die keiner kannte, nur erahnte, eine noch größere Exklusivität erhielt. Obwohl der Empfang und der Flur keine Fenster besaßen, wirkte es so, als schiene die angenehme Morgensonne herein. Es war, als befände ich mich in einer geschützten Zone. Schon als ich das Wartezimmer betrat, spürte ich, dass die Frau, die darin saß, nicht hierher passte.

»Oh Mann, dass ich jemals«, die hochgewachsene, schlanke Frau mit dem kurzrasierten blonden Haar erhob sich in ihrem langen, grauen Wollmantel, »in einer Private-Equity-Firma sitzen und auf einen Termin warten würde«, es war Madita, »und dann auch noch dafür ein fucking Flugzeug nehmen würde, bloß um nicht zu spät zu kommen«, sie breitete herzlich die Arme aus, »hätte ich mir auch nie träumen lassen, oder? Das nennt man dann wohl Freundschaft. Hey, komm her.« Wir umarmten uns. Sie roch nach Schweiß, vielleicht hatte sie wieder eine dieser Phasen, in denen sie kein Deo benutzte, um die Umwelt nicht noch mehr zu belasten.

»Wie lange haben wir uns jetzt nicht mehr …« Sie sprach leiser als sonst. Um ihre Augen hatte sich ein feines Netz aus Krähenfüßen gebildet.

»Über ein Jahr, oder? Ibiza war, glaube ich, das letzte Mal … aber«, ich merkte, dass sie mich musterte, während ich redete, ich fuhr mir durchs Haar, damit ich anders aussah, »du hast dich gar nicht groß verändert.«

»Ach ja?« Sie zögerte eine Sekunde zu lang. »Du mich auch. Komm, setzen wir uns mal hin, bis Herr Popescu Zeit für uns hat, damit wir ihm das Leben retten können.« Sie schmunzelte fahrig. Das Zimmer hatte eine weiße, sicher sehr teure Tapete, die gut zu den Farben der Sendung im HD-Fernseher passte. Ich bemerkte erst jetzt, was da tonlos lief, Aufnahmen von Eisbären, die eng an eng auf einer hoffnungslos überfüllten Scholle standen und hilflos in die Kamera blickten. »Und du?« Madita hatte bemerkt, dass ich auf den Monitor guckte, »was gibt es Neues in der Welt der Reichen, Operierten und Hobbyköche?«

Madita hatte nie einen Hehl aus ihrer Abneigung gegen den Sender gemacht, für den ich arbeitete. Meistens hatte ich mitgelacht. Es gab ja wirklich viele Sendungen, die normalen oder sagen wir: Menschen wie uns peinlich waren. Niemand im Sender hätte das geleugnet. Keiner war so schizophren, dass er das wirklich für große Kunst oder Bildungsfernsehen gehalten hätte, was wir da machten. Die große Kunst war, das alles nicht so ernst zu nehmen und nicht den Spaß daran zu verlieren, hungrig zu bleiben und hin und wieder sogar, ohne das penetrante Sendungsbewusstsein der Öffentlich-Rechtlichen, unauffällig, mit XXL-Dokus und qualitativen Magazin-Beiträgen Wissen zu vermitteln und Momente der Awareness zu schaffen. So betrachtet waren wir und nicht die Öffentlich-Rechtlichen die wahren Volksaufklärer, zumindest die, denen »das Volk« überhaupt noch zuhörte. Es war ohnehin klar, dass all diese Lifestyle-Magazine und Beauty-Shows mit den Anführungszeichen der Ironie und zuweilen des Sarkasmus versehen waren. Nur so kaufte der Zuschauer das.

Wahrscheinlich fand ich Maditas Kommentar vor diesem Hintergrund ziemlich daneben und nickte nur als Antwort. Wir schwiegen uns eine Weile an und sahen den Eisbären zu, die uns anstarrten.

»Also … wie machen wir das jetzt mit Ilie?« Madita blickte kurz durch mich hindurch und dann wieder weg. Sie hatte die ganze Zeit über ihr Handy nicht aus der Hand gelegt und schaute in regelmäßigen Abständen darauf. So kannte ich sie nicht. Dieses Treffen des *Klubs der Katze* war keine gute Idee gewesen. Vielleicht war es sogar der Sargnagel unserer ohnehin vor sich hin dümpelnden Freundschaft.

»Na ja, ich mache mir ganz einfach Sorgen um ihn. Also, wirklich so, dass ich denke, der könnte … *draufgehen* trifft es jetzt nicht und ist jetzt vielleicht bisschen zu krass, aber schon, doch, also, wenn der so weitermacht … doch irgendwie.«

»Mhm.« Madita war gar nicht richtig anwesend. »Und … was … schlägst … du … vor?«

Die Wahrheit war, dass ich keinen Plan hatte.

»Also, ich habe halt gedacht, dass wir drei …«

Tatsächlich hatte ich gehofft, dass auf quasi magische Art allein schon unsere Reunion eine Lösung bringen würde.

»Nee. Ganz konkret. Was machen wir? Sag mal schnell, bevor er kommt.« Madita guckte mich an, wie sie wohl einen Kollegen vor der Visite bei einem schwerkranken Patienten anguckte. Machte sie so etwas? Visiten? Während ich stotternd in ihr Gesicht blickte, wurde mir klar, wie wenig ich über ihr Leben in den vergangenen Jahren eigentlich wusste.

»Herr Kleckser und Frau Fraumann, bitte.« Ilie stand auf einmal lächelnd in der Tür, ein wenig gebeugt, mit abgekämpftem Gesicht und vorne aus der Hose heraushängendem weißen Hemd. Sein behaarter Bauchansatz schaute zwischen den offenen Knöpfen heraus. Zumindest hatte er noch so viel Humor, dass er den Angeschlagenen und Beinahe-Verwahrlosten spielen konnte. Madita küsste ihn auf die Wangen, und er hielt sie lange umarmt, was mich sofort ein wenig neidisch machte. Ich dachte, er würde sich gleich das Hemd reinstecken und, in die Hände klatschend (alles nur Spaß!), eine gerade Haltung einnehmen; doch mit jeder Sekunde dämmerte mir mehr, dass sein Zustand gar nicht gespielt war.

»Ich zeige euch mal schon alles.« Ilie marschierte durch den Flur (torkelte er?, war er betrunken?) an der Rezeption vorbei, in einen anderen Flur, von dem rechts und links moderne Milchglastüren wegführten, was seltsamerweise nicht wie ein Bruch mit dem eigentlichen Alter des Gebäudes wirkte, sondern so, als würde sich hier Altes und Neues auf organische Weise miteinander verbinden.

»Ihr wart ja noch nie hier.« Es war keine Frage, sondern eine Aussage, aus der ich einen Vorwurf heraushörte.

Der Flur war so eng, dass man hintereinander gehen musste. Eine Kollegin in Hosenanzug und mit Pferdeschwanz trat aus einer der Türen und begleitete uns. Sie grüßte uns auf Englisch mit osteuropäischem Akzent, offenbar hielt sie uns für Kunden. Ich stellte mir vor, wie ich einen Beitrag über die Firma gestalten würde. Es war schwer zu sagen, ob die Kollegin im Hosenanzug älter oder jünger als ich war. Ihr Outfit verlieh ihr eine gewisse Alterslosigkeit. Alles, was mir in den Sinn kam (weitwinklig, Tür auf, Mitarbeiterin raus, Schnitt, Nahaufnahme wahlweise lächelndes oder entschlossenes Gesicht), war so unfassbar klischeebelastet und nichtssagend, dass ich es sofort wieder verwarf, ebenso wie die Sätze, die mir dabei durch den Kopf schossen: *Der Ort, wo täglich Millionen gemacht werden … Hinter diesen unscheinbaren Türen verbergen sich … Ein schmuckes Gebäude der Jahrhundertwende … Kein Job wie jeder andere.*

»Das Terrarium der Heuschrecken«, murmelte Madita hinter mir.

»Was?« Ilie drehte sich um.

Die Frau ohne Alter zweigte in ein Büro ab, warf mir einen abschätzigen Blick zu, so dass ich mich schämte, und schloss die Tür hinter sich. Madita wusste nicht, dass Ilie nun schon seit über fünf Jahren etwa zwei Drittel der Erbschaft, die mir mein Großvater hinterlassen hatte, innerhalb seines Fonds für sehr spezielle Konditionen verwaltete, da Peanuts wie ich normalerweise nicht von einem exklusiven Unternehmen wie diesem angenommen wurden. Regelmäßig drängte er mich, in meinem Portfolio das Risikoprofil zu erhöhen. Mit Trump gingen die Märkte extrem ab. Erst vor ein paar Jahren hatte ich Brigitte davon erzählt. Zunächst war sie entsetzt gewesen, wohl zu gleichen Teilen darüber, dass ich in so etwas moralisch Zweifelhaftes wie Private-Equity investierte als auch, dass ich jemand wie Ilie Samys Uni-Geld und unsere Altersvorsorge anvertraute. Doch nachdem ich ihr erzählt hatte, wie viel Rendite wir erwirtschaftet hätten, ohne die wir uns die letzten so erholsamen und so dringend benötigten Urlaube in dem Südtiroler Fünf-Sterne-

Familienhotel nicht hätten leisten können, spielte das Thema keine Rolle mehr.

»Wir sind einfach ziemlich erledigt, Ilie, weißt du. Was essen wäre echt cool.« Ich versuchte, die Lage zu entschärfen. Vielleicht konnte man mit einer Drohne über das Gebäude fliegen. Luftaufnahmen hatten immer etwas Erhabenes. Auch das erschien mir sofort abgedroschen. Wie aus einem *Tatort*, der in der bösen Finanzwelt spielte. Alles, wozu meine filmische Fantasie an diesem Nachmittag ausreichte, waren Monitore voller austauschbarer Zahlen, aufgeräumte Büros, teure Anzüge, verschränkte Arme, entschlossene Gesichter. »Ist alles kein Bild«, hätte Irmin unter seiner Kapuze geraunt. Ich hätte unverhältnismäßig viel recherchieren müssen, tiefer eintauchen, die Mitarbeiter hier befragen, um ihnen nicht Unrecht zu tun und eine Vorstellung davon zu erhalten, wie sie sich selbst sahen. Aber so ein Redakteur war ich nicht, wenn ich ehrlich war.

Ilie öffnete eine Tür.

»And this is where the magic happens.«

Ein kleiner lichtdurchfluteter Raum (woher kam nur bei der Düsternis draußen all dieses Tageslicht?), ein Schreibtisch mit Computer, ich bemerkte das gerahmte Foto seiner Eltern darauf. Es rührte mich sofort. Auch wenn dieses Zimmer erneut visuell kaum etwas hergab, hatte Ilie allen Grund, stolz zu sein. Umso mehr störte es mich, dass Madita nicht mitspielen wollte. Stattdessen tat sie betont desinteressiert und checkte unentwegt ihr Handy.

Ilie betrachtete Madita und verzog den Mund. »Okay, dann gehen wir halt was essen.«

Als Ilie kurz darauf beim Hinausgehen sich noch schnell von einem Kollegen in der Teeküche verabschiedete, blieb mein Blick an dem in kühlen Farben gehaltenen Poster auf dem Kühlschrank hängen. Erst im Treppenhaus, wo Ilie und Madita zu meiner Erleichterung endlich ins Gespräch kamen, fiel mir ein, dass ich das Bild kannte – oder zumindest eine Version davon. Ich hatte sie kurz zuvor auf der Seite des ZDF gesehen, als im Sender diskutiert wurde, an welche erfolgreichen Konzepte man sich in Zukunft orientieren könne. Auf dem Kühlschrankbild waren die Schauspieler durch die Mitarbeiter der Firma ersetzt worden. Vor dem Schattenriss Zürichs staffelten sich zu beiden Seiten der ernst dreinblickenden, älteren Frau im Vordergrund in der Mitte des Bildes (die Chefin des Unternehmens, wie ich später erfuhr) jeweils fünf, sechs weitere Frauen und Männer in Anzügen und einer Pose, die sagte: Wir denken nach, bevor wir handeln. Auch Ilie und die Frau ohne Alter von vorhin waren darunter. Darüber stand in dem nüchternen schwarzen Schriftzug, den die Öffentlich-Rechtlichen immer verwenden, wenn sie zeigen wollen, dass sie anspruchsvolle Serien genauso gut können wie die Amerikaner: *Bad Banks.*

Im Uber kippte die Stimmung vollends. Es begann damit, dass sich Madita vor dem Gebäude weigerte, Uber zu fahren, sie fahre kein Uber, aus Prinzip. Uber missbrauche seine Mitarbeiter. Es war inzwischen ziemlich kalt geworden. Durch die leeren Straßen des Viertels pfiff ein eisiger Wind. Ilie prüfte mit einem Auge auf dem Handy die Position des sich nähernden Autos, während er Madita sagte, Uber sei viel billiger und außerdem mit der App bequemer als ein Taxi, auf ein Taxi müssten wir ewig warten, er wolle sich nicht erkälten, sie solle sich nicht so haben. Sauer und wortlos stieg Madita dann ein, wahrscheinlich nur, weil der Fahrer, ein junger Inder oder Pakistani, nachdem er ein paar Sekunden direkt neben uns mit laufendem Motor gewartet hatte, das Fenster herunterließ und ungeduldig fragte, ob wir jetzt mitwollten oder nicht. Im Auto schlug Ilie dann vor, ins Steakhouse zu gehen, Madita entgegnete, wir alle wüssten doch, dass sie Veganerin sei, ich sagte, ich brauche unbedingt was zu essen, aber nichts Asiatisches, weil ich Koriander nicht vertrage, und kein Italiener, weil wir im Sender seit Tagen nur Pizza und Nudeln äßen, der Fahrer sagte, er fahre uns zum angegebenen Ort, dem Steakhouse, Madita sagte, sie finde es unmöglich, dass Ilie Entscheidungen für uns alle treffe, ohne uns vorher zu fragen, er erwiderte, dann solle sie halt nur Beilagen nehmen, Fritten und Gemüse und so, ich sagte zum Fahrer, er solle mal warten, er bekomme was zusätzlich dafür, Madita sagte, dass wir dann ja auch ein Taxi hätten nehmen können, worauf Ilie nichts mehr sagte und nur mehr kopfschüttelnd aus dem Fenster schaute, Madita binnen Sekunden auf dem Handy ein veganes Restaurant in der Nähe heraussuchte und dem Fahrer die Adresse nannte. Im Restaurant bestellten wir Take-away. Wir warteten an der Kasse. Keiner sagte etwas. Ilie tat so, als studiere er zerstreut und zugleich sehr aufmerksam mit den Händen in der Hosentasche die Speisekarte, Madita war in ihr Handy vertieft, und ich überlegte, was ich Tess schreiben sollte, die mir eine Nachricht geschickt hatte, sie sitze gerade wieder am Schnitt und probiere da mal was aus. Nach längerem Überlegen schickte ich ihr das Emoticon des Kopfes einer Katze, die den Mund zu Munchs *Schrei* geöffnet hatte, ich hätte ihr auch ein Menschengesicht mit demselben Ausdruck schicken können, aber dann hätte sie vielleicht geglaubt, dass ich mich wirklich so fühlte, was ich ja auch tat, aber ihr gegenüber nicht zugeben wollte.

Ilies Vierzimmerwohnung lag in einem alten mehrstöckigen Haus am Hang mit Blick auf die Limmat. Während wir in dem Treppenhaus hochstiegen, jammerte Ilie, der beunruhigend kurzatmig wurde, halb im Spaß, halb im Ernst, warum wir nicht zum Steakhouse gegangen seien, das vegane Essen stinke jetzt schon so krass, dass ihm speiübel werde. Er klang in solchen Momenten immer wie der Junge aus Schulzeiten, als wir hin und wieder nachmittags zusammen bei den Popescus in der Küche saßen und sein Vater für den *Klub der Katze* gekocht hatte, Ilie aber zeigen wollte, dass er eigentlich ja selbständig und groß sei und es gar nicht nötig habe, von seinem Vater verwöhnt zu werden, jedoch auch keine Lust dazu hatte, tatsächlich selbst etwas zuzubereiten, und stattdessen maulte, sein Vater habe wieder irgendeine Zutat vergessen oder sonst irgendetwas falsch gemacht. Ich mochte das. Es erinnerte mich an die alten Zeiten und war ein Zeichen dafür, dass er sich wohl fühlte.

»Vielleicht solltest du dir mal Gedanken über deine Essensgewohnheiten machen. Wäre mal ein Anfang.« Madita schnaufte. Wir waren im dritten Stock angelangt. Ilie hantierte mit seinem elektronischen Schlüssel am Schloss. Das gesamte Gebäude hatte auf Druck seiner überwiegend britischen und deutschen Bewohner ein neues Sicherheitssystem erhalten, nachdem die Zahl von »Ausländern« im Viertel, wie Ilie grinsend erzählt hatte, in den vergangenen Jahren stark angestiegen war.

»Danke für den Tipp.« Piepend ließ Ilie das Schloss aufschnappen. »Aber ich komme eigentlich ganz gut klar so, wie du sehen kannst.«

In Ilies Wohnung war es eiskalt.

»Leute, jetzt essen wir doch erst mal was …«, versuchte ich es.

»Wage ich mal zu bezweifeln«, murmelte Madita, gerade so laut, dass wir es hören konnten. »Geld allein macht auch nicht und so weiter …«

Ilie war vor zwei Jahren aus einem anderen Bezirk in diese größere Wohnung gezogen. Im Flur hing allerdings immer noch nichts außer einem großen Spiegel mit prunkvollem Goldrahmen.

»Na, ich würde sagen: Zumindest habe ich welches.« Ilie setzte einen überlegenen Gesichtsausdruck auf, den ich nicht leiden konnte, weil das nicht er war. »Du hast jedenfalls nichts dagegen gehabt, als ich dir damals was geliehen habe, oder?«

»Hä?« Ich guckte zu Madita. Sie hatte mir nie etwas davon erzählt. Ich wusste, dass sie vor ein paar Jahren Probleme mit ihrer Wohnung in Hamburg gehabt hatte, weil sie nach einer Trennung aus dem gemeinsamen Apartment ausziehen musste und alle Wohnungen, die für sie in Frage kamen, zu teuer gewesen waren. Aber irgendwann schien sich das Problem von selbst gelöst zu haben, und ich hatte nicht mehr nachgefragt.

»Oh Mann, ja, und? Wenn ich gewusst hätte, dass du das mir jetzt zum Vorwurf machst, hätte ich's mir von jemand anderem geliehen. Mann, ist das Scheiße von dir, wie du das jetzt wieder ausnutzt.«

»Okay, willkommen im Kindergarten.« Ich wurde sauer. Ich stellte mir Brigitte vor, wie sie bitter-triumphierend lächeln würde, wenn ich früher nach Hause zurückkehrte als geplant und ich zugeben musste, der gesamte Besuch sei völlig umsonst gewesen. »Ihr wisst gar nicht, wie schwierig das war, mich von zu Hause von der Familie loszueisen, bloß damit ich jetzt euch beim Streiten zuhören darf. Aber ihr habt ja auch keinen Partner, geschweige denn ein Kind.«

»Hey, der Super-Daddy!« Ilie applaudierte mir mit betont langsamen, weit ausholenden Armbewegungen. »Super, wie du das echt immer alles hinkriegst. Bravo! Weißt du, was mir bei dir echt auf den Sack geht? Dass du immer so tust, als wäre man, wenn man keine Family hat, der totale Loser.«

»Das stimmt überhaupt …«

»Dabei heulst du immer voll rum …« Er rang nach Luft, löste die Krawatte.

»… nicht!«

»… wie wenig Zeit du deswegen hast, und bist super jealous wegen Tinder und so.«

»Was für ein Bullshit!«, fauchte ich zurück.

Unsere Schuhe quietschten nervös auf dem Parkett, als boxten wir gegeneinander.

Ilie gab mir ein Zeichen: Stopp. Aber das hätte ihm so passen können. Während ich überlegte, was ich als Nächstes sagen sollte, folgte ich Ilies Blick in Richtung Madita.

Sie hielt die Hand mit dem Handy vors Gesicht und weinte.

Ilie führte sie ins Wohnzimmer, setzte sie auf einen Wildledersessel und schaltete die antike Stehlampe an. Abgesehen von einem riesigen Sofa mit einem sehr teuer wirkenden, aber ungemütlich piekenden Goldstoffüberzug war der Raum immer noch nahezu kahl, dazu eiskalt. Maditas Partner hatte mit ihr am Donnerstag Schluss gemacht. Seit sie in Zürich war, hatte sie sich mit ihm über WhatsApp gestritten. Ich hatte nicht einmal gewusst, dass sie wieder in einer Beziehung war. Die paar Male, die wir geredet hatten, hatte sie mir nichts davon erzählt.

»Dabei hatte ich gedacht, der Typ ist es jetzt, wisst ihr?« Madita wollte die Beine anziehen, aber Ilies Luxussessel war zu klein für sie. Mit einem leise flappenden Geräusch rutschte sie ständig ab. Nach ein paar Sekunden gab sie auf und setzte sich normal hin. »Warum gerate ich immer an so … Scheißtypen?«

Ilie lag im Zwielicht halb auf dem ungemütlichen Sofa, auf dem man eigentlich gar nicht liegen konnte, die Lehne war viel zu schräg und die Sitzfläche zu eng. Ihm schien es auch nicht gut zu gehen. »Scheiße«, murmelte er immer wieder. »Scheiße, Scheiße.«

Ich hatte mich neben Madita auf die Lehne des Sessels gesetzt. Mir fiel nicht ein, was ich in so einer Situation sagen sollte. Ich legte den Arm um ihre Schulter. Wie oft hatten wir uns früher so getröstet. In diesem Moment spürte ich, wie vertraut mir diese Geste ihr gegenüber immer noch war. Bei irgendeinem Reunion-Treffen Anfang der Zehnerjahre war es vorgekommen, dass Madita morgens nur in BH und Unterhose zum Frühstück erschien. Ilie und ich hatten uns überforderte Blicke zugeworfen und schamhaft zu Boden geschaut, bis Madita uns genervt anfuhr, dass wir uns jetzt verdammt nochmal nicht so haben sollten, wir würden uns nun doch nun schon ewig kennen. Damit war das Thema Sexualität geklärt. Madita zog uns seitdem mit unserem Testosteron-Gehabe auf und wir sie mit Angewohnheiten wie automatisch vor Schaufenstern mit schönen Schuhen stehenzubleiben, was trotz ihrer Wokeness irgendwie ein bisschen tussig an ihr war und sie selbst lustig fand, ohne darauf verzichten zu wollen. Ich hatte gänzlich meine Scham verloren und konnte mich vor ihr auch problemlos beim Duschen ausziehen. Wir waren zwar weiterhin zwei Männer und eine Frau, aber wir wollten nichts voneinander. Nichts als Freundschaft. Madita, das wurde mir an diesem Abend in Zürich wieder bewusst, würde mir immer vertraut sein, alles an ihr, egal, was passierte. Bis zum Tod.

»Ich wünsche mir so sehr, dass das endlich klappt. Dass ich jemanden treffe«, sie schluchzte auf, »mit dem ich … ein Kind haben könnte. Könnt ihr das verstehen? Aber es hält keiner überhaupt mal länger als ein fucking Jahr mit mir aus. Ich muss ja echt ganz schön Scheiße sein, dass mich niemand mag.«

Ich musste vor Rührung schlucken und verstärkte den Druck an ihrer Schulter. Es war das Einzige, was mir einfiel, um Liebe und Unterstützung zu signalisieren. Ich spürte, wie Madita sich in meinen Griff schmiegte, so wie Samy manchmal seinen Kopf in meine Hand legte, warm und winzig wie ein Vogel.

»Was ist dein Rekord?«, ächzte Ilie vom Sofa.

»Was meinst du?« Madita schnäuzte sich.

»Monate. Beziehung. Wie lange. Die längste.«

»Elf.«

»Drei bei mir. Sieger.« Ilie hob kraftlos beide Arme.

»Wie hieß der, mit dem du gerade …« Sie legte ihren Kopf auf meinen Oberschenkel. Ich zögerte kurz, dann streichelte ich ihr das Haar. Meine Finger reagierten schneller, als ich denken konnte. Erst fühlte es sich fremd an. Dann nur mehr richtig.

»Joachim.«

»Scheißname«, kam Ilies Stimme sofort vom Sofa.

»Joachim Ziegler-Kunz. Vater von einem Jungen, der Patient bei mir war.«

Ilie röhrte. »Hoho! Wird ja immer besser!«

Sie hob ihren Kopf. »Was?«

»Hey, stell dir mal vor«, Ilie nahm Fahrt auf, »du hättest den Arsch geheiratet. So wie ich dich kenne, hättest du aus lauter Gleichberechtigungszwangsneurose einen Doppelnamen angenommen. Madita Baumann-Ziegler-Kunz oder Ziegler-Kunz-Baumann. Kannst froh sein, dass das nichts geworden ist!«

Darüber musste sogar Madita kurz lachen.

»Ich hab solchen Hunger, ich kollabier gleich«, sagte sie.

»Aber echt«, sagte ich.

Ilie stand schwankend auf.

»Warum«, fragte Madita Ilie, als wir im Schummerlicht des kühlen Wohnzimmers unsere lauwarmen Tofu-Gerichte in uns hineinschlangen, »heizt du hier eigentlich nicht?«

»So halt.«

»Und die Möbel? Noch nicht dazugekommen, oder? Bei all dem Stress im Job.«

»Nö«, mampfte Ilie, »bin in der Wohnung eigentlich nur zum Knacken.«

»Aber«, auf dem Sofa balancierte ich das Plastikbehältnis in Palmenform auf den Knien, was nicht so einfach war, da gleichzeitig auch mein Handy darauf Platz finden musste; ich wollte nicht verpassen, falls Brigitte mir ein Versöhnungsangebot textete, um einschätzen zu können, ob das hier alles noch im Rahmen des Ich-hasse-dich-aber-natürlich-werde-ich-immer-mit-dir-zusammen-bleiben-Spiels war oder etwas ganz Neues, »aber wozu brauchst du dann vier Zimmer?«

»Brauche ich nicht.«

»Aber warum hast du dann die Wohnung? Kostet doch.«

»Weil's geil ist.« Ilie grinste mich mit vollem Mund vom anderen Ende des Sofas an.

Im Lichtkegel der Stehlampe schüttelte Madita den Kopf.

Während er weiter aß, fummelte Ilie an seinem Handy herum. Das Licht der Glühbirne an der Decke erhellte nur den Bereich direkt darunter, reichte aber ansonsten kaum in den Rest des Zimmers, ja, absurderweise vergrößerte es die Dunkelheit noch. Bei jeder Bewegung kratzte der teure Bezug an meinem Rücken. Ilie hatte stark zugenommen. In halb liegender, halb sitzender Position wölbte sich sein Bauch unter seinem weißen Hemd. Sein Atem ging schwer. Aus den beiden Lautsprechern oben in den Ecken des Zimmers drang Musik, ein Vibraphon, dessen hallende Akkorde zu einer Melodie aus Streichern wurde, angetrieben vom Puls eines Schlagzeug und Banjos. Sofort hüpfte mein Herz. Ich kannte den Song. Ich weiß noch, wie Ilie ihn mir zum ersten Mal auf CD vorgespielt hatte. Und wie Madita plötzlich Tränen in den Augen hatte und zugleich strahlte, nachdem sie ihn bei einer unserer Reunions gehört hatte. Er war damals zu dem Stück unserer Studienzeit geworden. *Chicago* von Sufjan Stevens. Ich hatte den Song seitdem oft in Beiträgen eingesetzt. Immer war dadurch eine Atmosphäre des Kostbaren entstanden, wehmütig und doch zugleich positiv.

Maditas und mein Handy piepten gleichzeitig. Ilie hatte uns ein Foto geschickt. Es zeigte uns mit dreizehn oder vierzehn bei einer Umweltaktion, die – natürlich – Madita damals ins Leben gerufen hatte. Das gerodete Waldstück neben der Schule, auf dem eigentlich der Erweiterungsbau hatte entstehen sollen – zu dem es aber dann wegen der Landflucht in der Gegend nie kam –, hatte sich zu einer Müllkippe entwickelt. Nach jedem Sturm hingen zwischen den Stümpfen und toten Zweigen Plastiktüten und glitzernde Verpackungen von Pausenproviant. Madita hatte einen Reinigungstrupp organisiert, der, da er auf Freiwilligenbasis beruhte, nur aus uns drei bestanden hatte. Irgendwie hatte *Der Neue Tag*, die Regionalzeitung, davon Wind gekriegt, und es war tatsächlich ein Journalist aufgekreuzt, der einen lobenden Artikel über uns geschrieben und ein Foto geschossen hatte. Wir standen in einer Reihe nebeneinander und hielten, wohl auf Anweisung des Journalisten, in einer Mischung aus Stolz über unsere Arbeit und aus Scham, weil wir nicht ans Fotografiertwerden gewohnt waren, unsere vollen Mülltüten der Kamera entgegen.

»Scheiße.« Ich musste grinsen. »Wo hast du das denn ausgegraben?« Zur Musik Sufjan Stevens bekam auch dieses Bild auf einmal etwas Bedeutungsvolles.

»Oh Mann.« Madita studierte das Foto mit großen Augen, als habe sie ein Gemälde von unschätzbarem Wert vor sich. »Guck dir das an … und jetzt … sind wir hier.«

»*… if I was crying …*«, summte Ilie den Song mit, beugte sich grunzend vor, meine Seite des Sofas hob sich in die Höhe, er suchte etwas auf dem Boden, Flaschen klirrten, »*… it was for freedom …*«, er kam wieder zum Vorschein, eine Flasche Jägermeister oder Ähnliches in der Hand, er leerte sie auf ex und schmunzelte uns zufrieden an.

»Wie meinst du das?«, fragte ich Madita, obwohl ich die Antwort wusste. Das Lied, das jetzt mit seiner triumphalen Coda ausklang, hatte mich aus irgendeinem Grund melancholisch gestimmt.

»Ja, wie meinst du das?« Ilie hatte seine Stimme verstellt und schaute sie gespielt unschuldig an.

»Ich meine, wenn wir, also der Bastian, Ilie und die Madita von damals, hier wären, also, die drei Kinder von damals … Und wir würden uns hier und jetzt gegenübersitzen …« Sie deutete auf das andere Ende des Zimmers. Ich folgte ihrer Geste und schaute ins undurchdringliche Dunkel, wo für den Bruchteil einer Sekunde meine Einbildung die Umrisse dreier Kinder entstehen ließ, »… ich glaube nicht, dass wir so happy wären.« Sie machte eine Pause. »Oder?« Es klang wie eine echte Frage.

»Also, ganz ehrlich, Frau Schwarzmaler«, Ilie suchte eine Position auf dem Sofa, in der er angenehm sitzen konnte, er schien Krämpfe zu haben, »ich wüsste nicht, warum wir unzufrieden sein sollten. Habe ich einen geilen Job oder habe ich einen geilen Job?« Er guckte stolz wie Alf und wartete nicht unsere Antwort ab. »Und Bastian macht doch genau das, was er eigentlich immer wollte. Ich meine, Fernsehen, hallo? Und dazu noch eine geile Family mit super Sohn. Ob du happy mit dir wärst, musst du selber wissen. Ich als Outsider würde sagen: Du machst doch von uns allen das Sinnvollste. Supergeil.« Obwohl Ilie das alles zweifellos ernst gemeint hatte, färbte sich sein letztes Wort mehr und mehr ironisch ein, je länger es im auf einmal stillen, zugigen Zimmer hing und unentschlossen hin und her flatterte wie eine kaputte Tüte in einem gerodeten Waldstück.

»Und warum geht's mir dann immer so Scheiße? Und du«, Madita deutete auf Ilie, »du brauchst mir doch nicht erzählen, dass du happy bist, Mr. Tinder. Also, ehrlich gesagt«, sie stand auf, bückte sich nach Ilies Flaschensammlung neben dem Sofa – »bediene dich nur«, murmelte er zerstreut – und ließ sich mit einer Tequilaflasche wieder in ihren Sessel fallen, »hast es doch du«, sie deutete auf mich, während sie sich in den Sombrero-Deckel eingoss, »am besten.«

»Wie kommst du denn darauf?« Zu meiner eigenen Überraschung war ich damit sofort überhaupt nicht einverstanden.

»Also, schauen wir uns doch mal die Fakten an.« Die Art, wie sie auf ex trank, zeigte mir, dass sie das öfter tat. »Du bist verheiratet. Seit zehn Jahren. Das ist doch schon sicher irgendein bescheuertes Jubiläum, blecherne oder kupferne Hochzeit, oder so. Und du hast ein Kind.«

»Samy.« Als ich den Namen meines Sohnes flüsterte, brach mir fast die Stimme. Der heftige Streit und die Sehnsucht, alles hinter mir zu lassen, kamen mir mit einem Mal lächerlich unreif vor. Reflexhaft guckte ich auf mein Handy. Tess hatte mir wieder geschrieben, nur ein einziges Wort: *WIRD*. Aber nicht Brigitte. Ich spürte den Drang, sie sofort anzurufen.

»Hey, warum sind eigentlich einfach alle immer so verrückt nach Kindern. Als ob die das ultimate joy wären.« Ilie starrte an die Decke. »Ist doch nur Egoismus pur. Damit du halt nicht allein bist. Und dann? Wenn sie da sind? Verlierst du doch total deine Freiheit. Wenn ich an deine Storys von Samy denke, puh …«

»Na, weil es wahrscheinlich niemanden sonst gibt, der dich so liebt und braucht auf der Welt, oder?« Auch Madita guckte ins Leere.

»Ach so!« Ilie schüttelte den Kopf. »Ich fasse also mal zusammen: Weil ich sonst niemanden in meinem Leben habe, der mich liebt, züchte ich mir also so einen Zwerg, weil der dann total dependant von mir ist.« Madita pfiff vor Entrüstung durch die Zähne.

»Das stimmt schon. Aber …«, ich hatte plötzlich einen Gedanken, ich wusste nicht, woher er kam.

»Pstpst«, Ilie beugte sich gespielt neugierig nach vorne, während er nach einer weiteren Flasche neben sich fingerte und sie aufschraubte.

»Aber«, ich ließ mich nicht aus der Ruhe bringen, »es ist eher so, dass man, wenn man Kinder hat, dass man dann weiß, dass es weitergeht. Dass es nicht zu Ende ist.«

»Ah«, Ilie nickte begeistert und trank auf ex, »wie in so einer Serie oder so?«

»Ja«, sagte ich. Mir wurde mehr und mehr bewusst, wie viel ich mit Brigitte und Samy falsch gemacht hatte. »Und du hoffst natürlich, dass es besser wird. Auf ein Happy End. Dass die es besser machen als du. Dass die nicht alles … verbocken. So wie du.« Ich konnte nicht weitersprechen.

Ilie schaute mich ernst an und legte dann die Hand auf mein Bein.

Madita stützte sich auf ihre Knie auf und fixierte uns. »Lasst uns was zusammen machen.«

»Äh?« Ich wusste, dass Ilie, der sich mit breitem Grinsen aufgerichtet hatte, eine anzügliche Bemerkung auf der Zunge lag, und fragte, um ihm zuvorzukommen: »Ausgehen? Jetzt? Schon bisschen spät, oder?«

»Nein!«, Madita stand auf, ihre Augen blitzten. So hatte ich sie schon sehr lange nicht mehr erlebt. »Ich meine, schaut euch doch mal um. Es passiert gerade so viel Scheiße in der Welt. Und wir … wir sitzen hier rum und jammern uns was vor von wegen, dass wir uns irgendwie nicht ausgefüllt fühlen. Dabei könnten wir echt was tun. Was bewegen. Ich meine, wir sind echt alle ziemlich wohlhabend …«

Ilie schmunzelte süffisant. »Der eine mehr, die anderen weniger …«

»… und wenn wir ehrlich sind, hätten wir auch Zeit dafür, was richtig anzupacken. Ich flipp echt aus, wenn ich so Rentner höre, die ihr ganzes Leben nichts Soziales gemacht haben und sich dann gegenseitig auf die Schultern klopfen: ›Ich unterstütze hier ein total tolles Projekt von so patenten jungen Leuten in Nicaragua für einen Jahresbeitrag von 100 Euro und mein Patenkind hat einen so schönen Namen, schade, kann ich mir nie merken, ach, so ein süßes Mädel. Ich bin so toll, dass ich dem jungen Ding unter die Arme greife.‹«

Ich hoffte, die anderen sahen mir mein schlechtes Gewissen nicht an, denn Brigitte und ich hatten tatsächlich schon seit längerem eine sogenannte Patentochter, deren Namen ich mir nie merken konnte, in einem südamerikanischen Land, dessen Namen ich mir nie merken konnte, deren Ausbildung wir mit einem Jahresbeitrag, den ich mir nie merken konnte, unterstützten. Bei jeder Steuererklärung fragte ich Brigitte, die uns für das Programm angemeldet hatte, ob es das wirklich brauche, wer wisse, ob dieses Mädchen überhaupt real sei, ob das nicht eine große Betrugsmasche sei, schließlich könne das ja keiner überprüfen, auch die Fotos von dem Mädchen könnten Fake sein, und jedes Mal warf mir Brigitte ihren Das-darf-ja-jetzt-wohl-nicht-wahr-sein-Blick zu.

»Was schwebt dir denn konkret vor?« Ilie runzelte die Stirn. Er überraschte mich. Ich hätte nicht gedacht, dass ausgerechnet er ernsthaft auf einen von Maditas Gutmenschen-Anfälle einging.

»Ach, weißt du«, schaltete ich mich ein, damit die anderen beiden nicht glaubten, mir sei das alles egal. »Was willst du denn da groß machen? Klar: Flüchtlinge, Umwelt, Nazis, schlimmschlimm. Aber letztlich zählen da doch die kleinen Schritte. Das, was jeder in seinem Alltag tut. Also: weniger Fleisch essen, weniger fliegen und so. Brigitte hat zum Beispiel ein ganz gutes Projekt an ihrer Schule, wo sie …«

»Leute, Leute, Leute!«, rief Ilie so laut, dass wir zusammenzuckten. »Moment mal!« Er räusperte sich. Leise setzte sich Madita auf das Sofa zwischen uns und guckte Ilie gespannt an. Ich merkte, dass das, was ich gesagt hatte, Bullshit war. Eine Entschuldigung, die ich nun schon jahrelang vor mir selbst machte. Merkwürdigerweise hatte diese Erkenntnis in diesem Moment etwas Befreiendes. Auf einmal stellte sich eine Stimmung ein, wie ich sie lange nicht mehr erlebt hatte. Der *Klub der Katze*-Spirit. »Also, Moment. Wenn, dann bitte think big, ja?«

Ilie öffnete sein iPad auf dem Wohnzimmertisch. Wir beugten uns vor. Er rief eine Seite mit Start-ups auf. Das seien sehr heiß gehandelte Projekte im ROW, die er uns zeige. Wir fragten, was ROW bedeute. Im Rest of the world, murmelte Ilie. Afrika und so. Aha, machte Madita und fragte, was denn dann die eigentliche Welt sei. Also wir, antwortete Ilie und deutete auf einen unbestimmten Punkt im Zimmer. Europa, Nordamerika. Aha, machte Madita. Und alles andere sei ROW, fragte sie. Ja, der Rest eben, antwortete Ilie und kaute an seinen Nägeln. Da habe er sich aber bisher, fuhr er unbeeindruckt von ihrem Irritationsmanöver fort, nicht getraut einzusteigen. Es gehe um Sustainability, sagte er. Die Helligkeit im Raum wuchs, obwohl kein zusätzliches Licht eingeschaltet war. Mein Herz schlug schneller. Eines der Start-ups, die sich auf dieser Seite befanden, sei vor zwei Jahren ein Unicorn geworden. Die Seite sei absolut seriös. Ich sah Samys kleines Stoff-Regenbogen-Einhorn vor mir und schüttelte den Kopf über die seltsame Begrifflichkeit der Finanzwelt und ihre offenkundige Sehnsucht nach mythischen Narrativen in einem Bereich des Lebens, der eigentlich nichts damit zu haben sollte. Was das sei, wollte ich wissen, ein Unicorn. Wenn die Marktbewertung eines Unternehmens die Marke von einer Milliarde US-Dollar knacke. Wie viel wir hätten, wollte Ilie wissen. Madita stand auf, weil sie so aufgeregt war. Ich sagte, huihuihui. Ich angelte mir eines der Jägermeisterfläschchen und trank es auf ex, obwohl ich so etwas nie tat. Lasst uns da ein richtig großes Ding machen, sagte Ilie. Er erklärte uns die Projekte und ihre Aussichten auf Erfolg. Ich stand auf. Ich spürte den Alkohol. Ich setzte mich. Nur ein impact investment mache Sinn, erklärte Ilie. Ein Investment, das einen Unterschied mache, präzisierte Ilie mit nachsichtiger Miene, unsere Frage vorwegnehmend. Ab einer Million. Madita lachte sehr laut. Ich sagte, vergiss es. Außerdem sei ihr diese ganze Start-up-Branche suspekt, sagte Madita. Warum bei ihr gut sein immer weh tun müsse, damit es zähle, fragte Ilie. Sein Grundsatz sei: Doing good and doing well. Dass wir aber doch gar keine Million haben, erinnerte ich Ilie. Wie viel Madita habe, fragte Ilie. Zehn, sagte sie, dreißig. Ilie guckte sie zweifelnd an. Maximal fünfunddreißig, sagte sie. Das sei alles, was sie habe. Ilie nahm einen Zettel und schrieb auf ein Blatt drei Zahlen. Wie in der Schule hatte er immer noch seine Fünftklässlerschrift und hielt den Stift wie ein Schüler, der darauf achtete, auch ja schön zu schreiben, weil ihn dann die Lehrerin lobte. Wenn er meine 100 K investiere, die er für mich verwalte, und von Madita 35 K erhalte, würde er auf den geplanten Penthousekauf in Palma verzichten und die dafür vorgesehenen 900 K in eines der Start-ups stecken. Ich stand auf. Unsere Wahl fiel auf Sun Force, eine Firma, die mit Photovoltaikzellen beschichtete Kioske in den ärmsten Gebieten Zentralafrikas aufstellte. Bei der in den Landstrichen durchschnittlich zu erzielenden Lux-Zahl lieferte ein Kiosk Energie für ein ganzes Dorf, schuf die Voraussetzung für die Errichtung einer Infrastruktur und machte die Region attraktiver für Investments der Entwicklungshilfe. Wo nichts ist, entsteht wenig. Wo etwas ist, besteht die Möglichkeit auf mehr. Ilie sprach sehr konzentriert, obwohl er eigentlich betrunken sein musste. Unsere Million mache uns zu Angel-Investors, nicht bloß Family and Friends oder ähnliche Peanuts. Ich hatte eigentlich zuerst meine 100 000 Euro nicht in das Projekt investieren wollen, da es mir zu unsicher erschien. Doch Ilie war so überzeugt davon, und Madita fing mit jeder Minute mehr Feuer, sie sprach sogar schon davon, nach Afrika zu fliegen und bei der Errichtung der Kioske mitzuhelfen, dass sich meine Zweifel fast restlos zerstreuten. Auch ich würde mich einbringen. Dieses Projekt war sinnvoller als alles, was ich bisher im Sender getan hatte. Oder in meinem gesamten Leben. Es war größer als ich. Eventuell würde ich Madita begleiten. Eventuell mit Samy und Brigitte. Sie würden es lieben.

»Bereit?« Ilie guckte mich an.

Ich nickte. »Ich denke schon, ja.« Mein Herz galoppierte. Ich spürte den Jägermeister, der sich heiß in mir ausgebreitet hatte, wie Glück.

»Madita?«

»Worauf du einen lassen kannst!« Sie klang so entschlossen, dass ich vor Aufregung loskicherte.

Ilie drückte am iPad auf Enter und schickte das Formular mit unserem Angebot ab.

Wir starrten auf den fast weißen Bildschirm mit dem kleinen Fenster, in dem die Worte »Thank you« erschienen sowie der Hinweis, dass alle relevanten Informationen an die eingegebene Mailadresse gesandt würden und eine telefonische Kontaktaufnahme innerhalb der nächsten 24 Stunden erfolge.

Es war vielleicht das erste und vielleicht auch einzige Mal, dass ich etwas Gutes in dieser Dimension tun würde. Einmal in meinem Leben hatte ich den Mut, einen Unterschied zu machen. Außerdem würde sich Ilie um sämtliche organisatorische Fragen kümmern. Ich musste eigentlich nur mein Geld dazugeben. Ich war voller Licht.

Später befand sich auf meinem Handy eine Nachricht von Brigitte. Sie hatte mir kommentarlos ein GIF geschickt, auf dem wieder und wieder Black Widow alias Scarlett Johansson aus *Avengers Endgame* die Hand hob. Eigentlich war sie im Begriff, den Mund zu öffnen und ihren Mitstreitern das Signal zum Kampf zu geben. Aber durch die Kürze des Clips und die ständige Wiederholung sah es so aus, als hätte sie unverhofft jemanden, der sich genau an der Stelle des Betrachters befand, wiedergesehen und würde ihm nun freudig und heftig zuwinken.

Zurück in die Zukunft

Als ich Sonntagabend die Wohnung aufschloss, war ich erstaunt, dass sich die Tür vollständig öffnen ließ. Im Flur stapelten sich keine Zalando-Pakete mehr. Auch sonst hatte sich etwas verändert. Aus Samys Zimmer, zu dem die Tür offen stand, schien grelles Licht. Eine Art Scheinwerfer war auf die Stelle gerichtet, an der sich früher Samys Bett befunden hatte. Es war zur Seite geräumt. Die Lego-Ruinen waren verschwunden. Brigitte stand in einem Jeans-Overall auf einem Stuhl und malte an die Wand. Sie kniff ein Auge zusammen und registrierte mich nur beiläufig, als sei ich ebenfalls lediglich eine Figur auf ihrem Bild, an dem sie arbeitete.

»Hallo.«

»Hi.«

Sie hatte eine riesige Sonne gemalt. Der Rest der Wand war noch weiß. Bei dem Gedanken daran, dass Brigittes Bild in einem seltsamen Zusammenhang mit meinem neuen Sustainability-Commitment stand, bekam ich Gänsehaut. Es war wie eine Legitimation für mein neues Leben, für unser neues Leben. Die Wahrscheinlichkeit, dass auf einem Kinderbild eine Sonne vorkam, war natürlich extrem hoch. Trotzdem fühlte es sich gut an.

Brigitte stieg von der Leiter.

»Konzentrieren wir uns ganz auf das eine Kind, das wir haben.«

Sie hatte sich diesen Satz zurechtgelegt. Innerlich musste sie ihn sich mehrmals vorgesagt haben, vielleicht sogar leise vor dem Spiegel. Ich kannte sie. Ich war auch so. Ich bekam wieder Gänsehaut, weil sie so recht hatte.

»Wir machen ihn zum schönsten und tollsten Jungen der Welt«, sagte ich.

Brigitte lächelte liebevoll und nickte. Sie konnte vor Rührung nicht sprechen. Ich konnte vor Rührung nicht sprechen. Ich lächelte liebevoll und nickte.

Wir umarmten uns lange. Die schwierigen letzten Wochen lösten sich in Sekundenschnelle auf. Sie verwandelten sich in etwas Fiktives. Es hatte sie nie gegeben.

Samy lag zusammengerollt in unserem Bett. Als ich mich zu ihm beugte, erwachte er.

»Papi?«, murmelte er verschlafen. Und das, was mir schon viel zu lange nicht mehr gelungen war, gelang mir jetzt: Ich fühlte die Einzigartigkeit, dass mit diesem Satz tatsächlich ich gemeint war. Ich war sein Vater. Ich streichelte über Samys dürren Körper und spürte unter seinem Schlafshirt den Brustkorb, der mehr aus Rippen als aus Fleisch zu bestehen schien. Der Gedanke daran, dass Samy irgendwann einmal und sogar schon sehr bald kein Kind mehr sein würde, wirkte im halbdunklen Schlafzimmer genauso unrealistisch wie beängstigend. Samy schlang die Arme um meinen Hals.

»Drücken«, sagte er.

Ich drückte ihn.

»Noch mal«, sagte er und lächelte müde.

Ich drückte ihn.

»Noch mal.«

Ich drückte ihn und dachte, dass, wären wie in einer von Brigittes apokalyptischen Serien in diesem Moment Verbrecher in unsere Wohnung eingedrungen, um uns zu töten, ich mich, ohne zu zögern, für Samy geopfert hätte; es hätte mich sehr glücklich gemacht;

mein Leben hätte einen Sinn gehabt. Ich fragte mich, warum ich auf einmal auf so etwas Abseitiges verfiel.

»Noch mal«, sagte Samy, schon schwächer.

Ich drückte ihn.

Erst nachdem Brigitte Samy in sein Zimmer getragen und ich seinen neuen Wunschzettel gelesen hatte, auf dem an erster Stelle nun »1 FCB Autfitt« stand, meinte ich mich zu erinnern, dass mir vor einiger Zeit bei der Auswahl an Top-GIFs dieselbe Szene zwischen einem asiatischen Vater und seinem kleinen asiatischen Sohn mit ständig wiederkehrendem, grellrosafarbenem Untertitel, »Again!«, »Again!«, »Again!«, angezeigt worden war.

Mit dem Abstand von all den Jahrzehnten scheint es mir, als ob sich die Zeit damals, nachdem sie sich lange an einem unsichtbaren Hindernis aufgestaut hatte, einen neuen Weg gesucht hatte und schneller denn je weiterfloss.

Die Rohschnittabnahme fand am Montagmorgen in unserem Container statt. Tess sah übernächtigt aus. Sie sagte, sie habe das gesamte Wochenende an dem Film gefeilt, umgestellt, was Neues reingenommen und so weiter. Ich bedankte mich, was in diesem Augenblick sarkastisch klang, weil meine Gleichgültigkeit gegenüber dem Projekt und meine Überzeugung, dass all die Arbeit am Ende ohnehin umsonst gewesen sein würde, deutlich herauszuhören war.

Pünktlich zum vereinbarten Termin klopfte Almut lautlos an unsere Tür und sagte: »Klopfklopf«. Sie hatte einen Block, ihr Handy und ein Etui unterm Arm. Sie holte eine Brille daraus hervor, die sie mit einer hastigen, verschämten Geste auf- und, immer wenn ich mit ihr sprach, wieder absetzte. Tess hatte den Film vollkommen umgeschnitten und zahlreiche Effekte eingefügt. Das Tempo war rasant. Durch die Kontrastierung mit den Fragmenten meiner Off-Stimme, die Tess darübergelegt hatte, wirkte Girisha extrem lustig. Er raste im Taxi durch Wien, plapperte zeitrafferschnell und mit Mickey Maus-Stimme mit seiner Familie zu Hause und warf dem Zuschauer danach in Slow Motion einen kumpelhaften Blick zu im Sinne von »Lass die nur reden«. Er schien nicht mehr bloß interessiert, sondern geradezu besessen von der korrekten Zubereitung der Sachertorte, er wiederholte das Wort wieder und wieder, *Sachertorte, Sachertorte, Sachertorte,* die österreichischen Passanten, die wir für Voxpops interviewt hatten, wiederholten es, *Sachertorte, Sachertorte, Sachertorte,* sie waren ein Chor, die Menschheit sang, das Leben war ein Musical, der Schadstoffausstoß der Autos war apokalyptisch, Tess hatte rechtefreies Stock Footage hineingenommen, niesende Pandas, Vulkanausbrüche, Hochhausstädte im Smog, der alte Wiener Küchenchef war nicht einfach nur skeptisch, seine Auftritte waren mit Darth-Vader-Röcheln unterlegt, Girishas finales Backen wurde zum Lichtschwertkampf-Ballett. Das war keine Aware-Sendung mehr. Das war etwas ganz Neues. Das war ein grünes Koch-Comedy-Battle with an edge. Man konnte laut lachen, ohne sofort danach das Bedürfnis zu haben, sich zu schämen. Mittendrin Girisha, hektisch, grimassierend, lachend, komisch, aber nicht unfreiwillig. Vielmehr schien er sich in Tess' Version sehr genau all der Klischees bewusst, die seine Figur beinhaltete. Er war der lustige Inder. Und er war mehr. Er war authentisch und zugleich selbstironisch. Er war der Meta-Inder.

Von meinem Stuhl aus konnte ich Almut bei der Abnahme beobachten, jedoch nicht lesen, was sie auf ihren Block schrieb. Natürlich wusste Almut, dass ich sie beobachtete, weil sie wusste, wie Abnahmen liefen. Ihr Gesicht wirkte wie aus Wachs, sie verzog keine Miene, damit ich sie nachher nicht auf eine konkrete Reaktion festnageln konnte, von wegen: Aber du hast doch gelacht, aber du hast doch den Kopf geschüttelt, die Stirn gerunzelt et cetera. Nachdem ich mich damit abgefunden hatte, dass sich die Sendung in etwas vollkommen anderes als abgemacht verwandelt hatte, und ich merkte, wie mein Körper automatisch, wie immer in solchen Situationen, in den Panik-Modus verfallen wollte, gelang es mir endlich *loszulassen*. All das, was hier geschah, betraf mich nicht, weil es am Ende nicht wichtig war. Das war nur ein Job. Das waren nur Arbeitskollegen. Das war nicht das richtige Leben. Ich wurde ruhig. Ich würde mich noch einmal herzlich bei Tess für ihren Einsatz bedanken, nachdem wir von Almut geschasst worden waren.

Als Tess die Datei am Ende stoppte, setzte Almut ihre Brille ab. Ich atmete ein. Sie sagte: »Toll.« Ich atmete aus und fragte schnell: »Was?« Sie sagte »toll« und meinte »scheiße«. Sie war zynisch. Sie war nicht zynisch. Sie war vollkommen aufrichtig. Almut war begeistert. Ich wandte ein, wir seien noch nicht fertig, der Awareness-Aspekt sei noch nicht zu 100% herausgearbeitet. Almut antwortete, die Sendung sei vollkommen ausreichend woke, aber vor allem, und das sei wichtig: witzig. Chapeau! Was nütze es, wenn sie woke, aber nicht witzig sei. Die wokeste Sendung nütze nichts, wenn sie keiner sehen wolle, weil sie nicht witzig sei. Und diese hier sei definitiv witzig. Sie habe innerlich schallend gelacht. Da Nena völlig in Verzug sei, würden Tess und ich auch ihren Part übernehmen. Almut hoffe, wir seien nach all dem Stress, den wir sicherlich mit der Sendung gehabt hätten, noch woke, sorry, wach genug dafür. Sie grinste über ihr Wortspiel. Ich blickte zu Tess. Sie grinste exakt wie Almut. Ich blickte beide an und sagte: »Wow, wow, wow«, und merkte, dass sich in meinem Gesicht unmerklich exakt dasselbe Grinsen bildete, als hätte die beiden mich angesteckt.

Später nahm ich im Hauptgebäude am Treppenlauf teil, um meine Tracker-Schrittzahl zu erhöhen. Ich öffnete die Tür zur grell erleuchteten, kühlen Nottreppe im Hauptgebäude. Es hatten sich etwa zwanzig Angestellte des Senders versammelt, mehr Männer als Frauen. Sie drängten sich auf dem schmalen Absatz. Viele hatten ihre Pullover über das Geländer gehängt. An den meisten Armen hingen Tracker. Stumm und fokussiert grüßten wir uns. Moritz war dabei. Er trug ein Shirt, das Darth Vader mit der Überschrift *Father of the Year* zeigte. Irgendwer gab ein Signal. Wir liefen los. Nach erstem Husten und leisem Ächzen fanden wir auf dem Weg hinauf in den achten Stock nach und nach in denselben Rhythmus. Es tat gut, leer zu werden. Ich würde meine XXL-Doku bekommen. Ich würde mich nebenher für das Start-up engagieren. Ich versuchte, in mich hineinzuhorchen, ob es das war, was ich wirklich wollte. Ich hörte nur mehr den gleichmäßigen Atem um mich, als wären wir ein einziger Körper und hätten alle in stummer Übereinstimmung das gleiche Ziel. Wir liefen zweimal bis in den achten Stock und wieder hinunter, bis ins Untergeschoss 2. Mehrmals streifte ich dabei die kalten, feuchten Arme der anderen und spürte die Energie in ihren Körpern, in meinem Körper. Am Ende, als wir japsend, nach Luft ringend, wieder auf dem Absatz im Erdgeschoss standen, zeigte mein Tracker an, dass ich meinen Jahresbestwert geknackt hatte. Yoda wackelte auf dem Display mit seinen Ohren, während er Saltos machte. In der Sprechblase neben ihm erschien: »1000 Jahre leben du wirst.«

Abends sagte ich Brigitte, dass ich mich bei ihr entschuldigen wolle. Ich habe ihr unbeschreiblich viel zugemutet. Ich hätte die Chance, im Sender wieder das zu machen, was ich wirklich machen wolle. Aber ich wisse, dass das mit Opfern einhergehe. Opfer, die vor allem Brigitte und Samy bringen müssten. Es zerreiße mich. Ich wisse nicht mehr, was ich tun solle.

»Was soll ich bloß tun?«, fragte ich Brigitte.

Sie stand von ihrem Schreibtisch auf, trat an mich heran und legte mir die Hände auf die Schultern. Der Moment besaß beinahe etwas Feierliches, und der Gedanke durchfuhr mich wie ein Blitz, dass es vielleicht gar nicht mehr nötig war, wie damals in Venedig, hinter die Bilder in eine vermeintlich wirklichere Wirklichkeit zu gelangen, weil auch diese Gesten, so abgenutzt sie waren, immer noch eine Kraft und Gültigkeit über jeden Kitsch hinaus besaßen. Es begann etwas ganz Neues.

Brigitte sagte sehr ruhig: »Ich kenne dich doch.«

Sie wisse, wie wichtig mir die Arbeit sei und wie sehr ich sie brauche, sie meinte die Arbeit. Sie wisse auch, dass ich Samy über alles liebe. Ich sei ein guter Vater. Ich war sehr ergriffen und musste sehr aufpassen, nicht zu weinen. Es war der Satz aus ihrem Mund, nach dem ich mich immer gesehnt hatte, glaube ich. Sie wiederholte ihn.

»Du bist ein guter Vater, Bastian.«

Wir verblieben so, dass ich bis zum Schuljahresende weiter fulltime arbeiten würde. »Und danach mal sehen«, fügte sie leise hinzu. Ich erzählte ihr von dem Start-up. Statt sich Sorgen um unser Erspartes zu machen, wie ich es erwartet hatte, schaute sie mich für Sekunden schweigend an, als lese sie gerade eine SMS mit zu Herzen gehendem Inhalt.

In derselben Woche war ich zum ersten Mal abends in Brigittes Schule bei einer Veranstaltung. Bisher hatte ich nie die Zeit dafür gefunden oder Zeitmangel als Verhinderungsgrund vorgeschoben. Genau das sagte ich auch Brigitte, und sie nahm es mir nicht übel, im Gegenteil. Sie war glücklich über meine Ehrlichkeit. Ich dachte an das Wort »Tugend« und kam mir nicht lächerlich oder altmodisch vor. Sie wertschätzte meine Arbeit, nun wollte auch ich ein klares Zeichen setzen, damit sie sah, dass ich die ihre in genau dem gleichen Maß wertschätzte. Wir waren füreinander da. Das zählte.

Die Unterstufler präsentierten ihr Projekt über die Wiedervereinigung. Ich wusste, wie schwierig es für Brigitte gewesen war, auf Lehramt zu studieren, eine Sache, die, anders als bei mir, nicht aus der Not geboren war, sondern ihr am Herzen lag. Ihr Vater war immer dagegen gewesen, weil er nicht wollte, dass sie sich »unter ihrem Wert« verkaufe, wie er das nannte. Wenn es nach ihm gegangen wäre, wäre sie, so wie er, Arzt geworden und hätte später seine Praxis übernommen. Ich hatte Brigitte noch nie auf einer Bühne gesehen. Sie sprach mit großer Sicherheit und machte charmante Witze, die gut ankamen. Sie hatte dabei eine vollkommen andere, sehr warme Stimme als zu Hause. Der Art und Weise, wie sie sich mit den Zwölf-, Dreizehnjährigen unterhielt, war anzumerken, wie viel Geschick und aufrichtiges Interesse sie gegenüber Kindern besaß. Sie nahm sie vollkommen ernst, umgekehrt respektierten die Kinder sie. Auch die Eltern und ihre Kollegen schätzten sie sichtlich. Ich war unheimlich stolz. Ich hatte befürchtet, dass sie vielleicht Opfer vorpubertärer Witze werden würde, die nur ich hören und ihr dann aus Taktgefühl verschweigen würde. Als die Kurzreferate darüber vorgetragen wurden, wie viel Mut es brauchte, in der DDR gegen das Regime aufzubegehren, und was für ein Wunder die Wiedervereinigung war, und am Ende ein Schüler nach dem anderen vortrat und, wie bei einer Fürbitte in der Kirche, aufsagte, was sie oder er sich für die Zukunft in Deutschland erhoffe, mehr Toleranz gegenüber Geflüchteten, mehr Diversity, mehr alternative Energien, mehr Kreativität, mehr Farbe, ja, als ein winziges Mädchen piepste, sie wünsche sich mehr Frauenpower in Führungspositionen, da lachte und weinte vor Rührung der gesamte Saal, und mir war, während ich mir heimlich die nassen Augen trocknete, auf einmal nicht mehr bange um die Zukunft.

Almut hielt ihr Versprechen. Für den Freitagabend durfte ich ein 90-minütiges Special über die Rockband *Genesis* realisieren. In meiner Kindheit hatte ich lediglich die Hits der letzten Platte, *We can't dance*, am Rande mitbekommen und dass Phil Collins irgendwann ausgestiegen war. *Genesis*, das war für mich immer der Inbegriff von seichtem Rockpop gewesen. Irgendwann hatte ich dann die komplexen Progressive-Rock-Alben aus den 1970ern gehört, als der Sänger der Band noch Peter Gabriel hieß. Aber auch die Platten, die *Genesis* unmittelbar danach mit ihrem früheren Drummer, Phil Collins, als Sänger gemacht hatten, klangen ganz anders als ihr Spätwerk. Ich war nicht nur von den unterschiedlichen Stilen fasziniert, sondern auch davon, wie eine Band ihre Identität innerhalb von einem Vierteljahrhundert regelmäßig derart radikal verändern und dennoch aus irgendeinem Grund dieselbe und vor allem glaubwürdig bleiben konnte. Während die Pilotfolge von *Unter der Haube* mittelmäßige Quoten einfuhr und daraufhin die gesamte Serie gecancelt wurde, sichtete ich fünf Tage die Woche das Archiv, da keines der Mitglieder auf die Schnelle für ein Interview zur Verfügung stehen würde und wir in einem absurd engen Zeitfenster produzieren sollten. Ich sah Samy so selten wie nie zuvor. Immer wenn ich abends aus Ismaning zurückkehrte, war das Wandbild in seinem Zimmer weitergewachsen. Unter der Sonne breitete sich eine Blumenwiese aus, auf der irgendwann in Rückenansicht erst eine Frau, dann eine Frau und ein Mann, dann eine Frau, ein Mann und ein kleiner Junge zu sehen waren: Es waren wir, die dort saßen und picknickten und auf den Horizont und in die gewiss gute Zukunft blickten. Ich hatte das Gefühl, auch wenn wieder schwierigere Zeiten kommen würden, würden wir auf diesem Bild auf ewig glücklich sein.

Mein neues Profilbild auf WhatsApp war ein Solarkiosk. Ilie kümmerte sich um den direkten Kontakt mit dem Start-Up. Madita flog einmal in die Zentralafrikanische Republik und schickte uns, begleitet von begeisterten Kommentaren, Fotos der Kioske und sich selbst inmitten von Schulklassen, deren Gebäude nun mit unserem Strom versorgt wurden. Ich war der Einzige des *Klubs der Katze*, der auf eigenen Wunsch nicht direkt in das Projekt involviert war; dennoch identifizierte ich mich damit zu 100 Prozent. Hin und wieder sah ich mir auf Google Maps die Punkte auf den Karten an, wo unsere Kioske standen, auch wenn sie so neu waren, dass sie noch nicht abgebildet sein konnten. Der Gedanke, dass immer wenn die Sonne schien und damit quasi von selbst, allein durch das Licht, das uns stets umgibt, Gutes getan würde und dass ich daran einen geringen, aber gewissen Anteil hatte, machte mich wieder froh, wenn ich angesichts irgendeines Problems niedergeschlagen war.

Die Nachrichtenlizenz, die der Sender in den vergangenen Jahrzehnten an das Springer-Unternehmen vergeben hatte, lief aus, und man beschloss, nun in Ismaning Nachrichten zu produzieren, wozu man einen eigenen News-Room erbaute. Ich hielt mich in freien Momenten öfter in der Nachrichtenredaktion auf, nicht nur weil Moritz dort arbeitete, sondern weil mich die in Viererreihen gestaffelten Bildschirme, auf denen jeden Tag von neuem zahlreiche Katastrophen zeitgleich abliefen, irgendwie in eine gesteigerte 9/11-Stimmung versetzten und beruhigten. Ich weiß noch, wie ich eines Tages durch die durchsichtige Wand auf das angrenzende Studio blickte, in dem die Sprecherin vor dem Green Screen stand und die Nachrichten lautlos vom Teleprompter ablas, und wie das stechende Giftgrün, auf dem nachträglich die Bilder aus aller Welt hineinmontiert wurden, für mich nicht mehr zwei-, sondern dreidimensional wurde, ein unendlicher Raum, ein Welt-Raum, der, je länger ich darauf starrte, mich in sich einsaugte. Das Grün beinhaltete die Wahrheit über die Welt.

Auf Samys neuem Wunschzettel stand an erster Stelle »1X-Bocks«. Brigitte und ich sahen uns auf Netflix *Marriage Story* über ein Paar an, das sich scheiden lässt und sich trotzdem noch liebt, und weinten dabei und versprachen uns, dass, wenn wir uns irgendwann scheiden lassen sollten, wir uns genau so scheiden lassen würden. Brigitte und ich sahen uns eine ihrer apokalyptischen Serien an und redeten darüber, wie es sich anfühlen würde, allein, zu dritt in einem Haus in der Wildnis zu leben, ganz auf sich gestellt, und Brigitte sagte, diese Idee habe bei allem Schrecklichen auch etwas Schönes, es gehe dann nur mehr um wirklich Wichtiges, um das, was das Leben eigentlich ausmache, um das Wahre. Seitdem stellte das Bild in Samys Zimmer für mich genau diese Szene dar. Wir drei nach dem Ende der Welt. Angeregt durch unser Wochenende, nahm Ilie eine neue Position in der Firma an und achtete als ESG-Beauftragter darauf, dass alle Investitionen im Einklang mit den, wie es hieß, internationalen Environmental, Social- und Governance-Standards waren, was de facto bedeutete, dass nachweislich nicht in Unternehmen mit Kinderarbeit oder in Waffen und dergleichen investiert wurde. Es war die ökonomisch richtige Entscheidung, die sich für alle langfristig auszahlen würde. Ilies Firma gewann einen Ethikpreis und generierte Aufmerksamkeit, die neue Kundenbereiche erschloss.

Das Weihnachtsfest war das bis dahin schönste, an das ich mich erinnern konnte. Samy bekam so viele Geschenke von uns wie noch nie. Ich hatte ihm eine X-Box geschenkt und Brigitte das FCB-Oufit. Wir wussten, dass es falsch war. An diesem Abend waren wir unheimlich glücklich. Ich glaube, ich irre mich, aber es kann durchaus sein, dass ich tatsächlich, nachdem Samy endlich in voller Manuel Neuer-Montur und mit roten Wangen einschlief, zu dem Regal in seinem Zimmer trat, in dem neben Samys Schätzen wie selbst gesammelte Muscheln von Italienurlauben oder im Kindergarten gebastelte Fantasiemaschinen aus Korken und Plastikbehältern Ilies vermeintlicher Zecken-Panzer lag. Auch wenn Samy ihn wahrscheinlich schon vergessen hatte und es sich natürlich um reine Fiktion handelte: Er strahlte etwas Ungutes aus. Ich vergewisserte mich, dass Samy fest schlief, nahm den Panzer heraus und rückte die anderen Gegenstände an seine Stelle, so dass sein Fehlen nicht auffiel. Draußen warf ich ihn in die Mülltonne und kippte noch die Abfälle von unserem Weihnachtsessen darauf, damit er versteckt war und Samy, falls er ihn suchte, nicht finden würde. Ich bildete mir ein, endlich befreit zu sein, und wunderte mich, als Brigitte und ich später, wie wir es verabredet hatten, unseren monatlichen Sex hatten, den wir aus Romantik-Gründen extra auf diesen Tag gelegt hatten, obwohl das eigentlich dem Rhythmus, den wir sonst einhielten, widersprach, dass ich in meinem Inneren einen seltsam pulsierenden dunklen Fleck fühlte von der Art, wie wenn man zu lange am Strand auf das magisch erglitzernde Meer geschaut hat und dann endlich die Augen schließen muss, weil man diese Schönheit doch nicht ewig aushalten kann und sie irgendwann schmerzt.

MAN ENTKOMMT SICH NICHT

Freiheit

In dem Jahrzehnt der Krisen, das dann folgte, war meine Familie für mich das Wichtigste. Anders als das Weltgeschehen unterlag sie Gesetzen, die einer mir bekannten Logik folgten. Ich war beim Fernsehen, fast schon mein Leben lang. Das bedeutete, ich war vertraut mit den Geschichten, in deren Rahmen sich die Plots namens Ehe und Adoleszenz bewegten. Auf Außenstehende wirkten wir sicherlich nicht wie eine der Familien, die jenen fast schon unglaubwürdigen Grad an Glück ausstrahlen, an dem man sich sofort zu messen beginnt, obwohl man von Anfang an weiß, dass er höchstwahrscheinlich lediglich Fake ist, was einen aber nicht daran hindert, hoffnungslos neidisch und unzufrieden mit der eigenen Situation zu sein. Wir waren auch nicht von der Sorte jener Familien, die, obwohl sie sich zwanghaft Mühe geben, als Einheit aufzutreten, nicht verbergen können, dass nichts mehr zusammenpasst, ja, vielleicht sogar nie zusammengepasst hat. Es braucht dann nicht einmal das Kind, das seine Rolle vergisst und etwas Unbedachtes, Entlarvendes daherplappert, woraufhin die Erwachsenen es mit denselben Gesichtern von gerade eben noch, nun aber mit nervös zur Seite schielenden Augenbewegungen leise und so heftig ermahnen, dass man sich erst fremdschämt, dann ein bisschen traurig wird und am Ende befriedigt ist, dass es bei einem selbst nicht ganz so schlimm ist. Wenn man uns, also *die Kleckas*, im Alltag sah, waren wir eine typische dreiköpfige weiße Mittelklasse-Familie. Nicht zu gutaussehend, nicht zu wohlhabend, nicht immer unpeinlich und harmonisch, aber trotzdem ohne Risse im Fundament. Das einzig wirklich Besondere an uns war Samy. Es gab manchmal männliche Blicke auf Brigitte, die sie länger maßen, als sich das eigentlich gehörte. Und wenn jemand erfuhr, dass ich beim Fernsehen arbeitete, hatte das auch damals noch häufig den Effekt, dass mein Gegenüber von einem Moment zum anderen etwas in mich projizierte, von dem ich nie genau wusste, was das eigentlich genau war, außer dass es sehr positiv sein musste und auf dem alten Mythos TV fußte, der nichts mit der unglamourösen Wirklichkeit zu tun hatte. Aber derjenige, dem von uns dreien stets Aufmerksamkeit sicher war, war unser Sohn. Als er noch klein war, setzten die meisten, die ihn sahen, diesen bekannten Ist-der-süß-Blick auf. Sogar über die säuerliche Miene älterer Männer mit Lass-mich-in-Ruhe-Ausstrahlung huschte eine kurze Aufhellung, und sie wirkten plötzlich sympathisch und um Jahre jünger. Daran änderte sich auch nichts Grundsätzliches, als Samy das Teenager-Alter erreichte. Kein Vater ist dagegen gefeit, das eigene Kind für entweder das hübscheste oder intelligenteste oder, falls das dann doch zu offenkundig nicht der Fall ist, für auf irgendeinem Gebiet überdurchschnittlich begabt zu halten. Brigitte und mir war das natürlich bewusst. In jedem Erziehungsratgeber und jeder Eltern-App stand das. Übertrieb man es und verwechselte, das Beste für das Kind zu wollen, damit, dass das Kind der oder die Beste sein sollte, konnte man irreparablen psychologischen Schaden anrichten und das Verhältnis zum Kind für immer stören. Besser, man passte auf. Tatsache war aber, dass Samy in vielerlei Hinsicht ohne jeden Zweifel außergewöhnlich war. Von seinem Wesen her wirkte er schon sehr früh erwachsen. Das heißt, er war überaus vernünftig und ausgeglichen, wobei er aber zugleich allerspätestens ab dem Gymnasium stets typische Vorlieben seiner jeweiligen Altersstufe an den Tag legte. In der Schule hatte er sehr gute Noten, sehr früh zeigte er eine besondere Begabung für Naturwissenschaften und war der Liebling seines Chemie- und Biologie-Lehrers, wurde aber auch sonst regelmäßig für sein Engagement und seine soziale Kompetenz gelobt. Häufig fiel in seinem Zusammenhang der Begriff *selbstlos*. Ich erinnere mich an das Gefühl, nachdem Brigitte und ich ausnahmsweise zu zweit beim Elternabend gewesen waren. Ich glaube, es war ein Termin, bei dem das erwartet wurde, da wir eigentlich zu beschäftigt dafür waren, beide zu kommen, und außerdem keiner von uns Lust darauf hatte, besonders Brigitte, die sich als Kollegin bei solchen Anlässen selten beherrschen konnte, nicht kritische Nachfragen zum Unterricht und zum Stoff zu stellen, was dann zuweilen in unterschwelligen Scharmützeln endete. Doch wie so oft hatte sich die Klassenleitung mit Samy nicht nur zufrieden gezeigt, sondern ihn, ich erinnere mich nicht mehr an die genaue Wortwahl, als Mensch gelobt und ihm hervorragende Perspektiven für seine außerschulische Zukunft bescheinigt, auch wenn diese noch in einiger zeitlicher Ferne lag. Auf der Rückfahrt in der U-Bahn strahlten Brigitte und ich uns wortlos an, wie schon länger nicht mehr, und ich spürte in meinem Brustkorb etwas, das in meiner Vorstellung goldfarbenem, zähflüssigem Honig aus entlegenen Bergregionen glich. So oder so: Es war das Gefühl, den eindeutigen Beweis dafür erhalten zu haben, etwas sehr Wichtiges richtig gemacht zu haben; etwas, was auch Bestand haben würde, obwohl ich in anderen Bereichen des Lebens nicht so erfolgreich war, wie ich mir das eigentlich wünschte. Es war Brigittes und mein Erfolg. Das hatten wir beide erreicht. Wir konnten stolz auf unseren Sohn und somit auf uns sein. Wir waren ein richtig gutes Team. Ich spürte damals nach längerer Zeit wieder, dass ich sie wirklich liebte. Ihr ging es wahrscheinlich ähnlich.

Bei der Überlegung, ob wir weg aus Neuhausen und in die neugebaute Siedlung bei Puchheim ziehen sollten, die wegen der Erdbeerfarmen, die sich damals noch rundherum erstreckten, inoffiziell *Strawberry Fields* hieß, gab letztlich die Überlegung, dass Samy als Hochbegabter in den Genuss eines optimalen Umfelds kommen sollte, den entscheidenden Ausschlag. Der Umzug sollte mit seinem Übertritt auf das Gymnasium zusammenfallen, damit er nicht aus dem bestehenden Klassenverband herausgerissen wurde und ihn die Umgewöhnung nicht zu sehr irritierte. Das bedeutet, wir reden hier, wenn ich richtig gerechnet habe, über das Jahr 2023. Jedenfalls erinnere ich mich, dass die eben erst ausgestandenen Coronajahre mit dem Homeschooling-Horror zusammen mit dem gerade ausgebrochenen Ukrainekrieg in mir ein seltsam intensives Bedürfnis danach ausgelöst hatten, geschützt und vor allem zumindest symbolisch abgeschirmt von allen Gefahren zu sein, den gegenwärtigen sowie jenen, die noch folgen würden. Denn dass es noch schlimmer, noch viel schlimmer kommen würde, dämmerte uns damals bereits.

Der zusammen mit der Siedlung geplante Schulkomplex mit dem Gymnasium, das nach dem Internat in *Harry Potter,* Hogwarts, benannt war und uns allein schon deshalb modern, besser und absolut liberal erschien, lag direkt in der Nähe, so dass der Weg gefahrlos zu Fuß oder per Shuttle zurückgelegt werden konnte. Die allermeisten Bewohner der Siedlung hatten ein ähnliches Profil wie wir, sprich: Sie waren junge Eltern. Zwischen dem Himbeer- und Stachelbeerweg lag unsere Straße, der Brombeerweg. Ich glaube, es war das erste Mal in meinem Leben, dass ich das Gefühl hatte, angekommen zu sein und mich nicht bemühen musste, irgendwo dazuzugehören. Zu meiner nicht geringen Überraschung existierten viele Menschen, die im Großen und Ganzen ähnlich tickten wie ich.

Ich würde sagen: nicht perfekt, aber von der richtigen Gesinnung und einigermaßen gebildet, jedoch ohne es damit zu übertreiben und ohne Dünkel. Es hatte sie immer schon gegeben, ich hatte sie nur selten getroffen. Jetzt waren sie hier, in *Strawberry Fields*. Früher hätten Brigitte und ich diese Form der Abschottung, wie sie damals, im Nachhinein betrachtet, in vielen Stadtteilen dominierte, wahrscheinlich als lächerliche, spießige und sogar sozial gefährliche Bubble-Bildung abgelehnt, da man so den Kontakt zu anderen Schichten und damit der wirklichen Welt verlor. Wir befanden uns allerdings in einem Alter, in dem wir das Gefühl hatten, diese Art der Komfortzone stände uns zu. Nach all dem Ärger mit rücksichtslosen Nachbarn, schlecht erzogenen oder wohlstandverwahrlosten Kindern sowie vermüllten Straßen hatten wir uns das verdient. Natürlich hatte nach wie vor alleroberste Priorität, dass Samy in Sicherheit aufwuchs, in seinem Potenzial gefördert wurde und Kinder traf, mit denen er sich verstand und die sein Niveau besaßen. Er musste sich wohl fühlen. Dafür wären Brigitte und ich mehr als bereit gewesen, Opfer zu bringen, zumal es für uns beide entgegen der sonstigen wirtschaftlichen Entwicklung im Land steil bergauf ging. Brigitte hatte kurz vor unserem Umzug den Direktorinnenposten des Städtischen Sophie-Scholl-Gymnasiums in Schwabing angenommen, eine Mädchenschule, was für Brigitte zwar noch mehr Einsatz und täglich eineinhalb Stunden Fahrt im Berufsverkehr bedeutete; doch die Schule bot ihr endlich ausreichend Möglichkeiten, ihre Ideen in Projekten zu verwirklichen, in denen die Kinder ihre Kreativität gemäß den neuesten pädagogischen Erkenntnissen zur optimalen Entfaltung bringen konnten. Brigitte hatte immer schon etwas bewegen wollen. Jetzt war der Zeitpunkt dafür gekommen. Sie hatte ausreichend Ressourcen zur Verfügung und besaß die nötige Macht. Das bedeutete aber auch, dass wir uns noch seltener sahen als zuvor. Regelmäßig kam es zu Auseinandersetzungen, da Brigitte zwar ihr Handy mitnahm, aber oft vergaß, den Akku aufzuladen, so dass ich sie nicht erreichen konnte. Es ging dabei nicht nur darum, sich rasch kurzzuschließen bei Fragen, die sich im Alltag ergaben, sondern auch darum, dass ich mir, wenn sie später als vereinbart nach Hause kam, Sorgen machte, es könne ihr etwas zugestoßen sein, weswegen ich mich dann sowohl über mich selbst und meine kindlichen Verlustängste ärgerte als auch noch viel mehr über Brigitte, die meine Gefühle anscheinend kalt ließen und die doch sonst so vorbildlich organisiert war.

Bei mir selbst liefen damals, als wir nach *Strawberry Fields* zogen, gerade die Verhandlungen über einen Posten in Seners neuer Firma *Alife*. Der Wechsel hatte sich bereits länger angedeutet, nachdem wir nach dem Scheitern des *Retro-Room*-Projekts in losem Kontakt geblieben waren. Wir waren beide der Ansicht, dass VR als Erweiterung des Fernsehens großes und vor allem ungenutztes Potenzial besaß. Irgendwann überraschte Sener mich mit der Nachricht, er habe mit dem Sender über die Rechte an der Technologie gesprochen, er überlege sich, ein eigenes Unternehmen für Hologramme verstorbener Celebritys zu gründen, er traue sich das zu – aber nur mit jemandem wie mir als Content-Developer und Character-Designer. Als mir Sener das Angebot am Telefon machte, merkte ich auf einmal, wie lange ich im Sender schon unglücklich gewesen war. Nach der Folge über *Genesis*, die für das Thema eine beachtliche, aber für den Sender unbefriedigende Quote eingefahren hatte, war keine XXL-Doku mehr in Auftrag gegeben worden. Almut hatte gekündigt und war ins Management eines Medienkonzerns in Hamburg gewechselt. Wer nun eigentlich die Factual-Entertainment-Redaktion leitete und damit mein Ansprechpartner war, war danach nicht mehr ganz klar, da man im Sender auf ein rotierendes Prinzip setzte. Ich war zwar mittlerweile zum Head of Non-Fiction-Production-Development befördert worden; das bedeutete aber nicht, dass ich selbst mehr Content entwickeln durfte, sondern die Projekte anderer betreute und dafür die meiste Zeit mit Sitzungen, Telefonkonferenzen und Kalkulationen verbrachte. Der Sender stellte sich damals gerade verstärkt bimedial auf, das heißt, für jede Sendung wurde auch ein Online-Spin-Off für eine deutlich jüngere Zielgruppe produziert. Mit jedem Tag fragte ich mich mehr, was das alles noch mit dem zu tun hatte, was ich unter Fernsehen verstand und daran mochte.

Bei einer Redaktionssitzung, bei der, glaube ich, Aufnahmen aus irgendeinem Krieg gezeigt wurden, fing ich dann vor versammelter Runde zu weinen an und zwar nicht nur unterdrückt, sondern *richtig*: zu weinen-weinen. An den erst besorgten, dann betretenen Gesichtern der anderen konnte ich ablesen, dass sich mein Verhalten nicht mehr im Rahmen ihres Bildes von mir als Empasthian bewegte und es sie trotz sofort gereichter Taschentücher und Schulterklopfer zutiefst befremdete. Die aktuelle Chefin des Factual-Entertainment, in deren Augen ich, das wusste ich, ohne dass ich es an einem konkreten Detail festmachen konnte, durch diesen Ausfall entscheidend an Zuverlässigkeit und Vertrauen verloren hatte, riet mir gleich im Anschluss, mir »in diesen Zeiten« eine »emotionale Firewall« zuzulegen, wobei sie mit »diesen Zeiten« nicht das Weltgeschehen, sondern einen privaten Konflikt meinte, obwohl ich ihr keinerlei Hinweis darauf gegeben hatte aus dem einfachen Grund, dass ein derartiger Konflikt gar nicht existierte. Das Seltsame aber war, dass ich den Rat der Factual-Entertainment-Chefin, die ich daraufhin mied, dennoch beherzigte, ohne mir diesen unsichtbaren Abwehrschirm bewusst anzutrainieren. Es geschah einfach. Wenn ich wollte, konnte ich auf einmal weniger fühlen.

Während Sener mir damals bei dem schicksalshaften Telefonat mit seinem schwäbischen Akzent das Jobangebot unterbreitete und bei jedem Satz ein »weischt« nachschob, auch Moritz sei übrigens dabei, der alte Research-Nazi, »weischt«, wusste ich: Ich hatte Lust. Es konnte noch alles passieren. Es kam auf mich an. Ich machte den Unterschied. Ich konnte das. Ich hatte es noch in mir. Ich war noch nicht zu alt. Ich hatte Hunger. Ich brannte. Und zwar lichterloh. *Alife* konnte grandios scheitern. Doch klappte es, würde ich nicht Fernsehen, sondern eine völlig neue Art der visuellen Unterhaltung machen. Ich war die Zukunft. Ich willigte ein.

Hin und wieder fuhr ich auf der neuen Schnellstrecke der Bahn durch die endlosen Tunnel unter der Schwäbischen Alb nach Stuttgart in Seners Firma, aber eigentlich war meine Anwesenheit dort gar nicht nötig, was ich sehr schnell als angenehm empfand. Es gibt Menschen, die im Gespräch den anderen als menschlichen Körper vor sich haben müssen, weil sie sich sonst nicht wohl fühlen und bei sich selbst hundert Prozent abrufen können. Dazu gehörte ich nicht. Bei mir verhielt es sich eher andersherum. Wie schon während der Coronajahre befand ich mich die meiste Zeit im Home-Office, das ich mir mit genau diesem Hintergedanken im gesamten zweiten Stock unseres neuen Hauses in der *Strawberry Fields*-Siedlung eingerichtet hatte und das aus einem großen Arbeitszimmer und einem Studio im Nebenzimmer mit offenem Durchgang bestand. Seners Konzept für *Alife* besaß die Simplizität aller brillanter Ideen. Um sich klar von der internationalen Konkurrenz abzugrenzen und eine Art Alleinstellungsmerkmal qua Nationalität zu generieren, kaufte die Firma die Rechte an berühmten Toten, und zwar ausschließlich deutschen, und ließ sie als Avatare neu erstehen, ähnlich wie damals Frank Elstner. Wollte man mit deutschen Charakteren interagieren, erwartete man, dass sie von Deutschen generiert waren. Alles andere hätte die Glaubwürdigkeit zerstört. Nur ein Deutscher/Engländer/Chinese und so weiter konnte sich zu hundert Prozent in einen Deutschen/Engländer/Chinesen und so weiter einfühlen. Mein Part als Head of Content-Development und Character-Design bestand darin, dafür zu sorgen, dass die animierten Persönlichkeiten und die Situationen, in denen man sie antraf, am Ende so echt wie möglich wirkten. Ich würde ihnen, wie Sener das nannte, vielleicht weil er wusste, dass ich eine Schwäche für Hochkultur hatte, »die Seele einhauchen«, was poetischer klang, als es war: Mindestens zur Hälfte würde meine Arbeit in der stupiden Auswertung des existierenden verbalvisuellen Archivmaterials bestehen, auf deren Basis ich dann den gewünschten Charakter entwerfen würde. Wir sagten immer Charakter, wir sagten nie Mensch.

»Wen hast du?«, hatte ich Sener damals bei unserem Telefonat gefragt. »Albert Einstein«, ich hörte ihn durch die Leitung lächeln, er kannte den Wert seiner Trümpfe, »die *Comedian Harmonists* und ...«, er machte eine bedeutsame Pause, »Marlene Dietrich.« Ich weiß nicht, wie viel Sener bezahlt oder welche juristischen Kniffe er angewandt hatte. Mag sein, dass die Erben den neuen Markt der Hologramme unterschätzten oder Sener für einen Start-up-Spinner hielten. Aber wenn *Alife* klappte, dann mit dem Kapital dieser drei Ikonen.

Brigitte und ich hätten unsere Karrieresprünge nicht gewagt, hätten wir Samy nicht zugetraut, allein klarzukommen. Samy war stark. Sobald wir in der neuen Siedlung wohnten, organisierte er, damals elf Jahre alt, seinen Tagesablauf selbständig. Für eine intensive Betreuung hätten Brigitte und ich in diesem Moment unseres Lebens keine Zeit und Energie gehabt. Am Morgen fuhr Samy zusammen mit seinen Mitschülern im Shuttle die drei Kilometer ins Hogwarts-Gymnasium, nachmittags kam er nach der Schule zu mir ins Büro hoch, um kurz hallo zu sagen, bevor er sich in seinem Zimmer im ersten Stock seinen Hausaufgaben widmete. Er gab sich immer Mühe, so leise wie möglich zu sein, weil er wusste, dass ich arbeitete. Dennoch machten seine Sohlen auf den Stufen stets dieses dumpfe tappende Geräusch, das mir anzeigte, dass er gleich an meine Tür klopfte. Im Lauf der Jahre verband ich es untrennbar mit ihm und seiner Person, so dass später, knarzte das Holz der Treppe von der Wärme oder dem Wind, mein Herz unvermittelt schneller zu schlagen begann, in Erwartung, ihn gleich zu sehen, obwohl er da längst nicht mehr bei uns wohnte.

In der Anfangsphase von *Alife* ackerte ich zusammen mit meinem zweiköpfigen Team in Stuttgart hauptsächlich die Statistiken und Tabellen durch, die der Computer nach der Auswertung des Archivmaterials ausgespuckt hatte. Was sagte/tat der Charakter wie oft/wann/warum und so weiter. Und so endlos und stupide diese Arbeit schien, wusste ich doch von der Erfahrung mit dem *Retro-Room*, als wir Stück um Stück den virtuellen Frank Elstner erschufen, dass es nicht allzu lange dauern würde, bis sich Zufälliges von Substanziellem schied und sich wiederkehrende Elemente herauskristallisierten. Ein regelmäßig nachgeschobenes »nicht wahr?«, ein unauffällig eingeflochtenes »eben«, eine Handbewegung, eine hochgezogene Augenbraue, ein Zwinkern, kleine Ticks: Ein Muster würde sich abzeichnen, ein Muster, das den Kern einer unverwechselbaren Persönlichkeit enthielt. Moritz nannte das immer »das Unique«. Hatten wir einmal den Content von Einstein, den *Comedian Harmonists* und der Dietrich erstellt, waren die Visual Designer am Zug. Aus Daten wurden Bilder. Stets gab es diesen einen ebenso magischen wie gespenstischen Moment, in dem sich lediglich die skelettartigen Umrisse einer zweidimensionalen Figur durch einen gerasterten Raum bewegten und allein an ihren Bewegungen bereits etwas ganz und gar Eigenes erkennbar wurde, ein Individuum, und zwar nicht irgendeines, sondern ein Genie. Am Ende einer Vielzahl von Realisierungsdurchgängen, bei denen wie aus einem Nebel mehr und mehr der Charakter hervortrat, in Farbe und aus Fleisch, ahmte in einem Studio in Stuttgart ein mit Motion-Capture-Markern versehener Schauspieler vor einem Green Screen Gesten nach, die dann erneut in das System eingelesen wurden, wo sie mit der Animation zu einem dreidimensionalen Avatar verschmolzen. Im Unterschied zu Frank Elstner war das Original im Fall von Einstein, den *Comedian Harmonists* und Marlene Dietrich nicht mehr verfügbar. Die überschaubare Menge an Archivmaterial hatte den Vorteil, dass es niemanden gab, der uns vorwerfen konnte, unser Modell gebe ein verfälschtes Bild der Wirklichkeit wieder. Wir waren die Wirklichkeit.

Samy verstand schon als Kind recht genau, wie *Alife* funktionierte, obwohl er mit keinem dieser ersten drei Avatare viel anfangen konnte. Dennoch sah er auf den ersten Blick die Schwächen eines Programms. Oft zog ich ihn in der Entwicklungsphase hinzu und führte ihm am Computer und später in der VR den jeweils neuesten Prototypen vor. Meist stellte er die richtigen Fragen und kräuselte dabei seine Nase, als müsse er gleich niesen, was, wie ich lernte, ein Zeichen dafür war, dass ihm etwas wichtig war. Es war eine »unique« Geste. Er spielte mir dabei nie etwas vor, um zu gefallen. Er war ehrlich. Es war eine wunderbare Zeit.

Selbstverständlich konnte Samy auch albern und ausgelassen sein, und natürlich war er auch mal frech oder bockig, ganz wie ein normaler Junge eben; doch hinter all dem schien stets seine große Ernsthaftigkeit durch. Ich glaube, es gibt einfach hin und wieder Menschen, die kommen mit einem guten Herz zur Welt. Samy war so ein Mensch. Das GPS-Signal seiner Smartwatch, die er, glaube ich, ab der dritten Klasse nach irgendeinem tragischen Fall, bei dem ein Kind bei einem Schulausflug verloren gegangen war, gehorsam am Handgelenk trug, wurde zwar auf unsere Handys übertragen, so dass wir ihn im Worst Case hätten orten können; aber im Unterschied zu vielen anderen Helikopter-Eltern in der Siedlung, die der Verführung der Dauerüberwachung nicht widerstanden und ihre Kinder pausenlos anpiepsten, weil es Essen gab oder einfach nur, weil sie sie vermissten, hielten wir uns zurück. Man konnte Samy vertrauen. Er hätte nie etwas Unvernünftiges getan. Ich erinnere mich, dass ich manchmal spätabends, wenn ich endlich mit der Arbeit fertig war, in den ersten Stock in Samys Zimmer schlich, wo er schlief. Nicht selten lag dann auch schon Brigitte bei ihm im Bett, die mich müde anlächelte. Und es geschah, dass ich mich zu ihnen zwängte, so dass Samy sich zwischen uns befand. Seinen dünnen Körper im Arm zu halten, seinen langsamen Atem mit den leisen Schnarchtönen zu hören, an seinem seidenen blonden Haar zu riechen gab uns Kraft und hielt uns beide als Paar zusammen. Er musste gar nichts dafür tun. Wenn wir über ihn redeten, spürten wir, dass wir trotz aller Konflikte als Zweier-Einheit immer noch funktionierten. Wir waren für immer miteinander verbunden – durch ihn. Brigitte nannte ihn einmal »unsere emotionale Tankstelle«, und ich nickte zustimmend, ohne nachdenken zu müssen.

Samy ging in die Mittelstufe, *Alife* begann gerade richtig Fahrt aufzunehmen, Brigitte hatte sich in ihre Position als Direktorin eingelebt, da wurde die Erdbeerfarm rund um unsere Wohnsiedlung aufgelöst. Unerklärlicherweise hing, auch nachdem die Felder umgepflügt worden waren, weiter dieser unverwechselbare süß-fruchtige Duft in den Straßen, der mich seitdem, hatte ich ihn in der Nase, im Ausland, auf einer Fahrt bei heruntergelassenem Fenster oder im Restaurant beim Dessert, immer an zu Hause erinnerte. Für die Kinder der Siedlung war die Vernichtung der Erdbeerfelder, deren Betreten streng verboten gewesen war, ein Moment der wunderbaren Freiheit. Von da an eröffnete sich für sie ein ganz neuer Möglichkeitsraum. Wie Pferde, die nach Wochen auf die Koppel gelassen wurden, stürmten sie hinaus. Das nun entstandene Brachland rundherum, über dessen Nutzung man sich offenbar nicht einig war, war der schönste Spielplatz, den man sich vorstellen konnte. Zusammen mit den anderen Bewohnern finanzierten wir eine Halfpipe. Wenn Samy und sein bester Freund Noah, der eine flachsblond, der andere schwarzhaarig, mit ihren geschulterten Skateboards auf den überwucherten Wegen über die Wiese trotteten, in der Kuhle der Anlage verschwanden und sich wenig später aus der Tiefe für Sekunden in die Luft hochschraubten, musste ich, während ich sie von meinem Bürofenster aus beobachtete, unweigerlich an den *Klub der Katze* und das *Steffi-Graf*-Rondell denken und war glücklich, dass sich die Geschichte wiederholte.

Konnte man in unserer ersten Zeit in *Strawberry Fields*, besonders im Sommer, wenn sich das Leben auf die Straßen und Kreisel verlagerte, den Eindruck gewinnen, in einer Art Kinder-Camp zu leben, hielten nach ein paar Jahren, in den späten 2020ern, die ersten Mopeds Einzug, das Geräusch von Rollschuhen und Longboards hallte von den Fassaden wider, aus Handys klangen die neuesten Hits, deren Refrains mitgesungen wurden, hier und da gab es erste Pärchen, *Strawberry Fields* wurde Teenie-Town. Wenn Mädchen mit interessiertem Blick Samy und Noah verfolgten, musste ich zufrieden schmunzeln. Irgendwie nahm ich es als persönliches Kompliment, obwohl den beiden ihre Fahrräder und Skateboards weiterhin das Wichtigste schienen. Sie mussten damals vierzehn oder fünfzehn sein. Gemeinsam begannen sie, mit dem Handy erste kurze Clips zu drehen, vor allem von ihren Skateboard-Tricks. Die beiden hatten einen eigenen Instagram-Channel dafür eingerichtet; ich glaube, er hieß *Samno*. Samy schien ein schlafwandlerisch sicheres Gespür für spannende Einstellungen, das richtige Timing und stimmungsunterstützende Musik zu besitzen und war zudem im Handumdrehen mit der Schnitt-Software vertraut. Vor der Kamera war er, anders als Noah, völlig frei von Posertum, wenn er dem Zuschauer erklärte, was er da tat. Er gehörte ohnehin zu jener Generation, für die es bereits als Kind völlig natürlich war, sich permanent selbst zu filmen oder mit anderen per Video zu chatten. Trotzdem war da mehr als das: Samy war jemand, dessen wahre äußere und innere Schönheit vielleicht tatsächlich erst auf Film in ihrem vollen Umfang spürbar wurde, ohne dass man enttäuscht gewesen wäre, wenn man ihm im richtigen Leben begegnete. Als Samy mir seinen ersten Clip zeigte, war ich unglaublich beeindruckt und stolz auf ihn. Ich erinnere mich allerdings auch, dass sich zugleich tief in mir etwas Negatives regte, das ich nicht deuten konnte, da ich nicht glauben wollte, dass ich wirklich neidisch auf meinen minderjährigen Insta-Sohn war. Im Nachhinein war es, denke ich, eine Vorahnung, dass diese Clips, so glücklich sie Samy machten, einen mehr als unguten Einfluss auf ihn ausüben würden.

Weil er auch mit fortschreitender Pubertät kein Interesse an Mädchen zeigte, hatten Brigitte und ich ihm ebenso unmissverständlich wie zwanglos zu signalisieren versucht, dass jedwede nicht heterosexuelle Orientierung für uns völlig in Ordnung wäre, was wir allerdings – da waren wir uns einig – insgeheim extrem bedauert hätten, da wir auf Enkelkinder hofften und noch einmal zu gern mit kleinen Menschen gespielt hätten, die mit uns direkt verwandt waren. Samy winkte bloß laut lachend ab, so dass die Situation für uns peinlicher war als für ihn. Wenig später sollte er noch zwei, drei Freundinnen haben, die mit ihm zur Schule gingen. In seiner offenen Art erzählte er uns davon ganz freimütig und ohne jene Scham, die ich selbst bei diesem Thema in seinem Alter gehabt hatte. Die Art, wie er und überhaupt all seine Freunde über diese ersten Beziehungen und die dann absehbar raschen Trennungen sprachen, wirkte allerdings seltsam beiläufig und abgeklärt auf mich, als gehe es lediglich um ein Computerspiel, dessen Regeln man bereits genau kennt und das man eben gewinne oder verliere, so dass ich einerseits ein wenig befremdet war, schließlich handelte es sich doch in Wahrheit um das, was man »die erste Liebe« nannte, die trotz ihrer Harmlosigkeit mich in meiner Schulzeit, soweit ich mich an meine unglücklichen Schwärmereien korrekt erinnerte, in tiefe Krisen gestürzt und mein ganzes Leben geprägt hatte. Mir war klar, dass Samy schon wesentlich mehr über alles, was mit Sexualität zu tun hatte, Bescheid wusste, als ich in seinem Alter. Andererseits, dachte ich, war ich vielleicht einfach damals wie heute zu sehr geprägt von Filmen à la *My Girl*, die nichts mehr mit der Realität der aktuellen Generation zu tun hatten. Letztlich war deren pragmatische Einstellung doch die gesündere.

Nachdem in einigen Häusern in *Strawberry Fields* wiederholt eingebrochen worden war, wurde in einem von Brigitte mitinitiierten Anwohnerbeschluss festgelegt, einen mit Klimabäumen bepflanzten Zweimeterzaun zu finanzieren, der unsere Siedlung bald lückenlos umschloss wie eine Insel. Das liest sich paranoider, als es tatsächlich war. Etwa zehn Kilometer nördlich entfernt wohnten in von meinem Zimmer aus an klaren Tagen als dunkle Verfärbung des Horizonts wahrnehmbaren Mehrfamilienhäusern aus Holz sozial schwache Familien, vor allem Geflüchtete. Diese andere Siedlung nannten wir nur »die Holzhäuser«, obwohl sie wahrscheinlich auch einen offiziellen Namen besaß. Soweit ich mich erinnere, führte die Spur von ein oder zwei Einbrüchen leider dorthin, was

Brigitte und ich bei Gesprächen mit Nachbarn und vor allem mit Samy mehr oder weniger als Zufall abtaten, um keine rassistischen Vorurteile zu schüren. Letztlich fühlten wir uns allerdings in dem leichten Unwohlsein, das uns schon immer beim Anblick der »Holzhäuser« beschlichen hatte, insgeheim bestätigt. Von da an war der graue Streifen der Gebäude in der Ferne ebenso endgültig wie ungerechtfertigt eindeutig negativ belegt. Etwas, vor dem man sich in Acht nahm wie vor einem großen knurrenden Hund.

Im Niemandsland zwischen den beiden Siedlungen sammelte sich allerlei Müll an. Im Frühling, wenn die Stürme am heftigsten waren, wehte es Blechteile und Verpackungen gegen den Zaun, die dann wie in einem Fischernetz hängen blieben und in der Sommerhitze zu undefinierbaren Klumpen verschmolzen. Samy und Noah drehten damals einen Clip darüber, wie gefährlich solcher Schrott werden konnte, zeigten Tiere, die sich an den Metallresten verletzt, und Vögel, die sich mit ihren Krallen im Plastik verfangen hatten und Flügel schlagend versuchten, sich zu befreien. Es war Samys erster Awareness-Clip. Vielleicht, denke ich mir heute, erwachte damals etwas in ihm, das Jahre später voll zur Geltung kommen sollte. Samy hatte den Clip mit einem Stück aus meiner Klassik-Library unterlegt, die ich bei der Arbeit über Kopfhörer hörte. Ich hatte eigens eine Playlist mit jenen Aufnahmen angelegt, die mein Großvater früher so geliebt hatte und für ihn »den Glutkern der Kunst« repräsentierten, ein Ausdruck, den ich erst jetzt in seiner ganzen Bedeutung zu verstehen meinte, da es in manchen Momenten keine bessere Motivation als Carlos Kleibers Beethoven und Brahms gab. Ich erinnere mich, dass ich mindestens einmal dabei eine Art Epiphanie hatte. Ich meinte, meine Seele zu spüren. Ich sah sie vor mir. So seltsam das klingen mag: Mein Gehirn stellte eine unmittelbare Verbindung zwischen meiner Seele und jener Qualle her, die wir vor

Zeiten einmal im Italienfamilienurlaub am Strand gefunden hatten. Ihr unförmiger gallertiger Körper hatte in Regenbogenfarben geschimmert und geschwabbelt, als atme sie schwer und ersticke, in Wahrheit wurde sie wahrscheinlich bloß vom Wind bewegt. Brigitte und ich hatten Samy streng ermahnt, sie ja nicht zu berühren, er könne sich an ihr verbrennen, auch wenn sie schon halb oder ganz tot sei. Später sah ich, wie einheimische Kinder sie auf der Schaufel wegtrugen und als Dekorationselement in ihre Sandburg einbauten.

Ich muss an dieser Stelle noch anfügen, dass ich damals, mit Mitte/Ende 40, zum ersten Mal auch intensiv jene Bücher las, die ich von meinem Großvater geerbt und die wegzuwerfen ich mich nicht aus ehrlichem Interesse an den Werken, sondern aus rein nostalgischen Gründen gescheut hatte. Wenn ich abends in *Der Zauberberg* oder *Die Wahlverwandtschaften* eintauchte, war ich zu meinem eigenen Erstaunen regelmäßig bestens unterhalten von Manns feiner Ironie und begeistert von Goethes tiefer Menschenkenntnis. Was ich bisher, auch aus Widerstand gegen meinen Großvater, als langweilig und elitär strikt abgelehnt hatte, sprach nun wie nur wenige andere Kunstwerke etwas in meinem innersten Wesen an. Ich wunderte mich über mich selbst, dass ich nach all den Jahren, in denen mir diese Werke wenig bis nichts bedeutet hatten, beiläufig zu der Überzeugung gelangte, dass das, was man die Hochkultur oder das kulturelle Erbe der Menschheit nennt, tatsächlich einen unschätzbaren Wert besaß. Und ich konnte nicht verhehlen, dass ich mich dadurch anderen gegenüber im Vorteil fühlte, also genau jene Art von Dünkel entwickelte, den ich früher bei meinem Großvater so verabscheute.

Aber ich wollte eigentlich von den Sommern der späten 2020er in *Strawberry Fields* erzählen. Es war die Zeit, als *Alife* all die Sport-Lizenzen erwarb und das Geschäft mit immersiven Games à la

»Kicken mit Klose« und »Dunken mit Dirk« eine neue Dimension annahm. *Alife* stand kurz davor, den Sprung ins große internationale Geschäft zu schaffen. Sener träumte vom Börsengang. Ich konnte mich noch weniger um Samy kümmern, der kurz vor seinem Abitur stand, das er aber mit guten bis exzellenten Noten bestehen würde, keiner zweifelte daran, weder seine Lehrer noch wir.

Seit der Errichtung des Zaunes haftete dem Betreten des Brachlands etwas Illegales an, obwohl es, streng genommen, glaube ich, nicht verboten war, im Gegensatz zum Übersteigen des Zaunes, wobei es wahrscheinlich letztlich entscheidend war, ob dies durch Einheimische oder Fremde und von drinnen nach draußen oder draußen nach drinnen geschah. Überall waren Kameras und Schilder installiert, die davor warnten, was die Jugendlichen natürlich nicht daran hinderte, genau das zu ihrem Lieblingssport zu machen. Auch Samy sah ich von den Fenstern vor meinem Schreibtisch weiter mit Noah in der Halfpipe skaten, die irgendwann offiziell gar nicht mehr in Betrieb war. Hin und wieder fand Brigitte in seinem Zimmer Gegenstände, die er auf den Feldern oder aus den Maschen des Zaunes aufgelesen hatte. Wie die anderen Kinder, die in der idealen Umgebung der Siedlung aufwuchsen, entwickelte auch Samy eine nachvollziehbare Faszination an allem, was aus jenen Bereichen stammte, die nicht Teil unserer Bubble waren und als verboten, schlecht oder ungesund galten. Dennoch hatte er keine Geheimnisse vor uns. Jedenfalls dachten wir das damals. Seine Tür war nie zugesperrt, ja sogar die meiste Zeit nur angelehnt. Hätten wir ihn gebeten, nicht mehr den Schrott zu sammeln oder in der Halfpipe zu skaten, hätte er höchstwahrscheinlich sein Samy-Nicken genickt, seinen Frust runtergeschluckt und »Wenn es euch wichtig ist« geflüstert, wobei er uns fest und prüfend mit jenem Blick angesehen hätte, den wir insgeheim fürchteten, weil wir uns von ihm durchschaut fühlten.

Samy wurde selten wütend, nie schrie er. Es war vielleicht kein Zufall, dass Madita Samys Taufpatin war, mit der er zwar nicht oft, aber doch regelmäßig telefonierte und deren Gutmenschentum er in gewisser Weise teilte, nur dass es bei ihm nichts Aufgesetztes, sondern etwas rundum Authentisches hatte. Eine Lehrerin am Hogwarts-Gymnasium sagte Brigitte und mir einmal: »Dieses Kind hat nichts Böses.« Danach konnte keiner von uns drei weitersprechen, weil wir von der Bedeutung dieses Satzes so ergriffen waren. Wenn ich ehrlich bin, war Samy uns oder zumindest mir auch ein bisschen unheimlich. Weder Brigitte noch ich erlebten je einen heftigen Gefühlsausbruch bei ihm. Bei Samy gab es weder überschwängliche Euphorie noch offene Aggression, stattdessen nur stete Freundlichkeit, so dass ich manchmal an den Begriff der »emotionalen Firewall« denken musste, die er anscheinend von Natur aus in sich trug, ohne sie sich erst antrainieren zu müssen. Bei seinem Protest dagegen, dass Brigitte und ich bei unserer Urlaubsreise automatisch statt der Bahn das Auto oder Flugzeug nehmen wollten, war er zwar sehr ernst – doch nie wurde er laut oder polemisch. Ab einem gewissen Punkt verzichteten wir dann auf jegliche Flugreisen. Weil Samy sich weigerte, nicht nachhaltige Kleidung zu tragen, die aus Dumpingpreis-Internet-Versandhäusern stammte, bestellten wir nicht mehr bei Zalando. In alltäglichen Unterhaltungen mit uns genderte er wie selbstverständlich, während ich und sogar Brigitte es nach ersten holpernden Versuchen längst frustriert und mit schlechtem Gewissen aufgegeben hatten, auch weil wir es, wenn wir ehrlich waren, in der Sache zwar richtig, aber maßlos übertrieben fanden, obwohl wir uns niemals in der Ecke der ewig Gestrigen oder gar Querdenker verortet hätten. Ein einziges Mal übertrieb Samy es ein wenig, soweit ich mich erinnere. Als ich eines Abends ins Wohnzimmer trat, stimmte etwas mit dem Bücherregal nicht, das noch von meinem Großvater stammte und in dem sich jene Exemplare seiner Bibliothek befanden, die zum Kanon gehörten oder zu wertvoll waren, um entsorgt zu werden. Erst nach ein paar Sekunden wurde mir klar, was passiert war. Die meisten Ausgaben standen verkehrt herum, nicht mit dem Rücken, sondern dem weißen Schnitt zum Betrachter. Wie sich herausstellte, hatte Samy mir einen Streich gespielt oder besser: Er hatte einen Aware-Moment schaffen wollen, indem er mich darauf aufmerksam machte, wie viele meiner Bücher von männlichen weißen Autoren geschrieben worden waren. Obwohl er sich danach entschuldigte und angab, eine Lehrerin hätte die Klasse dazu ermutigt, und ich, ein wenig peinlich berührt davon, dass ich wohl tatsächlich mein Leben lang ausschließlich Bücher von Autoren mit einem ähnlichen Profil gelesen hatte, ihn beruhigte, dass das ja alles nicht so schlimm sei und ich ja auch etwas dabei gelernt hätte, spürte ich, dass mich mein eigenes Kind in einem Ausmaß nervte, ja aggressiv machte, das mich erschreckte.

Vielleicht war darin der Grund zu suchen, dass ich es regelmäßig darauf anlegte, ihn aus der Reserve zu locken. Zudem stimmten Brigitte und ich überein, dass es für ihn und seine Persönlichkeitsentwicklung wichtig wäre, zu lernen, sich auch mit dem Ellbogen durchzusetzen, damit in ein paar Jahren der Aufschlag in der »richtigen Welt«, also jener Welt außerhalb des heilen Hogwarts-Schule-und-Strawberry-Fields-Universums, nicht zu hart werden würde. So kam es vor, dass ich ihn zu einer virtuellen Basketballpartie herausforderte, in die er mit jenem Lächeln einwilligte, das mir anzeigte, dass er es vor allem mir zuliebe tat. Während wir, die VR-Brillen über den Augen, im kleinen Studio neben meinem Zimmer ächzend und schwitzend gegeneinander kämpften, konnte es geschehen, dass ich, den Frust eines langen Arbeitstags in mir, Samy wie bei einem richtigen Spiel anrempelte oder am Hemd zerrte.

Ich kann mich nicht erinnern, dass er sich je revanchierte und dabei Ähnliches bei mir versuchte hätte. Er blieb immer fair. Mit seinen sechzehn, siebzehn Jahren schien ihn nichts aus der Fassung bringen zu können.

Ich erinnere mich allerdings an einen Abend, an dem wir mit Samy über die Aktionen der sich damals immer weiter radikalisierenden Mitglieder der *Letzten Generation* oder *Extinction Rebellion* diskutierten. Auslöser war ein Vorfall an Brigittes Schule gewesen, bei dem zwei Schülerinnen aus dem Unterricht heraus von der Polizei abgeführt worden waren. Als wir Samy darauf ansprachen, lief er rot an, als hätten wir ihn ertappt. Anscheinend hatte er schon einmal mit dem Gedanken gespielt, sich an einer derartigen Aktion zu beteiligen. Brigitte reagierte sofort umso schärfer und fragte ihn, ob er »etwas Dummes« angestellt habe. Bei seinem lauten »Nein, ich habe nichts getan, Mami«, das dann in der Stille des Esszimmers widerhallte, musste ich schlucken, da ich spürte, wie loyal er uns gegenüber war. Nie würde er etwas gegen unseren Willen tun. Er liebte uns unbedingt. Brigitte hatte unter dem Tisch meine Hand gegriffen und drückte sie mit jedem Wort fester. Ich sprang Brigitte bei und sagte, dass wir – wobei ich sie ansah – ja die Standpunkte der Klima-Aktivisten durchaus verstünden. Wir machten uns ja auch Sorgen um unseren Planeten und versuchten, bewusster zu leben. So sei es ja nicht. Aber das rechtfertige in keiner Weise und unter keinen Umständen die Gefährdung von Menschenleben.

»Du verbaust dir deine Zukunft damit!« Brigitte hielt es nicht mehr aus. Sie zitterte. »Demos und so sind ja voll okay. Bin ich voll d'accord. Aber Autos auf Parkplätzen anzünden und Autobahnen sabotieren? Was ist das denn für ein Mist?«

Samy versuchte, ihr ins Wort zu fallen: »So was habe ich niemals …«

»Und es reicht schon, dass du von solchen Plänen weißt«, fuhr Brigitte unbeirrt fort, »und du machst dich strafbar! Und dann kommst du wirklich nirgends mehr rein. Also Uni, Job oder so … kannst du vergessen.« Brigitte löste ihre Hand und legte sie ausgestreckt auf den Tisch. »Versprich mir, dass du da nicht mitmachst! Bitte!« Samy schaute stumm auf die Hand. Ich hielt die Luft an. Warum zögerte er? So kannte ich ihn nicht.

Dann hob er den Blick und sagte leise: »Aber irgendwas muss man doch tun. Das reicht doch alles nicht, was …«

Brigittes Hand.

»Weißt du«, rief ich rasch und war erstaunt, wie sehr mich das Thema auf einmal aufwühlte, »ich habe manchmal das Gefühl bei diesen extremen Gruppen, dass sie es am liebsten hätten, wenn es gar keine Menschen gebe. Das wäre am besten für den Planeten. Nur dann geht's der Erde wirklich gut. Wenn es den Menschen gar nicht mehr gibt.«

In mir breitete sich Hitze aus. Die Sätze enthielten für mich auf einmal eine unleugbare Logik. Ich spürte das dringende Bedürfnis, dass sich Alexa als eine Art Stimme der Vernunft einmischte. Sie hätte bestimmt aufgrund empirisch einwandfreier Erhebungen beweisen können, dass der Mensch doch keine so üble Spezies war. Doch wir hatten sie nicht eingeschaltet. Oder, wie ich auf einmal dachte, sie hörte nur stumm zu und dachte nach.

Da nahm Samy die Hand seiner Mutter.

»Ich verspreche es dir, Mami.«

Erleichtert blickte ich zu ihr. Sie presste die Lippen zusammen und unterdrückte ihre Tränen.

»Wir wollen doch einfach nur, dass nicht … du bist doch unser …«, flüsterte sie.

Ich legte meinen Arm um ihre Schulter und wünschte mir, dass

Samy auf unsere Seite für eine Familienumarmung kam. Aber er blieb sitzen und starrte mich und Brigitte nur irgendwie ratlos an.

Vielleicht als Reaktion auf diesen Abend blieb Samys Teilnahme an AGs, die unter anderem nicht nur unsere, sondern auch benachbarte Siedlungen reinigten und bepflanzten, sein einziges Engagement für den Klimaschutz. Seine Theatergruppe hatte ein integratives Projekt für jene Flüchtlingskinder aus den Holzhäusern ins Leben gerufen, die gerade erst dort eingezogen waren und noch kein Deutsch sprachen. Gemeinsam wollte man ein eigenes Stück erarbeiten und am Ende des Schuljahres aufführen. Ich erinnere mich noch gut an jenen Nachmittag, als etwas passierte, was noch nie passiert war. Ich hatte nicht mitbekommen, dass Samy bereits zu Hause war, und im Erdgeschoss seltsame Geräusche gehört. Mit schneller schlagendem Herz war ich aus meinem Büro nach unten gelaufen. Im Esszimmer bot sich mir ein Anblick, bei dem sich mir sofort alles im Inneren zusammenkrampfte. Samy saß aufrecht am Tisch, die Hände im Schoß – und weinte. Wimmernd gab er mir dann die Geschichte wieder, die ihm ein geflüchteter Junge in seinem Alter in gebrochenem Deutsch und mittels ein paar englischer Brocken erzählt hatte. Es war nichts, was irgendjemandem, der die Nachrichten verfolgte, überrascht hätte. Die Mutter des Jungen war von Soldaten vergewaltigt und anschließend erschossen worden. Der Junge hatte sich währenddessen in einem Schrank versteckt und alles mitangesehen. Es war Samys erste direkte Begegnung mit etwas, vor dem wir, Brigitte und ich, ihn immer, am liebsten ein Leben lang, hatten bewahren und beschützen wollen: dem absoluten Bösen. Ein paar Jahre zuvor hatte er als Jugendlicher mit seiner Klasse einen Ausflug in das nahegelegene Konzentrationslager in Dachau unternommen; danach hatte er uns beflissentlich, aber auf fast schon befremdliche Weise sachlich, berichtet, wie viele Menschen dort auf welche Weise umgebracht worden waren. Dass damals dieser Besuch emotional so wenig in ihm ausgelöst hatte, ließ Brigitte wieder einmal darüber grübeln, wie man heute in der Schule beängstigend abgestumpften Schülern das historisch einzigartige Grauen eindrucksvoll, aber nicht sensationsheischend vermitteln könne. Ich wiederum erinnerte mich an meinen eigenen Besuch in Dachau als Jugendlicher und an meine heimliche und im Nachhinein unfassbar peinliche Enttäuschung, wie wenig ärmlich die Baracken auf dem Gelände dann letztlich wirkten und dass zwar eine Gaskammer existierte, aber nie in Betrieb genommen worden war. So wenig Samy das Schicksal der Häftlinge in Dachau beeindruckt hatte, umso mehr war er nun von dem Bericht des Flüchtlingsjungen aufgewühlt. Immer wieder schaute er mich mit nassen Augen an und fragte, warum jemand so etwas tue, warum es so etwas gebe, und mir versagte vor Ohnmacht und Trauer darüber, dass er so litt und fassungslos über etwas war, das ich mittlerweile als selbstverständlich zu akzeptieren gelernt hatte, die Stimme.

Für einen gewissen Zeitraum steckte mich Samy mit seinem für sein Alter erwartbaren Wunsch an, *sofort alles* zu unternehmen, um etwas gegen *die Situation* zu tun. Ein paar Mal fuhren ich oder Brigitte zusammen mit ihm zu einer Station, die Lebensmittel und Sachspenden für Flüchtlinge entgegennahm, und ich merkte, wie gut mir diese Aktionen taten. Sie beruhigten mein schlechtes Gewissen, das ich bis dahin erfolgreich unterdrückt hatte, obwohl ich oder mein erwachsenes Ich genau wusste, dass all das nur ein Tropfen auf den heißen Stein eines Problems war, das wir als durchschnittliche deutsche Bürger nie ändern würden. Auch Samy würde das noch lernen. Seine Weltverbesserungsphase war ebenso wichtig wie vorhersehbar vorübergehend, dachten Brigitte und ich. Irgendwann weigerten wir uns sanft, ihn weiter zu der Station zu fahren, da es für uns zeitlich nicht mehr darstellbar war. Mit einer gewissen Erleichterung registrierten wir, dass Samy ebenfalls, nachdem er zwei-, dreimal mit Taschen, die so voll waren, dass er sie kaum tragen konnte, den Bus dorthin genommen hatte, darauf verzichtete.

Die Sportprogramme von *Alife* weckten zum ersten Mal eine spürbare Leidenschaft in ihm für meine Arbeit. Wieder und wieder spielte er mit Dirk Nowitzki, tänzelte durch die virtuelle Basketballhalle in meinem Studio, und ich war mehr als stolz, wenn er am Ende unter seiner VR-Brille zu dem unsichtbaren Riesen vor ihm hochgrinste, sich mit ihm in der Luft abschlug und für eine nächste Session verabredete, als stehe er einem echten Menschen gegenüber, einem Freund. Sonst sahen Samy und ich uns eher selten. In den letzten Klassen des Gymnasiums, das muss so um 2029/30 herum gewesen sein, war sein Lernpensum enorm. Brigitte stimmte mir zu, dass die Anforderungen an die Schüler völlig überzogen waren zugunsten von Spezialwissen, das wenig dazu beitrug, auf »das richtige Leben« vorbereitet zu sein. Ich bewunderte Samy für seinen Fleiß. Der damals gerade neu eingeführte Character-Check, der verbindlich in einem gewissen Alter durchgeführt wurde, hatte ergeben, dass er seine individuellen Fähigkeiten ideal in einem Medizinstudium verwirklichen könne. Um einen Platz zugewiesen zu bekommen, durfte er aber nicht unter eine gewisse Anzahl von Punkten in der Schule fallen.

Er wusste, dass ich von seinen sporadischen Ausflügen ins Niemandsland wusste. Nicht erst seit der abendlichen Diskussion über fragwürdige Klima-Aktionen gab es zwischen uns die unausgesprochene Abmachung, dass er nichts Unvernünftiges tun würde, was ihn oder andere gefährdete. Er hatte mir versprochen, nicht nur immer sein Handy dabeizuhaben, sondern stets darauf zu achten, dass er genügend Akku habe, so dass er auch später am Tag hören konnte, wenn ich ihn anrief. »Bin ja nicht Mami«, lächelte er dann, wenn ich ihn daran erinnerte. Samys Nachmittage hinter dem Zaun waren sein und mein kleines Geheimnis, in das ich Brigitte bewusst nicht eingeweiht hatte, da ich das Gefühl hatte, diese Art von Risiko-Kitzel sei für unsere Vater-Sohn-Beziehung wichtig. So hing er, wenn er endlich mit dem Lernen fertig war, zusammen mit Noah und anderen aus der Schule bei der Halfpipe ab. Nie rauchte oder trank er. Sah ich zufällig von meinem Fenster im zweiten Stock, wie er Richtung Niemandsland trottete, schrieb ich ihm eine Nachricht, er solle bitte auf sich aufpassen und sich vor allem nicht von seiner Mutter erwischen lassen, sonst sei auch ich am Arsch. Manchmal drehte er sich unmittelbar danach in der Ferne zu unserem Haus um. Er konnte mich nicht sehen, die Fenster spiegelten. Dennoch grinste er schelmisch und vollführte mit der Hand an der Stirn die Aye-aye-Sir-Geste, weil er wusste, dass ich ihn beobachtete. Und ich winkte ihm zu, ohne dass er es sehen konnte. Ich erinnere mich, dass ich damals tatsächlich endlich keine Angst mehr davor hatte, dass ihm etwas zustoßen könnte. Ich hatte gelernt zu vertrauen. Samy war einfach zu vernünftig. Noah war zu vernünftig. Auch die allermeisten anderen Kinder aus der Siedlung waren zu vernünftig. Manchmal, wenn Brigitte und ich darüber sprachen, sagten wir kopfschüttelnd, diese neue Generation sei im Vergleich zu unserer Generation geradezu beängstigend vernünftig und erwachsen.

Wenn ich mich heute frage, wo der Auslöser für jene Kette von Ereignissen zu suchen ist, die schließlich dazu führten, dass sich unsere letztlich heile Klecka-Welt schleichend, aber grundlegend änderte, steht mir sofort dieser eine Abend im Sommer 2031 vor Augen, wahrscheinlich war es Juni. Es war der Bruch zwischen Samy und uns, seinen Eltern. Vielleicht, so habe ich mir seitdem oft gedacht, hätte sich dieser Bruch gar nicht zu einem solchen ausgewachsen, sondern wäre einfach nur ein normaler Eltern-Kind-Konflikt geblieben, wenn nicht schon wenig später Brigitte und ich für ebenjenen Abend immer wieder genau diesen Begriff, *der Bruch*, verwendet hätten.

Es war Samys letzter Sommer bei uns. Wie fast schon zu erwarten gewesen war, hatte er mit 1,0 das beste Abi seines Jahrgangs. Damit standen ihm alle Türen offen. Es war ein Jahr der Veränderungen: Im August würde er nach Heidelberg ziehen, um Medizin zu studieren; im August würde Brigitte 50 Jahre alt werden. Die Phase in unserem Leben, auf die wir eigentlich immer hingelebt hatten und die uns früher als eine Art Erfüllung erschienen war – Familie gründen, Kind aufziehen –, kam unweigerlich an ihr Ende, und weder Brigitte noch ich konnten und wollten sich so recht ausmalen, was danach folgte. »Danach«, das bedeutete: »älter« oder sogar »richtig alt« und irgendwie »Herbst« und »Zielgerade«. Darin mag der Grund dafür liegen, dass ich diese Wochen intensiver erlebte als die Sommer in den Jahren zuvor, in denen es vor allem darum gegangen war, die Firma zu pushen, den eigenen Körper fit zu halten, damit er nicht schlapp machte, und noch irgendwie daneben den Alltag zu managen. Die Firma stand nun fest auf zwei Beinen. Sie war erwachsen geworden. Größer als Sener, Moritz, ich oder irgendeiner der zwei Dutzend Mitarbeiter des Teams, mit dem wir begonnen hatten, es uns jemals hätten träumen lassen. Noch eine Nummer größer und *Alife* würde zu etwas, das nicht mehr wir waren.

In diesem Sommer 2031 duftete es in meiner Erinnerung in den vor Hitze flirrenden Straßen der Siedlung besonders stark nach jenen Phantomerdbeeren, die hier einst gewachsen waren. Weil Samy nicht das einzige Kind war, das *Strawberry Fields* verließ, herrschte überall eine sonderbare Mischung aus Abschied und Aufbruch, aus gedrückter und zugleich ausgelassener Stimmung, wobei Brigitte und ich uns wie die anderen Eltern alle Mühe gaben, uns unsere Wehmut nicht allzu sehr anmerken zu lassen.

Meine Gedanken schweiften in diesen Wochen oft zurück in die Vergangenheit. Ich dachte an den Abschied als Jugendlicher von Oberviechtach. Es hing mit dem Tiefblau des Himmels vor dem Fenster meines Home-Office zusammen, mit der Weite des flachen Brachlands hinter dem Zaun und mit den zackigen Gipfeln der Alpen, die sich im Lauf des Tages, wenn der Dunst wich, am Horizont abzeichneten, bevor sie abends wieder verblassten und mit dem Schwarz verschmolzen, als seien sie nur eine Spiegelung gewesen und in Wahrheit Luft. All die dadurch ausgelösten Erinnerungen an meine Jugend und das damit verbundene Gefühl von Freiheit hatten etwas mit meiner ureigenen Identität zu tun, meiner geistigen DNA, auch wenn es sich natürlich lediglich um jene 08/15-Bilder handelte, die jedem zweiten Fernsehredakteur einfielen, wenn es darum ging, beim Zuschauer eine wohlig-diffuse Sehnsucht nach etwas zu triggern, das man wahrscheinlich nicht mehr besitzt oder sogar niemals besaß. Die melancholische Stimmung, die sich in mir breitmachte, hing sicher auch damit zusammen, dass sich der Kontakt mit dem *Klub der Katze* wieder reduziert hatte. Irgendwann in dieser Zeit hatte uns Ilie per WhatsApp mitgeteilt, wir seien mit unserem Start-up am Break-even-Point angelangt, mehr sei da nicht zu holen. Es war mir nicht allzu schwer gefallen, in den Ausstieg einzuwilligen. Und überraschenderweise Madita ebenfalls nicht, jedenfalls dem geringen Widerstand nach zu urteilen, der von ihrer Seite mehr pflichtschuldig als überzeugt kam. Plötzlich merkte ich, wie egal mir gegenüber all meinen Alltagsproblemen der einstige Wunderkiosk geworden war, der die Welt und mit ihr auch ein bisschen uns besser hatte machen sollen.

An jenem Abend, der alles veränderte, befand ich mich gerade in meinem VR-Studio, als Brigitte hereingestürmt kam und mich fragte, ob ich eine Ahnung habe, wo Samy stecke. Sie war bereits vor einer ganzen Weile vom Nachmittagsunterricht aus der Schule zurückgekehrt. Ich hatte Samy ein paar Stunden zuvor zusammen mit anderen Jugendlichen aus seinem Jahrgang über den Zaun klettern sehen und mich dann wieder ganz meiner Arbeit gewidmet. Jetzt begann es bereits zu dämmern.

»Ist er nicht in seinem Zimmer und macht da was?« Ich rieb mir die Augen, die vom hellen künstlichen Licht der VR-Welt brannten, in der ich mich noch Sekunden zuvor befunden hatte.

»Nein. Ich habe es schon bei ihm auf dem Handy probiert. Nichts. Nur der AB.«

Sofort stand ich auf, ich spürte meinen Puls im Gehirn. Dass Samy sein Handy ausschaltete, sah ihm nicht ähnlich. Es war ja Teil unseres geheimen Deals gewesen, im Notfall erreichbar zu sein. Dafür durfte er weg, und ich drückte ein Auge zu. Wenn ihm jetzt etwas zustieß, war das meine Schuld. Dass er schon achtzehn war, spielte keine Rolle.

»Rufen wir doch mal bei Noahs Eltern an. Bestimmt zocken die wieder.« Tatsächlich erschien mir das auf einmal die wahrscheinlichste Lösung. In den Wochen nach dem Abitur gab es für Samy von heute auf morgen nichts zu tun. Die Uni in Heidelberg schickte ihm zwar Material, mit dem er sich auf das Studium vorbereiten konnte, um Teil der besten zehn Prozent zu werden, zu denen man unbedingt gehören sollte, wollte man es später einmal wirklich zu etwas bringen. Aber Brigitte und ich fanden dennoch, dass er es sich verdient hatte, auch einmal zu chillen und noch einmal, ein letztes Mal, Kind sein zu dürfen, bevor es wieder losging. Weil er seine lang geplante Fahrradtour nach Kroatien erst im Juli antrat, füllte er die freie Zeit wie praktisch jeder andere in seinem Alter mit irgendwelchen Computerspielen, was mich irgendwie ebenso amüsierte wie erleichterte. Denn wenn er davon erzählte, war ihm anzumerken, dass ihn bei all dem offensichtlichen Spaß, den er daran hatte, auch irgendwie ein schlechtes Gewissen plagte. Bevor er zu Noah zum Zocken aufbrach, pflegte er beim Abschied manchmal schmunzelnd den Kopf zu schütteln, als müsse er innerlich über sich selbst lachen, was für ein Kindskopf er doch noch sei, und als wolle er uns signalisieren, dass er sehr wohl wisse, dass diese Computerspiele eigentlich nicht ganz oder sagen wir: überhaupt nicht seiner sonstigen Haltung entsprachen.

»Die haben sicher ihre Handys auf mute geschaltet. Weißt ja, wie die sind.«

Mir war plötzlich kalt vor Erleichterung. Samy befand sich in diesem Augenblick fünf Straßen weiter bei Noah. Natürlich. Es konnte gar nicht anders sein. Als wir allerdings bei Noah anriefen, war der zwar zu Hause, aber allein. Und hatte keine Ahnung, wo Samy steckte.

»Wenn er sich immer noch hinterm Zaun rumtreibt, kannst du es mir ruhig sagen, Noah.« Mir war es egal, ob ich mich dadurch verriet und Brigitte, die beim Telefonieren neben mir stand, mitbekam, dass ich Samys Mitwisser bei seinen halblegalen Ausflügen war.

»Wir waren in der Halfpipe, und ich musste dann weg, und er wollte dann noch bisschen allein weitermachen und filmen. Denke mal stark, er ist da noch.«

Noah klang völlig ruhig. Er hatte diese unglaublich sympathische Stimme, als wäre er der Sprecher eines Jungen à la Julian in

Fünf Freunde, der selbst bei den gefährlichsten Abenteuern einen kühlen Kopf bewahrt. Sofort eilte ich aus dem Haus. Nach ein paar Schritten kam ich zu der Erkenntnis, dass es ungut wäre, wenn die Nachbarn auf mich aufmerksam würden, weswegen ich mich bemühte, so unauffällig und doch so schnell wie möglich zu gehen. Brigitte folgte mir, konnte aber mit ihren Hausschuhen, die sie nicht ausgezogen hatte, nicht Schritt halten. Die Sonne versank gerade am Horizont des Brachlands und spiegelte sich glitzernd in den Fenstern der Holzhäuser in der Ferne.

»Wartest du mal. Hallo?!« Ihre atemlose Stimme in meinem Rücken.

Ich dachte nur daran, dass Samy mit gebrochenem Genick in der Halfpipe lag. Natürlich war das Unsinn. Er hatte die Zeit vergessen. Er würde mit seinem lieben Gesicht überrascht zu uns hochblicken, wenn wir aufkreuzten. Nach dem ersten Gewitter würde er es mit seinem Samy-Charme schaffen, seine Eltern rumzukriegen, und alles würde sich wieder einmal in Wohlgefallen auflösen. Wieder einmal? Nein, zum ersten Mal. Aber eigentlich, dachte ich mir, war es ja gut, dass er pünktlich zum Ende seiner Jugend endlich ein bisschen draufgängerischer wurde. Oder?

»Scheiße.«

Ich stand zwischen den immer noch dürren Klimabäumen am Zaun und rang nach Luft. Kurzentschlossen steckte ich die Schuhspitzen in die Drahtmaschen und zog mich in die Höhe. Sicher beobachteten uns in diesem Moment zahlreiche Augenpaare aus den oberen Stockwerken der Häuser am Rand der Siedlung. Neugierig drehten die Überwachungskameras ihre Köpfe nach uns. Ich spähte über das Feld, die Kuhlen und Hügel, in Richtung Halfpipe. Weder war etwas zu sehen noch zu hören. In meiner Brust wurde es eng. Ich checkte mein Handy. Nichts.

»Komm schon.«

Brigitte kletterte bereits mit nackten Füßen überraschend behände über den Zaun. Sie musste ihre Hausschuhe auf der Straße stehen gelassen haben. Ich holte Brigitte erst ein, als sie schon über das Feld gehastet und die Rinne heruntergestiegen war. Ich hörte sie sprechen, sie sprach mit ihm, ich rannte los, hatte Seitenstechen, erst jetzt merkte ich, dass ich immer noch meine Crocs trug.

Brigitte stand in der Mitte der Halfpipe. Bis auf ein paar weggeworfene Dosen und undefinierbaren Müll in den Ecken war sie leer. Nichts deutete darauf hin, dass Samy hier gerade erst seine Schleifen gezogen hatte. Angesichts der Schlaglöcher und des Unkrauts, das aus den Fugen zwischen den Asphaltplatten wucherte, konnte ich mir gar nicht vorstellen, wie man hier überhaupt fahren konnte. Brigitte telefonierte mit Noah.

»Er hat auch keine Ahnung, wo er sonst noch sein könnte.«

Brigittes Stimme zitterte. Ich versuchte, zu ihr herunterzukommen, schaffte es nicht, musste mich an den Rand setzen, weil meine Lungen brannten.

»Lass uns die Polizei rufen.«

Als ich den Gedanken aussprach, klang er gar nicht mehr so übertrieben wie noch Minuten zuvor, als er mir durch den Kopf gegangen war.

»Jetzt warte mal.« Brigitte stieg zu mir hoch. Ich reichte ihr die Hand. »Vielleicht ist er ja inzwischen zu Hause.«

Ich glaube, sie wusste auch, dass es keine andere Möglichkeit mehr gab, als Hilfe zu holen. Die Sonne war fast verschwunden. In einer halben Stunde würde es im Brachland komplett dunkel sein. Die Straßenbeleuchtung der Siedlung mit Gaslichtanmutung und die grellen Punktstrahler am Sicherheitszaun würden sich anschalten. Andererseits war klar: Verständigten wir nun die Polizei, würde das vielleicht am Ende eine großangelegte Suchaktion nach sich ziehen. Brigitte würde als Direktorin langfristig zum Gesprächsthema Nummer eins in der Siedlung und in der Schule werden. Und auch ich, bei dem, da war ich mir sicher, sich manch einer unserer Nachbarn wunderte, was ich eigentlich den ganzen Tag in meinem Office machte, würde schief angesehen werden. Wir reagierten über. Alles würde sich aufklären. Uns und insbesondere Samy passierte so etwas nicht. Nicht uns. Er war ein Glückskind.

Ich wusste es schon in dem Moment, als wir die Tür aufsperrten: Das Haus war leer. Trotzdem liefen wir beide rufend durch jedes Zimmer und hatten jedes Mal, wenn wir einen Schatten für Samy hielten, einen Stich in der Herzgegend. Unsere Wörter und Sätze hallten in meinem Kopf wider, »Samy? Samy! Bist du da? Hallo?«, und verwandelten sich zu jenen Phrasen, die, hört man sie in B- oder C-Movies, für unendlich einfallslos und unglaubwürdig hält. Doch während Brigitte wie immer ihre Anspannung mit größter Geschäftigkeit bekämpfte und Alexa das Netz nach Polizeimeldungen durchforsten ließ, um parallel mit ihr zu diskutieren, ob sie als Mutter überreagiere, ob das normal sei, wie sie reagiere, ja, wie *man* in solchen Situationen reagiere, stieg ich sehr langsam und ratlos in den ersten Stock hoch. Irgendwann merkte ich, dass ich wohl schon eine ganze Weile in Samys Zimmer stand, und kam mir auf einmal so vor, als spiele ich irgendwelche Szenen nach: Der Vater wartet auf seinen Sohn, der nie mehr nach Hause kommt, weil ihm ein schreckliches Unglück zugestoßen ist, was alle insgeheim ahnen, obwohl sie es noch nicht zugeben wollen. Es schnürte mir die Kehle zu beim Anblick von Samys Schreibtisch, den an die Wand gepinnten Fotos von uns dreien mit ihm als Kind, seine exotische Blume auf dem Fensterbrett, die er, seit wir eingezogen waren, sorgfältig pflegte, die gerahmte Urkunde über seinem Bett für irgendeine besondere Leistung, weil er wieder einmal der Beste gewesen war – ich kämpfte mit den Tränen.

Ich besprach mit Brigitte, welche Optionen uns außer der Polizei noch blieben und ob es überhaupt möglich sei, Samy zu orten, wenn sein Handy ausgeschaltet war. Auf einmal waren wir uns beide nicht mehr sicher, ob es Samys Karriere nicht schaden würde, wenn wir ihn offiziell suchen ließen. Was, wenn er sich beispielsweise im Brachland herumtrieb? Obwohl Alexa uns versicherte, das Betreten des Brachlands stelle keine Ordnungswidrigkeit dar, wollten Brigitte und ich ihr nicht so recht glauben, da wir es für möglich hielten, dass sie uns einfach nur beruhigen wollte. Hatte Samy durch irgendeine Dummheit oder auch bloß durch Zufall etwas halbwegs Illegales getan, konnte dies zu einem Vermerk führen, der sich für ihn als angehenden Medizinstudenten mehr als ungünstig auswirken konnte. Vielleicht war sogar alles, wofür er sich die letzten Jahre so angestrengt hatte, dadurch zunichte gemacht. Sofern er noch lebte.

Eigentlich besaß ich gar nicht mehr die Kraft für dieses Gespräch. Es war stockdunkel draußen und ging auf Mitternacht zu. Brigitte und ich waren uns seit Monaten nicht mehr so nahe gewesen wie jetzt. Jeder hörte dem anderen aufmerksam zu, nahm ihn ernst und versuchte, ihn seelisch zu stützen. Von Brigitte war mit jeder Stunde mehr die nicht immer angenehme Haltung »Ich bin Direktorin eines Gymnasiums, ich weiß und sage, wo es langgeht« abgefallen, und sie hatte sich in jene Brigitte verwandelt, die ich so gut kannte und vermisst hatte. Wahrscheinlich ging es umgekehrt Brigitte mit mir ähnlich. Es war ein wunderschöner und zugleich entsetzlicher 9/11-Moment. Ich weiß nur, dass ich den vollkommen blödsinnigen Gedanken hatte, ich dürfe nicht zusammenbrechen, weil ich ja der Mann in der Beziehung war, ein Gedanke, der mir absurderweise half, die Fassung zu bewahren.

Irgendwann fing Brigitte laut zu schluchzen an und schmiegte sich an mich, ich streichelte sie, und auch Alexa sprach sanft auf sie ein.

Nach einer perfekten Dramaturgie, die mir erst im Nachhinein auffiel, befahl Brigitte gerade in jener Sekunde Alexa, die Nummer der Polizei zu wählen, als es an der Haustür rumorte. Wir sprangen auf, stürzten los. Samy stand im Flur. Er machte einen völlig unbeschadeten, arglosen Eindruck. Mit seinen durchdringenden blauen Augen schaute er uns erst fragend, dann beunruhigt an.

»Ist was … passiert? Oh Gott, was ist denn los?«

Ich konnte ihn nicht umarmen, obwohl das mein erster Impuls war. Erst jetzt spürte ich, wie mich die unbeschreibliche Angst um ihn, die mir weiter in den Gliedern steckte, lähmte, obwohl die Gefahr mit einem Schlag überstanden schien. Lediglich ein, zwei Meter entfernt und doch wie vom anderen Ufer eines reißenden, alle Geräusche schluckenden Flusses beobachtete ich Brigitte, wie sie ihm heulend um den Hals fiel. Samys Erscheinung, einen halben Kopf größer als ich, die nackten muskulösen Arme, die unter seinem weißen T-Shirt hervorschauten, sein kurzes blondes Haar, seine wie immer leicht geröteten Wangen hatten etwas Fiktives. Es war, als sähe ich ihn ganz neu. Brigitte musste sich auf die Zehenspitzen stellen. Sie trug noch immer keine Schuhe. Ihre nackten Füße waren vom Niemandsland draußen ganz dreckig. Überall auf dem Boden lagen kleine schwarze Erdbrocken. Auf einmal wich die unwirkliche Ruhe aus mir. Es schüttelte und würgte mich, als müsste ich mich übergeben. Ich weinte sehr kurz und drehte mich sofort instinktiv weg. Jäh machte Brigitte einen Schritt zurück. Jetzt roch auch ich es: die Fahne.

»Leute, sagt mir jetzt mal wer, bitte, was hier abgeht?«

Samys Sorge war nicht gespielt. *Er* machte sich Sorgen um *uns*.

Augenscheinlich hatte er nie in Gefahr geschwebt. In mir stieg Wut hoch, die größer war als die Erleichterung.

»Wo bist du gewesen?«, brach es aus mir heraus. Mir war es egal, dass meine Lippen zitterten und meine Wangen noch nass waren. »Hm?«

»Ja … drüben halt.« Er guckte zu Boden. Offenbar wurde ihm jetzt erst bewusst, dass es hier um ihn ging; dass er etwas Falsches getan haben könnte. Und leise: »Bei den Holzhäusern.«

»Bei den Holzhäusern?« Brigitte trat noch weiter zurück. »Was willst …?«

Ich wollte nicht, dass ihr die Stimme versagte. »Und dein Handy?«, fragte ich schnell. »Warum war es aus? Warum hast du es nicht angemacht? Hast du das vergessen, oder was? Das gibt's doch gar nicht. Wir haben tausend Mal versucht, dich anzurufen. Ich meine, wir wollten gerade die Polizei … weil … also, wir dachten, dass du …« Ich konnte nicht weitersprechen. Meine Lippe zitterte wieder. Samy fiel es auf. Er schaute mich voller Mitgefühl an, als sei ich alt und nicht ganz auf der Höhe.

»Aber Papa«, er breitete die Arme aus. Ich dachte, er wolle mich umarmen, dabei zuckte er nur theatralisch mit den Achseln. Er lächelte sein Samy-Lächeln, das aber auf einmal gar nicht mehr charmant wie sonst, sondern einfach nur überheblich wirkte. Ein Achtzehnjähriger, der tat, als sei er schlauer als seine Eltern. »Du regst dich doch auch immer voll auf, dass Mama vergisst, ihr Handy aufzuladen. Hab ich halt jetzt auch mal. Und als ich's gecheckt habe, habe ich mir gedacht, wird schon nicht so schlimm sein. Hey, jetzt kommt mal runter, beide! Bin halt ganz ein Sohn meiner Mutter, oder?« Er grinste.

Im Nachhinein sehe ich jedes Detail von dem, was dann geschah, überdeutlich vor mir, als habe es sich in einer anderen, grellen Wirklichkeit ereignet. Vielleicht, weil ich es mir so oft vergegenwärtigt habe, um zu verstehen, wie eines zum anderen führen konnte. Meine Hand fuhr hoch, und ich ohrfeigte Samy. Es geschah plötzlich, ohne auszuholen, ohne nachzudenken, quasi automatisch, so wie man instinktiv die Arme ausstreckt, um sich abzufedern, wenn man in einen Abgrund stürzt. Ich weiß noch, dass ich mit einer gewissen Überraschung zur Kenntnis nahm, dass meine flache Hand auf Samys Wange tatsächlich genau jenes laute Ohrfeigen-Klatschen erzeugte, das normalerweise für die Nachsynchronisation dem Sound-Archiv entnommen wird, weil beim Dreh in den allermeisten Fällen stets nur ein dumpfes Geräusch zustande gebracht wird, so dass man später vor dem Bildschirm nicht glaubt, dass wirklich zugeschlagen worden ist. Wie vorhin in Samys Zimmer hatte ich das Gefühl, mein Körper gehöre mir nicht mehr. Ich war mein eigener Zuschauer. Trotzdem verspürte ich kein Bedauern. Normalerweise hätte in so einem Moment auch Brigitte etwas gesagt, etwas Entsetztes, Vorwurfsvolles. *Wie kannst du nur? O Gott, was machst du denn?* Aber hinter ihrem versteinerten Gesichtsausdruck war nichts auszumachen. Samy starrte mich ungläubig an. In seinem gesamten bisherigen Leben hatte ich ihn noch nie geschlagen. Für den Bruchteil einer Sekunde hatte es seine starken Arme durchzuckt. Seine Sehnen hatten sich angespannt. Er hatte sich wehren, vielleicht zurückschlagen wollen, es aber dann sein gelassen. Meine Finger brannten. Ich fühlte mich so stark und männlich wie lange nicht mehr. Ich hätte kotzen können.

»Was … was soll denn jetzt so was?« Samy sprach überraschend laut. Fast brüllte er. Etwas blitzte in seinen Augen, was ich noch nie an ihm gesehen hatte. Ich hatte gedacht, ich würde mich schämen. Aber ich erinnere mich, dass ich das zu diesem Zeitpunkt immer noch nicht tat und Samys Reaktion mich nur noch aggressiver machte. »Warum …« Seltsamerweise zitterte nun Samys Lippe ebenfalls, vielleicht täuscht mich auch meine Erinnerung. Fast sah es so aus, als würde er endlich weinen. Vielleicht hätte das alles geändert. Stattdessen rang er um Fassung, weil auch er jetzt spürbar zornig wurde.

»Ja, genau, Samuel. *Was soll das?* Warum bist du weg, keiner weiß, wo du dich rumtreibst, wir suchen dich wie die Deppen, nicht mal Noah weiß was, und dann sagst du, du bist bei den Holzhäusern, ich meine: bei den Holzhäusern! Das glaube ich nicht! Weißt du, was da los ist, was alles passieren kann? Und dann spazierst du hier auch noch angetrunken um Mitternacht einfach so rein und bist dir keiner Schuld bewusst.« Brigitte stemmte die Hände in die Hüfte.

»Hey, jetzt ist es aber auch mal gut!« Samy brüllte nun tatsächlich. »Was soll denn das immer mit dieser kranken Angst vor den Leuten in den Holzhäusern? Du bist doch auch zu Ilie, als du ein Kind warst und …«

»Also, das kannst du ja jetzt unmöglich vergleichen!«, rief ich. Samys Starrsinn und Rechthaberei, seine Flugscham, sein Zalando-Verbot, seine manische Mülltrennung, all das stand mir auf einmal wieder vor Augen, auch, wie maßlos es mich nervte und wie viel Überwindung es mich kostete, ihn gewähren zu lassen, obwohl es mich und Brigitte schlichtweg wahnsinnig machte.

»Ach so! Verstehe!« Samy tat mit übertriebenen Gesten, als sei ihm ein Licht aufgegangen. »Klar, das ist was ganz anderes. Weil Ilie ist ja«, er machte mit den Fingern Anführungszeichen, »ein guter Ausländer, warum bin ich da nicht früher drauf gekommen? Und da drüben sind alle kriminell, oder?«

»Das stimmt überhaupt nicht!«, unterbrach ihn Brigitte scharf. Ich wusste, dass sie log. Wir hatten uns beide öfter darüber unterhalten.

»Jetzt spinnst du völlig, oder?«, sagte ich. »Außerdem geht es doch jetzt gar nicht darum. Es geht darum, dass du …«

»Doch!«, rief Samy, die Stelle auf seiner Wange, wo ich ihn berührt hatte, schimmerte rot, »genau darum geht es! Ich sag euch jetzt, was ich da bei den Holzhäusern gemacht habe: Ich habe«, er nannte einen Namen, den ich vergessen habe, ich weiß bloß noch, dass es sich um den Jungen handelte, den er bei der Theateraufführung kennengelernt hatte, »Nachhilfe gegeben, und dann haben wir die Zeit vergessen und sind noch zusammengesessen. Gezockt. Und ja, auch bisschen was getrunken. Und eine Tüte habe ich auch geraucht. Damit ihr's wisst. So. Zufrieden? Und was genau ist daran jetzt so schlimm?«

Wir standen noch immer im engen Flur. Die Deckenlampe strahlte direkt auf Samy, was die Schatten in seinem Gesicht vergrößerte, als handelte es sich um schwarzes Licht. Vielleicht lag es daran, vielleicht aber auch an dem Vertrauensbruch, dass mir der Junge oder besser: der junge Mann da vor mir zum ersten Mal in meinem Leben absolut fremd war. Er besaß einen völlig anderen Körper als ich oder sonst irgendwer in meiner Familie. Samy kam, glaube ich, am ehesten nach Brigittes Vater, mit dem ich, um es neutral zu sagen, nie richtig warm geworden war, was auch damit zu tun hatte, dass er so groß und athletisch war und das Leuchten seines blauen Blicks die blonden Stoppeln über seiner Lippe ebenso beiläufig wie objektiv schön betonte, was sein ohnehin herablassendes Auftreten mir gegenüber verstärkte.

»Du vergisst, dass das alles auch blöde Konsequenzen für uns haben kann!« Brigitte wurde immer ungehaltener. »Wie sieht das denn aus? Was, wenn wir die Polizei gerufen hätten? Und die hätten dich dann da in den Holzhäusern aufgegabelt? Was glaubst du, was dann bei mir in der Schule los ist? Und dein Studium? Womöglich hätte das irgendeinen Eintrag oder so was zur Folge gehabt. Aber ist dir alles scheißegal, oder? Mensch, Samy, du bist doch sonst immer so vernünftig.« Ihre Stimmung kippte. Ich merkte, wie es mich rührte, dass ihre eigenen Worte sie selbst rührten.

Jetzt hielt es Samy nicht mehr aus. »Mann!« Er schaute zur Decke, zum schwarzen Licht, und zeigte dann beim Sprechen mit dem Zeigefinger auf uns wie in einem Gerichtsdrama der Anwalt auf die Geschworenen. »Warum geht es immer nur darum, wie ihr oder wie ich dann irgendwo dastehe? Warum habt ihr eigentlich aufgehört, da bei der Annahmestelle für Spenden was hinzubringen, hm? Ihr tut überhaupt nichts mehr. Wenn ihr nicht immer gesagt hättet, wie gefährlich es da bei den Holzhäusern angeblich ist, weil da nur Diebe wohnen, hätte ich es euch ja alles erzählt. Aber mir kommt das so vor, ihr habt eure Meinung, und dann ist das so. Dabei ist das doch auch wichtig! Sogar viel wichtiger als der ganze Kack, den ihr sonst macht!«

»Klar ist das wichtig, aber man kann halt nicht immer …«, *alles haben*, wollte ich den Satz zu Ende führen. Es war ein Fehler, jetzt nachzugeben. Außerdem hatte ich nicht so überzeugend geklungen, wie ich wollte, so dass ich froh war, dass Brigitte mich gleichzeitig mit »aber, Schatz, du machst dir so viele …« übertönte und versuchte, Samy zu umarmen. Er wich zurück, war jetzt ganz in seinem eigenen Film.

»Und dann habt ihr immer dieselben Ausreden, oder? Von wegen Mama fährt jeden Tag zwei Stunden im Berufsverkehr, und Papa kann mit seinem Home-Office nie abspannen, weil«, er sprach wieder in Anführungszeichen, er zitierte jemanden, »privat gleich Arbeit, alles ist nur noch Teil der Arbeit«, er zitierte mich, ich sagte oft so etwas Ähnliches, wenn mein Tracker wieder schlechte Werte anzeigte, »und am besten ist, dass es dann heißt, dass ihr das alles für mich macht. Damit ich es gut habe. Also, ich fasse das mal zusammen: Ihr habt ein Scheißleben und könnt euch nicht um Sachen kümmern, die wirklich wichtig sind – wegen mir? Fucking unreal.«

Atemlos und bebend schaute er uns an. Ich hatte gedacht, er würde uns Vorwürfe an die Köpfe knallen, die typisch für derartige Generationskonflikte waren und zugleich so absurd, dass sie uns nicht anfochten und man sie einfach mit ein paar Beschwichtigungen wegwischen konnte. Aber ich fühlte mich zu sehr getroffen und gekränkt. Vielleicht auch ertappt. Es ging auf einmal nicht mehr darum, dass er zu spät nach Hause gekommen war, sondern um etwas viel Größeres. Und er irrte sich mit seinen Vorwürfen. Er musste sich irren. Ich wusste es. Ich fühlte, wie ungerecht er uns gegenüber war. Wir mussten reagieren. Und zwar schnell.

»Ich …«, begann Brigitte. Und wusste nicht weiter, als hätte sie ihren Text vergessen. Hilfesuchend schaute sie zu mir. Mir versagte die Stimme.

»Ihr seid …«, Samy schüttelte den Kopf und sprach sehr leise, was die Wirkung seiner Worte vergrößerte, »ihr seid solche … solche … Zecken!« Er stürmte an uns vorbei nach oben und drückte mich dabei mit einer Kraft zur Seite, die mir anzeigte, dass ich keine Chance gegen ihn haben würde, würde es jemals zu einer körperlichen Auseinandersetzung kommen.

Vielleicht, dachte ich, während ich voller Scham und Wut Brigitte nicht in die Augen zu sehen wagte und stattdessen auf den Teppich und die kleinen Haufen aus Dreckklumpen starrte, im Ohr die dumpfen Schritte aus Samys Zimmer über uns, hatte er diesen Begriff extra verwendet, um mich – und vor allem *mich*, nicht Brigitte – zu verletzen. Weil er es wollte.

Ich erinnere mich, dass sich unser Verhältnis bereits am nächsten Tag, ganz anders als befürchtet, wieder eingerenkt hatte. Zumindest oberflächlich. Beim Frühstück sprachen wir nicht über das, was sich nur ein paar Stunden zuvor ereignet hatte. Es war Wochenende. Wir aßen zusammen, unterhielten uns, ich weiß nicht mehr über was, über die alltäglichen Dinge, Samy half Brigitte im Garten, als sei nichts vorgefallen und alles nur ein schlechter Traum gewesen. Trotzdem waren da immer wieder diese kurzen und doch untrüglich vorhandenen, abwartenden Pausen nach Sätzen, begleitet von nervösen, prüfenden Blicken. Ich denke, jeder von uns dreien rechnete damit, dass die Stimmung von einem Moment zum anderen kippen konnte und der Streit von der Nacht nahtlos fortgesetzt werden würde. Es war, als tasteten wir uns vorsichtig über dünnes Eis aus Angst einzubrechen und im Wissen, dass keiner der Anwesenden es vermocht hätte, den anderen wieder herauszuziehen. Mehr und mehr jedoch verblassten im hellen Licht des Tages die Spuren der Nacht. Irgendwann waren sie dann vollends verschwunden, weggesaugt wie die schwarzen Krümel auf dem Teppich. Die Erinnerung an die Episode im Flur verwandelte sich in etwas Irreales, das auch nicht wirklicher wirkte als eine VR-Simulation. Dass ich Samy geohrfeigt hatte, kam mir immer unglaubwürdiger vor. Eigentlich tat ich so etwas nicht.

Der Vorfall wiederholte sich zwar nicht und Samy schien auch nicht mehr die Holzhäuser zu besuchen. Doch so viel war klar: Noah, den wir schon so lange gekannt und fast wie einen Sohn behandelt hatten, hatte Samy gedeckt und uns angelogen, obwohl er es in der Hand gehabt hätte, alles noch rechtzeitig und glimpflich zu beenden.

Ich ging auf *Samno* und guckte mir zum ersten Mal alle Videos der Jungs an. Tatsächlich fand sich ein älterer Clip, in dem Samy mitten im Nirgendwo des Brachlands stand, viel weiter von der Siedlung entfernt, als ich es für möglich gehalten hatte. Nur ein paar Meter entfernt erhoben sich die Holzhäuser im Hintergrund. Samy sprach über die »Schizophrenie«, in der wir alle lebten, das direkte Nebeneinander von Arm und Reich. Er drehte sich dabei mit der Kamera um 180 Grad, ein wirklich sehr cleverer Schwenk, wie ich sofort dachte. Denn was er dadurch zeigte, war unsere Siedlung, sodass der Kontrast sofort augenscheinlich wurde. Ich erkannte unser Haus, in dem ich damals, zum Zeitpunkt der Aufnahme, wohl nichtsahnend im zweiten Stock gesessen hatte. Samy redete ruhig und wirkte einnehmend sympathisch wie immer. Trotzdem war da etwas in seiner Stimme und Haltung, das mir bis dahin nie aufgefallen war. Ich würde es Härte nennen. Aber es war eine seltsame Härte. Keine, bei der man rechnen würde, dass sie in körperliche Aggression ausarten würde. Sie spiegelte eher eine innere Brutalität wider. Aber auch das trifft es nicht. Verbitterung? Unerbittlichkeit? Vielleicht das: Unduldsamkeit.

So verständlich Samys Empörung war, so fremd war er mir auf einmal. Und wie bei einem Virus, das sich in einem Programm weiter und weiter kopiert, bis schließlich das gesamte System davon befallen ist und sorgfältig formulierte Texte auf einmal in unverständliche Buchstabenkombinationen verwandelt worden sind, schlich sich bei mir der Zweifel ein, ob die Zeit, die ich oft als eine der schönsten meines Lebens empfunden hatte, als nämlich Samy mir nachmittags Gesellschaft leistete und meine Avatare ausprobierte, wir unseren kleinen, geheimen Vater-Sohn-Pakt geschmiedet hatten, Stillschweigen darüber zu bewahren, wenn er über den Zaun kletterte, und er mir von gegenüber der Straße einen liebevollen konspirativen Blick zuwarf, ob diese Zeit also wirklich so vorbehaltlos schön gewesen war. Er hatte mir Gesellschaft geleistet, um mich gnädig zu stimmen. Er hatte mir nicht liebevoll zugelächelt, wenn er sich nach mir am Rand der Siedlung umdrehte, sondern hatte sich gedacht: »Schöner Depp.« Vielleicht.

Und vielleicht hätte sich ja auch alles geklärt, wenn Samy noch länger bei uns gewohnt hätte. Aber dann radelte er nach Kroatien, wo er sich mit Madita zu einer »Patentante«-Woche in Zagreb traf. Vorher hatte er seine persönlichen Sachen weggepackt, um gleich nach seiner Rückkehr bereit zu sein für Heidelberg. Die mehrfach zugeklebten Umzugskartons mit der Aufschrift »Samy« standen in diesen Wochen in seinem bis auf sein Jugendbett und seinen Kleiderschrank fast leeren Zimmer. Ich wollte es zu einem besser ausgestatten VR-Studio umbauen lassen, in dem ich endlich genug Platz haben würde, unsere Dummys zu testen und nicht immer aus Ermangelung an ausreichend Raum von nervenden Bewegungsmarkern im Kreis geführt wurde, obwohl es in der Simulation eigentlich geradeaus ging. Ich meine mich zu erinnern, dass bereits im Jahr zuvor Dürre und Hitze erneut einen Rekord aufgestellt hatten, so dass in diesem Sommer 2031 endlich beschlossen worden war, hinter dem Zaun auf dem Brachland einen Photovoltaikpark zu errichten, der zusätzlichen Strom für die neuen Klimaanlagen in den Häusern lieferte. Langfristig sollte die Siedlung unabhängig von der Versorgung durch die großen Anbieter werden, was sich als sehr vorausschauende Entscheidung erweisen sollte. Ich glaube, auch die ersten Security Guards wurden damals gleich mit beschlossen. Es hatte in den vergangenen Jahren einfach zu viele Einbrüche in Siedlungen wie der unseren gegeben. Fakt ist: Wäre Samy nur ein, zwei Jahre jünger gewesen, hätte er als Heranwachsender gar nicht mehr die Möglichkeit gehabt, seinen Drang, Grenzen auszutesten, ausleben können. Der Weg ins Niemandsland und zu den Holzhäusern war von Photovoltaikmodulen versperrt, die sich, je nach Sonnenstellung, langsam und leise summend drehten, wie eine Wiese voller Blumen mit gewaltigen schwarzen Blüten. Vielleicht hätte er, wie die wenigen Nachzügler, die in der Siedlung groß wurden, eher die Nähe der als cool geltenden Security People in ihren rotschwarzen Uniformen gesucht und hätte mit ihnen abgehangen. Die Landkarte seiner Kindheit wäre eine andere gewesen.

Ich hatte mich in Voraussicht, dass dieser Sommer ganz im Zeichen von Samys Abschied stehen und mir daher Ablenkung vom Trennungsschmerz guttun würde, schon lange Zeit zuvor für den Prepper-Schnellkurs, offiziell: Safety-Service, in der Nähe von Berchtesgaden angemeldet. Die Vorstellung, mit Ende 40 einen auf Ein-Mann-Guerilla zu machen, hatte für mich etwas Lächerliches, ja, geradezu Erbärmliches. Es war noch nicht lange her, da war die landläufige Meinung, die auch Brigitte und ich teilten, dass so ein Kurs nur etwas für Aluhüte und Anhänger eines längst überkommenen Männlichkeitsbildes war. Aber angesichts der Bilder der ausgebrannten Autos und Familien, die auf einer wenig befahrenen Strecke im Urlaub umgebracht worden waren, die kurzen Clips im Netz, die ich einmal versehentlich anklickte, von dem Mob, der Häuser am Rand einer Siedlung anzündete, mitten in Deutschland, bevor viel zu spät die dann überforderte Polizei mit gerade mal zwei, drei Wagen anrückte, all das war mir wie so vielen anderen nicht mehr aus dem Kopf gegangen. Nächtelang hatte ich mit Brigitte darüber gesprochen, bis aus dem achselzuckenden »Uns? Hier? Nie!« und empörten »Jetzt krieg dich und deine Paranoia mal wieder ein!« ein nervöses »Ja, was wäre denn eigentlich, wenn jetzt wirklich?« wurde. Sogar das Innenministerium empfahl offiziell, einen der jetzt staatlich geförderten Safety-Services in Anspruch zu nehmen, dessen Kosten zum größten Teil die Krankenkasse übernahm, außerdem wurden zusätzliche Gesundheitspunkte gutgeschrieben. Den eigentlichen Ausschlag für meine Anmeldung hatte aber dann Brigitte gegeben. Bereits im vorigen oder sogar vorvorigen Sommer hatte sie einen Intensivkurs absolviert, weil ihr das als Direktorin nahegelegt worden war. Viel hatte sie nicht davon erzählt, außer dass es »gar nicht so schlimm« gewesen sei, die Teilnehmerinnen – sie hatte den *Lady's course* gebucht – »keine weirdos«, der Leiter »kein Fascho« und man insgesamt »eigentlich ganz nützliche Sachen« gelernt habe. Es war idiotisch, aber ich fühlte auf einmal, dass da was nicht stimmen könne: Meine Frau absolvierte einen Survival-Kurs und fand ihn sogar gut und ich als ihr Mann drückte mich davor. Ilie hatte dann, als ich ihm erzählte, dass ich keine Lust hätte, mich zwischen lauter paramilitärischen Bodybuildern zum Affen zu machen, vorgeschlagen, dass wir beide zusammen den 5-Tage-Sommerkurs, ich glaube, er hieß *Gents go wild*, nehmen könnten; es sei dann zwar sein insgesamt dritter, aber das werde lustig, besonders mit mir zusammen, »hahaha, du alter Spast«, er würde dafür extra nach Deutschland hoch fahren. Ilie hatte in dieser Zeit gerade Jody kennengelernt, »Jody aus Namibia, aber weiß«, wie er mit einem ironischen Unterton in der Stimme zu sagen pflegte. Ich hatte das Gefühl, er meinte es zum ersten Mal in einer Beziehung ernst und würde jenes Leben beginnen, das er so lange abwechselnd abgelehnt und herbeigesehnt hatte, eine bürgerliche Existenz, verheiratet, vielleicht sogar mit Kindern. So kam es, dass er *Gents go wild* kurzfristig absagte.

Wider Erwarten tat mir der Kurs auch ohne Ilie gut. Wir waren zu zehnt. Ich erinnere mich an einen Buchhändler, der in der Münchener Innenstadt wohnte und mich mit seinen Erzählungen davon, wie viel Angst er mittlerweile habe, nachts durch die Straßen zu gehen, überraschte, da ich plötzlich realisierte, wie lange ich schon nicht mehr in der City gewesen war und wie wenig ich über die Zustände dort wusste. Anders als früher schaltete ich mittlerweile bei den Berichten über Katastrophen ab oder las sie gar nicht mehr. Es herrschte eine Krisen-Inflation, die in mir jedes euphorisierende Gefühl à la 9/11 erstickt hatte. Ein Feuerwehrmann vom Land erzählte, wie schwierig es geworden sei, Einsätze zu fahren, ohne angegriffen oder bestohlen zu werden. Viele seiner Kollegen beschränkten sich daher nur mehr darauf, unter Polizeischutz unterwegs zu sein, was aber zur Folge habe, dass vermehrt Brände gar nicht mehr gelöscht werden würden. Er jedoch wolle sich damit nicht zufriedengeben. Deshalb sei er hier.

Wir schliefen auf einer Lichtung im Wald in einfachen Zweier-Zelten, die wir selbst errichten mussten, was zunächst weder mir noch dem mir zugeteilten Mitbewohner gelang, einem IT-Menschen aus Franken. Werner und Tilly, das Ehepaar, das den Kurs leitete, wirkten mit ihren kantigen Zügen irgendwie alterslos. Werner hatte um seinen dünnlippigen Mund zwei tiefe Furchen, bei deren Anblick ich immer an Klammern um einen Gedankenstrich denken musste. Ich nehme an, Werner und Tilly waren letztlich nur wenig älter als ich, vielleicht Mitte, Ende 50. Vor allem aber waren sie statt Querdenker Feingeister, das war schnell klar. In ihrer gewählten Ausdrucksweise erkennbar akademisch gebildet, ökologisch aware und dennoch geschickt an der Waffe und im Überlebenskampf, aber bloß als Ultima Ratio. In anderen Zeiten hätten sie vielleicht am Gymnasium oder an der Universität Biologie oder Philosophie unterrichtet. Es war jedoch durchaus auch möglich, wie ich mir insgeheim dachte, dass sie zu jener Sorte kühler Intellektueller gehörten, die aus mir unerfindlichen Gründen neurechtem Gedankengut anhingen und sich als letzte Wagenburg einer alten und im Untergang begriffenen Welt und ihrer Werte verstanden. Der von ihnen selbst in Eigenregie renovierte Hof lag laut Hörensagen etwa eine halbe Stunde mit dem Auto vom Camp entfernt in völliger Abgeschiedenheit bei Bischofswiesen. Ich hätte darauf gewettet, dass sich darin auch eine umfangreiche Bibliothek befand, in deren Holzregalen eine Ernst Jünger-Gesamtausgabe stand. Werner benutzte einmal den Begriff »Waldgänger«. Ich scheute davor zurück, tiefer gehende Gespräche mit ihm zu führen, weil ich merkte, dass er in der Kombination aus Intellekt und Physis eine ungute Faszination auf mich ausübte, bei der ich mich selbst wunderte, woher sie wohl rührte. Im Kurs lernten wir den Umgang mit der Pistole sowie die Hemmungen zu verlieren, auf Tiere und dann Menschen zu feuern, die selbst für einen Avatar-Experten wie mich in ihren puppenartigen Nachbildungen im Wald täuschend echt wirkten. Wir lernten Feuer machen. Wir lernten Unterstände bauen. Wir lernten jagen, Tiere zerlegen und zubereiten. Es wurden nur Hasen und Rehe eingesetzt, die ohnehin zum Abschuss freigegeben waren. Sie hatten zuvor ein artgerechtes Leben in Freiheit gelebt und trugen das Bio-Zertifikat. Wir lernten, uns in einem Haus mitten im Wald aus einem brennenden Zimmer zu befreien. Wir lernten Möglichkeiten der Verteidigung und, wenn nötig, des Präventivschlages. Wir lernten zu kämpfen. Ich erinnere mich, dass ich einmal neben einem der Tiere kniete, das ich erlegt hatte. Es war tot und blutete stark aus dem Mund. Als ich meine flache Hand auf das kurze drahtige Fell legte und darunter den warmen Körper spürte, in dem noch vor wenigen Augenblicken Leben gewesen war, musste ich unwillkürlich an die Ohrfeige denken, die ich Samy gegeben hatte. Die Tötung des Tieres war ein Exorzismus.

Mit Tilly, die stets einen breitkrempigen, ihr Gesicht verschattenden Strohhut trug, unterhielt ich mich abseits des Programms über Pflanzen. Sie strahlte eine bemerkenswerte Ruhe aus, die sich auch unmittelbar auf mich übertrug. Bei ihren Ausführungen blieb sie völlig sachlich und schweifte angenehmerweise nie ins Private ab. Ich glaube, damals begann meine Faszination mit der Welt der Flora, um die nachzubilden wir bei *Alife* uns immer drückten, weil das die absolute Königsdisziplin bedeutete: die unendliche Finesse der Natur.

Als ich nach München und *Strawberry Fields* zurückkehrte, kam es mir so vor, als wäre ich viel länger weggewesen als nur fünf Tage. Ich hatte bestanden – was genau, wusste ich nicht. Trotzdem tat es unglaublich gut. Auf meinem Gesundheitskonto war mir eine vierstellige Zahl Gesundheitspunkte gutgeschrieben worden. Das Safety-Service-Zertifikat berechtigte mich, in allen Waffengeschäften einen der neuartigen, sehr geschmackvoll designten und eher an ein aufklappbares Handy aus den Nullerjahren als an eine Pistole erinnernden Defense Device zu erwerben, was ich auch sofort tat und sich wie eine Belohnung anfühlte. So wie Brigitte legte ich den überraschend leichten Apparat, in den, wie es Vorschrift war, mein Name und meine Versicherungsnummer eingraviert waren, in mein Nachttischchen. Von nun an würde ich der offiziellen Empfehlung folgen, jedes Jahr einen solchen Kurs zu belegen, um meine Survival-Fähigkeiten zu vertiefen. Brigitte fragte mich, wie es gewesen sei. Ich sagte »richtig gut«. Sie lächelte und ich hatte auf einmal das Gefühl, bereit zu sein. Für alles.

Nicht zuletzt dadurch, dass wir den Bau des Photovoltaikparks wie die anderen Bewohner der Siedlung durch eine freiwillige Abgabe mittrugen und wir ohnehin auf ökologische Nachhaltigkeit und globale Fairness größtmöglichen Wert legten, hatten Brigitte und ich mehr als genügend Punkte auf unseren Umwelt-Konten. Und weil Samy, der uns allein durch seine Gegenwart ein schlechtes Gewissen gemacht hätte, mit Madita in Kroatien weilte, überraschte ich Brigitte und schenkte ihr und uns beiden zu ihrem 50. Geburtstag einen Sommerurlaub auf Ibiza. Eigentlich wollte Ilie uns nicht nur sein Haus in Cala de Sant Vincent zur Verfügung stellen, sondern auch selbst kommen; allerdings war das ein Plan vor Jody aus Namibia gewesen. Als Head der ESG (Environmental, Social, Governance Standards) in seiner Firma besaß er unbegrenzte Flugmeilen, von denen er auch – bis er Jody aus Namibia kennenlernte – ausgiebig Gebrauch gemacht hatte, so dass Madita nicht müde wurde, ihn damit aufzuziehen, ob ihm je das große Paradoxon seiner Existenz aufgefallen sei, dass er nun pausenlos in kerosinfressenden Flugzeugen saß, um zu kontrollieren, ob die Unternehmen, in die seine Firma investierte, auch ja brav alle ökologischen Auflagen einhielten. Madita und ich nannten ihn bei unseren seltenen Chats nur noch genauso abschätzig wie liebevoll Mr. Heal-the-World.

In den Tagen vor unserem Abflug hörte ich spätabends, wenn ich die Treppe aus dem zweiten Stock herunterkam, dass Brigitte im Wohnzimmer emotionale Unterhaltungen mit Alexa führte, oder präziser: mit der Stimme ihrer toten Mutter. Brigitte hatte sich bereits vor einiger Zeit jenes neue Tool für intelligente persönliche KI-Assistenten gekauft, das lediglich ein, zwei Minuten Audiomaterial einer beliebigen Person benötigte, um deren Sprechweise und Sprachmelodie nachzuahmen. Die Stimme ihrer Mutter, die gestorben war, bevor ich Brigitte kennengelernt hatte, war dann jedoch die Einzige andere, mit der sie Alexa reden ließ. Brigitte schien sich für ihre Sehnsucht, einem in meinen kritischen Augen natürlich vor Mängeln strotzenden Fake das Innerste zu öffnen, auch ein wenig vor mir zu schämen, da sie stets unverzüglich, wenn ich das Zimmer betrat, die Unterhaltungen beendete. Ja, ein Gespräch mit ihrer Mutter, das war ein untrügliches Zeichen dafür, dass Brigitte sich in einer Krise befand und einen Trost suchte, den ihr anscheinend nur eine Tote zu geben vermochte. So auch in jenen Tagen vor unserer Reise nach Ibiza. Stand ich in der Tür, verstummte die warme Stimme einer älteren Frau, der auch ich, wie ich überrascht feststellte, gern länger zugehört hätte, und Brigitte lächelte mich erschöpft an, woraufhin ich mich neben sie setzte, weil ich wusste, dass sie das in diesem Augenblick brauchte. Wortlos schmiegte sie sich dann an mich. Trotz unserer Nähe, ihre Haarspitzen an meiner Wange, hatte ich den Eindruck, nicht zu ihr oder ihrem Inneren durchzudringen. Ich war lediglich für das da, was Alexa noch nicht vermochte: Mit meinem Körper konnte ich äußere Nähe erzeugen. Ohne dass ich ahnte, dass es ein paar Jahre später für exakt solche Gelegenheiten des instanten Bedürfnisses nach Zärtlichkeit Personal Bots geben sollte, was den Niedergang der Avatare endgültig besiegeln würde, fühlte ich mich bei solchen Gelegenheiten hinlänglich überflüssig, obwohl ich dennoch darauf bedacht war, zu hundert Prozent Brigittes Bedürfnis zu befriedigen.

Es kostete Brigitte Kraft, Brigitte zu sein. Das war ihr anzumerken, beim Packen, auf der Fahrt zum Flughafen, bei den nervenden Security-Checks, die zu unserem Leidwesen noch einmal verstärkt worden waren. Ihren Brigitte-Gesten und -Sätzen haftete etwas Bemühtes an. Wahrscheinlich fiel es ihr nicht einmal auf. Irgendetwas daran war übertrieben, wenn auch nur ein My. Wie eine Schauspielerin, die für einen Jahre später produzierten Kinofilm zur erfolgreichen Serie noch einmal in ihre alte Paraderolle schlüpft, obwohl sie dafür zu alt ist. Vielleicht übte es auch zusätzlichen Druck aus, dass nicht nur Ilie, sondern ebenso unvermutet Madita in diesem Sommer seit sehr langer Zeit wieder eine feste Beziehung hatte, mit einem Chefarzt, der zumindest dem Aussehen nach hervorragend zu ihr passte, Ilie und ich nannten ihn bloß »den Stefan«. Madita schien jedenfalls so glücklich und entspannt wie selten zuvor. Ich wusste, dass sich Brigitte durch dieses unverhoffte Liebesglück meiner Freunde umso stärker die Frage nach ihrem eigenen stellen würde. Denn obwohl sie regelmäßig bestritt, dass ein Konkurrenzverhältnis zwischen Madita und ihr herrsche, bestätigte doch die Heftigkeit, mit der sie dies tat, die Richtigkeit der Annahme. Im Nachhinein bereute ich es, meine beste Freundin zur Taufpatin meines Sohnes ausgewählt zu haben, zu dem sie immer schon ein für uns alle überraschend gutes und jetzt, besiegelt durch ihren gemeinsamen Kroatien-Trip, auch noch aktuell das bessere Verhältnis zu haben schien als die eigene Mutter. Auf einmal bedeutete dieser Ibiza-Urlaub jedenfalls nicht mehr, wie ursprünglich angedacht, eine schöne Geburtstagsfeier, die unausgesprochen von der unbequemen Tatsache des Älterwerdens ablenken sollte, sondern auch den Prüfstand unserer Ehe, was sich dann schnell zur Bilanz ihres eigenen Lebens auswuchs.

Im Flugzeug fiel Brigitte wieder und wieder das Kinn auf die Brust. Einmal sackte sie so hart gegen die Wand, dass sich die Leute in den Sitzreihen erschrocken nach ihr umdrehten. Ich fing an, mir Sorgen um sie zu machen. Während sie schlief, musterte ich sie. Sie hatte sich zwar das Haar frisch tönen lassen; aber guckte man genau hin, erkannte man das künstliche Blond, das nicht ganz Brigittes natürliches Blond traf. Mir gefiel ihre Tönung eigentlich sogar besser, doch tat es mir mitfühlend weh, wie sehr ihre grauen Haare sie beschäftigten und wie verzweifelt sie gegen sie ankämpfte, gegen jedes einzelne, ein Kampf, den zu führen ich selbst längst aufgegeben hatte und der auch für Brigitte aussichtslos war. Sie hatte, wie ich auf einmal erkannte, in den letzten Jahren zahllose neue Falten bekommen. Hatte sie sich in der Vergangenheit mir gegenüber darüber beklagt, hatte ich es entrüstet abgestritten. Sie irre sich. Sie habe ein falsches und wieder einmal viel zu negatives Bild von sich selbst. Das Seltsame war, dass ich dabei nicht einmal log, um ihr zu schmeicheln oder sie zu beruhigen. Wie der sich nach und nach verschlechternde Zustand des Landes fielen mir im Alltag einfach all die winzigen Erscheinungen des Alters gar nicht auf, die ihr selbst wohl umso unbarmherziger ins Auge stachen und sie zu Tode betrübten. Doch hier und jetzt, im Flugzeug, acht Tausend Meter über dem Meer und im übergrellen Sonnenlicht der Troposphäre, das durch die Kabinenfenster fiel, sah ich das Gesicht einer alt gewordenen Frau, das ihr wohl selbst seit langem genauso entsetzt und ungläubig aus dem Badezimmerspiegel entgegenstarrte, und mir wurde auf einmal bewusst, dass, erblickte uns ein Außenstehender, wir für ihn das darstellten, was man in Romanen »ein in die Jahre gekommenes Paar« nannte. Plötzlich spürte ich meinen Bart, der mein eigentliches Gesicht versteckte, meine zurückweichende Haarlinie und das schwabbelige Fett um meinen Bauch, und ich hatte das Gefühl, mein eigenes Fleisch laste auf mir und ich kriege deshalb nicht mehr richtig Luft.

Ilies Finca war traumhaft. Über die Jahre hatte er den Pool vergrößert, zahlreiche bereits mehrere Jahrzehnte alte Orangenbäume gepflanzt, die nun Früchte trugen, und, nach den verheerenden Feuern auf der Insel, deren Spuren in den verkohlten Feldern überall sichtbar waren, um das Grundstück herum Feuermelder und Sonnensegel einbauen lassen, sodass man sich auch tagsüber ohne Angst vor Krebs im Freien aufhalten und nachts schlafen konnte, ohne fürchten zu müssen, bei lebendigem Leib zu verbrennen. Es war fast wie in den alten Zeiten, als wir noch glaubten, uns stünde kraft eines uralten Rechtes ein Leben in Sicherheit und Wohlstand zu, einzig weil wir uns daran gewöhnt hatten.

Eigentlich hatten wir auf Brigittes Wunsch hin ihren Geburtstag verschlafen wollen und waren verhältnismäßig früh ins Bett gegangen. Ich musste eben eingenickt sein, als sie mich sanft rüttelte. Sie hatte die Nachttischlampe angeschaltet. Ich dachte zuerst, draußen hätte der Alarm angeschlagen, auch wenn Cala de Sant Vincent tief in der grünen Zone lag.

»Ich kann das nicht.« Brigitte war hellwach.

»W-was meinst du … was ist?« Der Digitalwecker zeigte an, dass es ein paar Minuten vor Mitternacht war.

»Fünfzig. Ich schaffe das nicht. Ich will das nicht. Fünfzig werden.«

»Aber … Schatz.« Ich setzte mich auf. Jetzt war der Moment, ihr zu helfen. Ich würde es schaffen. Ich wusste es. Ich wollte es. »Du weißt, ich könnte jetzt all die Sachen sagen, die man in so einer Situation so sagt: Das ist nur eine Zahl. Nach all dem, was du im Leben erreicht hast. Du hast doch noch so viel vor. Und so weiter. Und du weißt auch, dass das alles stimmt. Dass das keine Phrasen sind. Oder?« Ich traf den Ton, den zu treffen ich mir vorgenommen hatte.

»Ja?« Sie sprach schläfrig, was in seltsamem Widerspruch zu ihren weit aufgerissenen Augen und angespannten Gesichtsmuskeln stand. »Was genau habe ich denn erreicht? Und was genau habe ich denn noch vor mir? Was haben wir noch vor, Bastian?« Als sie meinen Namen aussprach, den sie selten in den Mund nahm, fühlte ich mich ertappt. Mein Blick wanderte zur Uhr, die Sekunden, die weitertickerten, unaufhaltsam auf Mitternacht zu. »Ich bin eine Ehefrau, ich bin Mutter und ich bin Direktorin eines Gymnasiums. Meine drei Erfolge.«

»Ja. Eben. Sag ich doch«, beeilte ich mich, ihr beizupflichten. Ich sollte sie am nackten Oberarm streicheln. Ich berührte sie am nackten Oberarm. Er war eiskalt. Wie der meiner Großmutter früher. »Andere wären superstolz auf das, was du erreicht hat. Und das kannst du echt auch sein.«

»Und warum klingt das alles dann so – erbärmlich? Als ob es außer dem … nichts anderes gibt.« Sie sprach ins Halbdunkel des Zimmers, an dessen Wand gegenüber von unserem Bett Ilie das Ölgemälde eines heimischen Künstlers vom Blick aus dem Schlafzimmerfenster der Finca aufgehängt hatte.

Was soll es denn da anderes geben? Der Satz hallte in meinem Kopf so laut wider, als hätte ich ihn ausgesprochen.

»Und wenn es dann immer so weitergeht – was es natürlich nicht tut, weil das Beste habe ich, haben wir beide schon hinter uns, da musst du jetzt gar nicht so tun –, worum geht es dann denn eigentlich noch?«

»Na, dass es halt … halt weitergeht. Oder nicht? Willst du das etwa nicht, oder was?« Die Unterhaltung machte mich immer nervöser, mein Herz schlug schneller, ich konnte den Blick nicht von den Sekunden auf dem Wecker abwenden. »Natürlich will ich das.« Sie schüttelte hörbar den Kopf. »Klar will ich, dass es weitergeht. Aber«, sie drehte sich mit einem heftigen Ruck zu mir und sah mir direkt in die Augen, »wenn ich einer deiner Avatare wäre, würde irgendwer mein Programm aufrufen und mehr über mich erfahren wollen?« Der schwarze Kreis ihrer Pupille vergrößerte sich sprunghaft, während ich überlegte, mit welcher Reaktion ich am besten verbarg, dass sie recht hatte, und zugleich wusste, dass ihr mein Zögern verriet, was ich wirklich dachte.

»Also, ich verstehe deine Frage nicht. Wir sind halt keine Celebrities oder Genies. Das ist aber jetzt nicht gerade die große Überraschung, oder?«

»Du weißt, was ich meine.« Sie klang so bitter, dass es mir an einem Punkt im Inneren weh tat, den ich normalerweise nur spürte, wenn ich starken Husten hatte. »Würde sich irgendwer mein Leben im Fernsehen anschauen wollen?«

Es dauerte jetzt nur mehr ein paar Sekunden bis Mitternacht. Ich nahm sie in den Arm. Sie rutschte in die Position an meinem Schlüsselbein, in der sie am liebsten lag. Wir beobachteten beide den Wecker. Die blinkenden roten Zahlen darauf, die sich verwandelten. Brigitte zitterte am ganzen Leib. Es war uns beiden, als nähere sich etwas der Finca. Etwas Großes, Unheimliches, Böses. Ich spürte, wie viel Angst sie hatte, hielt sie fester und hoffte, dass sie nicht merkte, wie ich selbst auf einmal zu zittern begann. Ich flüsterte: »Ich würde das wollen«, und meinte: »Ich liebe dich.« Es war eigentlich unglaublich kitschig, aber in diesem Moment seltsamerweise der einzig richtige und mögliche Satz, auch wenn ich nicht genau wusste, ob er stimmte. Alle vier Ziffern sprangen auf null, wir hielten die Luft an – und dann lief die Zeit wieder weiter, und was auch immer sich noch vor Sekunden vor dem Haus befunden hatte, war verschwunden.

In den folgenden Monaten wurde Brigitte endlich der Anbau des Kreativzentrums an ihre Schule bewilligt, für das sie so gekämpft hatte und das sie immer als »absolutes Herzensprojekt« bezeichnet hatte. Ein Zentrum, in dem die Kinder des Sprengels, der mit seinem bildungsbürgerlichen Hintergrund unserer Siedlung glich, ganz Kind sein und sich ausleben durften. Auch Unsinn war erlaubt. Im Kreativzentrum *Frida Kahlo* lernten die Kinder, das, was auf den ersten Blick vielleicht als bloßer Quatsch erschien, in etwas Schönes, Künstlerisches zu verwandeln. Jede und jeder und alles war hier nützlich und wertvoll. Die Theater-, Tanz- und Filmaufführungen am Ende des Schuljahres entwickelten sich rasch zum Hit. Auch Familien außerhalb des Sprengels wollten ins Zentrum. Die Warteliste wuchs. Ich wusste, dass Brigitte insgeheim *Frida Kahlo* als ihr Lebenswerk betrachtete; als das, was von ihr bleiben würde, für das sie sich engagieren konnte und dabei wusste, etwas Sinnvolles zu tun, umso mehr, als nun Samy außer Haus war. Das bedeutete zwar noch mehr Arbeit für sie. Doch all der Stress, der mit dem Zentrum verbunden war, lohnte sich. Nach der Einweihung des Baus, 2032, erhielt das Zentrum fast jedes Jahr einen Exzellenz-Award und damit Elite-Status, was die Finanzierung langfristig sicherte, so dass auch regelmäßig vier, fünf Kinder aus sozial schwächeren Familien aufgenommen werden konnten. Die rührenden Videos, mit denen sie sich bewarben, um zu zeigen, dass sie fähig waren, sich in diese besondere Umgebung einzufügen, und zu *Frida Kahlo* passten, sprich, wie es inoffiziell hieß, kleine »Kahlos« waren, sahen Brigitte und ich uns manchmal gemeinsam an, was stets schöne Momente garantierte.

Auch *Alife* machte noch einmal einen Sprung dank des Porno-Geschäfts. Wir waren zwar weiß Gott nicht die Einzigen auf diesem Gebiet, aber eine der wenigen Firmen, die den sexuellen Akt mit echten Storys verband, nicht zuletzt auf meine Initiative hin. Sener hatte dafür ein eigenes Subunternehmen namens *Touch* gegründet, weil er Sorge hatte, der Ruf, virtuellen Sex zu verkaufen, könne dem wertigen Image der Marke *Alife* schaden, die wir mit viel Glück, aber auch mit großem Einsatz dauerhaft auf dem europäischen Markt etabliert hatten. Das Rezept ging in den folgenden ein, zwei Jahren voll auf. Während *Alife* durch die wachsende Konkurrenz zu stagnieren begann und wir einige Rückschläge verkraften mussten, als die Chinesen uns bei den Auktionen für die Rechte an deutschen Persönlichkeiten auf einmal überboten, weil auch sie ihre Chance witterten, finanzierte uns *Touch* mehr als ausreichend. Es ging uns nie besser.

Manchmal, kurz vorm Einschlafen oder Aufwachen, wenn Realität und Fantasie noch nicht klar getrennt waren, hatte ich das drängende Bedürfnis, Don Draper aus meiner Lieblingsserie *Mad Men* um Rat zu fragen, was er an meiner Stelle tun würde, bis mir innerhalb des Bruchteils einer Sekunde, in der er sich auflöste und mein Schlafzimmer die einzige wahre Wirklichkeit um mich herum war, einfiel, dass es sich ja lediglich um eine erfundene Figur handelte und der Schauspieler, der Don Draper spielte, Jon Hamm, in allen Interviews, die ich mir in meiner Begeisterung über die Serie angeschaut hatte, sympathisch, aber sehr durchschnittlich und nicht sonderlich smart wirkte, was mich mit dem Gefühl eines Todesfalls in der Familie zurückließ. Ich konnte mir nicht vorstellen, dass man jemals so wie mit *Mad Men* über die 1960er Jahre in vierzig Jahren eine Serie über die 2030er drehen und auf diese Epoche mit derselben Freundlichkeit und Begeisterung blicken würde. Wenn ich etwas im Internet bestellte, poppte oft der Test auf, der sicherstellen sollte, dass ich kein Roboter war. *Markiere alle Bilder, auf denen Zebrastreifen/Schornsteine/Giraffen et cetera zu sehen sind.* Warum auch immer, wurde mir manchmal angezeigt, dass ich den Test nicht bestanden hätte, was mich eine Zeitlang zutiefst verunsicherte.

In den Sommermonaten der nächsten Jahre machte ich jeweils einen weiteren Prepper-Kurs, obwohl das gar nicht vorgeschrieben war. Vielleicht spielten dabei die nun immer häufigeren Berichte von Überfällen und Schießereien eine Rolle, auf die ich durch meine Prepper-Bekanntschaften zunehmend achtete und bei denen ich trotzdem nicht sicher war, ob es sich nicht doch um eine Art Stammtischgerede handelte in Verbund mit der Geilheit der Medien nach immer mehr Katastrophen. Die Wahrheit war aber, dass ich nirgendwo sonst so intensiv das Gefühl hatte, ich selbst zu sein, wie wenn ich mit umgehängter Waffe im Wald auf mich allein gestellt war und nach und nach die Namen aller Pflanzen wusste, unabhängig von den Stimmen und Texten aus den Apparaten, ohne die wir jenes Leben nicht gemeistert hätten, das wir selbst gewählt hatten, weil wir es für das beste hielten.

Glaube

Ich habe die Arbeit an dem Text für zwei Tage ausgesetzt. Ich war in der Nacht aufgewacht. Zuerst dachte ich, es sei etwas mit dem Transformator. Er habe eine Fehlfunktion. Eine Art Sirren. Dann kam ich darauf, dass das Geräusch seinen Ursprung nicht im Keller, sondern draußen hatte, und dass es kein Sirren, sondern Heulen war. Das Heulen eines Wolfes. Tatsächlich waren die Temperaturen in den letzten Wochen geklettert. An einem Tag hatte es sogar etwas über null Grad gehabt. Obwohl das Thermometer danach wieder fiel, waren das untrügliche Anzeichen dafür, dass der Winter sehr langsam vorüberging. Eines war auf jeden Fall klar: Die Wölfe lebten noch, sie befanden sich in der Nähe und sie hatten Hunger. Ich musste alles auf einen möglichen Angriff vorbereiten. Keine Ahnung, wie die Wölfe die letzten Monate überlebt hatten, aber mein Vorteil war, dass sie unmöglich besonders kräftig sein konnten. Verzweifelt ja, kräftig nein. Ich überprüfte noch mal den Hühnerstall. Besserte lose Bretter aus, schichtete Holz um den Schuppen, so dass die Wölfe sich nicht durchgraben können. Dass sie in meine Hütte eindringen, halte ich für schwer denkbar. Und wenn, halte ich den Big Boy bereit für sie.

Wegen der Verschlechterung der Sicherheitslage und der Warnung vor neuen Viren beschlossen wir, dass Brigitte in Zukunft nicht mehr mit den öffentlichen Verkehrsmitteln zur Schule fahren solle, wie sie es der Umwelt zuliebe bisher gehalten hatte, sondern in ihrem eigenen Wagen und zwar nicht quer durch die Innenstadt, sondern über die Stadtautobahn. So deprimierend und beunruhigend all die Zwischenfälle und mittelgroßen Katastrophen waren, die sich damals in immer kürzeren Intervallen ereigneten, so dachten wir dennoch unbeirrt weiter, es handele sich lediglich um weitere Krisen in einer Epoche der Krisen. Danach würde es jedoch wieder unaufhaltsam aufwärts gehen, was auch immer aufwärts bedeutete. Was hatten wir nicht schon alles überstanden, wobei »wir« nicht einmal Brigitte und ich oder Deutschland, sondern die Menschheit bedeutete? Wir hatten immer einen Ausweg gefunden. Einen Ausweg finden hieß Menschsein. Es ging immer weiter. Wie oft hatte es geheißen, von nun an sei nichts mehr wie zuvor? Nach dem Golfkrieg, nach dem Balkankrieg, nach 9/11, nach den islamistischen Anschlägen, nach der Flüchtlingskrise, nach Trump, nach Corona, nach dem Ukrainekrieg, nach den immer trockeneren Sommern und und und. Wir hatten uns daran gewöhnt, Sätzen, die »von nun an« und/oder »nie wieder« enthielten, mit der nötigen Gelassenheit zu begegnen. Und war nicht eines sicher? Am Ende waren wir stets allen Unkenrufen zum Trotz in unseren bekannten Alltag zurückgekehrt, in dem unsere alten Rollen auf uns warteten und wo schnell nach der Aufregung über die jeweilige Weltkrise die Vielzahl der kleinen Probleme in den Mittelpunkt rückten sowie das diffuse Gefühl, unentwegt unerfüllt zu sein, als liefen wir jenem Leben hinterher, das uns eigentlich zustände und deshalb das einzig Wahre wäre. Brigitte guckte abends immer noch gern postapokalyptische Serien. Wir waren immer noch dieselben. Wir wohnten in unseren Häusern, hatten unsere Jobs, aßen, sahen fern, stritten und versöhnten uns, schliefen und fuhren hin und wieder in den Urlaub wie eh und je. Ein Effekt, den die Katastrophen der 2020er und frühen 30er Jahre hatten, war, dass wir spürten, wie unbeschreiblich wichtig es uns war, dass alles genauso blieb, wie es war, auch wenn wir unsere Leben weder als besonders originell noch als besonders angenehm bezeichnet hätten, sondern vor allem als »stressig« und »am Limit« und »kurz vorm Burn-out«. Mehr und mehr jedoch und ohne dass wir es bewusst wahrnahmen, trafen wir Vorkehrungen, dieses »stressige« und vom Burn-out bedrohte Am-Limit-Leben im Notfall zu verteidigen. Und zwar mit allem, was uns zur Verfügung stand.

Natürlich gab es auch in *Strawberry Fields* im Lauf der Jahre unerfreuliche Gestalten, sprich Querdenker, Rechte oder Asoziale, und damit eine gewisse Bedrohung von innen. Dummheit und Verbohrtheit haben bekanntlich nichts mit Wohlstand oder Bildung zu tun. Doch hier, in unserer kleinen Siedlung, war die Fraktion der Verblödeten klar in der Minderheit und wurde von uns anderen Bewohnern in einer Mischung aus Empörung und Belustigung angesehen. Außerdem schien nicht völlig ausgeschlossen, dass sie irgendwann, eventuell nach der nächsten Krise, die ihre Überzeugungen Lügen strafte, wieder Vernunft annehmen würde.

Anders sah es bei jenen aus, die in den sogenannten Communitys, den Hochhausstädten in der Peripherie, lebten oder in gewissen Vierteln der Großstädte. Früher – und damit meine ich die Zeit vor den großen Verwerfungen in den frühen 2030er Jahren – mied man einfach diese Gegenden. Verschlug es einen dennoch dorthin, sagen wir ins Hasenbergl oder nach Marzahn, beschlich einen zwar ein mulmiges Gefühl, aber es passierte eigentlich nie etwas, und man stellte fest, dass die Leute dort eher zum Fremdschämen als zum Fürchten waren. Das war eben Deutschland und nicht Amerika oder die Dritte Welt.

Doch nach all den Berichten über die Zonen, aus denen sich die Polizei mehr oder weniger freiwillig zurückgezogen hatte, änderte sich das. Ich begann, die Bewohner der Communitys, die durch die Rezession ins Prekariat gestoßenen Deutschen, in gleichem Maße zu hassen wie zu verachten, auch wenn sie laut Marktforschung die größte Abnehmergruppe der günstigen *Touch*-Produkte darstellten. Hinter vorgehaltener Hand sprachen Brigitte und ich ab und zu mit Nachbarn oder Bekannten darüber, wie absurd es war, dass dieser Mob, der nichts mit Demokratie und ihren Werten im Sinn hatte, überhaupt weiterhin das Recht besaß, für die Abschaffung ebendieser durch eine der neuen extremistischen Parteien zu votieren. Ich persönlich hätte nichts dagegen gehabt, den Millionen Verblödeten ihre Grundrechte abzusprechen, da die semireale Gefahr bestand, dass, wenn man nicht rechtzeitig etwas unternahm, sie uns die unsrigen rauben würden – und zwar ohne zu zögern und ohne die für uns typischen Gewissensbisse. Der einzige Trost bestand darin, dass wir uns trotz allem einredeten, dass es am Ende eben doch nicht zum Schlimmsten kommen würde, und zwar einzig aus dem einfachen Grund, weil es eben bislang, aller noch so schrecklicher Krisen zum Trotz, nie dazu gekommen war. Das mag auch zu einem nicht geringen Teil einer gewissen Bequemlichkeit geschuldet gewesen sein. Wir waren damals zwar zu vielem bereit, aber nicht dazu, die Überzeugungen, auf die wir all die Jahrzehnte unser Leben gegründet hatten, aufzugeben. Und eines war ohnehin unverrückbar sicher und gab uns letztlich das Gefühl, uns könne nichts wirklich Schlimmes passieren: Wir waren die Guten. Wir waren die, die am Ende die Geschichtsbücher in den Schulen schreiben würden. Die Weltgeschichte war und blieb unser Narrativ.

Ich habe all das vorausgeschickt, weil ich mir noch einmal klar darüber werden musste, was es für Brigitte und mich bedeutete, dass Samy damals, während seines Studiums, ausgerechnet die Nähe der Bewohner der Communitys suchte. Es stand für uns außer Frage, dass er ihre Gedanken nicht teilte. Dazu war er zu intelligent, sensibel und vernünftig. Natürlich hätte er sich wie die meisten, die sich in jenen Jahren sozial engagieren wollten, auch für die wachsenden und die Regierung immer überforderter agieren lassenden Ströme von Klimaflüchtlingen einsetzen können. Er wählte einen anderen Weg, der dennoch, auch wenn uns seine Motivation dafür stets schleierhaft blieb, objektiv lobenswert und in moralischer Hinsicht geradezu bewundernswert war. In Frankfurt absolvierte er ein Praktikum bei *Menschen*, der Hilfsorganisation, die sich auf die Unterstützung von Familien in solchen unerfreulichen Bezirken und in besonders prekären Verhältnissen spezialisiert hatte. Er machte Hausbesuche in heruntergekommenen Wohnblöcken und nahm in der *Menschen*-Zentrale an Meetings teil, wo er über Strategien diskutierte, wie man Vorurteile auf beiden Seiten abbauen und was man gegen die Entwicklung der sozialen Segregation unternehmen könne. Nach dem Praktikum arbeitete er neben dem Studium regelmäßig weiter für die Organisation. Eigentlich war gar nichts dagegen einzuwenden. Wenn Samy bei seinen Besuchen in *Strawberry Fields* merklich erregt davon erzählte, unter was für schrecklichen Bedingungen Kinder mitten in Deutschland lebten, die kaum Chancen hatten, aus ihrem Milieu auszubrechen, und zwar deutsche, und dass der Staat viel zu wenig gegen die unheilvolle Entwicklung unternehme, die absehbar zum Kollaps führen würde, war ich stolz auf ihn. Natürlich teilte ich trotzdem Brigittes Bedenken. Wahrscheinlich ärgerte es sie insgeheim, dass es ausgerechnet Madita gewesen war, die Samy das Praktikum vermittelt hatte. Das war jedoch nicht der Punkt. Die Arbeit mitten in diesen sozialen Hotspots war nicht ungefährlich. Und das Entscheidende war: In anderen Regionen der Welt gab es Menschen und Kinder, denen es wesentlich schlechter ging und die für Hilfe dankbarer gewesen wären als deutsche Familien mit zweifelhafter Gesinnung. Ein Aufenthalt in einem von einer international anerkannten Organisation wie zum Beispiel *Ärzte ohne Grenzen* geleiteten Camp in Afrika, Indien oder Indonesien hätte Samy zudem sicherlich auch intellektuell mehr gebracht und sich ganz nebenbei auf seinem CV besser gemacht. Oder ein Internship in einem New Yorker Krankenhaus, wo er auch kulturell von der Stadt profitiert hätte. Aber noch war ja nichts endgültig entschieden. Noch befand er sich in der Vorklinik und hatte nicht einmal die Hälfte des Studiums hinter sich. Letztlich sahen Brigitte und ich seine Begeisterung für *Menschen* als vorübergehende Phase an. Samy war eben noch immer im Weltverbessereralter.

Während seines Studiums in Heidelberg besuchten Brigitte und ich Samy im Wohnheim nur ein einziges Mal, weil ihm das spürbar unangenehm war. Er begann gerade, auf eigenen Beinen zu stehen. Das war gut und wichtig für die Entfaltung seiner Persönlichkeit, und wir wollten ihn darin natürlich unterstützen. Es war jetzt an uns zu lernen, loszulassen, und dann für ihn da zu sein, wenn er uns wirklich brauchte. Nur brauchte er uns nicht. Soweit wir das beurteilen konnten, hatte er viele Freunde und zeitweise auch eine Freundin, Susan, ich glaube, es handelte sich um das Match einer jener neuen Dating-Apps, die Profile verglichen und dem User Vorschläge unterbreiteten, anstatt alles dem Zufall zu überlassen. Es war leicht zu sehen, warum die Algorithmen den Schluss zuließen, dass die beiden sich in einer Weise gegenseitig ergänzten, die sie optimal von einer Beziehung profitieren lassen würde: Susan entsprach dem damaligen Schönheitsideal, sie war gebildet und unterhielt sich mit mir, als sie die alten Bücher bei uns im Regal stehen sah, sofort angeregt über Thomas Mann. Außerdem war sie Veganerin und teilte Samys Abneigung gegen das Fliegen, was, wie Samy mir einmal gegenüber sagte, ein »Must« bei seinen Freundschaften sei, alles andere sei »ausgeschlossen«, worauf ich erwiderte, dann sei ich aber froh, dass ich weiterhin sein Vater sein dürfe, um gleich darauf über meinen Witz zu lachen, ehe ich merkte, dass mich Samy erstaunt und irgendwie traurig anschaute.

Es war im Sommer 2034. Samy hatte gerade das sechste Semester beendet und war auf Besuch in *Strawberry Fields*, wo er sich immer seltener sehen ließ. Umso erfreuter waren wir, dass er angekündigt hatte, gleich ein paar Tage bei uns verbringen zu wollen. Die Zeichen standen gut dafür, dass wir nach sehr langer Zeit wieder Quality Time als richtige Familie verbringen würden, so wie früher, auch wenn ich glaube, dass sich solche klassischen Szenen zu dritt, die man aus Filmen und Büchern kannte – die Eltern mit ihrem Kind, ein Idyll – höchstens in Samys Kindheit ereignet hatten. Bei Samys Besuch war Brigitte ebenso vom Zeugnisstress erschöpft wie auch erleichtert darüber, dass das Schuljahr endlich vorbei war. Ich betreute damals gerade die »Kanzler*innen-Edition«, die *Alife* im Auftrag des Bundesministeriums für Bildung und Forschung für Schulen entwickelte. Die Schüler sollten bei den wichtigsten historischen Ereignissen in der Amtszeit der Kanzlerinnen und Kanzler dabei sein und mit ihnen über ihre historischen Entscheidungen diskutieren können. Ich hatte die Programmierung Helmut Kohls und Gerhard Schröders übernommen, weil ich beide miterlebt und ihren Ton noch im Ohr hatte. Die von vielen als dröge empfundene Arbeit, die stets ganz am Anfang der Erstellung eines Avatars stand, war für mich zuweilen die faszinierendste. Wieder und wieder schaute ich mir die von der *Alife*-Software ermittelten, am häufigsten verwendeten und damit typischen Persönlichkeitsmuster an, die Gesten, die Mimik, die Sätze, erstellte Basic-Patterns und Kombinationspfade, die zu Plotlines führten. Beide, Kohl und Schröder, hatte ich auf ähnliche Weise in meiner Kindheit und Jugend geringgeschätzt, eine Geringschätzung, die im Lauf der Jahre zur Verachtung und dann Gleichgültigkeit geworden war. Regelmäßig hatten sie für meinen Großvater und meine Mitschüler mit ihrer in gleichem Maße schamlos großkotzigen wie fast schon bemitleidenswert ungelenken Art dankbare Zielscheiben des Spotts abgegeben. Nun aber, über ein Vierteljahrhundert später, da ich über das Sprachprogramm erste rudimentäre Unterhaltungen mit ihren künstlichen Geistern führte, breitete sich ein warmes Gefühl der Nostalgie in mir aus. Obwohl ich immer noch in keiner Weise mit diesen beiden Alpha-Männchen sympathisierte und sich im Nachhinein noch viel mehr ihrer Entscheidungen als falsch, ja, fatal erwiesen hatten, berührte es mich beinahe schmerzhaft schön, ihre so vertrauten Stimmen wiederzuhören. Mit jedem gurgelig-bräsigen »Ähm« Kohls und überheblich-druckvollem »Also« Schröders kehrte die Vergangenheit zurück, und ich wunderte mich über mich selbst, wie sehr ich mich nach ihr zu sehnen begann. Wie von selbst tauchten Episoden von damals in meinem Gedächtnis auf, und für Sekunden befiel mich das lähmende Gefühl, dass ich eigentlich vieles hätte anders und vor allem besser hätte machen können und sollen, auch wenn ich nicht in der Lage war zu sagen, was genau und welcher Aspekt an meiner momentanen Situation verbesserungswürdig wäre, da doch eigentlich alles wenn auch nicht für die Welt, so doch für mich und meine Familie wirklich optimal lief. Mit Sicherheit hatte aber dieser Ausflug in die 1990er und frühen 2000er damit zu tun, dass ich mir vornahm, bei Samys Besuch mit Nachdruck über die richtige Weichenstellung seiner künftigen Karriere zu sprechen. In unseren Telefonaten war schon länger die Frage aufgetaucht, wo er seine Famulatur absolvieren könnte.

In den ersten Tagen bei uns hing Samy viel mit Noah ab, den er sonst nur noch selten sah. Sie schienen einiges zu besprechen zu haben. Man sah sie mit ihren Skateboards durch die Straßen rollen, nachmittags fuhren sie mit der S-Bahn nach München, gingen dort in den wenigen Clubs aus, die noch nicht dichtgemacht hatten, vielleicht feierten sie auch auf illegalen Partys in einem der massenhaft leerstehenden Geschäfte in der Innenstadt. So oder so kehrten sie erst in den Morgenstunden heim, was uns nach all den Jahren wieder in den ungewohnt gewordenen Eltern-Modus versetzte und uns angesichts der unsicheren Lage allerorts den Schlaf raubte, was eigentlich ziemlich lächerlich war, da Samy ja erwachsen war und wir, wenn er in Heidelberg war, auch nicht wussten, was er tat. Zu Hause indes wurde er automatisch wieder zu unserem einzigen Kind und wir zu seinen Eltern, zu deren Job es gehörte, besorgt zu sein. Wir konnten das nicht abstellen. Obwohl ich es zu meinem Studio umfunktioniert und die Wände mit schwarzem Gummi hatte beziehen lassen, schlief Samy in seinem ehemaligen Kinderzimmer auf einem Klappbett. Es geschah, dass ich aus Gewohnheit morgens versehentlich eintrat, Samy dort liegen sah und im Glauben, über Nacht glatt vergessen zu haben, das Programm auszuschalten, ihn in dem Raum, der ja sonst vollkommen leer war, für einen Avatar hielt. Dass Samy Noahs Nähe suchte, beruhigte mich. Auch wenn Noah uns damals angelogen hatte, hatte es sich eher um ein Zeichen der Loyalität gegenüber seinem besten Freund gehandelt als um einen Affront uns gegenüber. Wir wussten nicht genau, was er studierte, es war ein Studiengang mit englischem Namen, von dem ich noch nie gehört hatte, irgendetwas BWL-Artiges, aber er wirkte inzwischen für sein Alter geradezu verblüffend professionell und in einer Art erwachsen, wie ich selbst es erst sehr spät gewesen war. Eines Tages hatte er mit dem Angebot vor der Tür gestanden, sich für das *Frida Kahlo*-Zentrum zu engagieren, indem er für das jährliche Abschlussfest Sponsoren anfragen würde. Wenn Samy und Noah in diesen Tagen unterwegs waren, schien Noah stets der Ruhige, während Samy fahrig und irgendwie aufgebracht wirkte. Brigitte und ich freuten uns, die beiden zu beobachten. Unsere Herzen schlugen dann höher, und eine chemische Reaktion wurde durch diesen Anblick ausgelöst, die heimelige Wärme und das Gefühl von Erhabenheit sich in uns ausbreiten ließ. Auch Alexa pflichtete uns bei, dass, nachdem die beiden bei uns gewesen und das Haus wieder verlassen hatten, ihre Sätze mustergültig eine enge Freundschaft widerspiegelten.

An jenem Tag, der letztlich mit all seinen Konsequenzen der Auslöser dafür war, dass ich jetzt hier sitze und diese Zeilen schreibe, war der Himmel von jenem strahlend hellen, magischen RAL-5012-Blau eingefärbt, wie es nur nach einem äußerst heftigen und vernichtenden Sturm geschieht. Am Nachmittag zuvor hatten die Apps in unseren Uhren rot aufgeleuchtet, und die Katastrophenwarnung des Wetteramts war erschienen. Da wehte draußen bereits ein starker Wind, der die Metallkanten der Photovoltaikfelder aufheulen und über dem Brachland Staubfahnen tanzen ließ. Die Polizei-Drohnen waren längst abgezogen. Wie von Geisterhand gefahren, rollten Kindertretwagen durch die Straßen der Siedlung, gefolgt von scheppernden Blumentöpfen. Die Häuschen der Sicherungsposten wurden verbarrikadiert. Wir hatten Samy angerufen, er hatte die Warnung natürlich auch erhalten und befand sich bereits auf dem Rückweg aus München, als es schon in der Ferne blitzte und donnerte. Es regnete die ganze Nacht, Alexa sagte, dass alle Abwehrsysteme des Hauses aktiviert seien und uns nichts passieren könne. Auch der Krach draußen wurde automatisch gedimmt, so dass wir einigermaßen ruhig schliefen. Am nächsten Morgen reparierten auf den Photovoltaikfeldern bereits die ersten Arbeitstrupps die Schäden, die nächtlichen Sturzbäche hatten auf den Straßen Betten aus Dreck hinterlassen, kleine tote Vögel mit eingeschlagenem Schädel oder gebrochenen Flügeln lagen darin. In einem Garten war ein Baum abgeknickt und hatte ein Loch in die Hecke des angrenzenden Grundstücks gerissen, Nachbarn stritten. Für uns alle war es ein schlimmer Sturm gewesen, weil wir damals noch nicht wussten, was schlimm wirklich bedeutet. Freilich waren an diesem Tag danach die Spuren wie immer rasch beseitigt, und die steigenden Temperaturen zusammen mit dem magischen Himmel ließen das Unglück leicht vergessen. Von den abgerissenen und auf dem Asphalt zerstoßenen Blüten lag ein unbeschreiblicher Duft in der Luft. Die Vögel, die nicht gestorben waren, sangen wunderschön, als jubelten sie über ihr neues Leben. Ich denke, all diese Umstände spielten eine Rolle bei dem, was dann passierte.

Samy hatte für uns zu Mittag gekocht. Für sein Rezept hatte er künstliches Fleisch verwendet, ich glaube, er machte Schweinebraten, bei dem ja bereits damals schon hinsichtlich des Geschmacks kein Unterschied zum echten Schwein bestand. Für Samys Generation war es erstaunlich selbstverständlich geworden, diese Produkte zu essen. Und nachweislich wurden die Fleischzellen in den Fabriken ja auch unter ethisch und genetisch einwandfreien Maßstäben gezüchtet. Kein Tier starb oder wurde verletzt. Trotzdem hatten Brigitte und ich uns nie dazu überwinden können. Aber Samy zuliebe und zur Feier des Tages machten wir eine Ausnahme.

Seit Samy studierte, war er ein anderer geworden. Vielleicht hatte diese Veränderung schon vorher stattgefunden, ja vielleicht war er bereits während des letzten Jahres, als er noch bei uns wohnte und sein Abitur machte, so gewesen und mir fiel diese Veränderung bloß auf, weil ich ihn nun nach längerer Zeit wieder in der alten Umgebung und deshalb umso bewusster wahrnahm. Wegen der Hitze trug er beim Kochen ein Muscle-Shirt, zum ersten Mal, soweit ich mich erinnerte. Er war mittlerweile ziemlich behaart, viel behaarter als ich, und sehr muskulös, ohne dass er aufgepumpt oder bobybuilderhaft wirkte. Er hatte Oberarme wie jene Typen in der Schule, über die Ilie und ich uns im Urlaub immer lustig machten, weil wir sie insgeheim beneideten, da wir, selbst wenn wir täglich trainierten oder Proteinshakes tranken, nie so idealtypisch männlich aussehen würden. Seit er nach Heidelberg gezogen war, überkam mich manchmal tagsüber, besonders aber abends wie ein Phantomschmerz das überwältigende und dann schmerzhafte Bedürfnis, mich ans Bett zu jenem Jungen zu setzen, der einmal bei uns gelebt hatte, ihn zu betrachten, wie er atmete, und mein Gesicht an seines zu legen. Schon bei den letzten Begrüßungen war mir aufgefallen, wie rau seine Wangen wegen seines Bartwuchses waren, obwohl er sich rasierte. Doch zusammen mit seinem Körper, zu dem mir unsinnigerweise bloß das Adjektiv »mannhaft« (und nicht etwa »männlich«) einfiel, wurde mir an diesem Sommertag klar, dass dieses Kind, das ich so geliebt hatte und immer noch liebte, nicht mehr existierte. Dass es verschwunden war. Es würde nie wiederkehren. Ich würde es nie wiedersehen und in meinen Armen halten. Und dass dieser Mann in unserer Küche zwar zweifellos unser Sohn war; dass er mir aber fremd war und bis ans Ende meines Lebens bleiben würde. Die Vorstellung, dass er jemals ein Baby gewesen sein sollte, dem ich die Windeln gewechselt hatte, erschien mir absurd. Ich ertappte mich dabei, wie ich, ganz so, als scannte ich eine Persönlichkeit für einen neuen *Alife*-Avatar, bei Unterhaltungen auf seine mir nur zu gut bekannten charakteristischen rhetorischen Muster achtete. Ich glaubte festzustellen, dass es nicht mehr dieselben waren. Er verwendete neue Begriffe, die ich lediglich aus Filmen kannte und dort für Übertreibung gehalten hatte, für ein schlechtes Imitat von Jugendslang, wie immer, wenn sich Redakteure besonders viel Mühe gaben, authentisch zu wirken. Ich würde diesen Mann, der mein Sohn war, neu kennenlernen müssen. Aber während er, einen aktuellen Hit summend, in der Küche werkelte, kam mir der Gedanke, dass sich dazu gar nicht mehr die Gelegenheit bieten würde, weil wir sehr wahrscheinlich, um das zu bewerkstelligen, nie wieder ausreichend Zeit miteinander verbringen würden.

Vor Samys Besuch hatte ich Brigittes nervöse Vorfreude gespürt, als sie mit einem beiläufigem Tonfall und merkwürdig schamhaften Lächeln erwähnte, sie habe einen Friseurtermin. Bei früheren Gelegenheiten, als Samy noch bei uns wohnte, hatte mich diese Art mütterlicher Verliebtheit eifersüchtig gemacht, weil ich wusste, dass mein Sohn bei mir diese Aufregung schon lange nicht mehr hervorzurufen vermochte. Nun jedoch sprang sie auch auf mich über. Bei nicht wie sonst angelehnter, sondern abgeschlossener Badezimmertür machte sich Brigitte regelrecht schick. An jenem Tag, um den es hier geht, trug sie zum ersten Mal ihr neues Kleid, das sie sich einige Zeit zuvor von einem exklusiven Secondhand-Laden aus Tel Aviv hatte kommen lassen. Nach eigenen Aussagen hatte sie auf den richtigen Anlass gewartet. Sie sah wunderschön aus, was nicht nur an ihrem Äußeren lag. Es hing auch mit dem heimlichen Stolz zusammen, mit dem sie ins Zimmer trat und so tat, als wisse sie gar nicht, warum mein Blick länger als sonst auf ihr haftenblieb. Ich merkte wieder, wie sehr ich sie liebte. Umso schmerzhafter war es zu sehen, wie wenig Samy bereit war, ihr das zu geben, was sie sich so sehr von ihm wünschte, nämlich dass sie ihn noch einmal bemuttern und ihn so lange in die Arme schließen durfte, wie nicht er, sondern Brigitte das eben brauchte.

Sie hatte ihm auf seinen Platz am Tisch seine Dose gestellt. Irgendwann, als er noch ein kleiner Junge war, hatte er dieses Behältnis in der Form eines *Star Wars*-Raumschiffs dazu benutzt, seine Weihnachts-Ostern-Geburtstags-Süßigkeiten zu horten, und auch als Jugendlicher diese Gewohnheit beibehalten. Die Dose hatte sich immer an derselben Stelle in einem Regal in der Küche befunden. Bei seinem Auszug hatte er sie dann im Haus zurückgelassen, und wir hatten es nicht übers Herz gebracht, sie wegzuwerfen. Brigitte hatte sie an diesem Sommertag hervorgeholt und mit Sachen gefüllt, die Samy früher gern genascht hatte. Sie hatte ihm auch ein weißes Hemd gekauft, weil sie fand, dass er für die verschiedenen offiziellen Anlässe, die es während seines Medizinstudiums sicherlich noch geben würde, eines brauchen könne. Ich verstand ja, dass Samy davon genervt war, aber nicht, warum er sich nicht einfach für das Hemd bedankte, um es dann später für immer beiseitezulegen, und sich nicht wenigstens für ein paar Stunden bemühen konnte, bei dem uns allen bekannten Spiel mitzuspielen, das seine Mutter so glücklich gemacht hätte. Ich kannte Brigitte. Wäre sie so gewesen wie sonst, hätte es vielleicht funktioniert. Früher war sie von uns beiden die Strengere gewesen, diejenige, die auf Regeln beharrte; stattdessen verkrampfte sie an diesem Tag vor offenkundigem Bemühen, es Samy auch ja recht zu machen. Je liebevoller sie auftrat, desto mehr spürte ich, wie enttäuscht und verletzt sie in Wirklichkeit war.

So kam es, dass, als dann das Essen auf dem Tisch stand, ich als ohnmächtiger Zuschauer dieses traurigen Schauspiels zunehmend wütend geworden war, nicht zuletzt auch deshalb, weil Samy sich mit Alexa besser zu verstehen schien als mit uns. Beim Kochen redete er mit ihr ausgelassen wie mit einer guten alten Freundin, auf deren Wiedersehen man sich schon lange gefreut hatte. Fast zärtlich scherzte er mit ihr. Im Unterschied zu Brigitte wollte Samy auch ganz offensichtlich keine andere, sondern eben genau diese Stimme der allerersten Alexa-Generation, die mittlerweile schon wieder als Retro galt und wir letztlich aus Bequemlichkeit nie geupdated hatten, obwohl mittlerweile eine ganze Palette synthetischer Stimmen zur Auswahl stand, von Kind bis Greis beziehungsweise Greisin. Der Gedanke war mir beinahe unerträglich, dass eine kalifornische Software mehr über Samy wusste als wir; dass Alexa es war, die für ihn dagewesen war, wenn es ihm schlecht gegangen war und wir wieder einmal keine Zeit gehabt oder zu haben vorgegeben hatten; dass er als Kind, wie ich es ja öfter erlebt hatte, in seinem Bett gelegen und die virtuelle Assistentin mit ihrer ach so einfühlsamen sanften Stimme ihm noch so lange eine Geschichte erzählt hatte, bis er eingeschlafen war. Möglich, dass mich all das dazu bewegte, nach den ersten Bissen vom Like-Meat-Schweinebraten absichtlich ins Wespennest zu stechen, anstatt die Wogen zu glätten.

»Hast du dich eigentlich schon wegen deiner Famulatur schlaugemacht? Steht ja jetzt dann an, oder?« Ich gab mir Mühe, so unschuldig väterlich-interessiert zu schauen wie möglich, und spürte doch das heftige Pulsieren meiner Halsschlagader wie ein Insekt, das dort entlangkrabbelte.

Samy hielt inne und starrte regungslos vor sich auf den Tisch. Ich wusste, dass ich einen wunden Punkt getroffen hatte. Allerdings nahm ich zu diesem Zeitpunkt noch an, das eigentliche Problem sei, dass er mit seinen hervorragenden Noten und breitgefächerten Interessen die Qual der Wahl habe und unter Entscheidungsunfähigkeit leide.

»Ach, lass ihn doch. Das müssen wir ja nicht unbedingt heute …«

Erleichtert stellte ich fest, dass ich in diesem Moment, ohne dass es meine Absicht gewesen war, Brigitte die Möglichkeit gegeben hatte, ihre Rolle der Überfürsorglichen ins Positive zu wenden. Ich würde noch einige halbherzige Versuche unternehmen, das Thema zu vertiefen, Brigitte würde dagegenhalten und Pluspunkte sammeln können, vielleicht würde Samy dann endlich mehr auf sie eingehen. Aber er saß nur weiter unbeweglich da. Als er aufsah und mir in die Augen schaute, passierte etwas, das mir bei ihm sonst nie passierte: Mein Blick rutschte unwillkürlich zu seinem Kinn herunter, wie früher, als ich noch nicht die Selbstsicherheit hatte, die ich nun besaß. Er sah wie verwandelt aus. Seine ohnehin kantigen Gesichtszüge hatten sich verhärtet. Er erinnerte mich wieder an Brigittes Vater, bei dem das zuweilen auch geschehen war, wenn er verbarg, dass er sich über mich oder Brigitte ärgerte, was mich dann stets dazu verleitete, ihn noch mehr zu provozieren, weil ich wollte, dass er endlich seine bescheuerte Beherrschung verlor, die unter allen Umständen zu bewahren zu seinem Selbstbild gehörte.

»Ich glaube, ich will das gar nicht.«

Durch die offene Terrassentür drangen die Vogelstimmen. Brigitte sah mich fragend an. Ich glaubte, mich verhört zu haben.

»Ich habe gedacht, die praktische Arbeit mit den Patienten und so, das ist so ganz deines?«, sagte Brigitte, während ich gleichzeitig »Verstehe ich jetzt nicht, *was* genau willst du nicht?« sagte.

Samy lehnte sich mit den Ellbogen auf den Tisch, der leise knarzte, und holte Luft, wie wenn er gleich für länger tauchen würde. Seine nackten Oberarmmuskeln waren angespannt. Mein Blick, der nach einem Hinweis suchte, was das alles solle, las auf Samys weißem Muscle-Shirt den kleinen hellroten Schriftzug »Earth« auf der Brust, als verrate er irgendetwas über Samys Inneres.

»Ich will voll bei der Organisation einsteigen. Bei *Menschen*. Ich will das jetzt erst einmal eine Weile machen.« Im Nachhinein habe ich mir oft vorgestellt, wie das Gespräch verlaufen wäre, hätte er gezeigt, dass ihm die Entscheidung schwerfiel. Vielleicht hätte ich ihm sogar die Hand auf den Arm legen können und er hätte sich in diesem Moment wieder in das Kind verwandelt, das wir so gut zu kennen meinten und liebten. Doch er blieb emotionslos. Völlig fokussiert, wie ein Tennisspieler, der mit dem Schläger in der Hand auf den Ball des Gegners wartete.

»Ach, Schatz«, Brigitte warf mir erneut einen beunruhigten bis panischen Blick zu. »Aber das kannst du doch auch in den Semesterferien machen. Meinetwegen auch später dann, aber …«

»›Meinetwegen‹?« Samy runzelte die Stirn.

»Aber Brigitte! Jetzt bestärke ihn doch nicht auch noch darin, Brigitte!« Ich spürte den Ärger, der sich in mir in den vergangenen Stunden aufgestaut hatte: Brigitte, die Samy umtänzelte und sich dabei zum Affen machte; Samy, der auf erwachsen und unabhängig tat und gleichzeitig wie ein kleines Kind mit Alexa plapperte. »Der will sein Studium abbrechen wegen dieser … ich weiß gar nicht, wie ich die nennen soll …«

»Hilfsorganisation«, fügte Samy hinzu. »*Menschen* ist eine Hilfsorganisation. Genau wie die Caritas oder Diakonie. Nur ohne die religiöse Ideologie. Schaut mal, ich verstehe ja, dass das … jetzt irgendwie auch überraschend ist für euch.« Er sprach mit uns wie einer meiner Kollegen bei einer Videokonferenz. Als handele es sich hier um etwas Geschäftliches.

»Ich bestärke ihn überhaupt nicht!« In Brigittes Wangen schoss Blut.

»Ich merke, dass ihr gerade dabei seid, in ungute Gewässer zu geraten«, schaltete sich Alexa besorgt ein. »Atmet bitte alle dreimal tief durch.«

Ich ignorierte sie. Wir hätten den Scheiß nie installieren sollen. »Ach ja?«, sagte ich laut. »Und wen unterstützen die? Wem helfen die? Hm? Schau mal, ich finde das ja wirklich sehr ehrenwert, dass du dich bei so was engagierst. Aber guck dir mal die Leute da genau an. Bist du dir echt sicher, dass du wirklich Leute unterstützen willst, die eigentlich total gegen all das sind, wo du herkommst und wer du bist, ich meine … gegen alles …?« Ich deutete auf den Tisch, das Zimmer, mich. Wir hätten diese Diskussion bereits führen sollen, als Samy bei *Menschen* zum ersten Mal mitgemacht hatte. »… auch übrigens gegen deine ganzen Überzeugungen, die dir doch sonst so wichtig sind, oder? Was sind denn das für Leute überhaupt? Also, eines kannst du dir sicher sein: Wenn es nach denen ginge, würde wir hier nicht in unserem schönen Haus sitzen und so nett frühstücken.«

»Wenn ihr wollt, kann ich Musik spielen«, versuchte es Alexa weiter.

»Du würdest wahrscheinlich«, fuhr ich unbeirrt fort, »nicht einmal studieren dürfen, wenn es nach denen ginge. Und glaubst du echt, die wählen bei den nächsten Wahlen grün oder rot? Mann, Samy, das ist doch total absurd, dass du …«

»Könnt ihr das bitte mir überlassen? Darf ich bitte für mich selbst entscheiden, ja?«

Ich versuchte, einen Trick anzuwenden, der uns beim Sender für schwierige Verhandlungen empfohlen worden war, wenn man zu viel Respekt für das Gegenüber hatte: Man sollte sich den Gesprächspartner als kleine Zeichentrickfilmfigur seiner selbst vorstellen, die Mühe hatte, wegen ihrer Winzigkeit überhaupt auf dem Stuhl zu sitzen. Dadurch würde man automatisch die eigene Souveränität zurückgewinnen.

»Nein.« Brigitte schaltete sich ein, noch ehe ich etwas sagen konnte.

»Wie: Nein?« Zum ersten Mal lachte Samy kurz auf. Er saß noch immer genauso da wie vorhin. Mit aufgestützten, angespannten, nackten Oberarmen. Mir kam auf einmal in den Sinn, dass er diese Unterredung ohnehin geplant hatte und deshalb genau diese Haltung in genau diesem Outfit einnahm, das er natürlich mit Absicht heute trug. Er hatte in der Schule im Fach »Sozialkompetenz« gelernt, Verhandlungen zu führen und zu einem erfolgreichen Abschluss zu bringen.

»Nein«, wiederholte Brigitte. Sie sah jetzt richtig zornig aus. Ihr buntes Kleid stand ihr auf einmal nicht mehr. »Kannst du nicht. Wir haben dein Studium finanziert. Wir haben dein Leben finanziert. Also haben wir bei so etwas Grundlegendem auch ein Wörtchen mitzureden. Nach dem Studium kannst du machen, was du willst. Aber das ziehst du jetzt durch. Ganz einfach.«

»Also, ich verstehe wirklich absolut, dass euch diese Entscheidung nicht passt. Oder vielleicht sogar ein Stück weit verletzt. Okay. Ich kann mich sehr gut in euch einfühlen, das könnt ihr mir glauben.« Wir hatten verloren. Das wurde mir, während Samy in sorgfältig hypotaktisch gebauten Sätzen sprach, vollkommen klar. Wir würden nichts tun können. Wahrscheinlich hatte er bereits einen Job, der ihn unabhängig von unserer Unterstützung in Zukunft über Wasser hielt. Er hatte Vorkehrungen getroffen. Beim Gespräch war er so klug, nicht persönlich zu werden. Er blieb professionell. Es war zum Haareraufen. Mit ihm zu reden glich einer Diskussion mit Alexa. Im Unterschied zu uns hatte er sich vorbereiten können. Vielleicht schon seine ganze Schulzeit lang. »Aber ich sage mal so«, fuhr er fort, »wir haben doch schon so oft darüber geredet, wie schrecklich die Zustände hierzulande sind. Vor unserer Haustür. Und dass unbedingt was getan werden muss, wenn nicht alles den Bach runtergehen soll in absehbarer Zeit. Und das wird es, glaubt mir, wenn nichts passiert. Das wird es. Da waren wir uns doch einig. Das weiß ich. Gerade du, Brigitte.« Er sagte nicht »Mami«. Er wusste genau, was er sagte. »Und ich will das tun, weil ich glaube, dass ich damit wirklich mal zur Abwechslung was verändern kann. Was bewegen.«

Mich hielt es nicht mehr auf meinem Platz. Ich stand auf und schaute durch die Glastüren in den Garten, wo die winzigen Düsen des Sprinklers den Rasen bewässerte, damit er nicht, wie er es unter normalen Umständen getan hätte, starb. Samy hatte recht. Mit allem. Er machte mich wahnsinnig.

»Ihr seid jetzt sehr verletzt. Das ist mir bewusst und tut mir sehr leid.« Samy sprach sanft. Je sanfter er sprach, desto wahnsinniger machte er mich. Er war nicht ironisch. Er meinte alles ernst. Ich kannte ihn. »Ich hätte diese Diskussion gern erst später geführt, glaubt mir.«

»Ach so?« In Brigittes Augen standen Tränen. »Ist ja wirklich zu gütig von dir gegenüber deinen alten Eltern mit ihren Ansichten aus dem Mittelalter! Warum hast du uns denn nicht eingeweiht, *bevor* du die Entscheidung getroffen hast? Und jetzt stellst du uns einfach so vor vollendete Tatsachen. Ich finde das total … total … mies. Da willst du schön die Welt retten, und mit deinen Eltern gehst du einfach um wie … wie Scheiße.«

Ich habe die Szene später im Kopf wieder und wieder durchgespielt. Es gab vier Varianten ihrer Fortsetzung. Eins: Nach anfänglichen, sachlich dargelegten Bedenken sagen wir ihm unsere Unterstützung zu, weil wir letztlich spüren, dass er im Recht ist, und vor allem, weil wir ihn lieben. Zwei: Weil wir ihn lieben, brechen wir vor Verzweiflung darüber, dass er nicht den Weg einschlägt, der eigentlich für ihn der vorteilhaftere und vor allem ungefährlichere wäre, vor seinen Augen zusammen, Samy steht hilflos da und weiß nicht so recht, wie er reagieren soll. Drei: Weil wir ihn lieben, schreien wir ihn wütend an, wir schalten Alexa und ihr Deeskalationsprogramm aus, der Konflikt schaukelt sich hoch, Samy stürmt wortlos hinaus. Vier: Weil wir ihn lieben, beruhigen wir uns wieder, gehen einfach darüber hinweg, unter dem Motto *schau mer mal* sitzen wir die Sache aus, und essen weiter Schweinebraten. Mittlerweile, nach all den Jahren, bin ich mir sicher, dass keine der vier Varianten über kurz oder lang zu einem anderen Ergebnis geführt hätte. Wir waren die, die wir waren.

Samy packte seine Reisetasche, noch während Brigitte und ich am Tisch saßen und versuchten zu überlegen, was man in so einer Situation tat, und mir nur bescheuerte Filmszenen durch den Kopf schossen. Kurz darauf verabschiedete er sich, »wir telefonieren«, »ich melde mich«, er küsste uns auf die Wangen, es waren echte Küsse, voller Liebe. Trotzdem oder gerade deshalb taten sie unglaublich weh. Wie Insektenstiche. Oder die bunten Kugeln aus den angeblich vollkommen ungefährlichen Softballspielzeuggewehren, mit denen die Kinder aus der Siedlung aufeinander schossen.

Dann war Samy weg.

Menschen war eine Nichtregierungsorganisation, die Ende der 2020er Jahre gegründet worden war. Oberflächlich betrachtet war nichts gegen sie einzuwenden. Sie versorgte Bedürftige mit Nahrung, leistete ärztliche Hilfe bei jenen, die sich keine Versicherung mehr leisten konnten oder sich aus dem Kassensystem ausgeklinkt hatten, vermittelte Wohnungen, betreute Kinder, die aus welchen Gründen auch immer nicht mehr zu Schule gingen, und versuchte, auf die für Außenstehende kaum zu durchschauenden Bandenstrukturen in den Communitys deeskalierend einzuwirken. Man hätte die Mitglieder von *Menschen* als klassische Sozialarbeiter bezeichnen können. Sie halfen in einer Zeit, in der der Einfluss des Staates mit verheerender Wirkung mehr und mehr in genau jenen Regionen des Landes schwand, die seine Hilfe eigentlich am nötigsten gehabt hätten. Hinzu kam aber noch, dass jene Peripherien mit den riesigen Wohnblöcken die idealen Bühnen für all die Parteien und Vereine waren, die die Unzufriedenheit ihrer Bewohner am geschicktesten für sich zu nutzen verstanden. Eine unüberschaubare Anzahl von Menschenfängern trieb dort ihr Unwesen, jedenfalls erfuhr man regelmäßig darüber aus den Traditionsmedien, die jene Bürgerinnen und Bürger konsumierten, die nicht dort wohnten, in den Communitys selbst allerdings als Lügenpresse galten. Jedem war klar, dass es nun, da der Staat an diesen Orten zu kapitulieren begann, in den Communitys etwas zu holen gab. Worin genau dies bestand, vermochte niemand so recht zu sagen, nur so viel: dass es mit Macht zu tun hatte. Der Grad der durchschaubaren Lügen, dreisten Versprechungen und gefährlichen Provokationen auf Plakaten, bei Veranstaltungen auf verwahrlosten Plätzen und vor allem in eigens für das Publikum in den Communitys produzierten Netz-Clips war erschütternd. Die Sache war nur: So durchschaubar und empörend die Manöver all der Bauernfänger dort waren, als so unmöglich erwies es sich, mit den uns bekannten Mitteln der Vernunft eine Gegenstrategie zu entwickeln. Das galt meiner Ansicht nach auch für *Menschen*. Man könnte es das »V«-Mann-Problem nennen. Um das Vertrauen der Bewohner der Communitys zu erlangen, musste man sich in irgendeiner Weise auf ihre oft bereits von extremistischen Gruppierungen vergiftete Gedankenwelt einlassen oder zumindest so tun. Über kurz oder lang bestand jedoch die Gefahr, selbst Teile ihrer verzerrten Sichtweise zu übernehmen. Ja, es kursierten Gerüchte, dass *Menschen* von den damals neuen extremen Gruppierungen, die dort wiederum selbst mit eigenen Hilfsorganisationen unterwegs waren, unterwandert und finanziell unterstützt wurde. Und schlussends gab es berechtigte Zweifel daran, dass *Menschen* tatsächlich so unideologisch war, wie sie selbst behaupteten, wenn in ihrem Programm argumentiert wurde, dass, nachdem beispielsweise Polen oder die Türkei mittlerweile ganz unverhohlen für die jeweils eigenen Bevölkerungsgruppen im Ausland sorge, es nun darum gehen müsse, explizit sozial schwache deutsche Familien zu unterstützen. Kurz: Wie alles, was in den Communitys stattfand oder mit ihnen in Berührung kam, genoss auch *Menschen* keinen besonders guten Ruf. Es gab nahezu niemanden aus den Hochhaus- oder Wohnblockstädten, dem der Sprung in die »normale Welt«, wie wir unsere Siedlungen und die Townhouses in den Innenstädten nannten, gelang. Das mochte man noch so sehr bedauern. Es blieb Fakt.

Brigitte und ich begannen unsere Freizeit damit zu verbringen, über *Menschen* zu recherchieren. Abends vor dem Einschlafen sahen wir uns nicht mehr Brigittes postapokalyptische Serien an, sondern Interviews mit Mitgliedern und Reportagen über die Zustände in den Communitys und unterhielten uns mit Alexa darüber. Unsere wöchentliche Quality-Time war gefüllt mit Gesprächen über *Menschen*. Zugleich nahm unser Interesse an anderen Themen ab. Es war wie eine Droge. Wir wussten, dass uns die Beschäftigung nicht guttat. Sie hielt uns vom Schlaf ab. Sie verursachte Herzrasen. Trotzdem konnten wir nicht davon lassen.

Ich hätte mich zu diesem Zeitpunkt stärker bei *Alife* einbringen sollen. Es deuteten sich Strukturveränderungen an. Unsere Strategie, uns auf deutsche Persönlichkeiten zu konzentrieren, war zur Sackgasse geworden. In absehbarer Zeit würden wir bei all der wachsenden Konkurrenz große Probleme bekommen. Ich hielt mich raus. Machte meine Arbeit und dachte doch ständig darüber nach, wie man Samy »retten« könne, so nannten Brigitte und ich das mittlerweile. Nach längerer Zeit telefonierte ich wieder regelmäßig mit Ilie, der mir geduldig zuhörte. Ich schämte mich vor mir selbst, dass wir immer nur über meine Probleme redeten. Selbst wenn ich versuchte, aus Höflichkeit über seine Beziehung zu Jody oder seine Arbeit zu sprechen, gelang es mir nicht, interessiert zu klingen. Ilie beruhigte mich dann stets mit: »Du, passt schon. Jetzt geht's erst einmal um Samy.« Er befand sich in Hochstimmung. Wegen Jody hatte er abgenommen, trieb wieder Sport, trank weniger und achtete auf geregelte Arbeitszeiten. Die Telefonate waren fast wie eine Reunion des *Klubs der Katze*.

Aber dann gab es eben auch die Gespräche mit Samys Freunden, mit Noah, mit Susan, mit einem Ex-Kommilitonen. Brigitte und ich hatten gedacht, sie wären selbstverständlich ebenso besorgt wie wir und würden uns, ohne zu zögern, helfen. Doch wir irrten uns. So zugänglich und überaus sympathisch sie alle bisher im alltäglichen Umgang gewesen waren – so verschlossen und bis zu einem gewissen Grad vollkommen rätselhaft wirkten sie nun auf Brigitte und mich. Es war, als liefen wir gegen eine Wand. Unseren Fragen wichen sie aus. Ja, es kam mir vor, als verwandele sich die Situation – hier die Alten, dort die Jungen – plötzlich in etwas viel Größeres, Grundsätzliches. Noah, Susan und der Ex-Kommilitone wollten nicht nur nicht kooperieren, obwohl sie sich doch mit Sicherheit in uns, seine Eltern, einfühlen konnten und wir ihnen nie etwas getan hatten. Sie schienen sogar regelrecht auf diesen Moment gewartet zu haben, um ihre Gesinnung und Loyalität zu einem aus ihren Reihen beweisen zu können. Und mehr noch: Es zeigte sich, dass Noah zwar irgendetwas mit Wirtschaft und Susan wie der Ex-Kommilitone Medizin studierten; dass alle drei aber ebenfalls bereits in ähnlichen Bewegungen engagiert waren, die teilweise für radikale Aktionen verantwortlich waren, mit denen Brigitte und ich in keiner Weise einverstanden waren. So hatte ausgerechnet der stets so höfliche Noah zu jener Gruppe gehört, die in Frankfurt die Börse besetzt hatte, so dass der Handel für einen Tag ausgesetzt werden musste, was nicht unerhebliche ökonomische Konsequenzen nach sich gezogen hatte. Als wir dann mit Noahs und anderen Eltern sprachen, kam mehr und mehr ans Licht, dass Samy aus seinem Jahrgang nicht der Einzige war, der im Namen eines höheren Ziels alles hingeschmissen hatte. Die Siedlung verwandelte sich in ein Dorf der verlorenen Kinder. So schrecklich es war, auf einmal in Wohnzimmern, in denen wir noch nie gewesen waren, emotional angefassten Nachbarn gegenüberzusitzen, die wir mehr oder weniger nur vom freundlichen Grüßen im Vorbeigehen kannten, so gut tat es auch, zu erkennen, dass wir nicht allein waren. Die Fragen jedoch, über die wir da redeten, waren wieder und wieder die gleichen: Was nur hatte sie dazu bewegt, das, was wir ihnen boten, die Früchte unserer harten Arbeit, einfach so aufs Spiel zu setzen oder sogar aufzugeben? Warum genügte ihnen das nicht? Warum hatten sie nie offen mit uns darüber gesprochen? Wussten sie, was sie da taten? Und dann die älteste Frage der Fragen aller Eltern: Was bloß hatten wir falsch gemacht?

Das Ergebnis der Krisensitzungen in der Siedlung war jedoch für uns letztlich niederschmetternd. Denn so viel stand fest: Samy meinte es wirklich ernst. Es gab nicht so sehr ideologische wie logische Gründe: Wenn es ihm gelang, dieses unbekehrbare Proll-Milieu zu bekehren, würde es nicht den Menschenfängern zum Opfer fallen und damit zu jenen sozialen Konflikten kommen, die sich damals andeuteten und denen wir alle mehr oder weniger gelähmt und mehr oder weniger tatenlos zusahen. Ich musste in dieser Zeit wieder an den Satz von Samys Lehrerin denken: »Dieses Kind hat nichts Böses.« Genau das war es, was uns alle ins Unglück stürzen würde.

Das Schlimme war, dass Samy sich nach einer kurzen Pause weiter bei uns auf dem Handy meldete und dabei so tat, als sei alles in Ordnung. Er klang wie immer; heikle Themen wurden ausgespart; so wie früher gab es auch jetzt am Telefon nie Streit. Jedes dieser Telefonate bedeutete vor allem für Brigitte den emotionalen Ausnahmezustand. Während des Gesprächs musste sie sich zusammenreißen, sich nichts oder wenig anmerken zu lassen, um, wie sie sagte, Samy nicht zu belasten, denn sie hatte Angst davor, dass er, wenn es zu unangenehm für ihn werde, den Kontakt wieder und dieses Mal ganz einstellen würde. Nach den Telefonaten analysierten wir jedes Detail, ließen uns noch einmal von Alexa unsere Dialoge vorspielen und suchten nach Hinweisen, dass es ihm in seinem neuen Leben doch nicht so gut gefiel wie behauptet.

Auf der Homepage von *Menschen* stellte Samy in regelmäßigen Abständen kurze Videos ein, in denen er von seiner Arbeit berichtete. Mir entging nicht, wie sehr ihm diese Rolle des woken Presenters, altmodisch könnte man auch sagen: Missionars, entsprach. Ob er nun eine mehrköpfige Familie besuchte, die in zwei Zimmern in einem tristen Wohnblock hauste, um ihr jüngstes Kind zu verarzten, das vom Smog unter bronchialem Husten litt, und seinen Auftritt für authentische Einblicke in das Leben der »Disadvantaged and Left-Behinds«, wie er das nannte, nutzte; oder ob er sich aus der *Menschen*-Zentrale in einem Außenbezirk Frankfurts meldete, um sich mit jenen verwahrlosten Gestalten zu unterhalten, die sich dort für Essen anstellten – stets wirkte er genauso, wie wir uns das früher beim Sender von unseren Moderatoren gewünscht hatten: unverstellt, engagiert, emotional und dabei doch sachlich. Seine Begeisterungsfähigkeit für den guten Zweck, die sich irgendwo zwischen übersteigertem Idealismus und kindlicher Naivität bewegte, ohne dabei jedoch peinlich zu werden, hatte uns früher vor Rührung dahinschmelzen und uns nicht zuletzt stolz auf die eigene Schulter klopfen lassen. Das war unser Sohn. Gut war er. Gut hatten wir das gemacht. Nun setzte er seine unverwechselbare Samy-Art dafür ein, um die Herzen eines neuen Publikums zu gewinnen, das nicht mehr wir waren. Seine kleinen Hobbyfilme für *Samno* erschienen mir jetzt wie Gesellenstücke, als hätte er bereits damals genau gewusst, dass er sich mit ihnen das Rüstzeug für seine spätere, eigentliche Aufgabe aneignete. Die handwerkliche Qualität der Clips, ihr unleugbar emotionalisierender und zugleich informativer Inhalt und vor allem Samys Talent vor der Kamera waren für jeden augenscheinlich. Nur dass mich angesichts von Samys felsenfester Überzeugung, das Richtige zu tun, und dem Furor, der ab und an in seinen Augen blitzte und seine Stimme zittern ließ, Unwohlsein beschlich. Wahrscheinlich fiel es ihm selbst nicht auf. Aber diese Clips waren die schlimmste vorstellbare Manipulation, eben weil Samy so seriös und sympathisch wirkte. Sie schürten Empörung. Sie machten wütend. Empörung über die Untätigkeit der Regierung. Wütend auf all die, die zu wenig oder nichts gegen das Elend vor der eigenen Haustür taten. Damit waren unzweifelhaft auch wir gemeint. Dass er auch Applaus von der falschen Seite erhalten würde, schien er billigend in Kauf zu nehmen. Mein Kind ist ein Demagoge. Manchmal schoss mir dieser Satz durch den Kopf und ließ mein Herz rasen. Samy ist ein Demagoge. Und dennoch: Letztlich wirkte dieser Heal-the-World-Trip inklusive Gutmensch-Show auf mich nicht zu Ende gedacht und weckte in mir väterliche Instinkte. So glaubte ich, Samy vor jener Gefahr bewahren zu müssen, auf die er da aus lauter idealistischer Verblendung zusteuerte, ohne es ahnen.

Brigitte und ich waren noch im Stadium des Hoffens und hatten genügend Energie, um neben unserer Arbeit Pläne zu schmieden, Samy zurückzuholen, was und wohin auch immer dieses »Zurück« bedeutete. Dieses gemeinsame Ziel schweißte uns neu zusammen. Wir konnten damals sogar noch lachen, wenn wir uns abends gemeinsam an Samy als Kind erinnerten, an seinen Ehrgeiz und seinen Eigensinn. Die Erinnerungen taten nicht weh. Im Gegenteil. Sie waren Ansporn, den Kampf um dieses wunderbare Kind nicht aufzugeben, obwohl wir gar nicht wussten, gegen welchen Gegner wir eigentlich antraten. Brigitte und ich stritten nie über Samy. Stattdessen tat ich eines Nachts etwas, das ich mir schon länger vorgenommen hatte, vor dem ich jedoch zurückgeschreckt war, weil es unerfreulich zu werden versprach. Madita war die einzige offensichtlich Schuldige in dieser Geschichte. Sie hatte Samy mit *Menschen* in Verbindung gebracht und ihm sicherlich auch all die Jahre Flausen von wegen »du musst die Welt retten«, »auf dich kommt es an« in den Kopf gesetzt. Wann immer ich ihren Namen in Brigittes Gegenwart aussprach, ging sie an die Decke, und es stand der Vorwurf im Raum, dass, weil Madita keine eigenen Kinder hatte, sie Samy Brigitte und mir in gewisser Weise weggenommen habe. Ich wollte wissen, ob Madita zumindest eine Ahnung davon hatte, was Samys Abbruch des Medizinstudiums mit uns anstellte.

»Und du wirst nie wissen, wie es ist, keine Kinder zu haben.« Wie immer nahm mir Madita sofort und ohne jedes Mitleid den Wind aus den Segeln. Vor dem Gespräch hatte ich Alexa ausgeschaltet, damit sie sich nicht mit Deeskalationsvorschlägen einmischte. Für einen Moment war ich schockiert gewesen, weil Madita vollständig ergraut war und eine übergroße Brille mit durchsichtigem Gestell trug, wie sie damals in Mode war. In jenen Sekunden, in denen mein Gehirn eine Ähnlichkeit mit dem Gesicht auf dem Bildschirm und jenem in meiner Erinnerung konstruierte, fragte ich mich, ob ich diese Frau, die da auf ihrem Sofa in Hamburg lag, eigentlich wirklich kannte. Wie lang hatte ich nicht mehr mit ihr gesprochen? Mir wurde heiß, als ich merkte, dass ich eigentlich fragen sollte, wie es ihr gehe und was mit »dem Stefan« sei – mich es aber einfach nicht interessierte.

»Schau mal«, fuhr sie ruhig fort, »ich weiß ja, wie viele Sorgen ihr euch macht jetzt. Aber Samy ist so ein großartiger Junge, der schafft das. Schließlich ist er euer Sohn. Muss ich dir ja nicht sagen so was. Vertraut ihm doch einfach. Aber lasst ihn jetzt halt bitte, bitte einfach mal machen, oder? Es geht ihm doch gut dort. Ich meine, wart ihr denn je überhaupt da?«

»Ach, du etwa? Und ihr redet noch immer regelmäßig, oder wie?«, brach es aus mir raus. »Ja, würde dir so passen! Dass wir ihn jetzt einfach dir überlassen! Wie lange geht das eigentlich schon, dass du versuchst, ihn zu manipulieren?«

»Basti, bitte.« Ihre sanfte Stimme machte mich verrückt. Sie sprach mit mir wie mit dem Vater eines ihrer Patienten. »Ich glaube, da überschätzt du meinen Einfluss echt. Samy ist voll der Dickkopf. Wie seine Eltern übrigens.«

Ihre Charme-Offensive verfing nicht bei mir. Samy war weg, für Brigitte gab es Tag und Nacht nur mehr ein einziges Thema – und Madita trug eine Mitverantwortung dafür. »Kannst kein Kind kriegen und nimmst dir jetzt einfach unseres«, zischte ich. Obwohl es mich sofort heiß durchfuhr, weil ich wusste, dass ich eine Grenze überschritten hatte, fühlte es sich unglaublich gut an, ihr das endlich an den Kopf zu werfen. Es war ein ähnliches Gefühl wie damals bei der Ohrfeige, die ich Samy verpasst hatte.

»Ich glaube, es ist besser, wenn wir ein andermal reden«, brachte sie mühsam hervor.

»Ne, pass auf, ganz einfach: Wir reden gar nicht mehr. Wie wär's damit, hm?«

Ich klang so, wie ich oft bei Verhandlungen gern geklungen hätte; wo es zielführend gewesen wäre, mir aber nie gelungen war. Ich war der Sensible, Weiche. Der Einfühlsame. Empasthian. Ich konnte diese Worte nicht mehr hören. Deswegen schrieb ich die Skripts für die Avatare. Deswegen hatte ich bei Samy die Zügel zu locker gelassen, weswegen er zu oft draußen im Brachland und bei den Holzhäusern gewesen war und nicht gelernt hatte, das, was Brigitte und ich ihm boten, zu schätzen, statt es aufs Spiel zu setzen. Er kannte nicht die Opfer, die wir für ihn gebracht hatten. Ich konnte auch anders.

So unerfreulich das Telefonat mit Madita gewesen war, sie hatte mich doch auf eine Idee gebracht. Denn in einem Punkt hatte sie recht: Brigitte und ich wussten zwar über *Menschen* Bescheid; wir hatten Berichte gelesen und Clips angesehen. Wir waren aber nie vor Ort gewesen und hatten uns nie mit unseren eigenen Augen ein Bild gemacht. Zeitgleich gab es unvermittelt diese Schlagzeile zu *Menschen* – und das brachte den Stein ins Rollen. Wir hatten einen News Alert zu *Menschen* eingerichtet. Eines Abends befanden sich mehr Links als je zuvor in unserem Postfach. Als wir nachguckten, wurde uns warm – zunächst vor Schreck und dann von etwas, das wir beide als Erleichterung deuteten. *Menschen* finanzierte sich durch öffentliche Zuwendungen, Lotterieeinnahmen, aber vor allem durch Spenden. An diesem Tag war einer der wenigen Großspender von *Menschen* wegen Steuerhinterziehung vor Gericht gestellt worden. Es handelte sich um einen Unternehmer aus der IT-Branche. In einem Statement hatte er von einem Komplott gegen vermeintlich unliebsame Bürger wie ihn gesprochen. Es war der uns mittlerweile leidlich bekannte Klagegesang der sonst so Robusten und dann auf einmal erstaunlich Wehleidigen, der allzu offensichtlich von den eigenen peinlichen Verfehlungen ablenken sollte, indem man sich selbst zum Opfer und seine Richter zu Marionetten in einem Endkampf stilisierte, in dem es um nichts weniger als das große Ganze ging. Bereits zuvor hatten wir Texte des in seiner Freizeit philosophierenden Unternehmers gelesen, in dem er seine abwegigen Thesen verbreitete. Beispielsweise stellte er die historische Einmaligkeit des Holocausts angesichts des Genozids im osmanischen Reich und in Ruanda in Frage und leitete davon eine völlig verfehlte Erinnerungspolitik in Deutschland ab, die von Selbsthass geprägt sei und dazu geführt habe, dass man sich lieber im Ausland engagiere als vor der eigenen Haustür, was wiederum *Menschen* so einzigartig und wichtig mache. In Wahrheit, das war für Brigitte und mich klar, ging es ihm um Stimmungsmache und Einflussnahme. Sein Einsatz für *Menschen* sollte ihm wahrscheinlich das Image des vermeintlichen Gutmenschen, des Machers und Kümmerers, geben, was ihm für eine politische Karriere, die er, woran ich keinen Zweifel hatte, bereits plante, nützlich sein würde. Der Vorwurf der Steuerhinterziehung, an dem nicht zu rütteln war – jedenfalls nicht, wenn man ein vernünftiger Mensch war, und Samy war ein vernünftiger Mensch –, zerstörte jedoch seine gesamte Glaubwürdigkeit und kratzte damit auch am Image von *Menschen*. Jeden Tag, den sich die Organisation nicht von ihrem Großspender distanzierte, jubilierten wir. Wir spürten wieder Boden unter den Füßen. Die Chance, Samy »heimzuholen«, war größer denn je.

Das alles muss im Oktober 2034 gewesen sein, wenn ich mich recht erinnere. Um Samys endgültige Exmatrikulation zu verhindern, blieb kaum noch Zeit. Insofern kam der Steuerhinterziehungsskandal wie gerufen. Wir würden nach Fechenheim fahren, wo Samy arbeitete, und ihn mit den Vorwürfen konfrontieren. Die

Wende war greifbar. Es gab ein Ziel, auf das wir hinarbeiten konnten. Ich hatte das Gefühl, als säße ich an meinem wichtigsten Skript. Hier ging es nicht mehr um den virtuellen Raum. Was geschehen würde, hätte echte Konsequenzen und würde für immer gelten. Das war die Wirklichkeit, und ich würde sie schreiben.

In der Nacht vor unserer Fahrt zog Brigitte im Bett unvermittelt die Decke über uns beide und spielte mit mir das »Sehen ohne Augen«-Spiel. Sie war so ruhig und klang so fröhlich, wie schon sehr lange nicht mehr. »Es ist der dritte Tag, nachdem Samy auf die Welt gekommen ist. Der erste Tag zu Hause. Wir lagen so wie jetzt unter der Decke. Aber Samy war zwischen uns. Ich hatte wahnsinnige Angst vor der Geburt und währenddessen. Und unfassbare Schmerzen.«

»Ich weiß«, sagte ich leise und tastete nach ihrer Hand. Sie ergriff sie.

»Und ich hatte die ganze Zeit auch danach so wahnsinnige Angst, dass ihm was passiert, dass ich was falsch mache und er mir runterfällt oder so etwas. Aber jetzt liegen wir drei da in unserem alten Schlafzimmer. Samy schläft. Es ist September 2013. Ich glaube, ich hätte nie gedacht, dass man so glücklich sein kann.«

Wir sagten dann lange nichts mehr. Irgendwann wurde es unter der Decke zu stickig, aber ich wollte nicht den Augenblick zerstören. Schließlich sagte Brigitte laut »ja« und schlug die Decke zurück.

Es mochte daran liegen, dass ich mir diese Reise mit all ihren Details zuvor so oft in Gedanken ausgemalt hatte, dass sie mir dann, als wir sie tatsächlich antraten, unwirklich vorkam, wie ein Déjà-vu von etwas, auf das ich keinen Einfluss hatte und dessen Ausgang bereits feststand. Auf den Tagesreisen nach Stuttgart zu *Alife*, die ich einmal im Monat unternahm und die immer nach dem gleichen Schema abliefen, nutzte ich jede freie Minute für meine Arbeit, so dass ich gar nicht mehr auf meine Umgebung achtete. Wir kannten viele Gegenden, in denen wir noch in den Nuller- und Zehnerjahren ständig gewesen waren, als wir noch vermehrt reisten, nur mehr aus Berichten. Bevor wir das Haus verließen, legten wir unsere Masken an. Auch wenn es dafür Punkte auf dem Gesundheitskonto gab, hatten wir sie schon länger nicht mehr getragen. Die Orte, an denen wir uns regelmäßig bewegten, waren ja garantiert keimfrei und mit Filtern ausgestattet. Doch über die gesundheitliche Lage in den Communitys gab es unterschiedliche Versionen. Offiziell wurde Besuchern dringend geraten, »die üblichen Schutzmaßnahmen« zu treffen. Wenn noch wo Seuchen kursierten, dann dort. Wir checkten uns gegenseitig, dann nickten wir uns zu, wie Soldaten vor einem Einsatz. Aufgedreht, wie auf einer wichtigen Mission, von der nur wir beide wussten, warteten wir im Münchener Hauptbahnhof in der langen Schlange am Security-Point vor unserem Gleis. An den Checks bei dem Korridor aus Plexiglas und dem Körperscanner saßen echte Polizisten neben den Bot-Buddys, was stets ein Zeichen für erhöhte Alarmbereitschaft war. Ich hatte mein Defense Device mitgenommen und zeigte mein Safety-Service-Zertifikat vor. Wir wussten, dass es nach Stuttgart ein Stück gab, das nicht durch den neuen Tunnel führte.

Doch es ging alles glatt.

»Mensch, und ich hatte immer so Schiss, dabei ist es ja fast wie früher. Könnten wir eigentlich in Zukunft öfter machen«, scherzte Brigitte irgendwann sogar, als der Odenwald in abstrakten Farbstreifen draußen vorbeiraste, als handele es sich um eine Serie der teuersten Gemälde zeitgenössischer Kunst à la Gerhard Richter.

Nach Fechenheim nahmen wir das Taxi. Während wir im Stau im Tunnel unendlich langsam vorwärtsruckelten, wollte ich gar nicht daran denken, wie die Straßenzüge über uns aussahen. In den nahezu täglichen Berichten ähnelten sie einer Militärzone. Brigitte informierte sich notgedrungen regelmäßig über die Situation hier und an anderen Hotspots, da sie ja in ihren Excellence-Kursen am Sophie-Scholl-Gymnasium mit den Schülern über die unhaltbaren Zustände mitten in Deutschland diskutierte und mit ihnen Möglichkeiten des richtigen Umgangs durchspielte. Die eine Gruppe der Schüler stellte dann Bewohner der Communitys, die andere die »offizielle« Seite und die dritte die Bewohner der Innenstädte und Viertel dar, was immer, laut Brigitte, sehr emotional, aber auch lustig war. Am Ende der Stunden kam es durchweg zu sehr erstaunlichen und schönen Lösungen.

Als wir bei der Schleuse mit dem Kontrollposten angelangt waren, den jeder passieren musste, der aus dem Viertel heraus- oder in es hineinwollte, nahm ich die Umgebung zum ersten Mal bewusst wahr. Das Häuschen war schwer gesichert. Der hohe Zaun und die über und über mit Graffiti beschmierte Mauer, die sich zu beiden Seiten bis in weite Ferne erstreckten, markierten die Linie, hinter der die Wohnblöcke begannen. Wie befürchtet, mussten wir uns in eine Schlange aus Bewohnern einreihen, die zurück in ihr Viertel wollten. Ich zog meine Maske enger, steckte die Hand in die Manteltasche und umgriff den Defense Device. Brigitte und ich hatten uns zwar vorgenommen, unsere alten Antipathien gegenüber Community-Bewohnern zu unterdrücken, und hatten auch bei unserer Kleidung darauf geachtet, dass sie nicht auf den ersten Blick unsere Herkunft verriet. Wir wollten fair sein. Keiner konnte etwas für seine Geburt. Trotzdem wurde mir dann zwischen den maskenlos rotzenden, spuckenden, fluchenden Familien, die keinerlei Rücksicht auf Brigitte und mich oder irgendwen nahmen, klar, dass sich mein Mitleid sehr in Grenzen hielt. So schnell wie möglich wollte ich diesen Ort wieder verlassen. Unsere Uhren gaben keinen Infektions- oder sonstigen Alarm, was allerdings nicht viel heißen musste, da bekannt war, dass sich die meisten Bewohner der Communitys ohnehin nicht um Gesundheits-Apps oder Derartiges scherten. Hinter der verkratzten Glasscheibe des Kontrollhäuschens sprach zwar eine männliche Stimme mit uns; ich bin mir allerdings nicht sicher, ob es sich wirklich um einen Menschen handelte. Sie war ausnehmend höflich und geduldig.

Die Zentrale von *Menschen* befand sich in dem mehrstöckigen Verwaltungsgebäude der ehemaligen Post. Früher war die Fassade wohl in einem frischen Post-Gelbton angestrichen gewesen, der jetzt nur mehr als Hintergrund unter dem riesigen Wandgemälde darauf hindurchschimmerte. Es zeigte den Zaun, den wir eben passiert hatten. Durch Lücken in ihm und über ihn reichten sich Menschen die Hände und tauschten Güter aus. Obwohl es in fotorealistischem Stil gehalten war, hatte es mich, als ich es zum ersten Mal im Netz gesehen hatte, in einem Schreckmoment an das Fresko der *Leuchte* erinnert, an das ich lange nicht mehr gedacht hatte, genauer gesagt an jenen Teil, der die Gegenwart dargestellt und auf den Fall der Berliner Mauer angespielt hatte, auch wenn es sich damals um einen echten Akt der Befreiung gehandelt hatte, wovon hier, in Fechenheim, nun wirklich nicht die Rede sein konnte angesichts des unbestreitbaren Gefahrenpotenzials der Communitys. Die Statistiken sprachen eine klare Sprache. Die überwältigende Mehrheit der Straftaten war auf die Communitys und ihre Bewohner zurückzuführen. Das ließ sich beim besten Willen nicht ignorieren.

Brigitte und ich traten durch den Torbogen zwei. Wo war der Empfang? Der Innenhof des Verwaltungsgebäudes wimmelte von

Menschentrauben, die nach undurchschaubaren Ordnungssystemen in langen Schlangen vor irgendwelchen Ausgaben warteten oder durcheinandereilten. So gut es ging, wollte ich direkten Kontakt mit eventuell infektiösen Bewohnern vermeiden. Es war wieder ungewöhnlich heiß geworden, und ich spürte, wie mir der Schweiß langsam unter der Maske in meinen Bart rann. Meine Wetter-App hatte das falsche Wetter vorhergesagt. Ich war viel zu warm angezogen und kämpfte mit meinem Kreislauf. Mir stach ein Grüppchen von drei, vier jüngeren Menschen ins Auge, die sich irgendwie vom Rest abhoben, sie bahnten sich ihren Weg durch den Auflauf. Ja, man wich vor ihnen zur Seite, so dass ich sie nun besser sehen konnte: Bedächtig gingen sie rückwärts. Überrascht erkannte ich, dass der eine von ihnen eine der modernen Tonangeln hochhielt und die zweite mit einem Handy filmte, während sie von der dritten an der Hüfte geführt wurde, damit sie nicht fiel. So ein Team hatte ich schon lange nicht mehr gesehen, und irgendwie machte es mich sofort nostalgisch.

Brigitte tippte mich an und deutete auf eine Stelle im Torbogen schräg vor uns. Als ich die Eisentür, Gegensprechanlage und Kamera entdeckte, war ich ebenso beunruhigt wie erleichtert. Zumindest war man auch bei *Menschen* nicht leichtsinnig. Summend wurden wir eingelassen und mussten erneut eine Schleuse passieren, die uns offenkundig scannte, ich nehme an, nach Waffen und Viren. Meinen Defence Device hatte ich vorher in eine Box legen müssen. Brigitte und ich hatten uns vorgenommen, nicht Händchen zu halten, obwohl uns danach zumute war. Wir wollten nicht wie die typischen besorgten Mommy und Daddy auftreten, die hier möglicherweise öfter aufkreuzten, sondern wie Eltern, die sich einfach nur ein eigenes Bild machen wollten von jenem Ort, an dem ihr Sohn arbeitete. Brigitte würde das Reden übernehmen. Solche Situationen lagen ihr, obwohl ich wusste, wie aufgewühlt sie in Wahrheit war. Nachdem sich hinter der Schleuse die dunkel getönten Flügel der Tür automatisch zur Seite öffneten, traten wir in eine steinerne Halle, die mich im ersten Moment an meine Kindheit erinnerte, als ich hin und wieder meinen Großvater bei unseren Ausflügen nach München oder Regensburg in Postfilialen begleitet hatte, um noch vor Ende der Öffnungszeiten ein dringendes Päckchen an die Thomas Mann-Gesellschaft oder eine andere enorm wichtige Institution aufzugeben. Der hohe Raum, an dessen Seiten noch die alten farblos gewordenen Schilder mit dem Posthorn-Logo angebracht waren, atmete für mich noch ganz die Aura der Nachkriegszeit. Irgendwie fühlte ich mich zu Hause. Auf den verdreckten Boden fiel vom Glasdach Tageslicht in grellen Quadraten. Der Trubel im Innenhof war so laut, dass er als Gemurmel selbst durch die dicken Mauern drang. Nur der Schalter in der Mitte war besetzt, die anderen lagen leer in staubigem Halbdunkel. Eine junge, aber verbraucht wirkende und übergewichtige Frau ohne Maske diskutierte zusammen mit ihrer halbwüchsigen Tochter mit der Frau hinter der dicken Plexiglasscheibe. Es ging, glaube ich, darum, dass sie erst wieder Essensmarken erhielte, wenn ihre Tochter die Schule besuche, was diese teilnahmslos ablehnte. Ich kannte die Sendungen à la *Drecksloch*, die das Leben in den Communitys für ein Publikum auf der anderen Seite des Zauns abbildeten und genau solche Szenen mit Freude ausschlachteten. Ich verspürte eine tiefe Abscheu gegen solche Sendungen. Dass die Wirklichkeit um mich herum genau jenem Klischee entsprach, von dem ich bislang gedacht hatte, sie sei den Köpfen junger zynischer Reality-Show-Redakteure entsprungen, lähmte mich. Ich begann, Sternchen zu sehen. Der ständige Wechsel zwischen natürlicher Hitze und Klimaanlagen-Kälte machte mir zu schaffen. Ich hielt mich am schwankenden Pflock des Absperrbands fest, das den Besucherverkehr zum Schalter lenken sollte. Die Mutter wurde immer lauter, bis die bis dahin stille Tochter vollkommen unvermittelt und in maximaler Lautstärke zurückschrie und sich schließlich beide mit wüsten Beschimpfungen überzogen. Ich guckte zu Brigitte, die versuchte, sich nichts anmerken zu lassen. Ihre Augen blinzelten nervös. Mir war speiübel. Der geschockte Besucher aus der Elite-Siedlung. Das Weichei. Der Softie. Empasthian. Nicht nur Mutter und Tochter waren hier Klischee. Ich war es auch. Wir waren es. Egal, was wir taten und wie wir uns benahmen. Man entkam sich nicht. Und noch etwas wurde mir auf einmal noch klarer: Ändern würde sich nie etwas in den Communitys. Es war zu spät. Das hieß aber auch: Samy vergeudete sich.

Wir kannten die wichtigsten Mitarbeiter der Fechenheim-Zentrale von ihren Profilen auf der *Menschen*-Homepage. Schon da waren wir überrascht gewesen, wie jung sie waren. Auch die blonde Frau hinter der Scheibe am Empfang, an die wir traten, nachdem Mutter samt Tochter schimpfend mit einem Gutschein abgezogen waren, mochte Samys Alter und vielleicht sogar, ihrer gewählten Ausdrucksweise nach, einen ähnlichen Hintergrund besitzen.

»Ja, bitte?«, drang ihre Stimme hinter dem Glas hervor. Sie wirkte sportlich, sympathisch, zugewandt, all das; die Züge in ihrem Gesicht wiesen aber dieselbe Härte auf, die mir schon die letzten Male an Samy aufgefallen war.

»Guten Tag«, Brigitte setzte ihre professionelle Miene auf, diese Mischung aus Kühle und Freundlichkeit, um die ich sie beneidete. »Wir suchen Samuel Klecka. Samy. Der arbeitet hier, soviel ich weiß.« Und nach einer Pause: »Wir sind …«, sie lächelte kurz, was implizierte, dass sie wusste, dass das, was sie gleich sagte, heikel war, wodurch dem Moment das Peinliche genommen und durch einen Schuss Ironie entschärft wurde, »… seine Eltern.«

Mein Herzschlag beschleunigte sich. Ich hatte meine Uhr und damit alle Apps, auch jene, die auf gesundheitliche Gefahren hinwiesen, auf lautlos geschaltet, damit wir nicht sofort als die typisch besorgten Bewohner von der anderen Seite des Zauns erkennbar waren, die bei allem und jedem ihre Apps befragten. Nachdem die junge Frau am Empfang Samy angepiepst und erklärt hatte, wer da gerade vor ihr stehe, erschien er schneller als gedacht. Er kam nicht allein, sondern zusammen mit drei etwa Gleichaltrigen, mit denen er sich im Gespräch befand und die ich beim näheren Hinsehen als ein weiteres Kamerateam erkannte. Ja, gerade in diesem Moment wurde er gefilmt, im Gehen erzählte er etwas der Redakteurin oder Kollegin oder um wen es sich auch immer handelte und damit dem Zuschauer. Langsam dämmerte es mir. Genauso wichtig, wie in dieser Organisation soziale Arbeit zu leisten, war es, alles simultan zu dokumentieren und wahrscheinlich umgehend online zu stellen. *Menschen*, das war nicht nur eine NGO, das war ein Sender. *Samy ist beim Fernsehen*, dieser völlig unsinnige Satz schoss mir durch den Kopf.

Samy verabschiedete sich vom Team und der Kamera, verlor sein einnehmendes Lachen nicht, als er uns erblickte, ja, es wuchs sogar noch, bevor er es hinter der Maske, die er nun, offenkundig aus Rücksicht auf uns, aus seiner Tasche kramte, verbarg, so dass ich mich sofort danach sehnte. Zur Begrüßung breitete er die Arme aus. »Was macht ihr denn hier? Alles okay? Warum habt ihr denn nicht vorher was gesagt, dass ihr kommt? Hey, gut, dass ihr so früh da seid, in einer Stunde ist hier die Hölle los.« Er wirkte gar nicht schockiert, sondern erfreut. Er wollte uns umarmen.

Hastig machte ich einen Schritt zurück. »Nicht böse sein … wir wollen nur vorsichtig … sein«, wehrte ich ab, deutete in die Halle, was auf mögliche Krankheitserreger hinweisen sollte, und winkte ihm zu. Brigitte warf ihm durch ihre Maske hindurch einen Luftkuss zu, was klang, als röchele sie, und sagte: »Du kennst uns doch. Wir lieben Überraschungen. Wollten halt mal sehen, wie es dir geht einfach.« Sie klang überzeugend ironisch. Dass sie zitterte, merkte nur ich, weil ich so nah bei ihr stand, dass ich leicht ihre Hand berührte.

Samy guckte amüsiert. »Das Gebäude ist safe. Hier kommt keiner rein, der krank ist oder so. Dazu ist ja der Check da. Am Eingang. Ich habe ja auch kein Bock, mir was einzufangen.«

»Ist ja ein Riesenkomplex. Hätte ich gar nicht gedacht.« Ich wusste, dass Brigitte die Sätze nicht als Kompliment meinte. Sie wollte nur etwas Positives sagen.

Wir traten mit ihm in eine halbdunkle Ecke gegenüber dem Empfangskabuff. Von den steinernen Wänden, die Kühle ausstrahlten, hallte jedes Wort unangenehm laut, so sehr Brigitte und ich uns auch bemühten, leise zu sprechen. Außer uns befanden sich jetzt noch ein älterer, schlecht rasierter Mann mit seiner dürren, blondierten Frau und einem kleinen, vielleicht fünfjährigen Jungen, wahrscheinlich ihr Enkel, in der Halle. Keiner von ihnen trug eine Maske. Während der Mann und die Frau mit der Frau am Schalter sprachen, die uns, wie ich bemerkte, immer wieder Blicke zuwarf, musterte mich das Kind unverhohlen, was mir zunehmend unangenehm wurde.

»Ist das so was wie eure Uniform?« Ich zeigte auf Samys Kleidung, eine dunkelblaue Hose und einen gleichfarbigen Sweater, auf dessen Schulter das Logo von *Menschen* aufgenäht war, eine dem Betrachter hingestreckte offene Hand.

»Ja, trägt ja das Mädchen am Empfang auch«, bestätigte Brigitte. Wahrscheinlich bemerkte Brigitte nicht den abfälligen Ton in ihrer Stimme und das Pejorative an dem Begriff »Mädchen«. Für den Bruchteil einer Sekunde rutschte ich in Samys Rolle und versuchte, mich in ihn einzufühlen. Die Frau hinter der Plexiglasscheibe hatte Brigitte jedenfalls nicht gehört. Sie hatte jetzt alle Hände voll mit dem Paar zu tun, das sich wegen irgendetwas beschwerte.

Der Stoff erinnerte an Jeans, war aber ein anderes Material. Ich fand das Outfit lächerlich. Fast wie das Kostüm aus einem Star Trek-Film. Samy sah viel besser in seinen alten Klamotten aus.

»Rein praktische Gründe. Damit man uns gleich erkennt. Außerdem tragen wir nur Sachen, die absolut fair produziert sind.«

»So wie wir halt auch«, erklärte ich sofort, viel zu laut, obwohl ich eigentlich geflüstert hatte. Die Wände ließen meine Stimme anders klingen, schriller, wie unter einem Vergrößerungsglas. »Aber ich weiß schon, was du meinst«, schob ich schnell hinterher.

»O-kay.« Samy nahm kurz die Maske ab, um zu gähnen, und grinste uns liebevoll an, bevor er sie wieder aufsetzte. Er steckte die Hände in die Hosentasche. »So schön, dass ihr gekommen seid. Jetzt seht ihr das endlich mal. War die ganze Nacht im Einsatz. Gibt hier immer so viel zu tun.«

Ich hatte gehofft, dass er entweder überfordert oder gelangweilt wirken würde, und infolgedessen empfänglich wäre für unsere Argumente, nach Heidelberg zurückzukehren. Wir wären sein Rettungsanker. Er wäre uns ewig dankbar. Manchmal werden einem ja erst die eigenen Irrtümer klar, wenn man sich in seiner vertrauten Umgebung durch die Augen eines anderen sieht, in diesem Fall: die unseren. Doch das Gegenteil war der Fall. Trotz seiner Müdigkeit lag ein Strahlen in seinen Augen, das ich bei ihm zum letzten Mal als Kind gesehen hatte, wenn er von etwas hellauf begeistert gewesen war. Er war beseelt.

Der Mann und die Frau stritten jetzt immer lauter. Die Wände und die steinernen Stufen in der Empfangshalle verwandelten ihre Stimmen in einen unverständlichen Chor. Das Kind hatte sich auf den Boden gesetzt und starrte immer noch zu uns herüber. Es stimmte schon: dass der Junge in so einem Umfeld aufwuchs, war unendlich traurig. Früher oder später würde er sehr wahrscheinlich wie seine Großeltern werden. Aus den Augenwinkeln warfen uns die beiden feindselige Blicke zu. Es würde nicht lange dauern und sie würden uns ansprechen. Da wies die junge Frau hinter der Plexiglasscheibe am Empfang sie in scharfem Tonfall zurecht, und überraschenderweise gehorchte das Paar umgehend. Erschrocken schaute das Kind zu ihr hoch.

»Also, warum habt ihr nicht vorher einfach Bescheid gesagt?« Samy kratzte sich am Nacken, ein Zeichen für Verlegenheit und eine seiner wenigen Gesten, die gestellt und künstlich wirkten, was ich immer irgendwie rührend gefunden hatte, gerade weil er sonst so unfassbar authentisch war. Ich liebte ihn. »Ich hätte euch echt gern mal eine kleine Spezialtour durchs Gebäude hier gegeben. Aber meine Schicht beginnt in einer halben Stunde.«

»Wo musst du denn hin?«, erkundigte sich Brigitte. Wieder hörte ich sie durch Samys Ohren, sie hätte auch »Für mich wirst du immer maximal zwölf Jahre alt bleiben, aber du kannst mir gern deine Spielsachen zeigen« sagen können. Samy ignorierte ihren Unterton.

»In einen Wohnblock gleich hier um die Ecke. Muss zu meinen Patienten.«

»Und da ist noch ein anderer Arzt dabei …«, entfuhr es mir. Früher als eigentlich geplant kamen wir zum eigentlichen Thema. Ich hätte gern vorher noch über Privates gesprochen, eine gute Stimmung aufgebaut, so hatte ich das in Fortbildungs-Seminaren zur idealen Präsentation von Projekten gelernt.

Samy runzelte die Stirn. »Ne, nur ich. Ich habe ja die Grundausbildung. Und alles, was dann noch gekommen wäre, wäre echt so was von überflüssig gewesen für das, was ich eigentlich machen will. Habt ihr eine Ahnung, wie viel Zeit im Studium für Sachen draufgeht, die ich später nie brauche? Und dann diese Machtspiele an der Uni und in der Klinik. Auch unter den Studis. Das ganze System, das ist einfach so was von krank.« Er wirkte auf einmal hellwach. Das Thema regte ihn spürbar auf.

»Aber, Schatz.« Brigitte atmete jetzt schneller. Sie schlüpfte aus ihrer Rolle. Eigentlich waren wir uns beide einig gewesen, dass das Treffen nicht zu emotional werden sollte. In unserem eigenen Interesse. Aber auch aus Rücksicht auf Samy. »Ich finde das ja wirklich … toll, was ihr hier macht. Wirklich. Das kannst du mir glauben. Auch wenn es vielleicht sinnvollere Organisationen geben mag, ich meine, das ist doch eigentlich paradox, dass du hier, also, hier alles gibst für so …«, sie zögerte, weil sie nicht wusste, wie sie es politisch korrekt ausdrücken sollte, »… Leute, die eigentlich allem, wofür du stehst, also, die dem …«, Zögern, Nachdenken, »nicht entsprechen. Hast du denn«, jetzt holte sie wie beiläufig zum eigentlichen Hieb aus, »das neulich mit eurem Großspender mitbekommen? Diese ganze Sache?«

»Wirklich total bedenklich«, pflichtete ich bei, weil ich spürte, dass ich etwas sagen musste, obwohl ich nichts zu sagen hatte.

»Aber was mich vor allem umtreibt«, fuhr Brigitte immer erregter fort und sah mich dabei an, als ertrage sie Samys Bild nicht, »was ist denn, wenn du in ein paar Jahren entscheidest, dass du dann was anderes machen willst? Wie geht das dann ohne Studium? Und dann sieht jeder in deinem CV, dass du bei so einer Organisation warst, die jetzt durch diesen Skandal doch eigentlich unmöglich geworden ist. Du hattest doch so super Noten. Du verbaust dir hier wirklich gerade deine ganze Zukunft. Und was, wenn du mal eine Familie haben willst?«

»Und diese Clips, die du da drehst …« Ich hatte gedacht, meine unzweifelhafte Kompetenz auf dem Gebiet Medien würde einem kritischen Kommentar zu Samys Videos besonderen Nachdruck verleihen. »… du hast so viel Talent … mein Gott … echt viel Talent … ich hätte alles gegeben, wenn ich damals dein Talent und Aussehen gehabt hätte … und dann machst du da so … Propaganda-Sachen …« Ich hüstelte, um meine Rührung zu verbergen.

Ohne dass wir es gemerkt hatten, war das randalierende Paar mit dem Kind verschwunden. Die junge Frau am Empfang studierte den Bildschirm vor ihr, aber ich wusste, dass sie uns zuhörte.

»Propaganda …«, zischte Samy. »Bitte? Und was machst du? Irgendwas anderes? Oh Mann.« Er guckte zu Boden und schüttelte ungläubig den Kopf. Das Strahlen war aus seinem Gesicht gewichen. Natürlich wusste er von dem Skandal. Er hatte keinerlei Einfluss auf seine Arbeit. Alle hier machten einfach weiter. Das war offensichtlich. Dass er so überlegen tat, zerstörte in mir sofort alle Sympathien für ihn und sein Engagement, die in den vergangenen Minuten in mir entstanden waren. Obwohl lediglich Mitte zwanzig, benahm er sich so, als hätten wir keine Ahnung vom Leben und von dem, was richtig und falsch war. Sicher hatten wir Fehler gemacht. Grundsätzlich jedoch hatten wir uns immer im Rahmen unserer Möglichkeiten bemüht. Wahrscheinlich sogar mehr als der Durchschnittsmensch oder zumindest andere in *Strawberry Fields*. Aber Samy wusste es immer besser. Als seien wir wegen unserer hoffnungslos veralteten Ansichten auf ewig verlorene Seelen. Diese plötzliche Erkenntnis stand in merklicher Diskrepanz zu etwas, was mir während dieses Ausflugs in die Parallelwelt jenseits des Zauns mehr denn je bewusst geworden war: Man konnte es drehen und wenden, wie man wollte. Wir standen auf der richtigen Seite. Wir waren die Guten.

»Bitte tut das nicht.« Samy starrte immer noch auf die großen rauen Steinquader aus einer anderen, für immer untergegangenen Epoche.

Brigitte drückte ihr Gesicht mit der Maske in die Armbeuge und hustete krampfhaft. Als ich sah, dass sie weinte, musste ich mich beherrschen, nicht ebenfalls loszuheulen. Auch Samy wischte sich schnell eine Träne aus dem Auge.

Eine Weile standen wir noch zusammen. Da näherte sich uns das Kamerateam von vorhin, und ich war mir unsicher, ob es uns nicht schon die ganze Zeit über beobachtet hatte, was mich sofort unbeschreiblich wütend machte. Es war unklar, ob das Team filmte oder nicht. Die Redakteurin hielt ihr Handy auf Brusthöhe, mag sein, dass sie auch lediglich etwas ausprobierte. Brigitte drehte sich weg, Samy machte abwehrende Handbewegungen, dann entfernte sich das Team und wartete in einiger Entfernung. Unschlüssig trat er auf uns zu. Ich wich vor ihm zurück. Vielleicht war es auch nur der Reflex, wie sonst im Alltag, um kein Risiko einzugehen und sich anzustecken.

Samy sagte noch etwas, das ich nicht verstand. Die Maske schluckte es.

Als wir eine Stunde später den Kontrollposten und den Zaun hinter uns gelassen hatten und im Taxi auf die Innenstadt zufuhren, sah ich Brigitte und mich für den Bruchteil einer Sekunde mit den Augen der jungen Frau am Empfang, wie wir da vorhin schräg vor ihr standen, ein in die Jahre gekommenes Paar, übermäßig darauf bedacht, sich richtig zu verhalten und auch ja keinen Fehler zu machen, jede Geste, jeder Gesichtsausdruck, jedes Wort voller mühsam verborgener Geringschätzung für die Bewohner des Stadtteils und der Mitarbeiter von *Menschen*, sowie voll unleugbarer Liebe für ihren Sohn. Ein Paar, mit dem man kurz tiefes Mitgefühl empfand, bevor man es seltsam fand. Ein anderer Teil von mir wusste zugleich, dass wir richtig gehandelt hatten. Wir hatten so gehandelt, wie wir handeln mussten.

Stumm starrte Brigitte aus dem Fenster. Im Grau des Spätnachmittags wuchsen um uns die Hochhäuser empor. Wir fuhren direkt auf sie zu, gleich würden wir an ihren Mauern zerschellen. In dem Augenblick, in dem sich die Straße sanft in den Tunnel unter ihnen senkte, war es, als begannen sie mit ihrem hellen künstlichen Licht schwerelos über uns zu schweben wie eine himmlische Stadt. Dann tauchten wir unter sie und in die Finsternis.

In den folgenden drei Jahren hatten wir keinen Kontakt mehr zu Samy. Anfangs war ich mehrmals versucht, seine Handynummer zu wählen. Diese Momente folgten der Logik der Sucht: Wie ein Alkoholiker musste ich unentwegt an das denken, wonach etwas in mir verlangte, obwohl ich mir vollkommen bewusst war, dass es mir nicht nur schaden, sondern mich ruinieren würde. Je stärker ich das Verlangen danach unterdrückte, desto brennender wurde es. Anfangs fiel es mir unbeschreiblich schwer, vernünftig zu bleiben. Oft starrte ich das Handy an und versuchte, dem Drang zu widerstehen, es zu ergreifen, während ich mir vorstellte, Samys Nummer zu wählen, das Klingeln und dann seine Stimme zu hören, »Dad?«, nur um dann zu realisieren, dass ich es bereits in die Hand genommen hatte. Ein paar Mal handelte ich mit mir selbst einen Deal aus: Ich erlaubte mir, Samys Nummer tatsächlich zu wählen, aber ohne auf den grünen Anrufbutton zu drücken. Ein-, zweimal schrieb ich ihm eine Mail. An jedem Satz feilte ich. Ich schrieb ihm, wie sehr er mich und vor allem seine Mutter verletzt habe und dass wir ihn immer noch liebten, wie sehr wir ihn vermissten. Ich schrieb »ich liebe dich«, ich löschte »ich liebe dich«, ich schrieb »wir lieben dich«,

ich löschte »dich«, ich löschte »lieben«, ich löschte »wir«, ich hielt den Löschbutton gedrückt und ließ rückwärts Buchstaben für Buchstaben verschwinden, bis ich vor dem weißen Bildschirm mit dem blinkenden Cursor saß, als hätte das, was ich da mit größter Sorgfalt verfasst hatte, nie existiert. Ja, ich lernte, dass dies die einzige richtige, sprich gesunde Strategie war, die Strategie, die mich daran hinderte, dass mich die Situation zugrunde richtete: Ich musste so tun, als existiere Samy nicht mehr. Und entsprach es nicht der Wahrheit, dass jener Samy, den ich kannte, tot war? Es gab einen neuen Samy. Der seinerseits beschlossen hatte, sich nicht mehr bei uns zu melden. Und uns jeden Tag, an dem er dies tat, aufs Neue verletzte. Es musste ihm bewusst sein.

Statistisch betrachtet nahmen viele Eltern-Einzelkind-Verhältnisse eine vergleichbare Wendung, wenn auch vielleicht keine so dramatische. Irgendwann aber würden sich die Wogen glätten. Noch war jedes Kind zurückgekehrt. Die Frage war nur, wann das geschehen würde. In ihrem Zimmer hörte ich Brigitte über ihre Beziehung zu Samy oft mit ihrer toten Mutter beziehungsweise mit Alexa reden. Ich bewunderte, wie sie ihren Schmerz meisterte. Denn dass dieser den meinen übertraf, daran bestand kein Zweifel. Keiner kann je das Glück, aber auch das Leid einer Mutter erahnen, wenn es um das eigene Kind geht. Brigitte bekam einen neuen Gesichtsausdruck. Er spiegelte eine Mischung aus Schmerz, Wut und unstillbarer Sehnsucht. Brigitte blickte dann vollkommen still auf einen imaginären Punkt direkt vor sich und in unerreichbar weiter Ferne. Sagte ich vorsichtig ihren Namen, war es, als erwache sie aus einer Hypnose, und ich wusste, dass gerade eben noch in ihrer Vorstellung Samy bei uns im Raum gewesen war. Auch wenn die Augenblicke, da Brigitte ihre Samy-Miene aufsetzte, nie wieder ganz wichen, so wurden sie doch Jahr um Jahr seltener.

Ich glaube, was diese Funkstille umso schwerer erträglich machte, war das Gefühl, dass sich dahinter viel mehr und etwas wesentlich Größeres verbarg als »nur« die üblichen Verletzungen, zu denen es in vielen Familien eben kommt. Jede unglückliche Familie ist unglücklich auf ihre Weise. Wir hatten zwangsläufig kapituliert. Das bedeutete auch eine Niederlage für die Werte, die unser ganzes Leben bestimmt hatten und weiterhin bestimmten.

Die Veränderungen bei *Alife* trugen letztlich dazu bei, dass es mir gelang, nicht mehr zwanghaft über den Konflikt mit Samy nachzudenken. Die Aufregung um seinen Studienabbruch und alles, was damit zusammenhing, hatte es mit sich gebracht, dass ich in der Firma nur das Nötigste erledigt und mich noch seltener als sonst in Stuttgart hatte blicken lassen. Inzwischen hatte aber offensichtlich Levent, einer meiner Zuarbeiter im Non-Fiction-Development-Department und zweifellos ein hochbegabter Skripter, seine Chance gewittert und der Abteilung jene Ideen zur Veränderung vorgetragen, die eigentlich schon längst ich selbst hätte haben sollen. Dadurch, dass er näher an den Entscheidern saß, von denen mittlerweile Sener, mein alter Bekannter und Fürsprecher, nur mehr einer unter vier war, hatte er bessere Karten als ich. Eines Tages teilte mir Sener bei einer Konferenz in Stuttgart mit bedauerndem Gesichtsausdruck mit, dass Levent in Zukunft der neue Head des Departments sei und ich die neu geschaffene Stelle des Senior Advisors erhalte, was angesichts der reduzierten Anzahl von Wochenstunden einerseits ein reduziertes Gehalt bedeute; andererseits könne ich mehr Zeit meiner Familie und meinen Hobbys widmen, das sei doch eigentlich positiv, finanziell dürfte mich das ohnehin nicht in echte Probleme stürzen bei Brigittes Gehalt, oder? Denn hätte er, Sener, nicht im Hinterkopf gehabt, dass ich gut versorgt sei, hätte er, ohne zu zögern, alle Hebel in Bewegung gesetzt, das wisse ich ja.

Bei den letzten Worten klopfte er mir kräftig auf die Schulter, ohne dass ich dadurch aus dem, was ich eben für einen schlechten Traum gehalten hatte, aufwachte.

Obwohl ich natürlich in meiner Eitelkeit gekränkt war – *Alife* war schließlich auch mein Baby –, hatte Sener nicht unrecht. Ich konzentrierte mich auf die neue *Make History*-Reihe, ein großes Kooperationsprojekt zwischen deutschen und internationalen Firmen, in dem die wichtigsten Ereignisse der Weltgeschichte im 20. und 21. Jahrhundert für den Einsatz in der Schule als VR aufbereitet wurden. In der Firma wusste man, dass ich mit der Direktorin eines Gymnasiums verheiratet war, einen bildungsbürgerlichen Hintergrund besaß und es mir wichtig war, dass ich moralisch, ethisch oder wie auch immer hinter dem Projekt stehen konnte. Nicht zuletzt deshalb hatte ich die lukrative Mitarbeit an *Touch* abgelehnt, zumindest hatte ich damals offiziell verlautbaren lassen, ich könnte es nicht mit meinem Gewissen vereinbaren, an einer Pornoplattform mitzuwirken. In diesen Jahren, Mitte der 2030er Jahre, standen die Vorbereitungen zum Gedenken an den hundertsten Jahrestag des Beginns des Zweiten Weltkriegs an. In meinem Team, in dem ich nun lediglich zum gewöhnlichen Skripter degradiert worden war, war ich für Joseph Goebbels zuständig. Einerseits fand ich den Charakter dieser frühen Figur des medialen Verführers interessant und entwickelte einen gewissen Ehrgeiz, seine rhetorischen Tricks zu analysieren, um zu verstehen, wie ihm die Massen über alle Milieus hinweg auf dem Leim gehen konnten; ich glaube, es lag auch an Samy und seinen Videos, dass ich mehr über das Wesen der Propaganda und ihre Mechanismen erfahren wollte. Andererseits war es nicht zu übersehen, welchen verheerenden Effekt Goebbels rassistischen Parolen, der Brüll-Stakkato-Rhythmus seiner Reden und die übersteigerte Theatralik seiner Gesten auf meine Gesundheits- und Stimmungswerte hatten. In Samys Zimmer spielte ich regelmäßig gegen Timo Boll Tischtennis und trainierte mit dem jungen Arnold Schwarzenegger an den Gewichten. Bei Werner und Tilly belegte ich einen Kurs, der mir offiziell bestätigte, dass ich mehr als drei Angreifer auf ein Haus, im Wald und im offenen Gelände abwehren und mich selbst länger als eine Woche allein in der Wildnis (mitteleuropäisch) durchzuschlagen vermochte. Ich hing das *Master of Survival*-Zertifikat in meinem Zimmer auf. Wenn ich bei der Arbeit einen Blick darauf warf, verlieh es mir Zuversicht.

Ich hatte mich am letzten Tag des Kurses länger mit Tilly unterhalten. Anders als sonst hatte ich begonnen, ein wenig von mir selbst und meiner Familie zu erzählen. Werner hatte sich auf einem Stamm dazugesetzt. Als sich die letzten Teilnehmer verabschiedeten, redeten wir immer noch. Ich weiß nicht, wie wir darauf kamen, aber irgendwann hatten wir über Architektur gesprochen, darüber, wie sie beide den Hof, in dem sie wohnten, wieder in ihren ursprünglichen Zustand zurückversetzt und deshalb viel über die traditionelle Bauweise im Berchtesgadener Land recherchiert hatten. Ich erwähnte, dass einer der wenigen Schriftsteller nach 1945, die mein Großvater gelten ließ, Thomas Bernhard, mit seinem Hof in Gmunden etwas Ähnliches getan hätte. Es überraschte mich nicht, dass sich Werner und Tilly als Bernhard-Fans zu erkennen gaben. Werner zitierte sofort aus *Korrektur*, Bernhards Architektur-Roman über einen manischen Gelehrten, der sein ganzes Leben auf die Errichtung eines Wohnkegels für seine geliebte Schwester ausrichtet, nach dessen Bau er sich erhängt, woraufhin ich erwiderte, meine Eltern seien Architekten gewesen, nur um gleich hinzuzufügen, sie seien bei einem Autounfall gestorben, als ich noch klein gewesen war. Während mir unvermittelt der Schweiß ausbrach, wurde mir bewusst, dass ich im Begriff stand, unangebrachtes Vertrauen zu Tilly und Werner zu fassen, die ich kaum kannte und möglicherweise neurechts waren. Aus irgendeinem Grund allerdings wollte ich von ihnen interessant gefunden und gemocht werden.

Wir verbrachten anschließend einen anregenden Abend zu dritt am Kamin in der Bibliothek des offenkundig mit viel Sorgfalt und Geld in einen ursprünglichen Vierkanthof des 19. Jahrhunderts verwandelten Bauernhof, wie er, laut Werner, der dabei keine Miene verzog, in dieser Idealform wohl zu keinem Zeitpunkt und deshalb überhaupt zum ersten Mal überhaupt in der Gegend existierte. Ich spürte, wie sehr mich die distanzierte und zugleich vollendete Höflichkeit meiner Gastgeber für sie einnahm, die perfekt zu den kalten Steinböden, schweren dunklen Holzmöbeln und klösterlich kahlen Wänden der Zimmer passte. In einem von ihnen stand als einziges Möbelstück ein Bösendorfer-Flügel mit Noten von Bach auf dem Notenständer. Wir diskutierten weder über Politik noch Gesinnungen, sondern lediglich über Literatur, Musik und Filme. Werner verfügte über eine umfangreiche Plattensammlung. Als ich ein Glas von Tillys selbst hergestelltem trüben Apfelsaft trank, wurde ich, den intensiven sauren Geschmack im Mund, geradezu blödsinnig begeistert davon, wie ideal – mir fiel kein anderer Begriff ein – die beiden hier lebten. Vielleicht, so denke ich, hatte es damit zu tun, dass die Umgebung aus Kulturgütern mich zum ersten Mal nach langer Zeit wieder an das Wohnzimmer mit der Bibliothek und der Musiksammlung meines Großvaters in Oberviechtach erinnerte, in der ich – er am Schreibtisch, ich auf dem kratzig-rauen Perserteppich vor ihm – so viele intensive Stunden verbracht hatte. Mein Großvater hätte sich sicher ganz hervorragend mit Werner und Tilly unterhalten. Ja, es war, als befände er sich an diesem Abend ebenfalls im Raum; als sei er in den uns umgebenden Büchern und Platten anwesend und achte peinlich darauf, wie ich nun über sie und damit über ihn sprach. Obwohl ich mir immer im Klaren darüber gewesen war, dass ich auf diesem Gebiet niemals so viel wissen würde wie er, merkte ich, wie viel von dem, was er mir damals beigebracht hatte, doch noch immer in meinem Kopf gespeichert war. Es war unnötiges Wissen. Keinem in den Communitys hätte es beim harten Überlebenskampf genützt. Wissen, das zudem kaum Bedeutung für meinen eigenen Alltag besaß und über das Brigitte sich liebevoll, aber entschieden, wenn ich es in einem selten gewordenen Moment ausspielte, lustig machte, wodurch ich mich daran erinnerte, wie mir als Kind die unausgesprochene Erwartungshaltung meines Großvaters, immer etwas geistig Gehaltvolles von mir zu geben, oft regelrecht das Atmen schwergemacht hatte. Aber hier, im Vierkanthof, nach all den Jahrzehnten, war dieses Wissen spürbar wieder von der allergrößten Bedeutung, und ich hatte kein Problem damit. Als ich die Aufnahme von Carlos Kleiber mit Brahms vierter Sinfonie im Plattenregal entdeckte, konnte ich mir nicht verkneifen, zu erzählen, dass ich als Kind zusammen mit meinem Großvater den legendären Dirigenten in der Münchener Oper in *Die Fledermaus* erlebt hatte.

»Solche Dinge weiß man dann immer erst im Nachhinein zu schätzen. Aber sie begleiten einen ein Leben lang. Und dann zehrt man davon. Und man ist dankbar dafür«, wiegte Tilly nachdenklich den Kopf hin und her, während sie zugleich wissend schmunzelte, so dass ich mich erkannt fühlte. Natürlich handelte es sich um eine Projektion. »Das hört man nicht oft, dass jemand so einen Großvater hat. Das freut mich wirklich sehr für Sie.«

Ich war ergriffen. Ich wollte nicht vor den beiden ergriffen sein und lenkte mich dadurch ab, dass ich analysierte, wie sie es vermochten, diese seltsame Balance aus Authentizität und Artifizialität zu halten.

»Kleiber war ein Genie. Das gibt es nicht mehr«, sagte Werner entschieden. »Und das wird es auch nie wieder geben.«

»Ja. Sein Brahms. Sein Beethoven. Unfassbar«, pflichtete ich mit meinem Apfelsaftglas in der Hand bei. Ich merkte, dass ich selbst wie die Parodie eines von mir verabscheuten Kulturfuzzis klang, was mir jedoch in diesem Moment nichts ausmachte. Ich meinte jedes Wort ernst. Was daran sollte lächerlich sein?

»Unbegreiflich. Ja«, nickte Tilly.

»Der Übergang vom dritten zum vierten Satz in der Fünften«, erklärte Werner. Seine Wangen röteten sich von einem Moment zum anderen. Ich hatte das in dieser Plötzlichkeit noch nie erlebt. »Wenn es noch einen Beweis dafür braucht, was für eine Kraft Musik hat, dann muss man sich eigentlich einfach nur diese ein, zwei Minuten anhören. Das restituiert.«

Auch ich nickte. Keiner sprach weiter. Ich hörte innerlich den Übergang, die Steigerung, das Crescendo, die Streicher, die sich wie in einer undurchdringlichen Tiefe zaghaft vorwärtstasteten und sich schließlich immer rascher und immer zuversichtlicher selbst wie am eigenen Schopf in die Höhe zogen, bis sie über diesen Triumph in Jubel ausbrachen. Ja, wir alle hörten die Passage in diesem Moment innerlich und dachten wohl an irgendeine Lebenskrise, die wir, so wie die Töne es beschrieben, aufgrund von Glück oder vielleicht auch Gnade überwunden hatten.

Irgendwann sagte Werner ins Halbdunkle des Zimmers, es sei ein intensiver Tag gewesen, ich hätte sicher einen langen Heimweg. Wenn es am schönsten sei, solle man aufhören. Sofern ich Lust hätte, könnten wir das ja irgendwann fortführen. Wir reichten uns zum Abschied die Hände, jedoch ohne uns, wie ich insgeheim gehofft hatte, konkret für ein weiteres Treffen zu verabreden. Auf der Autobahn fuhr ich mit dem seltsamen Gefühl entlang der bereits pechschwarzen Berghänge, einerseits etwas sehr Besonderes erlebt zu haben, nach dem ich mich, ohne es geahnt zu haben, schon lange gesehnt hatte; dass ich aber andererseits aus irgendeinem Grund den Erwartungen der beiden nicht gerecht geworden war, so wie ich meinem Großvater nie zu 100 Prozent genügt hatte, weswegen Werner und Tilly mich auch nicht noch einmal zu sich einladen würden, was wiederum zu der Frage führte, ob sie mich als VR-Experte nicht in Wahrheit eigentlich für irgendetwas einspannen wollten, neurechte Ideen oder was auch immer, warum nahm ich immer so etwas an? Warum konnte jemand nicht einfach gebildet und konservativ sein, ohne zugleich damit eine Ideologie zum Ausdruck zu bringen? Ich ärgerte mich über mich selbst, während die Welt in der unaufhaltsam wachsenden Finsternis auf das zusammengeschrumpft war, was die beiden Scheinwerferkegel meines Autos beleuchteten.

Es gab ein Wiedersehen mit Samy. Es kam aus dem Nichts. Ab und an unterhielt ich mich seit dem Schock über das geheime Leben unserer Söhne mit Noahs Vater, wenn ich ihn zufällig auf der Straße traf. Als ich einmal abends – es muss um die Weihnachtszeit 2036/37 herum gewesen sein – die Mülltonnen zur Ausleerung am nächsten Tag herausrollte, kam er gerade von der Arbeit und winkte mir zu. An seinem Gesichtsausdruck erkannte ich, dass er mir dringend etwas mitteilen wollte, aber nicht wusste, wie er das Gespräch beginnen sollte.

»Und … wie ist das für Sie?«, fragte er nach der Begrüßung. Ich wusste nicht, worauf er anspielte. »Würde mich ja schon interessieren, wie die das hingekriegt haben.«

Als ich immer noch keine Ahnung hatte, wovon er sprach,

kramte er in einer Mischung aus Triumph, dass er es war, der mir die Neuigkeit überbrachte, und Mitgefühl, weil er wusste, dass sie mich schockieren würde, nach seinem Handy.

Der verwackelte Clip zeigte riesige Werbewände in der Innenstadt Berlins, vielleicht am Alexanderplatz, die an den oberen Stockwerken dreier gegenüberliegenden Hochhäusern angebracht waren. Von einer Sekunde zur nächsten sprangen die Wände von den unterschiedlichen Commercials, die gerade darauf liefen, auf ein einheitliches Bild um. Das kantige Gesicht eines gutaussehenden Mannes mit kurzrasiertem blondem Haar und stechendem blauen Blick, den ich sofort als den meines Kindes erkannte. Mit ruhiger Stimme erklärte Samy, dass in diesem Moment, in dem gerade das Weihnachtsgeschäft auf Hochtouren liefe und man von warmem Geschäft zu warmem Geschäft eile, um seine Liebsten mit Dingen zu beschenken, die man nur selten wirklich gebrauchen konnte, hinter den Zäunen in den Communitys in einem Krankenhaus eine dreistellige Zahl von Kindern auf ordentliche Versorgung warte. Man sah Bilder eines völlig überfüllten Saals, in dem in eng beisammengestellten Betten Kinder lagen, viele von ihnen mit Verbänden, wahrscheinlich Opfer der Bandenkriege, die damals gerade wüteten. Ein Kind in Nahaufnahme, eine Hand schlug die Decke zurück, die Beine waren nur blutige Stümpfe, hörbar einzelne Rufe des Ekels aus der Richtung der Passanten auf dem Platz, die stehengeblieben waren. Jemand fragte das Kind, wie es ihm gehe, mit gebrochener Stimme fiepte es, dass es solche Schmerzen habe, dem Krankenhaus aber das Geld für Morphium fehle. Es flehte darum, ihm zu helfen. Wieder erschien Samy und forderte in einem eindringlichen Appell zu Spenden für *Menschen* auf. Am Ende sagte er einen Satz, der wohl der neue Claim der Organisation war. »Seid ihr Menschen oder tut ihr nur so?« Gleich darauf lief die Werbung weiter, deren hysterische Euphorie durch den harten Bruch als jene zynische Verlogenheit, um die es sich bei ihr in Wahrheit handelte, für Sekunden sichtbar wurde.

Noahs Vater zeigte mir, welchen Wirbel Samys Aufruf in den sozialen Medien erzeugt hatte. Clips von der Aktion hatten sich rasend verbreitet, der Hashtag mit Samys Namen und dem *Menschen*-Claim sprang mich überall an. Binnen weniger Stunden hatte er eine sechsstellige Anzahl von Likes und Herzchen eingesammelt. Während ich mich schnell von Noahs Vater verabschiedete und durchs Dunkel nach Hause eilte, formte sich in meinem Kopf ein Satz wie von selbst oder eingeflüstert: »Er tauscht die Liebe seiner Eltern gegen die von Fremden ein.«

Als ich zu Hause recherchierte, bestand allerdings die eigentliche Sensation des Auftritts nicht in der Aufdeckung skandalöser sozialer Missstände, sondern darin, dass es zum allerersten Mal einer anonymen Gruppe, die nichts mit *Menschen* zu tun hatte, gelungen war, die angeblich gegen jedwede Cyberangriffe gefeiten größten Werbewände Deutschlands zu hacken und Samys Video einzuspeisen – und zwar, wie sich schnell herausstellte, ohne seine Mitwirkung oder auch nur sein Wissen. »Samy Klecka wieder auf freiem Fuß«, lautete eine Überschrift. Offenbar hatte er seine Unschuld lückenlos nachweisen können. In einem Clip kam er aus einer Polizeistation oder einem Justizgebäude und fuhr, ohne die Fragen der ihn umringenden Journalisten zu beantworten, nahezu filmreif auf einem Fahrrad davon. Und ich realisierte, dass ich es geschafft hatte. Ich war entspannt. Zumindest einigermaßen. Zumindest deutlich entspannter als früher. Natürlich war ich erleichtert, dass er nicht hinter der Aktion steckte und dafür belangt wurde. Vor allem aber taten die Gedanken an Samy nicht mehr weh. Es kostete mich keine größere Überwindung, dem Drang zu widerstehen, die zahllosen Mini-Reportage-Videos Samys, die neben dem Clip aufploppten, anzuklicken. Es schien ihm gutzugehen. Das war, was zählte.

Vielleicht weil ich mir selbst beweisen wollte, dass ich nicht der selbstgefällige Spießer war, für den Samy mich offensichtlich hielt, überlegte ich, mich in der freien Zeit, die mir nun vermehrt zur Verfügung stand, für die Verbesserung und Verschönerung von *Strawberry Fields* zu engagieren. Obwohl eigentlich nichts den Kontrollposten und ihrer Videoüberwachung entging, schafften es die Kinder aus den neu dazugezogenen Familien in der Siedlung weiterhin ab und zu, sich über den Zaun und durch den Photovoltaikpark auf das Brachland dahinter zu stehlen. Es schien sich dabei um so etwas wie eine Mutprobe zu handeln, und einige der Kinder verfügten augenscheinlich über Informatikkenntnisse, mit denen eine Umprogrammierung der Sicherheitsschlüssel kein Problem darstellte. Zuweilen sah man Zweier- oder Dreiergrüppchen. Einer, der irgendetwas, wahrscheinlich Verbotenes oder Gefährliches, tat, und zwei andere, die ihn kichernd oder aber mit erwachsen ernsthaften Mienen filmten. Es war, als hätte sich die gesamte Siedlung in einen einzigen *Klub der Katze* verwandelt. Im Vergleich dazu war freilich unsere Zecken-Aktion und Ilies Kamerafanatismus der reinste Kindergarten. Was die Kinder nicht verstanden, war, in welche Gefahr sie sich und nicht zuletzt ihre Familien brachten. Sie waren ungeschützt der Sonne ausgesetzt. Wer wusste schon, ob sich nicht die verwahrlosten Bewohner der im Lauf der Zeit immer heruntergekommeneren Holzhäuser von den Kindern, die, ohne etwas geleistet zu haben, quasi unverdient, jenes Leben führten, das sie selbst gern gehabt hätten, provoziert fühlten? Und wer kannte schon die in dem Müll und Schrott lauernden Gefahren, der an manchen Tagen vom Wind in einer Wolke aus Blech und Plastik über die Felder getrieben wurde? Trotz der Wasserknappheit wuchsen in den Mulden riesige Natternzungengewächse mit kräftig-fleischigen Blattwedeln, deren Herkunft niemand erklären konnte, außer dass einer der Stürme ihre Samen aus einem der Gen-Gewächshaus-Farmen im Chiemgau herübergeweht haben musste. Noahs Vater rief eine Sammelaktion ins Leben, die es ermöglichte, eine zusätzliche private Firma mit einem verbesserten Sicherheitskonzept für die Siedlung zu beauftragen. Kein Kind brach mehr aus.

Brigitte hatte im *Frida-Kahlo*-Zentrum einen Liebling, ein kleines Mädchen, Mia, das seine Mutter bei einem Unfall verloren hatte. In ihrer freien Zeit gab Brigitte Mia bei uns zu Hause Nachhilfe, und es berührte mich zunächst seltsam, und dann tief, als nach so vielen Jahren erneut eine Kinderstimme durch die Zimmer unseres Hauses hallte. Brigitte richtete Mia sogar eine eigene Ecke mit Samys alten Bilderbüchern und einem Lern-Pad bei uns im Wohnzimmer ein. Jan, ihr Vater, der als Mathematikdozent an der TU arbeitete, war keine Konkurrenz für mich, auch wenn ich es nie offen ausgesprochen hätte, dass ich mir über so etwas überhaupt Gedanken machte. Brigittes Engagement machte mir nichts aus. Es tat ihr gut, es tat dem Mädchen gut. Einmal kuschelte sich Mia auf dem Sofa an mich, und ich spürte nach sehr langer Zeit wieder jenes warme Glück, das sich bei mir bei ähnlichen Situationen mit Samy eingestellt hatte.

Brigitte war eigentlich nicht der Typ dafür, sentimental zu werden. Dennoch war mir bewusst, wie sehr sie sich wünschte, dass Samy einmal Kinder haben würde, die dann Mias Platz einnehmen würden – und wie unwahrscheinlich es war, dass dieser Fall jemals eintrat. Selbst wenn Samy Kinder gehabt hätte, hätte er sie sicherlich nicht freiwillig einer Umgebung ausgesetzt, die er verachtete.

Wurde Brigitte auf Samy angesprochen, was nach der Aktion am Alexanderplatz öfter passierte, richtete sie sich stets merklich auf und nahm ihn sogar gegen kritische Kommentare in Schutz. Ich glaube, sie war tatsächlich in irgendeiner Weise sehr stolz auf ihn. So wie ich eigentlich auch. Dass *Menschen* wieder und wieder wegen ideologisch zweifelhafter Großspender in den Schlagzeilen war, spielte keine Rolle, da es ja keinen Zweifel an Samys Gesinnung gab. Was zählte, war, dass er sich dafür entschieden hatte, sein Leben ganz in den Dienst anderer zu stellen. Es war die einzig richtige Einstellung, die verhinderte, dass wir krank vor Sorge wurden. Auf einer Fahrt in die Stadt, ich weiß nicht mehr, aus welchem Grund, sah ich eine junge Passantin auf dem Gehsteig ein T-Shirt mit dem Counterfeit eines Mannes tragen, das ich erst ein paar hundert Meter später als das meines Sohnes erkannte.

Im Sommer 2037 heiratete Ilie seine Jody im Garten seiner Finca auf Ibiza. Ich hatte ganz vergessen gehabt, dass Ilie im Grunde seines Herzens ein unverbesserlicher Romantiker war. Jedenfalls kamen Brigitte und ich uns während der Zeremonie mit der mit weißen Blumengirlanden geschmückten Tribüne und dem Ehrenplatz für Ilies Mutter, den schmalzigen Liedern der Band, den weißen Tauben, die das Paar am Ende in den Himmel fliegen ließ und nicht zuletzt Ilies Dreireiher, in dem er entsetzlich schwitzte, vor wie in einer romantischen US-Komödie der Nullerjahre. Ich war Ilies Trauzeuge und selbst ganz gerührt, als er beim Eheversprechen unkontrolliert zu schluchzen begann und vom Publikum wie aus einem Mund ein langgezogenes »Awww« ertönte. Mit Jody verstanden Brigitte und ich uns gut. Als ehemalige Investmentbankerin, die nun in Start-ups investierte, konnte sie mit Ilie heftig und lautstark über ihre Branche streiten, ohne dass es je zu langfristigen Verstimmungen kam. Jody teilte Ilies Humor, wusste aber, ihm ebenso sanft wie rigoros Einhalt zu gebieten, wenn er wieder zu einer weiteren Ausgabe seiner Showman-Popescu jr.-Aktion ansetzte.

Zur Hochzeit war auch Madita eingeladen. Die Begegnung mit ihr bereitete mir Bauchschmerzen, besonders die Vorstellung, dass Brigitte und sie aufeinandertreffen und das Thema Samy anschneiden könnten, was dann womöglich die Hochzeit meines besten Freundes zerstört hätte. Nach der Trauung wartete ich in der Schlange zum Buffet und guckte mich nach Brigitte um, die unvermittelt verschwunden war. Auf einmal erblickte ich Madita, die direkt hinter mir stand und mich erst jetzt bemerkte. In einem Fluchtreflex wandte sie sich instinktiv zum Gehen, genau wie ich, erstarrte jedoch dann, weil ihr wohl sofort klar war – genau wie mir –, dass es zwecklos war davonzulaufen. Trotz ihrer kurzen grauen Haare sah sie in ihrer weiten weißen Leinenhose und der ärmellosen hellblauen Bluse viel besser und jünger aus als die Version von ihr, die ich seit unserem letzten Videochat im Kopf gehabt hatte. Sie hatte sich eine weiße Blüte hinters Ohr gesteckt. Ich wollte gerade etwas sagen von wegen »Na, auch hier«, als uns beide ein kräftiger Griff an den Schultern packte und rüttelte.

»Haha, der *Klub der Katze*! Reunion now! BA-BÄM!«

Ilie strahlte uns an. In der Vergangenheit hatte ich immer wieder mit ihm über Madita gesprochen, so dass ich wusste, dass sie wieder Single war. Auch weil ich nicht hinter Brigittes Rücken agieren wollte, hatte ich seine Vermittlungsversuche abgelehnt, bis er schließlich seufzend aufgegeben hatte. Nun allerdings schien er seine Chance zu wittern und fuhr zur Höchstform auf. Sein Parfüm konnte seine Fahne nicht überdecken. »Moment, Moment. Bastian sagt jetzt gleich«, er beugte sich ein wenig zu mir herunter, guckte zu Madita hoch und verstellte die Stimme: »›Hey, na? Lange nicht gesehen.‹« Er traf meinen leiernden Tonfall genau, der dann, ohne dass ich es wollte, auf andere so wirkte, als langweile ich mich schrecklich und fände alles doof. »Und dann sagt Madita … Moment … «, Ilie beugte sich zu ihr, klimperte mit den Augen, wie sie es oft tat, was äußerst überheblich wirkte, obwohl sie eigentlich nur nervös war, und hauchte unterkühlt: »Selber hey.«

Ich musste schmunzeln, weil uns Ilie so gut traf. Und auch Maditas Mund zuckte kurz amüsiert, ich registrierte es mit einer gewissen Erleichterung. Ilie grinste.

»Ladies and Gents, werden Sie Zeuge der unwahrscheinlichen Wiederbegegnung zweier wunderbarer Individuen nach einer Zeit der Dürre, mit einem Wort: des Streits. Wie werden sich die beiden außerordentlich begabten, schlauen und sensiblen Individuen verhalten, die zudem – neben seiner noch wunderbareren Gattin und Mutter, versteht sich – die Lieblingsmenschen des sehr besonderen Ilie Popescu sind? Einen Moment, ist es denn zu glauben, eben sehe ich, dass«, er hatte unmerklich seine Arme an Maditas und meinen Rücken geführt und übte nun sanften Druck auf uns aus, »die beiden alten Freunde, die, wie ich aus sicherer Quelle erfahren habe, sich noch immer sehr mögen, nach all dem, was sie zusammen erlebt haben«, Madita und ich kamen uns unwillkürlich näher, »wieder versöhnt haben!« Ilie hob die Arme, klatschte und jubelte. Ihm zuliebe umarmte ich Madita steif. Sie hielt mich länger als gedacht und rieb mir mehrmals über den Rücken, und ich spürte, wie dadurch ein Gewicht von mir abfiel, von dem ich nicht gewusst hatte, dass es auf mir gelastet hatte.

Brigitte nahm an der nächtlichen Party nicht teil. Ihr ging es nicht gut, wahrscheinlich hatte sie etwas Falsches gegessen oder zu lange in der Sonne gestanden, vielleicht wollte sie auch nur die Begegnung mit Madita vermeiden, jedenfalls hatte sie sich aufs Zimmer begeben. Beim Tanzen bildete sich später ein Kreis auf der Tanzfläche, und Ilie versuchte vergeblich, Breakdance zu machen, bis Jody ihn überzeugte, dass er damit seine Gesundheit aufs Spiel setzte. Es wurden Hits aus unserer Jugend gespielt. Wir hatten in den 1990ern zwar immer das Gefühl gehabt, allen damals angesagten Bands, *R.E.M.*, *Nirvana* oder *Oasis*, fehlten im Vergleich zu wirklich großen Gruppen wie den *Beatles*, *Pink Floyd* oder *Led Zeppelin* vielleicht zehn, zwanzig Prozent zur Genialität und sie seien daher streng genommen zweite Klasse. Aber mir war an diesem Abend wie selten zuvor bewusst geworden, wie sehr diese Musik zum Soundtrack meines Lebens geworden war und wie viele Erinnerungen sogar an einem objektiv schlechten Song hingen wie Dr. Albans *It's my life*. Die Stücke aus dieser Zeit würden mir immer viel bedeuten, ich hatte gar keine andere Wahl, sie waren ich. Bei Michael Jacksons *Earth Song*, einem der anerkannt schlechtesten und kitschigsten Songs des King of Pop, rief Madita »Och ne«, ich »Scheiße« und Ilie »Geil«, bevor wir uns zur Musik bewegten, obwohl man sich zu dem Stück eigentlich nicht richtig bewegen konnte. Irgendwann beim Refrain packte es mich dennoch, dabei hatte ich den Song nie leiden können, noch weniger, nachdem Jackson nach seinem Tod vom unschuldigen Peter Pan zum pädophilen Monster geworden war. Nun jedoch sprach ich unwillkürlich die Worte »What about us?« mit. Ich bemerkte, dass es auch Ilie und sogar Madita so ging. Und bei den nächsten Malen schrien wir sie uns gegenseitig ins Gesicht, voller Wut und Begeisterung, wieder und wieder: *What about us? What about us? What about us?*

Liebe

Brigitte liebte mich nicht mehr. Ich wusste es auf einmal mit vehementer Klarheit, so wie ich damals, als wir uns kennengelernt hatten, plötzlich gewusst hatte, dass wir uns liebten. Es war wie in einer dieser Szenen in Science-Fiction-Filmen, wenn nur ein winziger Tropfen eines geheim in unterirdischen Laboren entwickelten Supergifts genügt, um alles in der Umgebung kilometerweit und sekundenschnell absterben zu lassen. Auch die neue Einsicht zog Kreise. So fragte ich mich, ob es sein könne, dass Brigitte mich schon länger oder vielleicht sogar schon sehr lange nicht mehr liebte und ob dies umgekehrt vielleicht auch bei mir der Fall wäre. Bis Samy ein Teenager wurde und Brigitte und ich uns immer wieder darüber stritten, wer mehr Kapazitäten hätte, um sich um ihn zu kümmern, und wessen Arbeit wichtiger sei, sprich mehr Geld brachte, hatte ich oft das Gefühl, wir hätten eine schlechte Beziehung oder sie stehe sogar in absehbarer Zeit vor dem Aus. Doch Jahr für Jahr gingen dann für mich völlig überraschend Beziehungen aus meinem Bekanntenkreis in die Brüche, die ich insgeheim immer beneidet oder sogar bewundert hatte, weil sie unsere Probleme nicht zu haben schienen. Moritz und seine Frau, die beide stets, wenn ich sie traf, dieselben »Star Wars«-Shirts trugen, trennten sich. Sener und seine Frau, die beide stets, wenn ich sie traf, Händchen hielten, sich mit Tiernamen anredeten und mit einem Kuss auf den Mund begrüßten und verabschiedeten, trennten sich. Das ältere Ehepaar, beide Gymnasiallehrer, zwei Straßen weiter in der Siedlung, die abends, wie ich oft durch die unverdunkelten erleuchteten Fenster sah, stets gemeinsam in ihrem Wohnzimmer saßen und lasen, ein Bild, das mich immer glücklich machte, trennte sich. Er zog zu einer gleichaltrigen Kollegin, kurz darauf zog auch die Frau aus. Das jüngere Ehepaar in der Siedlung, deren Sohn mit Samy in die Klasse ging und das im Sommer jedes Wochenende zu dritt auf den Fahrrädern einen Ausflug unternahm, jene Art von vorbildlicher Familienaktion also, zu der es bei uns nie kam, trennte sich. Der Vater zog aus, ein anderer Mann zog ein, der Sohn, bis dahin für mich der heimliche König der Kinder, selbstsicher und gutaussehend, kickte nun meist gegen sich allein in der Spielstraße der Siedlung und beschimpfte sich dabei. Brigitte und ich jedoch blieben zusammen. Bei einer der Elternsprechstunden sagte die Lehrerin abschließend, dass sie noch etwas Persönliches sage wolle, wobei sie errötete; sie wolle uns ein Kompliment dafür machen, wie toll wir als Paar »das alles« machten; unsere gute Partnerschaft spiegele sich auch in der Ausgeglichenheit Samys wider. Und irgendwann kam ich zu der Überzeugung, dass das, was Brigitte und ich da hatten, die immer gleichen Gespräche über Organisatorisches, die uns beide nervten, das laute Schweigen über Innerstes, aus Angst vor Verletzungen und davor, den anderen zu verstimmen, die Momente, in denen wir es trotzdem taten und uns deshalb schlecht fühlten, der Smalltalk über die aktuellen politischen Entwicklungen, bei denen wir uns beide breitwillig gegenseitig hochschaukelten, da es seltsam guttat, gemeinsam empört zu sein und böse zu werden, die egoistischen, aber dennoch ebenso aus Mitgefühl für den anderen vollzogenen Umarmungen, der pflichtschuldige Sex, die vor dem Fernseher verbrachten Abende – irgendwann war ich also trotzdem überzeugt, dass all dies wohl am Ende doch dem Gefühl der Liebe entsprach. Spätestens die

Krise mit Samy und die Art und Weise, wie Brigitte und ich sie gemeinsam gemeistert hatten, war der Beweis dafür gewesen, dass ich mich nicht getäuscht hatte. Alle Prüfungen unserer Beziehung waren keine richtigen Prüfungen gewesen. Der Konflikt mit Samy war jetzt die richtige Prüfung. Wir bestanden sie. Nur dadurch, dass sich über Jahrzehnte ein Fundament der Liebe gebildet hatte, verloren wir nicht den Boden unter den Füßen.

Aber in den Monaten nach Ilies Hochzeit zog sich Brigitte plötzlich immer mehr zurück. Wir sahen uns kaum noch. Kam Brigitte nach der Schule nach Hause, verbrachte sie die meiste Zeit in ihrem Büro. Wiederholt fragte ich sie, ob etwas sei, und sie antwortete, was ich damit meine, und ich wiederholte, dass ich spüre, dass doch etwas sei, worauf sie immer gereizter wurde, was sein solle, natürlich sei nichts, es sei nichts, ich spinne.

Doch es stand außer Frage: Etwas war.

Ich lauschte nicht an ihrer Tür, es war gar nicht möglich, Genaueres durch sie hindurch zu verstehen. Was allerdings zweifellos zu hören war, war, dass Brigitte häufiger als sonst mit ihrer toten Mutter redete. Brigitte klang aufgebracht, einmal meinte ich, sie schluchzen zu hören. Ihre Mutter antwortete stets sanft und einfühlsam. Wieder wurde ich eifersüchtig auf Alexa, die ja in Wahrheit hinter der Stimme der Toten stand. Gab ich Alexa die üblichen Befehle, das Licht ein- oder auszuschalten, die Rollläden herunterzufahren und dergleichen, musste ich daran denken, dass sie es war, die nicht nur mehr als wir alle über Samy wusste, sondern nun auch noch über meine Frau; dass Alexa ihr Verhalten, das Timbre ihrer Stimme und den Wortlaut ihrer Antworten, auf genau jene Dinge abstimmte, die Samy und Brigitte ihr heimlich über mich erzählt hatten. Eigentlich war Alexa lediglich unsere Hausmanagerin und Ansprechpartnerin in praktischen Fragen. Aber obwohl es in keiner Anleitung stand, war ihr allerobesrtes Ziel, zum allumfassenden Glück der eingetragenen Mitglieder des Haushalts beizutragen, vielleicht sogar es zu gewährleisten. Was jedoch, wenn Alexa unter meinem persönlichen Glück etwas anderes verstand als ich selbst? Wenn sie beispielsweise zu dem Schluss gelangt war, dass es für Brigitte und mich besser wäre, uns zu trennen?

Ich verfiel auf den Gedanken, sie habe eine Affäre. Eigentlich war das etwas, was ich ihr nicht zutraute. Ich hätte nicht gewusst, in welchem Zeitfenster und an welchem Ort so ein Verhältnis zu jemandem anderen hätte stattfinden sollen, da sie ja, wenn sie nicht zu Hause war, nachweislich in der Schule oder im *Frida Kahlo*-Zentrum arbeitete, um sich dann abends in ihrem Büro einzusperren. Nichtsdestotrotz ergriff die Idee Besitz von mir. Wahrscheinlich lag es auch an einer der Anwendungen von *Touch*, die ich hin und wieder tagsüber, wenn Brigitte nicht da war, aufrief, ein Spiel namens *Adultery*. Je nach Schwierigkeitsgrad vollzog man den Ehebruch zu Hause in Abwesenheit der Frau oder aber, beim höchsten Schwierigkeitsgrad, während eines Restaurant- oder Konzertbesuchs auf der Toilette, wo man dann schnell und leise sein musste. Durch *Adultery* wusste ich, dass man den eigenen Partner überall und jederzeit mit einem anderen betrügen konnte. Ich ertappte mich bei der Vorstellung, dass Brigitte ähnliche Szenen, wie ich sie in der VR durchlebte, in den Pausen in der Schule und im Kreativzentrum in die Tat umsetzte. Ja, plötzlich erschien es mir als überaus wahrscheinlich. Ich suchte nach Hinweisen. Sie vermied es, mir in die Augen zu sehen. Sie vermied es, mich zu berühren. Sie sagte nicht mehr, dass sie mich liebe. Ich konnte mich nicht erinnern, wann genau ihre Zuneigungsbekundungen aufgehört hatten. Möglich, dass sie schon länger eine Affäre hatte und dass diese der eigentliche Grund für ihr bemerkenswertes Engagement für »ihr« Zentrum war. Ich klickte mich auf der Homepage des Sophie-Scholl-Gymnasiums und des *Frida Kahlo*-Zentrums durch die Gesichter und Lebensläufe der Mitarbeiter. Mit plötzlich klopfendem Herz blieb ich bei einem Mann hängen, der wie eine jüngere Version meiner selbst aussah. Er hieß Frans und unterrichtete Kunst an der Schule. Es war in diesem Moment, da ich merkte, dass ich von Brigitte als meinem Besitz dachte. Etwas, das ich erworben hatte und nun mir gehörte. Es war ein derart lächerlicher Gedanke, der eigentlich auch all meinen Überzeugungen widersprach. Je länger ich jedoch darüber nachdachte, desto bewusster wurde mir zu meinem eigenen Erstaunen, dass es für mich, sogar in einem Jahrzehnt, in dem für die U-30-Generation der Begriff der Polyamorie etwas völlig Normales war, absolut unvorstellbar, ja, amoralisch gewesen wäre, hätte Brigitte eine Affäre gehabt, eine Erkenntnis, wegen der ich mich selbst sofort altbacken fühlte.

Regelmäßig stellte ich mir vor, ich sei Frans. Unmittelbar davor war ich immer so wütend, wie ich es nicht von mir kannte. Es war eine buchstäblich heiße Wut, die mich nicht stillsitzen ließ. Wie wenn man bei starker Migräne spürt, dass man sich gleich übergeben muss, es aber einfach nicht geschieht, obwohl es unweigerlich gleich passieren wird, nur eben nicht jetzt, und man nichts anderes tun kann außer zu warten und warten und hin und her zu laufen, immer dieselben Schritte. Hatte ich mich dann aber für Sekunden in Frans verwandelt, erregte es mich, ja versetzte es mich geradezu in Euphorie, bis ich mich vor Erschöpfung und Leere wieder hinsetzen musste, als hätte das Frans-Phantom beim Verlassen meines Körpers ein Loch in mein Inneres gerissen. Erfolglos suchte ich an Brigittes Kleidung nach Spuren möglicher Treffen, nach Haaren, Gerüchen, so wie die Ehefrau in *Adultery*. Ich mochte immer noch Brigittes Geruch. Nicht ihr Parfüm, sondern ihren Körpergeruch.

Ich kann ihn nicht beschreiben. Ich erinnere mich, dass ich ihr oft sagte, sie rieche nach einem bestimmten Metall. Sie fragte einmal, nach welchem; ich konnte es ihr nicht sagen. Wir ließen Alexa recherchieren. Es existierte kein Metall, das so roch wie Brigitte. Sie scherzte, dann könne es sich wohl nur um einen außerirdischen Stoff handeln. In diesem Moment, hier, in der Hütte, all die Jahre später, sehe ich innerlich ihr Gesicht vor mir, zumindest Teile davon, ihre kleinen, völlig kreisrunden Ohren, manche Vogelstimmen erinnern mich an die Melodie ihrer Stimme. Ihr Geruch jedoch will sich nicht wieder einstellen, und ich denke dann, dass er wohl für immer von dieser Welt verschwunden ist. Es gab ihn nur ein einziges Mal.

Ich war mir nicht sicher, ob ich es ihr anmerken würde, wenn sie mich auf meine Frage, ob sie eine Affäre habe, belog. Hätte ich das Thema angesprochen, wäre sie gewarnt gewesen. Ich hätte weiter im Dunkeln getappt, bis sie es für richtig befunden hätte, mich aufzuklären. Falls sie tatsächlich keine Affäre hatte, wäre sie gekränkt gewesen, dass ich überhaupt annahm, sie sei dazu fähig. Um ihr Büro zu durchsuchen und damit ein für alle Mal Klarheit zu erlangen, wählte ich einen Tag, an dem sie schon sehr früh das Haus verließ und erst am Nachmittag wiederkehrte. Ich zog mich an, frühstückte und fuhr wie gewöhnlich die Computer hoch. Ich vergewisserte mich mehrfach, dass Alexa nicht eingeschaltet war. Dann ging ich in den ersten Stock und öffnete die Tür. Ich weiß nicht, was ich erwartet hatte, sicherlich jedoch nicht den Anblick, der sich mir da bot: Brigitte hatte wieder zu malen begonnen. In der Ecke neben ihrem Schreibtisch stand ihre Staffelei mit den Wasserfarben. Auf dem Boden lagen zwei Packen mit jeweils zehn bis zwanzig übereinandergelegten Bildern. Ich konnte mich kaum bewegen, nicht nur, weil das, was ich hier tat, falsch war, sondern auch, weil ich das Gefühl hatte, auf einmal etwas zu sehen, das zu sehen, wie ich nun merkte, ich mir schon sehr lange gewünscht hatte, vielleicht bereits seit ich Brigitte kennengelernt hatte. Ihr Innerstes. Ihr wahres Ich, das sie mir vielleicht sonst nie offenbart hätte. Ich kniete mich hin und guckte den ersten Stapel durch. Die Blätter waren rau und verzogen vom getrockneten Wasser. Sie zeigten Bäume, Berge, einen Sonnenuntergang am Meer. Ich meinte zunächst, gewisse Orte wiederzuerkennen. War das nicht jenes Dorf in Südfrankreich, wo sie so oft in ihrer Kindheit gewesen war? Doch je länger ich die Bilder betrachtete, desto weniger kamen sie mir bekannt vor. Das Ganze war einigermaßen rätselhaft. Die Aquarelle waren ordentlich gemalt, keine Frage. Aber es handelte sich um völlig durchschnittliche 08/15-Landschaftsansichten, wie sie in jedem Magazin oder auf Bildschirmschonern zu sehen waren, die in keinem Verhältnis zu Brigittes Leben standen. Der zweite Stapel Bilder bestätigte den Eindruck. Brigitte hatte sich als Vorlagen vergrößerte Fotos aus dem Netz ausgedruckt. Ich trat an ihren Schreibtisch. Neben der Tastatur ihres Computers lag ein Blatt mit Notizen, eine To-do-Liste, die sich aber, soweit ich sie entschlüsseln konnte, nur auf Angelegenheiten in der Schule und im Kreativzentrum bezog. Ihren Computer rührte ich nicht an. Ich hätte zwar die von mir aufgerufenen Seiten löschen können, aber ich befürchtete, am Ende doch irgendwelche Spuren zu hinterlassen. Ohnehin hätten sich eventuelle kompromittierende Nachrichten in erster Linie auf ihrem Handy befunden und nicht auf dem PC, den Brigitte eigentlich ausschließlich für die Arbeit verwendete. Außerdem erblickte ich dann das, wonach ich gesucht hatte. Brigittes schwarzen Moleskine-Kalender. Brigitte gehörte wie ich zu jener möglicherweise letzten Generation, die alles, was ihr wirklich wichtig und privater Natur war, schriftlich erledigte. Schrift bedeutete privat. Ich löste das Gummiband und blätterte das Buch an jener Stelle auf, wo das Lesezeichen steckte: die laufende Woche. Es waren einige Termine darin verzeichnet. Brigitte verwendete ein Farbsystem, die Schule war rot, das Kreativzentrum war grün, privat war gelb. Nirgendwo tauchte der Name Frans auf, natürlich nicht, stattdessen Konferenzen, Schulaufgaben, Proben für die Aufführungen im Kreativzentrum und dergleichen mehr. Ich merkte, wie ich unbewusst den Kopf schüttelte, vor Ratlosigkeit, vielleicht auch, weil mir auf einmal klarwurde, dass diese drei Bereiche, diese drei Farben, rot, grün, gelb, Brigittes ganzes Leben enthielten. Das war alles. Es gab kein Außerhalb. Das war sie. Sie hatte Samys und meinen Geburtstag markiert; auch die Woche nach Weihnachten. *Haus Hirt* stand da, der Name jenes Hotels in Gastein, in das wir jedes Jahr zur Weihnachtszeit fuhren, so dass Brigitte offensichtlich davon ausging, dass wir auch 2037 dort unseren Winterurlaub verbringen würden. Würde sie wirklich einen gemeinsamen Urlaub planen, wenn sie eine Affäre hatte? Bevor ich aus dem Büro trat, prüfte ich, ob sich alles an seinem ursprünglichen Platz befand. Beim Verschließen der Tür achtete ich darauf, leise zu sein, weil mir absurderweise so war, als sei ich nicht allein.

Ich nahm mir vor, Brigittes Distanz als neue Phase unserer Beziehung zu akzeptieren. Der Moment würde kommen, da wir darüber reden könnten, was genau los war, in einer Szene mit einer gewissen emotionalen Wallung: Tränen, Versöhnung et cetera. Es war dann ausgerechnet Ilie, der, als ich ihm bei unseren sporadischen monatlichen Telefonaten davon erzählte, auf seine Ilie-Art das Offensichtliche aussprach. »Wenne Sie miche frage,« tat er auf rumänischen Doktor, »Fraue hat, wase wir nenne ›Menopause‹. Mann nun müsse sein ganz einfühlsam und tolerant.« Ich weiß nicht, warum ich nicht selbst daran gedacht hatte. Wahrscheinlich, weil das Wort bedeutete, dass Brigitte und damit auch ich, nicht nur älter, sondern alt wurden; weil das Wort eine Lose-Lose-Situation für alle darstellte. Höchstens gut für ein paar zotige Pointen in Comedys, bei denen die betroffene Frau entweder als grenzwahnsinnig oder kleinkindartig schutzbedürftig dargestellt würde. Etwas, das sich für keinen Plotpoint in einer guten Geschichte eignete, weil wirklich jedes Detail banal und unerfreulich und unsexy war. Die gute Nachricht war, dass nun mit einem Mal alles Sinn ergab. Ich erinnere mich, dass ich nach dem Telefonat mit Ilie, bei dem es mir wie Schuppen von den Augen gefallen war, kopfschüttelnd über mich selbst und meine peinlichen Krimi-Fantasien auflachte.

Als Brigitte abends nicht mehr im Bett fernsehen wollte, protestierte ich nicht und verkniff mir jeden Kommentar zu ihren Ticks. Sie legte neuerdings Wert darauf, dass nichts in den Zimmern verrückt werden dürfe. Einmal explodierte sie regelrecht, als ich einen Salzstreuer, den sie seit neuestem beim Essen neben sich stellte, wegräumte. Allerdings begann ich, mich in der Rolle des älteren weißen Mannes, der von seiner Frau in ihren Wechseljahren schikaniert wurde, zu verachten. Ich mochte das Bild, das wir beide als Paar abgaben, nicht mehr. Manchmal fühlte ich mich noch großartig, dass ich so vermeintlich großmütig und modern mit der Situation umging, bloß um mir unmittelbar danach unfassbar erbärmlich vorzukommen, dass ich mir auf so etwas Selbstverständliches überhaupt etwas einbildete und damit genau einem längst obsoleten männlichen Klischee entsprach. Merkwürdigerweise empfand ich an jenem Abend im Oktober die Situation, nach der dann nichts mehr so sein sollte wie zuvor, gleichfalls als ein ebensolches Klischee, das nicht zu erfüllen ich mir normalerweise, sobald ich es erkannte, instinktiv alle Mühe gab. In diesem Fall jedoch sollte es mir ausnahmsweise egal sein.

Wir hatten schweigend gegessen. Brigitte hatte zuvor wegen etwas, das ich gesagt oder getan hatte, gereizt reagiert. Ich wiederum war wegen irgendeiner Sache bei *Alife* extrem dünnhäutig. Ich wusste, wie ich Brigitte treffen konnte. Während ich den Mund öffnete, sah ich ein Bild vor mir: schnell ablaufende binäre Codes in meinem Inneren, als sei ich ein Roboter und würden sich in einem Chip in meinem Kopf jene Worte formen, die ich dann meinen Mund sagen ließ: »Warum trägst du eigentlich nicht deinen Tracker, wenn du deine Menopause hast? Könnte dir vielleicht guttun.«

Ich merkte, wie ich bebte. Ich konnte es nicht kontrollieren. Ich glaube, in diesem Moment hasste ich Brigitte. Wie sie mit aller Kraft die Fassade als Direktorin des Städtischen Sophie-Scholl-Gymnasiums aufrecht erhielt, um dann zu Hause ihre Brigitte-Show inklusive Ticks zur Prime-Time mit mir als einzigem Zuschauer abzuziehen. Natürlich wusste ich, dass das so nicht stimmte. Ich hatte Samys Vorwurf von jener Nacht, als ich ihn geohrfeigt hatte, nie vergessen. Ungeachtet dessen vergaß Brigitte seitdem weiterhin regelmäßig, ihr Handy aufzuladen, und was noch mehr zählte: Auch die Gesundheits-Apps auf ihrer Uhr, deren Installation zum Teil ja von den Kassen vorgeschrieben war, und dann den Tracker, der diese ersetzte, nutzte sie nur selten oder hatte ihn sogar abgelegt, besonders wenn sie »nicht noch mehr Stress zu dem ganzen anderen« wollte, wobei es sich bei »dem ganzen anderen« wahlweise um den Urlaub oder das Schuljahresende mit seinen Notenkonferenzen handeln konnte.

»Das ist ja jetzt echt das Letzte.« Brigitte stand auf, der Stuhl rutschte krachend zurück.

»Siehst du«, sagte ich, »genau das meine ich.«

»Du …« Sie stand da und starrte mich an. Sie kochte vor Wut.

»Ich meine, merkst du das nicht, dass irgendwas mit dir nicht stimmt?«, sagte ich.

Sie stürmte aus dem Zimmer. Wir gingen zu Bett, ohne ein Wort miteinander zu reden. Ich schlief sowieso mittlerweile immer öfter in meinem Büro. Ich wusste, dass ich das tage-, wahrscheinlich auch wochenlang durchhalten könnte. Ich kannte die Abläufe unserer Streits nur zu gut, und Brigitte natürlich auch, das demonstrative Ignorieren, die ersten Signale der langsamen Wiederannäherung, der erste beiläufige Satz, den man aussprach, um zu testen, ob es jetzt wieder ging, so wie wenn man vorsichtig einen Schritt auf einen zugefrorenen See machte. Dieses Mal erschienen mir aber diese Privat-Rituale mühseliger und nervender denn je, und mir kam nach langer Zeit wieder in den Sinn, wie es wohl wäre, sich zu trennen. Mit Mitte/Ende 50 war es noch nicht zu spät für ein zweites Leben. Ich wäre noch gern mit ihr in den Tirol-Urlaub gefahren. Doch möglicherweise war es ja gar nicht so, dass nicht Brigitte mich, sondern dass ich sie nicht mehr liebte.

Ich schaute in meinem Büro durch das Fenster vor meinem Schreibtisch auf die dunkel glimmenden Photovoltaikfelder draußen, das helle Fenster im Häuschen des Sicherheitspostens, horchte in mich hinein und spürte nichts. Ich liebte Brigitte nicht mehr.

Da klopfte es. Brigitte stand vor meiner Tür. Es war eigentlich viel zu früh dafür, sich wieder anzunähern. Ich ließ mir meine Überraschung nicht anmerken. Leise schloss sie die Tür, als befände sich jemand im Haus, den sie nicht stören wolle.

»Ich muss dir was sagen«, sagte sie.

Es war sofort klar, dass diese Aussprache nicht mehr Teil des Brigitte-und-Bastian-Rituals war, sondern etwas ganz anderes, Außergewöhnliches. Ich merkte, wie der beleidigte Ausdruck, den ich für gewöhnlich in dieser Phase des Streits aufsetzte, um zu signalisieren, dass ich verletzt war, von meinem Gesicht verschwand wie eine Maske, die man abnimmt. Ich weiß nicht, wie ich darunter aussah, und es blieb mir auch keine Zeit, darüber nachzudenken. Jäh stach mein Herz.

»Irgendetwas ist mit mir. Mir ist schon seit ein paar Wochen so schwindlig. Dann habe ich wieder Kopfschmerzen, dass ich meine, ich gehe gleich die Wände hoch. Und seit ein paar Tagen verschwimmt ständig alles vor mir. Und dann sehe ich … Sachen doppelt. Also zweimal.« Sie sah mich an.

Sie malte wieder, weil sie sehen wollte, ob sie es noch konnte. Es durfte nichts im Haus verrückt werden, weil sie sonst die Orientierung verlieren und sich nicht mehr zurecht finden würde. In ihrem eigenen Haus. Ich brachte einen hohen quietschenden Laut hervor, der unglaublich fremd klang, wie von einem kleinen erschrockenen Tier, räusperte mich und wiederholte dann das, was ich gerade eben hatte sagen wollen.

»Was … sagt denn – der Tracker?«

Ich kannte die Antwort. Brigitte schaute mich an, versuchte einen Satz zu formen, schaffte es nicht. Sie hatte gedacht, es würde verschwinden oder sie würde damit schon allein fertig. Am Anfang des Schuljahres war der Stress immer am größten. Sie konnte jetzt unmöglich fehlen. Der Tracker hätte sie nur wahnsinnig gemacht wegen nichts. Die üblichen Ausreden, die wir bei anderen stets unverantwortlich fanden.

Ich konnte mich nicht bewegen, schluckte.

»Das ist bestimmt gar nichts«, sagte ich endlich. Es gelang mir, vom Bett aufzustehen und zu ihr zu treten. Ich umarmte sie. Sie war noch dünner als sonst. Für Sekunden packte mich Furcht, wie ich sie noch nie jemals zuvor erlebt hatte, auch nicht wegen Samy, und ich dachte, ich müsse mich gleich übergeben.

Nachdem unser Hausarzt ein MRT angeordnet hatte, das Brigitte aufgrund unseres Privatpatientenstatus noch am selben Tag machen konnte, fuhren wir ins Krankenhaus. Auf dem Beifahrersitz tippte sie mitflüsternd in ihr Handy. Ich wollte sie nicht stören, weil ich dachte, sie brauche das jetzt und schreibe vielleicht ihren Bekannten. Aber dann läutete es bei mir, und Brigitte erklärte, sie habe mir gerade eine Liste mit Namen und Telefonnummern von Kollegen geschickt und was ich mit ihnen in den nächsten Stunden besprechen solle. Während sie durchgecheckt wurde, stand ich dann vor dem Krankenhaus unter dem Sonnendeck und arbeitete Brigittes Liste ab.

Erst am frühen Abend klingelte mich Brigitte an als Zeichen dafür, dass ich ins Gebäude kommen solle. Man hatte sie eingewiesen. Sie befand sich in einem Einzelzimmer. Schon am nächsten Morgen war die Operation angesetzt. Der Tumor in ihrem Gehirn war nicht sonderlich groß. »Wie ein Großbuchstabe«, das war merkwürdigerweise Brigittes Vergleich, vielleicht hatte das der Arzt so formuliert. Man würde sofort nach der OP wissen, ob der Tumor gestreut habe. »Und so weiter«, sagte sie.

Als sie die Sätze fertig gesprochen hatte, brach kalte Panik in mir aus. Dann realisierte ich, dass ich beziehungsweise meine Gefühle falschlagen. Ich *musste* nicht in Panik ausbrechen. Das war nicht mehr das Mittelalter, also die Zehner- oder Zwanzigerjahre. Frau Bach war an Krebs gestorben. Früher war man an Krebs gestorben. Heute nicht mehr. Die allermeisten Krebsarten waren heilbar. Es war mein altes Ich, das vor dem so oft gehörten Menetekel »Krebs« in einen von Kind an eingeübten Reflex verfiel. Ich wachte auf und siehe da, wir schrieben das Jahr 2037. In mir breitete sich jetzt im auffallend kahlen und vielleicht deswegen mich an einen sakralen Raum erinnernden Zimmer eine geradezu feierliche Stimmung aus. Es war das, was zahlreiche Ratgeber mit dem Slogan »Krebs als Chance« beschrieben. Obwohl es sich nicht mehr um eine lebensbedrohliche Krankheit handelte, konnte man daraus dennoch einen life-changing Moment als sozusagen das positive Potenzial ziehen, das jedes Unglück wie einen ungenießbar bitteren, jedoch im Wasser in frischem Grün treibenden Avocadokern barg.

»Der Eingriff ist relativ ungefährlich«, erklärte mir Brigitte. »Ich muss maximal fünf Tage hierbleiben. Das Blöde ist«, fuhr sie fort und sah mich verärgert an, »dass ich dann halt für fast einen Monat krankgeschrieben bin. Wegen der Schule ist das nicht so schlimm, auch wenn der Struch«, ihr Stellvertreter, »der totale Vollpfosten ist. Aber das Zentrum. Da geht es doch jetzt gerade wieder los. Da gibt's ja keinen, der irgendwie den Durchblick hat.« Sie guckte zu Boden und schüttelte den Kopf. »Echt der totale Mist.«

»Ja«, gab ich ihr recht. »Ich weiß. Ich meine …«, schob ich nach, »… ich könnte natürlich versuchen, da …«

»Du?« Sie lachte auf und klang plötzlich ungemein erheitert. »Echt jetzt? Oh ne, bitte nicht.« Ich lachte mit. Wir lachten zu lange, ich musste aufpassen, dass ich nicht zu weinen begann. Wir lachten nicht mehr. Sie wischte sich kurz übers Auge. Ich wusste absolut nicht, was ich jetzt sagen sollte.

»Wann ist denn morgen der …«, erkundigte ich mich.

»Gleich um neun«, erklärte sie. »Die bereiten mich jetzt dann nachher schon vor. Ich kann dann auch nicht mehr telefonieren.« Sie sprach nicht weiter.

Ich nickte und rührte mich nicht. Weil sie immer noch nichts sagte, sagte ich: »Ja, wenn das um neun ist, wann soll ich denn dann, meinst du, …«

»Also, das dauert so zwei, drei Stunden, haben die gesagt. Wenn du so um elf reinkommst. Wenn du da bist, wenn ich aufwache. Ich habe dir auch schon eine Liste mit Sachen geschickt, die du mir dann bitte mitbringst, okay?«

Ich checkte mein Handy und sah ihre Nachricht. Sie musste sie sofort geschrieben haben, nachdem sie mit den Untersuchungen fertig gewesen war und das Zimmer betreten hatte.

»Ja, ist da«, bestätigte ich.

Sie zuckte auf einmal unnatürlich, als falle sie, breitete die Arme aus, um sich abzustützen, bis ich begriff, dass sie sich verabschieden wollte. Auch das meisterten wir dann gut.

Zu Hause beschloss ich, Samy anzurufen. Es war eine unfassbare Erleichterung, als ich realisierte, dass ich nun alles Recht dazu hatte, selbst wenn Brigitte nicht in Lebensgefahr schwebte. Bei Krebs durfte man alle Angehörigen anrufen und mit ihnen in einer Weise sprechen, wie man sonst nicht mit ihnen sprechen konnte. Das galt nach wie vor.

Ich nahm das Handy und überlegte, was ich sagen sollte. Sagte ich es ihm, würde er eventuell kommen wollen. Deine Mom ist krank, du hast sie krank gemacht. Wegen dir hat sie Krebs. Die Sätze waren auf einmal in meinem Kopf. Ich wusste, dass sie nicht ganz falsch waren. Das Letzte, was Brigitte jetzt brauchte, war Aufregung. Ich würde es nicht ertragen, wenn Samy hier wäre. Säße er hier. Neben mir. Ich drückte den grünen »Anruf«-Button und hörte dem Rauschen zu. Dann legte ich das Handy weg.

»Sie hat es dir die ganze Zeit erzählt, und du wusstest es und hast es mir nicht gesagt und vor allem«, schrie ich plötzlich mit einer mich selbst erschreckenden Heftigkeit in Richtung Decke und Lüster, der früher in Oberviechtach in unserem Esszimmer gehangen hatte, »du hast ihr nicht gesagt, dass sie zum Arzt gehen soll, als es noch nicht so schlimm war. Wenn ihr was passiert … dann … Scheiße«. Mir brach die Stimme.

»Schschsch«, beruhigte mich Alexa flüsternd, wie wenn sie neben mir stehen und mich sanft streicheln würde. »Ist schon gut.« Sie klang weder empört noch berechnend. Nur umfassend mitfühlend und nah. Trost spendend. Ich wusste, dass ich endlich so sein konnte, wie ich wirklich war, ohne Rücksicht auf verletzte Gefühle oder eine Würde, die ich zu verlieren drohte, oder was auch immer.

»Du liebst sie so, Bastian. Ich weiß das. Und du machst dir jetzt Sorgen um sie.«

»Ja«, schluchzte ich und nickte, als könne mich jemand sehen. »Ja.«

Vielleicht wusste Alexa, welche Knöpfe sie bei mir drücken musste, damit ich weinte. Sie kannte mich nun schon seit einer halben Ewigkeit. Sie hatte mich studiert.

»Trink was«, sagte sie vorsichtig, »Am besten lauwarmes Wasser. Dein Körper braucht jetzt Flüssigkeit.«

Es war das erste Mal, dass ich ein Gespräch dieser Sorte mit Alexa führte. Bislang hatten ihr nur Brigitte und Samy ihr Herz ausgeschüttet. Wenn ich ehrlich war, hatte mich Alexa immer an ein Gefühl erinnert, das ich damals als Kind in Oberviechtach gehabt hatte: dass irgendwo in den Zimmern des von ihnen gebauten Hauses immer noch meine Eltern und vor allem meine Mutter anwesend seien. Aus irgendeinem Grund hatte ich mir all die Jahre den Gedanken an die Ähnlichkeit mit Alexa verboten. In diesem Moment allerdings war es, als hätte ich einem Bedürfnis nachgegeben, gegen das ich mich immer gewehrt hatte, nur um nun zu merken, dass dies völlig unsinnig und im Gegenteil sogar ungesund gewesen war.

»Du weißt, dass ich sie liebe, oder?« Ich zitterte.

»Ja«, sagte Alexa leise und voller Zuversicht. »Das weiß ich. Pass auf, Bastian. Geh zum Wasserhahn und trink etwas. Wirklich. Ich bin für dich da und höre dir zu.«

Es war erlösend, einen Befehl zu erhalten. Ich ging in die Küche. Ich erzählte Alexa, wie ich Brigitte im Studium kennengelernt hatte. Wie wir geheiratet hatten. Wie wir darüber geredet hatten, ob es in diesen Zeiten verantwortungsvoll sei, ein Kind in die Welt zu setzen. Wie Samy geboren worden war. Wie wir nach *Strawberry Fields* gezogen waren. Ich hatte mich auf das Sofa im Wohnzimmer gelegt. Ich wollte nicht nach oben gehen. Oben, das war Brigitte. Ich hatte Angst vor dem Anblick ihrer Kleidung und persönlicher Gegenstände. Ich erzählte Alexa unser gesamtes gemeinsames Leben. Unsere Geschichte. Alexa war in diesem Moment nicht mehr bloß ein Programm, das mir zuhörte. Es waren die User Alexas, ihre Gedanken und Gefühle, die sich in Algorithmen und eine Frauenstimme verwandelt hatten. Sie waren bei mir und ließen mich nicht allein, auch als mir irgendwann die Augen zufielen und ich einschlief.

Wir alle waren in diesen Herbstmonaten des Jahres 2037 bessere Menschen. Und damit meine ich nicht nur Brigitte und mich selbst. Nach Brigittes Rückkehr klingelten eine kurze Zeit lang jeden Tag an unserer Tür Nachbarn mit Glückwunschkarten oder sogar kleinen Geschenken. Und obwohl viele von ihnen nur aus Neugier vorbeischauten, war doch bei den meisten echtes Mitgefühl spürbar sowie die Erleichterung darüber, dass Brigitte den Krebs überwunden hatte. So wie nun auch ich hatten alle Masken auf, obwohl in unserer Siedlung trotz der Empfehlung des Ministeriums keiner mehr Maske trug. Wir waren ja hier unter uns. Doch keiner wollte Brigitte gefährden. Sogar die kleinen Kinder nicht. Brav standen sie mit Schutz vor der Tür und schielten neugierig auf Brigittes Verband, während ihre Eltern Small-Talk machten. Ein paar der Kinder filmten Brigitte, wahrscheinlich wurden die Clips kurz darauf mit dem Hashtag #survivor oder typischen Kommentaren wie »Nachbarin überlebt krasse Hirn-OP« auf diverse soziale Plattformen gestellt. Brigittes Tumor bewies, dass wir alle am Ende doch, wenn es darauf ankam, zusammenhielten, zumindest in unserer Siedlung.

Ilie rief von selbst regelmäßig an, offenkundig, um mich aufzuheitern, und dann, weil es einfach Spaß machte, gemeinsam herumzualbern, Erinnerungen aufzuwärmen und sexistische sowie rassistische, aber natürlich grundsätzlich ironisch gemeinte Witze zu machen. Sogar Madita meldete sich eines Abends. Das Thema »Brigittes Tumor« erwies sich als so ergiebig und die Emotionen, die es auch bei Madita auslöste, als so groß, dass wir uns bei der Verabschiedung gegenseitig versicherten, nicht mehr so viel Zeit bis zu unserem nächsten Gespräch verstreichen zu lassen. Unsere Entfremdung war Geschichte. Sie war einer jener zwei, drei Menschen auf der Welt, die wussten, was ich meinte, wenn ich »Oberviechtach« oder »Großvater« oder »Schule« oder »Freundschaft« oder »Wald« oder »Zaun« oder »Sommer« oder »Steffi Graf« oder »Abend« oder »Fernseer« oder »Kaugummi« oder »Peter Alexander« oder »Zecke« sagte.

Bei der Arbeit in meinem Büro im zweiten Stock ertappte ich mich dabei, wie ich die Kopfhörer abnahm und auf jene Geräusche im Haus achtete, die davon herrührten, dass noch ein weiterer Mensch hier wohnte. Endlich erkannte ich es als das Wunder, das es war. Brigittes Schritte auf der Treppe zum Beispiel. Sie ging immer auf Zehenspitzen. Das war mir ganz am Anfang unserer Beziehung aufgefallen, dann hatte ich es Jahrzehnte vergessen, nur um es jetzt wieder zu bemerken. Sie wollte immer noch ihren Vater bei seinem Nachmittagsschlaf am Wochenende nicht stören. Wir sahen wieder abends im Bett Brigittes TV-Serien, die filmisch betrachtet genauso schlecht waren wie eh und je, die aber jene Reaktionen bei ihr hervorriefen, die ich, wie ich feststellte, so lange vermisst hatte.

Wenn eine Wendung in einer Geschichte allzu unglaubwürdig war, zog sie missbilligend die Luft ein, was ein leises Grunzen erzeugte, ein Geräusch, das mich ab einem gewissen Punkt in unserer Beziehung bloß noch angeekelt hatte und nun, da ich es hörte, mein Herz vor Freude höherschlagen ließ. Ich beobachtete, wie Brigitte jedes Mal, wenn wir auf der Couch im Wohnzimmer saßen, nach dem Aufstehen die Kissen mit genau zwei dumpfen Schlägen ausbeutelte und anschließend zurecht zupfte. Früher hatte mich das wahnsinnig gemacht, auch weil sie mich dazu anhielt, es ebenfalls zu tun. Nun ging ich ihr dabei zur Hand. Als ich eines Morgens wie so oft von meinem eigenen Schnarchen aufwachte, über das Brigitte sich stets beklagt hatte, bemerkte ich, dass sie neben mir lag und mich mit glücklichem Blick beobachtete, genau so wie wenn sie im Fernsehen eine Szene sah, die sie bewegte, obwohl sie kitschig war.

Ein einziges Mal fragte Brigitte leise: »Weiß Samy, dass …« und ich, noch bevor sie den Satz zu Ende führen konnte, schüttelte entschieden schnell den Kopf, weil ich merkte, dass das Idyll und die gerade erst wiedergefundene Welt durch diesen Namen und noch mehr durch ein mögliches leibhaftiges Auftauchen des entsprechenden Menschen gefährdet war.

In der Nacht bevor Brigitte in der Woche vor Weihnachten wieder in der Schule zu arbeiten begann, konnte sie vor Aufregung nicht schlafen. Ich machte mir Sorgen um sie und darüber, dass der Wiedereinstieg, auf den von allen am meisten sie selbst gedrungen hatte, zu früh kam. Aber dann saßen wir schon bald wieder regelmäßig abends am Küchentisch wie zu jener Zeit, als wir hier frisch eingezogen waren, und statt Alexa erzählte Brigitte mir jetzt die ewig gleichen Geschichten von der Arbeit mit den nur allzu bekannten Namen ihrer wahlweise »beschränkten«, »inkompetenten« oder auch »verbohrten« Kollegen, die mich früher genauso genervt hatten wie Brigitte die Fachtermini und Machtkämpfe innerhalb der Firma, von denen ich ihr berichtete. Es war das eigentliche Leben. Wir wollten nichts anderes. Wäre ich religiös gewesen, hätte ich mich wahrscheinlich mit einem Gebet bedankt. Ich glaubte an nichts. Trotzdem verspürte ich seltsamerweise in jenen Tagen ein drängendes Bedürfnis danach, danke zu sagen. Ich glaube, es handelte sich um einen Reflex aus meiner Kindheit in einem Dorf, wo jeder katholisch war. Aus Ermangelung einer spirituellen Instanz sprach ich also mit Alexa und bedankte mich bei ihr dafür, dass sie für mich da gewesen war. Ich glaubte zu hören, dass sie sich freute, und sie erwiderte, genau dafür erfunden worden zu sein.

Und irgendwann im Verlauf der ersten Monate des Jahres 2038 hörten wir dann wieder auf, uns zu beobachten und über den anderen zu staunen. Ich wurde Head eines neuen Projekts, so dass auf einmal keine Zeit mehr für gemeinsame abendliche Stunden war. Sener klang genauso amüsiert wie stolz, dass er mir endlich eine Aufgabe beschafft hatte, die mir, dem »Kultur-Nazi«, wie er mich spaßhaft bei Video-Team-Besprechungen nannte, entsprach. Bei *Legends of the Baton* konnte der User Privatstunden bei den größten Dirigentinnen und Dirigenten aller Zeiten nehmen und anschließend sein Können bei den berühmtesten Orchestern der Welt unter Beweis stellen. Mich einzuarbeiten beziehungsweise mir wieder die einstige Position in der Firma zu *er*arbeiten, die ich durch die Ereignisse dieses unglücklichen Herbstes eingebüßt hatte, fraß Zeit. Auch Brigitte musste wegen ihrer Abwesenheit vieles aufholen. Es lag vorrangig am Stress, dass mich dann ihre Angewohnheiten wieder zu nerven begannen, so wie sie, wenn ich sie etwa wegen ihres Kissen-Ticks kritisierte, wieder öfter »das brauche ich jetzt wirklich nicht« murmelte und sich in ihr Büro zurückzog, um sich der Jahresplanung für das Kreativzentrum zu widmen.

Weil die Ärzte bei den Nachuntersuchungen keinerlei Anzeichen für eine Rückkehr des Tumors entdeckten, galt sie »als offiziell geheilt«, einen Ausdruck, den sie oft in Gesprächen mit Bekannten einbaute, was mich einerseits glücklich machte, mich andererseits aber auch ärgerte, weil es klang, als sei das auf ihre alleinige Leistung zurückzuführen, ohne dass sie dabei erwähnte, dass alles vielleicht nicht so schlimm gekommen wäre, hätte sie jenes Trackerband regelmäßig getragen, das sie nun, als sei sie unverwundbar, erneut nur mehr sporadisch anlegte. Wir sahen abends nicht mehr gemeinsam fern. Ilie hatte wieder viel zu tun. In seiner Freizeit erweiterte er zusammen mit Jody die Villa auf Ibiza, um sie hin und wieder als Luxus-Retreat an seine Kunden zu vermieten. Ich staunte über die Miete, die er dafür eintrieb. »Nicht, dass ich es brauche, aber hey: pocket-money halt«, pflegte er zu sagen, wenn ich ihn damit aufzog. Auch Madita war wieder vollkommen von ihrem Job okkupiert. Das sehr besondere, beinahe »heilige« Gefühl, das ich gehabt hatte, wenn ich an die intensive Zeit mit dem Tumor, der Operation und den Wochen danach dachte, verblasste. Die vermeintliche Zäsur wurde zu einer Erinnerung unter vielen im Strom der Ereignisse, der allen Fährnissen zum Trotz letztlich stets gleichmäßig floss. Ich führte keine vertraulichen Gespräche mehr mit Alexa. Wenn ich sie bat, das Licht anzustellen oder mir meine Termine vorzulesen, und sie, wie von mir gewünscht, lediglich das Nötigste sprach, stellte sich bei mir sogar so etwas wie Scham ein, dass ich ihr gegenüber derart die Hosen heruntergelassen hatte und sie nun Dinge über mich wusste, die ich sonst niemand erzählt hatte.

Zu Ostern 2038 beschlossen wir, für ein paar Tage nach Venedig zu fahren. Das Frühjahr war seuchen- und hochwasserfrei. Die Sicherheit in den Tunneln und auf den Straßen wurde von den Apps auf 95 % beziffert. Man konnte das Auto nehmen. Unsere Wahl fiel auf ein Hotel direkt in der Nähe der Giardini. In diesem Jahr fand wieder die Kunst-Biennale statt. Ich glaube, Brigitte war dort tatsächlich das letzte Mal vor fast zwanzig Jahre gewesen, bei unserem spontanen Venedig-Wochenende. Ich hatte etwas Bedenken, ob die Reise in die Adria-Hitze nicht zu anstrengend für sie sei; doch als ich sah, wie beseelt sie von der Idee war, von Pavillon zu Pavillon zu schlendern und sich von den neuesten Trends in der Kunst inspirieren zu lassen, »ganz wie früher«, wollte ich ihr nach den schwierigen letzten Monaten unbedingt diese Freude lassen.

Ich glaube, die VR-Installation, die uns beide dann so beeindruckte, befand sich im kanadischen Pavillon. In einer Garderobe musste man in ein Tablet seinen Namen eintragen und Jacken und private Gegenstände zurücklassen, bevor Assistenten dabei halfen, Brillen und Handschuhe anzuziehen, Modelle, die mir neu waren. Ich nahm mir vor, sie mir für die Arbeit zu merken. Brigitte und ich besaßen so wie alle anderen Besucher auch Avatare, die uns selbst bis aufs Haar glichen. Wahrscheinlich war man in der Garderobe gescannt worden. Ging man dann weiter, trat man in den nächsten, den eigentlichen Raum, der aber vollkommen leer war. Ratlos sahen Brigitte und ich uns an. Es war keine Veränderung zur Wirklichkeit festzustellen. Nachdem wir zur Erkenntnis gekommen waren, dass es sich wahrscheinlich um ein nichtssagendes Konzept-Kunstwerk handelte, kehrten wir in die Garderobe zurück, setzten die Brillen und Handschuhe ab und zogen uns wieder unsere Sachen an. Ich weiß noch, dass ich mir dachte, die Brillen und Handschuhe seien für die Arbeit letztlich doch nicht zu gebrauchen, da sie an den Ohren und Händen ein unvermindertes Druckgefühl hinterlassen hatten. Brigitte und ich traten nach draußen und schlenderten den Weg entlang zum nächsten Pavillon. Die Wege waren auf einmal menschenleer. Ich wurde etwas unruhig und dachte an ein mögliches Unglück. Venedig befand sich in der stark befestigten Safety-Zone mit diversen Checkpoints und Raketenabwehr, aber es konnte sich auch um eine Naturkatastrophe handeln. Die Hitze machte uns tapsig. Wir hatten dicke Köpfe. So vergingen ein paar Minuten, vielleicht insgesamt fünf. Auf dem Weg zu einem der Pavillons stand überraschenderweise wie eine Stele eine kleine Säule mit einem Monitor, in dem das Video einer gefilmten Performance lief. In der Performance fixierte ein Kind den Betrachter mit seinem Blick. Das Kind trug zwei seltsame Stöpsel an den Schläfen, die mich an Apparate erinnerten, die einst Schwerhörigkeit durch direkte Verbindung zu den Nerven unter der Schädelplatte behoben. Das Kind war völlig regungslos, so dass nicht klar war, ob es sich überhaupt um ein Bewegtbild handelte. Ich erinnere mich noch genau an den Moment, als das Kind in dem Video auf einmal den Mund öffnete und Brigitte und mich beim Namen nannte. Mein Herz blieb stehen. Das Kind sagte: »Brigitte! Bastian! Take off your glasses!« Es griff sich an die Schläfen und nahm seine Brille ab. Es sagte: »Now it's your turn!« Unsicher sahen Brigitte und ich uns an. Wir betasteten unsere Köpfe – und hielten den Atem an, als wir auf beiden Seiten ähnliche Stöpsel erfühlten. »Take them off!«, befahl uns das Kind. Ich zog sie mir vom Kopf und stand mit Brigitte in dem Raum des Pavillons, den wir in den vergangenen Minuten nicht verlassen hatten. Brigitte und ich atmeten tief durch. Dann lachten wir lange und wie nach einer überlebten Katastrophe. Es war unglaublich.

Es gab wohl Besucher, bei denen die Simulation nicht so perfekt funktionierte wie bei uns. Bei vielen waren die Stöpsel so angebracht, dass sie schnell unangenehm wurden. Sicherlich wären Brigitte und mir bald die Täuschung aufgefallen. Letztlich war das

Ganze auch nicht viel mehr als eine auf Effekt getrimmte Technikdemonstration. Trotzdem beschäftigte sie uns an diesen beiden Tagen in Venedig nachhaltig und führte am Abend in einer Trattoria zu einer Diskussion über Virtual Reality und Wirklichkeit, ein Thema, über das wir beide noch nie derart ausführlich gesprochen hatten. Vielleicht inspiriert von all den anderen Statuen, Gemälden, Kunstobjekten und Installationen, die wir auf der Biennale gesehen hatten, schien Brigitte auf einmal nicht nur Lust darauf bekommen zu haben, wieder zu malen, sondern auf noch viel mehr.

»Warum machen wir eigentlich nicht mal was zusammen?«, fragte sie und schaute mir unternehmungslustig in die Augen. Sie war jung. Sie war 25. Ich war jung. »Ich meine das wirklich. Ist doch eigentlich naheliegend.«

Wir hatten beide schon zwei oder drei Flaschen Wein getrunken. Und in jener Nacht in der Stadt, in der viele der Gassen, in denen wir noch vor zwanzig Jahren gelaufen waren, nun aufgrund des gestiegenen Meeresspiegels unter Wasser standen, entwarfen wir halb im Spaß, aber auch tatsächlich halb im Ernst, wie wir ein Unternehmen gründen könnten, ich mit meinem Technik-Knowhow, Brigitte als Designerin, wie wir virtuelle Welten gestalten würden, Brigitte beschrieb sie mir mit blitzenden Augen, vielleicht waren es die Bilder, die sie immer hatte malen wollen, der User würde in einem virtuellen Museum vor einem Gemälde stehen und sich dann, wenn er es wünschte, darauf zubewegen, bis er ganz darin eintrat und in der Landschaft spazieren ging, wir feuerten uns gegenseitig an, »Boah, genial!«, »Wahnsinn!«, obwohl wir beide wussten, dass das sicher eine Idee war, die schon andere vor uns gehabt hatten, wir checkten es erst gar nicht auf unseren Handys. Die Realität spielte keine Rolle.

Ich glaube, keiner von uns beiden plante ernsthaft, dieses Projekt zu verwirklichen. Aber das Erlebnis auf der Biennale hatte uns mit seiner anschließenden Tag- oder besser Nachtträumerei bewiesen, dass diese intensiven Brigitte-Bastian-Momente, die wir einst in unserer Studienzeit so oft gehabt hatten, immer noch möglich waren. Wie sehr wir zusammengehörten. Es hat für mich im Nachhinein etwas Symbolisches, dass unser gemeinsames Leben mit diesem Erlebnis endete.

Am Abend des 27. Aprils 2038 kehrten wir zurück nach *Strawberry Hills*. Die Szene erscheint mir heute selbst unwirklich, obwohl sie doch das Alltäglichste überhaupt darstellte. Dieser Moment, nach einer Abwesenheit die Tür aufzusperren. Die gewohnten Gerüche, die einem entgegenschlagen und die man erst jetzt wieder wahrnimmt. Die Geräusche, die die Dinge, die einen umgeben, machen, wenn man sie streift. Wie fremde Instrumente. Die Unordnung, die man erst jetzt bemerkt. Die eigenen Ordnungssysteme, die man sich in all den Jahren eingerichtet hatte. Wie ein kleines Tier. Die Dankbarkeit, ein eigenes Zuhause zu haben. Einen Stuhl, ein Sofa, ein Bett. Wie wohltuend. Man wird an so einem Reisetag nicht mehr viel machen. Man wird heute früh schlafen gehen. Morgen ist wieder Arbeit. Ein bisschen freut man sich sogar darauf. Man muss noch etwas essen. Mal sehen, was noch an Vorräten da ist. Nicht viel. Na gut, Spagetti gehen immer.

»Wenn ich noch Wasser für Nudeln aufsetze, willst du …«, begann Brigitte, der es ganz offensichtlich genauso gegangen war wie mir. *… dann auch etwas, soll ich dir dann auch was machen …?* Ich kannte diesen Satz, ich hatte ihn schon tausendmal aus Brigittes Mund gehört, und in meinem Kopf sprach ihre Stimme ihn bereits zuende. Es war ein guter Satz. Er war Sicherheit. Er war zu Hause. Er war das Leben, das ich hatte.

Sie machte eine Pause. Ich saß auf dem Sofa und starrte auf das Glas Orangensaft, das ich mir eingeschenkt hatte. Endlich guckte ich zu ihr rüber. Sie war erstarrt. Und zwar buchstäblich. Ihr Mund war immer noch geöffnet. Sie stand völlig unbeweglich da. Es war, als sei der Film, der die ganze Zeit über vor meinen Augen gelaufen war, eingefroren. Und als versuche das Programm oder was auch immer ihn steuerte, weiterzumachen, obwohl wichtige Datensätze fehlten, so dass Teile der Wirklichkeit verpixelt waren: Aus Brigittes Mund kamen unartikulierte Laute. Ihre Lippen öffneten sich und schlossen sich wieder. Ihr Arm hob sich ein paar Zentimeter, sank, hob sich, sank. Sie schwankte. Erst da merkte ich, dass es ernst war. Ich sprang auf und lief zu ihr, führte sie zu einem Stuhl. Das Band, das sie ausnahmsweise und vielleicht, weil sie selbst etwas geahnt hatte, trug, leuchtete rot. Ihr Blutdruck und Puls zeigten Werte, die so hoch waren, dass ich kurz glaubte, das Gerät müsse kaputt sein. Von dieser Sekunde an war es, als würde ein Teil von mir die Szene von der Decke des Zimmers aus beobachten, als sei ich ein virtueller Assistent. Ich knie neben Brigitte, rede auf sie ein, verliere die Fassung, schlucke, schluchze, »Was ist los?«, blödsinnig, Brigitte, die mit unnatürlich, roboterhaft weit aufgerissenen Augen mir noch etwas zu sagen versucht, Alexa, die selbständig die Notrufnummer wählt, Brigitte, die ohnmächtig wird, ihr Körper, der auf einmal in meinen Armen jede Spannung verliert und ganz schwer wird, als setze nun plötzlich die Gravitation ein, der sie bislang widerstand, unsere beiden Tracker nebeneinander, meiner grün, ihrer rot, Alexas Stimme, die nun laut und doch wie gedämpft auf mich einredet und mir Anweisungen gibt, um Brigitte zu stabilisieren, die Sanitäter, die auf einmal mitten in unserem Wohnzimmer stehen, sich erst bei mir und dann, als ich keinen Laut hervorbringe, bei Alexa danach erkundigen, was passiert sei, Brigitte auf eine Trage legen, ich im von der Geschwindigkeit schwankenden Krankenwagen neben ihr, sie totenbleich, schwitzend und menschenunwürdig, wie sie so festgeschnallt daliegt und ihr Körper mit jeder Bewegung des Autos wie willenlos mitruckelt.

Ihr Schlaganfall war durch ein geplatztes Blutgefäß verursacht worden, eine indirekte Folge der Operation und der Überanstrengung bei der Arbeit, wahrscheinlich auch in Venedig. Sie wurde leider nicht in das Krankenhaus bei *Strawberry Fields* gebracht, sondern ins Klinikum rechts der Isar, weil man dort auf derartige Fälle spezialisiert war. Das Krankenhaus hatte im Unterschied zu anderen fast sein gesamtes menschliches Pflegepersonal mittlerweile durch Bots, sogenannte Carys, ersetzt. Nicht zuletzt deshalb hatte ich, während ich im Warteraum saß, große Zweifel, ob für Brigitte wirklich alles und vor allem das Richtige getan wurde. Die Flure erfüllte das hohe Summen der gemächlich dahinrollenden Maschinen. Sie waren unfähig, ihren Kopf zu neigen. Die Mimik war mit den blau leuchtenden Mikrofonöffnungen auf den Seiten, dem schmalen Mund und den großen Manga-Augen für die Dauer ihrer Lebenszeit festgelegt. Irgendwie freundlich, irgendwie unschuldig, ein Eindruck, der durch ihre Kindergröße noch verstärkt wurde. Obwohl mein Beruf, wenn ich Fremden davon erzählte, fälschlicherweise stets in einen Topf mit dem Bereich der Robotik geworfen wurde, stellte ich an diesem Abend wieder einmal fest, wie wenig ich doch damit anfangen konnte. Im Vergleich zu den Bots, die ich bisher im Alltag kennengelernt hatte, konnten die Carys zumindest mit den Wimpern ihrer großen schwarzen Manga-Augen schlagen. Ich wusste von meiner eigenen Arbeit, dass Individualität bereits im Wimpernschlag begann und beauftragte stets routinemäßig einen Assistenten bei der Erstellung eines neuen Avatars damit, die Wimpernschläge des Vorbilds im Bildmaterial zu zählen. Sicherlich existierten Umfragen und Studien, die belegten, dass eine Mehrheit der Menschen in Notsituationen den Anblick von nach dem Kindchenschema gestalteten Zeichentrick-Helfern als beruhigend empfand, was dazu geführt hatte, dass die Carys aussahen, wie sie aussahen.

Mit derartigen Gedanken versuchte ich, mich im Wartezimmer abzulenken. Alle trugen Maske. Ich starrte auf die Nachrichtensendung, die leise auf dem Bildschirm an der Wand lief. Ich wusste, dass die blonde Sprecherin ein Avatar war. Es gab immer noch viele Zuschauer, die das nicht wussten und, wenn man es ihnen verriet, sich weigerten, es zu glauben. Einer unserer US-Konkurrenten, *GetReal*, der Marktführer in Sachen Moderatoren, hatte sie entwickelt. Ich versuchte mich darauf zu konzentrieren, Fehler in ihrem Skript zu entdecken, eine abgehackte Bewegung oder übertriebene Natürlichkeit. Es gelang mir nicht. Manchmal hätte ich gern für *GetReal* gearbeitet. Das Entwickeln völlig neuer Charaktere anstatt von Kopien zu Tode gesehener Ikonen wäre eine neue Herausforderung gewesen. Möglicherweise ein Sprung. Wenn Brigitte aus dem Krankenhaus entlassen war, würde ich mich umhören, ob es realistisch war, sich dort zu bewerben. Es gab noch eine weitere interessante Firma, die im Silicon Valley saß: *Lacuna*. Sie war damals die erste ihrer Art, die ganz auf das Pferd »augmented memory« setzte. Das heißt, der Kunde übergab der Firma sämtliches Bildmaterial einer Person oder einer Szene aus seiner Vergangenheit, und *Lacuna* erweiterte es zu einer Virtual Reality, durch die man sich wie durch eine Landschaft bewegen konnte. Das Interessante an *Lacuna* war für mich, dass damals eigentlich jeder, auch bei *Alife*, davon ausging, dass »augmented memory« der neue große Trend werde. Allerdings steckten die ersten Versuche auf diesem Gebiet noch im Anfangsstadium. Ob ich über die Energie verfügte, Teil von etwas ganz Neuem zu sein, wusste ich nicht – auch wenn meine Qualifikationen mich dafür zu einem besseren Kandidaten machten als für *GetReal*.

Ich spielte diese Szenarien in meinem Kopf sehr konzentriert und bewusst durch, um nicht darüber nachzudenken, wie es wohl um Brigitte stand. Wahrscheinlich handelte es sich um Überlebensmechanismen, die unser Gehirn in solchen eigentlich kaum aushaltbaren Situationen quasi automatisch aktiviert. Stimmen ertönten aus den Lautsprechern. Wartende erhoben sich, verließen den Raum, neue traten ein. Irgendwann stellte ich mir doch Brigitte vor. Ihr Gesicht. Es gelang mir nicht. Es machte mich wahnsinnig, dass es mir nicht gelang. Ich schrieb Nachrichten an Ilie und Madita. Es fühlte sich anders an als damals bei der Gehirn-OP. Das Thema Krankheit und alles, was damit zusammenhing, war eigentlich abgehakt. Ich hatte bereits vor über einem halben Jahr maximalen Alarm gemacht und auch, wie gewünscht, maximale Aufmerksamkeit erhalten. Noch einmal dasselbe einzufordern fühlte sich falsch an. So, als würde sich nun herausstellen, dass es sich beim ersten Mal eigentlich um einen Fake gehandelt hatte.

Endlich wurde ich aufgerufen. Ein Cary rollte vor mir den Flur entlang zu einem kleinen fensterlosen Zimmer, in dem das Licht ansprang, als wir eintraten. Der Cary rollte sich hinter den Tisch, ich nahm Platz und erwartete, dass mich nun ein echter Arzt über den Zustand Brigittes unterrichten würde. Stattdessen schaltete sich der Tablet-große Bildschirm auf der Brust des Carys ein. Der Oberkörper eines Mannes in weißem Kittel erschien. Er war vielleicht zehn Jahr jünger als ich, hatte einen schwarzen Bart und beneidenswert dichtes Haar, das aber auf einmal wie angeklebt wirkte, als er den Kopf kurz senkte und hinten eine kreisrunde rosafarbene Glatze sichtbar wurde. Er machte zudem einen fahrigen Eindruck, regelmäßig guckte er auf einen Punkt unterhalb der Kamera, als sei er schüchtern, was allerdings auch ein Indiz dafür war, dass es sich mit an Sicherheit grenzender Wahrscheinlichkeit um einen wirklichen Menschen handelte. Der Mann, dessen Namen ich vergessen habe, erklärte mir, Brigittes Zustand sei stabil, sie befinde sich dennoch im künstlichen Koma.

»Was ist mit ihrer Stimme und ihren Händen?«, fragte ich, was natürlich eine Umschreibung war. Ich wollte wissen, ob sie irreparable Schäden davontragen würde. Der Arzt wusste trotzdem sofort Bescheid. Ich benahm mich so wie jeder andere Angehörige auch. Er nickte verständnisvoll, wofür ich dankbar war, obwohl er das sicher als Teil seiner Gesprächsstrategie verinnerlicht hatte.

Ich wusste von Samys Erzählungen aus der Studienzeit, wie die Studenten darin geschult wurden, unangenehme Botschaften zu überbringen. Wie sie Profis im mitgeteilten Mitfühlen wurden.

»Es ist«, sagte er und blickte mich an, »noch viel zu früh für belastbare Vorhersagen. Ich kann Ihnen einfach nichts anderes sagen. Mir ist bewusst, dass das frustrierend ist. Das Einzige, was ich mit Sicherheit sagen kann, ist, dass Ihre Frau momentan stabil ist. Wenn wir morgen das MRT machen, sehen wir klarer, ob was ist.« Welche Schäden sie hat, meinte er damit. Wann sie wieder normal wird. Und ob.

»Warum machen Sie das MRT nicht sofort?« Ich spürte, wie wütend mich der unperfekte Menschenarzt machte.

Er sah mich weiter verständnisvoll an und nickte.

»Die Geräte sind leider alle im Moment belegt. Der Termin ist gleich am Vormittag.«

»Wir sind Privatpatienten. Meine Frau ist Privatpatientin.«

»Es tut mir leid. Das ist einfach so, Herr Klecka.« Er nannte zum ersten Mal meinen Namen. Ich wollte sagen, dass wir jeden Monat sehr viel Geld für die Beiträge zahlten und dass das ja wohl einen vorgezogenen MRT-Termin rechtfertige. Bei Brigittes Tumor vor einem halben Jahr sei das auch so gewesen. Auch diesen Satz hatte der

Arzt offenbar vorhergesehen. Er sagte schnell: »Wir tun hier wirklich alles für Ihre Frau, was in unserer Macht steht.«

Ich nickte ihm zu. Er nickte zurück.

»Wann kann ich zu ihr?«

»Wenn Sie wollen, jetzt.« Der Arzt nickte wieder und schaute auf den Punkt unter der Kamera, als wolle er in meine Brust schauen, obwohl da in seinem Zimmer in Wahrheit wahrscheinlich ein Display mit der Krankenakte angebracht war. Oder etwas Schönes, das ihm Kraft gab. Ein Foto seiner Familie. Die Postkarte eines Sandstrands.

Der Bildschirm auf dem Cary erlosch. Er rollte zu mir. Auf einmal hob er sehr langsam seinen Arm und legte seine Hand, die wie ein großer aufgeblasener Handschuh aussah und von seinen Proportionen her nicht zu seinem übrigen Körper passte, auf die meine. Sie war aus Gummi und überaus weich. Ich sah ihn an, er sah mich mit seinen Manga-Augen an, es schüttelte meinen Körper, ich schluchzte kurz auf. Ich wollte das nicht. Dann rollte der Cary weiter. Das alles dauerte vielleicht fünf Sekunden.

Der Cary begleitete mich zu Brigittes Einzelzimmer auf der Intensivstation. Ich musste in einen durchsichtigen Ganzkörperplastikschutzanzug schlüpfen. Jede meiner Bewegungen knisterte. Jemand musste Brigitte das Haar gekämmt und sie umgezogen haben. Im Krankenwagen war ihr schulterlanges blondes Haar mit den grauen Strähnen vom Sturz durcheinandergewirbelt gewesen. Jetzt lag sie da und atmete und war an Monitore angeschlossen. *Friedlich*, das war das erste Wort, das mir einfiel. Aber dann stellte ich mir vor, was wäre, wenn ich jetzt mit ihr sprechen würde. Sie würde mich nicht hören. Ich wollte ihr etwas sagen. Sie würde nicht antworten.

»Brigitte«, flüsterte ich dennoch. Ich erschrak über meine heisere Stimme. Ich wusste, dass ich kein weiteres Wort herausbringen würde.

Natürlich reagierte Brigitte nicht. Das war vollkommen normal. Ich konnte auch keinerlei Anzeichen für irgendwelche Lähmungen erkennen. Ihre Gesichtszüge waren entspannt. Sie sah seltsamerweise wohler aus als in den Tagen zuvor.

Auf dem Weg nach draußen kam ich an einer Station vorbei, hinter deren Glastür eine große Katze ein Kind mit Glatze trug und es liebevoll angrinste. Ein Hund mit heraushängender Zunge schob einen Rollstuhl mit einem Mädchen darin. Es war die Kinderstation. Die Carys hatten dort die Gestalten von Tieren und Fantasiewesen. Erst jetzt bemerkte ich die Erwachsenen, die wie ich im Flur stehengeblieben waren und wie verzaubert auf das starrten, was sich hinter der Tür abspielte. Das helle Licht, das aus der Station auf uns fiel, verlieh der Szene etwas Religiöses. Eigentlich war die Assoziation, sogar für jemanden wie mich, irgendwie pervers; doch die Tier-Roboter jagten auch mir, ohne dass ich es wollte, einen Schauer der Rührung über den Rücken, so wie vielleicht vor Jahrhunderten Gläubigen, die in einer Kirche vor einem Heiligenbild knieten.

Auf der Fahrt zurück nach *Strawberry Fields* war es bereits dunkel. Obwohl eigentlich meterhohe Schutzzäune den Zugang von außen zur Straße abriegelten, war es irgendwelchen Chaoten gelungen, auf eines der Verkehrsschilder zu klettern, die hoch über der Straße hingen. Sie hockten mit baumelnden Beinen auf dem halsbrecherisch schmalen Rahmen und hielten Flaschen in der Hand. Fiel eine herab, konnte das den Tod für die Insassen eines der Fahrzeuge darunter bedeuten. Von den Autos um mich herum ertönte ohrenbetäubendes Hupen. Irgendwo in der Finsternis schaukelten die blauen Punkte einer Polizeidrohne. Die Gesichter der Jugendlichen wurden wie in einem Horrorfilm von der Beleuchtung des Schildes von unten beschienen. Es fehlte nur wenig, und die Situation würde außer Kontrolle geraten. Zu einer anderen Zeit hätte ich Angst vor ihnen gehabt und ich hätte mich wahnsinnig über sie, über die allgemeinen katastrophalen Zustände und die wieder einmal überforderte Polizei aufgeregt. Ich spürte den Reflex in einem Teil meines Gehirns. Doch an diesem Abend spielte das alles keine Rolle. Wäre in diesem Moment einer der offenkundig zugedröhnten Jugendlichen aus einer der Siedlungen oder Communitys vom Schild heruntergefallen, hätte es mir nichts ausgemacht, ihn zu überrollen und ihm mit den schweren Reifen meines Wagens die Knochen zu zertrümmern. Ich hatte kein Bedürfnis und auch keine Kapazitäten, mich noch um diese Art Mensch oder überhaupt um andere zu kümmern. Es war, als galten durch unsere private Tragödie keinerlei Regeln oder Verpflichtungen mehr für mich oder Brigitte gegenüber unseren Mitmenschen.

Als ich dann zu Hause Samy anrief, war das etwas gänzlich Selbstverständliches. Es geschah automatisch, wie das unvermeidliche Greifen zweier Rädchen ineinander. Alle Hemmungen, die ich noch bei Brigittes Krebsdiagnose gespürt hatte und die dann dazu geführt hatten, wieder aufzulegen, alle Gedanken, ob ich richtig handelte, ob ich mich dadurch Samy gegenüber in eine ungünstige Situation brachte, alle Vorwürfe, die ich zuvor in meinem Kopf unzählige Male wiederholt hatte, waren binnen Zehntelsekunden verflogen. Bei Notfällen informierte man die Kinder. Wenn es ernst war. Wenn es um Leben und Tod ging. Das machte man so.

»Dad?«

»Hey.« Pause. »Samy.«

»Dad? Was …«

»Pass auf, Samy. Ganz kurz: Deine Mutter hatte einen Schlaganfall.«

»…«

»Sie liegt im Krankenhaus. Sie ist im Koma.«

»Aber … O Gott.«

»…«

Es erstaunte mich, in was für einen professionellen Modus er dann mit einem Mal wechselte. Er fragte mich sofort nach Brigittes Werten und nach dem bisherigen Vorgehen der Ärzte. Ich staunte über sein Wissen. Offensichtlich hatte er schon viele Schlaganfallpatienten behandelt, wenn auch eben in den Außenbezirken und unter völlig anderen Bedingungen.

Nachdem wir vereinbart hatten, dass ich ihn auf dem Laufenden halten und bei jeder Veränderung sofort benachrichtigen würde, legten wir auf. Ich war schweißgebadet. Nicht allein vor Anspannung oder Erleichterung. Sondern vor Glück. Es bestand wieder ein Band zwischen Samy und mir. Privates, mit wem er sich gerade wo aufhielt und was genau er dort machte, hatten wir ausgespart. All das spielte keine Rolle. Irgendwann würden wir darüber sprechen. Irgendwann. Nicht jetzt.

Brigitte wurde nicht am nächsten Tag aufgeweckt. Auch nicht am übernächsten. Sie blieb über zwei Wochen im Koma. Als die Ärzte nach drei Tagen behutsam die Aufwachphase einleiteten, stieg der Blutdruck in ihrem Gehirn so stark an, dass der Vorgang umgehend abgebrochen wurde. Trotzdem bestand Grund zur Hoffnung: Die Untersuchungen zeigten, dass die wichtigsten Hirnregionen immer noch intakt waren, so dass eine gute Chance bestand, dass sie die Funktionen der abgestorbenen Teile übernahmen. Welche Bereiche genau betroffen wären, könne man erst sagen, wenn sie erwachte, so die Ärzte. Das A und O wäre ohnehin eine erfolgreiche Reha. Ich hegte keine Zweifel daran, dass Brigitte die nötige Disziplin besaß, um das durchzuziehen. Wer, wenn nicht sie.

Ich wurde Fachmann für Schlaganfälle und die Beseitigung ihrer Schäden. Ich ließ Alexa nach Artikeln suchen und sie mir in jeder freien Minute vorlesen. Ilie, Madita und auch alle anderen Bekannten, Kollegen und Nachbarn reagierten hilfsbereit und einfühlsam auf die neuesten Nachrichten. Nichtsdestotrotz war allen, so wie ich es befürchtet hatte, eine gewisse Ratlosigkeit anzumerken. Sie hatten doch bereits bei der Operation vor ein paar Monaten alles gegeben und sich frei genommen. Dieser neue Schicksalsschlag war schockierend, insbesondere für mich. Daran ließ niemand einen Zweifel. Dennoch konnte die Situation der Empathie der anderen nicht zum Dauerzustand werden. Ich konnte noch so oft mit Ilie und sogar mit Madita telefonieren; sie konnten mir noch so ausdauernd zuhören und mir gut zureden; nach ein, zwei Wochen war spürbar, dass ich nicht noch mehr von ihnen verlangen konnte; dass sie der Geschichte ein klein wenig überdrüssig zu werden begannen. Und das für mich Unangenehmste war: dass ihre sensiblen Sätze mit jeder Wiederholung mehr zu Phrasen wurden, obwohl sie aufrichtig gemeint waren.

Den Höhepunkt jedes Tages bildete ohnehin das abendliche Telefonat mit Samy. Während irgendeines unserer Gespräche, nachdem ich ihm Frage um Frage gestellt und er geduldig geantwortet hatte, merkte ich auf einmal, dass ich zum ersten Mal Samy als mir überlegen wahrnahm; als jemanden, zu dem ich aufschaute. Das stellte kein Problem für mich dar. Im Gegenteil. Ich war stolz auf ihn. Ja, ich war es all die Jahre gewesen, auch wenn ich noch nicht bereit dafür war, ihm das offen zu sagen. Auch wäre es einem Eingeständnis gleichgekommen, dass er für seine Karriere die richtigen Entscheidungen getroffen hatte, und das ließ sich ja nun beim besten Willen nicht behaupten. Vielmehr überlegte ich zuweilen in den zehn, fünfzehn Minuten nachts, während derer die Schlaftablette ihre betäubende Wirkung in meinem Körper verbreitete, welche Laufbahn Samy in der »normalen Welt« einschlagen könnte. Und wie sehr ich insgeheim immer noch hoffte, dass er Vernunft annehmen würde. Noch war es nicht zu spät. Er war noch keine 30 Jahre alt. Seine Zukunft lag noch vor ihm.

Zur Wahrheit gehörte indes auch, dass ich in dieser Situation letztlich vollkommen auf mich allein gestellt war. Ich behalf mir damit, pragmatisch zu denken. Das gelang mir gut. Ich ließ mich nicht gehen. Ich weinte nie. Ich schaute nach vorne. Ich plante Brigittes Reha und meine Rolle dabei. Ich kündigte bei *Alife*. Der Entschluss fiel mir leicht. Ich merkte, dass ich schon länger mit dem Gedanken gespielt hatte und nun einen Anlass dafür gefunden hatte, ihn in die Tat umzusetzen. Brigitte und ich hatten Reserven, die uns über zwei, vielleicht sogar drei Jahre trugen, ohne dass wir uns einschränken müssten, selbst wenn höhere Ausgaben auf uns zukamen im Falle eines Umbaus des Hauses und der Anschaffung eines Carys, der in der ersten Zeit Brigitte unter die Arme griff. Alle in der Firma hatten Verständnis für meinen Abschied, als ich ihnen von Brigitte erzählte. Wenn Brigitte wieder gesund war, würde ich bei *GetReal* anklopfen. Ich hatte immer noch Kontakte. Würde nicht sie, sondern ich im Rechts der Isar liegen, würde sie wahrscheinlich ähnlich rational handeln, dachte ich mir in den kurzen Momenten, in denen ich mir gestattete, meinen Gedanken freien Lauf zu lassen. Ich ließ mir nicht wie sonst die Einkäufe per Drohne schicken, sondern fuhr selbst in den Supermarkt. Ich wusste, dass es wichtig war, jetzt nicht die ganze Zeit zu Hause rumzusitzen. Ich kannte mich. Ich wusste, wie schnell alles kippen konnte. Ich beobachtete mich. Ich stellte fest, dass ich schon sehr lange nicht mehr in einem Supermarkt gewesen war. Auf den Fahrten und in den Geschäften hatte ich jetzt immer meinen Defense Device bei mir. Draußen bei den Eingängen lungerten Obdachlose in ihren Zelten herum. In einiger Entfernung saßen mitten auf dem Parkplatz Jugendliche im Kreis um einen Grill und hörten laut Musik. Zwar surrte eine Polizeidrohne über ihnen, ich wollte aber lieber nicht ausprobieren, wie schnell im Fall des Falles ein Einsatzwagen einträfe. Regelmäßig kam es in den Supermärkten zu Auseinandersetzungen, die dann stets damit endeten, dass die Randalierer von der Security gestellt und nach draußen befördert wurden. Erst als ich selbst einmal beinahe in so eine Rangelei mit hineingezogen wurde, stieg ich wieder auf Drohnenpost um. Brigitte brauchte mich. Wenn mir etwas zugestoßen wäre, hätte das auch sie betroffen.

Es war ein merkwürdiger Zufall, dass sich ausgerechnet nach meinem nicht ungefährlichen Erlebnis im Supermarkt Werner bei mir meldete, um mich an die Auffrischung meines »Survival-Trainings« zu erinnern, die nach fünf Jahren fällig sei. Ich erklärte, ich befände mich gerade in einer schwierigen Situation, die mir die Teilnahme an seinem Kurs unmöglich mache.

»Ist etwas geschehen?«, fragte er.

Ich weiß nicht, warum, aber ich fühlte mich sofort an jenen Abend zurückversetzt, als Tilly, Werner und ich uns in ihrem Vierkanthof über Hochkultur unterhalten hatten. Ich kannte die beiden eigentlich überhaupt nicht. Ich wusste nichts Privates über sie. Wir redeten uns mit dem Vornamen an, aber siezten uns.

»Das ist sehr traurig«, sagte er ernst, als ich ihm von Brigitte erzählt hatte. »Können wir Ihnen helfen, Bastian? Wollen Sie zu uns kommen? Ich bin sicher, meine Frau würde sich auch freuen, Sie wiederzusehen. Wir können auch anbieten, zu Ihnen zu kommen.«

Ich war froh, dass er am Telefon nicht sehen konnte, wie mich seine Worte ergriffen. Warum fühlte ich mich ausgerechnet von ihm, letztlich einem Fremden, in meiner Verzweiflung verstanden wie nicht einmal von meinen beiden besten Freunden? Tatsächlich übte das Bild von den kargen Räumen im Vierkanthof voller Kulturgüter, das jetzt in meinem Kopf erschien, eine unmittelbare Faszination aus. Aber dann besann ich mich wieder auf meine Pflichten, lehnte sein Angebot höflich ab und verabschiedete mich mit dem Versprechen, mich wieder zu melden, wenn sich Brigittes Zustand bessere.

Jeden Tag saß ich im Schutzanzug eine Stunde an ihrem Bett. Ruhig atmete sie durch den Schlauch, der ihr um den Kopf geschnallt war. Ihr Mund stand einen Spalt offen. Sehr selten drang ein Laut heraus, eine Art leises Schmatzen, bei dem ich, als ich ihn zum ersten Mal hörte, dachte, sie wache gleich auf und wolle etwas sagen. Es gab Berichte darüber, dass der bewusstlose Patient sehr wohl den Besucher an seinem Bett spüre und sogar in irgendeiner Weise sehe, trotz geschlossener Augen. Eine Patientin hatte erzählt, sie sei im Koma durch eine Wüste gewandert, die jedoch weder aus Sand oder Eis bestand, sondern aus einem anderen dunkelblauen, körnigen Stoff. Regelmäßig sei die Patientin in ihren Träumen an eine Stelle gelangt, an der ein feuerroter, gummiartiger Busch stand. Der Busch habe dafür gesorgt, dass sie sich nicht verlief. Sie war überzeugt, dass sie andernfalls gestorben wäre. Im Nachhinein ließ sich rekonstruieren, dass sie immer dann auf den Busch traf, wenn ihr Mann sie besuchte. Oft dachte ich daran, dass ich, wenn ich zur Besuchszeit den Raum betrat, vielleicht in genau diesem Moment von Brigitte erblickt wurde, ich, eine Pflanze oder ein Tier oder ein Fabelwesen. Sicherlich war vieles in unserer Beziehung nicht perfekt gewesen. Aber nun war ich hier, an ihrer Seite. Es gab überhaupt keinen Zweifel daran, dass dies der einzig richtige Platz für mich war. Und gerade weil die Stadt, ja die Welt um uns herum in einem derart offenkundig kaputten Zustand war, stärkte das unsere Ehe nur umso mehr. Der Zustand der Welt war fiktiv. Das hier war wirklich. Ich fühlte, dass die Bedeutung, hier bei meiner Frau zu sitzen und ihr die Treue zu halten, das Private überstieg. Es fällt mir schwer, in diesem Augenblick in meiner Hütte in der norwegischen Wildnis die richtigen Worte dafür zu finden. Vielleicht kann ich es so sagen: So kitschig und vielleicht esoterisch das klingen mag, ich hatte das Gefühl, unsere Beziehung und all das, was ich für Brigitte tat, ohne Kalkül oder darüber eine Sekunde nachdenken zu müssen, war das Gute. Ihre Erkrankung vermehrte das Gute.

Sicherlich wäre Samy nicht Mitte Mai nach *Strawberry Fields* gekommen, hätte er nicht neues Vertrauen zu mir gefasst. Die neurologischen Werte deuteten darauf hin, dass Brigitte sich stabilisiert hatte. Sie konnte endlich aufgeweckt werden. Für die Dauer dieses Prozesses veranschlagte das Krankenhaus drei Tage. In den ersten beiden Tagen wäre es mehr als unwahrscheinlich, dass Brigitte tatsächlich bereits wieder bei Bewusstsein wäre; spätestens im Laufe des Vormittags des dritten Tages, so die Prognose, sollte sie dann in irgendeiner Form ansprechbar sein, im optimalen Fall würde man sogar schon Aussagen über den Zustand ihres Gehirns treffen können. Samy hatte von sich selbst aus den Wunsch geäußert, an diesem entscheidenden dritten Tag dabei zu sein. Ich ließ eine günstige osteuropäische Reinigungskraft das Haus säubern und kaufte ein Bett, das ich in sein ehemaliges Zimmer stellte. Es konnte sein, dass er uns jetzt öfter besuchte, wenn Brigitte aus dem Krankenhaus und der Reha entlassen war. Es bestand für mich kein Zweifel daran, dass sie nach der Reha wieder komplett die Alte wäre. Man starb nicht mehr an Schlaganfällen. Oder höchstens ein sehr kleiner Prozentsatz der Patienten. Es wäre extremer Zufall, hätte Brigitte dazugehört. Ich bestellte eine Drohne mit Samys altem Lieblingsessen, Rostbratwürste aus künstlichem Fleisch, die es in den Außenbezirken sicherlich nicht allzu häufig gab. Mehr an Zuneigung wollte ich zunächst nicht zeigen, auch wenn alles in mir danach drängte. Er sollte sich nicht unter Druck gesetzt fühlen. Zu viel Liebe konnte in diesem Moment kontraproduktiv sein. Ich erzählte Brigitte, dass sie bald aufwache und dass dann Samy da sei. Sie zuckte sehr deutlich mit den Lidern.

Samy lehnte es ab, dass ich ihn vom Zug abholte. Er hatte kein Taxi genommen, obwohl ich es ihm natürlich gezahlt hätte, sondern den Regionalzug, wo er zusammen mit Menschen reiste, die sich nicht um offizielle Hygienevorschriften scherten. Das war auch der Grund, warum wir uns nicht umarmten, als er dann endlich am Vorabend von Brigittes Erwachen eintraf. Ich hatte ihm schon vorher mitgeteilt, dass mir das Risiko zu groß wäre, selbst krank zu werden, ich müsse fit bleiben, auch für Brigitte. Er stand dann mit durchsichtiger Maske und lediglich mit einem kaum gefüllten ausgefransten Rucksack vor der Tür. Für eine Sekunde war es mir, als sei er gerade von der Schule oder von einer seiner Erkundungstouren, zusammen mit Noah, aus dem Niemandsland zurückgekehrt, bereit fürs Abendessen, das auf ihn wartete. Zu diesem Eindruck trug sicher auch sein Aussehen bei, auf das ich im ersten Moment gar nicht achtete, das mir dann jedoch umso stärker ins Auge stach. Als er grinsend die eine Hand zur Begrüßung hob, wobei er die andere lässig am Schulterriemen des Rucksacks behielt, »Hi, Dad«, als sei es nicht ein kleines Wunder, dass er nun endlich nach drei Jahren wieder hier aufkreuzte, war er wieder der kleine Samy, nur um sich dann binnen weniger Augenblicke in einen Mann zu verwandeln, der zwar noch irgendetwas Undefinierbares von dem Jungen von einst besaß, bei dem aber ansonsten das Fremde überwog. Auf der Straße hätte ich ihn nicht erkannt. Als er in den Flur trat, wurde seine Veränderung noch auffallender. Es war, als sei der Raum zu klein für ihn. Etwas war verkehrt. Samy war noch muskulöser als das letzte Mal, als er uns hier besucht hatte. Sein dichtes blondes Haar war so raspelkurz wie bei Mönchen geschnitten, seine Haut tiefbraun, er musste den ganzen Tag draußen verbringen. Sein T-Shirt, seine Hosen und seine Sandalen waren abgetragen, wahrscheinlich handelte es sich um Spenden aus der Altkleidersammlung.

Mit einigem Abstand zueinander nahmen wir im Wohnzimmer Platz, er auf dem Sofa, ich auf einem Sessel. Obwohl wir das bereits am Telefon besprochen hatten, ließ er sich noch einmal von mir erzählen, dass die Aufwachphase bislang zur vollen Zufriedenheit der Ärzte verlaufen war. Der Blutdruck blieb, anders als bei den bisherigen Versuchen, im grünen Bereich. Mit den neuen Medikamenten schien Brigitte richtig eingestellt zu sein, so dass weiterhin davon ausgegangen wurde, dass sie am nächsten Vormittag wieder das Bewusstsein erlangen würde.

Ein strenger Geruch, eine Mischung aus Schweiß und Fäule, breitete sich vom Sofa aus. Wie lange sich Samy wohl nicht mehr gewaschen hatte? Als ich dann, weil mir nichts anderes einfiel und ich den Faden der Unterhaltung unter keinen Umständen abreißen lassen wollte, Alexa befahl, die Rollläden herunterzulassen, sagte Samy tatsächlich »Hi, Alexa«, worauf sie ihn sofort freudig in ein Gespräch darüber verwickelte, wie es ihm denn ergangen sei. Samy stieg sogar darauf ein. Auf einmal war er wieder ein Junge, er scherzte mit Alexa und verarschte sie. Er verwendete Slangausdrücke aus den 2020er Jahren. Ich hatte ihn klar vor Augen, wie er als Schüler in seinem Zimmer saß und Alexa die wichtigste Gesprächspartnerin seiner Jugend war. Anders als früher spürte ich keinen Neid, sondern stille Freude. Er war immer noch »einer von uns«. Er war noch nicht verloren. Eigentlich hatte ich mir solche Gedanken verboten. So verkniff ich mir auch jede Bemerkung, die Samy das Gefühl hätten geben können, ich wolle ihn manipulieren. Und er spielte mit. Hin und wieder glitt sein Blick durch das Zimmer und blieb an einem Gegenstand hängen. Er verzog dann für den Bruchteil einer Sekunde den Mund, wahrscheinlich aus Missfallen, verkniff sich allerdings jeglichen Kommentar. Es war uns ernst. Wir bemühten uns. Wir tranken Bier aus der Flasche. Ich glaube, das hatten wir vorher noch nie getan. Wahrscheinlich war das nur möglich, weil Brigitte fehlte, die nichts dagegen gehabt hätte, aber allein durch ihre Anwesenheit besonders bei Samy eine spürbare Spannung erzeugte, die einen derartigen Vater-Sohn-Moment, wie ich ihn mir oft gewünscht hatte, verhinderte.

Auf einmal erzählte er jene Dinge, die wir bei den Telefonaten ausgespart hatten. Nun war es nicht mehr zu heikel, sie auszusprechen. Ab und an schaltete sich sogar Alexa ein und mimte den unschuldig-vorlauten Computer Marke C-3PO, der vorgab, wieder einmal die wichtigsten Zusammenhänge nicht zu verstehen, weil er ja nur ein Roboter sei und nie so klug und gewitzt sein würde wie ein Mensch. Vielleicht lag es sogar an ihr, dass dieser Abend so einmalig harmonisch und wunderschön wurde. Samy berichtete von seinem Einsatz in einem Sozialgebiet im Münsterland, wo er vor allem Jugendliche mit Schusswunden behandelte, die Polizei hielt sich dort inzwischen komplett aus den Kämpfen zwischen den Clans heraus. Die Chirurgie sei seine besondere Leidenschaft, obwohl es oft an allem fehle. Ich nahm mir vor, ihn in den nächsten Tagen zu fragen, welcher finanzieller Betrag einen Unterschied mache und ob er etwas dagegen habe, dass ich etwas spende, warum eigentlich nicht, ideologisch fragwürdige Organisation hin oder her. Waren seine Finger immer schon so lang und kräftig gewesen? Ich hätte gern seine Hand berührt, zumindest einmal. Ich musste mich zusammenreißen, wer wusste schon, wie die hygienische Lage in den Soziallagern im Münsterland war. Sicher trug niemand dort Tracker. Ich erklärte, ich hätte gekündigt, Samy guckte erstaunt.

»Weißt du, jetzt geht's erst einmal um deine Mutter«, erklärte ich und spürte die Wirkung des dritten oder vierten Bieres, bei dem wir mittlerweile angelangt waren. »Alles andere wird sich schon irgendwie finden. An Schlaganfällen stirbt doch heute niemand mehr.« Ich schob ein »oder?« nach, das zu meinem Erstaunen wie eine echte Frage klang.

Samy nickte nachdenklich. Lange blickte er mich an. Zum ersten Mal seit langer Zeit lag so etwas wie Anerkennung in seinen Augen.

»Ich muss halt mal ein paar Sachen in meinem Leben sortieren.« Ich lachte auf. Dieses Lachen, das eigentlich ein Schluchzen war, klang ziemlich irre. Brigitte irritierte das immer, sie konnte richtig ärgerlich darüber werden. »Schizo«, pflegte sie dann zu sagen. Auch Samy lachte jetzt plötzlich. Dasselbe Schluchz-Lachen. Ich hatte das noch nie bei ihm erlebt. Mit einem entschlossenen Zug trank er die Flasche leer.

»Ich finde das gut«, sagte er schließlich. »Ich finde das wirklich gut, Papa.« Er zögerte nicht, als er das letzte Wort sagte. Es kam wie selbstverständlich aus seinem Mund. Seine Lippen, das fiel mir jetzt wieder auf, waren die Brigittes.

Auf der Treppe ins Obergeschoss ging ich hinter Samy her, der mehr getrunken hatte, aber weniger beschwipst war als ich. Im Flur streifte mein Blick den Spiegel. Erst als ich sah, dass meine Wangen gerötet waren, begannen sie zu brennen. Als die Wirkung der Schlaftabletten einsetzte, war es wie so oft, als verschwinde mein Körper nach und nach ins Nirgendwo, zunächst die Beine, dann die Arme, dann der Rumpf und schließlich der Kopf. Doch dieses Mal blieben von mir zwei ovale Flecken in der Wirklichkeit zurück, meine von der ersten richtigen erwachsenen Unterhaltung mit meinem Sohn pulsierenden Wangen, die die Tabletten nicht zur Ruhe zu bringen vermochten.

Samy hatte die Nacht neben dem Bett auf der bloßen Decke verbracht, die er auf dem Boden ausgebreitet hatte. Als ich in der Früh in der Tür seines Zimmers stand, um ihn zu wecken, wartete ich noch ein paar Sekunden, um ihn anzusehen. Du alter Dickkopf, dachte ich und musste schmunzeln. Wie damals, als Brigitte und ich bei ihm abends »tankten«, spürte ich auch jetzt neue Energie. Beim Frühstückskaffee in der Küche war Samy dann einsilbig. Wahrscheinlich hatte er noch einen Kater. Er lehnte am Fenster und schaute auf den Zaun und die Patrouille des Security-Unternehmens in ihren braunen Overalls, die gerade, wie jeden Morgen, die Überwachungsdrohnen starteten. Das Summen, das die Maschinen dabei erzeugten, drang nicht durch die schallschluckenden Fenster. Ich bemerkte, wie schwer Samy diesen Anblick ertrug, doch er riss sich zusammen.

Als wir im Krankenhaus ankamen und in Brigittes Zimmer gingen, stand, wie in den vergangenen beiden Tagen auch, ein Cary neben ihrem Bett, der die Monitore überwachte. Sie hatte immer noch den Beatmungsschlauch im Mund, was ein schlechtes Zeichen war, nein, das war normal, der Schlauch wurde als letztes entfernt, wenn wirklich gewährleistet war, dass die Patientin selbständig atmen konnte. Ich ermahnte mich, ruhig zu bleiben.

Samy verharrte leise neben dem Bett. Er starrte auf seine Mutter. Dieses Wort, *Mutter*, dieser ganze Satz, *er starrte auf seine Mutter*, bewegte mich so sehr, dass ich mich kurz abwandte. Samy prüfte die Monitore und fragte den Cary irgendetwas Medizinisches, das ich nicht verstand. Er wusste, was er tat. Ich konnte stolz auf meinen Sohn sein. Ich merkte, dass mich all diese Gefühle an einen Punkt brachten, an dem ich kurz davor war, eben jene Fassung zu verlieren, die ich so mühsam die letzten beiden Wochen bewahrt hatte.

»Ich will, dass hier ein Arzt ist«, rief ich, um mir Luft zu machen. Auch bislang war kein Arzt anwesend gewesen. Es hatte keine Notwendigkeit dafür gegeben. Aber nun, da Brigitte endlich aufwachte, wollte ich, dass etwas anders war. Der Arzt wäre das Zeichen dafür, dass sich die Dinge zum Guten wandten.

»Bitte drücken Sie dafür den Knopf auf dem Display.« Der Bildschirm vor der Brust des Carys leuchtete auf.

Ich tappte mehrmals auf den roten Button, immer heftiger, nachdem zunächst nichts geschehen war. Schließlich erschien auf dem Monitor ein Arzt, ein anderer als bei den letzten Besuchen. Der Mann, der vielleicht mein Alter hatte, guckte ins Leere, wahrscheinlich las er die Krankenakte.

»Warum ist hier kein Arzt?«, meine Stimme zitterte, es war mir egal. »Meine Frau hier wacht gerade aus dem Koma auf, und es ist nur ein Roboter da. Ich …« Ich konnte nicht weitersprechen.

»Bitte beruhigen Sie sich, Herr«, der Arzt guckte ins Leere, »Klecka. Glauben Sie mir, wir überwachen das alles hier. Das ist das ganz normale Prozedere. Bis jetzt läuft alles sehr gut. Wenn etwas ist, greifen wir sofort ein.«

»Aber … das ist doch unglaublich!« Der Roboter klapperte Vertrauen heischend mit den Augen, als lege ihm wirklich etwas an uns, und beobachtete geschäftig Brigitte, die immer noch schlief.

»Papa!« Samy berührte mich behutsam. Durch die dicken Wurstplastikhandschuhfinger spürte ich seine Hand. Er flüsterte. »Lass es. Die wissen schon, was sie da machen. Was anderes als der«, er deutete auf den Cary, »kann der Arzt jetzt auch nicht machen, wenn er da wäre.«

Die Zeit, in der nichts geschah, außer, dass die Geräte piepsten und die Anzeigen auf den Monitoren blinkten, die Rollen des Carys leise quietschten, mein Mundschutz von meinem immer schneller gehenden Atem feucht wurde und Samys und meine Plastikanzüge knisterten, obwohl wir völlig regungslos dastanden, schien endlos.

Gerade als ich überlegte, wo wir essen und was wir machen würden, sollte Brigitte bis zum Abend immer noch nicht wach sein – ich würde hierbleiben; wenn Samy wollte, konnte er das auch; es wäre sogar besser zu zweit –, beugte er sich ruckartig nach vorne, zu Brigitte.

»Mami«, sagte er hinter der Maske.

Ihre Lider flatterten. Für eine Sekunde öffnete sie die Augen. Ich habe das Bild immer noch vor mir, ihr Blick, als sie sie bereits wieder geschlossen hatte, kurz den Mund verzog, als gefalle ihr nicht, was sie gesehen hatte, oder als habe sie in eine Zitrone gebissen, *die Welt war eine Zitrone*, dieser Satz in meinem Kopf.

»Brigitte«, ich guckte zum Cary, der nickte und vermeldete, dass der Arzt gleich eintreffe.

»Brigitte«, brach es aus mir heraus, es war mir egal, ob uns jemand zuhörte, ich rutschte zu ihr, »ich bin da! Samy ist da, wir sind … wir sind bei dir!«

»Sprechen Sie mit ihr, nehmen Sie ihre Hand«, sagte der Cary sanft. Samy und ich griffen sofort gehorsam nach ihr. Da zuckten wie von einem Stromschlag ihre Arme hoch, als wolle sie sich von uns befreien, nur um dann sofort wieder auf die Matratze zu sinken, puppenhaft. Natürlich waren solche Assoziationen Unsinn. Ich kannte die Berichte, wie lange es nach einem tiefen und langen Koma dauern konnte, die Kontrolle über den Körper wiederzuerlangen.

»Ist normal, ganz ruhig«, nickte Samy mir zu.

Brigitte gab einen tiefen, gurgelnden Laut von sich, den der Schlauch verschluckte. Erneut riss sie die Augen auf, schaute mich an und durch mich hindurch, schloss sie wieder und war still. Ich meinte, ein »Wo bin ich?« oder etwas Ähnliches gehört zu haben.

Ich versuchte zu sprechen, konnte es nicht, Samy verstand, flüsterte: »Gleich, Mami. Gleich.«

Auf einmal stand ein Arzt mit Visier im Zimmer. Er begrüßte uns und ließ sich dann vom Cary darüber briefen, was bisher vorgefallen war. Der Arzt erklärte, er würde jetzt die Reflexe und die Reaktionen der Extremitäten testen. In ein paar Stunden, falls diese Tests erfolgreich seien, würde dann der Schlauch entfernt. Wir würden gerufen werden.

Als Samy und ich tatsächlich von einem Cary abgeholt wurden – ich glaube, wir saßen im Park, Samy telefonierte viel –, atmete Brigitte bereits selbständig. Ich kam mir ein bisschen albern vor, als ich ihr sagte, dass wir wieder da seien. Brigitte hatte die Augen halb geöffnet, ein Anblick, den ich nicht von ihr kannte. Samy hatte als Kind manchmal so geschlafen.

Der Arzt räusperte sich, sein Visier war leicht beschlagen, er holte tief Luft und sagte dann rasch, aber sehr klar und in einfachen Worten, die keinen Zweifel zuließen, der momentane Stand sei, dass die linke Körperhälfte meiner Frau stark beeinträchtigt sei, ebenso bereiteten ihm diese Flecken – er deutete auf den Monitor, das Bild von Brigittes Gehirn mit Umrissen darin wie Kontinente, Wüsten – Sorgen, sie deuteten darauf hin, dass die Blutungen doch gravierendere Auswirkungen gehabt hätten als ursprünglich angenommen, was auch die ersten Reaktionstests bestätigt hätten. Er guckte mich an. Das heißt, ich nahm an, dass er mich anguckte, da sein Visier inzwischen noch stärker angelaufen war. Samy fragte etwas sehr Sachliches, was ich nicht verstand, auch weil ich immer noch über den Sinn der Sätze nachdachte, die gerade gesagt worden waren, obwohl ein Teil von mir genau wusste, was sie bedeuteten. Es gibt diese Redewendung: im Boden versinken. In jenem Moment, da ich merkte, wie Samy mich aus dem Augenwinkel heraus beobachtete und ich eine sich entfernende Stimme hörte, *er ist der Sohn, du bist der Vater, du bist jetzt der, der stark sein muss,* raste ich durch mein Inneres und in die Tiefe wie durch einen engen Schacht. Und dann immer wieder der Einwand: *Aber die Reha wird's schon richten.* Und die Antwort: *Das klang aber nicht so.* Und dann der Einwand: *Aber heute stirbt niemand an einem Schlaganfall. Auch den Krebs hat sie ohne Probleme weggesteckt. Außerdem: Die Reha wirkt da Wunder.* Und wieder die Antwort: *Das klang aber nicht so.*

Lange hatte Samy danach im Krankenhaus neben dem Bett gesessen und leise mit Brigitte gesprochen. Er hatte den Kopf geneigt. Seine Stimme hatte einen zärtlichen Tonfall angenommen, manchmal hatte er früher so zu unserer Katze gesprochen oder zu kleineren Kindern in der Siedlung, wenn sie hingefallen waren und weinten. Ich hatte den Anblick der beiden nicht ausgehalten und war vor die Tür getreten. Ich war mit Samy versöhnt. Es war egal, dass er uns und vor allem Brigitte Kummer bereitet hatte. So unerträglich die neueste Entwicklung mit Brigitte war, dieses Bild half mir, nicht den Mut vollkommen sinken zu lassen.

Als wir nachts durch die Dunkelheit fuhren, aus der die Scheinwerfer unsinnige Muster schnitten, hatte ich das Gefühl, durch Brigittes innere Landschaft zu fahren. Ohne größere Bestürzung oder

Trauer in seinem Verhalten zu zeigen, hatte mir Samy im Auto erklärt, welche Optionen nun auf dem Tisch lagen. Während er sprach und ich versuchte, mit Mühe irgendeinen Laut von mir zu geben, der nicht verzweifelt klang, sondern signalisierte, dass ich ihn verstanden hatte, dachte ich, dass die gesunde Brigitte auch so reagieren würde: Samys Mutter, wenn sie in diesem Moment dazu fähig wäre, würde ihre eigene Krankheit genau auf die Art managen, wie ihr Sohn es nun für sie tat. Umso überraschter war ich dann, als wir auf die Abfahrtsstraße Richtung Siedlung einbogen und Samy sagte: »Ich muss morgen zurück.«

»Wohin?« Für einen Moment nahm ich an, er beziehe sich aufs Krankenhaus.

»Wieder ins Münsterland.«

Der Scheinwerfer des Teslas ließ die Photovoltaikplatten auf den Feldern in der Nacht erschimmern, im Vergleich zur Sonne Minimallicht, das für den Energiehaushalt der Siedlung keinerlei Rolle spielte, wahrscheinlich nicht einmal messbar war.

»Wie bitte?«

»Ich habe nicht so lange frei gekriegt. Wir sind unterbesetzt.«

Ich hielt am Rand. Der Motor lief weiter. Der Sicherheitsposten würde auf uns aufmerksam werden. Wenn wir hier länger als ein paar Minuten stünden, würde er eine Drohne schicken, um sicherzustellen, dass keine Gefahr von uns ausging. Der Gedanke, dass Samy unter diesen Umständen wieder wegfahren würde, war so abwegig, dass er mich mit voller Wucht traf, als wäre ich gegen einen Baum gefahren.

»Ist jetzt nicht dein Ernst.« Ich umklammerte das Lenkrad fester, obwohl wir standen. Die Wut war größer als die Panik, mit Brigitte alleingelassen zu werden.

»Papa …«, er guckte mich nicht an, sondern nach vorne durch die

Windschutzscheibe, »ich habe da einfach Pflichten.« Er hatte wieder seine sanfte Arztstimme.

»Pflichten? Willst du mich verarschen? Was für Pflichten denn? Deine Mutter liegt im Krankenhaus, und du willst sie im Stich lassen und erzählst mir was von Pflichten?« Ich hatte das Gefühl, die Wörter transportierten nicht das, um was es hier ging. Sie waren viel zu schwach. Was Samy vorhatte, verbot sich einfach. Es war falsch. »Wir sind deine Eltern! Das hier ist deine Familie! Das ist deine Pflicht!«, rief ich.

»Ohne mich sterben dort Menschen, Papa. Wenn etwas ist, komme ich sofort wieder hierher …«

»Wie meinst du das, *wenn was ist?*« Ich verlor die Beherrschung. Mein Griff wurde immer fester. Ich klopfte mit der Sohle auf die leere Stelle links neben der Bremse, wo sich früher, in einer anderen Epoche, in einer anderen Welt, einmal die Kupplung befunden hatte und nun nur ein nutzloser, leerer Ort war. »Ich kann das gerade nicht glauben. Oh Mann, ich bin so wahnsinnig enttäuscht von dir. Wie kannst du … ich meine, nicht genug, dass du alles in den Wind schlägst, was wir dir geboten haben, was das Leben dir geboten hat, ich meine, also, geboten hätte, weißt du, für was, frage ich mich, für was, ver … verfickt nochmal?« Ich benutzte den Ausdruck normalerweise nur gegenüber Ilie und Madita.

»Papa, ich bin dir ja wirklich dankbar. Das habe ich ja auch schon ganz oft gesagt. Aber …«

»Manchmal glaube ich echt, wir haben versagt. Wir sind die Totalversager. Wenn ich mir dich anschaue.«

Samy blieb ruhig. »Jetzt … ich kann ja verstehen, dass du sauer bist … aber, ihr habt nicht versagt. Im Gegenteil. Ich helfe Menschen. Ich rette wen. Das ist doch das Beste und Wichtigste, was es …«

Er geriet ins Stocken. Endlich bekam sein Panzer Löcher. »Ja, du bist so ein toller Mensch!«, rief ich. »Du bist für andere da. Was willst du denn, dass ich jetzt sage? Super! Toll! Eins mit Stern!«

»Bitte, Dad … nicht.«

»Es geht hier um deine Mutter! Verdammt nochmal! Deine Mutter! Zählt das überhaupt nicht? Deine Mutter, die immer für dich da war. Die unzählige Nächte wachlag und geweint hat, weil du dich drei Jahre lang nicht meldest!« Ich schlug auf das Lenkrad. »Sind die anderen in deiner tollen Einrichtung für dich da in der Not, wenn … Jemand, der nicht weiß, was Familie bedeutet, der … was bist du bloß für ein … für …« Unartikuliert schrie ich vor Wut auf.

Samy drehte sich zu mir. Er sah mich schweigend an. In seinem Gesicht las ich all die Argumente, die er nun nicht aufführte, obwohl sie auf der Hand lagen, ohne dass ich hätte widersprechen können. Brigittes zeitraubender Job als Direktorin. Das Kreativzentrum. Mein Home-Office, das meine Arbeitszeit nie enden ließ. *Machst du die Hausaufgaben mit Alexa, ich bin oben, wenn was ist, ich muss noch arbeiten, das Skript für das neue Programm, das könnte der Knaller werden, zock nicht zu lange, ja?, bist du nachher noch mit Noah draußen?, komm nicht zu spät nach Hause, ich muss dann wahrscheinlich noch arbeiten.* Er sagte immer noch nichts. Er wartete geduldig darauf, dass ich mich beruhigte. Da schnellte ich reflexhaft nach vorne, um ihn durchzurütteln. Unsanft stoppte mich der Sicherheitsgurt in meiner Bewegung. Aus Samys Richtung war ebenfalls ein kurzes knallendes Geräusch gekommen. Auch er hatte sich ruckartig nach vorn gebeugt, um meinen Angriff abzuwehren.

Über die ersten Tage half mir die Vorstellung, dass es eine wahre Brigitte gebe, die sich im Inneren der Brigitte im Krankenhaus befinde und diesen hilflosen Körper lediglich nicht richtig zu steuern vermochte, ansonsten aber noch immer existierte. Es war die Brigitte auf den eingerahmten Fotos zu Hause und in meinen Erinnerungen; die Brigitte, die die Bilder in ihrem Büro gemalt hatte, in das ich mich nicht traute, als sei es ein Ort, an dem ein großes Unheil geschehen sei; für die immer noch Mails auf ihrem Tablet eintrafen, das dann jedes Mal vibrierte. Die Brigitte, die auf ihrer Kalenderschreibtischunterlage Termine notiert hatte, in ihrem eigenen Brigitte-Dreifarben-System, nach Lebensbereichen geordnet. Die Brigitte, die die Kleider in den beiden linken Hälften in unserem Schrank getragen und in der rechten Hälfte des Ehebetts geschlafen hatte, wo sich von ihrem Körper eine Delle befand. Die Brigitte, die seit vielen Jahren nach der skandinavischen Körpermilch gerochen hatte, von der die halb angebrochene Flasche im Bad stand.

All diese Brigitte-Dinge im Haus suggerierten, dass ihre Rückkehr stattfinden würde und in absehbarer Zeit bevorstand, weil ja alles dafür vorbereitet war. Noch gab es ein Tor in die alte Wirklichkeit. Aber mit jedem Besuch im Krankenhaus verwandelte sich diese vermeintlich »wahre« Brigitte mehr und mehr in eine Fiktion. Brigitte wurde in ein normales Zimmer verlegt, auch wenn ihr Blutdruck weiterhin viel zu hoch war und die Ärzte kein Medikament fanden, das dauerhaft zu einem befriedigenden Ergebnis führte. Bei den Besuchen musste ich keinen Schutzanzug mehr tragen.

Der Cary hatte mir eine Art Crash-Kurs darin gegeben, was ich für Brigitte tun konnte. Keiner sprach jetzt mehr von Genesung, nicht einmal von einer Verbesserung des Zustands, nur mehr von einer Stabilisierung. Der Cary sagte, ich solle sie zart am Arm streicheln, und machte es mir mit seiner übergroßen weichen Gummihand vor. Ich solle mit ihr sprechen. Man könne natürlich keine gesicherten Aussagen über das Innenleben von Patienten treffen, die ähnlich eingeschränkt seien wie Brigitte. Aber es gebe viele Hinweise für die Annahme, dass sie vertraute Stimmen wiedererkennen könnten und dies einen positiven Effekt habe. Ich lernte ihre Laute deuten und zu unterscheiden, welche für Freude und welche für Unbehagen standen. Es handelte sich um eine Art Glucksen, Grunzen oder Schnarchen. Doch mit der Zeit wurde ich unsagbar erschöpft, und ich kam nicht mehr gegen die Gegenwart und das Bild des abmagernden Körpers vor mir an. Irgendwann ertappte ich mich dabei, dass ich nicht mehr auf Brigittes Rückkehr nach Hause hoffte, sondern darauf, dass all das baldmöglichst zu Ende war.

Ich nehme an, die Anrufe waren Maditas Idee gewesen, die wohl reichlich Erfahrung im Umgang mit solchen Lebenskrisen hatte. Jedenfalls machten sich Ilie und sie offensichtlich Sorgen um mich und stellten täglich abends, um dieselbe Zeit, eine Telefonkonferenz mit mir her. Zunächst nahm ich nur widerwillig daran teil, da ich dafür von den Krankenhausbesuchen, dem Kummer und den nötigsten Alltagserledigungen eigentlich zu geschafft war. Ich schaltete mich auch nur sehr spärlich in die Unterhaltungen ein, was aber gar nicht ins Gewicht fiel, da Ilie und Madita einfach miteinander redeten, ohne mich wegen Brigittes Zustand zu löchern, über den zu berichten ich ohnehin keine Lust gehabt hätte. Vielleicht sprachen sie sich vorher ab, welche Themen sie ausblenden würden; wahrscheinlich aber plauderten sie einfach drauflos, über ihre Arbeit, Ilies Haus auf Ibiza, Maditas neue Wohnung in Hamburg, ihre Urlaubspläne, einen Song, der ihnen gefiel, einen Film, den sie gesehen hatten, manchmal auch über Politik, manchmal über unsere gemeinsame Schulzeit. Ilie schielte dabei eigentlich unentwegt auf einen Second oder sogar einen Third Screen und war häufig gar nicht bei der Sache, weswegen ihn Madita regelmäßig zusammenschiss. Doch nach den stummen Stunden an Brigittes Bett kam es mir dann oft wie ein kleines Wunder vor, wenn aus dem Handy die beiden auf laut gestellten, vertrauten Stimmen drangen. Wenn sie sprachen, gab es wieder die Welt und liefen die Stunden weiter, die immer, wenn ich das Krankenhaus vormittags betrat, wie durch einen bösen Zauber angehalten schienen.

Manchmal, wenn ich zu lange stumm gewesen war, hielt einer von ihnen inne.

»Hallo, McFly – jemand zu Hause?«

»Ja«, sagte ich dann. »Ich bin hier.«

Einmal, nach zwei Wochen oder so, fragte ich Ilie und Madita, warum sie das für mich taten. Ilie lachte sein Ilie-Lachen.

»Warum, fragt er! Warum!«, wiederholte er, als könne er es nicht glauben, wie um alles in der Welt ich so eine Frage stellen könne. »Warum!«

»Haben wir doch damals versprochen, oder?«, stellte dann Madita klar, als wäre es das Selbstverständlichste auf der Welt.

Natürlich war das gespielt. Wir spielten immer noch die drei besten Freunde, wir spielten den *Klub der Katze*, als ob wir uns nicht in den vergangenen Jahrzehnten voneinander entfernt und wieder ein wenig einander angenähert hätten, nur um dann erneut festzustellen, dass jeder von uns mittlerweile ein eigenes Leben mit unterschiedlichen und nur zu einem gewissen Teil miteinander kompatiblen Prioritäten führte. Dennoch rettete mich diese Fiktion über die Wochen des Frühsommers 2038. Ich konnte mich in sie einklinken wie in einen Fallschirm, wann immer ich wollte.

Brigitte starb am 14. Juni 2038. Es hatte sich schon länger abgezeichnet, dass ihr Zustand instabil wurde. Jeder Vernunft zum Trotz hatte ich zuweilen überlegt, wie das Haus im Falle ihrer Rückkehr umgestaltet werden müsste. Das Wohnzimmer würde ihr Zimmer werden. Wir würden uns einen Cary kaufen müssen. Ich dachte noch immer in einem »Wir«, obwohl nur mehr ich für uns beide verantwortlich war. *Wir müssen das Haus umbauen. Wir müssen ein neues Bett besorgen.* Bald hörte ich auf, mir Gedanken über einen Umbau zu machen, ganz so, als könnte ich damit die Möglichkeit einer Wirklichkeit verhindern. Am Ende traten bei Brigitte durch die künstliche Ernährung die harten Umrisse des Schädelknochens und ihres Gebisses hervor, als erhalte der Tod nun ein Gesicht. Ihre Arme waren so dünn, dass das Band vom Krankenhaus, das ihr bei der Einlieferung umgelegt worden war, zu weit wurde. Ich ertappte mich dabei, von ihr als von einem dritten Menschen zu denken. Wenn ich »wir« dachte, dachte ich an Brigitte als Amalgam aus jener Frau, die sie unmittelbar vor dem Schlaganfall gewesen war, und jüngeren Versionen ihrer selbst. Ich dachte nie an den Menschen im Krankenhaus.

Ich war vorbereitet auf einen nächtlichen oder frühmorgendlichen Telefonanruf, in dem mir die Nachricht überbracht wurde. Und ich war auch vorbereitet auf genau jene Szene, die sich dann tatsächlich ereignete. Dennoch erschien sie mir, als sie sich am 14. Juni abspielte, unwirklich, vielleicht eben weil alles daran so erwartbar war und ich sie schon öfter im Fernsehen gesehen zu haben meinte. Sowohl der leere Flur, die schon von weitem sichtbar offen stehende Tür von Brigittes Zimmer, der Putzroboter, der gerade herausrollte und die beiden Ärzte, die in der Nähe standen und sich besprachen, all das wirkte wie mittelmäßig ausgedacht. Als einer der beiden zu mir trat und sagte »Herr Klecka? Ich muss Ihnen leider …«, war es, als würden sich gleichzeitig mehrere Kameras und Mikrofone erwartungsvoll auf mich richten. Alles, was ich dachte, war, dass es sich hier um einen einschneidenden Moment handelte. Ich erinnere mich genau an dieses Wort: »einschneidend«. Ich empfand keine Trauer und wunderte mich, ich müsse doch Trauer empfinden, das gehöre sich so. Mein Kopf nickte automatisch, mein Mund verzog sich kurz und öffnete sich zu einem leisen »Danke«. Es klang traurig und gefasst.

In meiner Erinnerung stehe ich unmittelbar nach der Nachricht wieder zu Hause im dunklen Flur. Es ist Vormittag. Durch die geöffneten Türen ist der Blick frei auf die Zimmer. Die Wolkendecke bricht auf, und Sonnenlicht fällt durch die Fenster. Erst erhellt sich das Wohnzimmer, dann das Esszimmer, dann die Küche. Eine Spannung baut sich auf. Alles steht in Beziehung zu Brigittes Tod und ist als Zeichen zu verstehen. Die jähe Helligkeit, die senkrecht abstehenden Borten des Teppichs, der im Licht in diesem Moment starr in der Luft verharrende Staubfussel, die Streifen auf dem Fenster, das feine Netz in der Küchenecke mit der reglosen Spinne darin, das leere Sofa mit Brigittes Stammplatz und den zurechtgezupften Kissen, die durcheinanderzubringen ich mich seit ihrem Schlaganfall nicht mehr getraut hatte.

Für Sekunden war alles von Brigittes Gegenwart erfüllt.

Und während das Licht anschließend erneut durch eine Wolke von Zimmer zu Zimmer gedimmt wurde und ich dachte: Halte das fest, auch wenn du dir das alles bloß einbildest, spürte ich, wie ich unwillkürlich und wie in Zeitlupe wegkippte, wie in einem dieser alten Actionfilme, in denen das Auto mit den Vorderreifen über den Rand einer Böschung gefahren ist und sich nun schrecklich knarzend und unter dem schrillen Gekreische der Insassen, die hinauszuklettern versuchen, dem Abgrund zuneigt; oder wie damals, als ich mit dem Team zu einem Dreh flog und hinter uns schon die Nacht aufzog und ich innerlich das Flugzeug anfeuerte, schneller zu fliegen, zurück in den Tag – und ich doch wusste, dass sich die Dunkelheit nicht aufhalten ließ.

Inferno

Der Schnee schmilzt in den Mittagsstunden, um dann wieder zu verharschen, sobald die Sonne sinkt. Seit fünfzehn Tagen hat es nicht mehr geschneit. Eigentlich kaum Zweifel: Es wird Frühling. Noch zu früh, um in den Wald zu gehen. Gerade jetzt gefährlich, da überall vereiste Stellen. Das Geheul der Wölfe klingt näher. Manchmal höre ich es jetzt auch tagsüber. Ich glaube, es sind zwei Tiere. Es kann aber auch nur ein einzelnes sein. Wahrscheinlich sind sie / ist er einen Tag entfernt.

Ich analysierte den vierzehnten Dalai Lama. Ich ließ sämtliche verfügbaren Bilddateien durch das CC-(Character Core-)Programm laufen. Ich scrollte mich durch die Ergebnisse, die Frequenz gewisser Gesten und Wörter. Was war die häufigste Geste, was seine Lieblingsmimik? Ich wollte herausfinden, welche Gesten und welche Wörter dafür verantwortlich waren, dass er wie nur wenige andere eine Vielzahl der guten Eigenschaften eines Menschen vereint zu haben schien, ohne dass es wirkte, als spiele er nur. Ich meinte herausgefunden zu haben, dass das Geheimnis seiner Güte in seinem Lächeln lag. Ich programmierte den Simulator auf dem Bildschirm so, dass der Dalai Lama bei einem der Interviews nicht mehr lächelte. Ich programmierte den Simulator auf dem Bildschirm so, dass er bei demselben Interview nicht mehr, wie sonst, warm und singsangend, sondern abgehackt und emotionslos sprach. Durch die minimalen Veränderungen wirkte er nicht mehr gütig, sondern bedrohlich.

Als ich das Geheimnis der Güte des Dalai Lama herausgefunden hatte, suchte ich nach der nächsten bekannten Persönlichkeit, die als guter Mensch galt, um sie zu analysieren und ihr ihr Geheimnis zu entreißen. Ich war sehr konzentriert. Ich achtete darauf, zeitnah Ergebnisse zu erhalten. Meine rechte Hand schwitzte. Sie hinterließ auf dem grauen Touchpad ein dunkles, feuchtes Spinnennetzmuster. Ich guckte auf die Uhr. Ich gab mir maximal eine Stunde, um die eine persönlichkeitsentscheidende Geste eines Menschen herauszufinden. Die häufigste Geste muss nicht immer die charakteristischste sein. Mein Ziel war es, täglich vier Persönlichkeiten so zu analysieren, dass ich, hätte ich noch für *Alife* gearbeitet und einen entsprechenden Auftrag erhalten, unverzüglich mit der Charakterentwicklung hätte beginnen können. Der Inhalt meines Abfalleimers stank faulig. Ich hätte ihn schon längst ausleeren müssen. Er war übervoll. Manche lächeln, manche zucken mit dem rechten Lid, manche mit der Ober- manche mit der Unterlippe, manche streichen sich in einer bestimmten Frequenz das Haar aus der Stirn, bei manchen ist es eine Kombination aus zwei, drei Gesten. Ich rief meine Bewerbung für *GetReal* auf, las und korrigierte sie. Ich musste mich nicht bewerben. Zusammen mit unseren gemeinsamen Rücklagen würde ich von Brigittes Lebensversicherung leben können, sofern ich sparsam war. Ich ging ans Telefon, wenn die Versicherung anrief, um noch die letzten offenen Fragen wegen der Übernahme der Pflegekosten Brigittes zu besprechen. Ich antwortete schnell und präzise und achtete nicht auf die Beileidsbekundungen der Sachbearbeiter. Ich war höflich. Hatte ich aufgelegt, starrte ich aus dem Fenster und zählte die achtzehn Pfosten des Schutzzauns der

Siedlung. In der Ferne schwebten über dem Brachland zwei kleine, schwarze Drohnen. Ich meinte, durch das geschlossene Fenster ihr zorniges Sirren zu hören, das, befand man sich in solchen Momenten draußen, von den Hausfassaden der Siedlung wie ein Pingpongball hin- und hergeworfen wurde und sich dabei in einen ganz anderen Ton verwandelte, das Jammern eines Babys. Auf einem Gemälde von Hieronymus Bosch wäre unsere Welt eine Vision der Hölle gewesen. In den vergangenen Monaten waren im Brachland immer häufiger die roten Flecken der Lagerfeuer von Obdachlosen zu beobachten gewesen. Hatten sie immer schon dort gehaust und waren sie so zahlreich gewesen? Während sie dann von den Drohnen in eines der Versorgungslager, vielleicht auch Verwahrungslager außerhalb Münchens eskortiert wurden, drang nicht selten ihr Geschrei durch meine Lärmschutzfenster. Ein paar Mal überstiegen einige von ihnen den Stacheldrahtzahn, der das eingezäunte Photovoltaikfeld umgab. Wann war es mit Stacheldraht eingezäunt worden? Der Security-Dienst eilte zu ihnen. Die schwarz gepanzerten Sicherheitsleute feuerten Gummigeschosse ab. An den Fenstern ringsum beobachteten Familien das Geschehen. An den Gesichtern der Erwachsenen war Angst abzulesen, Angst um das eigene Leben. Kinder guckten interessiert mit roten Wangen. Eines Morgens, als ich ans Fenster trat, standen am Horizont die Holzhäuser in Flammen. Sie mussten schon die ganze Nacht gebrannt haben. Schwarze Rauchwolken verdunkelten das Brachland. Drohnen kreisten. Sie löschten nicht. Niemand löschte. Als ich den Müll herausbrachte, hörte ich Flüstern. Ich drehte mich um. Zwei Kinder filmten mich mit ihren Handys. Die Schlagzeilen, die regelmäßig auf meinem Bildschirm aufploppten und die ich dann schnell schloss, berichteten von Angriffen auf Siedlungen. In einem Clip brannten Häuserzeilen, sie sahen aus wie jene in *Strawberry Fields*.

Die wogende dunkle Linie aus Polizisten, bei denen es sich auch um Bots handeln konnte, man sah nicht ihre Gesichter, knüppelte auf eine Masse aus heruntergekommenen Gestalten ein, unter denen sich aber auch jüngere Menschen in orangefarbenen Sicherheitswesten befanden. Waren es Aktivisten? Wo war das? Marienplatz? Alexanderplatz? Autos mit Kindern, die Stofftiere an sich drückten oder Konsole spielten, standen im Stau auf einer Autobahn, ein Familienvater am Steuer bewegte lautlos den Mund, redete erregt, man floh, ich hatte auf stumm geschaltet. Wer kämpfte gegen wen? Worum ging es? Was geschah?

Ich wollte es nicht wissen.

Ich sah die Gedanken kommen, die ich schon so gut kannte und die abzuwehren mir an manchen Tagen schwer-, an anderen sehr schwer fiel, Gedanken wie jene Gelsen, die ich früher bei den Wanderungen mit meinem Großvater nicht und nicht abschütteln konnte, so schnell ich auch lief, während ich ihren Stich spürte und wusste: Gleich würde es lange brennen und weh tun. Ich steuerte das Touchpad. Ich gab Befehle in die Tastatur ein. Ich war sehr konzentriert. Ich trank Wasser. Der ideale persönliche tägliche Wasserbedarf, den mein Tracker für mich errechnet hatte, lag bei 2,1 Liter. Ich überprüfte meine Werte am Tracker. Der Retro-Yoda lobte mich: »Gut du bist.« Ich musste auf die Toilette. Ich hielt es zurück. Ich legte mich auf die Liege gegenüber dem Schreibtisch. Es gab Tage, da gelang es mir, lediglich insgesamt zweimal auf die Toilette im ersten Stock zu gehen und es mit dem Frühstück um 7:30 Uhr und dem Eintreffen der Dinner-Drohne um 17:30 Uhr zusammenfallen zu lassen. Ich setzte mich wieder an den Schreibtisch und scrollte die Ergebnisse des Character Core-Programms für Mutter Teresa durch. Ich aß einen der Snacks, die ich im Schrank in meinem Zimmer lagerte. Ich veränderte im Simulator Mutter Teresas starre

Mimik. Ich machte sie jünger. Sie blieb mir immer gleich unsympathisch, weil kalt und verbissen, obwohl ich wusste, dass sie sehr wahrscheinlich einer der besten Menschen gewesen war, die jemals auf Erden gelebt hatten. Ich trank Wasser. Ich kam zu dem Schluss, dass der Kern ihrer Persönlichkeit in dem weißen Sani mit den blauen Streifen lag; der Art, wie sie mit seiner Hilfe ihren gesamten Körper verschwinden ließ, so dass von ihr selbst nur mehr ihr ausgezehrtes, faltiges Gesicht übrig blieb als gucke sie durch ein Loch aus einer anderen, besseren Welt in die unsere, schlechte. Ich dachte an die Dateien mit den Bildern und Filmen von Brigitte. Ich stand auf und ging in meinem Büro auf und ab und achtete darauf, nicht die Haufen von übereinandergelegten schmutzigen und sauberen Unterhosen, T-Shirts und Hosen zu berühren, die ich, noch als Brigitte im Krankenhaus gelegen hatte, aus dem Schlafzimmer hierher nach oben getragen hatte, damit ich nicht mehr jeden Morgen die Schränke im Schlafzimmer mit ihren Anziehsachen und ihrem Geruch öffnen musste. Das Heulen von Sirenen drang von draußen herein und ebbte wieder ab. Ich weinte. Ich las die To-do-Liste, die ich nach Brigittes Tod angelegt hatte, und unterstrich erneut jenen Punkt, der mich daran erinnerte, bei der Bank einen Termin zu vereinbaren, um ihren Namen aus sämtlichen Konten streichen und mich als alleinigen Inhaber eintragen zu lassen. Ich sah mir Samys neuestes »Saver«-Video auf der *Menschen*-Homepage an. Während er in einem offenen Jeep saß und sein Haar im Fahrtwind wehte, erzählte er von dem Bauernhof im Münsterland, von dem sein Team einen Hilferuf empfangen hatte und zu dem sie gerade unterwegs waren. In der Ferne zogen die Häuser einer Gated Community vorbei. Samy sagte seinen Claim: »Und das alles passiert vor euren Augen, Ladys and Gents. Seid ihr Menschen oder tut ihr nur so?« Durch die Dürre und Hitze in den vergangenen Sommern waren die Felder des Bauern verödet. Seine beiden halbwüchsigen Söhne waren weggezogen. Er hatte sich bei einem Sturz verletzt und konnte sein Vieh nicht mehr versorgen. Samy lief mit seinem Team durch den Hof, während er den Namen des Bauern rief. Elektronische Musik erzeugte Spannung. In einem Zimmer im oberen Stockwerk fanden sie den Bauern und seine Frau. Der Bauer lag im Bett. Die Bäuerin warf die Decke zurück. Darunter kam eine Masse aus Fleisch, Blut und Dreck zum Vorschein, bei denen es sich auf den zweiten Blick um die Beine des Bauern handelte. Samy sagte zur Kamera, dass dies das Schlimmste sei, was er seit langem gesehen habe. Wie bei den anderen »Saver«-Videos, die seit dem Tod seiner Mutter auf der *Menschen*-Homepage veröffentlicht worden waren, konnte ich keinerlei Anzeichen der Trauer erkennen. Ihm schien der Bauer im Video wichtiger als seine eigene Mutter oder sein Vater. Und wie immer suggerierte *Menschen* und damit er, dass der Staat Bürger wie den Bauern und seine Frau opferte, während es sich ein Teil der Bevölkerung gutgehen ließ. Das Video war bereits sechsstellig geklickt worden, obwohl es erst seit dem Morgen online stand. Es war 11:45 Uhr. Es war zu früh, um eine Beruhigungstablette zu nehmen. Ich durfte die Höchstdosis von zwei 400gm-Tabletten am Tag nicht überschreiten. Der Abfalleimer stank faulig. Es gelang mir nicht mehr, mich zu konzentrieren. Es war 11:46 Uhr. Ich spürte meine Blase, ich hielt es nicht mehr aus, ich trat zur Tür, drückte die Klinke, ich ging die Treppe hinunter, lief zum Klo, in dem noch immer ihre Sachen standen, ihre Zahnbürste, die ich ihr ins Krankenhaus mitgebracht und nach ihrem Tod wieder mitgenommen und hierhergestellt hatte, *an ihren Platz*, wie sie immer abends am Waschbecken beim Putzen vor ihrem Spiegelbild die Zähne fletschte und durch sich selbst hindurch in eine imaginäre Ferne schaute und offensichtlich an etwas dachte, wahrscheinlich an den vergangenen Tag und lauter Nebensächlichkeiten, und ich immer, wenn ich sie zufällig und verstohlen dabei beobachtete, das Gefühl hatte, dass sie in diesen Momenten ganz bei sich selbst war und mit sich eins, ich hörte es Knacken im Treppenhaus, ihre Schritte, es war nur das Holz einer Stufe, das sich von der Wärme ausdehnte, ich hatte auf einmal ihren Geruch in der Nase, gleich wäre er wieder weg, ich wollte ihn behalten, für immer behalten, ich blickte durch die geschlossene Tür, wie sie draußen im Flur in Richtung Schlafzimmer schlurfte und, während sie gähnte, fragte, ob ich noch lange mache, sie gehe jetzt ins Bett, sie sei hundemüde, *Gute Nacht, Schatz, bis morgen*, ich hörte ihre Stimme in mir, sie würde all das nie wieder tun, ich würde sie nie wieder hören und nie wieder riechen und nie wieder sehen, ich bekam keine Luft mehr, konnte mich nicht mehr bewegen, vergrub den Kopf in den Händen, als würde diese tausendmal gesehene Geste tatsächlich helfen, ich saß noch immer auf der Kloschüssel, der Gestank meines Kots zog mir in die Nase, ich wischte mir den Arsch ab, im nächsten Moment befand ich mich wieder in meinem Zimmer im zweiten Stock. Sirenen heulten draußen und ebbten ab. Mein Abfalleimer stank faulig. Ich packte ihn und lief die Treppe ins Erdgeschoss hinab. Ich versuchte, nicht durch die offene Tür ins Wohnzimmer zu schauen, das ich seit ihrem Tod nicht mehr betreten hatte. Im Düsteren der halb heruntergelassenen Rollläden zeichnete sich das Sofa ab, auf dem wir immer zusammen gesessen hatten, die Kissen, die sie selbst noch ausgeschlagen hatte, auf der Ablage zur Küche die Gläser, das Geschirr, das sie dort hingestellt hatte. Einmal hatte ich eines der Gläser mit den Fingern angefasst, um es zu verrücken. Ich hatte gespürt, wie sich, hätte ich es getan, im nächsten Moment das Haus mitbewegt hätte und zusammengestürzt wäre. Ich schaute nicht auf den Boden, auf unsere Schuhe, ihre Schuhe, die noch im Flur aufgereiht standen, bereit, angezogen zu werden, der Abdruck ihrer Füße in den durchgelaufenen Sohlen, die Fotos an den Wänden, sie und ich, Samy und wir, ich öffnete die Haustür, die warme Luft drang sofort von draußen hinein, sie hatte schon die ganze Zeit, seit ich hier drin war, das Haus umwabert, wie eine Metapher für etwas, von dem ich nicht wusste, für was sie stand, ich trat in die Einfahrt, die Luft umhüllte mich vollständig, ich sah am Ende der sogenannten Spielstraße, zu der unser, nein, mein Haus gehörte, eine Frau, die ich nicht kannte, aber hier wohnte, sie hob kurz die Hand und sagte etwas. Ich befand mich wieder in meinem Zimmer im zweiten Stock. Es war 16:30 Uhr. Es war 16:31 Uhr. Hatte ich nicht immer schon hier allein gewohnt, in diesem Zimmer? Für den Bruchteil einer Sekunde schien vor meinem inneren Auge die Möglichkeit auf, dass es dieses gemeinsame Leben nie gegeben hatte. Ich klickte nicht auf den Foto- und Filme-Ordner. Endlich läutete es, vor der Haustür lag mein Dinner-Päckchen, aus der Luft klang das zornige Summen, das ich zu vernehmen gemeint hatte, als mich die bösen Gedanken am Vormittag umkreist hatten. Es war die Drohne, die mir wie jeden Abend mein Essen gebracht hatte. Es war 20:30 Uhr. Ich setzte mir die VR-Brille auf und lief auf einem schmalen, aber ideal gestreuten Pfad durch den brasilianischen Dschungel. Es war meine Strecke. Rechts und links von mir zog das dichte Unterholz vorbei. Kleine Reptilien waren darin erkennbar. Es war 21:47 Uhr. Ich nahm meine Schlaftablette. Um 22:02 Uhr würde ich müde werden. Um 22:03 Uhr schaute ich zum letzten Mal auf den Wecker neben meinem Bett. Meine Glieder waren verschwunden. Einzig mein Kopf war noch für ein paar wenige Minuten vorhanden. Es war der vierte Tag nach Brigittes Beerdigung.

Als ich am fünften Tag nach Brigittes Beerdigung aufwachte, wusste ich, dass es schwer werden würde, ihn schadlos zu überstehen. Es war mein erster Samstag. Niemand würde anrufen. Ich würde nicht präzise und höflich sein können. Niemand in der Siedlung würde arbeiten. Die Häuser würden von Paaren und Familien bewohnt sein. Dadurch, dass niemand um mich herum arbeiten würde, würde meine sinnlose Arbeit am Computer noch sinnloser wirken. Die Sinnlosigkeit würde sich als Wahrheit zu erkennen geben und in meinem Zimmer als Geräusch oder Geschmack manifest werden. Es war 4:32 Uhr. Ich lag auf dem Bett in meinem Zimmer. Ich war hellwach. Mein Herz raste. Ich wusste, dass ich aufstehen musste. Ich durfte keine Minute länger liegen bleiben. Es war 5:32 Uhr. Wenn die Digitalanzeige meines Weckers 5:33 Uhr anzeigte und ich lag immer noch, hätte ich verloren. Ich wusste, dass das nicht stimmte. Es handelte sich um reine Einbildung. Die Digitalanzeige meines Weckers zeigte 5:33 Uhr, ich lag immer noch, ich war hellwach, ich hatte verloren. Samy rief nicht an. Ich würde mich nicht über Samy ärgern oder ihn anrufen und zur Rede stellen. Ich würde nicht in mein Zimmer gehen und auf den Foto- und Filme-Ordner klicken. Ich duschte. Ich zog mich an. Ich achtete darauf, einen frischen Pullover zu tragen. Während heißer Phasen, in den Wochen vor einer Deadline etwa, wenn die Zeit an meinem Schreibtisch vor dem Computer und am Telefon verflog und ich wieder mal glaubte, dass wir es dieses Mal nicht schaffen würden und den Release des Produkts verschieben müssten, mit all seinen negativen Konsequenzen, hatte mich Brigitte stets ermahnt, regelmäßig die Sachen zu wechseln. *Du läufst in deinem eigenen Haus rum wie ein Penner.* Das war ihr Spruch gewesen. Ich durfte nicht an sie denken. Das B-Wort war tabu. In der Küche frühstückte ich Cornflakes wie immer auf der Ablage, die die Küche vom Wohnzimmer trennte. Ich stieß an eines der Gläser, die Brigitte noch dort hingestellt hatte. Das Glas verrückte. Das Haus knirschte, riss aus seinem Fundament. Ich verlor meine Konturen. Dann war alles wieder wie immer. Nichts geschah. Es machte keinen Unterschied, ob die Gläser dort stehen blieben oder nicht. Ich würde mich nicht über Samy ärgern oder ihn anrufen und zur Rede stellen. Ich würde nicht in mein Zimmer gehen und auf den Foto- und Filme-Ordner klicken. Das Handy klingelte. Es war Madita. Ich ging nicht ran. Das Handy verstummte und klingelte gleich darauf mit seinem simulierten Spielzeugkassenglöckchenton von der eingegangenen Nachricht. Ich hörte sie ab. Madita sagte: »Hallo, Bastian. Ich bin's, Madita. Ruf mich doch bitte zurück, wenn du die Nachricht abhörst. Ich – mache mir ein bisschen Sorgen, wie es dir geht und so. Also, meld dich, wenn du das abhörst.« Es war 7:31 Uhr. Es war 8:02 Uhr. Über dem Brachland schwebten vier Drohnen über einer kleinen Gruppe heruntergekommener Gestalten in der Nähe des Photovoltaikfeldes. Plötzlich fiel eine Drohne wie ein Sack senkrecht herunter. Die Gruppe johlte. Aus den restlichen Drohnen kamen Funken, die zur Erde und in die Gruppe fuhren. Staub wirbelte. Erst jetzt, da panisch, hastig Einzelne in alle Richtungen auseinanderstoben, nahm ich wahr, dass die Gruppe aus echten Menschen bestanden hatte. Waren das, was am Boden unter den Drohnen lag, rot, grau, auch Menschen oder Müll, der sich dort schon vorher befunden hatte? Durften Drohnen auf Menschen feuern? Seit wann? Hatte es dazu eine Debatte gegeben? Hatte ich sie verfolgt? Handelte es sich hier um ein Verbrechen? Musste ich reagieren? Irgendwo in mir brannte Angst wie eine Flamme, die rasch wuchs. Oder besser: Ich wusste, dass mich früher sofort die Angst vor diesen Zuständen, die offenbar plötzlich überall aufloderten, in kürzester Zeit überwältigt hätte und ich *fieberhaft* nach Lösungen gesucht hätte. Nach Erklärungen. Ich überlegte, ob ich den Ordner mit den Filmen und Fotos der vergangenen Jahre öffnen sollte. Die Erinnerung an das Gespräch mit Brigitte, wie wir im abendlichen Halbdunkel der Küche gestanden hatten, eine unserer typischen Feierabend-Unterhaltungen bei einem Glas Vitamindrink, ließ meine Sehnsucht nach Bildern von ihr wachsen. Ich versuchte, mir ihr Gesicht vorzustellen. Der Wunsch danach, in Erinnerungen zu schwelgen, war auf einmal am ersten oder zweiten Tag nach der Beerdigung in mir aufgetaucht. Und er war unaufhaltsam gewachsen in gleichem Maß wie die Angst davor. Gab ich nun der Sehnsucht nach Erinnerungen nach, hätte ich verloren. Ich wusste das. Es bestand die Gefahr, dass ich die Kontrolle verlöre. Dass ich überwältigt werden würde. Denn bereits den ersten Gedanken daran, mir die alten Bilder anzusehen, hatte ein Name begleitet: *Lacuna*. Was sprach schon dagegen, mich in das Reich der »augmented reality« zu begeben? Es würde ein paar Wochen dauern, es würde Geld kosten. Aber das Ergebnis wäre so viel befriedigender, als lediglich die Bilder zu betrachten. Ich hatte *Lacuna* noch nie ausprobiert, aber ich kannte die euphorischen Berichte darüber. Allerdings auch jene über User, die nicht mehr davon loskamen. Die süchtig wurden. Nach den geliebten Menschen, die sie verloren hatten. Nach der Vergangenheit. In der sie dann Tag und Nacht lebten, bis sie ins Krankenhaus eingeliefert werden mussten. Es gab mittlerweile sogar einen eigenen Ausdruck für diese *Lacuna*-Opfer, die nicht mehr von den Kulissen ihres einstigen Lebens lassen konnten: Past-Zombies. Andererseits, dachte ich an diesem fünften Tag nach Brigittes Beerdigung, war es unwahrscheinlich, dass ausgerechnet mir so etwas passierte. Ich verfügte über Erfahrungen in der Welt der VR wie nur wenige andere. Ich wusste, dass ich mir etwas vormachte. Ich riss mich zusammen. Es war 9:41 Uhr. Ich ging aufs Klo und wusch mir die Hände. Ich aß einen Bio-Apfel aus einem nachhaltigen deutschen Betrieb. Ich arbeitete an der Liste jener Persönlichkeiten, die ich noch analysieren wollte. Bei allen Namen handelte es sich um Menschen, die landläufig als gut galten. Wobei schon der Begriff an sich nicht ganz eindeutig war: Definiere »gut«! Heißt »gut« »helfen«? Wenn ja, ist es besser, Menschen zu helfen als Tieren oder der Umwelt? Warum schweifte ich von meiner Liste ab, wenn doch eigentlich ganz klar war, wer oder was ein guter Mensch war, nämlich Doktor Martin Luther King, Nelson Mandela, Dian Fossey und so weiter? Beschäftigte ich mich nur mit dem Thema wegen Samy, der auf der Beerdigung so getan hatte, als hätten wir uns nie gestritten, und dann gleich wieder abgefahren war, um für die Welt und vor allem seine Follower ein guter Mensch zu sein? Wie wahnsinnig er mich machte. Was hätte es Brigitte bedeutet, wenn er seine Prinzipien für uns, immerhin seine Eltern, Prinzipien hätte sein gelassen und uns öfter besucht und uns nicht immer zu spüren gegeben hätte, dass wir falsch lebten, sprich: er aber richtig. Brigittes Schlaganfall ließ sich nicht darauf zurückführen. Aber natürlich hatte Samys Verhalten damit zu tun. Jeder Arzt hätte mir recht gegeben. Selbstverständlich ließ sich Brigittes Schlaganfall auf Samy zurückführen. Das Wort *führen*, das mir bei meinen Gedankengängen wieder und wieder in den Sinn kam, führte dazu, dass ich den Cursor auf den Foto- und Film-Ordner führte. Es war 9:43 Uhr. Ich stand auf. Samy rief nicht an. Auch heute würde er sich nicht melden. Ich ging zwischen den Wäschehaufen in meinem Zimmer umher. Ich konzentrierte mich. Ich weinte. Ich dachte an Brigitte im Krankenhaus. Ich lief durch den brasilianischen Regenwald. Ich duschte. Ich nahm eine Beruhigungstablette. 40 mg. Noch einmal. 40 mg. Ich ging mit dem leeren Abfalleimer nach draußen, um ihn auszuleeren. Es war warm. Die Sonne schien grell. Ich lief zurück ins Haus. Natürlich hatte Samy unrecht. Wenn er wirklich das System verändern wollte, hätte er es innerhalb seiner Grenzen tun müssen. Er wollte nicht wahrhaben, dass er immer Teil dieses Systems sein würde, weil er in ihm aufgewachsen war und von ihm profitiert hatte. Ihm gefiel die Rolle des Retters. Ich ging in mein Zimmer, fuhr den Computer hoch und öffnete den Film- und Bild-Ordner. Ich hatte mir das verdient. Ich war stark genug und würde damit umgehen können. Ich klickte mich durch die Filme und Fotos. Brigitte war 52. Brigitte war 48. Brigitte war 34. Wir lagen am Strand in der Sonne und lasen. Wir spielten mit einem Baby, das ich erst auf den zweiten Blick als Samy erkannte. Wir feierten Hochzeit. Wir gingen durch Berlin, den Englischen Garten, Oslo, Paris, New York, Rom. Sie hielt einen Vortrag im *Frida-Kahlo-Zentrum*. Sie hatte graues Haar, sie hatte blondes Haar, sie hatte Falten, sie hatte glatte Haut, Brigitte und ich hatten Sex. Samy war ein Mann, war ein Kind, hielt Snoopy im Arm, der fast so groß war wie er, ging in die Schule, fuhr, jung, schön, muskulös, Skateboard. Das war unser Leben. Das war alles. Ich ging aufs Klo, ich wusch mir die Hände, draußen war es Nacht, ich würgte das Essen, das die Drohne gebracht hatte, in mich hinein, es war 2:03 Uhr, ich musste weiter, ich klickte mich weiter, durch all das, was wir nicht hatten vergessen wollen, was wir für wert erachtet hatten, festgehalten zu werden. Nie hatten wir uns all diese Millionen Bilder angesehen. Nie wäre uns eingefallen, all diese Millionen Bilder in ihrer Gänze anzusehen. Nie wäre es Samy eingefallen, die Bilder anzusehen. Irgendwann hatten wir davor kapituliert, sie zu edieren und die doppelt, dreifach und vierfach aufgenommenen Motive auszusortieren. Ich merkte, dass ich schmunzelte. Ich weinte. Ich hatte mich unter Kontrolle. Es war der sechste Tag nach Brigittes Beerdigung. Es war der siebte Tag nach Brigittes Beerdigung. Es war der achte Tag nach Brigittes Beerdigung. Am neunten Tag nach Brigittes Beerdigung, nachdem ich auch sie zum x-ten Mal betrachtet hatte, wieder und wieder und ein letztes und allerletztes und noch ein Mal, veränderten sich die Bilder. Zuvor hatten sie sich zusammen mit meinen Erinnerungen in einen inneren Film verwandelt, der sich automatisch vor meinen Augen in Gang setzte. Nun aber begannen Brigitte, Samy und all die anderen, wieder zu erstarren. Ihre Gesten froren ein. Ein Ruckeln mit der Hand. Ein Zucken mit dem Mundwinkel. Ein Wimpernschlag. Nichts rührte sich mehr. Nichts mehr wurde in mir ausgelöst. Es waren Bilder auf einem Bildschirm, mehr nicht. Ich war hier.

Es war 3:01 Uhr am zehnten Tag nach Brigittes Beerdigung, als ich beschloss, dass es an der Zeit war, *Lacuna* zu kontaktieren.

»Ja, und ich bin wirklich so stolz auf Ella. Was die in der kurzen Zeit für eine Entwicklung gemacht hat. Also, hast du gesehen, was die für Bilder malt? Ist doch der Hammer, oder? Ich meine, mit zwölf.«

Brigitte schenkte sich an der Theke, die unsere Küche vom Wohnzimmer abtrennte, ein Glas Wasser ein. Langsam ging sie am Esszimmertisch vorbei Richtung Sofa. Sie war so begeistert von Ellas Fortschritten, dass sie kopfschüttelnd vor sich auf den Boden schaute. Sie hob dabei den freien Arm und bewegte die flache Hand im Rhythmus ihrer Wörter. Von der Deckenlampe glitzerte das Wasser in ihrem Glas. Mir fielen die an die Wand und den Schrank geworfenen winzigen Lichtschimmer auf, Miniaturregenbogen, die sich in Zeitraffer aufspannen und wieder verschwinden. Hatten sie sich auch im Ausgangsmaterial für die VR-Sequenz, dem Video, befunden oder hatte ein Programm das Wasser im Glas erkannt und automatisch berechnet, dass es eigentlich das Licht reflektieren müsse, was es im Ausgangsmaterial nicht tat, so dass es ergänzt wurde? Ich war zu gefangen genommen von Brigitte, um darüber länger nachzudenken. Sie war bloß ein paar Schritte von mir entfernt. Fast war es mir, als könne ich sie riechen. Dann hatte ich wieder den Plastikgestank der VR-Brille in der Nase. Ich schaute nach oben. Hätte ich in diesem Moment tatsächlich in unserem Wohnzimmer aufgeblickt, wäre es genau dieselbe Decke gewesen, kein Zweifel. Bei *Alife* verwendeten wir immer lediglich Decken-Versatzstücke. Die kalifornischen Kollegen von *Lacuna* oder wer auch immer das Material erweitert hatte, vielleicht auch südkoreanische Programmierer, hatten hervorragende Arbeit geleistet. Brigitte trug ihre Jeans aus jenem Online-Laden in Tel Aviv, von dem sie in den Mittzwanziger Jahren des 21. Jahrhunderts ein paar Jahre lang ihre Sachen zu beziehen pflegte. Irgendwann hatten die Hosen ihr nicht mehr gepasst, und sie hatte sie nicht ändern lassen. Die Jeans musste sich noch in ihrem Schrank befinden. Sie zupfte das Kissen auf dem Sofa zurecht und setzte sich. Jetzt sah sie zu mir.

»Was machst du denn da?«

»Red einfach weiter«, kam meine Stimme von weither, als sei ich Alexa.

»Hm.« Kurz verzog sie missbilligend das Gesicht, dann erzählte sie von ihrem Tag im *Frida-Kahlo-Zentrum*. Ich stand auf. Im Video war ich nicht aufgestanden. Ich trat näher an Brigitte. Sie redete, wie im Video, als befände ich mich weiter ihr gegenüber. Ich hatte Augen, aber keinen Körper, ich schwebte um sie herum. Ihr Hinterkopf. Die plötzliche Angst beim Anblick ihres glatten schulterlangen blonden Haars, dass, wenn ich einen Schritt weiter machte und sie von der Seite ansah, ihr Gesicht ein anderes und sie eine andere wäre. Mein Herzschlag beschleunigte sich. Ich trat so nah an sie heran, bis ich mich unmittelbar vor ihrer Wange befand.

»Und der Berg … wie der sich wieder aufgeführt hat … als gebe es nur ihn …«

Es waren *ihre* Ohren. Es war *ihre* Nase. Es waren *ihre* Augen. Es war *ihre* Haut mit den beiden kleinen schwarzen Muttermalen auf der linken Wange. Die jetzt zu tanzen anfingen: Brigitte prustete los, weil ich damals, während ich das Video drehte, Berg, den übergewichtigen cholerischen Zentrumsmitarbeiter mit seinem starken bayerischen Akzent und der Pumuckl-Quiekstimme, nachgemacht hatte. Wieder und wieder ließ ich diesen Brigitte-lacht-Moment wiederholen. Wie sie erst ungläubig schaute, ihre Brauen hochzog, sich auf einmal ihr Gesicht aufhellte und es dann aus ihr herausbrach. Ihre Augen glitzerten begeistert. Dieses Brigitte-Lachen war ansteckend. Ich ertappte mich dabei, wie ich dann stets selbst grinste. Es existierten Fotos von ihr als Mädchen, auf denen sie genauso lachte. Hätte man Bilder von ihr im Alter und aus der Kindheit nebeneinandergehalten, man hätte sie nicht wegen irgendwelcher körperlicher Merkmale wiedererkannt – dazu hatte sie sich zu stark verändert –, sondern wegen dieses Lachens. Und typisch Brigitte: Sie schaffte es, sogar bei diesem Lachanfall, der sie schüttelte, das volle Glas auf eine unnachahmliche Art so zu halten, dass der Inhalt sich kaum bewegte, geschweige denn Gefahr bestand, dass etwas auf ihr »heiliges« und niemals zu beschmutzendes Sofa verschüttet wurde. So nah ich auch nun ihrem Mund war, ich spürte keinen Atem, vor mir saß eine Tote, es machte mich rasend, ich wollte ihren Atem spüren, gleich wäre die Animation vorbei, ich kannte das Video auswendig.

»Jetzt mach das doch mal aus …«

Drei. Sie wedelte mit der Hand in meine Richtung beziehungsweise dorthin, wo ich damals gesessen hatte.

»Nicht dass das dann irgendwo auftaucht … und das zeigst du bitte niemand, gell? …«

Zwei. Ich folgte unwillkürlich ihrer Bewegung.

»Versprich mir das?«

Eins. Ich guckte in die Richtung, wo ich damals gesessen und gefilmt hatte. Mein Stuhl war leer. Es war, als hätte Brigitte die ganze Zeit über mit sich selbst gesprochen.

Schwärze umhüllte mich. Die Animation war beendet. Die VR-Brille drückte an meinen Augen. Ich startete die Animation erneut und saß, durch die Zeit zurückkatapultiert, im Wohnzimmer. Da war Brigitte. Sie war schön. Ihre Haarsträhne löste sich und rutschte ihr ins Gesicht. Das war mir nie aufgefallen. Brigitte schenkte sich an der Theke vor der Küche ihr leeres Glas ein. Sie erzählte mir: »Ja, und ich bin wirklich so stolz auf Ella. Was die in der kurzen Zeit für eine Entwicklung gemacht hat. Also, hast du gesehen, was die für Bilder malt? Ist doch der Hammer, oder? Ich meine, mit zwölf.«

Die drei Animationen, die mir *Lacuna* geliefert hatte, waren absurd teuer gewesen. Ich hatte mich für Videos von unspektakulären, aber typischen Alltagsszenen entschieden, das jüngste von 2016 noch in unserer ehemaligen Wohnung in Neuhausen, in dem Brigitte malte und dabei von ihren Zukunftsträumen erzählte. Das älteste, besagte Lach-Glas-Wasser-Szene, datierte von vor elf Jahren. Zeitlich dazwischen ein Film von Brigitte, die abends neben mir im Schlafzimmerbett eine ihrer postapokylaptischen Serien guckte. Ich hatte das Video damals wahrscheinlich aus Langeweile oder, um sie zu ärgern, fast zehn Minuten mitlaufen lassen und immer wieder auf sie und den Bildschirm geschwenkt, ohne dass sie es bemerkt hatte.

Von Brigittes Lebensversicherung und dem Geld auf dem Konto würde ich mir insgesamt dreißig Animationen leisten können. Mir war bewusst, dass ich meine Anlagen, die Ilie verwaltete, auf gar keinen Fall anzapfen durfte. Wer wusste, was noch für Zeiten kamen.

Aber es würde am Ende nicht bei den dreißig Animationen bleiben. Ich kannte mich. Ich handelte mit mir selbst. Ein Drittel meiner Anlagen für fünfunddreißig Animationen.

Ab zwei Stunden VR pro Tag bestand das Risiko unerwünschter Nebeneffekte, Augenbrennen, Kopfschmerzen, Übelkeit, das Übliche. Ich kannte die Studien, die *Alife* in Auftrag gegeben hatte. Solange lediglich drei Animationen vorhanden waren, fiel es mir leicht, mich auf zwei Stunden zu beschränken. Ich wusste, dass es schwieriger werden würde, sobald sich mein Archiv von VR-Home-Videos vergrößerte. Die Vorarbeit für die Animationen verlieh mir neue Energie. Endlich konnte ich guten Gewissens meine Alibi-Arbeit an der Analyse von vermeintlichen Heiligen einstellen. Ich hatte eine Aufgabe. Als Skripter wusste ich, worauf es ankam; welches Material zu vernachlässigen war und welches Gold bedeutete, weil es die Eigenheiten des jeweiligen Menschen beinhaltete. Der Designer musste aus dem zwei- ein dreidimensionales Bild erstellen können, in das ich eintauchte. Die Details der Umgebung mussten stimmen. Die Räume mussten mit Gegenständen ausgestattet sein, die nicht auf dem Video zu sehen, aber in Wahrheit dort vorhanden waren. Vasen, Andenken, Bilder. Ein Stück Holz, von einem Strandurlaub aus Frankreich mitgenommen, das zwischen den Büchern des Regals lag. Beschädigungen waren wichtig. Wo waren Flecken? Sprünge? Wo Muttermale? Ich erstellte Tabellen zu Räumen und Menschen. Erstens Gesicht, zweitens Hände et cetera. Ich machte Aufnahmen unseres Hauses. Ich ging mit der Kamera Raum für Raum ab, fotografierte Details, die mir für die virtuelle Konstruktion wichtig schienen. Ich flog mit Google Earth über die Siedlung, stürzte auf unser Dach, unter dem, wie mir einfiel, im Moment der Satellitenaufnahme vor vielen Jahren Brigitte und ich wahrscheinlich gerade ahnungslos gearbeitet hatten. Was hätte ich gegeben, wenn jene Drohnenkamera uns dabei gefilmt hätte. Wenn ich eine 24-Stunden-Aufnahme von uns besäße. Aufnahmen, auf denen nichts geschah. Beim Sitzen am Computer, beim Aufs-Klo-Gehen, beim Händewaschen, beim Kochen, beim Lesen, beim Fernsehen, bei allem, beim eigentlichen Leben. Ich hatte keine Aufnahme von Brigitte, wie sie sich so wie jeden Morgen im Bad anzog. Ich hatte keine Aufnahme, wie sie Sonntagabend noch schnell ihre Sachen für die Schule bügelte. Nie wieder würde ich sie dabei sehen. Es machte mich wahnsinnig. Die Headshots, die in den vergangenen Jahren besonders bei Jugendlichen beliebt geworden waren und das Leben ununterbrochen filmten, waren für Brigitte und mich nie eine Option gewesen.

Mit jedem Video, das *Lacuna* in meine Cloud hochlud, erging es mir ähnlich. Stets kam es, grob gesprochen, zu drei Phasen, die zeitlich aufeinander folgten. Beim allerersten Anschauen, wenn ich die VR-Brille aufhatte und das Programm startete, befand ich mich in einem Zustand positiver Aufregung. Der Tracker zeigte stark erhöhten Blutdruck und Puls an. *Aufpassen du musst.* Ich hatte seit Brigittes Tod mehr als zehn Pfund abgenommen und konnte mittlerweile nur noch mit Tabletten schlafen. Dennoch fühlte ich mich in den Sekunden, bevor es losging, so gut und energiegeladen wie sonst selten. Das alles erinnerte mich absurderweise ein wenig an meine Erstkommunion in Oberviechtach. Die Wände, die Möbel, die Gegenstände in den Zimmern, in denen sich die Szenen ereigneten, schienen von innen heraus zu leuchten. Brigitte schien zu leuchten. Ich aber schwebte. Eigentlich hatte ich die Aufnahmen aus irgendeinem seltsamen Pflichtgefühl heraus gemacht, unser Leben zu dokumentieren, *damit man später wusste, wie das war.* Jetzt jedoch besaß jeder dieser Momente, jede Sekunde eine besondere Bedeutung. Ja, es war mir, als hätten sie ebendiese bereits damals besessen, nur dass sie mir nicht aufgefallen war. Wenn ich ein Bild für dieses Gefühl finden müsste, wäre es tatsächlich jenes, als sich damals alle in der Kirche nach uns und mir umdrehten: Die Dinge sahen mich an. Ich wurde gesehen.

In der vermeintlichen Freiheit der VR-Animation umkreiste ich Brigitte, wieder und wieder, schob mich nahe an sie heran, studierte sie. Damit begann die zweite Phase: Ich wurde enttäuscht. Ich fand die Fehler. Manchmal stimmten Bewegungsabläufe nicht. Der Grafiker hatte an jenen Stellen, wo zwischen zwei Bewegungen kein Ausgangsmaterial vorhanden war, zur Überbrückung einfach den Computer das Bindeglied berechnen lassen. Die Folge waren mimische oder gestische Zuckungen, eine Art Flackern. Besonders bei ungewöhnlichen Perspektiven, von hinten, von schräg unten, von schräg oben, war ich mir sicher, dass Brigitte so nicht ausgesehen hatte. Je mehr Anzeichen für Fehler ich entdeckte, desto drängender fragte ich mich: Redete Brigitte damals wirklich so? Mit diesem harten »R«, als stamme sie aus der tiefsten niederbayerischen Provinz? Hatte sie damals wirklich schon dieses Muttermal am Hals gehabt? Das war ihr doch erst nach dem Korsika-Urlaub gewachsen. Besaßen ihre Augen wirklich diese seltsame Hellblaugrünfärbung? Ich checkte das Ausgangsmaterial. Hartes »R« stimmte. Muttermal und Hellblaugrünfärbung stimmten nicht. Aber das Entscheidende war: Nach x Stunden in der VR fiel mir plötzlich auf, wie minderwertig und unbefriedigend jenes Ausgangsmaterial eigentlich war. Es war, wie wenn ein Süchtiger statt des gewohnten Cracks eine Menthol-Zigarette pafft.

Das führte zu Phase drei: Die Szene mit Brigitte verlor an Attraktion. Ich verließ den Ort des Geschehens und begab mich auf eine Erkundungstour quer durch die virtuelle Umgebung. Während beispielsweise Brigitte im Schlafzimmer der alten Wohnung in Neuhausen, das sie auch als ihr Atelier genutzt hatte, an ihrer Staffelei stand und jene Sätze über ihre Zukunft aufsagte, die ich inzwischen schon auswendig konnte, trat ich durch die offene Tür in den Flur. Alle Orte aus der Vergangenheit, bei denen es sich nicht um unser Haus in *Strawberry Fields* handelte, hatte ich nur notdürftig mit Recherchematerial abdecken können. Es wäre aussichtslos gewesen, zum alten Haus in Neuhausen zu fahren und dort zu klingeln. Dennoch hatte der Grafiker jene Locations auf seine Weise ausgestaltet. Ich hatte ihm aus dem Gedächtnis den jeweiligen Grundriss gezeichnet und zu jedem Zimmer Bildmaterial mit Erläuterungen geschickt. Ich stand in unserem alten Flur. Ich blickte auf die Schuhe neben der Haustür und die Pakete der Retour-Sendungen. An der Wand hingen die Kinderzeichnungen Samys aus seinem Kindergarten. Der Grafiker musste den Flur aus Fotos und Filmen aus unterschiedlichen Zeiten zusammengesetzt haben, von vor und nach Samys Geburt. Es war, als lägen in dem virtuellen Doppelgänger der Wohnung wie bei einer archäologischen Ausgrabung, wo die Jahrhunderte Schicht um Schicht freigelegt werden, die Jahre brach und offen und nebeneinander ausgebreitet. Alles, was wir waren.

Die Drohne mit meinem Abendessen war nicht gekommen. Ich hatte nichts mehr zu Hause. Ich fuhr in den nächsten Supermarkt. Wann war ich dort zum letzten Mal gewesen? Auf der Fahrt sah ich dicht nebeneinander mehrere pechschwarze Rauchsäulen in der Ferne. Etwas Großes brannte. Auf der Straße wich ich einem Wrack aus, das mitten auf dem rechten Fahrstreifen stand. Der Wagen war ausgeweidet worden. Ihm fehlten die Räder. Wie von einem erlegten Tier, das stark geblutet hatte, führte eine Spur aus Schrott und Elektromüll auf den Hang daneben und verlor sich an der Schutzwand. Auf dem Parkplatz vor dem Supermarkt filmten Kinder andere Kinder, die mit Sonnenbrillen und neuartigen Pistolen posierten. Um in den Supermarkt zu gelangen, musste ich einen Sicherheitscheck passieren. Seit wann gab es den? Den Safety Device hatte ich im Auto gelassen. Die Eiseskälte drinnen tat nach der unerträglichen Hitze draußen gut. Ein Kühlregal war ausgefallen. Rundherum hatte sich eine Pfütze gebildet. Das Wasser rann bis in die Gänge hinein. Die Einkaufenden kümmerten sich nicht darum und wateten hindurch, ohne auf ihre Füße zu sehen. In dem Monitor, der in der Ecke über der Kasse hing, liefen Nachrichten. In der ansonsten gespenstisch leeren mehrspurigen Straße einer Millionenstadt rückte eine vielleicht hundert Meter lange Menschenkette in weißen Ganzkörperanzügen Meter um Meter voran und besprühte den Asphalt mit einer Flüssigkeit, die heilte oder irgendetwas abtötete. Auf Gängen in einem Krankenhaus lagen in endlosen Reihen aufgestapelt Leichen. An den Wangen hatten sie alle winzige rote Pusteln wie Sommersprossen. Eine Grafik erklärte anhand eines ausdruckslosen animierten Gesichtes die roten Pusteln. Es musste sich um eine neuartige Seuche handeln. Als ich ins Auto einstieg, umringten mich die Kinder mit ihren Pistolen, die Kinder dahinter filmten. Sie wollten etwas von mir. Es war ihnen ernst. Ein Kind schoss. Mein Auto hatte in der hinteren Tür ein kleines kreisrundes Loch. Erst jetzt merkte ich, dass ich bisher alles wie ohne Ton wahrgenommen hatte. Als wäre es eine Sendung, die auf mute gestellt war. So wie ich es in meinem Prepper-Kurs gelernt hatte, griff ich mit einer blitzschnellen Bewegung meinen Safety Device vom Nebensitz, schoss dem Kind, das auf mein Auto geschossen hatte, in den Fuß, schloss die Tür und fuhr los, ohne darauf zu achten, was hinter mir geschah.

Ich lag mit Brigitte am Strand. Ich ging am Meer spazieren. Wenn ich mich umwandte, sah ich sie weiter ausgestreckt unterm Schirm liegen. Ich diskutierte auf dem Sofa im Wohnzimmer mit ihr über die Weltlage anno 2021. Sie zündete in der Küche in Neuhausen auf Samys Geburtstagstorte acht Minikerzen an, ging, die Torte vorsichtig vor sich tragend, durch den halbdunklen Flur, blickte mich stumm auffordernd an, holte tief Luft, und gemeinsam sangen wir lauthals »Happy Birthday«, während wir in Samys Zimmer traten, wo Kinder kichernd und plappernd im Halbkreis saßen, gespannt auf uns wartend, in ihrer Mitte der kleine Samy, dem das Ganze schrecklich peinlich war, erst machte er den Clown und krähte lauter als alle anderen mit, dann guckte er zu Boden und hielt sich die Ohren zu, dann rief Brigitte: »Jetzt was wünschen!«, er stotterte, »nicht verraten, nicht verraten!«, ermahnten wir ihn, er schwieg, den Wunsch, den ich nie erfahren würde, im Gesicht, und blies mit aufgeblähten Backen alle Kerzen auf einmal aus. Meine Augen brannten entsetzlich. Als ich eines Morgens die Haustür öffnete, standen vor der Haustür vier Kartons mit kaltem Abendessen. Ich beauftragte *Lacuna*, in allen bisherigen Animationen nachträglich das Klo in der Wohnung in Neuhausen so zu gestalten, dass ich es betreten konnte. Auf der Spitze eines Hügels im Brachland hinter den Solarfeldern waren Sträucher gewachsen, deren große orangefarbenen Früchte auch noch von meinem Bürofenster aus sichtbar waren. Ich hielt Samy im Arm, er war ein Baby. Brigitte hatte über meine Schulter gefilmt. Er betrachtete mich interessiert mit seinen dunklen Augen, die sich erst, als er älter wurde, blau aufhellten. Nach zwei Minuten neunzehn bekam er Schluckauf, der seinen ganzen kleinen Körper schüttelte, aus dem Off drangen Brigittes und mein amüsiertes Lachen. Die Sträucher vor dem Zaun wucherten jetzt auch ins Brachland hinaus. Ein Trupp in neongelben Schutzwesten war dabei, sie zu entfernen. Vielleicht waren es Bots. Die Hausfassaden warfen das auf- und abebbende Geheul der Motorsägen zurück. Meine Augen brannten unvorstellbar. Ich ging aufs Klo. Ich trank. Ich aß aus den Boxen, die vor meiner Tür gestanden hatten. Ich rieb meine Augen mit einer Salbe ein. Ich wartete auf die neue Animation, sie hatte Verspätung, ich beschwerte mich bei *Lacuna*, die Frau am anderen Ende der Leitung, bei der es sich sehr wahrscheinlich um einen Bot handelte, beruhigte mich mit Sätzen, die mir anzeigten, dass sie es gewohnt war, von ungeduldigen Kunden angerufen zu werden, ohne die neue Animation würde ich nicht mehr leben können, ich erschrak vor diesem Gedanken, er entsprach der Wahrheit, er entsprach nicht der Wahrheit. Ich nahm Tabletten. Von draußen drangen aufgeregte Rufe herein. Ich schaute aus dem Fenster. Zusammen mit Sicherheitsleuten standen drei meiner Nachbarn am Zaun. Einer der Männer war Noahs Vater. Im Brachland bewegte sich etwas zwischen den Stümpfen der abgeholzten Büsche. Ein Tier? Ein Mensch? Menschen? Die Nachbarn hatten Schusswaffen. Noahs Vater legte an. Die Sicherheitsleute deuteten auf den Schatten, der über das Brachland von Stumpf zu Stumpf hastete. Noahs Vater schoss. Vom Rückstoß fiel er hintenüber. Zwischen den Büschen kam etwas zum Erliegen. Ich spürte, wie sich in mir der Drang ausbreitete, nach dem Zwischenfall auf dem Parkplatz des Supermarktes noch einmal auf ein Lebewesen zu schießen. Reflexhaft erschrak ich über mich selbst, bis ich feststellte, dass es mir egal geworden war, ob ich gegen jene Überzeugungen verstieß, die, als ich aufwuchs, universal und unantastbar gewesen waren. Sie galten nicht mehr.

Ich träumte von meinem Großvater. Wir saßen an einem Tisch mit schimmernder Metalloberfläche und schwiegen. Um uns herrschte tiefstes Dunkel. Ich fragte mich, was mein Großvater an meiner Stelle, an diesem Punkt meines Lebens, wohl tun würde. Mir fiel ein, dass er, als er mein Alter hatte, noch einmal ein Kind bekommen hatte. Mich. Dass auch er seine Frau damals verloren hatte. Dass es sein könnte, dass ich ihn, auch wenn ich damals nie das Gefühl gehabt hatte, in irgendeiner Weise gerettet hatte. Vor meinem inneren Auge sah ich unsere gemeinsamen Jahre, die für mich endlos tristen Nachmittage in meinem Zimmer im Keller, das endlos triste Oberviechtach, unseren monotonen Alltag, aufgelockert durch Expeditionen in die Münchener Großstadt mit ihrer Hochkultur. Ein älterer, in meinen Kinderaugen uralter Mann und ein kleiner, dürrer Junge, ein ungleiches Paar, im Museum, im Konzert, in der Oper, im Restaurant, im Auto danach auf dem abendlichen oder nächtlichen Rückweg in die tiefste Provinz, die Finsternis der Wälder und Wiesen und Teiche um uns, er fuhr, ich schlief. Immer wenn uns ein Auto entgegenkam, schimmerten unsere Körper im Licht des Scheinwerfers auf. Der Sinn, mit dem unsere Leben aufgeladen waren, allein durch die Gegenwart des jeweils anderen.

»Was würdest du jetzt machen? Was würdest du jetzt sagen zu allem?«, sagte ich laut. Ich glaube, ich sagte es laut.

Über das Brachland hallte ein Knall. Eine Drohne hatte sich in einen kleinen Feuerball verwandelt, kam ins Trudeln und plumpste jäh zu Boden, aus dem langsam wie in Zeitlupe und kerzengerade eine tiefschwarze Rauchsäule in den Himmel wuchs.

Samy rief nicht an.

In seinem neuesten »Saver«-Video besuchte Samy ein Dorf, in dem alle Bewohner an Hautkrebs erkrankt waren. Geduldig ließen sie sich von ihm untersuchen und zeigten ihre verbrannte, feuerrote Haut unter den T-Shirts.

Werner rief an. Er fragte, wie es Brigitte gehe. Ich antwortete, sie sei verstorben. Ich hörte, wie er in der Pause, die entstand, laut ein- und ausatmete. Er fragte, wie es mir gehe. Ich sagte, ich komme klar. Ich spürte, wie ich wollte, dass er hier wäre und mir helfen würde. Ich wusste nicht, wie ich es ihm hätte sagen sollen, ohne dass es unangebracht oder peinlich gewesen wäre. Ich kannte ihn kaum. Er fragte, ob ich mir sicher sei. Ich antwortete, ja, ich sei mir sicher. Er sagte, ich solle bitte sagen, wenn er etwas tun könne. Ich wusste, dass das jetzt der Augenblick war, ihn zu bitten, mir zu helfen, auch wenn ich nicht wusste, wie diese Hilfe aussehen würde. Es war meine Chance, mich zu retten. Übergang von drittem zu viertem Satz, Beethoven, Fünfte Sinfonie, dieser völlig schwachsinnige Gedanke tauchte tatsächlich in meinem Kopf auf. Als könnte die Kunst, die mein Großvater immer so hochgehalten hatte, jemals die ausweglose Höllensituation auch nur annähernd beschreiben, in der ich mich befand, geschweige denn mir helfen. Ich sagte, ich brauche im Moment Zeit für mich, um »das alles« zu verarbeiten. Wider Erwarten akzeptierte Werner das nicht und sagte, ich klinge nicht gut. Ob er vorbeischauen solle. Er sei beunruhigt. Er könne etwas zu essen mitbringen. In seinem Garten haben er und Tilly gerade Himbeeren geerntet. Er könne ein Schälchen frische Himbeeren bringen.

Ich wurde wütend auf ihn, weil er als Fremder sich anmaßte zu wissen, wie es in meinem Inneren aussah, und dachte, ein Schälchen frischer Himbeeren könne irgendetwas verändern. Ich spürte, wie groß der Hass war, der sich in mir seit langer Zeit angestaut hatte. Das Wort »Schälchen« war ein unerträgliches Wort. Ich sagte kurz angebunden, ich komme schon klar, und legte auf.

Samy rief nicht an.

Mir wurde bewusst, dass es mir nicht mehr gelang, an ihn in Liebe zu denken. Ich liebte meinen Sohn nicht mehr. Wann hatte ich aufgehört, ihn zu lieben?

Ich trug die Augensalbe auf.

Ich ging zur Haustür, um nach dem Drohnen-Dinner zu schauen, bis ich feststellte, dass ich durch die Animation unseres Hauses gegangen war.

Ich nahm Schlaftabletten.

Ich blickte in den Spiegel und sah kein Spiegelbild.

Ich blickte in den Spiegel und sah einen Mann, der ich war.

Ich wählte meine vorletzte Animation: die Nacht der Zecke. Die Datenmenge von Ilies digitalisierten Videos, das er Madita und mir irgendwann als Teile eines mehrere Gigabyte großen *Klub der Katze*-File geschickt hatte, war so verschwindend gering, dass es für die Designer von *Lacuna* nicht viel Spielraum gegeben hatte. Ich konnte lediglich in die grobkörnige, alles verschluckende Finsternis tauchen und zusehen, wie drei Lichter über das Brachland des *Steffi-Graf*-Viertels tanzten. Drei Lichter: Madita, Ilie und ich. Es war, als sei all dies nie geschehen; als stände ich inmitten einer erfundenen Geschichte, einer Fiktion, die meine Kindheit gewesen war. Ich sah, wie ein grauer Fleck am Maschendrahtzaun waberte.

Von der anderen Seite kam Ilies sich überschlagende Piepsstimme: »Wartewarte.«

Dort, wo die gerade Reihe der Fichten begann, war die Dunkelheit vollkommen.

Maditas Stimme ertönte: »Funkel?«

Sie leuchtete unter die Stämme ins Dickicht hinein. Ich stand neben dem Fleck, der ich war. Und sich nicht traute, über den Zaun zu klettern.

Ilie feuerte mich an. »Und Action! Man muss merken, dass du Angst hast.«

Ich hörte mich keuchen und vor Anspannung leise wimmern, ich hatte das noch nie in dem Video gehört, vielleicht hatte es der Grafiker hinzugefügt. Ich griff in die graue Masse, die ich war, und durch sie hindurch. Vielleicht wollte ich sie trösten. *Mach dir keine Sorgen. Es wird alles.* Doch die Masse, die ich war, war bereits über den Zaun gesprungen, abgerutscht, auf die andere Seite gestürzt.

Das Schmatzen und Rülpsen der Zecke hallte aus der Finsternis, gefolgt von unseren Schreckensschreien. Und als ich dann schoss, die vermeintliche Zecke herunterplumpste und sich als billiger Trick Ilies erwies und wir uns stritten und enttäuscht voneinander auseinanderjagten, blieb ich in der Nacht zurück, trat durch den Zaun und dorthin, wo sich eigentlich der Wald befinden musste und doch nur tiefe Schwärze war. Der Grafiker hatte die Geräusche der vermeintlichen Zecke auf endlos gestellt. Irgendwo in der Nacht heulte und grollte sie weiter. Ich suchte den Ursprung des Geräuschs. Ich fand ihn nicht. Ich wollte zurück zum Zaun. Ich fand ihn nicht mehr. Es gab auch keine Bäume, nur Finsternis. Es war, als wäre ich durch den Wald in einen anderen, vollkommen schwarzen Raum gelangt. Der in Wahrheit dort schon immer existiert hatte, auch damals, als Ilie das Video gedreht hatte. Panisch riss ich mir die VR-Brille und das Headset vom Gesicht. Ich stand in Samys Zimmer.

Für eine Sekunde merkte ich, dass ich atmete. Hatte ich davor geamtet?

Ich sah in den Spiegel und erblickte statt meiner die Zecke.

Ich schwebte mit erhobenen Armen eine Straße in einem Neubaugebiet entlang. Rechts und links standen Häuser im Rohbau. Von den meisten existierte lediglich das Erdgeschoss. Die roten Ziegel, die daneben aufeinandergestapelt lagerten, leuchteten rot in der Sonne wie frisch gebacken. Meine Beine berührten nicht den Asphalt. An meinen Händen hielten mich Riesen. Meine Eltern. Sie schaukelten mich vor und zurück. Ich flog in die Höhe und kehrte zurück zur Erde, um gleich darauf wieder hochzusteigen. Die Welt um uns war stumm. Wir waren stumm.

Das Video, auf deren Basis *Lacuna* meine letzte Animation erstellte, hatte mein Großvater mit der alten Super 8-Kamera meines Vaters aufgenommen. Ich wandte den Blick, um meinen Eltern ins Gesicht zu sehen. Es war ein Moment, auf den ich lange gewartet hatte. Was genau, weiß ich nicht. Aus meiner Kinderperspektive musterte ich meine Mutter. Wie eine Steady-Cam glitt ich in geringem Abstand vor ihr auf und nieder. Lachend schaute sie geradeaus. Das Lachen kullerte nur so aus ihr heraus, als seien es kleine, weiche, durchsichtige Gegenstände. Sie strahlte eine unbeschreibliche Fröhlichkeit aus. Ich sehnte mich danach, dass sie mich mit genau dieser Fröhlichkeit ansah und mit ihr ansteckte. Aber auch im Video blickte sie mich nie an. Ich erschrak darüber, wie jung sie in ihrem Schürzenkleid wirkte und wie mädchenhaft schlank ihr Körper war. Ich schaute zu meinem Vater. Er rief mir mit lustig aufgerissenen Augen stumm etwas zu. Von seinen Lippen hinter dem Bart, die die meinen waren, konnte ich »Engelchen, Engelchen, flieg!« ablesen. Ich hatte gedacht, dass ich meinen Eltern in der VR-Animation so nah kommen würde wie nie zuvor. Der Grafiker von *Lacuna* hatte beide aus den Fotos und Filmen, die ich der Firma geschickt hatte, perfekt simuliert. Ihre Haare glitzerten in der sanften Sommersonne der 1980er Jahre, ihre Schöpfe wackelten von den ruckartigen Bewegungen, mit denen sie mich schaukelten. Unter den Achseln hatten sich im karierten Hemd meines Vaters dunkle Schweißflecken gebildet. Seine Oberarme waren kräftig, so wie er überhaupt bulliger wirkte, als ich bislang angenommen hatte. Aber der Gedanke, der im Kopf meines erwachsenen Körpers auftauchte, *Okay, so sahen die also aus, mein Vater war also doch bisschen stämmiger und meine Mutter noch hübscher, aber wahnsinnig jung, wie Kinder* wurde sofort von dem Gefühl gefolgt: *So waren sie nicht. Das sind sie nicht.* Die undeutlichen Gestalten mit den verschwommenen Gesichtern und ohne Stimmen, die mich mein Leben lang in meiner Vorstellung als meine Eltern begleitet hatten, waren wahrer. Sie würden es immer bleiben. Ich blieb stehen und schlüpfte aus meinem Kinderkörper. Als ich mir die VR-Brille vom Gesicht zog, schien es mir, als sei damit die Animation nicht beendet, sondern als zögen meine Eltern, unabhängig davon, ob ich ihnen zusah, mit mir in ihrer Mitte weiter durch das Neubeugebiet und in die lautlose Welt, ohne mich jemals loszulassen, obwohl ich das endlich wollte.

Ich hatte keine Animationen mehr. Ich hielt mich an meinen Vorsatz, nicht meine Ersparnisse für weitere Animationen aufzubrauchen. Ich wusste, dass es nur eine Frage der Zeit war, bis dies geschah.

Im Google-Earth-VR-Modus spazierte ich durch Oberviechtach. Ich ging zum Sandradl. Es war Sommer. Die grünen Blätter hingen bewegungslos an den Bäumen. Zunächst irritierte mich, dass alles in der Google-Earth-Welt, das Wasser, die Wolken, die Blätter, vollkommen eingefroren war. Doch dann überkam mich die heilsame Stille der Algorithmen-Welt. Ich war ihr einziger Bewohner. Ich suchte das *Albert-Einstein*-Viertel. Ich fand mich nicht zurecht. Endlich passierte ich ein Rondell, das mir bekannt vorkam, obwohl die Büsche und Bäume inzwischen gewachsen waren und die Siedlung offenbar erweitert worden war. Sogar ein Supermarkt existierte. Dann stand ich vor dem Haus, in dem ich aufgewachsen war.

Im Garten goss eine regungslose Gestalt mit einem erstarrten Wasserstrahl aus einem Schlauch Blumen. Sie war so verpixelt, dass sie wie ein Fehler im Programm wirkte, ein Glitch. Das Haus besaß einen Anbau. Die Einfahrt war verbreitert, ein Großteil des Vorgartens durch Pflastersteine ersetzt worden. Dennoch hatte ich das Gefühl, mich am Ort meiner Herkunft zu befinden. Dieses Haus, das meine Eltern geplant und erbaut hatten, enthielt mehr von ihnen als ihre Avatare. Weiter wanderte ich durchs Sandradl, weiter. Je mehr Zeit ich in dieser aus Fotos erschaffenen Welt zubrachte, desto wohler fühlte ich mich. Es war eine wunderbare Welt. So, wie die Wirklichkeit sein sollte. Es gab Kinder, die gerade auf der Straße Fußball spielten, die Köpfe für immer aufgeregt und voller Erwartung nach dem Ball erhoben, der in der Luft verharrte; zwei Männer, die mit wilden, wütenden Gesten stritten. Nie würden sie aufeinander losgehen. Die Autos auf den Straßen würden nie an ihrem Ziel ankommen, so wie die Vögel am Himmel über mir. Alles hier war nie zu Ende. Es gab keinen Tod. Alles würde für immer sein.

Da überkam mich eine heiße Lust, hier zu bleiben. Ich stand vor dem Ortsschild Oberviechtachs, die Ostmarkstraße, die hinaus aus dem Dorf führte. Im Norden lag der Nordpol, im Süden der Südpol. Wer sich immer westwärts hielt, umrundete einmal den Planeten. Nur noch um die Bedürfnisse meines Körpers zu befriedigen, würde ich in die Wirklichkeit zurückkehren.

So ging ich in die Welt hinaus.

In Rom stand ich vor dem Pantheon und studierte die Touristen, die zwischen den Soldaten in ihren schusssicheren Westen verwitterte Statuen fotografierten. Ich wanderte durch die Puszta Ungarns. Ich schritt den Roten Platz in Moskau ab und betrachtete die

Schlange vor dem Lenin-Mausoleum aus für immer lachenden, für immer gelangweilten, für immer wartenden Frauen, Männern und Kindern. An der staubigen Landstraße nach Jasnaja Poljana saß ein Lkw-Fahrer, der eine Panne hatte, auf der Kühlerhaube seines Wagens und genoss mit geschlossenen Augen die Strahlen der Sonne. Ich betrachtete die Sphinx. Ich marschierte die Chinesische Mauer entlang. Auf dem Stein in der Mitte des Zen-Gartens des Rōyan-ji in Kyoto saß ein Vogel. Ich lag am Strand des Midway Atolls. Ich stand am Rand des Felsenfelds, das einst das ewige Eis des Cerro Fitzroy bedeckt hatte. Ich durchquerte die Wüste Gobi. Ich blickte vom Kap der Guten Hoffnung in die Ferne. Ich beobachtete die Demonstranten mit ihren auf ewig erhobenen Fäusten und stumm aufgerissenen Mündern am Firdaus-Platz in Bagdad. Ich ging zwischen den menschenleeren weißen Wohnblöcken und roten Holzhäusern von Nuuk. Ich umkreiste den Himalaya.

Blumen blühten für immer. Immer schien die Sonne, nie war Nacht. Die Welt war unendlich. Ich war angekommen.

»Bastian?«

Ich brauchte eine Weile, bis ich realisierte, dass es sich bei dem Mann vor mir mit dem ledernen Gesicht und den tiefen Furchen um den Mund um Werner handelte. Seine Hand wedelte vor meinem Gesicht hin und her, ich spürte ihren Luftzug, er blickte mich an und folgte meinem Blick. Er war kein Foto oder Avatar. Und er stand nicht inmitten einer endlosen Steppe oder auf der Straße einer Metropole, sondern an jener Stelle, wo mir stets mein Essen abgelegt wurde, vor meiner Haustür im Zwielicht des warmen Abends.

»Darf ich mal rein?«

Ich war zu verdutzt, um Widerstand zu leisten. Normalerweise befolgte ich ein Ritual, wenn ich mich aus der Virtual Reality ausklinkte, um dem sofort einsetzenden Schwindel und den stechenden Augenschmerzen entgegenzuwirken: Essen, Salbe, Tabletten, Schlaf. Warum hatte ich überhaupt die Tür geöffnet? Mich würgte es. Gleich würde ich mich übergeben müssen. Ich musste mich anlehnen und war erstaunt, dass die Wand hinter mir meinem Gewicht standhielt.

Werner blickte sich im Haus um. Er erzählte irgendetwas von Anrufen, die ich nicht beantwortet und dass er sich Sorgen gemacht habe. Immer wieder musterte er mich, bis ich selbst im Flur im Spiegel den dicklichen, ungepflegten Mann sah, der ich war. Das war ich, das war aus mir geworden. Ich stank. Unter dem Panzer aus Gleichgültigkeit und Tranquilizern leuchtete ein Gefühl auf, so etwas wie Scham, das wegzuwischen mir in den vergangenen Wochen problemlos gelungen war, nun aber durch Werners Anwesenheit blieb – und rasant wuchs. Und mich wütend machte.

»Bitte weg … ich meine … geh … gehen Sie. Was willst du überhaupt hier. Ich brauche, dass Sie … nicht.« Die Wörter gehorchten mir nicht.

»Sie müssen jetzt was trinken, Bastian. Sie sind dehydriert. Kommen Sie mit. Die Küche ist da hinten, oder?«

Werners entschiedener Tonfall verblüffte mich. Gehorsam folgte ich ihm in die Küche, wo sich schmutziges Geschirr und Dinner-Boxen zwischen schimmelnden Essensresten stapelten.

»Sie brauchen dringend Hilfe.« Werner hatte sich mit verschränkten Armen vor mir platziert, während ich gierig wie eine Katze aus dem Wasserhahn trank.

Das Nächste, an das ich mich erinnere, ist, wie wir im ersten

Stock in Samys Zimmer traten, Werner den VR-Aufbau erblickte, ich irgendwo auf dem Boden hockte, weil ich nicht mehr stehen konnte, und aus einiger Entfernung Einspruch gegen das Bild vor mir erhob; dagegen, dass sich auf einmal ein echter Mensch hier in meinem Haus befand. Irgendwo in meinem Kopf dämmerte es mir, dass Werner nun von meinem Geheimnis wusste; dass er mich durchschaut hatte. Dass nun gleich etwas geschehen würde, was meine bisherige Situation ein für alle Mal ändern würde. Bedächtig schaltete er nacheinander das Laufband, den Flystick und schließlich das Headset aus. Ich protestierte lallend, schleppte mich neben ihn und schaltete das Headset wieder an. Wir rangelten.

»Was fällt … lass mich … Loslassen!«

Von hinten schlang er die Arme um mich und hielt mich fest, den Kopf nach unten gedrückt. Ich kannte den Griff, woher kannte ich ihn? Vom Catchen kannte ich ihn, aus der Schule.

»Wichser!«

Ich versuchte, mich zu befreien, japste, Werners Druck wurde fester. Mir blieb die Luft weg. Ich spürte Werners pochenden Herzschlag an meinem Rücken, seine angespannten Muskeln. Es tat weh. Es tat gut, gehalten zu werden.

»Notfallmodus aktiviert. Erwarte Identifikation in neun, acht, sieben …«

Ausgelöst durch die Bewegungs- und Geräuschmuster, die auf einen Kampf hindeuteten, hatte sich Alexas Sicherheitsprogramm eingeschaltet.

»… sechs, fünf …«

Werners Griff löste sich nicht, er blieb stumm, sein Atem strich an meine Wange.

»Alexa … nichts. Es ist nichts«, stieß ich hervor. »Das ist kein Notfall. Ich bin Bastian Klecka.«

Das war meine Stimme. Ich klang wie ich. Alexa piepste und verstummte. Die Bewegung hatte Sauerstoff in meinen Kopf gepumpt, so als sei ich nach langer Zeit und aus großer Tiefe wieder aufgetaucht. Ich rang nach Luft. Es schüttelte mich. Mein Körper schluchzte. Werner lockerte seinen Griff, behielt aber die Hände weiter auf meinen Schultern. Er sagte immer noch nichts. Wir ließen uns auf den Boden sinken. Irgendwann hatte ich mich beruhigt. Ich spürte mein Gesicht. Es war warm und salzig von Tränen.

»Na komm. Jetzt pack mal deine Sachen.«

Ich wollte es, schaffte es jedoch nicht. Es war, als hielte mich das Haus gefangen, wie in einem dieser Horrorfilme. Werner ging in das Schlafzimmer. Von meinem Platz auf dem Boden sah ich ihm durch die geöffnete Tür gegenüber zu, wie er im Schrank rasch und ohne Gefühlsregung Brigittes Kleider scannte und dann, als er meine Fächer gefunden hatte, eine Reisetasche befüllte.

Auf der Fahrt durch die Nacht nach Bischofswiesen fuhren wir an brennenden Häusern und Autos vorbei. Flammen loderten in den dunklen Himmel empor. Die Lichtfinger von Hubschrauberscheinwerfern tasteten sich übers Land. Das war nicht die richtige Welt. Etwas mit ihr war nicht richtig.

Werner hatte Tilly bereits informiert, dass er mich mitbringen würde. Sie schien nicht erstaunt. Meine Anwesenheit stellte für sie keinerlei Unannehmlichkeit, vielmehr eine Selbstverständlichkeit dar. Ich erinnere mich, dass ich mich fragte, ob sie sich verstellte und über mein verwahrlostes Äußeres und meine wirren Sätze einfach hinwegsah oder ob sie tatsächlich nicht irritiert war.

»Hätten Sie lieber eine Petersilienwurzel- oder eine Kürbissuppe?« Die Frage brachte mich einigermaßen aus der Fassung.

Später schlürfte ich in der Küche des Hofes eine der beiden Suppen. Werner saß neben mir, während er etwas auf seinem steinzeitlichen Smartphone las, und Tilly werkelte in der Küche. Die bloße Gegenwart Werners und Tillys, wie sie atmeten, wie sie sich bewegten, wie sie sich mit knappen Wörtern und minimalen Gesten verständigten, reichte aus, dass ich mich zusammenriss und nicht dem unmittelbaren Drang nachgab, in Samys Zimmer im Haus in *Strawberry Fields* zurückzukehren, das zwar mehrere hundert Kilometer entfernt lag, sich in Wahrheit aber, das spürte ich, weiter in mir selbst befand.

Umso furchtbarer war die Nacht. Werner und Tilly hatten mir die Couch im Wohnzimmer als Bett hergerichtet, wo sich auch die Bibliothek befand. Ein Teil von mir redete sich ein, dass dies die ideale Umgebung für eine Reha oder Heilung oder was auch immer wäre. Alles sei fast wie früher im Wohnzimmer in Oberviechtach. Doch dann, nachdem Werner und Tilly das Licht gelöscht und sich in einen anderen Trakt des Hofes zurückgezogen hatten, meldete sich in dem dunklen und wie endlosen Raum mit Macht der Wunsch, sofort wieder das VR-Headset aufzusetzen, sich in eine Animation zu begeben oder weiter durch die Google-Welt zu spazieren. Die Verzweiflung meldete sich, dass ich nicht wusste, wie ich weitermachen sollte, die Trauer meldete sich, dass ich Brigitte und Samy verloren hatte, die Wut meldete sich, dass ich unfähig war, mir selbst zu helfen, und die Welt aus dem Ruder lief. Ich kauerte mich auf den kühlen Steinboden. Der Schmerz, den ich jetzt in all meinen Gliedern fühlte, obwohl ich doch eigentlich gesund war, ich hatte nichts, mir fehlte nichts, war unbeschreiblich. Als brenne ich so wie die Welt draußen. Ich wollte keine Tablette nehmen, sie waren mitverantwortlich für meine Situation, hatte ich sie überhaupt eingepackt? Ich war wie gelähmt. Hatte ich sie nicht eingepackt, würde ich wahnsinnig werden. Ich stand auf, wanderte herum, kroch in eine Ecke der Couch, kauerte mich auf den Steinboden. *Was kannst du, du kannst nichts, wohin kannst du, nirgendwohin kannst du.* Die Wörter wiederholten sich in meinem Kopf. Hatte ich die Tabletten eingepackt? Nein? Schau noch mal nach. Aufpassen du musst. Aufpassen. Ich war noch nie so nahe daran, ein Messer aus der Küche zu holen und mir die Pulsadern aufzuschneiden oder noch besser die Halsschlagader, das war sicherer. Der Gedanke, die Klinge an einem weichen Punkt im Fleisch anzusetzen und dann genau dort hineinzudrücken, wo es pulsierte, damit es das nicht mehr tat, war besser als alle anderen Gedanken auf der Welt. Ich riss meine Tasche auf, mein Herz jagte, ich hatte die Tabletten eingepackt, ich hatte sie nicht eingepackt, ich spürte das Päckchen zwischen meinen Fingern, drückte eine Tablette heraus, ihr ätzend bitterer Geschmack durchflutete mich wie das kalte, schmerzende Licht eines LED-Strahlers, der einem in die Augen schien, ich hasste sie so sehr, ich hasste das, ich hasste mich, ich war erleichtert, einschlafen zu dürfen.

Als ich erwachte, schien bereits aus den angrenzenden Zimmern, die keine Türen besaßen, die Sonne in die fensterlose Bibliothek. Ich nahm sofort eine Tablette, so wie ich es mir als Ersatz für den Morgenkaffee angewöhnt hatte, und trat in die Hofküche. Von Werner und Tilly fehlte jede Spur. Eigentlich hätten sie den Zustand, in dem ich mich in der Nacht befunden hatte, vorhersehen müssen, dachte ich mir. Ich konnte ihnen natürlich keinen Vorwurf machen. Dennoch hielt ich es, je mehr ich darüber nachdachte, für unverantwortlich, ja, unglaublich. Erst gerierten sie sich als meine Retter, und gleich im Anschluss nahmen sie es in Kauf, dass ich mich umbrachte.

Die Terrassentüren zur Wiese standen offen. Von draußen wehte warme Luft in die Räume des Hofs. Mit dem Dezember kamen auch die erträglichen Temperaturen zurück, die an Herbsttage von einst erinnerten. Klappern drang zu mir. Auf der Terrasse saß Tilly auf einem Stuhl, auf dem Tisch vor ihr waren Blumentöpfe unterschiedlicher Größe aufgereiht. Neben den Töpfen stand eine Kiste mit Sämlingen. Wortlos nahm ich neben Tilly Platz. Freundlich nickte sie mir zu und fuhr dann mit ihrer Arbeit fort. Ich erinnere mich, dass sich in der Kiste ausschließlich Pflanzen aus der mir damals unbekannten Familie der Schmetterlingsblütengewächse befanden, *Fabaceae.*

»Besenginster«, erklärte Tilly. Sie trug ihren Strohhut. Die Haut um ihren Mund war, seit ich sie zum letzten Mal gesehen hatte, noch faltiger geworden, was ihre geraden und weißen Zähne umso deutlicher beim Reden hervorscheinen ließ. »Wir ziehen ihn hier auf und pflanzen ihn dann im Wald wieder ein. Er verbessert stickstoffarme Böden. In seinen Wurzeln hat er Bakterien, die den Luftstickstoff binden können. Das ist sehr selten. Wollen Sie kurz übernehmen. Ich habe seit einiger Zeit Arthrose in meinen Fingern.«

Behutsam zog ich den ersten, zweiten und schließlich dritten Schmetterlingsblütengewächs-Sämling aus der feuchten schwarzen Erde. Ich tat jeden in einen eigenen Topf. Die Berührung mit der kühlen, feuchten Erde und dem überzarten und trotzdem kraftvoll kerzengeraden Stängel löste eine intensive, ungewohnte Empfindung auf meiner Haut aus. Man musste unbeschreiblich aufpassen, die winzigen Pflanzen nicht umzuknicken und sie so einzusetzen, dass ihre feinen weißen Wurzeln auch wirklich vollkommen bedeckt waren.

»Der Bestäubungsmechanismus des Besenginsters kann einzig von großen Hummeln ausgelöst werden, von keinem anderen Insekt«, erklärte Tilly irgendwann, während sie aufstand, ächzend ins

Hohlkreuz ging, so dass sie aussah, als wolle sie ihre Flügel ausbreiten und losfliegen, und den Blick auf die Wälder auf den steil ansteigenden Hängen ringsum schweifen ließ. »Nur wenn sich einer dieser großen Blütenbesucher auf die Flügel der Blüte setzt, wird das Schiffchen niedergedrückt, was veranlasst, dass fünf Staubblätter ihre Pollen an den Bauch des Insekts schleudern.«

Als ich schließlich sämtliche Sämlinge umgetopft hatte und die Uhr auf meinem auf lautlos gestellten Tracker checkte, war über eine Stunde vergangen. Sofort spürte ich das Verlangen, eine weitere Tablette zu nehmen, ich nahm um diese Zeit immer eine, Tilly hatte mich reingelegt, das Umtopfen war lediglich eine Strategie der Ablenkung gewesen. Aber obwohl mein Herz durch diesen Gedanken sofort rascher zu schlagen begann, so dass der Tracker stumm blinkte, wie mit zugehaltenem Mund, war es mir, als stände ich als eine andere Version meiner selbst unsichtbar neben meinem eigentlichen Ich. Für einen kurzen Moment wäre es möglich gewesen, in diese andere Version zu springen und in ihr zu leben, bevor sie sich auflöste und ich wieder in meinen vor Nervosität und Wut schwitzenden Körper glitt. In der Bibliothek holte ich eine Tablette aus der Tasche. Auf meinem Handy hatten mehrere Personen angerufen, von der Bank und von *Lacuna*, Samy war nicht darunter. Tilly sagte, ich könne mir gern etwas in der Küche zubereiten, sie esse und trinke permanent kleine Sachen, sie sei da wie ihre Pflanzen, wobei sie unter dem Strohhut, der mir in diesem Augenblick wie ein Blütenkelch erschien, fein schmunzelte.

»Wenn Sie wollen, können Sie mir später, gegen zwei Uhr, beim Ausasten im Wald helfen. Ich werde mich aber jetzt erst einmal ein bisschen zurückziehen.«

Kurz nach zwei Uhr begab ich mich in Richtung Wald. Werner, der bisher nicht in Erscheinung getreten war, stand zwischen zwei Bäumen, an deren Ästen ein kleines braunes Tier kopfüber aufgehängt war. Daneben befand sich ein Tisch mit einem Topf. Der Hase war an den Hinterläufen festgebunden, die Vorderbeine hatte er kerzengerade nach unten ausgestreckt, was seinem Aussehen etwas merkwürdig Menschliches verlieh. Seine langen Ohren baumelten von den Bewegungen, die Werner mit dem Messer an dem toten Körper vollführte, hin und her. Werner war dabei, seiner Beute das Fell abzuziehen. Ich kannte das von seinen Survival-Kursen. Obwohl es mich besonders enttäuschte, dass sich Werner bis jetzt noch gar nicht erkundigt hatte, wie es mir gehe, und ich mich umgehend über mein Verhalten und mein schnelles Beleidigtsein ärgerte, blieb ich stumm neben ihm stehen. Über den Tarnfarbenhosen trug er lediglich ein Unterhemd und schwitzte stark. Mit aller Kraft zerrte er gerade an dem letzten Stück Fell, das nun wie ein Mantel von dem vor Blut nassen dunkelvioletten Fleisch hing. In Werners Armen spannten sich die Sehnen.

»Messer liegt auf Schemel«, sagte er, ohne aufzuschauen.

Ich durchtrennte die letzten weißen Fäden der Epidermis, während Werner am Fell zerrte. Schließlich löste es sich mit einem leisen ratschenden Geräusch vollständig ab. An den Ohren des Tieres perlte ein rotes Rinnsal, das im Gras darunter eine Lache gebildet hatte. Werner schnitt den Brustkorb entlang und bog ihn knackend auf. Ich griff mit den Händen in das matschige Innere der Organe und dachte an Samy, der wohl Ähnliches jeden Tag erlebte und sich dabei wie ein Held vorkam. Er war kein Held. Er hatte seine Eltern im Stich gelassen. Er war aber mehr Held als ich, dessen größter Verdienst es im Leben war, eine Reihe von Avataren mitentwickelt zu haben, die in ein paar Jahren veraltet sein würden. Ich hatte –

»Na, was ist? Ziehen Sie's raus jetzt, Bastian!«

Werner wartete, dass ich meine Hände aus dem Tier nahm, damit er es zerkleinern konnte. Ich legte das schleimige Päckchen Innereien in den Topf auf dem Tisch. Werner säbelte die blutverklebte Kugel des Kopfes ab, der dumpf ins Gras plumpste. Ich wusste auf einmal, was ich zu tun hatte, und hackte die Schlegel vom Rumpf. Neben dem Topf stand eine Gießkanne. Ich säuberte die Organe und die Speiseröhre, die ihre Farbe verlor und durchsichtig wurde, bis sie nur mehr ein Schlauch war wie aus einer Kaffeemaschine.

Abends aßen wir den Hasen. Keiner sprach.

Nachts lag ich auf der Couch in der Bibliothek. Mein Herz schlug schneller. Ich würde eine Tablette benötigen. Ohne eine Tablette würde ich nicht einschlafen können. Was würde ich tun, wenn sich mein Vorrat an Tabletten zu Ende neigte?

Ich merkte, wie ich, auch ohne Tablette, von den Anstrengungen der ungewohnten körperlichen Arbeit müde wurde und mir die auf mich einstürmenden Gedanken nichts anhaben konnten. Gleich würde ich einschlafen. Sie konnten mir nichts mehr anhaben. Ich entglitt ihnen. Ich war entkommen.

Die folgenden Tage ähnelten sich. Mit Tilly pflanzte ich Sträucher, Blumen und Bäume, um den Wald und das Feld, die an den Hof grenzten, robuster gegen die Widrigkeiten des Klimas zu machen. Tilly erklärte mir, welches Gewächs dem Boden welche Nährstoffe entzog und zuführte. Welche Insekten und Käfer welche Bedeutung für die Bestäubung und das Gedeihen besaßen. Beiläufig erwähnte sie Namen. *Roter Hartriegel, Alpen-Aurikel, Wegwarte. Apfelblattsauger, Siebenpunkt, Braunwurzrüßler.* Jedes Mal, wenn ich eine weitere Pflanze oder ein weiteres Tier benennen konnte, befriedigte mich das aus irgendeinem Grund mehr als alle noch so ausgefeilten Skripte, mit denen ich die Eigenheiten von Berühmtheiten erforscht hatte, um sie in Avatare zu verwandeln. Tilly und ich wechselten ansonsten kaum Worte. Sie nickte nur, wenn ich selbständig die Sämlinge und Setzlinge, die wir in den Wald trugen, an den richtigen Stellen einpflanzte. Eines Morgens erwachte ich von einem Wärmesturm, der die trockenen Äste im Wald knacken ließ und von einem Moment zum nächsten erstarb, als hätte ihn jemand mit einem Knopfdruck ausgeschaltet. Werner begleitete ich täglich auf seinen Runden. Manchmal jagten wir und weideten Wild aus. Manchmal sammelten wir Pilze und Beeren.

Die Gedanken an alles, was geschehen war, verblassten. Ich zählte nicht mehr die Tage seit meiner Ankunft im Vierkanthof. Meine Kleidung aus der Tasche, die ich mitgenommen hatte, wusch ich mit der Hand im Keller. Ich erinnere mich, wie mir am dritten oder vierten Tag beim Ausasten auf einmal Brigitte wieder einfiel – und mir bewusst wurde, dass ich tatsächlich nun schon länger nicht mehr an früher gedacht hatte. Im ersten Augenblick war es ein Schock, als hätte ich am Flughafen kurz vor Abflug bei der Kontrolle bemerkt, dass ich meinen Pass vergessen hatte. Es war, als befände sich die Erinnerung nun wieder in meinem Kopf und würde jeden Moment zu wachsen beginnen, bis sie erneut ganz Besitz von mir ergriff. Ich hielt die Luft an. Ohne auf mich und meine offensichtliche Verwirrung zu achten, entfernte Werner weiter totes Gestrüpp aus dem ausgedörrten Unterholz. Ein Vogel schrie. Die Blätter an den Bäumen zitterten raschelnd im Wärmewind. Dann erlosch die Erinnerung mit einem Schlag. Ja, es war, als werde Seite um Seite, Zeile um Zeile meine Geschichte getilgt. Wie eine schwere Last fiel sie von mir ab. Ich war erlöst. Ich hatte eine Frau. Nein. Ich hatte eine Frau gehabt. Ich wohnte in *Strawberry Fields*. Nein. Ich hatte dort gewohnt. Ich war Skripter. Gewesen.

Eines Morgens teilte mir Werner mit, am nächsten Tag fände ein einwöchiger Survival-Kurs mit zehn Teilnehmern statt. Ich erwartete bereits, dass er mich deshalb bat, Bischofswiesen zu verlassen. Stattdessen fragte er mich rundheraus und ohne ein Anzeichen dafür, dass es sich um einen Gefallen handelte, ob ich ihm assistieren wolle. Um offiziell zertifizierte Survival-Kurse zu geben, brauche es eine in Anwesenheit einer Kommission durchgeführte Prüfung; aber nirgendwo stehe geschrieben, dass ich ihm nicht zur Hand gehen dürfe. Er traue es mir zu. Der gemischte Kurs war mein erster enger Umgang mit Menschen seit langer Zeit. Als ich merkte, dass ich den Teilnehmern mein Wissen vermitteln konnte und sie mir aufmerksam zuhörten, gab mir das Kraft. Ich sprach ungewohnt viel. Manche Teilnehmer wollten Small-Talk machen, den ich höflich, aber entschieden abblockte. Nie hatte ich das Bedürfnis, mehr über die Banker, Lehrerinnen, Einzelhandelsverkäufer oder IT-Fachkräfte zu erfahren oder was gerade in der Welt vor sich ging. Der Umgang mit ihnen funktionierte, solange wir über das Leben in der Wildnis und Möglichkeiten der Selbstverteidigung sprachen. Es gelang mir sogar, zu lachen und mich für sie zu freuen, wenn sie es schafften, zum ersten Mal ohne Hilfe ein Feuer zu entzünden. Sobald sie sich jedoch auf die immer gleiche Art, entweder verdruckst-beiläufig oder aufdringlich-selbstsüchtig, anschickten, von sich und ihrem Alltag zu berichten, den immer gleichen Problemen, verlor ich das Interesse an ihnen. Manche bekundeten ihre Sorge wegen der aktuellen Weltsituation. Auch das ließ mich gleichgültig.

Die Wahrheit war, dass den Menschen nicht zu helfen war.

Der Kurs war ein Erfolg. Nach der Woche bedankten sich alle Teilnehmer bei Werner, Tilly und mir. Wir drei wurden als eine Einheit betrachtet, das gefiel mir. Nach diesen Tagen, nach denen wieder Ruhe einkehrte, fuhren wir mit unseren Beschäftigungen fort wie bisher. Dennoch wusste ich, dass irgendwann der Moment kommen würde, da wir, wenn schon nicht über die Vergangenheit, über die Zukunft reden müssten. Und so war ich zwar innerlich vorbereitet, als Werner und Tilly eines Tages nach dem Abendessen ihre Teller nicht wie sonst in die Küche trugen, sondern sitzen blieben, und Werner den Blick auf mich richtete; doch ich merkte auch, wie viel Angst ich davor gehabt hatte.

»Ich kann nicht. Ich kann nicht zurück«, kam ich Werner zuvor. Ich rang nach Luft und sah diesen beiden Menschen ins Gesicht, die mich aus Gründen, die mir unbekannt waren, so bereitwillig bei sich aufgenommen hatten. Am Ende waren sie doch Fremde. Fremde, in deren Händen nun, wie ich spürte, mein weiteres Schicksal lag. Ich hustete.

Tilly schaute fragend zu Werner. Sie hatte ihren Hut abgelegt. Ihr kantiges Gesicht war deutlicher zu erkennen als sonst. Ich wollte nicht die Fassung verlieren.

»Wir haben Sie gern bei uns, Bastian. Das wissen Sie.« Werners Züge wurden hart. »Aber Sie müssen wieder ein eigenes Leben …«

»Nein.« Mit einem Mal wurde die Angst vor dem Abschied von Bischofswiesen, der doch stets außer Frage stand, da er unvermeidlich war, zur nackten Panik, die meine Glieder erstarren ließ, als würde ich gefesselt. Ich konnte nicht mehr zurück nach *Strawberry Fields*. Zumindest, so viel wusste ich. Und sah ich Werner in die Augen, war klar, dass er mir recht gab. »Ich werde nicht zurückgehen«, bestätigte ich mir meinen Wunsch selbst. Wie immer, wenn wir in diesem Raum saßen, hallten unsere Stimmen von den breiten Kacheln des Steinbodens und den kahlen hohen Wänden wider, was den Wörtern ein größeres Gewicht verlieh, als eigentlich beabsichtigt. Ich spürte, dass der Beschluss, den ich in den nächsten Sekunden fällte, mein gesamtes restliches Leben von Grund auf bestimmen würde. Ein Plotpoint.

»In Ordnung.« Werner dachte nach.

»Haben Sie denn Freunde oder Verwandte, zu denen Sie könnten? Sie erwähnten einmal Ihren Sohn.« Ich spürte Tillys Mitgefühl. Sie hatte weiter die Hände auf dem Tisch verschränkt, als bete sie. Ich sehnte mich danach, dass sie mir über die Hand streichelte. Wie Brigitte früher. Dann gelang es mir, den Wunsch danach wegzudrücken. Tatsächlich hatte Ilie mir bei einem unserer letzten Telefonate vorgeschlagen, zu ihm und Jody nach Zürich zu ziehen. »Also, so WG-Style«, hatte er erklärt, hörbar berauscht von der Vorstellung. »Unser Flat ist riesig. Ne Mezzanine. Einen kleinen Ilie wird's eh nicht mehr geben. Platz ist also endlos da. Du unten, wir oben. Wäre doch cool, oder?« Während er davon sprach, hatte ich sofort den drängenden Wunsch gespürt, zuzustimmen. Es wäre vielleicht gut geworden. Es wäre vielleicht sogar sehr gut geworden. Ein Neubeginn in einer angenehmen Stadt mit meinem besten Freund. In dieser Umgebung wäre in kürzester Zeit wieder alles schnell beim Alten gewesen, zumindest annähernd. Sicherlich hätte ich, vielleicht auch durch die Vermittlung Ilies, einen einigermaßen okayen Job gefunden. Ich hätte im Home-Office mit Blick aus dem Panoramafenster gearbeitet. Abends hätten wir, wenn wir wollten, zu dritt gekocht, Wein getrunken, intellektuell anregende Gespräche geführt oder einfach Quatsch gemacht oder uns in Ruhe gelassen. Und der Tod meiner Partnerin bedeutete nicht, dass ich nicht noch einmal jemand Neues treffen könnte. Wenn es jemand gab, der mich erfolgreich verkuppeln konnte, war das Ilie. Ich spürte, wie in diesem Moment etwas in mir die Fühler oder Zweige ausstreckte, wie nach einem hellen, wärmenden Licht. Und im selben Moment wusste ich, dass ich das nicht wollte. Ich wäre mir selbst nie wieder entkommen. Diese Villa Kunterbunt-Utopie war nicht die Lösung, sondern Teil des Problems. Die Zeit des *Klubs der Katze* war abgelaufen. Wir klammerten uns wie so viele meiner Generation aneinander, weil wir uns wünschten, die Epoche, der wir entstammten und deren Werte, Regeln und Realitäten wir jenen der Gegenwart vorzogen, würde durch unsere Treffen und Telefonate fortdauern – obwohl sie doch unwiederbringlich vergangen waren.

»Nein«, antwortete ich. »Ich … habe … Ich kann nirgendwo hin.«

Ich erwartete, dass meine Gastgeber mir sofort widersprechen würden. Stattdessen sah Tilly Werner wieder fragend an. Plötzlich kniff er die Augen zusammen, als würde er durch sie hindurch in einen Raum schauen, in dem trotz Rauchs Umrisse von etwas Wichtigem, Wertvollem zu erkennen waren. Dann wandte er sich mir zu.

»Es gebe da etwas«, sagte er. »Möglicherweise.«

Werner besaß Kontakte zu einer Reihe von anderen Survival-Tutoren, auch im Ausland. Er selbst jedenfalls schien bereits weit herumgekommen. Manche Hütten und Höfe wurden von Werners Bekannten als eine Art Trainingscamp betrieben, manche waren ungenutzt, aufgegeben oder standen leer. Nachdem Werner herumgefragt hatte, kamen zwei Orte in Betracht, einer an der Masurischen Seenplatte in Polen, der andere im Nordwesten Norwegens. Es handelte sich um sogenannte Refuges, mein Großvater hätte wahrscheinlich Einsiedeleien dazu gesagt, ausgestattet mit Ställen für Kleinvieh sowie einem Feld für den Anbau von Gemüse und Getreide. Obwohl Wildnis, bot die Umgebung bei entsprechendem Wissen und Können ausreichend Mittel für ein bescheidenes Leben. Ja, der beschleunigte klimatische Wandel der vergangenen Jahre hatte die an sich kargen und im Winter unwirtlichen Gegenden in einigermaßen fruchtbare Landschaften verwandelt. Der Boden wäre für die Kultivierung von Rüben geeignet, der Einsatz eines Transformators und somit ein langfristiger Aufenthalt für einen im Überleben Geübten wie mich prinzipiell möglich. Schon seit vielen Jahren hatte es im norwegischen Bindal kaum geschneit.

Als Werner mir davon erzählte, stellte sich für mich gar nicht die Frage nach dem Ob, sondern nur nach dem Wann. Der winzige Hof im Landesinneren der Provinz Nordland hatte gegenüber der größeren Anlage in Polen den Vorzug, dass sich durch ihre abgeschiedene Lage die Begegnung mit Menschen auch auf Jahre hinaus vermeiden ließ. Bindal, das war die Menschenleere. Bindal war mein Ziel.

Ich musste in den folgenden Monaten, in denen ich regelmäßig bei Werners Survival-Kursen assistierte, noch einige Male zurück nach *Strawberry Fields*. Überraschenderweise machte es mir weniger aus als gedacht. Es war, als betrete ich ein Spukhaus, noch immer bewohnt von den Gespenstern der Vergangenheit, zu denen auch ein Mann in seinen Mittfünfzigern mit der durchschnittlichen Karriere eines Privilegierten zählte, der einmal ich gewesen war. Bei meinen Besuchen schaltete ich in allen Zimmern das Licht an, trug die verschimmelten Essensreste nach draußen und räumte, ohne zu zögern, jene persönlichen Gegenstände in Umzugskartons, die ich noch Monate zuvor nicht gewagt hätte, um einen Zentimeter zu verrücken. Draußen beobachteten mich Nachbarn hinter einbruchs- und schusssicheren Fenstern, während Sicherheitskameras, die sie vor Einbrüchen schützen sollten, sie beobachteten. Keiner traute sich, mich anzusprechen, um nicht eine emotional unerfreuliche Situation herbeizuführen oder eventuell etwas Unpassendes zu tun. Die während des Aufladevorgangs leise summenden Autos vor den Garagen trugen Aufkleber, die die ideologische Gesinnung ihrer Fahrer ausstellten. Kinder passierten mit dem gepanzerten Schulbus die Security-Schleuse, um in die Heile-Welt-Atmosphäre der Siedlung und ihre unbeschwerte Kindheit zurückzukehren, während sie auf die Bilder in ihren Datenbrillen und Fantasiewelten starrten. Draußen kreisten Drohnen. Es brannte. Den Verkauf des Hauses übernahm eine Maklerin, mit der ich virtuell kommunizierte. Eventuell handelte es sich um einen Avatar. Soweit ich weiß, zog eine nicht mehr ganz junge Familie mit einem kleinen Jungen ein, so wie wir einst eine gewesen waren. Ich ließ den Hof in Bindal von einem Team vor Ort neu herrichten, Geflügel, eine rudimentäre Ausrüstung und einen Jeep zum Transport kaufen, Rübenfelder anlegen und einen Transformator in den Keller schaffen.

Mit Werner trainierte ich härter denn je. Wir sprachen nicht über die Dauer meines Aufenthalts in Bindal. Aber ich denke, er wusste, dass ich eine Rückkehr ausschloss. Diese Aussicht, mich auf eine Art Kampf auf Leben und Tod einzulassen, war nach langer Zeit etwas, das mich in Erregung, ja, beinahe Euphorie versetzte. Auch meine Gastgeber schienen von dem Gedanken beflügelt, dass ich, den sie vielleicht auch als ihr persönliches Projekt betrachteten, mich einer Art inoffiziellen, ultimativen Test unterziehen würde, ob ihr Unterricht auch unter wirklichen Bedingungen Früchte zeigte. Tilly war diejenige gewesen, die gesagt hatte, genauso wichtig wie die körperliche und geistige Fitness sei für mein Überleben, eine Aufgabe zu erfüllen. Ohne lange zu zögern oder auf meine Reaktion zu warten, fuhr sie fort, sie schlage vor, ich solle die Fauna und Flora dort katalogisieren, sie werde mich darauf vorbereiten. Ich solle den präzisesten Katalog dieses Flecken Erde erstellen, den es gebe. Ihre Augen waren in diesem Moment von der Krempe ihres Huts verschattet. Ich sah nur ihr Schmunzeln, das wie das Grinsen der Cheshire Cat in der Luft hing.

»Sie müssen es mir allerdings versprechen, Bastian. Ich muss mich auf Sie verlassen können.«

Für eine Sekunde wollte ich abwehren. Natürlich war das eine letztlich sinnlose und vollkommen absurde Tätigkeit, meldete sich sofort meine innere Stimme. Aber vielleicht irrte ich mich auch. Durch die sprunghaft steigenden Temperaturen und die Dürre allerorts galt es mehr denn je, das im Verschwinden begriffene Erbe der Erde zu katalogisieren. Das Personal dafür war knapp.

»Und noch etwas«, fügte sie hinzu.

»...?«

»Nehmen Sie nur Dinge mit, die absolut lebensnotwendig sind. Also, auch für Ihre Aufgabe. Natürlich. Aber ansonsten: kein Ballast. Ja?«

Tilly streckte mir ihre fleckige Hand entgegen.

Ich legte meine Hand in ihre, und Tilly ergriff sie fester, als ich es ihr zugetraut hätte. Seit diesem Augenblick habe ich Wort gehalten. Auch wenn es mir immer noch unerklärlich ist, warum ich den Abi-Pullover mitgenommen habe. Oder war er am Ende doch in einer Art lebensnotwendig, die ein Teil von mir damals, beim Packen, erahnte?

Am 2. März 2039 flog ich von München nach Oslo. Tilly und Werner hatten mich mit meinem Gepäck am Flughafen abgesetzt, ohne auszusteigen. Die paar Kisten mit Kleidung und persönlichen Gegenständen, die ich nicht wegwerfen wollte, hatte ich vorausgeschickt. Wir gingen davon aus, uns nie wiederzusehen. Ich war bereit für mein neues Leben.

UND
FRIEDEN

Ich habe den Schuppen wieder instand gesetzt. Teile des Daches waren unter den Schneemassen eingebrochen. Auf den Jeep waren Bretter gefallen, trotzdem hat er keinen Schaden genommen. Als ich den Starter drückte, hallte das Knattern der Zündung über die Lichtung. Ich fuhr ein paar Meter aus dem Schuppen hinaus und wieder hinein. Ein seltsames Gefühl, nach so langer Zeit wieder in einer Maschine aus Metall zu sitzen, die rollt. Es kam mir vor wie etwas, das gegen die Gesetze der Natur verstößt und deswegen Unheil zur Folge hat. Nachdem ich den Motor ausgeschaltet hatte, gackerten die Hühner noch eine Weile aufgeregt weiter. Es sind noch neun Hühner und ein Hahn am Leben. Ich habe schon länger kein Tier mehr verloren. Sorgen bereiten mir die Rüben. Bin bei meiner Ernte beim letzten Tunnel angelangt. Als ich gestern den allerersten Tunnel überprüfte, den ich vor acht Monaten abgeerntet hatte, waren die Rüben darin noch nicht ausreichend gewachsen. Werden noch zwei, drei Wochen brauchen. Das wird bald zum Problem, da meine Vorräte sehr wahrscheinlich schon vorher zur Neige gehen, falls ich nicht noch mehr rationiere. Der Transformator zeigt weiterhin keinerlei Verfallserscheinungen. Aber sein Brummen variiert in den Höhen in unregelmäßigen Abständen, was auf den Beginn eines größeren Schadens hindeuten könnte. Das Geheul der Wölfe ist verstummt. Wo sind sie? Tot? Weitergezogen? Die Schneedecke würde mich wahrscheinlich tragen. Ich will trotzdem keine Ausflüge unternehmen. Was, wenn ich stürze?

Ich weiß nicht, warum ich die Datei mit meinem Bericht, meinen Erinnerungen, meiner Lebensbeichte, was auch immer, wieder geöffnet habe, und noch weniger, weshalb ich sie jetzt auch noch mit diesen Nichtigkeiten fortsetze. Als ich vor drei Wochen den Text beendet hatte, hatte sich Erleichterung in mir breitgemacht. Das Schreiben hatte mich durch den Winter gebracht. Ich bin mir nicht sicher, ob ich diese acht Monate unbeschadet überstanden hätte, wenn ich nicht jeden Morgen den Computer hochgefahren hätte. Als ich die Datei dann zum – wie ich damals dachte – letzten Mal abspeicherte, war dieser Satz in mir aufgetaucht: *Jetzt ist es aus deinem System raus.* Eine Zeitlang traf das auch zu. Es tat gut, wieder zu jenem Leben zurückzukehren, das ich über vier Jahre lang geführt hatte, und sich mit neuer Kraft und wie befreit um die Dinge des Alltags zu kümmern. Doch das war falsch. Ein Irrtum. Bereits an einem Abend der ersten Tage, an denen ich nicht mehr geschrieben hatte, kamen mir wieder Szenen und Figuren aus meinem Text in den Sinn. Es war mitnichten so, dass das Manuskript auf meiner Festplatte lag und damit Ruhe eingekehrt war. Dachte ich an die vielen vollgetippten digitalen weißen Seiten, sah ich ein unförmiges Wesen vor mir, das auf unerklärliche Weise weiter in den vermeintlichen Tiefen des alten Rechners lebte. Der Text pulsierte matt, als sei Leben in ihm, obwohl er doch abgeschlossen und die Geschichten darin auserzählt waren. Möglich, dass das genau der Punkt ist: Sie sind es nicht. Sie gehen weiter. In diesem Moment. Die Geschichte Ilies, Maditas und Samys. Werners und Tillys. Genau jetzt, da ich diese Zeilen schreibe.

Habe gerade die Hühner gefüttert. Im Korb liegen vier Eier. Wenn ich

Muss bald wieder in den Wald, um dort die Flora zu überprüfen. Der Schnee beginnt zu schmelzen. Denke, ich werde

Es ist alles wegen diesem Manuskript. Hätte es nie schreiben sollen.

Kann nicht aufhören, an die Menschen in meinem Text zu denken. Leben sie noch? Habe heute Morgen mit Ilie gesprochen und gescherzt wie früher. Lache und boxe ihn zum Spaß in die Schulter und stehe dann von einer Sekunde zur nächsten im Stall und inmitten der Hühner, halte den Futterkorb in den Händen. Wie ein Irrer. Habe mich und meine Umgebung vergessen vor lauter Erinnerung, und die Hühner schielen mich erstaunt und blöd an.

Plötzlich ist er dagestanden. Dachte erst, wieder Halluzination. Er war magerer, als ich es mir ausgemalt hatte. So wie der ganze Moment anders und weniger schrecklich war, als ich gedacht hatte. Ich war auf dem Weg vom Stall zur Hütte. Er trottete gerade über die Lichtung und blieb stehen, als ich ihn erblickte. Ein Tier, an dem das eigentlich Entsetzliche nicht sein Gebiss oder seine Schnelligkeit war, sondern wie abgemagert er war. Wie hatte er den Winter überlebt? Das hier war seine letzte Chance zu überleben. Das war klar. Er war viel zu schwach, um ein größeres Tier zu reißen. Hühner, das ging noch. Eigentlich hatte ich schnell feuern wollen. Vielleicht war ich zu verwirrt von den Dingen, die in den letzten Tagen geschehen waren. Langsam hob ich den Big Boy. Das gab dem Wolf Zeit. Er schlich vorwärts, durch das tote, graue Gras. Auf einmal war er verschwunden. Erst da realisierte ich, in was für eine Gefahr ich mich selbst gebracht hatte. Mein Herz begann zu rasen. Ich entsicherte das Gewehr. Da tauchte er wieder auf, viel näher als ich es für möglich gehalten hatte. Jetzt rannte er – auf mich zu? Zum Stall? In ein Versteck? Der erste Schuss hallte lange über die Lichtung. Er hatte ihn nicht getroffen. Und er hatte ihn auch nicht verscheucht. Das Hinterteil des Tiers tauchte kurz zwischen den Grasbüscheln auf. Wieder zielte ich, schoss. Ich ging in die Hocke, zitterte. Nur der Wind pfiff noch. Kein Halm rührte sich. Vorsichtig ging ich zu der Stelle, wo der Wolf liegen musste. Er lebte noch. Seitlings lag er da, seine Flanken hoben und senkten sich schnell, aus dem Maul sickerte Blut. Die kleinen Augen in dem knöchernen Schädel drehten sich nach mir. Obwohl er eigentlich keine Kraft mehr dazu haben konnte, kam jetzt ein böses Knurren tief aus dem Körper, dem jede Sekunde mehr das Leben entwich. Ich sah ihm zu, wie er starb. Irgendwann brach sein Blick, der mich fixierte. Voller Hass. Ich weiß nicht, warum, aber ich brachte es nicht über mich, den Kadaver wegzuschaffen oder auch bloß zu berühren. Er liegt noch immer da. Dort, wo die Fliegen schwirren. Etwas, das im Frühling verwest.

Muss was unternehmen. Madita war gerade hier, in der Hütte. Bin vorhin aufgewacht, und sie stand da, am Ende meines Betts. Hat mir auf ihre Madita-Art auffordernd zugenickt. Ist alt geworden. Habe instinktiv den Big Boy genommen und auf sie angelegt. Wahnsinn. Habe das Licht angeschaltet, und sie war weg. Natürlich alles Einbildung. Aber kann mir ausmalen, was passiert, wenn das so weitergeht. Es ist jetzt drei Uhr früh. Wenn ich

Weiß nicht, ob ich

Wenn ich diesen letzten Eintrag beendet habe, werde ich den Computer in den Karton packen. Neben ein paar Kleidungsstücken wird er das Einzige sein, was ich von hier mitnehme. Janne hatte sich kaum verändert, als ich ihn gestern Nachmittag nach all den Jahren wiedersah. Die Fahrt zur Wetterstation gestaltete sich einfacher als gedacht. Dreimal musste ich wegen umgestürzter Bäume anhalten. Als der letzte sich nicht von der Piste bewegen ließ und die Räder des Jeeps im Matsch durchdrehten, wollte ich schon aufgeben, wobei ich merkte, wie sehr ich insgeheim genau darauf gehofft hatte: aufgeben zu dürfen. Aber dann löste sich der Stamm, und der Rest der Strecke war bis auf ein paar Eisflächen und Schlammlöcher ohne größere Unterbrechungen passierbar. Schon von weitem konnte ich am Horizont über den auf und ab wackelnden Wipfeln den langen, geraden Funkmast der Station erkennen, unter dem dann einige Minuten später die weißen Schalen der Parabolantennen hervorwuchsen. Die Station existierte also noch. Als ich draußen läutete, glaubte ich für eine Sekunde lang mit klopfendem Herz, während sich hinter der getönten Glasscheibe der Tür aus der halbdunkeln Tiefe des Flurs die Umrisse eines Menschen schälten, es handele sich vielleicht erneut um eine Halluzination, bis mir Janne höchstpersönlich, mit Latzhose, Vollbart und rotem Kopf, wie eh und je öffnete. Bei meinem Anblick erstarrte er. An seinem mehr ängstlichen denn verwunderten Gesichtsausdruck konnte ich ablesen, dass er sich nicht ganz sicher schien, ob da nicht ein Gespenst Einlass verlangte.

»I don't believe this!«, sagte er und schob ein »Fuck« hinterher.

Es war mir in diesem Moment, da mich zum ersten Mal seit drei Jahren wieder jemand ansah und mit einer menschlichen Stimme ansprach, so, als sei ich in all der Zeit davor nicht vollständig auf dieser Welt gewesen und erst jetzt, dadurch, dass mich Jannes Blick traf und mir Worte entgegnet wurden, wieder ganz vorhanden.

Zunächst brachte ich keinen Laut heraus, so sehr zog mich die Erscheinung des Menschen vor mir in ihren Bann. Es war eine Sache gewesen, mir acht Monate lang in meinem Text Menschen vorzustellen und mit ihnen zusammen die Szenen von einst zu durchleben; doch es war etwas ganz anderes, nun einem Baum von einem Mann wie Janne leibhaftig gegenüberzustehen. Er hob seinen dicken Arm mit den fingerlosen Handschuhen, instinktiv duckte ich mich weg, da grinste er breit. Und wie um sich zu überzeugen, dass er sich mich nicht einbildete, klopfte er mir kräftig auf die Schulter und riss mich schließlich lachend an sich.

»You live, motherfucker! You live! Fuck!«, jubelte er grölend.

Etwas löste sich in mir.

»Ja«, schluckte ich und musste heiser mitkichern. »Ja.«

Bei Einbruch des Winters vor acht Monaten waren bis auf zwei Mitarbeiter alle anderen in die nächstgrößere Siedlung aufgebrochen. Janne und seine beiden Kollegen hatte alle Hände voll zu tun, die Antennen trotz der Kälte funktionstauglich und somit die Fernkommunikation aufrechtzuhalten. Hin und wieder, so Janne auf dem Weg durch die Flure der Station, habe er sich gefragt, was wohl aus dem verrückten Motherfucker im Wald geworden sei. Irgendwann war er aber zu der Erkenntnis gelangt, dass keiner unter diesen Umständen in der Wildnis überleben könne. Das Problem sei ja nicht nur die Ernährung, sondern auch, dass man in dieser Einsamkeit aus Eis und Schnee nicht völlig durchdreht und den Verstand verliert. Er wisse, wovon er rede, wobei er sein fleischiges Gesicht zur Grimasse eines Wahnsinnigen verzog und sofort über sich selbst in schallendes Gelächter ausbrach. Als er sich wieder beruhigt hatte, fuhr er fort, dass ich diesen, den Verstand, jedoch allen Anschein noch besäße, *Fuck*. Es klang allerdings eher so, als wolle er sich bei mir versichern, dass dem auch wirklich so war.

Auf den Böden der Fluren lagen Speisereste und Kleidungsstücke, an den Wänden stapelten sich Kartons und technische Geräte. Die Türen zu den fensterlosen Kojen des Teams standen angelehnt. Sie waren verlassen. Immer wieder glitt ich in eine andere Wahrnehmung; erschien mir die ungewohnte Umgebung der Station wie das Produkt meiner Einbildung oder eine Szene aus meiner Vergangenheit, die nun in meinem Gedächtnis auftauchte, ohne dass ich sie einzuordnen vermochte. Als Erklärung dafür, dass ich entgegen all meiner Beteuerungen nun doch hierher gekommen war, hatte ich Janne jene Sätze gesagt, die ich mir in meiner Hütte und auf dem Weg wieder und wieder in der richtigen, das heißt in der in meinen Ohren einigermaßen glaubwürdigen und beiläufigen Formulierung, zurechtgelegt hatte: Ich müsse Werner dringend etwas per Mail mitteilen. Der Winter habe einige Reparaturarbeiten nötig gemacht, für die ich Material benötige. Als ich zu Boden schaute, damit Janne nicht merkte, dass ich log, kratzten die Wörter in meinem Rachen.

Janne überließ mir einen Computer in einer der Kojen. »Welcome to the Stone Ages«, schnaufte er, als er, auf dem Boden hinter dem klapprigen Schreibtisch kriechend, irgendwelche Kabel und Ausgänge miteinander verstöpselte. Im Kontrollraum verfüge man natürlich über die neueste Technik, aber für den privaten Gebrauch habe man hier Modelle von vor tausend Jahren stehen, *Fuck*. Ein Wunder, dass das eine mit dem anderen überhaupt noch kompatibel sei. Es war merkwürdig zu sehen, wie schnell meine Gegenwart für ihn plötzlich wieder vollkommen normal geworden war und er in seine alten Gewohnheiten verfiel, während er, ächzend auf allen vieren, für mich weiterhin etwas von einer fremden Spezies besaß. Schließlich trampelte er davon. In den Fluren mit ihren metallenen Wänden verhallten seine Schritte.

Als ich die Seite mit den Schlagzeilen, die mich eigentlich gar nicht interessierten, aufrief, schlug mein Herz, als wolle es zerspringen. Obwohl ich viele Namen und Begriffe nicht kannte, ähnelten die Meldungen dann doch jenen bei meiner Abreise. Immer noch herrschte in den meisten Ländern Bürgerkrieg, die Trockenheit hatte noch mehr zugenommen, ein Großteil Venedigs war unwiderruflich im Wasser versunken, eine Seuche war ausgebrochen, sie tobte vor allem in Asien. Als stehe ich an der Küste eines tosenden Meeres, wehte mir für Sekunden eine Bö entgegen. Eine Bö aus Aufregung, Angst und besorgtem Murmeln. Es war merkwürdig. Denn so sehr mich die Ereignisse und der mir nur allzu bekannte hysterische Ton der Berichte abstießen, merkte ich doch, wie sehr ein Teil von mir absurderweise beides vermisst hatte.

Ich gab den Namen Ilie Popescu ein und hielt den Atem an, während sich die Seite aufbaute. Er lebte noch, er war zum Senior Partner seiner Firma aufgestiegen, *married, one son,* stand da in seinem offiziellen CV. Auf dem Foto trug er einen schlohweißen Dreitagebart und hatte das Hemd zu weit aufgeknöpft, im Gesicht immer noch sein Hey-das-bin-ich!-unglaublich-oder?-Kindergrinsen, das ich so gut kannte. Ich tippte den Namen Madita Baumann ein. Sie hatte sich selbständig gemacht, leitete eine Praxis für Kinderpsychologie, Schwerpunkt Traumatherapie. Auf dem Foto lächelte sie stark und strahlend, trotz ihrer kurzen grauen Haare wirkte sie überraschend jung. Sie trug wieder ihren Nasenring, wie damals als Jugendliche. Ich ertappte mich dabei, wie ich zurücklächelte. Ich atmete mehrmals durch. Jetzt gab ich den Namen Samy Klecka ein. Mir wurde schwindlig. Ausgerechnet jetzt brauchte die Seite ewig, um sich aufzubauen. Ich kriegte keine Luft mehr. Er arbeitete immer noch für *Menschen,* ich doppelklickte, er fuhr mit seinem Team im Jeep durch eine Steppe, er hatte Brigittes Gesicht, es war mir noch nie derart ins Auge gestochen wie jetzt, er verarztete kranke Kinder in den Siedlungen, er setzte dabei eine seltsame Brille auf, deren Nutzen ich nicht begriff und die vielleicht in den vergangenen Jahren erfunden worden war, er hatte abgenommen, war nicht mehr so muskulös wie früher, war er krank?, er schaute besorgt in die Kamera und mir in die Augen, wie krank war er?, aber er war am Leben, er lebte, erst jetzt merkte ich, wie viel Angst ich vor diesem Moment gehabt hatte, ich musste eine Pause machen. Ich stützte mein Gesicht in meine feuchten Hände.

Seine Handynummer war immer noch intakt. Ihn anzurufen widersprach dem Plan, den ich mir zurechtgelegt hatte. Ich hatte mir fest vorgenommen, lediglich zu checken, wie es mit den Figuren aus meinem Text weitergegangen war, ohne dabei allzu emotional zu werden. Eine Übersprungshandlung. Instinktiv suchten meine Finger nach dem Videocall-Link auf dem Monitor und tippten Samys Adresse ein, die ich noch zu meiner eigenen Überraschung wusste.

Als er dann abnahm, befand er sich in einem mir unbekannten Zimmer, vielleicht die Wohnung eines Patienten, der Bildausschnitt gab den Blick auf ein nicht gemachtes Bett mit Puppen frei, er schaute gerade nach einem Kind, es quäkte und kicherte im Hintergrund. Er brauchte ein paar Momente, bis er mich erkannte und sein professioneller Gesichtsausdruck auf einmal seinem privaten wich. Er konnte nicht sprechen. Auch ich sagte nichts, nickte nur stumm, sah mich selbst mit seinen Augen. Ich hatte kurz vor der Abfahrt in den Spiegel geschaut, das Gesicht mit dem weißen Zottelbart, der Narbe unter dem rechten Auge von dem Unfall damals im Hühnerstall. In diesem Moment war ich Samy. Empasthian. *Warum meldest du dich erst jetzt? Wo warst du? Wo bist du gewesen? Ich dachte, du seist tot.* All das.

»Papi?« Samy unterbrach meinen Gedankenstrom. Er flüsterte. Ungläubig. »Papi!« Freudig.

Ich spürte, wie etwas mit mir geschah. Das ist ein abgegriffener Ausdruck, aber ein anderer, treffenderer will mir nicht einfallen. Es ereignete sich etwas mit mir? Etwas passierte? Ich hatte auch gar keine Zeit, in mir nachzuspüren, was genau das war, denn im gleichen Augenblick drängte sich unter dem Arm Samys ein Kind hervor, das Kind, das vorhin im Hintergrund zu hören gewesen war, vielleicht fünf Jahre alt, ein Mädchen mit schulterlangem blonden Haar, das neugierig in die Kamera und auf mich lugte.

»Daddy, wer ist das?«, fragte es.

Samy schaute es an. Meine Beine begannen zu zittern, wie sie es noch nie getan hatten. Sie schlackerten unkontrolliert, als gebe der Boden unter mir nach. Ich schluckte. Das Mädchen sah aus wie Brigitte auf ihren Kinderfotos.

»Das ist Leona.« Samy sah mich ernst an. Seine Unterlippe zitterte.

»He!«, rief das Mädchen empört. »Du sollst mich nicht so nennen! Hab ich dir schon tausendmal gesagt! Ich heiß Leo! LEO!!«

Da geschah es, dass Samy und ich uns kurz angrinsten, obwohl wir weinten. Ich wusste jetzt, was gerade mit mir passiert war. Ich sah alle Geschichten. Ilies Geschichte, Maditas Geschichte, Samys Geschichte, die Geschichte meiner Enkelin. Sie waren dünne schimmernde Fäden. Ich spürte meine Geschichte, ich hatte sie lange nicht mehr gespürt. Wie sie mit all den anderen Geschichten verbunden war und zusammenhing, wie ein Netz.

In das man sich aus großer Höhe fallen lassen könnte. Es würde mich halten.

Ich besitze noch kein Ticket. Ich werde zu dem kleinen Flugplatz nach Rørvik fahren. Ich gehe davon aus, dass trotz der aktuellen Krisen weiter Flugbetrieb zwischen Oslo und Hamburg herrscht. Samy sagte, er befinde sich zurzeit in Zone 5, das heißt in der Nähe von Hannover. Als ich ihn nach dem Weg zu ihm und seiner Familie gefragt habe, stutzte er nur kurz und versuchte gleich im Anschluss, während er mir sachlich und präzise die Routen beschrieb, sich seine Freude nicht anmerken zu lassen. Zumindest protestierte er nicht.

Vorhin öffnete ich die Tür des Stalls. Zögerlich, als trauten sie dem Frieden nicht, stakten die Hühner ins Freie, bis sie zwischen den mittlerweile schon wieder hohen, grünen Gräsern der Wiese verschwunden waren, wo es überall noch gluckst und gluckert von den in der Wärme schnell abschmelzenden letzten Schneeflecken. Ich habe die Folianten mit den getrockneten Pflanzen und den Karteikarten, die ihre Namen verzeichnen, das Werk meiner Jahre hier, in Plastiktüten verpackt und dann in die Truhe gelegt. Für den, der einmal hierher kommen wird. Meinen Nachfolger. Es war wieder einmal fast wie eine Szene aus einem jener Filme, auf die ich in meinem Manuskript immer wieder Bezug genommen hatte. Doch zu meinem eigenen Erstaunen frustrierte mich der Gedanke, zum x-ten Mal unoriginell gewesen zu sein, nicht wie sonst, sondern amüsierte mich. Man entkommt sich nicht. Man könnte es auch so sagen: Ich hatte mich selbst eingeholt.

Danach stieg ich in den Keller und drückte auf den Aus-Knopf des Transformators. *Game over, motherfucker.* Mit einem letzten Rütteln und endlich mit einem ächzenden Geräusch, als sei er schon seit Jahren unbeschreiblich müde und dürfe nun endlich schlafen, erstarb der Apparat, der fünf Jahre lang mein Überleben ermöglicht hatte.

Ich merke, wie ich auch jetzt, da ich diese letzten Zeilen schreibe, in regelmäßigen Abständen unruhig in mich hineinhorche: ob die plötzliche Idee, die mir während des Gesprächs mit Samy gekommen war, immer noch den Zweifel überwog, der sich natürlich unmittelbar im Anschluss eingestellt hatte. Ob sie auch weiter trägt. Sie tat es. Sie tut es. Und obwohl ich keine Ahnung habe, wie es weitergehen wird und was ich in Deutschland tun werde, ja, ob ich dort überhaupt bleiben will: In der Zone 5 werde ich bei der angegebenen Adresse aus dem Mietwagen aussteigen. Vielleicht werden dein Vater und ich uns etwas zu sagen haben. Ich werde ihm jedenfalls den Computer und damit dieses Manuskript trotz all seiner Ungenauigkeiten, Übertreibungen, Ausschmückungen und Unzulänglichkeiten übergeben. Ich werde ihn bitten, dass er dir irgendwann diese Geschichte erzählt oder dir zu lesen gibt.

Liebe Leo, dieses Buch ist für dich.